语笑阑珊 著

一剑霜寒

第二卷

〈上册〉

长江出版社
CHANGJIANGPRESS

图书在版编目（CIP）数据

一剑霜寒 . 第二卷 / 语笑阑珊著 . — 武汉：长江出版社，
2023.4
ISBN 978-7-5492-8751-2

Ⅰ . ①一… Ⅱ . ①语… Ⅲ . ①侠义小说－中国－当代
Ⅳ . ① I247.5

中国国家版本馆 CIP 数据核字（2023）第 045053 号

一剑霜寒·第二卷 / 语笑阑珊　著

出　　版	长江出版社	
	（武汉市解放大道 1863 号 邮政编码：430010）	
市场发行	长江出版社发行部	
网　　址	http://www.cjpress.com.cn	
责任编辑	罗紫晨	
印　　刷	天津融正印刷有限公司	
版　　次	2023 年 4 月第 1 版	
印　　次	2023 年 4 月第 1 次印刷	
开　　本	880mm×1230mm 1/32	
印　　张	19.25	
字　　数	447 千字	
书　　号	ISBN 978-7-5492-8751-2	
定　　价	69.80 元（全 2 册）	

目录

结盟

第一章

耶尔腾来得相当大摇大摆，未带一兵一卒，只有个贴身的侍妾跟着，看起来不像是到敌营赴会，反而像是趁着金秋佳节，携着佳人，至故友处喝一杯酒。

李珺蹲在围栏处，专心致志地看了一阵，而后便小跑回云倚风身边，道："原来那耶尔腾还挺年轻，看着不过三十出头。若能将那一脸络腮胡子刮了，说不定看起来还能再年轻几岁。"

云倚风细细擦着飞鸾剑，头也不抬地道："王爷偷偷摸摸地刺探了大半天情势，就只看出这点儿东西？"

李珺挠挠头，嘿嘿笑道："我也看不出别的。而且他没有提那美艳侍妾。话说回来，西域的美人可真好看啊。"

"耶尔腾今年三十五岁，谋略与野心都不可小觑，"云倚风合剑回鞘，"他日怕是会成为大梁的大麻烦。"

"那就——"李珺将手伸到脖颈儿处，做了个"咔嚓"的手势，"正好他单枪匹马，或者给他的茶水里下些毒！"

"此计甚妙。"云倚风点头，"不如就交由平乐王去做。对了，那位漂亮的侍妾腕上所戴的银镯，名唤'毒蝎尾'，是暗器榜上排名第三的杀人利器。"

李珺立刻就将手放了下来："那我们还是在这里等消息吧！"

前厅中，耶尔腾摊开地图，指着大漠以北的方向，道："夜狼巫族便藏匿在这一带，他们昼伏夜出，像鬼魂一般，在月光中穿行，手里握着滴血的弯刀，我的族人……不，应该说是整个漠北的百姓，都已深受其害，一百年前的鬼影又回到了身边。而且我保证，萧王殿下，若他们的势力再壮大一些，便要入侵大梁了。"

季燕然问："那首领想怎么做？"

"我们合作，先放下偏见，联手剿灭夜狼巫族。"耶尔腾看着他，目光灼灼，"至于大梁与葛藤部族之间，将来或许还会有矛盾，还会有战争，但那都是男人间的对决，光明正大的、在烈日见证下进行的，而不是肮脏的诅咒和游魂。他们会给大漠与草原带来灾难。"

"我对夜狼巫族并不熟悉。"季燕然道，"不是人，而是飘荡的游魂吗？"

"没人知道他们究竟是什么。"耶尔腾道。

在幸存者的描述里，那些人能穿过帐篷与熊熊火焰，面目狰狞，或者干脆说是没有面目，五官都是模糊的。他们宽大的衣袖里藏满冤魂，只要在风中一扬，所有人就都死了，而凶手则钻进了流沙中。

耶尔腾继续道："而我的族人，也在数月前遭到了攻击，他们原本是去出售皮毛的，却在途中被害，死在了湖边。"

这是葛藤部族第一次遭遇夜狼巫族的袭击，并且很快就有了第二次、第三次，乃至许多次。

季燕然道："前段时日，首领突然率军后撤，离开了大梁边境，可是为了此事？"

耶尔腾直言："是。"

夜狼巫族的人越来越猖獗，他不得不暂时撤回青阳草原，先守住自己的大本营。其余几个大部族的首领也前往葛藤部族求助，多方商议之后，曾派出过一支部队深入夜狼巫族腹地，却连对方的人影都没见着，反而沾染回一身瘴气，皮肉溃烂，死伤惨重。

"大梁兵强马壮，王爷乃天之骄子，实力非我等所能及。"耶尔腾站起来，将右手放于左胸，微微低头道，"夜狼巫族的势力正在逐渐壮大，倘若放任不管，不出五年，他们就会吞噬整片大漠。到那时，只怕大梁的皇帝也难再高枕无忧。"

季燕然问："血灵芝呢？那一根破破烂烂的腐坏药材，可没人认识。"

"我愿对着神明发誓。"耶尔腾道，"我曾亲眼见到过大片赤红色的灵芝，在白骨的缝隙间生长着，上面落满了露珠。那是一片罕有人至的荒原，王爷若能抓紧时间，定可救回云门主的性命。"

为了表现出诚意，他还带来了大漠十余个部族的首领弯刀，只差压上一把大梁将军的寒光长剑，以此达成盟约，共同击退巫族。

双方约在五日后再度见面。

侍妾全程未发一言，只在跟随耶尔腾离开的时候，微微抬头往二楼看了一眼。侍妾那双猫儿一样的眼睛是碧色的，像一对剔透的宝石，又像是话本里的妖瞳，漂亮极了。

李珺："……"

云倚风一巴掌拍在他肩膀上。

李珺猛然回神："啊？"

"已经走了，别再恋恋不舍地盯着看了。"云倚风蹲在他身边，"对了，平乐王有没有听过武林中有一样邪功，名叫摄魂术？仅靠双眼便能惑人心神，将人的三魂七魄全部吸过去，只留一副空壳。从此走路打摆，面如菜色，双颊凹陷，最终人会死亡。"

这个惊悚的故事，显然极大地震慑到了平乐王，他赶紧保证："我以后不看了，再也不看了。"

云倚风单手攀着围栏，纵身一跃而下："王爷要同他合作吗？"

"根据林影先前查到的消息，这段时日各部族的异动，倒是的确与耶尔腾所言相符。"季燕然道，"不过具体的还要再查一查，若夜狼巫族当真死灰复燃，再度出现在了大漠与草原中，那哪怕没有血灵芝，大梁也不能坐视不理。"

云倚风无奈："所以又要打仗了吗？"

"没人愿意打仗，皇兄的意思也是希望边境各族能和睦相处，共同发展商路，令百姓乐业安居。"季燕然道，"但夜狼巫族不行，那是一群残忍嗜血的强盗，是所有期盼和平之人的噩梦，比中原最残暴的匪徒还要可恶。"

云倚风替他倒了杯茶，刚打算再多问两句，江凌飞却从院外跨进来，头疼道："还有个更'好'的消息，要不要听听看？"

"看你的表情，也不像是有好事。"季燕然坐在椅子上，"说。"

"夜狼巫族和红鸦教联手了。"

一黑一红，一个巫族一个邪教，一个靠屠戮一个靠洗脑，都是见不得光的龌龊玩意儿，狼狈为奸，互不嫌弃。

李珺在旁边心惊胆战地想，这两路货色搞到一起了，那得搅和出什么来啊？

"这么一来，杨家的事情倒是能解释了。"云倚风道。杨博庆先与红鸦教有勾连，不知双方达成了什么协议，而后夜狼巫族便假扮成贩卖家具的商队，先是潜入杨府杀了所有下人，又将杨博庆一家装入衣柜中，光明正大地运出大原城，一路西行。

林影在旁插话，说这城里最大的商队主人，就是西府街住着的马员外，他的消息也灵通，论地位估摸能称一句"雁城风雨门"，不如去问问他。

"我亲自去吧。"季燕然道，"老人家年纪大了，准备些酥软的点心与补品，还有茶叶，也挑最好的。"

林影答应一声，下去准备。

李珺在旁听得莫名其妙。这一个老头子，哪怕消息灵通了些，哪里至于让堂堂王爷亲自登门拜访，还要准备礼物？最后还是在路上听林影说了才明白，原来这位员外曾多次向大梁将士捐钱、捐物，将家底掏空了一半，对兵士们也像父亲一样，只要能走得了路，就总要去军营里看看。

"马员外膝下原有一个独子，后来不幸死在了沙匪手中。"林影道，"在那以后，老人家便将所有兵士都当成了亲人，王爷也极尊敬他。"

李珺一生都忙着奢侈享乐、钩心斗角，还从未直面过这般沉重的大情大爱。想了半天，他也跑去街边，买了包点心拎着，老老实实地跟在了众人身后。

马府的宅子有些破旧，管家也是上了年纪的，笑呵呵道："王爷要来，怎么也不事先通传一声？我家老爷刚刚服完药睡下，快请进。"

林影拎着他的衣领，瞪大眼睛："我说老马，你这身上是什么玩意儿，又是血腥，又是臭气，杀人了？"

"什么杀人，是家里的母骆驼病了。大夫说要将血瘤切除，刚刚忙完，还没来得及换衣服。"管家哭笑不得地抱怨，"等会儿还要追着去给小骆驼喂奶，这腰都要累断了。"

云倚风好奇地问："小骆驼刚生下来没几天，就会走路了吗？"

"何止会走，闹腾着呢。"管家道，"云门主若没见过，我这就让小三子带你去看。"

季燕然拍拍他的后背，也笑道："走吧，让马员外多睡一阵，我陪你去看。刚出生的骆驼最好玩，再过一阵子，就该长出驼峰，朝所有人喷口水了。"

后院里铺满了干草，空气中飘散着一股异味，又臭又腥，一言难尽。

一个老人正坐在地上，乐呵呵地拍着面前的小骆驼，一头灰白的头发束得很整齐，用玉环扣着，若非身上那件血迹斑斑的围裙，说他是教书先生也有人信。

云倚风认出他是昨日茶楼中的那位老兽医，刚准备打招呼，季燕然却先吃惊道："阿昆？"

替小骆驼刷毛的老兽医，或者说是治好了飞霜蛟腿疾的大叔阿昆，又或者说是曾进献雱莲的草原游医梅竹松老先生，总之都是同一个人，他笑着站起来："王爷，好久不见。"

"我正想着要差人去千伦草原，没想到会在此处碰到你。"季燕然大喜过望，又恭敬道，"云门主的毒能得以缓解，全靠阿昆的好药，我还没有好好道过谢。"

马府的管家站在一旁，十分震惊地想，原来兽医还能治云门主吗？

梅竹松摆手："其实算不上巧，我是在听到消息后，有意来雁城找王爷的。正好马员外家的骆驼病了，便帮着看一看。"

季燕然试探地问："阿昆听到的消息，可与夜狼巫族有关？"

"夜狼只是其中一个理由，除此之外，我还想再看看雾莲的药效。"梅竹松将目光投过来，笑着说，"看云门主昨日在茶楼里的身手，像是已经恢复了许多，能否让老朽再替你把把脉？"

"自然。"云倚风将手腕伸过去，又感激道，"此番真是多谢前辈，否则只怕我现在还躺在皇宫中，哪里会有力气跟随王爷来西北。"

见这老兽医还真能诊脉，管家也不敢怠慢，赶忙将众人请回前厅，自己则一溜小跑，去后院禀告老爷。

马员外没睡好，此时正头晕呢，听管家说完更是云山雾里，家中的兽医刚替骆驼治完病，又给云门主看病，王爷竟也能答应？他担心会遇到骗子，便赶紧拄着拐杖，过去查看究竟。

前厅里，梅竹松收回手，道："脉象平稳，短期内应当无碍。但蛊毒始终未解，在血灵芝找到之前，还是大意不得，须好好养着。"

云倚风点头："我记住了，多谢前辈。"

林影道："此番耶尔腾找上门，便是拿血灵芝同王爷做交易，想联合黑蛟营与大漠其余部族，一道剿灭夜狼巫族。"

李珺也在一旁插话，将血灵芝的模样大致描述了一遍，又说等宫里的太医看到时，那玩意儿早就烂成水了，所以无人能辨真假。

"我从未见过血灵芝，甚至在古书上，亦仅有寥寥几行文字记载，怕是帮不到诸位。"梅竹松道，"但夜狼巫族的势力正在逐渐壮大，此事是真的，连耶尔腾的青阳草原也已遭遇三次杀戮，更何况其余小部族。若再不想办法加以制止，只怕将来整片大漠、戈壁、草原都会被笼上黑色的影子。"

江凌飞不解："我先前来西北时，倒是听过夜狼巫族，那时他们还只是趁夜色偷抢掳掠，与普通流匪无异。几年下来，竟已有了这等规模？别的不说，哪儿来的人手啊？"

"是中原的红鸦教。"梅竹松道，"若说夜狼巫族是杀人的利爪，那红鸦教就是恶狼的心脏。"

当年红鸦教被朝廷与武林盟联手围剿，如丧家犬一般东躲西藏，其中一小部分教徒在隐姓埋名数年后，又流窜到人烟稀少的西北，于大漠深处遇到了夜狼巫族。

"那时的夜狼巫族还只是普通劫匪，虽凶狠残忍，却没成大气候。"梅竹松道，"红鸦教则不同，他们最清楚该如何蛊惑人心，所以很快就与夜狼巫族达成盟约，结为一体。"

牧民大多是心思单纯的，他们遵循着先祖留下来的传统，赶牛羊，逐水草而居，清晨迎着太阳歌唱，夜晚围着篝火起舞，心比碧湖里的水还要剔透干净，所以也更容易被染上别的颜色。在红鸦教的筹谋安排下，夜狼巫族的人往往伪装成落单的牧民，精疲力竭地倒在帐篷前，请求喝上一碗水。淳朴的人们不疑有他，纷纷打开家门，将这些可怜人扶到床上，遂也将恶魔扶到了床上。

"他们胡乱编造出一个教派，取名'灵神教'。此邪教抓住人性中的恐惧与贪婪，大肆宣扬末日即将来临，唯有信奉灵神方能永生，又说每个人都生而有罪，这罪须用别人的鲜血才可涤清。"梅竹松道，"于是在那段时间里，大批牧民抛弃家园，如潮水般涌向夜狼巫族，被训练成了'鬼面杀戮者'，而等到几个大的部族首领觉察出异常时，已经太迟了。"

对于人脑的控制，要比束缚手脚的木枷与铁链可怕数百倍，夜狼巫族成为像幽灵一样的影子，他们似乎无处不在，不断以各种身份、各种面容出现，一点儿一点儿蚕食着这片土地。而且更为不妙的是，最近不断有别的匪帮被他们吸引，自愿投奔加入。故而现如今的夜狼巫族，早已是世间所有"恶"的乐土，他们形成了一股黑暗的飓风，所到之处，寸草不生。

"同王爷说起这些，也存有我的私心。"梅竹松叹气，"若夜狼巫族再往东蔓延，千伦草原亦难以幸免。此次想与王爷联手的部族中，亦有我的部族。"

李珺听得目瞪口呆，这也太吓人了。

"那的确是一群穷凶极恶之徒。"正说着话，马员外也从外头进来，躬身道，"见过王爷。"

"快免礼。"季燕然亲自扶住他，又问，"莫非马府的商队也遇到过夜狼巫族？"

"这些人还不敢将爪子伸到大梁。"马员外坐在椅子上，"但我的商队，曾亲眼见过他们造成的恶果。几十顶帐篷被燃烧成灰烬，地上满是老人的尸体，他们带走了年轻强壮的男人与女人，还抱走了年幼的孩子。"

云倚风微微握了握拳。

"哪怕是大梁的商队，现在也有许多不敢再远行了，只在附近做些小生意。"马员外道，"谁知道那伙人什么时候就会发疯呢？红鸦教曾将大梁搅得腥风血雨，我经历过那个年代，他们是比恶魔更可怕的脏东西。"

季燕然点头："若这群人当真威胁到了大梁，黑蛟营自不会坐视不理，不过在这段时间里，商队不远行是对的，我会尽快做出决定，还请马员外代为安抚商会众人，朝廷将来会尽量弥补大家的损失。"

"是，这点王爷只管放心。"马员外道，"咱们都知道该怎么做。"

离开马府后，江凌飞问："打吗？"

季燕然道："打。"

红鸦教联手夜狼巫族，于大梁而言，是比二十年前更加严重的威胁。而且他还有更深层的担心，倘若大梁放任不管，导致这几个大部族在穷途末路中，最终选择与红鸦教联手，形成一股新的力量，那才是真正的大麻烦。

李珺琢磨了一下："若这一战非打不可，那血灵芝岂不是白得？"

"按照我对耶尔腾的理解，他的目的怕是没这么简单。"季燕然道，"且看四天之后，他会怎么说吧。"

梅竹松也随众人住进了将军府。他虽暂不能解蛊王毒，但扎针、熬药替云倚风调养好身子，还是绰绰有余的。

家中有了大夫，季燕然也更安心了些，晚些时候，他问："今晚怎么吃了那么多？"

云倚风："……"

季燕然笑道："我是说真的，阿昆只是替你扎针，可没说还能开胃。"

"既然要打仗了，我自然要将身子养得更加结实一些，才能帮你。"

"你不需要动手。"季燕然摇头，"好好待在军营就好。"

云倚风道："王爷白养着一个武林高手，却不用一用，很亏的。"

两人在屋内说着话，而在屋顶上头，李珺正在可怜巴巴地问："我也要去打仗吗？"

江凌飞反问："平乐王想去吗？"

当然不想啊！李珺觉着就自己这点儿拳脚功夫，打只大鹅都费力，更何况是打仗。

江凌飞道："既如此，平乐王就待在将军府中吧。"

李珺爬上梯子："那万一舅舅派人来绑我呢？"

江凌飞瞥他一眼："恕我直言，您好像还没这么值钱。"

"那可难说。"李珺倒不生气，一屁股坐在他身边，"江少侠，你想想啊，红鸦教联手夜狼巫族，在吞完大漠与草原之后，目标就该是大梁了吧？那他们是不是很需要一个懦弱的皇子，扶做傀儡，好令百姓更加信服？"

江凌飞不动声色地往后一移："所以平乐王是想跟着我们？"

"往后就要仰仗江少侠多多照顾了。"李珺厚着脸皮道，"我保证听话，不乱跑。"

江凌飞："……"

其实李珺是很想送些东西，用来表达投奔的诚意。但对方是江门三少爷，想要钱财、权势、美人，怕是只要勾勾手指就能有，实在轮不到自己送。李珺想到这，便只好继续笑得一脸憨厚与期待，直到最后江凌飞实在受不了了，自己拿着剑走了。

李珺揣着袖子，深情地目送他："那我们可就说定了啊！"

几日之后，耶尔腾在约定的时间到了将军府。他对于季燕然所做的决定没有半分意外。毕竟按照夜狼巫族的发展势头，威胁到大梁是迟早的事，趁着现在对方尚未成大气候，一举歼灭才是最明智的选择。

"这是盟约书，其余部族首领皆已签署。"耶尔腾铺开羊皮卷，"只差萧王殿下一人。"

李珺突然道："先等一下。"

所有人都把目光投过来。季燕然微微皱眉，云倚风略带疑问，耶尔腾则是明晃晃的威胁。

李珺壮着胆子："这盟约书，先让我看看。"

耶尔腾脸色阴沉："这里并无你说话的资格。"

李珺干咽了一下口水，刚准备顶回去，就听季燕然冷冷地道："他是我的王兄，还请首领说话注意分寸。"

云倚风心中惊讶，李珺更是目瞪口呆，被"王兄"这两个字震得半天说不出话，反应过来之后，又感动得险些落下泪来。七弟啊，为兄将来定会为你赴汤蹈火。

耶尔腾将盟约书凌空丢过来。

李珺冷静了一下，做出大梁王爷的派头，展开细看。上头都是外族文字，看不懂。

耶尔腾在旁讥讽："拿反了。"

李珺："……"

"首领既是来签订盟约，理应用双方文字各书一遍，我大梁素来注重礼仪，平乐王自然看不懂这般粗鲁失礼的行为。"云倚风将羊皮卷抽过来，"此类不敢于明面嚣张，只敢在暗中嘲讽，还沾沾自喜，以为自己占了便宜的行为，与五岁幼童在背后吐人口水并无区别。想来首领是不屑于做这种事的，怕是一时疏忽。无妨，大军出征至少也要半月后，在这段时间里，足够首领重新拟定一份盟约书，请这十余位部族首领重新签订好之后，再来送给王爷。"

季燕然嘴角一扬，向后靠坐在椅子上，心情颇为舒畅。

耶尔腾打量着面前的人："风雨门的门主，果真牙尖嘴利。"

云倚风道："首领又要说，江湖中人无权干涉双方军务？"

"自然不会。"耶尔腾站起来，"这盟约书，我自会重新拟定，告辞。"

"等一下！"

耶尔腾不悦："平乐王又有何事？"

李珺大声道："将血灵芝的事情也写进去！"这才是他方才插话的目的，一打岔，险些又忘了。

江凌飞倒是对他刮目相看了，考虑得还挺周全。

耶尔腾果真面色一变，似是有所犹豫。

李珺敏锐地察觉到了这一点——看吧，这老奸贼果然是骗人的！

季燕然语调微寒："怎么，假的？"

"真的。"耶尔腾道，"我未在此事上撒过谎。不过夜狼巫族对大梁而言，也是明晃晃的威胁，再加上红鸦教，萧王殿下原本就有责任出手剿灭。倘若这样就想换取血灵芝，于我而言，算亏本生意。"

"那你要如何才能交出血灵芝？"李珺质问，"难不成还想以此做要挟，吃上我们一辈子？"

"自然不会。"耶尔腾道，"不如这样，萧王殿下答应我三个条件，若都能做到，我便交出血灵芝，剿灭夜狼巫族算第一件。"

呵，若你想当皇帝，是不是还要我七弟帮你篡位啊？李珺只在心里这么想着，没敢说，目光却越发气势汹汹，就差弄一盆马尿泼醒耶尔腾。

季燕然问："另两件事呢？"

"第二件事，我也想向大梁求一味药材，阿碧病了，需要大梁的太医。"耶尔腾看了一眼身边的碧瞳侍妾，"萧王殿下不会拒绝我这个要求吧？"

季燕然道："第三件事。"

耶尔腾坦然道："我还没想好。"

李珺瞪大眼睛，还有完没完？

"我真的没想好，亦不知要过多久才能想好。"耶尔腾道，"可我也不愿白白放弃这难得的机会，不如这样，就在盟约中写明，第三个要求绝不会挑起任何战事。只算王爷私下欠我一份人情，与大梁无关，与军队无关，与百姓无关，如何？"

江凌飞嗤道："阁下还真是不吃亏。"

"这些年里，王爷让我葛藤部族吃了不少亏，今日想起仍心有余悸。"耶尔腾放低姿态，"我这最后一个要求，与其说是为了要挟，倒不如说是为了自保。他日倘若狭路相逢，或许还能以此保住性命。"

"我答应你。"季燕然道，"不过作为交换，大梁也有一个要求，首领以三换一，并不亏。"

"抛除夜狼巫族，应当是以二换二。"耶尔腾纠正他，又道，"王爷请讲。"

"让你的军队撤出青木错，承认大湖以南属大梁所有，结束多年争议。"季燕然道，"将三个条件写进众部的盟约书，明晃晃地亮在外头。消息若传进皇兄耳朵里，我这人可丢大了。倘若不能交出些漂亮的东西，只怕会沦为他人笑柄。青木错是我的底线，没有任何退步的可能，倘若首领不答应，大梁也有办法集结其余十二部，到那时，被孤立的就是葛藤部族。自然，你也能选择与夜狼巫族合作，这对我而言确实棘手，但无非就是打得更艰难一些，互相耗着罢了，但谁都别想啃下谁。"

江凌飞靠在门口，闲闲地提醒："大梁背后有千里沃土，便是有源源不断的军队补给。首领可要考虑清楚了，是要忍痛把湖还回来，还是要投奔红鸦教，跟着那帮被洗脑的傻子一起痛哭流涕，跪在地上吭吭给灵神磕头。"

李珥："噗。"

耶尔腾不满地看了眼江凌飞："你又是谁？"

"要不要把屋里所有人都挨个儿介绍一番啊？"江凌飞站直身体，耐下性子道，"我们王爷答应得爽快，首领能不能学一学？别磨磨叨叨，多犹豫一刻，只怕红鸦教又要多招揽一群人，越发嚣张得意。"

耶尔腾咬牙："好，这条件我答应便是！"

"十日之后，大梁的军队便能集结完毕。"季燕然道，"届时还请各位首领前来雁城，签订盟约，共同见证。"

夜间又起了一场风。

"该给你做新的大氅了。入秋之后，大漠的夜晚会凉得刺骨，与隆冬无异，可得注意身子。"季燕然道。

"我会照顾好自己。"云倚风关好窗户，"对了，今晚我同梅前辈闲聊，他说耶尔腾的侍妾的确出过事，但不像生病，因为他从未找过大夫，反而找了不少人去驱魔。"

季燕然道："中邪了？"

"可为何点名要大梁的太医呢？"云倚风想不明白，又道，"牵扯到皇宫，大意不得。"

"我有分寸。"季燕然道，"当务之急，是先合力将夜狼巫族剿灭。"

"我知道你有分寸，可还是要提醒你，别为了血灵芝做错事。"

"好。"

半月之后，各方首领齐聚大梁军营，签订盟约，共同出兵围剿夜狼巫族。

十三部族的首领中，若论实力，自然当属耶尔腾最强。而排名第二的，便是位于千伦草原的云珠部族首领，名叫银珠，也是梅竹松的义女。她将一头乌发绾成粗辫，腰间佩带一把圆月弯刀，穿着绣满金线的裙子。她站在太阳下时，不似银珠神秘优雅，反而像一块烈火中的金子，又灼艳、又热烈。

李珺远远看着那金色身影，赞叹地说："可真漂亮。"

江凌飞在旁提醒："人家已经成亲了，儿女双全。"

"成亲又如何。"李珺不以为意，"难不成有了丈夫与孩子，美人就不美了？我也只是触景生情，感慨一句罢了。"李珺一边说，一边又将视线转向另一边，耶尔腾正在与人交谈，而那碧瞳侍妾依旧陪在他身边，用纱巾遮住大半张脸，越发像是某种神秘而有灵性的动物。

像是感觉到有人正在盯着自己，那侍妾似有不悦，转身往这边看了一眼。一双碧绿的眼睛在烈日下，又多了一层金属光泽，她皮肤苍白，面无表情。李珺不由得脖子一缩，赶紧把视线挪开，后背渗出沁凉的汗。怎么说呢？她太漂亮了，又太诡异了，方才那一瞬对视，李珺总觉得她不像活人，倒像是个精致的人偶，用白玉雕刻，再镶嵌着一对琉璃眼珠子，点上胭脂，穿上华美的衣服，就那么冰冰凉凉地被摆放在柜台里。

"我不管你在大梁是如何欣赏美人的，但在这里，最好放规矩些！"江凌飞未曾注意到这一幕，只警告他，"若因好色而惹出事端，谁也保不住你！"

李珺其实很想与他好好探讨一番，欣赏美人与好色是两回事。毕竟古人都说"爱美之心，人皆有之"。但看大军已经快要启程，当下不是探讨风花雪月的好时候，李珺便只道："你有没有觉得，那个碧瞳姑娘有些古怪？"

"阿碧是耶尔腾最宠爱的侍妾,因为容貌生得太美,又很少讲话,所以经常有人说她是雪地里的妖。"江凌飞道,"你既觉得古怪,以后离她远些便是。"

李珺连连答应,又自言自语:"可我总觉得她看起来有些眼熟。"

江凌飞瞥他一眼:"平乐王有看起来不眼熟的美人吗?"

李珺:"……"

李珺试图解释:"我不是这个意思。"

江凌飞一甩马缰,小红撒开四蹄,风一般地跑了。

李珺哀声叹气,也跟了上去。

怎么说呢,是真的眼熟,但他一时又想不起来曾在哪里见过,闹心得很。

号角声中,大军拔营而起。

黑蛟旗帜迎风猎猎,队伍穷目无边,玄色铁甲让太阳也黯淡几分,银枪如林,光寒森森。

百姓们齐齐站在城门口,一路目送大军蜿蜒远去,心中忐忑不安。他们猜想着这回硝烟最远会蔓延至何处,又期盼着这些年轻的战士们,能无一伤亡地平安归来。

云倚风得了一匹新的骏马,是千伦草原送来的礼物,体形与飞霜蛟无异,通体漆黑,毛发油亮,在日光下久晒后,背上便会显出一道墨玉斑纹,原本是非常威风的,就是名字没起好,叫翠华。估计本意是指毛发如翠墨般华美,但怎么听怎么像翠花。

飞霜蛟打了个响鼻,很不满地故意颠簸两下,放着宽敞的大路不走,硬是从墨玉大马身侧挤了过去。

季燕然:"……"

队伍里还有一辆大马车,是耶尔腾为阿碧准备的。行军打仗时还要侍妾随行，听起来实在有些荒唐，所以又有另一种传闻，说阿碧已被魔物缠身，发作时疯癫可怖，还会招来邪祟之物，故耶尔腾不敢将她独自留在青阳草原，只能随时带在身边。

此时，那马车的帘子被掀开了一个小角，碧绿的眼睛隐在阴影里，一眨也不眨，目光尽头是马背上的白衣公子，但又像是早已穿透他的身体，看向了更远、更虚无的天边。

篝火熊熊燃烧着。

九月的夜晚已经很冷很冷了。

云倚风穿着一件银色大氅，将手掌与下巴都缩进去，露出几根细白的手指，捏了一张地图，正在仔细看。

夜狼巫族的老巢位于荒草沙丘最深处，周围一大片都是茫茫未知的沙漠，狂风一旦刮起来，连天地都是模糊的，张嘴便会吞下一口沙砾。这种鬼地方，哪怕是真的巫或妖，怕也活不下去，更何况那还只是一群自称巫的匪徒，贪财好色，野心勃勃，哪里能忍得住？极端的环境只会激得他们更加穷凶极恶，如恶兽一般，铆足了劲要往外冲，好争取更加舒适的环境与生活。

季燕然将烤肉切成小块，夹在馕饼里递给云倚风："吃完早些休息吧，往后赶路还有得辛苦。"

"诗文里经常说'银河横贯'。"云倚风望着挂满繁星的天穹，"大漠真是个有趣的地方。白日里风沙弥漫，再艰苦不过，可夜晚安静下来时，却是另一番景象。"

"星空再美，终究住不得人。"季燕然道，"这么多年，朝廷一直在研究治荒之法，从民间招募了不少高人，已经拟定好初步的方案，也培育出了耐旱的树木。抛去夜狼巫族不谈，皇兄一直希望边境各部族能和平共处，因为唯有战火熄灭，大梁才有可能拿出大笔的银子，全心全意治理荒漠。"

"这是好事啊。"云倚风想了想，"剿灭夜狼巫族后，或许大家可以坐下来细谈，签订一个时间更久、范围也更广的和平盟约，把打仗的精力放在治沙种树上，一百年，或者两三百年之后，这里一定会有新的样子。"

"旁人都好说，但耶尔腾是一匹狡猾的野狼。"季燕然拧开水囊，"他想要的利益，与大梁的利益永远相悖，怕是劝不服。"

云倚风喝了一口，皱眉："怎么装着酒？"

"是掺着酒的水，能暖身子。"季燕然道，"多喝两口，就不冷了。"

萧王殿下对于这位"债主"的顾惜，藏在每一处细节里。

云倚风装衣物的箱子里垫着软绸、放着熏香，光寝衣就带了十套。旁人的睡袋顶多填些棉花、驼绒，只有云倚风的是用芙蓉羽填充，又暖又轻，里头还多缝了一层最软的云柔锦。躺进去后，便像是跌入了被阳光晒过的云里，舒舒服服一裹，连外头的嘈杂与风声似乎都能减弱几分。

安稳极了。

隔壁帐篷里，李珺裹着棉被，冻得瑟瑟发抖。反正也睡不着，他便开始胡思乱想，一双碧色的眼睛却始终停留在脑海中，挥之不去。过了半晌，他突然惊慌地扑向帐篷另一头，问："我该不会是中了摄魂术吧？"

江凌飞连眼睛都不睁，抬手一拳："滚！"

李珺捂住鼻子，蔫蔫地躺回睡袋。

嘤嘤。

而这漫长的黑夜，对于夜狼巫族来说，才是一天的开始。

他们的房屋是用巨石垒砌的，远远看上去，像一只只怪异的野兽，突兀地生长于荒漠中。

两个男人正面对面坐着，一个是夜狼巫族的族长毫猛，另一个是红鸦教的教主，没有名字，自称凫徯，代表着远古的杀戮与战争，对外亦是蛊惑人心的"灵神"。

"十三部联合季燕然，再过月余，便能抵达荒草沙丘。"凫徯问，"族长可有想清楚，要如何应对？"

"我已经等他们很久了。"毫猛恨恨地道，"大梁的黑蛟营，鼎鼎有名的萧王殿下。对了，还有云珠部族的银珠，她的丈夫杀了我的妻子，我要杀了她偿命。"

外面亮起了火光。

一群又一群的人走出房间，如一群又一群的蚂蚁，争先恐后地跪在地上，开始了每一天的祭拜。他们恐惧这漫长的夜色，就如同恐惧即将来临的末日，嘴里喃喃念着听不懂的咒语，将额头紧贴于冰凉的荒地，战战兢兢地期盼着能在最后一道天雷降临时，得到灵神庇佑。

荒诞，却又触目生寒。

因战场远在荒草沙丘，所以边境百姓的生活并未受到太大影响。依旧放着牧，唱着歌，跳着舞，游走于村镇之间的货郎们，也总会挑一些稀罕货。比如此时此刻，面前这把两尺长、七八寸宽，上头绷了五根弦的乐器。

"它就是凤栖梧！"货郎操着一口不流利的汉话，斩钉截铁地说！

"原来就是这玩意儿啊。"李珺恍然大悟，爽快道，"行，买了！"并且在茶棚歇脚的时候，他献宝一般将它送给了云倚风。

所有人都沉默了。

李珺本是好意，他记得当日那句"可惜没带凤栖梧"，便时时惦念着这件事，遇到村镇时总要问一句。苍天不负有心人啊，今日总算问到了。具体对话是这样的——

"小货郎，你这儿有凤栖梧吗？"

"啥？"

"凤栖梧，一把琴！"

"琴啊，有！"

生意就这么顺利地做成了。

云倚风笑道："凤栖梧是古琴。不过无妨，这乐器看着也挺别致可爱。"

"这是雷鸣琴，原是用来驱赶狼群的，后来也用于弹奏取乐。"林影久在西北，没机会见识王府中的大场面，所以顺理成章地犯了所有人都容易犯的错误，总觉得像云门主这般清雅斯文的雪衣公子，十指滑过琴弦就该是高山流水、天籁之音，于是便热情邀请，"不如弹一曲试试。"

江凌飞笑容僵硬，从牙缝里往外挤字："不了吧。"一边说，一边在桌下踢了季燕然一脚。

萧王殿下坐得岿然不动——我不管，管不了。

江凌飞："……"

云倚风试着拨了拨弦，声如雷鸣，果然很适合赶狼。

江凌飞丢下筷子就想跑。

季燕然面不改色，单手按住他的肩膀，将人重重地压回座位——给我听！

李珺也兴致勃勃，一脸期待地准备欣赏美人抚琴。

第一声就如裂帛，不是嘈嘈切切的优美的裂帛的声音，而是发怒的肌肉壮汉在扯布，感觉下一刻便要砸了他母亲的纺织机。

李珺的表情僵在了脸上。

林影和茶棚里的将士们也惊了。

声音传到远处，其余部族的人都在骂，这是什么鬼声音？

耶尔腾听得心里烦躁，站起来就要去茶棚，那碧瞳侍妾却突然说了一句："是雷鸣琴。"

他心里一喜，也顾不得远处的鬼号了，蹲在她面前柔声问道："你愿意说话了？"

阿碧与他错开视线，又看向了天边。

一曲终了，也可能没终，反正没人能听明白。只是见云倚风停手了，季燕然便夸奖道："不错。"

其余人也如梦初醒，纷纷报以掌声，不弹了，不弹了好。

云倚风赶忙谦虚："其实我弹得很一般。"

季燕然心底很欣慰。

结果云门主下一刻就接了一句"以后要多练练"。

季燕然单手撑住额头，回答："好。"

李珺顶着周围一圈谴责的眼神，也快哭了——我又不知道，你们事先也没说啊，那日还都一脸惋惜地哀叹凤栖梧没有带过来，那我可不就相信了嘛！

雷鸣琴被云倚风小心地收进布袋里，挂在了翠华身侧。他如魏晋名士一般，要随身带着酒与乐器的，很风流。

李珺蹑手蹑脚，天天跟在云倚风后头琢磨，要怎么把这玩意儿给偷走。

这一天，几匹白色骏马一路疾驰，自大军身侧追过，带着滚滚烟尘冲向队伍最前方，引来一阵骚动。

"怎么了？"林影勒紧马缰，回身问。

"回林副将，来了一群自称风雨门弟子的人。"下属道，"说是有急事，要见云门主！"

云倚风在前往雁城之前，已经送了封信回风雨门，叮嘱清月和灵星儿好生看顾门派，不必跟来西北。所以此番，他突然听说来了十几名弟子，心里也是一惊。

"先别担心。"季燕然道，"我陪你去看看。"

众弟子皆风尘仆仆，衣摆、鞋靴上沾满灰尘，像是迎着风沙赶了许多天的路。一见到云倚风，便急忙道："门主，星儿出事了！"

根据他们所言，前段时间清月与灵星儿之间闹了些矛盾，两人的关系一直都冷冷的，气氛也尴尬。所以灵星儿在这次执行完任务后，便决定暂时不回春霖城了，改道西行，前往雁城。路上原本是很顺利的，可谁知前几天在途经一片荒漠时，突然就遇到了一群鬼面人，对方功夫邪门，又对地形极为熟悉。在一阵迷烟过后，灵星儿就在夜色中消失得无影无踪了。

"四处都是荒漠，我们遍寻不得，只好一路来追大军。"弟子道，"还请门主救救星儿。"

鬼面、黑衣、子夜掳掠、武功诡异，以上种种加起来，八成就是夜狼巫族。

云倚风问："是针对星儿一人的行动吗？"

"不是。"弟子们纷纷摇头，说那晚众人原本只是在沙丘歇脚，突然就听到远处传来脚步声，往过看时，是一群手执钢刀的黑衣人，正向月亮的方向走去。在他们身后，还跟着三十余名壮年男女，皆被绳索捆着，串在一起，踉踉跄跄，看穿着打扮像是牧民。

"当晚月光黯淡，看不清楚那些人的脸，我们便以为只是寻常劫匪。"弟子们继续道，"于是决定出手相救。"

谁知走近了才发现，那竟然是一群鬼面人，邪门得很。

风雨门的弟子功夫都不差，想来对方也不愿恋战，便放了迷烟。当时灵星儿恰好落单，在另一头，八成是这个原因，才会被一起掳走。

事情发生的地点在秃鹰谷，若对方下一步的计划是赶回夜狼部族，那再过两天，应当要绕到羚木湖取一回水。

"我去。"云倚风道，"王爷继续率军前行，不必因此事耽搁。"

"你的身子受得住吗？"季燕然握住他的胳膊，"不如我调拨一队人马，让凌飞带人去救星儿，他至少比你熟悉这一带的地形。"

"我没事，也实在放心不下。"云倚风道，"区区鬼面人，还不至于威胁到我，正好还能去探探究竟，看那到底是一群什么样的怪物。"

江凌飞也道："我陪云门主一道去吧，再带两名能记住路的风雨门弟子。军队就不用带了，人多目标大，若惊扰到对方，反而对行动不利。"

季燕然在心里叹气，对云倚风道："那我命林影带人去秃鹰谷附近搜寻，你与凌飞去羚木湖蹲守，这一路务必小心。"

李珺倒是很想帮一些忙，但他文韬武略样样不行，最后只能一脸关切地目送二人远去，就差拿一块手绢依依挥舞。

翠华与小红皆是精良悍马，跑起来如同九天滚雷。另外两匹亦是沙场烈驹，脚程也不慢，因此只五日，几人便抵达了羚木湖畔。

镜面般的湖水在月光照耀下，像一块巨大的宝石，发出幽静的光。没有人，只有几匹野马与野羊，正在悠闲地来回踱步、喝水。

弟子有些担心，赶了这么多天路，可千万别来迟了，这地方连个能问路的人都没有。

"我们抄的是近道。"江凌飞说，"对方若想回荒草沙丘，就一定得来这里补足水，他们还有俘虏，走不快的。"

"带着三十余人，行动多有不便，应当不会再去别处。"云倚风道，"大家先各自寻避风处歇下吧，等他们来便是。"

两名弟子依言去了另一头，江凌飞拆掉小红与翠华的鞍，让它们看起来如同野马，连着赶路也累了，正好能去湖边吃些草、撒个欢。

云倚风笑着说："看不出来，江大哥还挺细心。"

"要不怎么叫'老相好'，自然得好好照顾。"江凌飞坐在他身边，"你放心，星儿姑娘武功高强，对夜狼巫族的人来说，是捡到了宝贝，所以至少在折返荒草沙丘之前，她都是相对安全的。"

云倚风点头："我也相信星儿的自保能力。不过还有另一件事，听弟子所言，那晚他们在与鬼面人发生争执时，三十余名青壮年俘虏就只站在一旁，呆呆地看着。"

这实在是太奇怪了，寻常百姓若被人用绳子捆住，看到有人出手相助，至少也该挣扎或者高声呼救，哪有如木头桩子一般，杵在那里不动的？

江凌飞猜测："你怀疑他们是中了蛊？"

"也有可能是红鸦教当真就如此厉害。"云倚风道，"只需要短短几天，就能将人洗脑成他们想要的样子。"

"若有机会，我倒想亲自见识一番。"江凌飞枕着手臂，"不过他们忽悠起人来，确实有一套。听伯父说，红鸦教当年如一股飓风，席卷大梁，连官府都还没反应过来是怎么回事，江南、江北就已经乱了。人人都觉得末日即将来临，无心耕种，只把银子流水一样地送给那狗屁灵神，请他高抬贵手，不要往自己脑袋上降天雷。"

旁人听着荒谬不可言，甚至有些可笑，但对于受害者而言，却是终其一生都难以抹去的惨烈伤痛。虽没有硝烟，却比战争更令人绝望。处于战火中的人们，至少还能清楚地知道自己需要做什么、应该做什么，哪怕家园被焚毁，身体伤残，依旧存有迎来新生活的希望，但邪教是连灵魂也一并摧毁了，那才是真正永不见天日的地狱。

"这伙人应被千刀万剐，死一万次亦不足惜。"云倚风道，"只可惜当年居然让凫傒逃了。"

江凌飞半坐起来，做了个噤声的手势。

片刻之后，远处果真传来了脚步声，被风吹得断断续续。云倚风心里稍微有些吃惊，先前只知道江凌飞功夫不低，怕是能排到武林前三，却没想到会高得如此邪门，连常年探听消息的风雨门门主，耳力竟都要逊他三分。

"听着有三四十人，应该就是夜狼巫族。"江凌飞半剑出鞘，"你只救星儿姑娘，其余人都交给我。"

声音越来越近了。

风雨门另两名弟子也察觉出异样，隐在暗处，悄悄看过去。正是当晚那群鬼面人，他们依旧用绳索牵着牧民，灵星儿也在其中，一脸木讷。

湖边突然来了这么大一群人，野马们都跑向了远方。只有小红与翠华，因为主人还在这里，所以照样慢悠悠地喝着水，满身油亮的毛发披着银光，高大英挺，如同故事里的神驹下凡。

灵星儿也看到了这两匹马，她虽没见过翠华，却认识小红，面上自是微微一喜。这一喜，云倚风就松了口气，方才险些以为连星儿也被忽悠进了红鸦教，幸好，现在看起来，她八成是装的。

眼见那群鬼面人已经走到眼前，江凌飞握紧剑柄，刚打算杀出去，云倚风却握住了他的手腕，示意他暂缓行动。此时月光正亮，挂在墨蓝色厚重的天幕上，周围是一丝深红云环，斑驳的影子缓缓流动着，有一股妖异之相。

果然，那些被俘虏的牧民立刻跪在地上，开始胡乱磕头，星儿也被迫照着学，一双眼睛却不住地四处偷看，想找到江凌飞。

云倚风侧耳听了一阵，道："这些人是在祭拜灵神，希望他能替自己解除手上的枷锁，洗清身上的罪。若我们此时贸然杀出去，只怕真会被当成天降妖孽，他们再被夜狼巫族煽动两句，说不定还要反过来对付我们。"

虽说这样手无寸铁的牧民，再来三百个也无妨，但毕竟此行的目的是救不是杀。他们当真发起疯来，除非打晕了，否则要怎么带回去还真是个问题。

江凌飞问："那你打算怎么办？"

"这些日子，我也是研究过红鸦教的，教义来来回回其实就那么几条。"云倚风道，"这些牧民刚刚才接触到，哪怕信了，也没到病入膏肓的程度，说不定能掰回来。"他拍拍江凌飞的胳膊，"你先守在这里，见机行事，若我实在说不过，再出手杀人也不迟。"

说罢，他一整衣服，便翩然飘忽地踏了出去。

江凌飞："……"

风雨门的两名弟子亦是大眼瞪小眼，不知目前是何局面。

鬼面人原本正在湖边生火煮饭，眼前却突然掠过一丝浅白，像是冬日里的雪，再抬头时，便见一个白衣公子正凌空踏过湖面，身形纤丽，姿容挺拔，广袖飘飘似天地散仙。

灵星儿："……"

牧民们仍跪在地上，一时间忘了站起来，都看呆了。

鬼面人虽不认得此人是谁，却也知这三更半夜从沙里飘出来的，定然不会是自己人，于是二话不说便杀了过去。但还没等靠近，他们就已惨叫着跌坐在地，抱着胳膊，痛苦地打起了滚儿。

江凌飞满意地吹了吹指尖，江家新送来的暗器，的确好用。细若牛毫，见血即钻，跑到骨头缝里，任再好的仵作都找不出来。

见到同伙受伤，其余的鬼面人都不敢再轻举妄动，只警惕地观望着。

云倚风面容清冷，负手而立，风吹得衣摆高高飞起，墨发也飞起，白如细玉的面庞被月光一照，便成了一块会发光的细玉，更不像凡人了。

于是刚刚还在祭拜灵神的牧民们，转眼就又开始祭拜这位白衣神仙，又或者说，干脆是将他当成了救世灵神。

看到这一幕，方才还在等待时机的鬼面人们突然就如中邪一般，又不等了，厉声喊着"他不是灵神"，声音几乎要被撕扯到破裂，像是极为愤怒。

江凌飞皱眉，暗想原来这群人不是单纯出来骗人，而是压根儿就相信灵神的存在？八成还被鬼傒那老骗子裹着袍子亲切地摸过头，才会命也不要地，一听到旁人被称"灵神"，就如同亲爹被污蔑一样激动。

云倚风面不改色："我为何不能是灵神？"

"我们是见过灵神的！"鬼面人恨恨地道，"他是天下唯一的救世主，绝非你这模样！"

云倚风爽快承认："我的确不是灵神。"

牧民们躁动起来。

云倚风继续道："灵神只是我的——"他短暂地考虑了一下，忍着强烈的不适道，"坐骑。"

江凌飞没有一点儿防备，差点儿笑出声来。

灵星儿低头混在牧民里，肩膀抖动。

"大胆！"听他如此胡言乱语，鬼面人更加怒不可遏。云倚风却问："那你为何相信他一定就是真的，而我一定就是假的？难道仅仅因为他先我一步，宣称自己是灵神？那倘若有人来得比他更早，此时的灵神又该是谁？"

鬼面人顺利地被绕了进来，只道："末日就要来了，唯有灵神才能庇护我们。"

云倚风问："你们见过他呼风唤雨，撒豆成兵，起死回生，点石为金吗？"

鬼面人："……"

鬼面人强硬地道："我们曾亲眼见到灵神赤足踏过烈火，双手也生出了锋利的铁齿！"

云倚风缓缓走下沙丘，白衣似霜雪，双眸若寒星，声音如空谷浅溪，穿透铃铃碎玉，装神弄鬼的事业再度发展："荒草沙丘常年干旱，粮食短缺，部族穷困，病不得医。身为灵神，非但不能变出粮食与药草，还要天天生出爪子，赤脚在火堆里反复横跳，听着没有半分仙气，反倒和妖孽无异。这算哪门子庇护？"

灵星儿双手交握胸前，虔诚地道："神仙，救救我们！"

江凌飞扶住额头，风雨门出来的，都是什么人？

云倚风继续问："退一步说，就算真有末世，有烈火焚毁天地，那灵神有没有细细说过，他要如何拯救你们？是弄个罩子罩起来，还是带领信徒一起飞上天？"

鬼面人其实已经有些糊涂了，但还是辩驳道："灵神是这世间最有智慧的人，定然会有他的办法。"

"错。"云倚风淡淡地道，"他并非世间最有智慧的人，而是最无知的人。因为只有无知的人，才会不知道自己的无知。而那些认识到自己的无知的人，才有资格被称为有智慧。"

鬼面人："……"

云倚风步步紧逼："知道我与他的区别在哪里吗？"

鬼面人艰难地摇头。

云倚风道："他自称最有智慧，是因为不知自己的无知，而我自认无知，却恰是因为我拥有他所没有的智慧。"

鬼面人彻底晕了。

牧民也晕了。

半晌之后，才有人怯生生地问："那倘若末世来了，神仙能救我们吗？"

"不能。"云倚风看着他，开始温和地鼓励，"要靠你自己。"

江凌飞无声鼓掌，叹为观止。心想，完了，某人有这么一个帮手，自己怕是这辈子都吵不赢了。

云倚风坐在湖边，示意众人都围过来。这时翠华恰好也吃饱了肚子，便一路噔噔小跑，带着小红守在他身边，用脑袋不断蹭着他。牧民们就更加深信不疑他是神仙了，他们自然认得这是一等一的烈马，性子如豺狼，陌生人若想靠近，只怕连下巴都会被踢断，哪有与人如此亲昵的道理？

云倚风道："说说看，在荒草沙丘里，那假冒的灵神每天都在做些什么？"

鬼面人陷入沉默，须臾之后，方才喃喃说道："修了许多房子，还搬来许多巨大的石头，堆砌在荒原周围。"

云倚风用眼神示意他继续说。

这一说，便是好几个时辰。月亮隐没在湖水中，换成了金灿灿的朝霞与咸蛋黄一般的太阳，光芒暖融融的。牧民们手脚上的束缚皆被解开，一起生火煮饭，因为他们心里已经不相信吹出来的"灵神"了，所以再听鬼面人的叙述，就觉得这些人果然像是骗子。

正午的烈日灼得皮肤刺痛，云倚风已大致摸清了荒草沙丘里的状况，便站起来对牧民们说："都回去吧，只管继续先前的生活，末日是不会来的。"

牧民们答应一声，高高兴兴地散了，鬼面人问："那我们呢？"

"在夜狼巫族的老巢里，应当还困着许多牧民吧？"云倚风道，"你们可愿意随我回大梁军营，共同商议救人大事？"

听到"大梁军营"四个字，鬼面人明显面色一僵，晕了一夜的大脑终于清醒，眼底也再度翻涌出警惕与敌意。

"没错，我的确不是神仙，而是大梁的人。"云倚风看着他们，"所以诸位现在要重新折返荒草沙丘，去给凫徯磕头了吗？"

鬼面人："……"

云倚风想了想，觉得这群人应当还知道不少东西，杀了实在可惜，而且留着或许还有别的用途，于是耐心地道："其实何必对我们如此虎视眈眈呢？世间万物本无定相，就好比这沙漠，之所以为沙漠，是因为你我都认为它是沙漠。同理，灵神之所以为灵神，也是因为你认为他是灵神，一旦没有这个'认为'，那凫徯就什么都不是了。"

"我们说不过你！"鬼面人依旧紧握着刀柄。

云倚风好脾气地道："说不过，是因为道理都站在我这边，还想听吗？若你我都认为对方是朋友，那大家或许就真的会成为朋友。"

鬼面人："……"

"就算现在回去，你们也已经泄露了荒草沙丘的太多秘密。"云倚风提醒，"不如跟我回大梁提供线索，等同于立功。要是还想着要跪拜凫谿，只怕他也不会放过你们，在烈火中弄个银罩子护着是不可能了，千刀万剐，杀鸡儆猴，倒是能指望一番。"

"我们……我们还有亲人在那里！"其中一个人道。

云倚风从沙丘后捡起马鞍，架在翠华背上，翻身上马："所以就更该随我回大梁，尽快商议救人的计划，否则呢？"

"走吧，还愣着做什么。"灵星儿抱着胳膊，站在一旁催促，"再晚一些，天可就要黑啦！"

鬼面人面面相觑，最终还是跟了上来。

于是就这样，云门主顺利带回了三十余名鬼面人，任江门三少武功绝顶，硬是没得到施展的机会。

"喂，你是怎么琢磨出那些……"江凌飞斟酌了一下，将"废话"两个字改成了"道理"。

云倚风答道："平日里多读书，勤思考。"以及在探听消息时，真当风雨门只会蹲在窗外偷听吗？能哄得对方自己乖乖说出线索，才是真本事。

江凌飞："……"

"走吧。"云倚风拍拍翠华，"那荒草沙丘附近听起来不仅有陷阱，还有迷阵，不可大意，我们得赶紧告诉王爷。"

荒漠之上，烟尘滚滚。

军营里，李珺正在研究腕上的机关。前几日江凌飞要走，林影也不在，他又不敢贴到季燕然身边寻求保护，看着十分可怜，云倚风便给了他这个暗器，据说威力无穷，只要一按下去，就能杀人于无形。

"若非危急时刻，千万不要乱按，否则后果不堪设想！"云倚风叮嘱了七八遍，"记住了吗？"

李珺生平第一回拥有江湖暗器，十分激动，连连点头："记住了，记住了。"

云倚风再次叮嘱："记住啊，若伤了大梁兵士，王爷可是要斥责我的。"

李珺神情凝重地想：若伤了大梁兵士，七弟对你只是斥责，对我可能就是要命了。遂举手发誓，他真的不会乱按。

云倚风这才放心地走了，倒是江凌飞，皱眉道："如此凶残的暗器就这么交给他，靠谱吗？"

"假的，那就是个空木头壳子。"云倚风道，"他胆小又惜命，你我不在，定会想尽一切办法往王爷身边凑，谁敢来军营里绑人？安全着呢。手腕上套个东西，无非让他更安心，少说话罢了。"

江凌飞恍然大悟，竖起拇指，高明。

果然，这么多天里，李珺一次都没有按下过机关，每晚只是当成宝贝，轻轻擦一遍，爱惜得很。他听到帐篷外嘈杂，便将帘子掀开一条细缝，偷眼往外瞄，守卫的兵士笑道："平乐王，是云门主与江少爷平安回来了。"

不仅平安回来了，还救回了灵星儿，带回了一群夜狼巫族的鬼面人——相当配合的鬼面人，其知无不言的程度，甚至让耶尔腾与其余部族首领都产生了深深的疑惑，觉得这是不是毫猛与凫獂派来的奸细，否则怎么还没审，自己就先滔滔不绝，开始说上了？

季燕然也问："怎么回事？"

云倚风思考了一下，觉得说来实在话长，便只道："他们说的，应当都是真的。"

耶尔腾不满："这算什么回答？"

江凌飞拍拍他的肩膀："首领知道什么是智慧，什么是无知吗？"

耶尔腾："……"

"连日赶路，实在辛苦。不如先让他们休息半个时辰，吃点儿东西。"云倚风道，"然后再来一同审问。"

季燕然点头："也好。"

人是云倚风带回来的，其余部族自然没有意见，倒不差这半个时辰，便都各自散去了。唯有耶尔腾，面色一直不悦，走到僻静无人处时，身旁的阿碧突然轻轻地说了一句："自知无知，便是智慧；自知智慧，便是无知。"

耶尔腾停下脚步，有些惊讶地看着她。

而在另一边的大帐里，云倚风已经泡进了浴桶中。在行军打仗时，萧王殿下仍然不忘给他带个大桶。恰好这一带有不少草丘，倒是不缺水。季燕然听云倚风讲了半天，道："巨石迷阵？"

"他们的确是这么说的。"云倚风趴在桶沿，"倒也是，否则若哪天大军真的打上了门，总不能只赤脚在火堆里跳几下，就指望能退敌。总要事先做一些防护措施的。"

毫猛在荒草沙丘盘踞多年，谁都说不准他究竟在附近布设了多少机关。可惜这次带回来的俘虏，都是新加入夜狼巫族没多久的牧民，刚被训练成鬼面人，哪怕再配合，能说出的东西也不多。

"还有更糟糕的。"季燕然道，"红鸦教那套关于'灵神'的理论太能蛊惑人心了，尤其在越来越多的牧民放弃家园后，其他听到消息的人，也就开始蠢蠢欲动了。"哪怕他们其实并没有搞清楚"灵神"是什么，但总觉得别人都去了，自己若不去，怕是会错过天大的好事。

由被动地接受煽动，变成主动寻求对方庇护，显然不算是什么好事，而这股风气正在诸多牧民之间传递、蔓延着，或许很快就要穿过边境，入侵大梁。

云倚风皱起眉头，倘若所有牧民都聚在一处，他倒是可以再来一回"灵神之所以是灵神"的讲论，但这明显不现实，而且这套说辞太过云里雾里，枯燥无趣，想要大规模传开并且深入人心，基本不可能。

"怎么不说话了？"季燕然关切地看着他，"这一路辛苦，我是不是不该再说这些烦心事给你听？"

云倚风回过神，从他手中接过毯子，笑道："正因为是烦心事，所以才更应早些说出来，早些解决，走吧。"

而在另一头的篝火旁，江凌飞正在给李珺复述，云门主"灵神之所以是灵神"的精妙讲论，李珺听得云里雾里，疑惑地道："那我一直就深刻地知道自己无知，这么说来，岂非很有智慧？"

江凌飞："……"

李珺沾沾自喜，心想，原来我还挺厉害。

因为有云倚风的吩咐，所以那些夜狼巫族的俘虏，在大梁军营里得到了相当不错的待遇，不仅有热茶和热饭，甚至还有一大块烤肉。他们确实饿坏了，因此也没客气，狼吞虎咽地吃饱肚子之后，便将在荒草沙丘的所见所闻，一五一十地说了出来。

"我们是在半年之前，加入夜狼巫族的。"

那一阵正在闹风沙，连续好几个月没有落下一滴雨。牛羊都病了，刚出生的娃娃因为没有奶水，被饿得哇哇大哭，大家的日子都苦极了。

云倚风问："夜狼巫族的人，就是在那时出现的？"

"是，他们带来了水和粮食。"

他们也带来了一些讲论："干旱与贫穷正在大漠中肆虐，每个人都是有罪的，末日即将来临，唯有灵神才是唯一的救世主"。

人在被现实绊住手脚的时候，总是会不自觉地将希望寄托于未知的力量。而红鸦教正是抓住这一点，为信徒虚构了一个美妙的世界。在那里，没有疾病、战争与灾荒，人们再也不必用辛苦劳作换取温饱的生活，只要洗清身上的罪孽，就能进入永恒的仙国。

"当时我们的生活实在艰难，心一横，就跟着他们走了，至少能吃饱肚子。"

而在前往夜狼巫族的路上，那些鬼面人依旧在不断宣扬着"末世""原罪"与"洗涤"，牧民们也就稀里糊涂地相信了，要想进入仙国，必须先涤清罪孽。所以在抵达荒草沙丘，看到眼前艰苦的生活环境时，并没有人觉得意外，反而将搭建巨石当成了一种修行与荣耀。在那里，每个人都坚信巨石最终会通往云顶，变成灵神的华美宫殿，而自己是有功劳的。

凫溪很少出现，或者说很少以"灵神"的身份出现，只有在需要传授"神谕"的时候，他才会请来灵神附体，而在那一天里，所有人都会战战兢兢地跪在地上。

牧民们把自己的财产全部奉献给了他，在被训练成鬼面人后，还会抢夺其余部族与商队的财产。照此推算，毫猛与凫傒应当已经积攒了大量的财富。

云倚风问："大漠中有什么阵法，是需要用巨石搭建的吗？"

各部族的首领都摇头，蛊术与迷阵，应当是西南那头多一点儿，而西北游牧民族之间哪怕起了矛盾，也基本是用武力来解决，什么巨石阵，闻所未闻。

"无论那巨石阵中有什么，它都已经是存在的事实，我们此时的猜测并不能改变什么。"银珠道，"不如先想个办法，阻止夜狼巫族的扩张和掠夺，否则在我们赶往荒草沙丘的这段时间里，怕是会有更多的牧民加入他们。"

关于"灵神"与"仙国"的吹捧，几乎已经传遍了这片风沙弥漫的土地，哪怕牧民们都知道大梁与十三部族正要联合剿灭夜狼巫族，也有另一种说法在随着风大肆传播，那就是就连大梁的天子也忌惮灵神的存在，所以才会派出千万雄兵，妄图毁灭理想仙国。

人都是有逆反心理的，这种传闻可不太妙。别的不说，前几天大军在途经一个小部族时，就连小孩子都在冲着马队吐口水。他们原本应当清澈无邪的眼睛里，装满了与年龄不相符的仇恨，看得人心里发酸。

耶尔腾道："云门主既能说服这些人，理应也能说服其余牧民。"

云倚风："……"

能倒是能，但前提条件是你得先让所有人都聚到我面前。不过这话说出来好像故意找碴儿，所以他换了说法，委婉道："红鸦教并没有具体描述出何为仙国，所以不同的牧民，有不同的理解。要打破幻想，我便得先知道什么才是他心中所想的仙国，否则怕是无的放矢。"

耶尔腾不满："所以还要一个一个将牧民带来你面前？"

云倚风无辜地与他对视。

另一个部族首领脾气急躁，已经大声道："那就直接打吧，推平巨石阵，将凫溪与毫猛都杀了，仙国的谣言自然也就散了。"

银珠叹气："若实在想不出办法阻止流言，也只有这样了。只是不知在这段时间里，又有多少部族要被煽动得家破人亡。"

在众人商议的时候，阿碧依旧陪坐在耶尔腾身边，像是在神游天外。只有在云倚风说话时，她才会回神，看他一眼。她碧绿的瞳仁透着翠色，眼线上挑，睫毛又长又卷，似乎眨一眨就会落下光。也难怪李珺这两天对她避之不及，太漂亮的人，确实会摄魂。

江凌飞莫名其妙，看向身边的人，你掐我干什么？

李珺拼命暗示：你看云门主，一直在盯着那"雪妖"，是不是被摄魂了？

耶尔腾也察觉出异常，他不悦地皱起眉头，刚打算带着侍妾离开，却听云倚风道："或许还有另一个办法。"

所有人都看向他。

季燕然问："什么办法？"

云倚风答："我们也造一个仙国。"

一语既出，其余人都还没反应过来，江凌飞已经率先表示赞成。他是亲眼见过大场面的，深知论起忽悠人的本事，风雨门门主若排第二，江湖中怕是没有谁自称第一。建一个仙国算什么，哪怕建十个八个，也是信手拈来。到那时，哪里还有凫溪老骗子的生意做？

季燕然猜道："所以你也要仿照凫溪的方法，来建立一个更好的理想国？让他们相信不必离开故土，不必放弃一切，一样能获得想要的生活。"

"具体要怎么说，我还得再想一想。"云倚风道，"但红鸦教关于仙国的故事已经传遍了大漠。我若照猫画虎编一个，哪怕情节再精彩，能起到的作用也不大。倒不如搭建一片真实存在的乐土，来得更加直白、震撼一些。"

银珠想了一会儿，笑道："那可好玩了。"

"我回去之后，会先将计划写下来，大家再看看还有哪里需要改动。"云倚风道，"此外，最好能找到一处适合装神弄鬼的地方，不需要太大，能泛起白雾最好。"

"这就交给我们吧。"银珠道，"正好这一片是草丘，夜晚若漫上露水与星星，倒还真有几分像仙境。"

耶尔腾虽不悦云倚风与阿碧的对视，却也知道这主意不算烂，能打败谣言的除了真相，还有另一个更大的谣言。不管用什么办法，只要能阻止邪教教义的扩张，都是对战事有利的，值得一试。

而其余部族首领们，见大梁、葛藤与云珠三方都无异议，自然也不会出言反对，所以这件事就算是暂时定了下来。

李珺也挺兴奋，他原以为打仗嘛，定然无聊得很，却没想到还有装神仙这种有趣的事。因此在商议结束后，他还意犹未尽想与云倚风再聊一会儿，结果却被江凌飞自后领一把扯走。

大帐内，梅竹松替云倚风把完脉后，道："虽说连着赶了十天路，倒也无大碍，只是稍微有些虚弱，好好休息就没事了。"

季燕然问："那雾莲露不必再服了吗？"

"暂时停一阵吧，药吃多了总归不妥。"梅竹松道，"云门主内力深厚，若能试着不靠雾莲，就能维持住现在的状况，那就再好不过了。"

"我明白。"云倚风点头，"多谢前辈。"

季燕然亲自将梅竹松送回帐篷，回来后就见云倚风还在桌边坐着，手中一支狼毫下笔如飞，眸子亮晶晶的，看起来半分困意也无。睡觉是没指望了，说不定还要写到天明，季燕然无奈叹气，取过大氅搭在他背上，又问："计划？"

"这件事，还是得越快越好。"云倚风道，"凫溪喂牧民们服下的药丸，也不知是什么玩意儿，总觉得有些担心。"

根据俘虏们所言，所有人在抵达荒草沙丘后，都需服下一枚黑色丹药，而后便会变得力大无穷，彻夜练武、劳作也不觉累，像是有用不完的精力。梅竹松在替他们检查过后，却并没发现脉象有何异常，实在诡异。

季燕然道："倘若真有这种药，我倒是想让你也吃两粒。"

云倚风疑惑："……嗯？"

"已经很晚了。"季燕然站在身后，"赶了这么多天路，连阿昆都让你多休息。你方才答应得倒是听话乖巧，现在却又写个不停，可不得吃些神药撑着。"

云倚风歪着脖子："好，好，好，我写完这几行便去睡。"

另一处帐篷里，耶尔腾握着侍妾的手，柔声问："为何要一直盯着他看？"

阿碧垂下眼帘，过了许久，方才道："我曾经见过一幅画，画里的人和他很像。"

听到这个答案，耶尔腾稍微松了口气，又随口问："是哪里的画，你的故乡吗？"

阿碧摇摇头，靠在他怀中，不肯再说话了。

夜深深的，冷冷的。

云倚风的计划太过详细，详细到所有人看完都觉得可行。

至于疑问，也只有耶尔腾提了一句："只需建一处仙国，让牧民们看到就可以了吗？假如他们提出问题呢，士兵要如何回答？"

"士兵不用回答。"云倚风道，"我来回答。"

耶尔腾虽说目光狐疑，却也没多问。

搭建仙国的地点选在了一处平坦的草丘。那里有一潭清澈的湖，月露会洒满每一寸银草。

雪白的帐篷被搭建起来，挂上了七彩的装饰，地上铺满了绒毯，赤脚踩上去时，就好像踩在落满花的云端。灵星儿带着弟子前往每一位部族首领处，搜刮了好些美酒，珍贵的装饰也全部被借了过来，明晃晃地摆在桌上。

李珺提出意见："这仙国也太丑了。"大红大绿、鹅黄柳绿，值钱货都挂在显眼处，不忍直视！

云倚风一边看众人忙碌，一边问："那平乐王心里的仙国该是什么样？"

李珺闭起双目，凝神遐想道："一轮红日，万里金云，鼓乐声中玉门缓缓打开，瑶池仙子以彩霞为霓裳，诸位仙人以长风为骏马，席间觥筹交错，云端轻歌曼舞，天青青、水澹澹、雾绵绵……喂、喂，你等等我啊！"

"天青水澹雾缠绵，的确飘然高爽。"云倚风道，"但那是你心里的仙国，牧民们想要的神仙日子，无非是三餐有酒有肉，家人健康团聚。若老天爷肯多降几场春雨冬雪就更好了，什么长风骏马彩练霓裳，他们不懂，也不想要。"

"也是。"李珺挠挠脑袋，又嘿嘿笑道，"这鬼地方，风沙实在太大了。"

"所以要尽快平息战乱，才好集中精力种树治沙。"云倚风道，"走吧，我们去那边看看。"

李珺答应一声，心想，皇兄还真是累啊，人祸、天灾都要管，这一粒一粒的沙要怎么治？幸亏杨家当年没有谋逆成功，否则自己坐在皇位上，只怕屁股都要痛。

经过一番忙碌后，仙国总算是基本搭建完成了。怎么说呢，集各部族之力，应有尽有，琳琅、富余，并且欢乐。

其中一顶帐篷外挂着五色珠串，每一粒宝石都是晶莹剔透的，看起来价值不菲。耶尔腾只拿起来看了一眼，便怒道："这是谁送过来的？！"

侍从被吓了一跳，赶忙跪地辩解："首领，不是我们。"

前些日子灵星儿来要美酒、要宝贝，耶尔腾便让下人随意挑了几样，也没细问，但这珠串……

阿碧突然道："是我。"

耶尔腾看着她，心中不满："他们私下找你要了东西？"

"不是。"阿碧摇头，"我见大家都在找宝石，就把自己的借给他们了。"

"这是我送给你的，以后不要借出去。"耶尔腾将珠串解下来，重新戴回她的腕上，又随手扯了自己的一枚玉环，挂在先前的位置，"你看，我们也不吝啬，补给他们了。"

阿碧抿着嘴，难得露出了高兴的模样。

耶尔腾也便不再生气了，笑着问道："你很喜欢那些人？我是说云倚风，还有他身边的弟子。每次我提起来时，你都愿意多解释两句。"

阿碧犹豫着摇摇头，正准备回帐篷，却见风雨门的弟子们正推着板车往过走，上头还堆了不少衣裳，银珠也在一旁。

耶尔腾问："这是什么？"

"在军营中找了些新衣，要假扮仙国子民，总不能穿着打仗时的盔甲。"银珠道，"对了，每个部族还要挑选出十名英俊高大的士兵，今晚来我的帐篷里领衣服。"

旁边有人打趣，这仙国里的男子倒是英俊高大了，可要在军营中找出漂亮得像仙女一样的姑娘，却不容易。幸亏风雨门还带来了几个，否则不得成了光棍仙国。

"早知如此，我也就带些漂亮衣服来了。"灵星儿抱怨，"还要扮什么神仙眷侣。门主那般超凡脱俗，白得快发光了，只我一身漆黑站在旁边。哪里像眷侣？我像他捡来的烧火丫头还差不多。"

银珠被她逗笑，刚要说自己还带了一套浅色的衣裙，改小了应当能凑合穿一穿，阿碧却轻声道："我有。"

耶尔腾："……"

银珠亦有些吃惊，这么多天，好像还是第一次听这侍妾主动说话。

"我有裙子。"阿碧问，"你要试试吗？"

"好啊。"灵星儿看了耶尔腾一眼，见他似乎并没有反对的意思，便答应下来。

阿碧伸出手："来。"

灵星儿握住她的手，两个姑娘一道跑进了帐篷。

葛藤部族的侍卫也摸不准状况，阿碧不是一直都冰冰冷冷、沉默寡言的吗？就在大家都已习惯将她当成碧瞳雪妖时，怎么突然又像普通姑娘一样，还有了个朋友。

耶尔腾靠在帐篷外，微微皱起眉，听着里头的动静。

箱子里有许多漂亮的衣服与珠宝。

阿碧取出一套最好看的红色衣裙："送给你。"

"送我？"灵星儿摇头，"你借我穿一次便是，我会洗干净再还给你。"

阿碧也没有再说话，帮着她穿好衣服，又散开那漆黑的头发，灵巧地盘了漂亮的发辫。

灵星儿第一次穿得鲜红热烈，也第一次被插了满头的金银，坐在镜前乐道："这样好，随便一根金钗，都够牧民买一整年的粮食了，他们定然羡慕得很。"

阿碧替她拢好衣领，也跟着笑，覆在面上的轻纱垂落下来，露出一张精致的脸庞，灵星儿惊叹道："姐姐，你长得可真好看。"

阿碧将自己的耳环解下来，轻轻地替她戴上，抿嘴笑着说："你也好看。"

这就完全是姑娘家的悄悄话了，耶尔腾有些哭笑不得。先前他甜言蜜语哄了多少回，阿碧都不肯笑，倒是在见到风雨门的人之后，她微冷寡言的性子就变了。

晚些时候，云倚风也听说了这件事，倒不觉得意外。星儿的性格娇憨直率，人又生得漂亮可爱，的确十分招人喜欢。他只叮嘱了她一句，那毕竟是耶尔腾的人，亲近可以，但不能全无戒备。

灵星儿点头："我明白。"

"明白就好，先回去歇着吧。"云倚风道，"明日开始，就能散播消息了。"

灵星儿答应一声，刚准备离开，却又想起另一件事，便顺嘴道：

"对了，门主，我觉得那位阿碧姑娘，有时候有些像你。"

云倚风疑惑，像我？

灵星儿赶忙道："不是五官像，五官没什么像的。"

云倚风被她逗乐："五官不像，那是哪里像？都有两个眼睛、一张嘴？"

灵星儿仔细想了一会儿，泄气："算了，算了，三两句说不清，那我先回去了。"

云倚风笑着摇摇头，也未将这件事放在心上。

风雨门的弟子这回来西北，原是准备真刀真枪帮忙打仗的，万万没想到，最后还是做回了老本行，传谣传得风风火火。不过短短数日，附近的牧民们就都听说，最近出现了一座真正的仙国，里头住了许多漂亮高大的仙人，每月初二都会摆出流水一样的宴席，用最好的天官美酒与烤肉款待客人。

李珺仍然坚持："这个故事实在太俗。"

江凌飞道："闭嘴。"

大军依旧在按照原计划前行，并未因此事而耽搁。毕竟这新仙国的故事只是用来破除红鸦教的歪理邪说，阻止更多的牧民加入他们，能成功最好，不能成功也无妨。要想真正地摧毁夜狼巫族，还是得靠真刀真枪。

这天下午，灵星儿累得坐在地上："载歌载舞可太难了。"有没有那种仙国，每天不用唱歌跳舞，而是习武练剑的。

云倚风撑着脑袋，正遗憾呢，顾不上理这撒娇的小丫头。

李珺替他倒茶，虚伪地安慰道："不就是雷鸣琴忘带了吗？又不是什么大事。"

云倚风深深叹气。月露深夜，星辉草丘，长衫飘飘的白衣仙人除了杯中酒、美人膝、最不该缺的还有一把琴，于微醺时，散发广袖，信手弹奏一曲。

李珺发自内心地说："那谁能顶得住啊。"

云倚风一拍桌子："对呀。"

"但没有琴也很好！"李珺迅速道，"下回，下回，七弟他们不都说了吗？若是这仙国当真有用，往后可以三不五时演上一场，有的是机会。"

云倚风啧道："也是。"

灵星儿听得心情复杂，表情也很复杂。他没喝酒时认认真真照着谱子弹奏一曲，都要人命了，还想喝醉了信手弹，怕是弹完之后，牧民会夜骑八百里赶去投奔凫徯。

没带琴，挺好的。

"时间差不多了吧？"云倚风回神，"吩咐下去，让大家可以准备了。"

连老天爷也在帮忙，这一晚月色明亮，照得天地一片银白清澈。

灵星儿穿上漂亮的红裙，端庄矜持地坐在湖边："怎么样？"

"仙女下凡。"云倚风称赞，"可惜，清月没眼福。"

"我怕是不能嫁给师兄了。"提到这个话题，灵星儿闷闷地道，"他像个木头桩子一样，无趣乏味，心眼又小。"

"哦？"云倚风问，"哪里心眼小？说出来听听，我去替你报仇。"

"……"灵星儿双手捂住脸，"不说了，我好不容易假扮一次仙女，可要高兴些。"

云倚风笑道："好，好，好，那我不问了。"

两人正说着话，身旁就有人开始唱歌，嗓音嘹亮婉转，好听极了。

篝火熊熊燃烧着，上头架着滴油的烤肉，空气里泛起浓浓的美酒香。不断有人围上来，伴随着她的歌声跳舞欢笑，大家的手牵在一起，衣摆飞扬，影子倒映在洁白的帐篷上。

没人觉得自己在演戏，有酒、有肉、有歌，没有战争，天边泛着湿露。

这就是每个人都想要的乐土。

在众人忙着布置"仙国"的这段时间里，江凌飞也没闲着，他带领那三十余名俘虏离开军营，奔波于周围数个部族之间，冒充夜狼巫族麾下的"灵神弟子"，继续去替凫徯拉信徒。而且由于出手阔绰，武功高强，装神弄鬼极为方便，所以成效很是显著，很快就集了数百人，走在路上时，那叫一个浩浩荡荡。

自然了，在这批新加入的牧民中，有些也听过另一个"新仙国"的传闻，但并没怎么弄明白，所以只稀里糊涂地跟这群人走着，就是心里头难免惧怕，觉得怎么灵神弟子看起来一个比一个面目狰狞。

这件事算李珺的功劳。夜狼巫族的鬼面人，原只是戴着普通银色面具，诡异是诡异，但还没到可怖的份儿上，所以平乐王便提议："不如再搞得吓人一些吧，才更像鬼啊！"于是云倚风便弄来了易容用具，将这群俘虏装扮得面目全非，即便大白天看到也会吓人一跳。

灵星儿担心地问："可这模样，不会把牧民们吓跑吗？"

"不会。"云倚风道，"凫徯那老骗子不都说了吗？人生而有重罪。那些人恰是因为没有及时洗清原罪，才会变得人不人，鬼不鬼，糊弄起来更方便了。"

江凌飞双手抱拳，由衷地道："佩服！"

而此时此刻，在这初二的夜里，江门三少正戴着丑陋面具，带领牧民们一起在荒原中走着。

天边挂着弯月，虽只有浅浅细芽，却亮得出奇。云是鲜亮的，如丝一般绕在蓝丝绒般的天幕上，风一吹就变换流转，似有仙人在牵扯一般。草叶上落满了露水，踩上去便会沾湿鞋靴，大漠九月后的天气，已经冷得堪称刺骨了。再多走一段路，那脚底的寒意便会蔓延到小腿，到后背，一直到整个身体都是僵硬的，再走也走不出暖和气，只能走出疲惫与倦意。

这支队伍，沉默极了，忐忑极了，也狼狈极了。有人开始后悔，却不敢说，只继续埋头苦走着。

偏偏此时还又吹起了风，刮在脸上时，连皮肉都要被看不见的冰针穿透。

"神使，我们歇一会儿吧。"终于有人受不了，壮着胆子高声请求。

若换成平时，这种人就会被鬼面人套上枷锁，当成被恶魔附体、试图扰乱灵神计划的邪秽，当众惩治。

江凌飞停下脚步，转身冷冷地看着他。

对方战战兢兢地说："实在……太累了。"

其余人虽没有说话，却都在心里支持着这唯一敢冒犯灵神的同伴，也希望能歇上一阵。毕竟他们已经过了很长一段时间的苦日子了，也就是在神使找上门时，才有机会吃一顿饱饭，体力哪里能比得过鬼面人与江凌飞，他们早就已经疲倦不堪。

江凌飞淡淡地道："走。"

队伍里的人越发沉默了，双腿像是灌了铅。

而风却送来了远处的歌声与欢笑，与这死气沉沉的队伍形成鲜明对比。

"咦？是有人在唱歌吗。"

"是，是歌声。"

"这一片是荒丘，谁会在夜里唱歌？"

"好像有很多人。"

牧民们七嘴八舌地讨论着，心里又是忐忑，又是害怕，又是新奇与好奇。

江凌飞的声音依旧波澜不惊：“过去看看。”

"门——"红彤彤的篝火旁，灵星儿端着一盘糕点，原打算让云倚风尝尝的，可话还没说出口，就及时想起自己是要扮神仙眷侣，不好露馅，便将"门主"两个字又咽了回去，但盯着他看了半天，也实在叫不出"相公"，实在太可怕了！于是最后她脆生生道：“仙君，您尝尝！”

云倚风笑道：“小姑娘长大了，知道害羞了。”

"什么嘛。"灵星儿坐在他身边，将糕点送过来，小声道，"对了，我知道那位阿碧姐姐，到底哪里和门主像了。"

云倚风道：“嗯？”

灵星儿回答：“仙气像！”在不说话的时候、笑的时候、出神的时候……反正就是在某一个瞬间吧，两人都有一种与旁人不一样的飘忽，具体的她形容不好。

但想起师兄，灵星儿的脸又垮了，愤愤道：“哼！”

云倚风纳闷儿：“我有仙气是好事，你‘哼’什么？”

"同门主没关系。"灵星儿把盘子往他面前一推，"给，吃吧！"

云倚风清清嗓子，刚打算以门主的身份来教导一下这个忤逆的小丫头，突然就听前方传来一声清脆的鸟鸣。

这是众人先前约定好的暗号，说明江凌飞已经带着牧民们，抵达了"仙国"附近。

歌声顿时更加欢快起来。

灵星儿坐在香草环绕的高台上，生平第一回扮仙女，紧张得很。云倚风侧卧，枕在她膝头，风吹得雪衣飞起，真如画中的浪荡醉仙。

而牧民们都已经被惊呆了，他们不知道这是怎么回事，好像在寒冷的漫漫长夜中走着走着，前面突然就变得灯火辉煌，美酒和烤肉的香气迎面扑来，饥饿的肠胃立刻就开始叫嚣。

他们依稀能辨出这是什么地方，可先前不是只有草丘与野兽吗？怎么突然之间，就出现了一座如此漂亮的村落呢？雪白的帐篷连绵搭建着，上面挂满了各种颜色的宝石装饰，空地上熊熊燃烧着的火堆，看起来就暖和极了。柔软的垫子被随意丢在地上，旁边码放着酒坛与一盘一盘的烤肉，而正在享用这些美食的人们都穿着华美体面的衣服，男的高大潇洒，女的美丽温柔。每一个人都在笑啊，唱啊，跳啊，被温暖的火光照映着幸福的面庞。

灵星儿嘀咕："他们怎么都不抬头的？"

"你看吧。"云倚风舒舒服服躺在她膝头，不紧不慢道，"我先前怎么说来着，就该有一把琴。"铮铮一拨弄，保管将所有人的目光都吸引过来。

灵星儿心想，以后若有机会，她要好好同门主说一下这件事。

在风雨门里弹也就算了，萧王府里也凑合吧，可在外头是一定不能再丢这个人了！

云倚风嘴角上挑，继续看着下面。

江凌飞问："你们是谁？"

"我们是仙国的子民。"有人朗声回答，"见这里湖水清澈，风景优美，便想借来欢聚一晚，可是打扰到了诸位？实在抱歉，我们明日清晨就会回去了。"

"仙国？"牧民们听到这两个字，便欣喜地问道，"是灵神的仙国吗？"又问江凌飞，"那荒草沙丘内，也是这样？"

江凌飞冷漠回答：“不是。"

鬼面人也在旁道：“大胆！这种酒色荒淫的假仙国，如何能与灵神创立的真仙国相比？真正的仙国，到处都是高耸的黑色巨石，巍峨无比，可以穿破苍穹！而你们，这些有罪的信徒，每天皆要穿凿石碑、搬运石柱，用最粗劣的食物果腹，穿着麻布的衣服，在太阳升起之前起床，在月亮升起之后休息。"

牧民们面面相觑。

"我们可不是假仙国。"先前那人继续笑道，"不过这也不重要，你们都累了吧。不如先坐下来，一起喝杯酒，我们的烤肉实在太多，吃不完了。"

江凌飞还没有来得及说话，“仙国"的子民们就先拥了上来，亲热地拉过牧民的手，将他们带到了火堆旁，又送来最好的酒和肉，继续欢唱着。

"你们，你们真是从天上来的？"牧民们有人问。

"我们不是天上的人。"对方回答，"仙国就在人间。"这话是云倚风教的。

牧民更好奇了，其余人也围了上来，七嘴八舌道：“就在人间？是这个人间吗，我们怎么从来没有见过？"

"今晚不就见到了吗？"那人笑道，"仙国无处不在，将来你们或许还会有机会见到。"

火堆上的肉冒着油，寒冷与饥饿都在这个奇妙的夜晚，被一并驱逐了。牧民们又试探地问道：“那我们能加入你们的仙国吗？"

"不能。"那人摇头，"仙国不能加入，只能靠着自己来创造。"这也是云倚风教的。

靠着自己创造一个仙国，听起来又遥远不可触，又像在牧民们心里点燃了一把蓬勃的火，轰的一下，他们的脑袋蒙了，连血都热了。

"要怎么创造？"

那人指向高台。

被冷风吹了大半天的风雨门门主，终于等来了万众瞩目的出场机会！

牧民们齐齐抬起头，顺着他的方向看过去。就见在那装饰华美的高台上，正有一男一女。男子身着白色雪衣，斜卧侧躺，似是早已喝得酩酊醉，而女子红裙似火，头上插着金钗，腕上戴着玉镯，风吹得裙摆漫天飞舞。两人的面容都漂亮极了，不似凡人，或许根本就不是凡人。

是真正的神仙吗？

牧民们欣喜若狂，连酒肉都顾不上再吃了，一起拥到了高台下。

江门三少颇为敬业，坐在火边吃着饭，还不忘尖起嗓子，鬼里鬼气地喊一声："你们都给本使回来！"

自然，没人搭理，又或许根本就没人听到。

云倚风半坐起来，疑惑而又茫然地问："你们是谁？"

"我们是这附近的牧民。"下头的人大声回答，"我们也想加入仙国。"

"回去吧。"云倚风又懒洋洋地躺回美人膝，将手中的酒坛随意一抛，"仙国不能加入，也从不收外人。"

砰的一声，酒坛碎了，牧民们加入仙国的美梦也碎了。嗡嗡的嘈杂声退去，只剩下一片死寂，还有火堆燃烧的声音。

"仙国为何不能加入？"片刻之后，又有人不甘心地问，"那你们怎么能进仙国？"

灵星儿回答："这仙国本就是我们的家，我们一出生就是仙国人。你们若也喜欢这样的生活，便要自己想办法，将现在所居住的部族也变成仙国。"

"怎么变？"

"对啊，怎么变？"

"教教我们吧！"

灵星儿推推膝上的人：听到没有，别再睡啦！

云倚风又坐了起来，伸了个懒腰后，便飞身一跃，轻巧地落在地上。

灵星儿松了口气，可算是走了。

牧民们看着面前的白衣仙人，都自觉后退，不敢靠近他。他真是从画中走出来的啊，又或者说比画中还要更加飘逸。毕竟再好的画师，也绘不出那双寒星一样的眼睛和清冷如霜的神情。

"我们的部族，原先也与你们的一样。"云倚风走到火边，让众人都坐到自己身边。

江门三少心里琢磨着，是不是要提前找团棉花塞住耳朵，否则听他说完，只怕自己也会被煽动得热血沸腾，跑去跟着牧民一起建立新仙国。

"同我们的部族一样，怎么就会变成仙国呢？"

云倚风道："靠自己的劳动。"

这个回答似乎有些平平无奇，所有人都在安静地等着他继续往下说。

云倚风的声音很好听，语调也很平缓，不像凫溪教出来的鬼面人一般咋咋呼呼，而像清澈的溪水，看似没什么力量，却更能渗透人的心。

没有谁是天生就拥有一切的，想要获取财富，获取更好的生活，就只能靠着自己的双手。西北虽不比南方鱼米丰饶，却一样可以建立理想的仙国。这里有最好的烤肉、最甜的瓜果，还有别处喝不到的美酒，往南可以运往大梁，往西可以送至更远，甚至送至都没听过的其他国家。而等到有一天，治理风沙的树苗能连成树林，如虹桥般横贯东西的商路被彻底打通后，就会有更多的人，更多的货物涌入，驼铃伴着欢笑声绵延不绝，商队络绎交汇，一直通往天边。

"可我们能等到那一天吗？"

"能。"云倚风道，"我们或许等不到这里长出参天的密林，却一定能等到第一棵树的发芽与存活，或许等不到穿行大漠的商队如江南一般繁忙，但可以做第一批开路的人，用双脚为子孙后辈绘出'西行商路图'。建立理想国是一个漫长的过程，需要很多人一起努力，生活才会变得越来越好。"

他还说了另一件事，在不久之后，大梁的王爷就会与十三大部族的首领坐下来，好好商讨一番治理风沙与干旱的事，而对于其他生活困苦的小部族，也会提供一定的帮助。

江凌飞坐在一旁，也在想着，有朝一日，若没有了干旱，没了贫穷，战争是不是真的就会消失，再无妻离子散，再无烈火蔓延。

旁边有人用胳膊肘捣了他一下，该你了！

江凌飞回神，高声道："你这仙国还要靠自己劳动，我们灵神的仙国，只需要交出自己的财产，再天天搬运石头，做苦力，搬个十年八年，便能洗清罪孽，在末世来临时得到庇护！"

牧民们都静静看着他。

云倚风问："在末世来临时，灵神要如何庇护你们？"

江凌飞道："弄个大罩子，将我们罩起来，而你们这些混蛋，都是要被火烧死的！"

牧民："……"

"你们都有罪啊！"江门三少演上了瘾，反正戴着面具，也不丢人，所以继续癫狂道，"回去之后，不仅要搬运石头，还要被灵神用沾着盐水的鞭子天天抽！"

一旁的鬼面人见时机差不多了，便腾的一下站起来，将脸上罩着的面具狠狠一撕，丢在了地上："什么？还要用鞭子抽？那我不回去了！"

牧民们就又被吓了一跳，仔细看着他的脸。先前不是说因为生而有罪，没有及时信奉灵神，所以才会变得面目狰狞吗？怎么搞了半天，只是戴了个面具。

"哎呀！"江凌飞埋怨，"不是要用鞭子抽你，是他们，快点儿戴回去！"

那鬼面人却依旧嚷嚷："我不听了，天天就知道搬石头和杀人，都两年没吃过肉了。什么灵神，算了吧！"

听他这么说，其余鬼面人也把面具扯了下来，牧民们恍然大悟，搞了半天，这灵神原来是个骗子啊？

只有江凌飞还在坚守岗位，不住地嚷嚷着"天降惊雷""灵神要劈死你们"，听起来实在又烦人又晦气，于是那些鬼面人便追着他打，就这么一路跑远了。

目睹完全程的牧民们，都陷入了长久的沉默。

"这是你们的东西吗？"灵星儿牵了几匹马进来。

"是，是我们的。"牧民道，"那些人说灵神需要供奉，让我们交出所有的钱财。"

"都拿回去吧。往后好好过日子，别再上骗子的当。"灵星儿道，"天快亮了，我们也该走了。"

牧民们收拾好东西，离开之前，又问了一句："你们真的是神仙吗？"

"我们不是神仙。"云倚风笑笑，"但衣食无缺，能过自己想要的生活，这就是我们的仙国。"

衣食无缺，安居乐业。在回去的路上，牧民们一直在想，只要能过上这样的日子，是不是神仙，好像也没那么重要了。

东方已经浅浅露出了一线白，再过一阵，便会迎来旭日东升。

按照原计划，这些"仙国"的子民们，现在已经应该收拾帐篷，准备去追赶大军了。但偏偏还有一个牧民没有走，是个二十岁出头的年轻人，高大结实，夹棉衣裳也未能掩住他手臂上隆起的肌肉。他一直站在原地，死死地盯着云倚风。

灵星儿心想，完了，装神弄鬼被看穿了。

果然，那年轻人张口就道："你们是军队里的人吧？"

灵星儿看向云倚风，怎么办，要不要一棒子敲晕了，再抬去给梅前辈，看看能不能一针扎到失忆。

云倚风继续仙气袅袅，问他："阁下何出此言？"

"我不信什么仙国，这片草丘我经常来放牧、打水，从没见过神仙。"年轻人道。

云倚风一笑："你既然不信仙国，为什么还会被方才那些神使说服，跟去荒草沙丘祭拜灵神？"

年轻人咬着牙，狠狠地道："我原是打算混进荒草沙丘，找机会杀了毫猛与凫溪那两个混账的！"

正好江凌飞也带着鬼面人们绕回来了，他手里提溜着面具，本打算帮着收拾行李，却没想到居然还有人没走，就立刻又把面具扣上了。他厉声道："你快快随我回去参拜灵神！"

云倚风："……"

灵星儿："……"

年轻人回头看着他，眼里写满仇恨："我要杀了凫溪！"

江凌飞："……"

年轻人道："我要去救我的大哥。"

无论如何，这个人是不能再放走了。云倚风在心里叹气，吩咐其余人先收拾东西，自己带着年轻人坐到一旁："你叫什么名字？"

"我叫格根。"对方道，"我哥哥叫乌恩，他也不信灵神。"

兄弟二人原本生活得很安稳，而且因为勤劳肯干，甚至还称得上富足。关于灵神的蛊惑，对他们来说一点用都没有，压根儿就没放在心上。

"可后来却有越来越多的人抛弃家园，去了荒草沙丘。"格根道，"我和哥哥收留了四名病弱老人，都是被儿女遗弃在帐篷里的，因为灵神不需要年迈无能的人。那一定是骗子，但他们煽动人心的本事太厉害了，所以无论我和哥哥怎么劝，都没有用。"

云倚风道："所以你的哥哥就假装顺从，跟着鬼面人去了荒草沙丘，想杀掉罪魁祸首，结果一直没有音讯传回。你因为担心他，就决定故技重演，也混进凫溪的地盘救人？"

格根默认。

"倘若这么轻易就能解决问题，大梁又何必联合十三部族出兵？"云倚风道，"你猜得没错，我们是军队的人，所以在这件事情解决之前，我不能再放你离开了。"

"我不走。"格根爽快地道，"我也想加入你们，去杀了凫傒。"

"好。"云倚风点头，"我答应你，你以后就留在军中吧。"

江凌飞拍拍格根的肩膀："恭喜啊，那现在开始干活儿，我们要赶在天亮前离开这里。"

年轻人答应一声，去帮着其余人收拾东西了。云倚风问："这算不算天降帮手？"

"他顶多只能算勇士，算不上帮手，但假如他哥哥还活着，混在凫傒的老巢里，说不定将来有些用。"江凌飞道，"至少听起来有勇有谋，比后头这群强多了。"

云倚风看了眼那三十余名俘虏，笑了笑："也是。"

先前众人就商议过，是否要将这些人再派回去一些，充作内应，但后头挑挑拣拣大半天，实在没一个放心的可用之人。而找一些可靠的将士，乔装牧民混入荒草沙丘的提议也被否决了，因为进门就要先吃药，没人知道那玩意儿究竟是什么。而且混进去之后，一来很少能直接接触到凫傒，再者，至少要先坐在原地磨好几个月的石头，才会被允许去巨石阵，或者被训练成鬼面人放出来，所以其实并没什么大的用处。

这么看来，那个勇猛的乌恩，或许还当真能帮上忙。

子时，营帐外的将士们正在交接换岗，说话声被风吹得断断续续，落入季燕然耳中时，就只剩了"多加小心""老巢"几个字。他大概能猜到他们在说什么，再有半个月，穿过前方的沙漠后，便等于抵达了荒草沙丘的边缘，也就是夜狼巫族的老窝。

于他而言，这并不算一场多么艰难的战役。大梁联合十三部族，想要剿灭一个邪教，力量还是绰绰有余的。相比而言，他倒是更在意耶尔腾，此人野心勃勃，又死死地握住自己的软肋，这回更是连双方僵持许久的青木错，耶尔腾都愿做出让步，这背后隐藏着什么，此人将来想要什么，只怕……

季燕然闭起眼睛，想驱除脑海中的嘈杂声音。外头狂风却嘶吼得越发嚣张了，即便帐子里点着火盆，也驱不散寒冷。可这还只是秋天，等冬天来了，那才叫真正的滴水成冰，比缥缈峰的暴雪更加干冷难忍。

白天的时候，阿昆曾提醒过一句，最好能在两个月之内结束战争，赶在下雪前回到雁城。霁莲毕竟不是血灵芝，云倚风现在虽看起来无恙，但体内的残毒就如同看不见的炸药，说不准什么时候就会被点燃引子，轰的一声炸了。

想及此处，季燕然眉头一跳，睡意消失得无影无踪，他刚打算掀开被子起床，床边却突然刮过一阵风，再一眨眼，身后就多了个人。

"王爷是打算拔剑吗？"

季燕然的手还压在枕下，他松开剑柄，冷静地回答："没有。"

云倚风笑："这一招叫'风熄'，是江湖中最上乘的轻功，发现不了不算丢人。"

季燕然笑了笑："按理来说，不该这个日子回来的，熬夜赶路了？"

"事情很顺利，"云倚风道，"而且还有意外收获，我们带回来了一个年轻人，据说他的哥哥为杀凫溪，数月前假装信徒，混进了荒草沙丘，若还活着，说不定能帮到我们。"

"明日我去找他谈谈，此行事情顺利，那你的身体呢？"

"没事。"云倚风道，"星儿将我照顾得很好，还有江大哥与平乐王，一大群人天天盯着，想劳累都没机会。"

"那也要好好休息。"

格根因为身份特殊，所以暂时与江凌飞住在一起，旁边还要搭一个硬挤进来，死活觉得下一刻就有刺客要来绑架自己的平乐王。小帐篷里搭着三张床，睡三个身形高大的男人，其中一个还鼾声震天。

李珺被吵得睡不着，便半坐起来，有一句没一句地和江凌飞聊天，感慨你我这般尊贵的身份，一个大梁王爷，一个未来的武林盟主，现如今居然沦落到要与这位打鼾狂魔同宿——

"等等。"江凌飞打断，"什么叫'未来的武林盟主'，你又听说了什么？"

"不是吗？"李珺纳闷儿地看着他，"茶馆里的说书先生经常提到，说江家是武林第一世家，而三少爷又是今世罕见的武学奇才，再花里胡哨地夸上一通，自然就扯到了盟主之争上。"这个位置向来是天下第一方能坐得，更别提江南斗与黎青海还有仇。种种前尘旧事加在一起，可不就能推出一个江家少爷仗剑闯江湖，最终功成名就的热血故事。

"秀才胡扯骗银子罢了，我对武林盟主没兴趣。"江凌飞枕着手臂，淡淡地道，"我只想尽快回到王城，继续当个衣来伸手，饭来张口的富家子弟。"

这不巧了吗。李珺嘿嘿笑了——我也想过这样的日子。

而在这短短几天的时间里，关于"新仙国"的传闻，已经随着牧民，随着风，传遍了一个又一个的部族。那一晚，一百多个人都亲眼看到了，神仙一般的俊男美女们，穿着华美的衣裳，喝着最好的酒，在雪白的帐篷与篝火旁载歌载舞。他们还带来了许多好消息，这风沙是能治住的，干旱也是有办法缓解的，和平之后甚至还会开出商道，一直通往最西边的海洋，路像天上的彩虹一样长。

自然，同时传播的还有灵神骗局。那些戴着面具四处抓人的恶鬼，以及荒草沙丘中真实的生活，没有救世主，只有毫猛的野心、鞭子与夜以继日的苦工。为了提防鬼面人又来煽动或者屠杀，越来越多的人选择聚集在一起，许许多多的小部族聚集成了大的村寨，年轻人们磨光了长枪与弓箭，齐心守卫着家园。

西北的风还在吹着，一直吹着，将真相吹到更多人的耳朵里，直到最后一个摇摆不定的人，也选择留在故土，拿起刀枪对抗强盗为止。

清晨的阳光驱散寒意，晒在身上暖融融的。

云倚风从帐篷里出来，活动了一下酥软的筋骨。他昨晚睡得太舒服了，从脚趾到脸颊都泛着暖意，裹在睡袋里，就像一颗又白又……不怎么胖的茧，好不容易才挣扎离开温柔乡，洗漱之后换上翩然白衣，重新化成一只像模像样的漂亮"大蝴蝶"。

季燕然此时正在与耶尔腾一道，问格根一些夜狼巫族与他哥哥的事情，暂时还没回来。云倚风便独自去伙房捡了个馕饼，一边吃一边溜达，到处找人聊天，又帮着收拾帐篷行李，看起来又闲又热心肠。

将士们都挺尊敬他，这尊敬一方面自然是因为萧王殿下，另一方面也因为风雨门的确帮了不少忙。

云门主穿行在众人的目光中，自在快活得很。吃完最后一口饼，就打算去主帐里看看季燕然，结果刚一回身，迎面就走过来了一个人——碧色衣裙，碧绿双瞳，身形娇小轻盈。

"阿碧姑娘。"云倚风热情打招呼，又随口问，"是要去找大首领吗？正好，我们同往。"

阿碧却停下了脚步，只一直盯着他看，绿色的眼睛在阳光下，使她更像是能蛊惑人心的妖精。

江湖中应当是没有摄魂术的，即便有，也要辅以药物或者阵法，断没有看一眼，魂就丢了的道理。所以云倚风也未闪避，反而故意与她对上了视线，想看看对方究竟要做什么。双方这一盯，就颇有些小娃娃玩"我们都是木偶人"的架势，总之谁都不肯先动。过往的士兵见到，都奇怪极了：这是干吗呢？

云倚风的眼睛其实也很美，睫毛细密，瞳仁如漆黑的夜空，闪的光便是细碎的星辰，含着一层薄薄水雾，恰到好处地淡化了过于凌厉的眉峰。他笑起来时，更多了几分平易近人感。寻常的小姑娘，若被这么一双眼睛盯着看，只怕早已心跳如擂鼓，面飞红霞，可阿碧却不是，她只紧紧地皱着眉，呼吸急促，像是要从面前这双漂亮的眼眸里，硬生生掏出一些什么，或是拼起一些什么。

"姑娘？"云倚风在她面前挥了挥手，"你没事吧？"

阿碧一把握住他的手腕，将人扯到自己面前，继续死死地盯着。

两人的距离已经很近了，周围的人都吓了一跳，想上前阻拦，却听到有人通报，说萧王殿下与大首领来了。

云倚风转过头，表情很无辜。

季燕然微微皱眉，问耶尔腾："怎么回事？"

"或许是……阿碧想起了一些什么吧。"耶尔腾犹豫着说，也不知道该不该将两人分开，"她的记忆是断断续续的，不知道自己是谁，也不知道自己从何处来。我能冒昧问一句云门主的身世吗？"

"他的身世很苦。"季燕然道，"但理应同外族没什么关系。"

阿碧手上的力气渐渐弱了下来，她似乎什么都没想起来，又似乎想起了一些什么，最后只茫然地，轻轻地，叹了口气。

耶尔腾拉过她的手，将人带走了。

周围的将士们也散了，只有云倚风依旧站在原地，完全不知道发生了什么事。他一头雾水地问季燕然："这到底算我中邪了，还是阿碧中邪了？"

"同中邪没关系。"季燕然道，"耶尔腾说，阿碧是他在寒冷的沙雪中捡到的，当时受伤失忆，后来也一直没好，所以方才或许是看到你，想起了一些故人旧事。"

"看到我，想起故人？"云倚风吃惊地说，"我从没见过她啊。"

一琢磨，他更吃惊了："星儿前两天还在说，觉得我同阿碧有时候很像，莫非……"

他不敢再往下继续了，而且也不可能啊，阿碧容貌妖异美丽，一看就非大梁人，自己是蒲先锋的儿子，不过这件事似乎也没证据。但长相是做不了假的，云倚风使劲扯着自己的脸问："我像外族人吗？"

"不怎么像。"季燕然把他的手拿下来，"或许她的故人都同你一样，不似凡人，所以才会有所触动，也说不定。"

云倚风心情颇好："多夸两句。"

季燕然摇头："不夸了。"

云倚风道："萧王殿下着实小气。"

季燕然一乐："对。"

云倚风语调一扬高："横竖打不过王爷，算了。"

当天下午，全军营都知道了阿碧姑娘拉了一下云门主的手。

灵星儿："……"

灵星儿又腰道："这可不行啊！"

"什么不行，你听那些风言风语。"云倚风用马鞭柄敲敲翠华，示意它小跑几步，与灵星儿并行，"前些天忙着没顾上问，现在同我说说看，你与清月到底怎么了？"

"门主现在才想起来。"灵星儿嘟囔。

云倚风自知失职，于是清清嗓子道："这样，不管是不是清月的错，我都帮你训斥他。"

"其实也没什么大事。"灵星儿道，"就是孜川秘图那阵，全江湖都在追杀门主。师兄非但不想办法，还要写一封什么告知书，将门主逐出风雨门。"

云倚风先正色纠正她，又纳闷地道："那封告知书是我教他写的，你理应也看到了书信，怎么还怪上清月了？"

"可……可又没到万不得已的时候，多等几天也不行吗？你看我拖着拖着，不就拖出了解决的办法？"灵星儿闷闷地道，"我就是觉得，师兄好像挺……挺……"

云倚风道："挺想当风雨门门主的？"

灵星儿默认。

云倚风笑笑："我早就看出来了，可这又不是坏事。"

"怎么就不是坏事啦？"灵星儿辩驳，想当门主，下一步是不是就要欺师灭祖了？否则要怎么才能当？

云倚风头疼，提前体会到了养儿女的艰难，开始耐心地讲道理，想当门主，和迫不及待地要坐上门主的位置，是两回事。

自己当初创立风雨门，一来是因为逍遥山庄，二来也是因为想有一个家，能摆脱鬼刺的阴影。后来虽然发展得不错，却始终也做不到全心全意，让门派发扬光大，只是在拖着病躯混日子。而清月不一样，他年轻、谨慎、细心，对未来的计划相当周全。平心而论，除了经验欠缺，他的确比自己更适合做门主。

云倚风道："况且在我每次出事时，清月都是拼死保护我，又满江湖跑着找药材。若他当真想欺师灭祖，何必如此费力？结果他分明就一片赤诚，只不过做了一件我吩咐他做的事，你就生气了，还一声不吭地跑来西北，留他一人担心？"

灵星儿语塞，过了半天才嘴硬道："不是说好不管谁的错，都要帮我训斥他的吗？"

"是，是，是，训斥。"云倚风道，"这样，将来你们成亲时，我只出你的嫁妆。至于清月的聘礼，让他自己去挣，我一个铜板都不接济。"

"谁要成亲！"灵星儿被他说得脸更红了，一甩马缰就往前跑。

看这二人聊完了，季燕然笑着驾马上前："方才我同耶尔腾聊了几句，他说阿碧在回去之后，依旧什么都没想起来。又说若你同意，他想让星儿多去陪陪阿碧，她们似乎很喜欢彼此。"

"姑娘家关系亲密，哪里需要我同意。"云倚风道，"不过看这架势，耶尔腾对阿碧当真不错。"

"他把她当成是沙雪中的精灵，上天馈赠的珍宝。"季燕然道，"于大梁而言，他的确是个讨厌的对手，但并不影响他同时成为一个关心女人的好男人。"

"在遇到王爷之前，我从没想过自己的身世。"云倚风道，"但你说奇不奇怪，在遇到王爷之后，莫名其妙就冒出来许多人、许多事，像是都与我的身世有关。"如同饿久了的旅人，面前突然就出现了丰盛的宴席，倒不知道该吃哪一碗了。

"这叫命中注定。"季燕然问，"那算好还是不好？"

"挺好的。"云倚风笑笑，"能遇到王爷，万般皆是好。"

李珺刚策马小跑过来，见这二人像是在说要紧事，便又赶紧勒紧马缰，掉头跑了。

"关于平乐王与廖小少爷的往事，"云倚风试探，"王爷就打算这么放下了？"

"李珺说得合情合理，那件事或许与他有关，也或许与他无关，在没有更多证据的情况下，我的确不能做什么。"季燕然道，"不过我看他与你关系倒是很好。"

"平乐王性格不错，还颇有几分小聪明。"云倚风道，"而且还有更重要的一点，皇上喜欢画满蝴蝶的粉彩大缸，王爷喜欢花里胡哨的鹅黄柳绿，知道平乐王喜欢什么吗？"

"我怎么就喜欢鹅黄柳绿了？"

云倚风："……"

"好好好，你说说看，他都喜欢什么？"季燕然认输。

云倚风摊开掌心，一枚剔透宝石，精巧可爱，如风中雨，花间露，美人泪。他刚打算解释一番此为何物，突然就见季燕然冲自己扑了过来。

翠华受惊，刹住脚步，仰天昂首，长嘶一声。季燕然将人护下，两人一起滚落在地。数百根箭矢自沙地中射出，似一场密密麻麻的夺命铁雨。

李珺本在远处观望，此刻惊慌失措地大喊一声："啊！"

江凌飞反手一剑打落箭矢，拎着李珺，把他丢到了安全的地方。再看军队，已经乱成一团，有不少人受了伤，正在地上惨叫着。

事情发生得太过突然，甚至首尾两端的人还没反应过来是怎么回事，这场箭雨已经结束了。之后并无敌军杀出，应当是只有暗器埋在沙地里。

军医与梅竹松都过来查看，箭矢被淬过毒，情况不妙。受伤的将士就地接受医治，云倚风拉着季燕然检查了三四遍，确认他没有受伤，方才放了心。

"在这不远不近的地方，凫傒为何要埋暗器？"灵星儿问，"而且早不射、晚不射，偏偏等到王爷与门主过来的时候，突然就被触发了。前头耶尔腾的大军走过去都没事，怎么可能是无人操控？"

这事的确蹊跷，可耶尔腾在面对质问时，也是莫名其妙："我既主动提出要与大梁联手，现在都快到荒草沙丘了，却突然对萧王殿下放冷箭，这对战事有何好处？"

那难说啊，反正你看起来也不像什么好人。灵星儿默默地想。

林影检查过后，皱眉道："王爷，这似乎是很久以前的东西。"

季燕然问："多久？"

林影抬头看着他，犹豫道："像是卢将军那个时候的。"

耶尔腾冷哼一声，讥讽道："查了半天，原来是你们自己人搞的鬼。"

箭矢上带有黑狼烙印，的确是卢广原的标记。整套机关也被小心翼翼地挖了出来，中间有一处新的裂痕。据众人推测，应当是因为遭遇了大军连续的踩踏，而刚好在季燕然路过时，才彻底断裂，所以触发了箭矢。

林影道："卢将军也曾征战西北，或许是在行军途中，不慎落下了这个机关，又被后来的风沙掩埋了。"

"箭矢上的毒怎么样？"季燕然问。

"回王爷，此毒虽能使人身体瞬间麻痹，但不致命。"军医道，"也是能解的，就是需要的时间长一些，约莫十天吧。"

季燕然点头："辛苦了。"

战事还未开始，就先伤了数十名士兵，还是因为这种一言难尽的理由，季燕然也颇为头疼。虽说这种事应当只是偶然，不过他还是派了一队人马，先行探路，将行军路线全部检查一遍后，大军方能通行。

如此，便又比原计划多耽搁了几天，不过倒也无妨。因为现在几乎每一位牧民都知道了，所谓灵神与仙国都是骗子，信不得，进了那荒草沙丘，神灵的庇护是没有了，只剩天天坐着磨石头的命。派出去的鬼面人，也再得不到神使的尊贵待遇，成了人人喊打的过街老鼠。

荒草沙丘内，毫猛登上高台，看着下方黑压压的人群，冷漠地道："看来你我的军队，就只有这些人了。"

恶战

第二章

夜狼巫族与红鸦教联手之后，邪教便如同瘟疫一般在西北蔓延开来。现如今黑压压站在薄雾中的信徒，粗略观去，竟也有数万人之多。难怪十三部族会如临大敌，按照这个趋势，倘若再不出手干涉，只怕真的会被毫猛与凫徯悄无声息地建起一个王国。

邪教的恐怖之处，其实绝大多数都在于对人心的蛊惑。一旦"灵神"与"仙国"的谣言被破除，虚构的宏伟广厦也就坍塌了九成。大势已去，再加上越来越逼近荒草沙丘的联盟军队，他们的人数是夜狼巫族的五倍之多，胜负似乎毫无悬念。

毫猛问道："倘若巨石阵被攻破呢？对方可是有轰天火炮的。"

"大梁共有十八座轰天火炮，现皆分布于东南一带的海岛边境，距离西北迢迢路远。"凫徯道，"况且轰天火炮体形巨大，一座便重达千钧，大漠沙砾松软，哪怕他们赶制出了新的，想运送过来也绝非易事。"

毫猛道："事情总有万一。"

"没有万一。"凫徯道，"巨石阵是一定会被攻破的，仅靠一些石头迷阵，就想挡住大梁与葛藤部族的兵马，无异于痴人说梦。"

亳猛面色陡然阴沉。

"族长先别着急。"凫徯继续看着远处，"待他们攻破巨石阵后，这场好戏才算真正开始。"

长风掀起喧嚣的沙尘，顷刻模糊了下方数万信徒的面庞，他们的眼底也是混沌的。

"咳咳。"云倚风捂着嘴咳嗽。

季燕然扯起披风，给他盖上，身子前倾，挡住了迎面而来的风沙。

"看样子是要起大风了。"银珠道，"让大家各自寻好避风处，就地休息吧。"

耶尔腾派人前去传令，自己原打算去找季燕然，侍从却急急通传，说阿碧姑娘像是又不好了，请他快些过去看。

一声尖锐的狂呼刺破黄沙，与风啸搅在一起，猛然一下刺得人心尖发颤。云倚风吃惊地问："怎么了？"

"是阿碧姑娘。"林影走过来，"据说又发病了，我方才过来的时候，看到耶尔腾叫了许多大夫过去。"

云倚风问："那梅前辈呢？"

"梅先生正在帐子里休息，耶尔腾似乎没打算请他看诊。"林影道，"至于具体是什么原因，就不清楚了，也不好细问。"

灵星儿也听到了那惨叫，此时正焦急地等在马车外。这几天相处下来，她已经将阿碧姑娘当成了朋友，自然是担心的。只是耶尔腾却派人出来，说阿碧没事，已经昏睡过去，请她明日再来探望。

"你先等等！"灵星儿拉住传话的婢女，"到底是什么病，为什么要藏着掖着？不找大梁的军医就算了，可梅前辈医术那般高明，连我们门主的奇毒都能治，为何就是不肯请他给阿碧姐姐看看？"

婢女的性格腼腆老实，又胆小，被这江湖小侠女连珠炮般问了一串，半句也答不上来，急得满面涨红。最后她使劲挣脱灵星儿的手，逃也似的钻回马车，看起来快要哭了。

灵星儿一跺脚，虽很想进去看看，却也知大梁与葛藤部族关系微妙，自己不可莽撞，最后只能满心憋闷地走了。她一屁股坐在火堆旁，半句话也不想说。

"一发病就如此骇人地惨叫，怪不得外头有传闻，说阿碧是中了邪，被妖秽缠身。"云倚风劝慰，"可你也别太担心，耶尔腾对这个侍妾极为宠爱，无论是什么病因，定然都会全力救治。他开出的三个条件里，不就有大梁的太医吗？说不定是宫里藏着什么好药，恰能救阿碧的命。"

"有这么简单吗？"灵星儿抱着膝盖，"我总觉得背后还有阴谋。"

云倚风笑道："还当真长大了，知道分析事情了。说说看，哪个背后，什么阴谋？"

"耶尔腾开出了三个条件，王爷也开出了三个条件。"灵星儿道，"其中让葛藤部族撤离青木错，是立刻就能做到的，耶尔腾也的确很快就下令了，相当于他已经办到了王爷的一个条件。既如此，那为何不用做交换，让太医也快快送来药材？哪有提都不提，就硬往战后拖，眼睁睁看心上人受苦的道理。"

她说完又补一句："当然，这件事和血灵芝不一样，王爷还是很关心门主的。"

"确实。"云倚风道，"这件事的背后，绝非看病救人这么简单。"

"所以嘛，这种三妻四妾的男人，表面上看着再宠爱，骨子里怕也只是贪图美色。"灵星儿道，"一旦与权势啊、野心啊牵扯在一起，那美人就只能是牺牲品了。古往今来，这种事情多了去。"

"年纪不大，感慨倒是不少。"云倚风拍拍她，"行了，去吃点儿东西吧。即便如你所言，耶尔腾当真想利用阿碧做些什么，现在计划尚未实施，他也该好好照顾着她，暂时不会有事的。你这嘴要是再噘下去，伙夫就要来挂油瓶了。"

灵星儿依旧不痛快："要是所有男人都像门主这样，就好了。"

"那可不行。"季燕然蹲在她身边，将一根枯草丢进火堆，"像你们门主这样的，天上地下，只准有一个。"

灵星儿："……"

云倚风笑着问："忙完军务了？"

"四处检查了一下，眼看前方就是荒草沙丘边缘，突然起了这么大的风沙，总觉得心里没底。"季燕然坐下，"还在看战谱？"

"是。"云倚风手里捧着一本书，是他在拿到孜川秘图中的蒲昌手稿后，亲自誊写的便携版，这一路已经来回翻了七八遍。一来总带着些"父亲与家"的念想，二来也想熟读兵书，将来可以多与人聊些战场局势。

前几日沙地里突然冒出一个机关，他便又仔细查阅了一遍，发现那弹射弓弩的玩意儿应当叫"兹决"，在西南土话中是"能穿透野兽的利剑"之意。这是蒲昌在西南作战时，同当地人学到的机巧术，虽然杀伤力巨大，但由于装填箭矢后只能使用一次，而且埋的时候也颇费力气，因埋多了费钱费力，埋少了敌军未必就会乖乖从上面踩过，所以并未大规模推广，只在雄关要道处布控过几次。

那么问题就来了，卢广原虽也曾征战大漠，却早于平定西南之前，也就是说在蒲昌学到这个机关之后，大军就再没来过西北了。那这埋在沙里的兹决，是从哪里冒出来的？

季燕然道："卢将军身上的秘密不算少。假如，我是说假如，他当真与叛军有关，那有些战役未被记录下来，也是有可能的。"

"你说得也对。"云倚风叹气，将书册放在一旁，"真想找一个知情人，问问当年究竟发生了什么。"

见他似乎有些落寞，季燕然轻声道："你自己不是都说了吗？自从遇到我之后，就出现了许多与身世有关的人和事。那将来或许还会遇到更多，一点儿一点儿加起来，总有能揭开往事的一天，不必着急。"

这大漠的夜，可真冷啊。

而此时的平乐王就比较惨了，虽说众人都照顾着，给他寻了一处最避风的帐篷，但再避风也避不了寒啊，离火盆再近手脚也是冷的，他恨不能套上十双棉靴。

云倚风掀开帘子，一眼看到小板凳上臃肿的人，还当是谁家的被子成了精，表情一度僵硬。

李珺哭丧着脸："实在冷啊。"

"所以说何必跟来呢，不如舒舒服服地待在雁城将军府，哪里用得着受这种罪？"云倚风坐在他身边，"没办法，不过王爷说会在一个月内结束战役，你就再忍忍吧。"

李珺闻言哭丧着脸。过了一阵，又抱怨："你当初怎么不吓吓我？哪怕是弄一根绳子，将我强行绑在将军府中呢。"

云倚风实话实说："当初我不以为你是奸细吗？自然要带在身边才放心。"

李珺："……"

"好了，好了，冻久了也就练出来了。"云倚风烤着火，"江少侠呢？"

"去前方刺探消息了。"李珺道，"他说那巨石阵蹊跷，想看看究竟是什么玩意儿。"

与江凌飞同行的，还有其余几位轻功高手。其实这活本来是归云倚风的，毕竟风雨门门主见多识广，又会其余人所不会的"风熄"轻功，飘起来比鬼影还难以捉摸，实在适合收集情报，但奈何萧王殿下不答应。他记挂着阿昆那句"指不定什么时候，就轰的一声炸了"，只惊得皮肉都要跳，独自放出去装神弄鬼、扮仙人也就算了，哪里还答应让他于寒夜间被派去迷阵暗探，想也不想就一口回绝。

这一晚没有月亮，星辰也被风吹得黯淡极了。全靠袖中的指南针，身为暗探的一行人方才勉强摸对方向，又艰难地攀上一处高丘。这时，东方已经隐约露出一丝白，天快亮了。而肆虐了一夜的狂风，也总算被微弱的阳光驱逐，漫天飞舞的黄沙沉寂之后，远处出现了许多巨大的黑色石柱，如南方的竹林一般，密密麻麻，破土而出，一路生长到天上。这玩意儿，若只矗三四根于荒原中，应当还能生出几分巍峨壮阔感，但数量一多，就发生了质的变化，看着反而像是一窝刚出巢的苍蝇，看着令人头皮发麻。

有人震惊道："毫猛从哪儿弄了这么多大石头？"

"从哪儿弄来的不重要，夜狼巫族扎根于荒草沙丘多年，总能找到办法。"江凌飞道，"重要的是，他想用这些石头来做什么。"

"看着也没什么稀奇的，总不会是要推倒了用来砸人吧？"

"……"

一行人讨论了半天，也没讨论出这黑漆漆的大柱子能有何玄妙的用途，更未见到其中有人出入。

江凌飞道："我进去看看。"

其余人都被吓了一跳，就这么进去？

"你们在这里等我，两个时辰后，我若还没回来，便不用等了。"江凌飞道，"也不必救我。"

"江少侠。"有人劝道，"这巨石阵看起来实在诡异，咱们说好只是来刺探情况，何必孤身犯险，不如先回去将情况告知王爷，再商议下一步计划。"

江凌飞摇头："只来远远地看一眼，确定荒地上立着数百根石柱、木柱，也不算是什么有用的情报。放心吧，我自有分寸。"

言毕，江凌飞便如一只轻燕掠下矮坡，眨眼就不见了。众人心里虽说焦虑，却也无计可施，只能老老实实地在原地等着。

那漆黑的巨石阵，远观令人头皮发麻，近看却又觉得并无稀奇，只像进入了神鬼故事中的苍茫异界。江凌飞在里头走了半天，也未体会出这阵究竟"迷"在何处，最后索性挑了根最粗的柱子，从上到下，仔细地摸了一遍，总算摸出来一些东西。柱子顶端某些地方是被凿空的，暂时用破布塞着，将来应当会用来装填炸药、迷药？还是其余一些什么药，总归不会是好东西。

江凌飞拍拍柱子，转身回到沙丘，对着一群目瞪口呆的下属道："走吧，回营。"

见他安然归来，其余人悬在嗓子眼儿的心总算掉了下去，只是在听完巨石阵中的情况后，都没能想明白，毫猛在柱子上挖洞是要做什么，谁家傻子会让炸药在天上开花？迷药也不对啊，这风大的，一吹不什么都没了？

但不管怎么说，此行至少不是一无所获，军中高人无数，回去问一问，或许就能问出答案。

淡淡的天光中，大军正在收拾东西，准备继续前行。

季燕然依旧一早就去了军中，云倚风犯懒，多眯了一阵，在李珺寻来时，还在睡眼惺忪地找衣服穿。

"我替你捡了两个肉饼。"李珺献宝一般地将盘子递过来，又殷勤地替他穿衣，"商量件事呗，今晚若江三少还不回来，我能不能和你挤挤？"

云倚风打哈欠："行啊，不过军中大小事得王爷说了算。"

李珺哭丧着脸，那我哪敢啊，这种事，得你亲自来。

云倚风看着他凑在自己面前的大脸，又白又油腻，还要挤出笑，胸口顿时一阵翻涌。

看着对方的表情，李珺更受打击了。

云倚风一把推开他，想要去摸枕下的帕子，却已来不及了，一口鲜血喷在地上，溅出一片刺目的鲜红。

李珺也没料到事情居然是这种发展，被吓得魂飞魄散，一把扶住他："你怎么了，我这就去找七弟！"

"别去！"云倚风握住他的手腕，森白的骨节翘起，几乎要穿透薄薄的皮肉。他疼得有些蒙，以至于连脑子都变迟钝了，只在嗡嗡一片耳鸣中，迷迷糊糊地想着，为何这段日子一直好好的，却说毒发就毒发，还来得如此凶猛。方才那一口血，他险些以为自己连心也一起呕出来了。

幸好，胸腔里还在怦怦地跳。

说不清过了多久，他终于缓过来一些，有气无力道："别告诉王爷，先帮我把地上的血迹埋了吧，埋干净些。"

"你确定？"李珺搀着他坐到床边，想倒一杯热茶，壶却是冰凉的。云倚风看他还在磨叽，心里也是无奈，催道："快！"

李珺头回见到这种场面，也不知该做什么，只好按照他说的，从外头摸了一把铁锹来，将血迹掩埋干净。李珺道："你先坐会儿，我去给你弄壶热茶，再偷偷请梅先生过来，保证不让七弟知道。"

云倚风点头："多谢。"待李珺走之后，他又试了试自己的脉象，倒不像前几回那般时快时慢，无迹可寻，就是虚弱得过了头。

不争气啊，偏偏选在这种时候毒发。

云倚风深深叹了口气，有些懊恼地靠在床头，只盼等会儿梅前辈来之后，能想个法子，多拖一阵是一阵。

季燕然正在与军中将士交谈，余光瞥见李珺正在偷偷摸摸地四处瞄，一脸做贼的表情，身上又沾了不少土，便差人将他传到面前："出了什么事？"

"没……没……没出事啊。"平乐王回答，假装四处看风景。

季燕然一语不发地与他对视。

那是什么眼神啊？即便是杀人如麻的悍匪，看一眼也会胆战心惊，更何况是贪生怕死、自认草包的平乐王，他当下就崩溃了，带着哭腔道："云门主方才吐血了，我刚帮他埋干净，现在正要去请梅先生看诊。"

话说完，季燕然已经风一般消失不见了。

李珺气喘吁吁，一屁股坐在沙地上，半天没能爬起来。

在萧王殿下踏进营帐时，云门主正穿着一身里衣，怀里抱了一堆沾了血的衣袍，站在箱子前认真地盘算着是要藏起来，还是直接就地挖个坑埋了。

火盆早已经熄灭了，清晨的空气寒得像冰一样。偏偏就是在这种天气里，刚刚才吐过血的人，还穿着单薄的衣裳，赤脚踩着软鞋，站在地上傻愣愣地发着呆。

季燕然咬牙压住怒意，解下披风系在他肩头，又扯过被子再给他裹了一层，半天没说话。

云倚风："……"

门帘被人悄悄掀开一个小角，是李珺放心不下，正蹲在地上偷窥。云倚风冷冷一眼扫过去，平乐王双腿一软，再度很想号啕大哭："我招架不住啊，七弟他要杀人！"

"为何要瞒着我？"季燕然问。

云倚风立刻道："以后再也不敢了，真的。"

他说得不假思索，听起来便分外不可信。

季燕然压根儿就不信。他仔细看着云倚风那张苍白的脸，心里是难掩的无措。这本不是一个将军在临战前该有的情绪，但他连手都在颤。

云倚风有些后悔，低声问他："生气了？"

季燕然嗓子干涩，心里像是塞满了各种情绪，却半句话都说不出来。

梅竹松赶来时，云倚风已经换好了衣服，正躺在床上喝茶，看着精神尚可。

"这……怎么会吐血呢？"梅竹松不解，"每日的脉象都是正常的，霁莲的药效也理应还没退。"

李珺站在旁边插嘴："但的确是吐了，还吐了不少。"

季燕然脸色越发阴沉，云倚风暗自头疼。

梅竹松替他试了脉象，又前前后后问了半天，实在没能找出吐血的理由。行军虽说辛苦，但自己也是精心照顾了一路，万万不该啊。他眉头紧皱，皱得连云倚风都看不下去了，主动承揽错误："或许是我这几天睡得太迟了吧，往后好好休息就会没事。"

梅竹松叹气："那我再开些宁神静气的药，云门主往后要多注意身体。"梅竹松一边说，一边扶着云倚风躺好，无意中却看见了他腕间滑下的珠串，顿时神情一变，"这是哪里来的？"

"……"云倚风看了眼李珺，犹豫着问，"有问题吗？"

"此物是毒虫窝啊！"梅竹松顾不得多做解释，解了那透明珠串下来，又点起火折一烧，只听哔啵一声，外头的剔透硬壳应声炸开，里面竟有千万条发丝般的透明线虫，争先恐后地涌了出来，又扭曲着被烧为烟灰。

风中雨，花间露，美人泪。

云倚风头皮发麻，浑身汗毛都要立起来了，敢情自己一直贴身戴着的，是这么一个玩意儿？

"怪不得会突然变得虚弱。"梅竹松后怕道，"这些线虫白日里居于窝中，夜间便会潜入体内，以吸血为生，饶是草原勇士也招架不住，更何况云门主本就中毒未愈。"

云倚风越听越毛骨悚然，连带着后背也开始痒，觉得线虫八成还遗落了几百条在身上。

季燕然扭头，冷冷地看向一旁。

咚的一声，平乐王双眼一翻，直直向后倒去。

这回是真的被吓晕了。

那珠串是李珺送来的礼物。当时云倚风觉得剔透可爱，宝石真如风中雨滴一般，摸起来也手感沉坠，闻之还有淡香，便当成稀罕玩意儿戴在手上。闲时拿来把玩两下，没当一回事。

至于李珺是从哪里寻来的。在清醒之后，他战战兢兢地道："我前几日遇到一个商人，见这宝石好看极了，想着云门主会喜欢，就顺手买了。"

季燕然目光寒凉："说清楚！"

四周没有旁人，平乐王想求救也无门，只好壮着胆子，继续在萧王殿下要杀人的目光下答道："就是半个月前，我们在月牙湖附近休息时，遇到了一支来灌水的商队。"

难得在大漠中遇到军队以外的人，还是卖货的，李珺便又犯了纨绔子弟的老毛病，上前挑挑拣拣，想买些新奇玩意儿解闷。

宝石珠串是对方主动献上来的，说是难得一见的美人泪，若贴身佩戴，能宁神静气，延年益寿，还有解毒之效。

一听能解毒，又见颜色剔透素净，不似寻常宝珠那般红绿妖艳，李珺便爽快地付了银子，送给云倚风做礼物。当时两人都只顾感慨色泽通透，对着太阳看了半天，还觉得挺美，竟未觉察出内里居然藏着那般恶心瘆人的玩意儿。

"千真万确啊。"他先是举手发誓，又哭丧着脸问，"云门主没事吧？"

季燕然恨得牙痒痒，却又不能把这添乱的草包怎么样，怒而拂袖离开。

李珺有气无力地蹲在地上，抬手狠狠地拍了一下自己的头，这脑子啊，唉！

大军行进，自不能因一人耽搁。因此云倚风被安置到了一辆马车里，虽不比帐篷宽敞，倒也能手脚舒展地躺着。

梅竹松第十八次苦口婆心地安慰："这些线虫在吸足血后，便要回到晶巢中休眠。等到夜幕降临后，才会再度活跃，断不会留在身体中舍不得出来，云门主不必忧虑。"

云倚风忧心忡忡，万一有一两条不认路的呢。

梅竹松唾沫都要干了，也未能成功将那些发丝线虫从他脑中洗去，颇为无计可施。幸好这时季燕然来了，梅竹松便忙不迭地告退，自己钻出马车喝水去了。

云倚风坐起来一些："问出了什么？"

"我猜根本没有所谓的过路商队，而是有人乔装货郎，方便将珠串卖给李珺，最终目标却是你。"季燕然道，"那一番天花乱坠，什么解毒清热、强身健体的吹捧，几乎是将意图明晃晃地摆在桌上。"

"防不胜防啊。"云倚风叹气，老老实实地认错，"我以后再也不收旁人的礼物了。"要收只收王爷的，虽说丑了些，鹅黄柳绿、大红大紫，总比带毒的暗器强，什么风中雨、花间露，倒是漂亮素雅了，但遗留下的心理阴影八成要持续三年。

看他一脸沮丧，耷拉着脑袋，如同霜打的蔫茄子，季燕然也是又气又笑，道："身上还难受吗？"

"酥痒没力气，但梅前辈说我只是胡思乱想，静下心来就好了。"云倚风轻轻叹了口气，"没事。"而且在南海迷踪岛上时，也不是没受过毒虫酷刑，还不是睡几天就照样爬起来做事。这回无知无觉的，也不疼，反倒娇气了。

"那些人，会是毫猛与凫嵠吗？"云倚风问，"否则在这茫茫大漠中，像是也找不出别的仇家。耶尔腾虽说也与我们关系微妙，但一来，双方还需合作；二来，若我死了，那想用血灵芝与王爷换的第三个条件，也就成了一场空梦，所以于情于理，都不该是他。"

季燕然说："凫嵠与你无冤无仇，他要对付的应当不是你，而是风雨门门主。"

云倚风若有所思："照这么说，他是担心我会知道什么，或者见过什么，会破坏他的计划……那巨石阵？"

季燕然道："凌飞已经回来了，他说荒丘中矗立着数百石柱，高可参天，密密麻麻，上头被凿出了不少弯曲窟窿，用破布塞着，你可曾听说过此物？"

云倚风摇头："我只听过巨石迷阵，在几百年前，确有过困住军队的先例，但先挖窟窿再用破布塞上的阵法，还真没见过，凫溪怕是高估我了。"

"那便不想了，好好歇着吧。"季燕然拍拍他的肩膀，原打算说这半个月来戴着珠串，至少也会落个失血过多的后遗症，需多吃多睡，好好养着，却又怕再吓到他，便没多说。

云倚风心虚道："我这算不算忙中添乱？"

"忙中添乱的是李珺，不过他这回得了教训，应当不会再捧着乱七八糟的东西往你眼前凑了。"季燕然道，"往后你想要什么，都交给我来找。"

"我什么都不要了。"云倚风闷闷地闭上眼睛。

季燕然笑笑，看着云倚风睡着，才起身离开了马车。

再过半日，大军便要压至荒草沙丘边缘。按照双方的人数来说，这理应是一场毫无悬念的不败战役，但不知为何，或许是因为夜狼巫族与红鸦教都太过邪门，又或许是因为无人知晓那些黑色巨柱的用途，所以就连耶尔腾，心里也有些没底。

这一带并非沙漠，而是一片贫瘠泛白的坚硬土地，长不出丰茂的水草与粮食，只有稀稀拉拉的地藤，偶尔钻出黑漆漆的几丛，如秃子头上的癞痢一般，看得闹心。唯一的好处，便是夜晚有了水露，不用再干得嗓子裂疼。

此时大军正在煮饭，袅袅炊烟升上半空，氤氲散开在晚霞间。若忽略耳边的嘈杂，只抬头往天上看，便会觉得此时正身处草原，于夕阳西下时，帐篷里的主妇们彼此说说笑笑，煮着茶饭。

"在想什么？"季燕然问。

"兵书。"云倚风正捧着汤碗，小口小口地喝着热汤，"我现在虽不能指挥打仗，却也能将卢将军的战谱倒背如流了。比如说晚霞灼灼，四野宁澈的悠闲光景，便是军队最松散时，偷袭就要选这阵。"

话音还没落呢，像是为了印证他的乌鸦嘴，远处还真就传来了一声号角声——那应当是号角声吧？声音低沉苍远，尾音拖得无穷无尽，越到后头就越细软，像蛛丝一般钻进耳朵里，缠进心里，勒得人又焦躁又烦闷。

而那诡异的声音却还不算完，又扯出了新的一轮嘈嘈切切，低语软诉。这回就像是女儿家在说话了，先是咯咯笑着，后又抽抽搭搭地呜咽起来，声音被风吹得时断时续，越想听清的人，就越是抓心挠肝地听不清。

哗啦一声，有将士丢下碗，站起来就向着声源走，像是想去看个究竟，听个究竟。一旦有人带头，其余人也如梦初醒，都纷纷跟了上去。一时之间，只见数万将士如雨后的春笋一般，突然就直挺挺地冒出了头，又被狂风一卷，齐刷刷向着同一个地方整齐地迈进。

这一幕发生得实在太快了。

最先反应过来的是江凌飞，他原本正在避风处打盹儿，突然就模模糊糊听到了一丝女人的歌声，初时还以为自己又梦回了丝竹坊、温柔乡。结果猛然惊醒，一抬头，嚯，就见迎面竟黑压压走来一群人。

那些大梁的将士，还有十三部族的勇士们，你推我，我追你，脚步越来越快，越来越快。到后头，几乎是命也不要地开始朝着声音传来的方向狂奔。

"拦住他们！"季燕然在后方大吼。

这千军万马我要怎么拦？江凌飞心里发寒，也顾不得多想了，一个呼哨叫来小红，翻身跃上马背便冲至最前方，拔剑吼了两嗓子"站住""捂住耳朵"之类的话，也没人听进去，依旧眼睛直勾勾地，如木偶一般向前冲着。小红也受了惊，驮着江凌飞便往前方跑，生怕他会被人流踩死。

营地已经一片狼藉了，锅碗与灶台四处滚落，连战马都躁动难安起来。有定力好一些，未受魔音蛊惑的将士，急中生智，从行囊中拖出睡袋，扯着棉花与驼绒拧成小团，就追上前去堵同伴的耳朵。但也收效甚微，甚至由于阻拦了对方的路，两者扭打成一团的亦不在少数。

这种局面，若夜狼巫族的军队在此时杀出来，只怕毫无胜算。云倚风后背发麻，牵过翠华想去前方挡着，却听那飘忽的声音又突然变了调，不再似女子呜咽低诉，而是像海妖迷音一般，陡然尖锐起来！

负责保护李珺的将士也受到影响，他单手捂着耳朵，另一手挣扎拖过棉被，想要罩在李珺头上，却被对方猛然一推，再看时，人已经嗷嗷鬼叫着跑出了帐篷。

"平乐王！"

李珺跑得横冲直撞，如野熊一般，倒是难得模样骁勇。他稀里糊涂的，也不知道自己在干什么，就觉得心里头难受得很，于是死命地就想去找出那不停哭哭笑笑的人，一把捏死，或者锤死，或者随便怎么死。他整个人都呼哧呼哧的，累得不行了，却又停不下脚步，最后精疲力竭、双目赤红地抓住身边人，张大嘴便狠狠咬了过去。

云倚风飞起一拳，将人打晕，丢到了路边的一顶破帐篷里，自己继续策马疾驰。

情况比李珺更糟糕的，还有万人之多。被那尖锐的声音一刺激，原先正在你追我赶，往前跑的将士们，心里的烦躁越发难以纾解，一个一个如同填满了炸药的炮仗，轻轻推一下就要爆。

云倚风登上一处高岗，看得心惊胆战。此时残阳如血，一望无际的荒漠之中，数万将士皆因魔音发狂，开始互相攻击，像癫狂而又失去理智的野兽。他先前还担心夜狼巫族的军队会趁乱而出，现在看看，哪里用得着对方出手，怕是从一开始就打定了主意，要让联盟军队自相残杀。

江凌飞突然在不远处大喊："带上你的雷鸣琴，随我来！"

云倚风猛地反应过来，一摸翠华身侧，那把小巧却声音巨大的逐狼木琴，一直就好好地装在布兜里！他一甩马鞭，驱使胯下骏马追了上去。

小红在前带路，翠华紧紧追随，一红一墨两道光影，如霹雳闪电般掠过荒丘，向着巨石阵的位置，头也不回地冲去。

幸而这时风声渐弱，那贯耳魔音也消退些许。清醒的士兵们趁机追上前，替其中一部分人塞住了耳朵，又将受伤的人搀到一边。

耶尔腾惊魂未定，与银珠一道追上季燕然："这是什么鬼东西？"

"摄魂音。"梅竹松也从另一头过来，"我早年研究志怪故事时，曾在书中偶然看到过，不过那是以石笛为器，由魔女设下祭坛吹奏，用以蛊惑人心。像这种能借风传音数十里的，还从未听过。"

"这么下去总不是办法。"银珠道，"夜晚天气变幻莫测，过不了多久，就又会起大风的。"现在至少还有半轮红日，若待会儿天彻底黑了，这么多人躁动起来，只怕要出更大的乱子。

"云门主与凌飞已经过去了。"季燕然道，"传令下去，命将士们都堵住耳朵，原地休整。"

银珠提议："不如先下令后撤，等破除迷音阵之后，再商议下一步计划。"

"没用的。"耶尔腾摇头，"战马跑得再快，也跑不过高处飘来的声音，除非能一夜逃出百里。况且不战而退，将来哪里还有作战的士气？"

银珠急道："可——"

"云门主与江少侠已经去破阵了。"耶尔腾看了眼季燕然，"大梁人才济济，那二位又是武林翘楚，我们只管在原地等着好消息便是。"

他这话听着像恭维，可内里却是在十成十地推卸责任，这凭空冒出来的诡异声响，自己是无计可施了。既如此，那还不如把锅丢给大梁，反正对方已经主动去了巨石阵，能破自然最好，不能破，联盟军队当真仓皇失措地后撤了，消息传出去，那也是大梁的责任，与十三部族无关。

耳畔风声飒飒。

战马四蹄腾空，奔腾的速度胜过闪电，几乎要跑出幻影。这一路，不断有细小的沙砾打在赤裸的皮肤上，带来针扎般的刺痛。再遇到大些的石块，便会觉得连皮都要被生生刮去一层。两人脸上留下濡湿的痕迹，不知道是血还是雾，但谁也顾不上抬手擦一把，只抓住这难得的机会，继续用尽全力地向前冲着，想趁下一轮狂风吹来之前，抵达巨石阵。

云倚风其实并不完全清楚江凌飞的打算，但他大概能猜到一些，让自己拿上雷鸣琴，便是要以音克音，用这能奔雷逐狼的琴声，掩盖住惑神魔音。至于能不能有用，暂时不好说，毕竟自己先前也没破过阵，但总得试一试。

荒草沙丘内，毫猛手中拿一柄远望镜，对外观察许久后，大喜道："这巨石迷阵果然好用，对方的军队现在已经完全乱了，正疯魔癫狂地自相残杀。只可惜啊，风停得太早了些，让他们白白得了休整的机会。"

"这魔音不仅能惑人心神，时间久了还会上瘾。"凫徯道，"如罂毒一般，听时大脑浑噩，不知身在何处。一旦不听了，却又抓心挠肝地想，越想越难受，最后直将一颗心都急出毛病，急炸了为止。"

毫猛大长见识："竟如此邪门？但我看他们都已经塞住了耳朵，迷音还能有用吗？"

凫徯答道："若堵得密不透风，自然是没用的。可只要还能听到一点儿声音，迷音便会像蛊虫一般往他们心里钻。"

况且行军打仗时，谁家军队能一直堵着耳朵，不听号角金鼓，也无视统帅指挥？那就真成了一盘散沙，风一吹，便溃不成军。

"今晚还会有几场大风。"毫猛道，"到时候，有他们好受的。"

信徒们依旧站在高台下，手中紧握着寒光闪闪的长刀，脸上涂抹着鬼面油彩，只露出一双黑洞洞的眼睛。看周围都是鬼，浑浑噩噩的，便觉得自己也成了鬼，满心只想冲出这片荒原，将外头的军队屠戮干净，用滚烫的鲜血，来洗清自己身上的重罪。

乌恩自然也混在其中，他站在最前方，能清楚地听到二人交谈的内容，心里就越发担忧起来。眼见天色已经越来越暗，乌恩便找了个机会，偷偷溜出了队伍。

最后一抹晚霞也隐匿无踪，狂风吹散乌云，月亮是一盏明亮的灯。

两人距离巨柱已经越来越近了，而那被狂风催动的声音亦由悠远的低泣，变成了一串轰隆隆炸开在地上的惊雷，海啸般的音浪震得人心口钝痛，如被一记看不见的闷拳打在胸腔，喉头跟着泛出腥甜。

翠华脚步有些踉跄，若再继续前行，恐难免受伤。云倚风便翻身而落，在马臀上重重一拍，驱它独自跑回了营地。小红的定力要稍微好一些，江凌飞甩出袖鞭，将云倚风拉上自己的马背，咬牙问道："还能坚持吗？"

"没事。"云倚风抱紧雷鸣琴，"要如何破阵？"

"不知道。"江凌飞看着前方，"但我先前暗探时，见石柱之上镂满孔洞，如巨笛一般。当时猜测是要装填迷药，现在看来，原来是要借风来传递迷音。且试试看雷鸣琴能否克之，如若不能，你我合力将巨柱拆毁十七八根，应当一样能毁了阵法。"

云倚风点点头，继续与他一道向前奔去。

夜幕降临之后，远望镜中便只剩下了一片沉沉漆黑。狂烈的风几乎要把天也吹破了，它们呼啸着穿过石柱的孔洞，像是看不见的巨型妖魅，正在天地间吹奏着迷魂魔音。那声音凝结成一把鬼刀，自高空挥下，誓要斩断整支联盟军队。毫猛道："只可惜现在天黑了，看不清对方的动向，白白错过一场好戏。"

"他们是进退两难。"凫徯道，"若下令后撤，一来有损士气，二来依旧难逃魔音。可要是选择继续前进，无异于自寻死路，况且只怕也没有多余的体力。所以只能待在原地，捂着耳朵，苦苦遭受折磨。"

毫猛心中暗喜，照此一说，那再过上一两天，夜狼巫族的大军便能捡个现成的便宜，兵强马壮地杀出去，联合巨石魔音一起，将联盟军队追剿干净。恰好十三部族的首领与大梁王爷都在，若是能一网打尽，那夜狼巫族于整片大漠而言，便成了最强悍无敌的存在。想及此处，他难免兴奋，却也没被冲昏头："对方高手如云，只怕巨石阵早晚会被摧毁。"

"我先前就说过，巨石阵必然会被攻破，仅仅依靠数百根柱子，是拦不住联盟军队的。"枭徯瞥他一眼，"但族长别忘了，那巨石阵下埋着什么，倒是巴不得他们尽快来推。"

"话虽如此。"毫猛放下远望镜，不无遗憾道，"但如能一举吞下军队，谁还有空管那一两个高手是死是活呢？"

而风也越吹越猛了。

月光比雪光还要更冷，黯黯的银白照耀着整片荒原。所有将士都紧紧捂着耳朵，但即便是这样，也抵挡不住越来越疯魔的魅音，透过指缝钻进心里，令狂躁这种情绪如稻田间的野草般疯长，生出坚固带刺的根须，牢牢抓住皮肉，稍微一动便扯得鲜血淋漓。

战马受到影响，纷纷焦躁地昂首嘶鸣，四蹄几乎要将土地踏出坑洞，纷纷挣扎着想要跑远。在撕扯中，不少马夫受了伤。正在混乱时，但见一道银光划过夜空，定睛细看，是飞霜蛟如光影般掠上高岗。它身披皎洁的月辉，健美的后背紧绷着，鬃毛似硬缎，前蹄高高扬起，发出一声前所未有的震裂嘶吼。

宛若王者号令群雄，马群果真便安静下来，纷纷抬头，看向高岗。马群虽仍然难耐地甩着尾巴，时不时打两个响鼻，却再也不敢乱跑伤人了。

银珠心中赞叹着这稀世宝驹，正欲下令将马群重新拴好，大风却又吹来了另一轮的动静，更加急迫如擂鼓。定力弱一些的兵士，已经连双目都泛出赤红，他们摇摇晃晃地站起来，拖着沉重的步伐艰难前行，与僵尸有几分相似。

其余部族的首领皆看得骇然，心中惧怕若再多加滞留，将来损失会更加惨重，便各自回到营地，打算在这一轮风声停止后，就集体后撤。哪怕一时片刻不能避开魔音，也要尽快远离这鬼地方。可谁承想，还没等他们走回营帐，已有越来越多的兵士站了起来，他们眼底充斥着鲜红的血，这回是彻底连最后一丝理智都失去了。

"萧王殿下！"银珠无计可施，只能脱口而出这个称呼，期盼着他能想出办法，阻止这地狱一般的恐怖局面。

季燕然跃下高岗，凌空掠过万千军队，身影在月光之下，似一只漆黑的上古猛禽。玄色盔甲折射出冰冷的光，而比光更冷的，是紧握于手中的剑。

耶尔腾远远看着他，看着这位名震大梁的年轻将军，看他单手执玄铁长剑，以一股近乎邪佞的蛮横内力，在半空中挥臂一扫，银白锋刃顿时如万吨火药炸开，斩断了寒凉的月光与漫天黄沙。天地轰鸣中，一条九爪金龙穿云出鞘，带着令人胆战的咆哮，抖落满身光华，扶摇直上九霄。

风似乎也安静了，沙子扑簌往下落着，模糊了万物与视线。

银珠吃惊道："是龙吟剑。"

帝王之剑。

耶尔腾眉头紧锁，这世间，可没人会想要这么一个对手。

巨响之后，受到蛊惑的将士们膝盖发软，都坐了回去，眼底的赤红也消退些许，茫然不知身处何处。

"王爷。"林影策马过来，急道，"还是下令后撤吧，这迷阵实在邪门，只怕江少爷与云门主也不是对手。"

"先让其余部族分批撤离。"季燕然吩咐，"挑一些定力好的将士，在最前方挡着，以免夜狼巫族偷袭。"

林影答应一声，又试探："可要派兵去巨石阵支援？"

"普通将士靠近迷阵，只有死路一条。"季燕然道，"若情况不对，他们俩会及时撤离的，你去忙吧，不必管这件事。"

估摸着下一轮风很快就会来，林影也顾不上多问，匆匆带人去做准备了。季燕然往远处看了一眼，眉宇间是难掩的忧虑。站在将军的立场上，他不得不留在此处，与数万大军共进退。可于情而言，他的一颗心却早就飞向了巨石阵，连手掌都是冰凉的。

风吹得沙尘再度泛起。

世间万物皆有弱点，阵法也一样，但想在这黑漆漆的夜里，于数百根石柱中找到阵门，却绝非易事。江凌飞试着推了推其中一根，纹丝不动。

云倚风一把握住他的衣袖："等等！"

"怎么了？"江凌飞不解。

云倚风道："有人。"

"……"

那是一个壮实的男人，正抱着一根石柱，用尽全力向前推着，看起来已经使尽了浑身解数，嘴里不断发出低吼，双脚在地上乱搓，踩得枯草被连根拔起，却依然未能撼动石阵分毫。

这种时候，这种地点，这种行为。

云倚风在他肩头拍了拍："格根！"

男人明显被吓了一跳，转身看着他，还在惊魂未定地大喘气。

云倚风又道："格根？"

"……他是我的弟弟。"男人很快就反应过来，"你们是军队的人吧？"

是弟弟就对了。云倚风欣慰："你弟弟找到了我们，他很担心你，幸好你没被蛊惑心神。"

"来不及了，我要推倒这根柱子。"乌恩摇头，"你们走吧，告诉我弟弟，让他好好照顾自己。"

"推倒这根柱子，迷阵就能破除吗？"江凌飞仰头看了看，"那我们留下帮你。"

"不行！"乌恩警告，"这些柱子下面埋有炸药，一旦掀翻，引线就会被点燃，到时候，石阵中的人，一个都逃不掉。凫徯是想借此来杀了军队中的高手，你们快走，走得越远越好。"

"格根说你是草原上最好的勇士，果然没错。"云倚风语调间颇有赞赏，又道，"好好把命留着，我来想想别的办法。"

乌恩犹豫："什么办法？风很快就又要来了。我听他们说，这阵法会令人疯魔。要是听的时间太久，那么即便在安静时，也会心神难安。"

云倚风抱着雷鸣琴，纵身跃上石柱顶端，于平整处盘腿而坐，将琴稳稳置于膝上。风吹得他一头墨发飞舞，如雪衣袖也飞舞起来。他的头顶是一轮明月，身后是万丈长空，他姿容清丽，真似广陵散仙。

乌恩满目惊叹地看着他。

江凌飞好心劝慰："不如你先离开此处，向着大军的地方跑吧，格根正在等着你。"

乌恩道："我不去。"他的眼睛一直就未离开云倚风，"我要陪着二位，将这阵法破除！"

江凌飞拍拍他的胳膊，以示让他自己保重。

云倚风也不知该弹什么，便挑了首自己觉得最擅长的、曲风最雄浑的。

修长的手指拂过五弦，剩下的便只能看天意了。

一通弹拨出来的声音，比起萧王殿下方才那声怒吼龙吟，也差不了许多。

乌恩声音颤抖："这是什么神曲？"

江三少含糊地回答："破阵曲。"

说罢，他又道："你还是快些离开吧，这下头既埋满了炸药，可不是闹着玩的。你的命要留着做更多大事，不必白白折在这里。"

乌恩依旧迟疑："那你们呢？"

江凌飞一掌拍上他的肩头，将人打出了石阵："跑得越快越好！"

云倚风弹得相当尽兴。

这琴本就是牧民逐狼所用，声音赛雷鸣，再经由石柱孔洞重重放大，更是振聋发聩——就是字面意思上的振聋发聩，砰的一下砸在万千兵马的脑袋上，让他们整个人都蒙了。从另一层意义上来说，却也是整个人都清醒了。

精心布置的巨石迷阵被打乱，风穿过如笛孔洞时，亦不甘不愿地搅和上了琴声，那些或迷魅、或催命、或搅乱心神的声响，此时全部统一成了轰轰烈烈的……也不知是什么乐曲，如恶狼对月长吼，如悍妇当街摔盆，如婴儿啼哭不止，如泼皮调戏妇女后，被衙役狂揍，跟爹娘奶奶哭上一通，最后嗓子都尖锐得劈了，一瘸一拐地回了家，再被老娘端一海碗面糊，用铁勺子一下一下地刮着瓷碗喂的声音。

远处的大梁将士全部惊呆了，他们手脚虚软地从地上爬起来，表情肃穆地看向月亮的方向，在被巨石魔音洗脑之后，又活活被云门主精湛高超的琴艺洗了一次脑。

季燕然背靠在一棵枯树上，笑着摇头。

风力又一次减弱了。

数十支流星火箭突然划破夜幕，向巨石阵呼啸穿来。云倚风眉头一紧，尚未来得及出手，江凌飞便已纵身踏过石柱，单臂一扬，将那些冒着火星的利箭悉数握于手中："撤！"

此时恰有更多流星箭自暗处射来，云倚风飞掠而下，飞鸢长剑闪着寒光出鞘，似风车在空中轻巧一转，箭矢便已被收拢至他手中。

"杀了他们！"江凌飞沉声下令。

云倚风抬手一扬，利箭自掌心飞射而出，暗处惨叫一片，弓箭手被铲了个一干二净。

小红疾驰而来，带着两人火速离开了巨石阵。

江凌飞手中还握着那把流星箭，一路火光哗啵，灼得云倚风脸上生疼。

"太危险了！"他猜出江凌飞的意图，扭头提醒。

江凌飞道："下一轮风起时，魔音便会重现。既然对方埋了炸药，又送来火箭，不用可惜。"

言毕，刚好身侧是一处矮丘，他跃下马背，几步登上最高处，将利箭搭上腕间机关，这正是由先前云倚风在宫中休养时，从李璟私库里翻出来的暗器进行改进的、原打算制作一大批交由大梁将士防身的腕带。它既可以用来装填银针，亦可用来发射弓弩，射程极远，威力无穷。

箭矢带着火光，穿透风，穿透沙，穿透月光与露水，带着惊人的力量，重重钉入了石柱之下，连箭尾也隐没在了土中。

大地在隐隐颤抖着。

云倚风勒紧马缰，棕红色的骏马高高跃起，几乎肋生双翼，快要逆着月光而飞。在接住江凌飞后，云倚风便又继续向着远方狂奔，而在他们身后，熊熊火光正冲天而起，将天也照亮了半边，巨大轰鸣声几乎要撕裂整片苍穹。于天地间扬起的，是一场由沙尘、黑烟与碎石组成的倾盆大雨。

季燕然远远看到此番情景，心跳滞了片刻，反应过来后，便策马冲了过去。

林影高声下令："大军原地待命！"

银珠担忧地道："这么大的爆炸声，云门主与江少侠不会出事吧？"

梅竹松想安慰她两句，自己心里却也没底，最后只能沉重地叹一口气，但愿一切都好。

风吹不散滚滚黑烟，刺鼻的气味充斥在四周。云倚风撑着坐在一处沙丘下，拍拍小红的屁股："没事吧？"

江凌飞有气无力："你怎么不问问我有没有事？"说完又挪过来，双手捧住他的脸，凑近检查大半天，"给我看看，有没有被碎石划伤？幸好，幸好，否则某人怕是要和我拼命。"

"起来，回去。"云倚风拍了两把嘶鸣的耳朵，"再拖一阵，王爷要担心了。"

"走不动，歇会儿。"江凌飞依旧瘫坐着，从怀中取出一枚信号弹，吱一声蹿到了天上，炸开一朵精巧的红色烟花。

一来报平安，二来报方位。

云倚风劝他："自己能回去，何必麻烦大军来接。"

"你也太会替王爷着想了。"江凌飞哭丧着脸，"但方才被震落在地时，我是垫在你身下的。"

云倚风："……"

江凌飞闭目养神，云倚风安静地守在他旁边，用指尖悄悄蹭掉自己嘴角溢出的鲜血。

待季燕然找来时，江凌飞已经调息完毕。云倚风正抱着膝盖坐在沙里，浑身脏兮兮的，一脸"我知道不该玩炸药，不该让你担心，我已经准备好深刻检讨了"的表情，看架势，只要季燕然开口说一句，他便会声泪俱下，进行一场认错大会。

萧王殿下："……"

云倚风小声哼了一句："我头晕。"

季燕然解下披风给他披上，而云门主就在这温暖的披风中，闭上眼睛，迷迷糊糊睡着了。

这一睡就是很久很久，久到听耳边声音嘈杂，还以为是回到了繁华的王城。

"门主！"灵星儿扶着他坐起来，松了口气，"你已经睡了一天一夜，总算醒了。"

云倚风大脑昏沉，半天才辨过来自己在帐篷里："王爷呢？"

"方才还在这儿守着，现在去军中了。"灵星儿小声道，"那晚巨石阵爆炸时，王爷连军队都顾不上了，骑着马就往外冲。我听林大哥说，他率军作战这么多年里，像是整个人都蒙了。"

云倚风抿抿嘴："所以呢？"

"这种事若传到皇上耳朵里，主帅可是要挨军棍的，后果再严重些，下狱的都有。"灵星儿道，"但我知道门主现在定然得意得很，想笑就笑吧。"

云倚风冷静地道："我不是，我没有。"

"没有什么？"季燕然掀开帘帐进来。

灵星儿将药碗递给他："喏，门主就交给王爷了，我去看看阿碧姐姐。"

季燕然坐在床边，将药汁吹凉后喂给他："阿昆已经替你检查过了，因为爆炸时离得远，所以没什么大事。"

云倚风道："江大哥呢？被震落在地时，是他垫在我身下。"

"凌飞没事。"季燕然替他擦嘴，"昨日还同我争论了半天，为何当场就要拉你一起引燃炸药，不能等到回来再派弓箭手。"

江三少的理由颇为充分，倘若大风来袭，魔音又起呢？倘若凫溪趁这段时间，把炸药挖走了呢？倘若那巨石阵里还藏有更多阴谋呢？滔滔不绝，他能说上七八条。

想到这，季燕然才发现身边人的异样："冷吗？怎么一直在发抖。"

"没事，不冷。"

季燕然握过他的手腕，仔细试了试脉象，虽不至于紊乱，却跳得微弱极了，如微火于风中摇曳，叫人心里发慌。

云倚风抽回胳膊，闷声道："我本就是个病人，王爷又不是第一天知道。"

"肚子饿不饿？星儿替你炖了粥，一直在火上温着，吃完之后，你再睡会儿。"

云倚风答应一声，原想再问问战事，又觉得以自己目前的状况，怕是也打不了仗了。他不怕死，却越发贪生。像此刻这样，周身洋溢着暖意，像宫里那些晒太阳的奶猫，舒服得连眼睛都不想睁开。

季燕然看他吃完了一碗粥，问："饱了吗？"

云倚风笑道："林影已经在营帐门口探了三回脑袋，王爷当真不去看看？"

"你先睡。"季燕然端来热茶，看着他漱口，"在大军攻下荒草沙丘之前，我们会一直驻扎在此，你往后便好生休息，不必再管外头的事了。"

云倚风不假思索，一口答应："好，好，好。"

这当口，他反而害怕季燕然给自己套一身沉重的盔甲，估摸自己的身子骨也撑不起来。于是他便乖乖地躺回床上，闭起双眼，做出酣睡的姿态来。

李珺一直偷偷摸摸地蹲在营帐外，直到看见季燕然离开，方才像贼一般钻了进去。那晚在魔音来袭时，他被云倚风一拳打得有些惨，此时鼻子上正贴着膏药，额头上还鼓着个大包，看起来分外倒霉，又分外滑稽。

云倚风一睁眼，当头便是一张鼻青脸肿的大脸，于是冷静地又重新闭上了双眼！

李珺小心地推推他："你没事吧？"

"大事应当没有，小事一堆，浑身找不到一处痛快。"云倚风撑着酸软的骨头坐起来，"外头怎么样了？"

"我听他们说，马上就要去打夜狼巫族了。"李珺道，"就在明日。"

巨石阵已破，荒草沙丘失去屏障，便等于赤裸裸地暴露在外，联盟军队正是士气高涨时，的确适合一鼓作气，攻破敌营。

云倚风靠在床上："那平乐王就随我一道守在后方，等大军全胜归来吧。"

而这个时候，季燕然正在与十三部族的首领一起，完善下一步的作战计划。他不想将战线拉得很长，因此决定双路包抄，在五日内结束这场战役。

先前还是一个月，现在突然就缩成五天。若换成平时，其余部族的首领多少会提出异议，但今时不同往日，在亲眼见过前夜那惊天动地的龙吟一怒后，他们心里或多或少，都对季燕然生出了几分敬畏，便也犹豫着默许了。

只有耶尔腾提醒："夜狼巫族所有人都服过药丸，除了能变得力大无穷，还有没有别的用途，现在尚不好说。此外，他们为何不惧怕魔音，也没找出理由。"

"不惧怕魔音，最大的可能性就是被控制了心神。"季燕然道，"所以最坏的状况是我们将要面对一群没有神智，没有思想，只知道蛮横杀人的傀儡。梅前辈会配好防护的药囊，以免对方抛撒毒虫，至于其他，就需将士们自己提高警惕了。"

银珠点头："好，那就这么办，争取在五日之内，将毫猛和他的手下们杀个片甲不留！"

帐外火把熊熊。

银珠将弯刀磨得光亮，又问："义父还不休息？"

"睡不着。"梅竹松愁眉紧锁，"明日一战，又不知会有多少将士伤亡。"

银珠坐在对面，替他倒了一盏热茶："战争总会有伤亡的，而且我们的伤亡，是为了换取更多人和更长时间的安稳与和平，义父不必忧虑。"

"剿灭夜狼巫族后，战争真的就会结束了吗？"梅竹松看着她，

"别忘了，还有耶尔腾，他的野心，怕是能吞下整个太阳。"

"但耶尔腾的对手是季燕然。"银珠道，"若换成我是耶尔腾，即便野心再大，也不会选择与这么一个人为敌。他实在太可怕了，也实在太强大了，近些年经常有传闻，说大梁的皇帝对萧王忌惮颇深。现在看来，倒也情有可原。"

"皇帝对萧王是否忌惮，你我不知，可耶尔腾必定是忌惮的，所以才会特意留下第三个条件。"梅竹松道，"想让他老老实实地交出血灵芝，只怕也并非易事。"

银珠试探："云门主的身体，现在怎么样了？"

"被前夜的爆炸震伤了，估摸得养上半个月。"梅竹松道，"但与蛊毒比起来，这些都算不得什么。"

银珠点点头，几不可闻地叹了口气。

大战在即，营地中每一位将士都是亢奋的，连李珺亦不例外。他虽不用亲上战场，却也给自己弄了身不怎么合体的盔甲，硬是吸着肚子塞了进去。他在帐篷间雄赳赳、气昂昂地走动，如一块哐当当响的铁皮，自认正在以天潢贵胄的身份，不辞劳苦，安抚军心。

众人对这位游手好闲，却又笑容可掬的草包王爷，一向是不喜欢，却也不讨厌的，所以都挺配合，"多谢平乐王"喊得也颇为响亮，李珺心里更美了。转弯之后见一处帐篷里漆黑，他便想着要过去查看一番，结果却见一个人钻了出来，身材那叫一个魁梧高大啊。

"原来是乌恩勇士。"李珺认出了他，关切地道，"这么晚了，是要去何处？"

乌恩不答话，只直直冲他扑了过来。

李珺还没反应过来是怎么回事，就被一股巨大的力量撞飞在火堆旁，砰的一声，木柴与火星子乱飞，跟着眼前的金闪一起转。

乌恩双目血红，又将他一把高高扯起，蒲扇大的右手捏成铁拳，迎面就砸了过来。

"啊！"李珺惊慌失措地大喊，猛然想起来自己腕上有暗器，于是命也不要地狂按。当然了，什么都没按出来，那只是个空木头壳。

"大哥！"幸而格根及时追出帐篷，握住他的胳膊往后一拉，怒吼，"你疯了！"

附近的将士们听到响动，也纷纷赶了过来，将李珺扶到了安全的地方。而乌恩整个人都已发狂，他拼命挣扎着，嘴里发出野兽般的咆叫，力气大了三倍不止，单手握住弟弟的手臂，将他像沙包一般丢了出去。

"怎么回事？"远处也有人在惊喊。

是另外那三十名夜狼巫族的俘虏。他们在卸下面具后，便一直跟着联盟大军，此时也一起失去了理智，双眼被杀戮淹没，手中拿着长刀，只想将所见之物都砍个粉碎。

营地里出现了一阵骚动，而更大的威胁已悄悄逼近。

月光驱散了薄雾，荒草沙丘的边缘，一支阴森的，如同刚从地狱中爬出来的军队，已悄然出现在了众人的视线中，所有人都穿着漆黑的袍，被邪恶的上古诅咒与巫术浸透，面目狰狞，双目鲜红。

江凌飞及时赶到，劈掌将发狂的乌恩打晕在地，一旁的兵士立刻拥上前，用绳索将其绑了个结实。格根此时也跌跌撞撞地跑了回来。

江凌飞吩咐道："所有发狂的人就交给你与周副将了。这巫术邪门，若实在捆不住，包括你哥哥在内，杀无赦！"

"是。"格根后背沁出冷汗，惊魂未定地点头，"江少爷放心，

101

我知道该怎么做！"

江凌飞翻身上马，向着前线奔去。

号角声划破长空，天边孤星寒凉。

季燕然穿一身玄色铠甲，对云倚风说："等我回来。"

云倚风答应："好。"

但到底是不放心的吧。在季燕然走之后，云倚风披着衣服走出营帐，想看看外头究竟怎么样了。在压制住那些突然发狂的俘虏后，大军已经恢复了秩序，并没有想象中的慌乱与嘈杂。将士们正按照编制，整齐地列队向前跑着，手中握紧长枪，到处都是火把，将夜幕照得亮如白昼。

李珺一瘸一拐地被两名士兵扶着走过来，脑袋上缠着的纱布更多了。一来就抱怨机关的事，他心中一片赤诚，丝毫也没考虑是被"江湖好友"所骗，只当自己没掌握好要领，再不然就是这玩意儿坏了，想问问怎么修。

云倚风道："这么长时间，当真从未按过？"

李珺一拍大腿，那当然没有啊，我一直记得你说的话，不到万不得已，千万不能按。

云倚风回到营帐内，片刻后，取出一枚白色皮质腕带，替他换下了那个旧的木头匣子。

李珺不解，研究了半天精巧的暗扣："这回又是什么？"

"真正的暴雨针。"云倚风叮嘱，"大战迫在眉睫，平乐王也要多加小心。"

李珺连声答应，听到这句"真正的"，也没反应过来自己一直戴着的是假玩意儿，只安慰道："打一个夜狼巫族，对七弟来说简直是小菜一碟。你不必太担心，只管在这里等着便是。"

不远处，进攻的鼓声已经敲响了。

看到乌恩与俘虏先发过一次疯，众人心里已经有了底，大概清楚自己即将面对的会是什么。战场上火光熊熊，照亮了盟军战士们热血鲜活的脸庞，而与之截然相反的，则是对面那一整片死气沉沉的黑，如干枯泥淖中生出的惨白假面，鬼面将心也变成了鬼。

林影暗自握紧拳头，试探地望向季燕然。他原本想着，这些鬼面人虽一时鬼迷心窍，加入了邪教与夜狼巫族，但毕竟不算大奸大恶之徒，若能救，还是想救一把的。但此时看来，双方怕是不可避免地要有一场恶战。

与寻常两军对垒不同，这回对方根本就没有主帅，甚至连领头人都没有一个。毫猛与凫傒不知躲去了何处，只派出这一眼望不到边的傀儡军队，如滚滚浓烟，又似汹涌的海浪，他们嗓子里发出古怪撕裂的吼声，向着联盟军队呼啸而来。

季燕然长剑出鞘。

在他身后，是数以万计的年轻战士。他们其实从未见过这样的对手，僵硬狰狞，活脱脱是地府里爬出来的鬼。若平时走在街上，冷不丁遇到一个两个这样打扮的怪人，只怕也会被吓上一大跳，但现在，但此时，在面对有密密麻麻、一眼望不到边的黑袍鬼面时，大家突然就又不怕了，都只纷纷握牢手中的刀，满心只有一个念头，绝不能让他们离开荒草沙丘，绝不能让他们入侵戈壁与草原、入侵大梁。

若从高空往下看去，这支联盟军队，便形成了一条森然的分界线。前方是狰狞可怖的地府恶灵，而在遥远望不见的后方，则是白色的帐篷，是风吹草低见牛羊，是沾湿草叶的星辰与露水。劳作一天的牧民已经静静地睡了，整个大梁也睡了。

林影一马当先，率先冲入敌军，长剑所到处，皆喷溅扬起红色血雾。耶尔腾率军自右路杀出，只有在这个时候，他才勉强算得上与季燕然一条心，手中拖一把青锋长刀，轻而易举便能斩下数十人的头颅。而在他身侧围着的葛藤部族大军，全部是一等一的彪悍勇士，骑着最好的战马，杀声震天。

一名云珠部族的勇士被打落在地，周围的鬼面人立刻像闻到鲜血的水蛭一般缠了上去，喉咙里发出贪婪的古怪声音，幸而银珠及时赶到，挥刀将他救起。原打算再杀去前方，却又有一个鲜血淋漓的影子扑了过来，重重趴在她的马背上，张嘴就咬。

"首领小心！"背后有人大呼。

银珠一脚将其踹落，心里闪过一个令人惊慌的念头，这些人是打不死的。

又或者说，他们似乎根本没有痛觉，哪怕已经血流如注，除非被砍得站不起来，否则还是会摇摇晃晃地加入下一轮厮杀。

很快，其余人也发现了这件事。

不怕死的敌人已经很难对付了，而这回对方不仅不怕死，甚至连疼都不怕。仅凭这一点，双方人数上的差距便能被抵消。更令人胆寒的是，寻常军队在被击溃时，或许会投降，会主动丢下手里的刀枪求饶，但他们不会，这群没有理智的鬼面人，是要盲目而又疯狂地战斗到最后一刻的。

凫徯压根儿就没想让他们活着。

而在这个时候，罪魁祸首或许已经离开了荒草沙丘，带着从信徒手中搜刮的巨额财富，重新找一处地方，隐姓埋名，开始了荒淫享乐的生活。

邪教不就是这样吗？用数万家庭的破碎与血泪，供奉起一个光鲜亮丽，沾满鲜血的"神"，到最后，还要留下"萧王殿下与十三部族的首领血腥残酷，大肆屠杀灵神信徒"的传闻，用来铺垫自己下一次的翻天覆地、东山再起，肮脏至极。

耳边是绵延不绝的惨叫声，战火点燃了整片草丘，随着呼啸的大风向远方蔓延着。月亮终于从乌云后露出半张脸，战场被照得更亮，也更如鬼蜮地府。

江凌飞满身都是血，别人的血。从月升到月落，早已数不清究竟杀了多少人，战场、烈焰、伤亡……他双眼漆黑，黑得如最深的湖水，反倒没有了任何情绪。此时此刻，死亡已经成为一个最稀松平常的字眼。在冥冥中，他甚至觉得有某位名将的魂灵正在穿云而来，率领千军万马，与自己一道杀敌突围、浴血奋战。

盟军的营地也遭遇了袭击。

一小队鬼面人不知从哪里绕了进来，举着刀，到处砍杀，李珺头一回见这大场面，吓得魂都要飞了，本能地就往云倚风身后躲："我们快些回帐篷！"

云倚风无奈："我给你的暗器呢？按啊！"

李珺恍然大悟，将左臂直直一伸，右手啪地一打。

数百牛毫毒针齐发，穿透了那些鬼面人的胸腔。对方却只是微微摇晃了一下，便继续向前扑来，李珺完全没看到银针弹射，只欲哭无泪道："怎么又是坏的？"命苦啊！

云倚风掌心发凉，他意识到了事情的严重性，将李珺拎着衣领拖入帐篷："好好待着！"

"不行！"李珺急道，"你自己还有伤，要去哪里？"

云倚风却已经拿起桌上的飞鸢剑，大步出了营帐。

这一小队鬼面人数量不多，驻守营地的兵士足以应付。云倚风便没多耽搁，拉过翠华，马鞭一甩，逆风向着前线冲去。待李珺腿脚虚软地追出来时，只来得及看见一抹雪色背影。

战场上，飞霜蛟纵身跃下高岗，也向着远处奔去。季燕然单手紧握马缰，苍茫的长风将他的披风高高扬起，也吹干了龙吟上沾染的血。在经过将近一夜的激烈厮杀后，鬼面人已倒地大半，剩下的那些，盟军将士足以应对，而他现在要去做另一件事。

无论哪一本兵书，都会说"擒贼先擒王"。

"驾！"荒原之上，两匹骏马正在并驾飞驰。毫猛心里颇有些晦气，觉得自己被这邪教头子诓骗了，原本在荒草沙丘当土匪，当得好好的，突然就冒出来一个人，要拉着自己同富贵，听起来前景倒是不可估量，谁知竟会落得如此下场，招来了大梁与十三部族的联盟军队不说，更是连老窝都被端了。

唯一的安慰，便是沙漠下埋藏着的金银，足够自己挥霍上三四辈子。

想及此处，他顺势摸上腰间的长刀，难免动了别的心思，毕竟同样是万两黄金，一个人花和两个人花，还是有很大区别的。鸟傒像是猜出了他的想法，嘲讽笑道："族长的眼光，也就如此短浅了。"

毫猛将刀又插了回去，不屑地嗤了一声。

只是他刀虽回鞘，鸟傒却还是被一股巨力击落在沙地，鲜血喷出，双目直直瞪着前方。半晌，方才颤巍巍地回过头。

季燕然横刀策马，正冷眼看着他。

身后恰有一轮金阳喷薄而出。

毫猛见势不妙，咬牙举刀，杀了过来。能做夜狼巫族的族长，他的功夫还是颇能与野心相匹配的，一柄银刀使得行云流水，当头哐当劈下时，连龙吟剑都被震得微微发颤。

季燕然皱眉："你也吃了药。"

毫猛心底亦是骇然，他本能地看了一眼地上的凫镤，想要再问一句话，身体却已经开始不受控制，黑暗逐渐侵袭大脑。很快，一切都被水冲走了，被火焚尽了，眼里只剩下面前的敌人，敌人。

他像发狂的野兽一般，将季燕然死死缠住。凫镤趁机爬上马背，想要继续向着远方逃跑，一匹黑色骏马冷不丁地从天而降，铁蹄重重踩上凫镤的肩膀，将那一块骨头踢了个粉碎。

而季燕然也在同一时间，反手斩落了毫猛的首级。

云倚风一身白衣，表情无辜得很，剑都没来得及拔。

于是他赶紧讨好："我错了。"

季燕然道："下次还敢。"

云倚风："……"

不敢了，真的。

几名亲兵此时也追了上来，季燕然将凫镤丢给他们，又问："当真这么想上战场？"

云倚风琢磨了一下，总觉得这话背后有陷阱，便道："不想，我只想到被子里躺着。"

说完，他拍了把翠华的屁股就想跑路，却被季燕然一把握住手腕，拉到了自己身前。

"走吧，我带你去看看。"

云门主尚在想着要不要虚伪地推托两句，飞霜蛟已经腾迈四蹄，如雷电般向着战场冲去。

风吹得脸颊生疼，杀声不绝。

这实在不是一个能云淡风轻地看热闹的好地方。

云倚风只觉得睁眼便是一道鲜红的血,再睁眼,还是一道鲜红的血。

战争已近尾声,杀戮气却丝毫未减,反而如黎明前的黑暗般,越发深沉压抑。尸体堆积如山,不断有断肢挣扎着伸出来,像是还想站立,露出白骨的手指痉挛着,将地也生生抠出坑洞。

云倚风看得心悸。

即便他已见惯杀戮,即便他自出生起就饱经苦难,此时仍难免全身冰凉。同战争比起来,同这动辄以万计的杀戮比起来,个人的喜怒实在太过渺小,如沧海一粒粟,天地一微尘,几乎可以忽略不计。而唯有战火熄灭,国家安稳,农夫才能悠闲日暮赶牛归,商人才能唾沫横飞算着账,文人才能于酩酊大醉间挥毫泼墨,姑娘才能安心地绣着鸳鸯手帕,再站在元宵节的灯火下,脸红心跳地丢给心上人。

这些将士所守护的,是国,也是所有平凡百姓的一日三餐,还有与他们同样平凡的悲欢与喜乐。

想及此处,云倚风几乎要对季燕然肃然起敬了。他先前只知他是大将军,要守着河山与万民,却没仔细想过这个"守"字究竟有多沉重,所以此时此刻,当一切都以最残酷真实的情形呈现于眼前,他内心所受到的触动,怕是抓上十七八个书生亦写不出。

最后一名鬼面人倒下时,每一位盟军将士的铠甲皆被血染红了。他们撑着刀剑,拖着精疲力竭的身躯,坐在地上,坐在这修罗场般的地方,谁都没说话。

响彻天际的,只剩号角声。

战火焚尽了荒草。

季燕然问:"怎么不吭声了?"

云倚风衣摆上沾满了血，如擂鼓的心跳尚未完全平复："还没想好要怎么夸。"

此刻正是炎炎烈日当头。

荒丘之上，将军玄甲长剑，公子墨发白衣。

将士们纷纷看向两人，欢呼也逐渐响起，九万里长风席卷，本是死气沉沉的战场上，终于有了一丝活泛气。

云门主这趟提着剑雄赳赳地出门，气势摆得挺足，但半个敌人没砍杀，此刻找了个没人注意的当口，赶紧骑着小马溜回去了。

李珺正等在营地，一见他就轰然扑上来，满脸是泪，又喜又悲，结结巴巴地说了半天，都没能囫囵吐出一句话。最后还是身边的侍卫看不过眼，主动帮忙解释，说在鬼面人偷袭营地时，平乐王也勇猛地举起一把刀，帮忙砍杀了两人。

云倚风敷衍："恭喜、恭喜。"

李珺坚定地说："我现在也算是大梁铁血男儿了！"

云倚风道："对，对，对。"

李珺又问："我舅舅呢？"

云倚风答："没找到。"

李珺呆呆地张大嘴："啊？"

按照众人先前所想，红鸦教带走了肃明候一家人，定然是要联手搞一番大事情的，可谁知竟然影子都没见一个。其实云倚风也正在为此事费解，总不能说杨博庆一起被洗脑灌药，成为鬼面人之一吧？那实在太莫名其妙了些。

李珺还在长吁短叹，云倚风已经钻进帐篷，一口气灌下三大杯凉茶，方才觉得浑身烫意退了些。他今日是不打算再出门了，一屁股坐在板凳上，稳如磐石。

李珺独自叹了一阵，转念一想，又觉得自己身在军营，应当也挺安全，于是便把舅舅暂时放到一边，凑上前，关心起另一桩大事："仗打赢了，你是不是……"他搓搓手指，一脸高深莫测。

云倚风嘴一撇："搓什么，我欠你银子？"

"什么欠我银子。"李珺又拖着板凳，往他身边挤了挤，"庆祝一下嘛。"

云倚风："……"

李珺继续问："七弟什么时候回来？"

"早着呢。"云倚风道，"仗是打完了，烂摊子还没收拾完，那些发狂的俘虏怎么样了，没死吧？"

"梅先生给他们喂了药，都昏迷了。"李珺道，"罪魁祸首抓回来了吗？"

"嗯。"云倚风道，"估计现在正在审，看能不能吐出解药。"

就算不顾那三十余名俘虏，至少也得救下乌恩。对方孤身犯险，又在明知巨石阵埋有炸药的前提下，仍愿豁出性命毁阵，实属一等一的勇士，该好好活着才是。

帐外依旧嘈杂一片，受伤的兵士与战马都需要接受救治，一忙就是到天黑。

凫溪在被梅竹松灌下汤药后，人虽说醒了，却咬死了不肯说出解药，听到杨博庆的名字也没反应，只用一双黑洞洞的眼珠子盯着众人。

耶尔腾审得心中烦躁，站起来向外走去："一道杀了吧，省得又出新乱子。"

林影对季燕然道："不如交给属下，王爷放心，定会想办法撬开他的嘴。"

季燕然点头："有劳。"

而待所有的事情处理完，已是第二天中午。

季燕然头昏脑涨地回到营帐，草草洗漱一把后，连饭也没胃口吃，倒头便睡。云倚风替他盖好被子。

林影拿着一摞供状过来，说凫溪熬不住酷刑，终于松了口。梅前辈此时已经根据他的供认，在研究解药了，至于肃明候一家人的下落，看起来他是真的不知道，甚至像压根儿没听过一样，一头雾水。

李珺追问："没听过是什么意思，难道我舅舅真不是被红鸦教掳走的，而是另有其人？"

林影道："就目前看来，的确如此。"

云倚风推测："所以对方大张旗鼓地砍去府中下人的手指，又弄些装神弄鬼的祭坛，只是为了误导我们往红鸦邪教上想，从而隐藏杨家人真正的动向？"

可那会是谁呢？云倚风皱着眉头，又想起了那只几次三番，想要挑起李璟与季燕然矛盾的幕后黑手。

阴魂不散啊。

季燕然一睡就是六个时辰，天昏地暗的，做了不少断断续续的梦。醒来时难得恍惚，辨了半天自己身在何处。

地上的火盆仍在燃着，驱散了午夜寒意。被窝里暖烘烘的，床边坐着个人，呼吸绵长，也睡得安稳。屋内幽香阵阵，像极了春日里的樱桃花林。

于是他便舍不得起来了，脑子里想着一些战后的事。夜狼巫族已灭，若耶尔腾所言非虚，自己离血灵芝就算又近了一步，至于那没根没底的第三个条件……想到此处，他眉峰微皱，叹了一口气。

这样一来，云倚风睡得再熟也该醒了。

"我吵到你了？"季燕然后知后觉地问。

云倚风撑着坐起来，哑着嗓子道："我想喝点儿水。"

季燕然下床，替他倒了温热的茶水，自己也咣咣喝了三四杯。

粗茶入喉，不渴了，不困了。

季燕然靠在床头。他继续想着心事，一双眼睛里映出火光，整个人比平日里多了几分懒散与温和。

军中条件艰苦，皱巴巴的一条丝缎锦被，遮住头又盖不住脚，堂堂萧王殿下，铺盖行头看着连土财主都比不过。

他懒洋洋地趴在枕被中，视线一旦被挡，四周便只剩下了花香。

也挺好。

翌日清晨，帐篷外闹哄哄的。

太阳明晃晃地挂在天上，伙夫正在忙着准备晚上的庆功宴，打了胜仗，自然每个人都是高兴的，说起话来声音也尤为响亮爽朗。只有在路过主帅营帐时，才会将交谈声刻意压低一些，毕竟云门主还病着呢。

季燕然一早就去了军中，原想着快些将手里的事情处理完，可战后遗留军务实在太多，一忙就是两三个时辰。再回营帐时，云倚风已经喝完了半壶银丹蜂蜜茶，正裹着被子靠在床头，也不知在想些什么，连有人进来都没发现。

云倚风被吓了一跳："王爷。"

"什么时候醒的？"季燕然问，"怎么也不差人来找我？就这么坐着发呆。"

"刚醒。"云倚风笑笑，"外头的事情忙完了？"

"三日后动身回雁城。"季燕然道，"我早上去找过阿昆，他答应与我们同行，直到你的身体康复为止。耶尔腾提出了第二个条件，他想要找的太医，是宫里的谭思明。"

云倚风觉得这个名字有些耳熟，像是在与惠太妃聊天时，听对方提过。谭思明是老资历太医，精通松骨针灸，对妇科与小儿方面的疾病亦有研究。阿碧生病想要找他，似乎也挺对症合理。

"是要将阿碧送入宫中吗？"

季燕然摇头："葛藤部族与大梁尚未签订和平协议，两方还算是敌对关系，他如何敢让阿碧孤身前往王城。所以提出想请谭思明至雁城，说无论能不能医好阿碧，都算完成了第二个条件。"

云倚风皱眉："我不想他以我来要挟你，况且此事听着蹊跷，阿碧的病症又邪门。谭太医是皇上身边的人，大意不得。"

"我自会多加留意。为了血灵芝，不管是什么方法，我都想试一试。"

耶尔腾固然有装神弄鬼的嫌疑，背后藏着的阴谋也不容小觑，但即便如此，季燕然仍不愿放弃这次难得的机会。近一年，宫里派出去的人马，已经快把大梁翻遍了，哪怕藏在深山里的土大夫都被拖出来，被细细盘问过一遍血灵芝的事，却始终无所获。唯一的线索，就只剩下了李珺手中那根腐败的红色灵芝。

即便希望渺茫如风中青烟，但至少也是存在的。

云倚风只是静静地听着，没说话。

人总是贪心的吧，先前在风雨门中时，从未奢想过还能遇到一生的挚友，总觉得能安安稳稳，不被鬼刺打扰就算福气。后来遇到季燕然，还有了稀里糊涂的半段身世，按理来说已经算是意外之喜，可却偏偏又生出新的不满足，竟开始想着有朝一日好兄弟能解甲归田，与自己一道去江南买处宅子，一日三餐，有花有酒。

季燕然问："在想什么？"

云倚风回过神，随口说道："我想吃饭。"

汤是灵星儿和银珠看着炖的，伙夫还特意煮了一碗鸡蛋细面，加上三四道小菜，已经算是行军途中难得的丰盛伙食。

季燕然在板凳上放好软垫，这才扶着他坐下。

云倚风实在没有脾气，也没有力气，挑着吃了两根面，抬头问："王爷不去忙军务了？"

"有林影在。"季燕然单手托着腮帮子，"他已年过二十，长大了，也该学着独当一面了。"

这话倒是没错，但放在此情此景，怎么听怎么厚颜无耻。

云倚风哭笑不得，吃完饭后便又爬上了床，打算再好好睡一觉。

"王爷。"灵星儿在外头叫，"梅前辈让我送药过来。"

季燕然掀帘出来，不解："什么药？"

灵星儿看看四周，压低声音说："补药。"说完又迅速补充，"是给门主的。"

季燕然接过碗："多谢。"

"王爷等等，还有另一件事。"灵星儿拉住他，小声道，"我今日去陪阿碧姐姐，她又想起了一些先前的事情，说门主很像一个人。"

季燕然心里一动："像谁？"

"没说清楚。"灵星儿道，"听起来像是她的族人。"

用阿碧的话来说，那是从冰雪中走出来的美人，纯洁如天山上的雪莲，又像最洁白的月光，眼睛比星星还要亮。当她踏着湖水跳舞时，所有人都为之沉醉，就连山谷里的鸟鸣都会停下。

季燕然问："叫什么名字？"

灵星儿摇头："她想不起来，后头又开始头疼，我就不敢再问了。"

季燕然端着药碗回到床边，拍拍鼓囊囊的被子："出来。"

"聊什么呢？"云倚风闷声闷气地问，"这么久。"

季燕然没回答，只盯着他看。

云倚风往后一缩，心中警报大作。

"阿碧说你很像一个人。"季燕然道，"她的族人，听起来身份应当是圣姑，纯洁无瑕，又美丽，又高贵。"

没料到他会说这个，云倚风一愣："阿碧想起什么了？"

"断断续续的。"季燕然喂他吃药，"但我在想，你会不会真与她的部族有些关系？"

"圣姑，我是圣姑的儿子吗？"云倚风被苦得脸皱成一团，"可根据王东的供认，罗家世代居于北冥风城，像是与这仙人一般的世外部族没什么关系。"

季燕然及时递给他一粒糖："只是胡乱猜猜罢了，况且阿碧是耶尔腾的人，用最坏的情况来揣测，她究竟当真是身世不明、记忆缺失，还是在配合演一场戏，故意与你攀关系，尚不好说。"

也对。云倚风听得直叹气，都说江湖难测，这权势与朝堂，却比江湖还要难测上十几倍。

晚些时候，李珺也过来探望了一下卧床不起的人，嘿嘿笑道："如何？"

"什么如何？"云倚风手里捧着一本书，看他一眼，"要不要我将心得体会写上三五千字，细细念一遍给你听？"

那还是不要了！李珺赶忙拒绝，又道："我早上同江少侠一道去处理尸体了。"牺牲的大梁将士们，尸骨会被运送回乡。而那些夜狼巫族的鬼面人，也要掩埋焚烧干净，免得将来生出疫情，这算是一项沉重压抑的苦差事。若换成从前，这好吃懒做的富贵王爷是断然不会沾染的。但今时不同往日，好不容易找了件不用脑力与武力，只需要体力的活儿，他珍惜得很，亲自上阵也不怕脏累，倒是令其他人刮目相看。

"七弟打算什么时候对付我那舅舅啊？"李珺问。

云倚风被他吵得头昏："你倒是六亲不认。"

李珺义正词严："我这分明就叫忠心耿耿。而且我已经想好了，往后你同七弟在哪里，我就跟到哪里，屋宅也要买在你们隔壁。大家亲亲热热，同过好日子。"

说完他又试探："七弟现在对我，应当没什么成见了吧？"

云倚风问："要听实话吗？"

李珺一听这语调，便抢先一步沮丧起来："算了，我懂。"

"廖家的事，始终是王爷心头的一根刺。"云倚风也未拐弯抹角，直白地道，"平乐王即便不是主谋，总逃不过一个'知情不报'，那可都是鲜活的人命。当年你无论是贪图皇位也好，不敢反抗杨家也罢，总归错已铸成，仅靠着每天贴墙，绕着王爷走，这疙瘩是消不下去的。"

李珺唉声叫苦："那我就是这么个草包，也做不了别的来补偿啊。"

云倚风拍拍他的肩膀，安慰："将来总会找到机会，况且你现在不是已经跟着江三少在做事了吗，他对你怎么样？"

"好啊，比七弟强。"李珺啧道，"若我下辈子，也能活成他那样就好了。家世显赫，没有成天算计皇位的兄弟与亲戚，武功高强，腰里挂着剑，全大梁的姑娘都想着要嫁给他，哎呀！"

羡慕得不行。

"行了，别艳羡了。"云倚风好笑，自己挪着坐起来些，"你在宫里住的时间长，同我说说那位叫谭思明的太医吧。"

　　"他?"李珺莫名其妙，"好端端的，怎么提起这人了?"

癔症

第三章

在李珺的记忆里，还真有不少关于那位谭太医的事。他儿时虚胖多汗，隔三岔五就要闹个头疼脑热，见太医的次数自然也多。据他所言，谭思明为人寡言沉默，脾气大，一根筋，是个不折不扣的老古板。若哪个小娃娃不遵医嘱了，他虽碍于身份不能出言训斥，也要将一双牛眼瞪得铜铃大，忒吓人。

云倚风问："那他在这么多年里，有没有出过什么事？比如说失手误诊，再或者说得罪了一些人之类的。"

"没有。"李珺摇头，"谭思明医术高超，虽然不能说药到病除吧，但在太医院中也是数一数二的好大夫。至于性格，他一个看病的，只要能救人，谁还不能忍上几句骂呢，都是小事。"

尤其谭思明擅长的还是推拿针灸、妇科小儿，这样一来，朝中那些腰酸背痛的文臣、筋骨受伤的武将，还有他们的夫人子女，可都是把这老大夫当成宝的，逢年过节还要送礼物，热情得很。

云倚风想了想，继续问："他有什么独门绝活儿吗？我的意思

118

是，若这位谭太医离开王城，会不会某种病就无人能治了，让宫里宫外生出乱子？"

李珺笑道，那倒不至于，太医院又不是只有这一位大夫，其余人及时补上空缺便是。

云倚风微微皱眉，这么一听，好像当真没什么问题。

但想起耶尔腾那盏破灯，又觉得对方实在不该这么省油。最后还是李珺劝道："七弟已经在密函里将所有事情都写清楚了。皇兄看完后，也会斟酌考量，看是否答应派谭思明前往雁城。你就别担心了，好好养着身体要紧。"

云倚风叹气："我就担心皇上原本不想放，却又碍于王爷的面子不得不放，最后再因这一放而出些问题，可就当真难收拾了。"

"不会。"李珺替他掖好被子，"一个太医，能出什么问题？你且信皇兄与七弟一回吧，他们会处理好这件事的。"

晚些时候，银珠也去找了季燕然，为说葛藤部族一事。近些年耶尔腾的野心不仅大梁看在眼里，其余部族也看在眼里。先前有夜狼巫族在，葛藤部族或许还无暇分心，但现在祸患已除，耶尔腾下一步将要做什么，银珠说起时，也是满心忧虑。

"没人愿意打仗。"她道，"我，还有其余部族首领，都想与大梁签订盟约，让战火永远不要烧到这片土地上。"和平与安稳的生活，是每个人都渴求的，用上一百年，甚至更久的时间来治理风沙、共通商路，有人会为这漫长宏大的计划而燃起热血，却也有人不愿做艰苦的拓荒者，选择把目光直接投向更远，更富裕繁华的土地上。

"我们其实已经坐下来谈过很多次了，为了和平盟约，但每一次耶尔腾都借故不参与，或者把话题扯往别的地方。"银珠道，"而且我还听说，他与北方的白剌国联系十分密切。"至于这"密切"

是为了通商、交流，还是为了其他更深远的目的，就见仁见智了。

季燕然点头："多谢，我会考虑该怎么做。"

"将来，我是说将来万一真的打起来。"银珠许诺，"云珠部族一定会站在王爷这边。"

三天后，大军分批启程，离开了荒草沙丘。

因为书信送往王城，再接谭思明至雁城，这一去一回尚且需要一段时间，所以耶尔腾也暂时回到了葛藤部族。李珺为此大为不满，道："有这工夫，为何不直接将第三个条件说出来？还非得磨磨叽叽，按个一二三的次序不成。"

"我都不气，平乐王又何必大动肝火。"云倚风躺在马车里，有一下没一下地翻着手中的书册，"况且这种事，也并非一手交钱、一手交货那么简单，背后藏的弯弯绕怕是能扯出几百里地。姑且走一步看一步吧。"

"我这不是担心你吗？"李珺往他身边挤了挤，"能早一天康复总是好的，宫里也好些日子没办过大宴了。实不相瞒，我已经连做新衣服的料子都选好了，就用千丝云霞锦，再挑上数位绣娘，认认真真地绣上八个月……"

说起这种享乐奢靡的话题，若无人打断，李珺怕是能滔滔不绝地讲上一两个时辰。云倚风横竖闲来无事，便也由着他说，权当解闷、长见识。锦缎、刺绣、地毯要用西域贡品，连宴席摆的盘碗都有讲究。慢慢地，一幅喜庆的画卷便在脑海中铺展开来了。那一日，车马与迎接的队伍将长街堵个水泄不通，鞭炮声震耳欲聋，萧王府也不能再像往常一样朴素空荡，大胜归来，得阔气堂皇些。

李珺说得眉飞色舞："你觉得怎么样？"

云倚风靠着窗户，想着这或许是很久以后的事情，心头有些酸涩，笑着说："挺好。"

"那这件事可就交给我了啊。"李珺拍拍胸口，"保证将你风风光光……不是，我是说，保证让你知道，什么才是一等一的皇家气派！"

江凌飞骑马而过，纳闷儿道："平乐王说什么呢，这一路就没歇过气。"

"他喜欢听平乐王胡吹海侃，就当听说书了。"季燕然道，"我让你查阿碧的事情，可有收获？"

江凌飞答道："那可就太多了。"

季燕然不解："什么叫太多了？"

"关于神仙部族的线索，太多了。"

就像大梁数以万计的民间故事一样，大漠里也有许多世外高人的传说，而且十个里头有九个都要出现一个歌声动听，又美丽得不像凡人的圣女仙姑。碧瞳也不算什么稀罕设定，蓝的、紫的，连彩虹一般七彩流转的都有。

江凌飞继续道："或许只是阿碧胡说呢，而且云门主的身世，不都已经和蒲先锋与罗姑娘对上了吗？背上刺青可算铁证，怎么又开始查了？"

"他在意，我便帮他多问两句。"季燕然看了一眼马车，"况且阿碧是耶尔腾的人，多了解一些，对我们总没坏处。"

江凌飞点头："行，那我继续派人去查吧，一旦有新消息，再来同你说。"

大军朝着日出的方向，继续前行着。终在一日清晨，浩浩荡荡地抵达了雁城。

云倚风原打算让灵星儿回春霖城，却被这丫头一口拒绝，说是哪里都不去，就要待在西北。

身为一派之主，如何能在弟子面前混得如此没有尊严？

他清清嗓子，在冷酷威风的掌门与苦口婆心的爹之间，最终还是选择了后者，和颜悦色地问她："还在同清月生气？"

"什么嘛，我是担心门主，也担心阿碧姐姐。"灵星儿道，"在耶尔腾说完那三个条件之前，我哪里都不去！"

云倚风头疼："叮嘱多少回了，姑娘家，说话注意些。"

"而且有我在，将来或许还能多问出一些阿碧姐姐的身世。"灵星儿替他捏肩膀，"我总觉得啊，她一定同门主有关系！"

云倚风笑笑，也没再接话。

待季燕然回来时，小院里正洒了一片金色的夕阳。前厅摆着火盆，烘得屋子里暖洋洋的，云倚风躺在软榻上，两条腿舒舒服服地往前一搭，盖了条狐皮大氅，手边摆着热茶、点心、果子、几本书，身后还有个漂亮姑娘正在替他捶肩、松筋骨，一派地主老财样貌。

"王爷。"灵星儿告状，"门主今日又吃多了枣泥糕。"

云倚风："喀！"

"下去休息吧。"季燕然丢给她一颗剔透猫儿眼，"线人也不能白当。"

灵星儿脆生生地道了一声谢，欢欢喜喜地跑走了。季燕然将手里的书信递给云倚风："风雨门送来的。"

"八成是清月在惦念他的小师妹。"云倚风一边说，一边拆开，粗粗扫一遍，却看得一愣，"江家出事了？"

信中写着，江南斗已经好几个月没公开露过面，江家对外说是他身体不适，需卧床静养。可是也有另一种传言，江南斗是因为练功时走火入魔，所以疯了，正被用铁链锁在地牢里，没日没夜地挣扎吼叫。

"江大哥知道吗？"云倚风问。

"凌飞没提过，不过我见他这两日情绪消沉，怕也是因为此事。"季燕然接过信函，"无论江南斗是病还是走火入魔，都不算小事。江家本就人心不齐，现在只怕更乱了，我还是让他早些回去看看吧。"

江凌飞从院外跨进来："我不去。"

"你知道了？"季燕然回头。

"我知道，家里的小厮在前几日，托人偷偷摸摸地送了书信来。"江凌飞道，"说是伯父练功练得昏迷不醒，请我快点儿回去。"至于其他人，叔母也好，堂兄、堂弟也好，再或者是别的掌事，压根儿就没谁记得西北还有这么一位三少爷。

"他们巴不得没我这个人。"江凌飞自己倒了杯茶，漫不经心地道，"若我回去，若我想要江家掌门之位，哪里还有那群废物什么事？"

云倚风小心地观察了一下他的神色："掌门的位置可以不要，但家中长辈出了事，江大哥当真不回去看看？"

江凌飞没说话，眉宇间颇有几分烦躁。

"西北这头，你就先别管了。"季燕然拍拍他的胳膊，"一路小心，早去早回。"

江家在江湖中的地位举足轻重，三大堂主、十八坛主、四十九分舵主，几乎每人都有各自的关系网，如隐没于地下的老树巨根，蜿蜒交缠，不可分割，将整个中原武林牢牢牵在一起。无论其间哪一个环节崩了，恐怕都会引起一番不小的动荡。这些年有江南斗镇着，倒还好说，可现在他却出了事，那些一直蠢蠢欲动、藏在暗处、有着小心思的人，可就都要伺机爬出来了。

若换成寻常大帮派，这种情况下，或许还能将希望放在武林盟主黎青海身上，请他出面来稳住局势，可偏偏是江家。江南斗与黎青海的关系，称一句宿敌亦不为过，颇有几分"既生瑜，何生亮"的意思，江家的子侄小辈们又如何会信服这盟主？只怕去了还不如不去。

季燕然道："若江家能挑出一个冒尖的，我自不会催你走。但现在这局面，只有你能收拾。"

江凌飞越发愁闷，叹气道："你不愿生在皇家，我亦不愿生在江家，还真是一对难兄难弟。"

云倚风在旁安慰："俗话说得好，家家有本难念的经。还有更惨一些的，比如我，想念经都找不到庙。"

江凌飞笑道："也罢，那我便回丹枫城看看，等处理完江家的事情后，再尽快折返雁城。"

待李珺听到消息时，已是翌日清晨。他长吁短叹，背着手在院中转了三四个圈，又愁眉不展地蹲在云倚风面前："你说，江少侠要走，怎么也不同我打声招呼？我可是打定主意，将来要跟着他走一走江湖的。"关系一直这么疏远，很难达成心愿。

云倚风单手撑住腮帮子，打着哈欠吃酸杏干："不是说好要随我一道，去江南买宅子吗？怎么又改成行走江湖了？"

李珺嘿嘿笑道："这不人生苦短啊，自然酸甜苦辣都得……不是，酸酸甜甜，都想尝过一遍。"

"江家的事若处理不好，整个江湖都要乱。平乐王想要酸酸甜甜的人生滋味，还是等下一回吧。"云倚风站起来，"困了，我再去睡会儿。"

"又睡啊？中午饭还没吃呢。"李珺看他背影摇晃，赶忙上前扶住，"怎么路都走不稳当了？"

云倚风看了他一会儿，气定神闲地说："嗯。"

李珺："……"

云倚风客客气气地将人"请"出去，自己反手关上门，方才深深出了一口气。

冬日里衣裳穿得厚，他伸手一摸，里衣已经湿透了，估摸能拧出一把水来。他强压下胸口翻涌的血气，在床上躺了足足半个时辰，总算缓过一口气。就如梅竹松所言，雾莲的药效是会慢慢退去的。初时有奇效，后来便越喝越像一碗清水，估摸现在就是那"清水"之时了。但他不愿告诉季燕然，一则不想让他过分担心，二来不想令他关心则乱。反正还能勉强撑着，每日多吃多睡少乱跑，像个土财主一般躺着烤火、晒太阳，暂时也能敷衍过去。

眼看着就要到腊月，今年估摸是得留在雁城过年了。虽说西北天高地广，颇有一番别处没有的壮阔风情，但他其实还挺惦记王城灯火。正月十五元宵夜，灯笼上写着谜题，桥上人头攒动，天边火树银花。

明年复明年啊……他裹着被子，带着满腹愁绪睡了。

头昏。

官道上，高头烈驹快要跑出一道红色闪电，离开了雁城，会叫它"小红"的就只剩下江家三少了，其余路人有识货的，都晓得此马名曰"赤霄"。据传乃上古名剑所化，四蹄雪白，恰如凝霜结寒刃。

客栈小二惊道："嚯，这可是好马！"

"那便记得喂它最好的草料。"江凌飞丢过去一枚碎银，"有劳。"

客人出手如此阔绰，小二自是喜笑颜开，嘴里连连答应着，又给他整理出最好的上房。虽说是上房，但这贫苦之地的"上"字，显然不能同王城相比，也就稍微干净些罢了。幸好江凌飞不挑，只把所有门窗都关紧，自己从包袱中取出一枚药丸，就着温水吞了。

窗外云霞渐隐，日头在山后打了个滚，像被黑云吞下的金红蛋黄，瞬间就没了影。

小二打了个哈欠，正昏昏欲睡，做着美梦。突然门就被人推开了，一股冰冷的风夹裹着同样冰冷的声音，还有分量十足的银锭子，在高柜上骨碌碌地打了个滚："一间上房。"

"……是，是，贵客这边请。"小二揉了揉眼睛，心花怒放地想，今天这是什么好日子，客人一个比一个阔绰贵气。小二上楼时忍不住偷眼打量，就见此人一身黑衣，披风上带着帽子，将眼睛遮去大半，只露出下半张脸，没有血色的薄唇微微抿着，藏有几分笑意。单手托在胸前，那里鼓囊囊的，似乎包了一个活物。

不会是个孩子吧？小二这么想着，被惊了一跳。再细看时，却又觉得似乎太瘦小了些。原想再问两句，可一看他背上那把寒光森森的长剑，便把什么疑问都咽回去了。

"贵客，您先歇着，我这就去烧水。"

待他走后，暮成雪手指一搔。

雪貂咚的一声跃在桌上，震得茶壶哐地飞起半尺高。

轻盈。

外头的天已经彻底黑透。

临近腊月，天寒地冻，客栈里统共没住几个人。门口的破灯笼被风吹熄之后，就更像黑店了。有头一回宿在这儿的客人，裹在不断散发异味的被子里，听着外头鬼哭狼嚎的风吼，怀中紧紧抱着钱袋，吓得睡不着，好不容易挨到子时，有点儿困意了，偏偏楼上好巧不巧传来一声闷响，登时惊得跳起来就要跑，可再凝神时，耳畔却又只剩下了风的声音。

于是客人便再度提心吊胆地钻进了被窝。

桌上烛火惶惶跳动着，在墙上投下变幻莫测的影子。

江凌飞坐在床边，冷眼看着面前的人："是谁要买我的命？"

"不是买命，是买清静。"暮成雪剑未出鞘，只用冰凉的剑鞘抵住他颈间的动脉。

江凌飞的额头沁出冷汗，脊背僵直着，一动周身便剧痛难忍。他幼时曾受重伤，险些丢了性命，因此每到固定的日子，便要服药、运功疗伤，其间断不可被人打扰。这算是他的致命软肋，多年来一直藏得严严实实，连季燕然都被蒙在鼓里，知道实情，甚至知道自己需在哪几天服药的，无非也就那么几个。

江凌飞眼前出现幻影，咬牙道："江家根本没出事。"

"江家有没有出事，我不知道，亦不关心。"暮成雪手腕翻转，"但有人嫌你碍事。"

一股炽热的内力打入血脉，江凌飞身体瘫软，彻底昏了过去。

腊月底，一封书信送到了西北雁城，将军府。

"是江大哥。"云倚风拆开仔细看过，"他说江南斗没事，但江家的事情还没处理完，估摸得五月才能回来，让我们不必担心。"

"一竿子撑到五月，看来这回的确有些棘手。你写信问问他，看有没有什么是我们能帮上忙的。"季燕然替他捏核桃吃，"还有，中午的时候，皇兄也派人送来了八百里加急密函，说已经安排御林军护送谭思明西行，最快年后就能到。"

云倚风闷声道："一说起耶尔腾，我就觉得脑袋疼。"

"这么有空，还想耶尔腾？腊月二十八，城里家家户户都要杀猪宰羊，我带你去看热闹？"

"杀猪有什么好看的。"云倚风闭起眼睛，对这乏善可陈的文娱活动相当没兴趣。他最近正躺得骨头酥、身子软，很有几分养生养过头的意思。总之越发容易犯困了，坐着就不想起来。

季燕然看得哭笑不得，将人拉回房中，取出冬衣，一件一件地将人裹了个严严实实。

云倚风眼见偷懒无望，一路唉声叹气，大冷天里出门，只为了看人杀猪。

眼泪都要落下来。

杀猪是没什么看头，这也的确不如王城富丽繁华，可出门走一圈，心情还是能轻松许多。粮仓都是满的，酒肉也备下了，大破夜狼巫族，朝廷的封赏已在路上。雁城驻军共三十万，另有五十万人马分散在西北各处，加起来八十万黑蛟营将士，此番总算能守着百姓，过个安稳的好年了。

除夕夜的鞭炮，响了小半个时辰还不见歇。将军府里，一群人围坐桌边守岁。灵星儿在忙着给清月写信，李珺与林影带着邻居家的小娃娃们在外头放炮，梅竹松多喝了两杯，此时正断断续续地哼着家乡牧马小调。所以认认真真包饺子的，便只剩下了季燕然与云倚风。

"馅太少了。"

"多了包不住。"

"……"

怎么说呢？吃是没指望了。好不容易几个有形状的，下锅全散成了面片汤。

云倚风惋惜地说："哎呀。"

"没事。"季燕然安慰他说，"本王有的是银子，将来雇人下厨。"

王城，皇宫。

李璟在宴罢群臣后，倒不觉得困，便又去御书房里看了几十道折子。德盛替他添满热茶，笑道："现如今四海升平，皇上怎么大过年的还要如此劳累？"

"四海升平，想守住也不容易。"李璟活动筋骨，"谭思明一路还顺利吧？"

"顺利，自然顺利。"德盛道，"那么多御林军护着呢，再过十来天，就该抵达雁城了。"说罢，又小心地观察他的神色。德盛见并无异常，这才继续笑着说，"皇上，该歇息了。"

那谭思明是老太医，诊过的人不少，听过的消息更多。毕竟经常出入达官显贵的后院，夫人太太们闲得发慌，可不就会说些从相公嘴里听来的风风雨雨？杨家、谢家，哪一户他没去过？这回耶尔腾突然点名要谭思明，怕也不是单纯为了给侍妾看诊。

但既然皇上都没拦着，他一个老太监，自然不会多插嘴。他便只扶着这为国操劳的帝王，在飘飘细雪中，一路回了寝宫。

初一清早，整座雁城都是静悄悄的，只被一层淡金色的日光笼着。

云倚风浑身酸痛，也不想起床。

这是第一次没在风雨门过除夕，有酒、有菜、有炉火，有三五亲朋，还有一锅糊了的饺子汤，称得上温馨圆满。至于还会不会有第二个除夕，心里刚冒出这个念头，云倚风就及时意识到，大过年呢，该想些吉利喜庆的。

想到这儿，房门便被推开，云倚风支起身子问："何时去军营？"

"过了晌午吧，晚上再同将士们一起吃顿大锅饭，是你喜欢的热闹场面。"

新年需得换新衣，平乐王颇为大手笔，给将军府里的男女老幼都添置了五套新冬装，唯独没有云门主的。

季燕然对他这点识眼色的本事倒是挺满意，腊月时带着云倚风去街上逛了一圈，又买回了半间房的新衣。

李珺看过之后，偷偷地说："太丑了。"

云倚风面不改色："嗯。"

比如说这件，成衣铺老板极力推荐的，深受广大地主员外喜爱、萧王殿下亦很喜爱的"紫气东来富贵袍"，就丑得要命，但架不住穿它的人模样好看，丰神俊朗，飘逸潇洒，细窄的腰带一系，同样是那个紫，却硬生生紫成了一束空谷幽兰，回首笑时，如春风动心弦，整片山谷都安静了。

季燕然眼前一亮，赞叹："果然好看。"

云倚风看着他笑："王爷挑的，自然好看。"

平乐王站在旁边，十分悲观地想，他七弟的审美，这辈子是彻底没救了。

翠华又一次被遗忘在了马厩中。晌午过后，两人抵达军营时，林影正好在同前哨说着什么。

季燕然问："耶尔腾那头又有新动向？"

"耶尔腾消停了，不消停的是葛藤部族大军。"林影替两人牵住马，"看这两月的调拨动向，他们依旧在想方设法压制大梁，贼心不死啊。"

"继续监视，尽量拖着。"季燕然吩咐，"至少在拿到血灵芝之前，先把人稳住。"

林影道："明白。"

除此之外，他还打听到了另一件事，阿碧在遇到耶尔腾之前，或者说是在失忆之前，似乎有过一个喜欢的人。据服侍她的丫鬟们透露，阿碧在犯病发狂时，偶尔会喊出一个男人的名字，像是"多吉"，耶尔腾曾因此震怒，却也问不出更多。

"王爷不是在追查阿碧的部族，怀疑与云门主有关吗？"林影道，"现在多了个男人的名字，也算多了条线索。不如交给格根兄弟二人去查，正好乌恩体内的蛊虫已被取尽，很快就能康复了，早上还在说要为王爷报恩效力。"

季燕然点头："你看着安排便是。还有，告诉他们报恩不急于这一时，将来有的是合作机会。"

待林影走后，云倚风猜测："将来的合作机会，是为耶尔腾留的后手吗？"

季燕然叹气："怎么也不学着笨一些？我才说一句话，你便将所有意思都猜了出来。"

"自然是要有些真才实学的。"云倚风拍拍他的肩膀，气定神闲。

耶尔腾其人狡诈，现在虽说讲好了三个条件，但难保日后不会再生事端。格根与乌恩都是一等一的勇士，青阳草原一早就流传着他们智斗恶狼的故事。在万不得已时，季燕然会考虑联合十二部族的力量，让此二人取代耶尔腾的位置。

不过若真有这么一天，那血灵芝……

云倚风笑笑，抢先道："没事，我福大命大。"或者退一步说，命不大也无妨，至少就目前来看，万事皆已圆满。

主帅营中燃着三四个火盆，感觉不到一丝寒意。季燕然坐在案几后，批复着要紧的军情奏报，云倚风先是在一旁看书，后来觉得胳膊发酸，便偷懒，靠在一旁，寻了个舒服的姿势，打着盹睡着了。

过了初十，负责护送谭思明的御林军总算抵达雁城，而耶尔腾也与他们先后脚进了城门。

先前云倚风人在王城被宫中太医轮着看诊时，谭思明恰好回了老家探亲，因此两人并未见过。不过季燕然与他倒是不生疏，还清晰地记得儿时被这老大夫摁住灌苦药之事。

谭思明回忆："王爷小时候闹腾啊，力大无穷，三四个宫女太监都压不牢，牙都还没长全呢，就先学会咬人了。"

季燕然："喀！"

云倚风笑道："谭太医一路辛苦了，先在府中好好歇一歇吧。"

谭思明上下打量他，果然同传言中一样。他看起来仙气飘飘，气度比起皇室贵胄来丝毫不差，还要更多几分平易近人的温和感，风华的确不一般。

几人正说着话呢，葛藤部族的人已经登门了，说来请谭太医过去。病人为重，喝茶歇息是没时间了，谭思明一边收拾东西，一边小声问："那位阿碧姑娘到底是什么症状？我听人说她一发病就尖叫，却不肯让这里的游医梅先生看诊，就只等着我？"

"是。"云倚风道，"谭太医不必担心，我陪你一道过去。"

同行的还有灵星儿，她一直挂念阿碧，总觉得葛藤部族里没一个好人。因此一到客栈就噔噔跑上楼，耶尔腾虽不满她的鲁莽冒失，但见阿碧一看这丫头就笑，难得能展开愁眉，便也将斥责咽了下去。

谭思明初见阿碧，也被她那双碧绿剔透的猫儿眼惊了一惊，不过很快就稳住心气，凝神替她看诊号脉。足足过了半炷香的工夫，谭思明方才松开手指，解释道："并非中邪，姑娘这病名曰蝴蝶癔，大多是从娘胎里带出来的。一旦受到刺激便会惊惧尖叫，四肢如蝴蝶颤翼，发抖不止，故得此名。"

云倚风暗自惊奇，他其实乱七八糟地猜测过，觉得耶尔腾这么费尽心思找太医来，八成是想借机下点儿蛊，好带回王城，传给皇上，总之不会是什么好心思，却没想到谭太医还真的能治。

耶尔腾大喜，问道："那要如何才能治愈？"

"这……"谭思明犹豫片刻，道，"先服两剂药试试吧，这癔症急不得，得细水长流，慢慢治。"他很快就写好了方子，又叮嘱一旁的侍女，说此药苦涩难咽，务必要咬牙全部服下，一滴也浪费不得。

这回看诊实在太顺利，比出门吃顿饭的工夫还短，云倚风内心感慨，别人家的病啊。

只是顺利归顺利，在离开客栈后，谭思明看起来却多了几分心事。在离开王城时，李璟就曾将他宣召进宫，提醒此行或许会牵扯到旧人往事，没想到还真被言中。

已过初十，街道两旁的铺子差不多也就都开了，云倚风一边走一边介绍，说了三四家才发觉，原来身边的老太医压根儿没听，神思恍惚的，八成连魂都已经飘到天上去了，于是问道："谭太医，谭太医？你没事吧？"

谭思明猛然回神："啊？"

云倚风试探："不会是阿碧的病还有内情吧？"

"这……倒也不算内情。"谭思明暗自叹气，小声应道，"蝴蝶癔极为罕有，我上回见，还是二十余年前，在那谢家小姐身上。"

云倚风听得一愣，谢家小姐，谢含烟？

根据谭思明的回忆，那时候谢家已经出事了。男丁皆下狱，女眷也被软禁家中，而卢广原尚在外驻守，一时片刻赶不回来。

云倚风道："谢小姐也是因为家中变故，受到刺激，才会癔症发作？"

"是。"谭思明点头，"蝴蝶癔不比其他，若一直拖着不治，可是会耗损元气，危及性命的。"

但谢家已倒，人人避之不及，哪怕丞相府后院里传出的尖叫声再凄厉，也无人敢管，捂住耳朵，走快些便是。最后还是周九霄偷偷找到太医院，央求谭思明去替谢含烟瞧瞧，并说若被人发现，自己愿意承担一切责任。

万万没想到，会在这个故事里听到周九霄的名字，还是以如此伟大正直的形象出现。别说云倚风不适应，就连刚刚进到前厅的季燕然，也觉得自己听错了。

然而还真就是周九霄。谭思明解释："周九霄与卢将军都是朝中猛将，两人有些私人交情，并不奇怪。他当晚就弄了一辆空车，亲自带着我混入了谢府。那时候，谢小姐已经很虚弱了，幸亏我去得及时，再迟几天，怕就真的没救了。"

只是他虽治得了蝴蝶癔，却救不了整个谢家。菜市口每天都有人头落地，消息传入丞相府，谢含烟成日以泪洗面，整个人以肉眼可见的速度消瘦下去。后来更是在一个风雨交加的夜里，彻底失踪了。

云倚风皱眉："是被周九霄带走了吗？"

"或许吧。"谭思明道，"那种风声鹤唳的关头，有胆子、有能力、有理由冒这险的，也找不出第二人。"

二十余年前，先帝以雷霆万钧之势，在一夜之间扫平了谢府。季燕然虽未亲身经历，却也不难想象当时的局面，朝中定然人人自危，恐避谢家不及。在那种情况下，周九霄竟甘愿冒险替谢含烟请太医，确实与他在传闻中的形象不太相符。要知道，这位周大将军，当初可是因为纵子闹市行凶，后又玩弄权谋而被李璟革的职，奏本里都参此人跋扈嚣张，视人命如草芥，王城百姓提起他时亦是骂声一片，像是没有半分优点。

谭思明解释："在先帝一朝，周九霄也是立过不少军功的，并非一无是处。而且细论起来，卢将军还算是他的学生。"毕竟两人的年龄差摆在那里，再惊世的帅才，初出茅庐时都得由老将带着。

季燕然又道："阿碧的病既与谢小姐一模一样，那谭太医可有九成以上的把握能治好？"

"能倒是能，但就是……"谭思明面露为难，凑近在他耳边低语一番。

云倚风在旁听得错愕："当真？"

"千真万确。"谭思明道，"所以那位阿碧姑娘的病，治与不治，全看王爷。"

季燕然点头，爽快地道："治。"且不说耶尔腾的第二个条件，光凭目前种种线索，串联起来她与云倚风之间的关系，也非救不可。

客栈里，厨房已经煎好汤药，果真酸苦至极，难以下咽。

阿碧只喝了一口，便咬紧牙关，不肯再张嘴。身边伺候的几名侍女无计可施，最后只能强行将她按住，硬往下灌药，灌得整座客栈都是尖叫声，吓人极了。

"大首领。"侍女跪在地上，战战兢兢地说，"阿碧姑娘不肯吃药，我们只能这样。"

"下回手轻一些。"耶尔腾并未生气，好不容易找来的大夫，他也想尽快治好她，治好这见鬼的蝴蝶癔，最好能将记忆也一并找回来。看看究竟是一个多么神奇的部族，才能生出如此漂亮似妖，专夺自己心魄的碧瞳美人。

阿碧缩在床角，她是真的被方才那灌药的阵仗吓到了，不由自主地就想逃往另一个世界，脑海里再度浮现出一张模糊的面容，似乎很熟悉，又似乎极陌生。她痛苦地皱起眉头，源源不断的碎片不断涌现又迅速消失，分明是截然不同的灵魂，却硬要挤在同一个身体里，逼得她都快发疯了。

那双碧玉一般的眸子笼上暗黑，侍女赶忙提醒："大首领，姑娘好像又要发病了，要继续喂她吃安神药吗？"

"喂吧。"耶尔腾站起来，"让她好好睡一觉。明日谭太医再来时，问问他可有办法，能使这惊惧梦魇少犯几次。"

林影此时正等在客栈外，说是王爷请大首领过府一叙。

耶尔腾对此并不意外，又道："萧王殿下想见的，怕是不止我一人吧？"

林影笑笑："若大首领还有客人，不妨一起带着。"

而这所谓的"客人"，意料之中，正是失踪已久的周九霄。

当初在东北寒雾城时，周明装神弄鬼将季燕然骗至望星城，计划失败后，也咬死不肯说出叔父周九霄的下落，没想到对方竟会与耶尔腾一道出现。虽在外流落多年，大梁昔日的这位将军，看起来却没有丝毫落魄，依旧红光满面，身材魁梧，看起来日子过得不错。

"萧王殿下这些年，东征西战，威名赫赫。"周九霄道，"比起当年的卢将军来，也丝毫不差。"说罢，他又看了一眼旁边的云倚风，笑道，"云门主，久仰。"

"你的胆子不小。"季燕然道，"居然当真敢大摇大摆地来见本王。"

"我当初既然告诉了大首领，谭太医曾治好过罕见的蝴蝶癥，就已经做好准备，今日会见到王爷。"周九霄道，"王爷也一直在找我，不是吗？"

季燕然纠正："本王不是在找你，是在追捕你。先是流放途中脱逃，再是缥缈峰赏雪阁，派出侄儿拉拢本王起兵篡位，现在又与葛藤部族一起出现，按律能斩个七八回。"

"王爷何必急着斩我。"周九霄平心静气，"我此番前来，是有许多话，想同王爷好好聊一聊。"

季燕然问："若本王没猜错，肃明侯杨博庆，也是被你带走的吧？"

周九霄点头："是。"

耶尔腾微微皱眉，他先前可不知道，周九霄手里还有这么一个人。

"数月前，王爷带兵西行，肃明侯听闻消息后，便在大原城待不下去了，总觉得会等来一把斩首的尚方剑。慌乱之中就写来书信求救，想要离开大梁。"

季燕然冷冷地道："然后你便杀了杨府上下三十余名下人，只为不泄露风声？"

周九霄摇头："此事还真非我所为，而是杨家人自己下的杀手。杨博庆在府内豢养了一群秃鹫武士，当时我只派了商队，前往太原城乔装接人，至于杨府发生了什么，事先一概不知。"

提起秃鹫武士，云倚风倒想起来了，先前李珺说起过，曾看到一群打扮古怪的巫师，大半夜出现在杨府花园里，当时两人都以为是红鸦教，现在看来，莫非就是这伙人？而在大漠的传说中，秃鹫一族也的确有收集猎物骨骸的习俗，比如取下指骨，串成象征胜利的饰物。

厅内的烛火跳动着，周九霄继续道："说实话，我并不喜欢那位肃明侯。他一无军功，二无谋略，只凭着家世背景与受宠的妹妹，便在朝中混得风生水起，简直像个莫大的笑话。"

季燕然靠在椅子上："那为何还要救？让本王一剑杀了他，岂非更好？"

周九霄反问："难道王爷不想知道当年白河放闸的真相吗？"

季燕然抬眼与他对视。

"想来王爷已经听说了，当年白河放闸，乃杨家一手所为。"周九霄道，"可这背后还有另一个故事，先前怕是没人说起过。杨博庆此时正在雁城，若王爷愿意，我这便将他接来。"

耶尔腾听得越发不悦，目光也越发阴沉。他虽与周九霄有合作，却并不接受对方背后还要再藏另一个人。这让他有一种被蒙在鼓里、倍受愚弄的感觉，但想到将来的一系列事情，还是选择将不满强压了下去。

马车很快就接来杨博庆。李珺听到消息后，被吓了一跳，赶紧偷偷摸摸地趴在门缝处，眯起眼睛往里窥。

杨博庆穿着一身粗布衣，神情憔悴，头发雪白，颇有几分落魄流落的模样。只是一想起这看似可怜的老头儿，数年前密谋开闸淹城，现在又豢养武士屠杀百姓，手上不知沾染了多少鲜血，云倚风便觉得后背一阵发麻，什么同情都消失了个一干二净。

而且这老头儿，一张口就说白河一事虽为杨博广主谋，背后却始终有另一股势力在推波助澜，并非旁人，正是先帝李墟。

季燕然怒道："放肆！"

"王爷先勿动怒，且听我把话说完。"杨博庆不急不缓地道，"当年白河改道时，博广起先并没有动歪心思，顶多派人挑衅、打架，再放出一些风言风语，想着给那位太子爷添点儿麻烦。至于提前开闸这种事，是万万没有想过的。"

季燕然问："那为何后来又想了？"

"受那时的兵部侍郎，南飞南大人唆使，博广才会一时脑热。"杨博庆道，"事情败露后，博广供出了南飞，先帝却对其百般庇护。莫说审了，连问都没有多问一句，后来南飞更是加官晋爵，这还不够明显吗？"

季燕然道："南大人已过世十年，无法跳出来反驳，肃明侯自是怎么编都行。"

"我知道，空口无凭，王爷必然是不信的。"杨博庆道，"但王爷想想，为何南飞资质平平，为官多年无一政绩，却能备受先帝器重，一路平步青云？在博广死后的第二年，他的独子杨曹义为何要夜半潜入南府，冒死刺杀南飞，导致自己被活活打死？除了替父报仇，可还有别的理由？还有先帝晚年，曾在一次醉酒后哀恸大喊，连呼数声'朕愧对将军'，许多宫人皆可做证。王爷应当也是听过此事的，就没想想那是哪位将军？"

当时恰有镇北将军柳大原，因为多喝了几坛御赐的美酒，跌下台阶，在床上躺了三四月，险些变成瘸子，朝中便都以为愧对的是柳将军，都当成趣闻来说。但现在一细想，似乎也的确到不了"令天子哀恸大哭"的份儿上。

杨博庆道："那声愧对，是对廖将军说的。先帝默许了博广的恶行，只为能削弱杨家势力，却不料廖小少爷正在村内，也被大水一并冲走了。"廖老将军因此一病不起，成了半个废人。先帝便下令将他接到宫中，悉心医治照顾，外人看在眼中，可谓关怀备至。

"我现在说的这些，王爷信也好，不信也罢。"杨博庆道，"只是王爷追查了这么多年的真相，我既知道内情，还是想以此来为自己换一条活路。"

季燕然冷冷地道："单靠这无凭无据的一番话，肃明侯怕是活不了。"

"杨家纵然动过不该动的心思，可这世间事，不都是成王败寇吗？"杨博庆咄咄逼问，"先皇登基初期，我杨家不辞劳苦，鞍前马后，联合其余名门望族，拼死才稳住了大梁江山。可江山稳固之后，先皇做的第一件事，却是想方设法削弱杨家，打定了主意要将我们逐出王城，换成谁，会不心寒？"

季燕然提醒："若先帝当真容不下杨家，肃明侯早在数年前，就该人头落地才是。"

"王爷此言差矣，这人头能保到现在，还当真不是因为先皇想手下留情。"杨博庆道，"当年舍妹一身缟素，于御前高声历数杨家为大梁尽忠之事，后更是血溅长阶，以死来为家族求情。许多大臣都看在眼里，先皇若再赶尽杀绝，难免会落个过河拆桥的骂名，倒不如开恩赦免。反正那时的杨家，已如西山日暮，再难翻身了。"

"西山日暮，肃明侯当真这么认为？"季燕然放下手中的茶盏，"那这些年你安插在皇兄身边的眼线，是用来打探宫闱秘闻，闲时解闷逗趣的？"

杨博庆倒未否认，只道："为多一条活路罢了，免得皇上在王城打算对杨家下手，我却还在晋地叩拜谢恩。"

耶尔腾坐在一边，听着这大梁旧事，并未发表任何意见。倒是周九霄，附和道："当年若无杨家鞠躬尽瘁，大梁怕是要多乱五年。哪怕仅是看在这一点，都请王爷给肃明侯一条生路，让他安度晚年吧。"

季燕然看他一眼。

"自然，依我现如今的身份，并无资格提出任何要求。"周九霄颇为识趣，"但许多事情，朝中那些大人们是不会说，也不敢说的，唯有所谓'乱臣逆贼'，方才有胆子畅所欲言。"

季燕然道："怎么，你也有惊天内幕要说？"

"谈不上惊天，只有一些与卢、谢两家有关的旧事。"周九霄道，"谢家通敌不假，但若说卢将军也通敌，可就是污蔑了。他为大梁舍生忘死，满心只有百姓与河山，是一等一的忠臣良将。"

但偏偏就是这一等一的良将，在黑沙城一战时，却像是中了邪。

周九霄道："外人都说卢将军勇猛有余，谨慎不足，才会折戟黑沙城。但实际上在开战之前，当时的副将便已再三提醒过他，若强攻冒进，胜算不足五成，甚至还联合当时的地方官一道极力劝阻，但最后仍未能说服他。"

季燕然问："所以？"

"这绝对不是卢将军的性格，所以只有一个理由。"周九霄道，"黑沙城易守难攻，若想获胜，唯一的胜算便是先以大军压境，将对方军队诱出后，再用另一批兵马自侧翼杀出，神兵天降，打对方个措手不及。王爷征战数年，应当也能赞同我这个说法。但事情就坏在当年卢广原出兵黑沙城后，并无神兵杀出，才会全线溃败。"

季燕然微微屈起手指。

周九霄一字一句地道："那是因为先帝许下的侧翼援兵，迟迟未到。卢将军曾与先帝商议，共同订下了这破城的计谋。为免军情泄露，他连副将都一并瞒着，这才有了所谓'谋略不足与鲁莽冒进'的评价。可谁知一切都是圈套，当时谢家已倒，王城风雨潇潇，四野盛传卢将军里通外国，先帝便因此起了疑心，索性趁着黑沙城一事，彻底除了这个后患。"

此外，蒲昌也曾拼死率领一支亲兵突围而出，昼夜兼程，北上王城，奢望能够求取援兵。

周九霄道："有许多人都见到了蒲先锋，他当时风尘仆仆，满身的血痂都成了棕黑色。可先帝在翌日上朝时，却提都未提此事，蒲先锋也自那时彻底消失了。"

云倚风看了眼季燕然，这段描述倒是与孜川秘图的出现相符。应当是蒲昌在离开皇宫后，得知卢广原已战败身亡，便逃到月华城鸣鸦寺中，编纂了兵书与秘图，后又前往北冥风城，在那里成家立室。

"有许多事情，都并非像王爷双眼所见，双耳所听的那样。"周九霄道，"其实我大可以对阿碧姑娘的病症视而不见，替自己求份安宁的，但最后还是想见王爷一面。"

"黑沙城一战，本王虽未亲身经历，可你当时也一样远在王城，并不知道千里之外都发生过什么，又如何能笃定实情就一定如方才所言。"季燕然并未留他情面，又问，"从缥缈峰赏雪阁开始，你的所作所为，可不像是只想求份安宁。谢家小姐，现人在何处？"

"不知道。"周九霄摇头，"当年我将人偷偷接出王城后，就按照卢将军的意思，把她送往了南疆野马部族，往后再无音讯。"

南疆，野马部族。听到这个名字，云倚风立刻就记起来，藏在自己襁褓中的那封书信，蒲昌于病逝前亲笔所书，也是叮嘱罗入画母子前往野马部族，投奔首领鹩鸪，并且还提到了"姑娘"。现在看来，那姑娘极有可能就是谢含烟。而信里写到的另一些事情，包括懊悔未能及时搬来援军，怒斥先帝听信谗言、陷害忠良，皆能与周九霄今日所言一一对应。

真相似乎已经浮于水面了。白河一事尚无证据，但黑沙城与卢将军的离奇战败，条条线索都表明，的确与先皇有脱不开的关系。

耶尔腾在旁不凉不热地道："若论起玩弄权谋，谁又能是大梁皇帝的对手？我今日也算长了见识。"

"大首领的见识，还是长在别处吧。"云倚风与他对视，"明知此二人乃大梁要犯，却仍纵容他们留在青阳草原。只凭这点，便看不出首领有任何和平的诚意。"

"大首领待阿碧姑娘情深义重，为救心爱之人的性命，自是赴汤蹈火，亦无所惧。"周九霄辩驳道。

"我对你们的君臣恩怨并无兴趣。"耶尔腾站起来，"还有，葛藤部族收留谁，驱逐谁，都是我自己的决定，轮不到外人指手画脚。既然事情已经说完，那我们也该走了。"

周九霄也道："那我便先走一步，王爷，云门主，告辞。"

外头天色漆黑，耶尔腾登上马车，不满地看着周九霄："你先前可没说，这城里还藏了一个人。"

"但他有用，不是吗？"周九霄压低声音，"大首领，莫忘了我们的计划。"

耶尔腾警告："这种事情，我只能容忍一次。"

周九霄低头："是。"

杨博庆也钻进马车，一行人向着客栈的方向去了。

将军府里，云倚风站在季燕然身后，安慰道："那群人心里各有鬼胎，目的都快明晃晃地写在脸上了，王爷又何必放在心里？"

"可还有蒲先锋那封信函？"季燕然叹了口气，"你当真没有任何想法？"

当初两人看到信时，顶多只能想到卢将军被困黑沙城，先帝拒派援兵，至于为何拒派，或许是出于战局考虑，又或许真如蒲昌所说，是听信奸人谗言，但无论哪种，都只能算作决断失误。与今日周九霄所言的，先故意诱导卢广原出兵黑沙城，却又迟迟不践行约定、增派援军相比，实在是……季燕然叹气："我现在真不知该怎么往下查了，或许等阿碧恢复记忆后，能问出谢小姐的下落。"

"耶尔腾与大梁叛臣暗中勾连，冒这么大的风险，我不信他只为救心爱的女人。况且周九霄主动找上葛藤部族，背后究竟藏什么目的，王爷应当心知肚明，那第三个条件，怕是不好对付。"

"我明白。"季燕然点头，"第三个条件暂且不说，现在至少有个阿碧，听起来和你的过去千丝万连，先将她治好吧。"

乌恩与格根兄弟二人，也已经出发去找阿碧呓语时提到的"多吉"，看能不能撞大运，恰好将此人寻得。

"时间不早了，回去歇着。"云倚风站起来，"今夜寒凉，王爷好好泡个热水澡，我再去看看平乐王。他方才躲在门口，亲耳听到杨博庆说杨妃当年血溅长阶一事，怕也受到了刺激。"

李珺不在自己房中，云倚风找了一大圈，最后发现他正在厨房里，红着眼眶，一脸悲切，守着炉子，煮红枣酒酿蛋呢。

"母妃在世的时候,经常亲手煮这道甜汤给我吃。"他说着说着，情难自抑，眼看着又要哽咽。云倚风赶忙拿过他手中汤勺，安慰道："没事，杨太妃在天有灵，若能看到平乐王如此……康健，定十分欣慰。"

李珺越发沮丧："我果真一无是处。"

"也不是。"云倚风帮忙往锅里加糖，"至少平乐王有审美，你想想宫里那粉彩大缸。"

李珺想着那口大缸，丑得他牙都疼了："……确实。"

"来，吃完这些，心里就暖了。"云倚风将酒酿蛋盛出来，眼神关切。

李珺大为感动，赶紧喝了一口，苦着脸道："甜，齁嗓子。"

"甜一些才好。"云倚风揽住他的肩膀，"汤也喝了，帮我个忙。"

李珺放下碗："什么?"

云倚风在他耳边低语几句。

李珺惊得头发都要竖起来："你这是什么过分的要求?"

"救人呢，就那位碧瞳倾城的美人。"云倚风道，"像平乐王这般怜香惜玉的人，定然不会推辞。"

李珺："……"

云倚风郑重许诺："帮完这个忙，往后我天天炖汤给你喝，养生，滋补，益寿延年!"

平乐王满心惆怅，被迫答应对方的无理要求，继续守着炉子伤春悲秋，顺便思念江凌飞，也不知那家大业大的江湖第一山庄，现如今情况如何了。

丹枫城中，一场细雪夹细雨，飘得四野皆是冰冷的寒意。虽说家家户户门口都挂着红灯笼，却也没几分过年的喜庆热闹。百姓都在嘀咕，城南的江家山庄啊，最近不太平，掌门人江南斗因病卧床，各方堂主蠢蠢欲动，像是要出大乱子。

一名少年正撑着白梅伞，独自走在雪雨中，他穿一身月牙白的素锦衣袍，面容清俊秀美。行至一处别院时，守卫纷纷躬身行礼："九少爷。"

江凌晨把伞递给下人，又从丫鬟手中接过食盒。他面前的屏风徐徐打开，显露出一条漆黑的秘道。

江凌飞正在暗室中运功调息，听到外头传来的动静，连眼睛都懒得睁开。

江凌晨推开门："三哥，该吃饭了。"

"你打算将我关到什么时候？"江凌飞与他对视，手脚处隐约露出银色镣铐的反光。他前几日自昏迷中转醒，睁眼就发现自己被锁到了家中地牢里，浑身虚软无力，提一口气便剧痛锥心。而这一切的罪魁祸首不是大哥，不是四弟，也不是任何一个他先前以为的心怀叵测的人，居然是今年刚满十五岁的九弟，江凌晨。

记忆中，在自己离家时，对方还只是个啃着糖葫芦的小屁孩儿，又矮又沉默寡言，没成任何气候。谁承想还没过几年呢，对方不仅猛蹿了一截身高，还捎带着蹿出了一肚子阴谋诡计。

江凌飞头疼："你不会也想当掌门吧？"

"我不光要做江家掌门。"江凌晨把一勺饭粗暴地塞进他嘴里，"还要做武林盟主。"

江凌飞："……"

然而不管他毛长没长全，自己目前被他困住是不争的事实。江

146

凌飞只好强压下心头焦躁，尽量摆出"你兄长我和蔼宽宏，宰相肚里能撑船，完全不计较"的慈祥姿态，道："说说看，你凭一己之力，如何一统武林？怕是连几位叔父都斗不过。"

江凌晨继续喂他吃饭，漫不经心地道："我是斗不过，但萧王未必斗不过。"

"喀！"江凌飞被汤呛到，警觉道，"你想做什么？"

"三哥替萧王府尽忠，萧王殿下也该为咱们江家做些事情。"江凌晨放下勺子，"单凭武林之力，已经压不住你我上头那一群老狐狸了。唯有借用朝廷的力量，才能让他们心生忌惮，懂吗？"

江凌飞险些一句脏话脱口而出，他厉声道："你以为以我做人质，王爷就会出面帮你？"

"谁说我要以三哥去威胁萧王了？"江凌晨看着手中私印，"我是想请三哥写一封信，去向王爷借点儿兵。自然，估摸你是不愿意的，那倒无妨。反正现在印章也有了，而我与你的字迹一模一样。"

"江凌晨！"江凌飞咬牙，"只凭一封书信，王爷是不会帮你的！"

"那还真不一定。"江凌晨凑近他耳边，微微一笑，"只凭一封书信，想借数十万大军自然不行，但只借用一些朝廷关系，换个家族安稳，还是绰绰有余的。三哥在萧王心中的地位，可比你自己想的要重要许多。"

言毕，他便转身离开了暗室，只留下江凌飞一人，被气了个头昏眼花。

这都是什么见鬼的一家人！

数百里外的雁城，鹅毛大雪正飘得纷纷扬扬。

午后，李珺吊着一条胳膊，站在窗前，气势如虹地道："燕山雪花大如席！"半天之后想不起来下一句,便又重复一遍,"大如席！"

一旁伺候的小丫鬟都被逗笑了,想着这平乐王也挺好玩,胳膊都在雪中跌断了,还有心思站在这里吟诗。于是便劝着他回屋休息,又说云门主刚刚派人送来了炖汤,是顶滋补的乌鸡。

当然了,不是亲手炖的,一来他不会,二来萧王殿下不允许,三来更没空。云倚风这几日一直陪着谭思明往返于客栈与将军府替阿碧看诊。几副汤药下去,先前一脸病容的侍妾,当真面色红润了起来,如五月的鲜花般,重新焕发出勃勃生机。

耶尔腾自是大喜,灵星儿心里也高兴。她坐在床帐里,对阿碧道:"等到春天,姐姐就能出去散心了,现在外头还太冷。"

"我最近经常做梦,会梦到春天。"阿碧道,"还会梦到许多别的事情。"

灵星儿心头一动:"是什么?"

阿碧想了想,这回不再是混乱的片段,她笃定地说:"是一大片开满黄花的草原,还有许多男女老幼。他们穿着五彩的袍子,手中拿着白色的三弦琴。"

"那圣姑呢?"灵星儿继续问,"你想起她叫什么名字了吗?"

阿碧皱起眉头,又不说话了,像是搜寻不到这个人。

侍女在旁看得心惊,生怕她再度惊惧尖叫,便委婉地出言提醒。

灵星儿意识到自己问得太紧迫,也赶忙将话题扯到了别的地方。只在回去后告诉云倚风,某个有着白琴、五彩袍的部族,或许就是阿碧的故乡。

梅竹松在旁道:"若说起这个,我倒有些印象。"

据传那是一个终日与歌声为伴的部族,他们驱赶着牛羊,住在一片世外桃源中。远离战火与纷争,衣食无缺,勤于思考,拥有其余牧民所没有的出世智慧。

至于这群人具体居于何处，就说不清了。

"写一封书信，把这些事告诉乌恩与格根吧，或许能帮到他们。"云倚风吩咐。

灵星儿答应一声，跑下去写信，打算过几天，等阿碧的状态更好些了，再继续问她。厅里重新变得安静，梅竹松看着云倚风服完药，委婉地问："当真不要告诉王爷？门主身上这毒，怕是再拖不得了。"

"告诉王爷，也变不出血灵芝，只会乱他心神。"云倚风放下空碗，"谭太医说再有月余，阿碧便能康复了，可耶尔腾现如今不仅养着周九霄与杨博庆，还要护着这二人，摆明了没把大梁放在眼中。王爷虽为我忍了这一时之气，可我不愿他再受胁迫，答应所谓第三个条件了。"

梅竹松劝慰："耶尔腾并未说第三个条件究竟是什么，或许还有得商量。"

"他想要的，无非是土地与人民。"云倚风道，"前辈应当比我清楚此人的野心。"

梅竹松还想再说些什么，季燕然却已经进了门，他便收拾好药盒先告辞了。

云倚风道："怎么回来得这么早？"

"军中无事，便回来了。"季燕然问，"你昨晚一直在咳嗽，现在好些了吗？"

"火盆烧得屋内干燥，嗓子痒。"云倚风道，"多喝些水就会没事。"

季燕然感慨："真金贵啊。"火盆大一些要咳嗽，少一些又手脚冰凉，身子既畏寒，更怕热，还不肯好好穿衣裳。活活将大手大脚的萧王殿下，逼成了半个老吴。他每天不仅要关心军中事务，回家还要继续操劳云倚风的穿衣与三餐，更过分一些时，云倚风吃药都要他连哄带骗。

云倚风淡定地岔开话题："江大哥那头怎么样了？清月倒是一直在送书信，但他不好离江家太近，只能说城中风平浪静，江湖也风平浪静。"

"暂时没有消息，不如你再写一封书信往丹枫城。"季燕然想了想，"不过依我看，没消息反而是好消息。凌飞可从来没把自己当成萧王府的外人，他要是觉得棘手，怕一早就写信来求援了。我若不肯帮忙，还要撒泼打滚，闹上一番，哪里会如此消停？"

云倚风笑："江湖中盛传一则消息，连平乐王也听过，称江大哥堪任盟主之位，倒被王爷说得像乡野泼皮一般。"

"就他那吊儿郎当的性格，连江家都不愿接管，更别提整个武林。"季燕然拍拍他，"罢了，不聊这些了，昨夜一直咳得没睡好，你再去歇会儿。"

门外，单臂夹着棋盘，跑来想与云倚风下棋的平乐王，则是被仆役残忍无情地告知，云门主正在睡，晚饭之前怕是不会起来的，您还是请回吧。

李珺听得纳闷儿，这都什么时辰了，还睡？

于是他连连长叹，步履蹒跚，再度思念江三少。

几日后，云倚风又往丹枫城送了一封书信，询问江家近况。

再过几日，谭思明禀道："那位阿碧姑娘的蝴蝶癔，已经差不多痊愈了，往后也不必再服药，只需吃些滋补的汤品，好生休养便是。"

"此番辛苦谭太医了。"季燕然感激道,"先在将军府休息几日吧,待天气暖和些了,我便差人送您回王城。"

"是。"谭思明点头,又提醒,"不过王爷,那位阿碧姑娘有些古怪,也不像是寻常的失忆。在看诊时,她经常会自言自语,神情看着痛苦极了。"

季燕然问:"能治吗?"

"没法治。"谭思明为难,"我试过脉象,却查不出是什么病。这方面也确实非我所长,王爷怕是要另寻高明。"

经他这么一说,灵星儿也道阿碧最近越来越异常,那日分明就说想起了一个穿五彩衣、拿白琴的部族,可几天后自己再去时,她却又一口否认,只温柔地笑,笑得可瘆人了。

李珺听得脊背凉:"你看吧,美人近妖,果然不是什么好兆头,以后可得离她远一些。"

"阿碧已经够可怜了,我若再离远些,她可就真的一个朋友都没有了。"灵星儿叉腰娇声道,"况且在我们风雨门,从来就没有见死不救!"

季燕然问身边人:"风雨门这般侠义磊落?"

"侠义磊落的是清月。"云倚风赶紧否认,"至于我,向来只教他们做完事情赶紧跑,千万莫被人抓住。"

如此又过二十余天,阿碧的身子终于彻底好了。院中迎春花盛开,她穿着一身浅白的裙装,旋转着跳起舞来,真似沙雪中的妖精。

灵星儿托着腮帮子,叹气道:"也不知道我下辈子,能不能长得像姐姐这般漂亮。"

"你比我更好看。"阿碧也坐在台阶上，一旁的侍女立刻取了披风过来，小声提醒："姑娘，这里太冷。"

"我就坐一会儿。"阿碧道，"你去屋里，给我们煮一壶热的奶茶来吧。"

侍女应了一声，回房忙碌去了。院内只剩两人，阿碧这才握住灵星儿的手，小声道："前些天你问过我的圣姑，我这几天倒又想起来一些事，但就是断断续续的，很模糊。"

灵星儿闻言来了精神，模糊总比没有要好呀！便催促："是什么？"

"她很漂亮，经常穿雪白的裙子，像一朵盛开的雪莲。族人们都说她永远不会老，还说她的故乡在很远的地方。"阿碧道，"她有心爱的男人，有一个儿子，可他们从来没有出现过。"

"还有呢？"

"还有，她是部族的保护神。"阿碧皱起眉头，使劲搜寻着那些散碎的片段，"会带领大家击退敌人，还会制作机关暗器。"

越听越像当年的谢含烟，灵星儿激动了起来，继续问："那你的部族在哪里呀？那位圣姑还活着吗？"

"我不记得部族在哪里，圣姑……圣姑……"阿碧又想了半天，那雪白色衣摆，那熟悉的花香，在眼前，在心里翩然飘过，像是近在眼前。

她抬起头，不可置信地说："我好像前几日，刚在客栈中见过她的身影。"

灵星儿吃惊道："啊？"

然而更多的线索，阿碧却又想不起来了，只笃定圣姑肯定出现过，并非幻觉。

灵星儿便推测，莫非是部族的人发现阿碧丢了，所以暗中前来，想将她带走？可门主也在雁城啊，圣姑若真是当年的谢含烟，会知道这个……嗯，就算不是儿子，也应该是故人的孩子吧，她会来看看吗？

她心里这么想着，连奶茶也顾不上喝了，匆匆跑回了将军府。

侍女端着茶点出来，道："咦，星儿姑娘已经走了？"

"她很关心圣姑的下落。"阿碧靠在软榻上，不安道，"你说，我那晚看到的白影子，会是幻觉吗？可花香实在太真实了，不像是假的。"

"我没看到，不过姑娘看到了，或许就是真的吧。"侍女替她捏腿，又提醒，"但就算圣姑来了，大首领也不会放姑娘走的，姑娘想走吗？"

阿碧垂下眼帘，又不说话了。

留在这里，就会有舒适的生活和温柔的宠爱，火盆里燃烧着炭火，枕边躺着最强壮的男人，应当有无数女人都想要这样的生活。但她心里却始终存在着另一个影子，模糊的，不灭的。

让她焦虑，也让她发疯。

或许等圣姑下一次出现时，自己能问一问，那浮在云间的，似乎名叫"多吉"的男人，究竟是谁。

将军府中。

云倚风听完灵星儿的故事，一时间没能转过弯。虽说众人先前就模模糊糊地猜到过，但一旦线索真的明显起来，还是颇受震撼，像是将一双手穿过层层雾霾，还没准备好呢，指尖冷不丁就触到了柔软的过去，散开一片令人眩晕的光。

"门主。"灵星儿问,"圣姑会来看你吗?"

云倚风想了想,摇头:"我身份未明,哪怕当真是蒲先锋的孩子,也仅有寥寥少数人知,消息如何会传往西北的部族?"

"那我们就把消息传开呀。"灵星儿一拍桌子,"风雨门出马,莫说传到西北部族了,就算传到西洋异邦都没问题!"

云倚风好笑:"你这丫头,就别添乱了。"

"怎么能是添乱呢?"灵星儿坐在他对面,着急道,"门主,你不想找到自己的亲人,不想知道当年的往事吗?"

"我想啊,可也不是那么想。"云倚风慢慢斟茶,"现如今,西北局势微妙,阿碧又是耶尔腾的人,我不想给王爷惹出任何麻烦。"

灵星儿小心翼翼地看他:"那……要是就此错过了呢?"

"错过就错过吧,缘分未到。"云倚风笑笑,"现在这样,也很好。"

话虽如此,不过灵星儿还是觉得,错过就可惜了。便只盼着阿碧能早日恢复记忆,又或者是乌恩兄弟二人能早些找到她的部族,找到那位神秘美丽的白衣圣姑。

云倚风却已经将此事放到一边,自己跑去厨房里忙碌,鸡鸭鱼肉摆了一案板,菜刀磨得寒光闪闪,堪比飞鸾剑。

季燕然忙完军务,回家已是夕阳西下,一进门就被李珺拉到一旁,小声说:"云门主亲自下厨,做了一桌子的菜。"

萧王殿下:"……"

你为何不拦住他?!

李珺良心提议:"不如你还是回军营吧,就说忙,脱不开身。"

季燕然深吸一口气:"罢了,我去看看。"

李珺双手揣在袖子里,同情地目送他。

云倚风已经脱下了那溅满油烟酱汤的衣裳，换了另一套淡绿纱衣，正坐在桌边等他，笑起来时，如三月清风过竹林，满眼皆是喜悦。云倚风将筷子递过来时，不忘提醒一句："我头一回下厨，不怎么好吃，但已经尽力了。"

季燕然笑道："你做的，如何会不好吃？"

这你就错了。云倚风心想，我说不好吃，那是真的不好吃。

挨个尝过一遍后，季燕然评价："肉丝好像有点儿咸，无妨，恰好萝卜又有些淡，一起吃就很好。"至于羊肉咬不动，鸡又炖得只剩了骨架，这都不算问题。行军打仗被困山坳时，毒蛇、树皮都能拿来充饥，还嫌这一桌饭菜？

于是一吃就是两大碗，第一次下厨的人也看得高兴。

然后当晚季燕然便上吐下泻，在床上躺了整整三天。

满将军府的下人都知道了，再过半天，全雁城百姓都知道了。

堂堂萧王殿下，没被万千敌军打败，没被邪鬼巫术打败，踏着烈焰，走过白骨与血海，最后轰然倒在了云门主一碗半生不熟的羊肉汤下。

李珺唉声叹气："我先前就提醒过你了吧？不听兄长言，要是趁早躲到军营里去，不就没这件事了？云门主做的饭菜，那能吃吗？听说光是狼藉一片的厨房，仆役们就清理了好几个时辰，房梁都被熏黑了。"

季燕然实在不想与他说话，将额头上搭着的手巾取下来："他去哪儿了？"

"去阳泰楼买鱼片粥了，说是你喜欢吃那家。"李珺替他盖好被子，"刚刚才出门，你再睡会儿吧。"

阳泰楼，是雁城最红火的一家酒楼，物美价廉，日日生意兴隆。

云倚风坐在靠窗的位置，自己点了碗素面慢慢吃，顺便等鱼片粥煮好。他已经深刻地认识到了自己的错误，打算暂时金盆洗手，至少在边境安宁之前，都不再下厨了。毕竟大梁的西北还得靠萧王殿下镇守，倒不得。

做饭还真挺难啊！他发自内心地长叹，放下筷子擦擦嘴，余光却扫到了一抹雪色。

在黄沙漫漫的雁城，鲜有人穿得这般雪白，云倚风警觉地看过去，就见隔壁茶楼里，一人正匆忙离去，身形倏忽而逝，似风中雪花。

"鱼片粥来——"小二端着食盒出来，话说到一半就戛然而止，纳闷儿地想，云门主人呢？

云倚风咬紧牙关，抖手一甩马鞭：“驾！”

翠华长嘶腾空，如墨影划过空荡的长街。

两旁的百姓都被惊呆了，忙不迭地躲到铺子里，面面相觑，怎么了这是？

有机灵的，一溜烟跑去萧王府报信了。

城门之外，是万里黄沙。

云倚风一直紧紧盯着前方的雪影，对方跑得实在太快了，经常绕过一个沙丘，便会消失无踪，全靠着空气中残留下的花香，翠华才能勉强跟上。可即便如此，跑到最后时，这一人一马也有些晕头转向了。

天上日光刺眼，地上寒风阵阵，天气恶劣极了。

雪影早已无影无踪，云倚风翻身下马，坐在沙丘下大口喘着气，额上渗出一层薄汗。翠华踱步过来，用头轻轻拱了拱他，像是在道歉，又像是在撒娇。

"无妨，不是你的错，我不也跟丢了？"云倚风从布兜里摸出几块花生糖，"吃吧，吃完我们就……喀喀，我们就回去。"

他嘴唇干裂，又被太阳照得头晕，实在没什么力气再骑马，便闭起眼睛，想休息一阵。

四周的花香却越来越浓厚，而后便有一片凉爽的阴影遮住了他。

云倚风睫毛一颤，有些不确定地睁开眼睛。

雪白的衣裙，以一方丝巾覆面，双眼如星辰般美丽，而在眉弯处，点着一枚红色小痣。

当年名动王城的第一美人谢含烟，也有这么一颗痣。

她从腰间解下水囊，默不作声地递到他面前。

"你是……"云倚风坐起来，心脏怦怦地跳。

"你该回去了。"雪衣人叹气，"为什么要追过来？这里是玄沙池，极容易迷失方向。"

云倚风反问："那你为何又在暗处看我？"

雪衣人摇头："我是去看阿碧的，但她现在似乎生活得很好。"

云倚风道："耶尔腾待她的确很好。"

两人便沉默了下来，气氛沉闷。

过了会儿，云倚风又道："你是谢家的人？"

他这话太直白，以至于对方先愣了片刻，方才道："不是。"

云倚风却固执道："你是，阿碧说了许多事情，还有你这颗眉间的红痣，你就是。"

雪衣人没有再辩驳，却问："是又如何，不是又如何？"

157

"是不能如何。"云倚风想了想，"我背上有机关图，你知道这件事吗？"

"知道。"雪衣人道，"我还知道，是你亲手毁了它。"

云倚风静静地看着她，等着下一句话。

"我知道皇宫里发生的太多事情。"雪衣人伸手，温柔地触上他的侧脸，"但你现在该回去了，只有他才能拿到血灵芝，才能让你好好活着。"

云倚风攥紧右手，让指甲深深嵌进掌心。这种感觉实在太古怪了，分明就是在和一个陌生人说话，对方却又清楚许多关于自己的事情，甚至似乎还包括许多连自己都不知道的事情。

朦胧的往事被戳开一个孔，隐隐露出流淌的碎片来。

雪衣人道："快些回去吧。"

她转身想离开，却被云倚风握住手腕："我是谁？"

他又重复了一遍："我到底是谁？"

"往事已矣，又何必刨根究底？"雪衣人无奈地提醒，"这对你没有任何好处。"

"但我想知道，关于我的身世，关于我的爹娘。"云倚风问，"我爹是蒲先锋吗？"

雪衣人摇头："不是。"

云倚风却不信："那机关图为何会出现在我背上？"

雪衣人眼底颤动，久久地看着他，最后抬起掌心，轻按他的额头。

他像是被一股巨大的力量贯穿，后又跌入无边深渊，身体急速下坠着。云倚风的手胡乱一抓，却只攥到一把干涩的黄沙，掌心的伤口被蚀得刺痛。

眼前的花瓣被风吹得狂舞。

"你姓卢。"雪衣人说,声音遥远得像是来自空谷,"你爹便是横扫千军、威名赫赫的——卢广原。"

云倚风紧紧闭着眼睛,浑身冰冷。

"别忘了你的父亲,他是这天地间真正的英雄。"

在那个动荡的年代,是谁以一己之力,挑起了大半座江山的安稳,又是谁金戈铁马,伤痕累累地守护着一方百姓?只可惜啊,可惜十余年戎马生涯,终也没能换得一处安稳的江南小宅。所有的忠魂与热血,都在最好的年华里,悉数葬于遥远的黑沙城,任长风吹散。

"是李家人,是那高高在上的帝王,亲手杀了你的父亲!"雪衣人眼里弥漫着泪水,声音里压抑出漫成血海的仇恨,"你身为卢家的儿子,绝不能对那奸贼有一丝一毫的尊敬。"

胸口被无形的雷霆击中,云倚风跌坐回沙地里,惊魂未定,气喘吁吁。

雪衣人蹲在他面前,垂下眼帘:"但他已经死了,在我替你父亲报仇之前,那老皇帝却自己死了。"

云倚风怔怔地问:"然后呢?"

"没有然后。"雪衣人道,"萧王殿下是不一样的,这很好。"

云倚风看着她:"那你……"

"我该走了。"雪衣人站起来,"记住,保护好自己。皇权啊,是会杀人的。"

"别!"云倚风伸手想抓她,那雪白的衣袖却从指缝间滑走了。一阵狂风卷起黄沙,再睁眼时,四周已再无人影。

唯有一匹银白大马,周身毛发闪亮,正穿过风沙,疾驰而来。

"我来了！"季燕然高呼。

翠华昂首长嘶，将飞霜蛟引到这边。

季燕然急急翻身下马，将沙丘下瘫软成一团的人扶起来："出了什么事？"

"没事……我没事。"云倚风松开血迹斑斑的右手，精疲力竭地靠着他，"我想回家了。"

季燕然往远处看了一眼，点头："好，我带你回家。"

云倚风回府便发了一场高烧，迷迷糊糊的，三四天才清醒。

季燕然吹温勺中的汤药，小心地喂给他："身子还难受吗？"

"好多了。"云倚风咳嗽两声。

季燕然笑笑，轻轻拍着那单薄后背。刚想说什么，外头却有下人禀报，说乌恩兄弟二人刚刚带着一个男人回来了。

当天晚上，灵星儿就去找了阿碧。进到房中时，见她正坐在镜前梳妆，笑着说明日耶尔腾要设宴，自己想为他跳一支舞。

"那我来帮姐姐梳头吧。"灵星儿从侍女手中接过梳子，漆黑的长发被拢起，雪白玉润的耳后，一道蓝色细线正蜿蜒攀爬在那里。

耶尔腾的酒宴，客人只有寥寥三四名，周九霄、杨博庆，再有便是季燕然与云倚风。欢聚一堂是谈不上了，走在大街上随便拉三四个陌生人，席间气氛也不会比此时更糟糕僵硬。

"其实何必如此剑拔弩张呢？"周九霄举起酒杯，"至少我与王爷都曾为大梁出生入死，单凭这一点，也该有些共同话题才是。至于肃明侯，亦是为大梁江山立下过汗马功劳的，怎么今晚平乐王也不来看看他这位舅父大人？"

"平乐王手臂摔伤，行动多有不便。"云倚风随口答道，"现在估摸正躺在床上，眼巴巴地期盼着亲舅舅能拎着点心匣子前去探病。"

"云门主果真能言善辩。"周九霄笑道，"来，我先敬诸位一杯！"

阿碧坐在耶尔腾身边，盛装美艳，瞳仁更是绿得透明。她的蝴蝶癔已痊愈，心情也好了许多。虽说脑海中纷乱的回忆仍会不时涌现，但她至少不会再惊惧尖叫了。她见席间气氛沉重，各方似有针锋相对之意，耶尔腾亦面露不快，便主动道："大首领，我来为你们跳舞助兴吧。"

她不懂这些权谋与抗争，只懵懂地喜欢着该喜欢的人，比如热情天真的灵星儿，再比如耶尔腾，她理应喜欢他的，不管从哪方面来说，对方都是无可挑剔的完美丈夫。乐师鱼贯而入，奏响了悠扬的乐曲，似旷野中婉转的黄莺鸣啼，阿碧舞姿袅娜，旋转时裙摆翻飞，若再落一场漫天大雪，便当真美得似妖似鬼了。

云倚风问："外头的人都说，大首领是在寒冷的沙雪中遇到了阿碧。"

"她那时穿着漂亮如云霞的裙子，躺着一动不动，像是传说里的妖精。"回忆起初遇，耶尔腾的神情也柔和下来，他看着那舞动的美人，继续道，"而当她睁开那双碧绿的眼睛时，时间都停止了流动。"

乐曲越发欢快急促，阿碧腕上戴着五彩玉镯，碰撞出一片激荡的脆响。连周九霄也大笑赞道："如此倾国美人，碧瞳如玉，果真百年难得一见，也难怪大首领会为她沉迷。"

云倚风手腕翻转，一枚银针悄无声息，裹挟着疾风打出。

阿碧的舞蹈戛然而止，僵硬地向前扑倒在地。

"姑娘！"几名侍女只当她跳舞时不小心，跑过去想将人扶起来，阿碧却只直勾勾地睁着眼睛，像是被人点了穴位，又或者是干脆被人夺去了魂魄。

耶尔腾大步上前，却也被那诡异的神情与姿态惊了一惊，她像是一个漂亮却无生气的布偶，镶嵌着碧绿的琉璃眼珠。

"阿碧姐姐！"灵星儿从外头跑进来。周九霄与杨博庆见势不妙，起身想溜，却被林影率军堵住了去路："二位，急什么？"

耶尔腾怒喝："这究竟是怎么回事？！"

云倚风扬扬下巴，示意他往前看。

耶尔腾这才注意到，阿碧的那名贴身侍女，此时正一动不动地站在案几后，眼底惊慌，浑身僵着。

"中了我的毒针，一个时辰内是动弹不得了。"云倚风上前，握住她的胳膊一抖，从袖口里咕噜噜滚出一个木偶，只有一根手指粗细，却做得极为精巧。

"沙雪中的美人，根本就不是偶遇，而是有人存心安排。"云倚风将木偶递给耶尔腾，又指着侍女，"在江湖中，曾流传过一则关于傀儡师的传闻，而阿碧便是被她制成了傀儡，用来操控大首领，也用来迷惑我。"

耶尔腾手指一错，将掌心木偶捏得粉碎。

阿碧也在灵星儿怀中发出了一声近乎凄厉的叫喊。

"门主！"灵星儿惊慌地道，"现在要怎么办？"

云倚风看向耶尔腾，却发现对方正以极小的动作，向后退半步。这画面实在太令人恐惧了，不同于在战场上厮杀的恐惧，而是另一种从骨头里渗出来的凉，怎么会这样呢？那般漂亮的妖精，现在却令人作呕。

他的胃里翻涌着，右手握紧了刀柄。

"啊！"阿碧痛苦地睁开眼睛，那剔透的碧绿已经退尽了，变回了普通人的棕黑。而曾经绝美的面容，也像沙散在了风里。皮肤下的涌动消失后，阿碧笼上一层病态的蜡黄，虚弱地昏倒在了灵星儿怀中。

"先带她回将军府，请梅先生看诊。"云倚风吩咐。

灵星儿答应一声，匆忙叫过两名兵士，扶着阿碧离开了这里。

耶尔腾稳了下心神，眼底燃起怒火，一言不发地看着周九霄。

谁是幕后主使，此时再明显不过了。自己刚捡到阿碧，对方便如苍蝇闻到血一般找上门，要谈合作之事，又"恰好"听到了阿碧的惨叫，"恰好"知道该如何治病，以此来谈条件。

云倚风捧着茶盏，在旁煽风点火，闲闲地补充一句："对了，他们下一步的目标，极有可能是将大首领也制成傀儡，不如明日请梅前辈检查一下，以防万一呢！"

这场戏可不算小，对方连娘都能给自己硬造一个出来，没有三五天，戏台子怕是拆不了，得慢慢审。

大梁的兵士早就将客栈围了个严严实实。

看这架势，是早已布下了天罗地网，单等着他自己入瓮。杨博庆长叹一声，任由林影上前，给自己套上冰冷的枷锁。至于周九霄，此人武将出身，功夫高强，又身犯通敌叛国之重罪，云倚风原以为他会选择拼死突围，岂料对方却只犹豫一瞬，并未出手。

耶尔腾这次终于没有再护着两人，事实上若有可能，他恨不得亲手杀了对方。阿碧方才的惨叫在他脑海中挥之不去，他觉得自己或许一辈子都忘不掉了——大漠中最漂亮的女人，原来只是有心人用来对付自己的一个工具。一切都是假的，连那绝美的碧瞳与容颜都是假的。

而一想到自己和一个傀儡度过了那么多情意绵绵的夜晚，他胃里就翻涌起强烈的不适，怒火也几乎焚尽了整颗心。

周九霄冷冷地道："你有何证据，说我与此事有关？"

"有没有关系，审问完这名侍女自能见分晓。"云倚风道，"自然，即便她供不出什么，还有另一个人，同样能说清阿碧的来历。"

耶尔腾抬起头："是谁？"

林影很快就带进来了一名文质彬彬的男子，二十出头，年轻又健壮，看穿着打扮，像是有些地位。

他便是乌恩兄弟二人找回来的"多吉"，也是阿碧的未婚夫，逐月部族的首领。他与族人们皆生活在开满黄花的世外桃源中，身上穿着五彩的袍子，手中拿着雪白的琴，终日以歌声为伴。富裕安稳的生活，让他们有大量时间来思考，所以，他们拥有旁人难以企及的思想与智慧。

在大漠与草原中，其实一直流传着关于这群人的故事。不过即便强大如耶尔腾，今天也是第一次知道，原来逐月部族并非只是牧民们幻想出的乐土，而是真实地存在着。

"逐月部族一直选择隐世，只会偶尔收留迷路的牧民与商人，唯——次主动向外张开怀抱，就是因为月牙。"也是众人眼中的"阿碧"，她是上一任逐月部族首领的小女儿。自出生起，她就患有怪病，经常会惊惧抽搐，并且年纪越大，症状便越频繁明显。

再有智慧的头脑也治不好怪病，所以多吉便派出许多族人，前往各地寻找名医，希望能治好自己的未婚妻。

云倚风道："周九霄就是在这个时候，听到了月牙姑娘的病症，蝴蝶癔实在太难得了，于是他自称大夫，亲自前往逐月部族看诊，悄悄带走了月牙。"

耶尔腾皱眉："如此大费周章，只因一个蝴蝶癔？"

"当年的谢含烟也患有此病，并且因为周九霄的冒险相助，才得以保住性命。"云倚风道，"他想以此来取得我的信任，即便谭太医没有说出陈年往事，王爷也会问明大首领为何知道谭太医能治病，周九霄照样可以等到出场的机会。"

而实际情况还要对对方更有利一些。谭思明毫无隐瞒，不仅一五一十地说出了当年之事，还替周九霄说了两句好话，让对方的形象变得更加正面。

江湖中最好的傀儡师，能随意改变傀儡的容貌与声音，甚至连记忆也能重新翻洗。阿碧就这么被一点儿一点儿地雕琢成了倾世美人，碧绿的瞳仁遮掩了棕黑的双眼，而全新的"记忆"也覆盖了真实的曾经。她混乱而又恍惚，在终日不散的妖冶花香与低喃里，记住了"白衣圣姑"的故事，相信了自己也是她的族人。但因为成为傀儡的时间太短，她仍会时不时地想起多吉，想起未婚夫的影子，想起黄花与五彩的衣裙。每每这时，每每她的瞳孔变回黑色，即将挣扎着找回真实的自己时，那伪装成贴身侍女的傀儡师，总会及时出现，将她重新变回碧瞳美人。

耶尔腾听得不可置信："为了利用阿碧，逐渐控制我？"

"这只是目的之一。"云倚风道。

或者更确切地说，是为了用阿碧倾国倾城的容貌引诱耶尔腾上钩，逐步获取他的信任。而阿碧身上的蝴蝶癔与被灌输的"回忆"，则是为了迷惑云倚风。一个精心训练过的美人，拥有和他相似的气质与神情，部族里还有着一名"圣姑"，无论身世、容貌还是过往，皆与当年的谢含烟一模一样，甚至连古怪的病症都不假。这一切实在太真实，太顺理成章了，稍有不慎，便会一脚踩进去。

若非事先便心存疑虑，当日在追往大漠深处时，云倚风觉得自己或许当真会相信。那慈爱的眼神与贴心的叮嘱，还有对先皇含着血泪的控诉，无一不符合自己对谢含烟的猜想。浓厚的花香袭来时，他一个恍惚，险些就中了圈套，幸而及时掐住手心，方才用疼痛换取了清醒。

"你早就发现了他们的阴谋。"耶尔腾皱眉，"除去多吉，还有哪里露出了破绽？"

"在最开始的时候。"云倚风转身看着周九霄，"你口口声声说，先皇要诛杀卢将军，要灭谢氏满门，这措辞原本无懈可击，直到后来谭太医亲口说出，谢小姐是被先皇所救。"

周九霄闻言，脸上血色顿失。

在谭思明的叙述中，当年的确是周九霄冒险找到太医院，带着他混入谢府，替谢含烟看诊。但想治好蝴蝶癔，非得要一味药，一味在当时看来，几乎不可能拿到的药。

那一晚在离开谢府后，谭思明看着头顶的一方星空，想着昔日名动王城的名门闺秀，今日却落得那般落魄憔悴，心里亦是惋惜遗憾。他步履蹒跚地走着，原打算去找周九霄复命，告诉他这病无药可医，却在途中遇到了先皇。

谭思明当时惊慌失措，要知道，私自出入叛臣府邸，可是死罪。谁知先皇却并未责怪他，反而和颜悦色，详细问了谢家小姐的情况，命他无论如何也要将人治好。见皇上的态度并不像传闻中那般冰冷，谭思明便壮着胆子，说出了不可缺少的那味药。

"是龙血。"云倚风道，"非得要大梁皇室，割腕取血为引。"

这要求几乎已经称得上忤逆了。谭思明说完之后，跪地惴惴不安，他原本以为皇上即便答应，也是招来某位王爷取血，却不料最后用的竟是实打实的真龙天子之血，一连十数日，从未间断，硬是把谢含烟从鬼门关救了回来。

这算是谭思明与先皇之间的秘密，先前从未向任何人提起过，周九霄自然也无从得知。至于这回救月牙，则是用了李珺的血，为免腕上的伤口太过引人注目，便假称他摔断了骨头，把整条胳膊包扎得严严实实。

云倚风道："即便谢家通敌，先皇对谢小姐的态度也并非赶尽杀绝，反而一直默默相救，想来大多是因为卢将军。那么所谓卢将军受心上人唆使，协助谢家叛国一事，自然也就做不得真了。"否则哪位帝王会愿意割腕去救卖国贼？

恰是因为有了谭思明讲的这个故事，所以云倚风在一开始的时候，就对周九霄抱有十成十的戒心，对他的所言所行自是百般提防，从未信过半句。而在乌恩兄弟二人带回多吉，得知他有一名同样患有惊惧癔症的未婚妻，这名未婚妻又被人离奇地带走之后，他第一反应就是这个人是阿碧。

灵星儿迟疑："可两人的容貌完全不同啊，怎么可能是同一个人？"

"武林中有一门比下九流还不如的行当，叫傀儡师。"云倚风道，"因为太过血腥残忍，有悖纲常，所以只能活跃在阴暗的地下。"

阿碧耳后的那条蜿蜒的蓝线，便是牵引傀儡的线绳。

季燕然示意林影将几人带了下去，包括那昏迷不醒的傀儡师。

多吉并未理会耶尔腾，甚至连看也没看他一眼，只道："要是没有其他事，我想先去陪着月牙。"

季燕然道："首领请自便。"

167

多吉微微点头，转身大步离开。

房间里只剩下了耶尔腾、季燕然与云倚风三人。

耶尔腾问："你打算如何处置他们？"

"带回王城，交给皇兄。"季燕然道，"不过在此之前，我还有一事要先问明，所谓血灵芝，究竟是大首领亲眼见过，还是他们用来与葛藤部族谈判的筹码？"

耶尔腾回答："他们不知道，应当也没有见过。"

"那就好。"季燕然道，"阿碧虽非绝世佳人，但救她一命这个要求，我也算做到了，此外还替大首领除去了身旁隐患。既如此，是否该尽快说出第三个条件？"

"好。"耶尔腾点头，"十日，十日之内，我会告诉萧王殿下，我想要的究竟是什么。"

　

将军府中，谭思明与梅竹松都守在床边，替月牙看诊。蓝色的傀儡线已经被剔除，长时间被人操控，她的身体与容貌皆受影响，整个人枯瘦蜡黄，看起来毫无生机。

梅竹松道："这手法实在阴毒，怕是要好好调养三五年，方能缓回来了。"

"那缺失的记忆呢？"云倚风问。

"脑中被银针所伤，不好说。"谭思明道，"但月牙姑娘既能模模糊糊记住部族与未婚夫，就说明还能有彻底恢复的一天，多吉首领可得好好照顾她。"

"自然。"多吉道，"我以后会将她捧在掌心，像保护最珍贵的明珠一样，再也不会让她被恶人夺走了。"

灵星儿站在一旁，心想，这才对嘛。比起耶尔腾先前的锦衣玉食，这句承诺可要顺耳多了。

因月牙还要休息，几人便移去了前厅。

未婚妻失而复得，又受到大梁太医精心救治，多吉对季燕然的态度十分友好。至于对那掳走月牙的主谋，只问了一句："他们会被处死吗？"

"会。"季燕然道，"按照大梁的律法，这群人没有任何活路。"

"逐月部族这么多年来，一直隐于云中，就是不想被卷进权力与土地的纷争。"多吉深深叹气，"谁知道，最后竟还是没能躲得过。"

"只有这片土地和平了，生活才能安稳，思想才能盛放。"季燕然道，"对方野心勃勃，处心积虑设下圈套，而首领却一心只想为心爱的女人治病，又如何能防得住他们，倒也不必太过自责。不如就安心住在这里，待月牙姑娘养好身体后，再回去也不迟。"

多吉答允："好，既如此，我就不客气了。将来萧王殿下有需要帮助的地方，逐月部族也定会竭力相助。"

管家很快就替他准备好了住处，领着人前去休息了。

云倚风问："王爷打算何时审那些人？"

"明日。"季燕然拍拍他，"你此番也辛苦，审问的事情，就别再操心了。"

云倚风费解："若没有谭太医说出先皇一事，让我事先有所防备，那天怕是真会相信了仙气飘飘的'娘亲'，她怎么会那么了解我呢？"

像是一条活在心里的寄生虫，清楚地知道自己所有软肋，对身世的怀疑，对母爱的渴求，对卢家的猜测，对先皇的质疑。这原本是只有寥寥少数人知道的秘密，却精准地被对方拿去，加以利用，这实在太诡异，也实在太巧合了。他仔细回忆了一遍宫中过往，回忆了一遍身边都有谁出现过，到最后，甚至连那笑容可掬的德盛公公都开始怀疑了，究竟是谁在暗中窥探着自己的心事？

"皇兄身边的眼线，从来就没彻底干净过，或者说压根儿就不可能彻底干净。"季燕然道，"上次王东与尉迟褚的暴露，只顺藤摸瓜，揪出了一串前朝官员。至于后宫，人员太过纷杂，保不准里头就混着谁。连杨博庆那种早已日落西山的旧臣，都有本事准确地探听到宫里的动向，更何况是旁人。"

"所以说，累得慌。"

"累就不想了。"季燕然道，"往后所有的事情，都交给我。"

"那不行。同甘共苦，同生……同生。"

共死就罢了，他想让季燕然好好活着，一直活着。

最好能一口气活上七八百年。

季燕然皱眉："那不活成王八了？"

云倚风哭笑不得，愁云惨雾尚未来得及凝聚，便被他这张嘴戳了个稀烂，于是怒吼："胡言乱语！"

"皇兄身边的眼线，就交给他自己去处理吧，我会写一封密函过去。"季燕然道，"至于你我，先拿到血灵芝，再解决耶尔腾，才是正事。"

云倚风点头："好。"

在两位大夫的精心诊治下，月牙很快就自昏迷中苏醒。她恍如做了一场隔世大梦，许多记忆，真的假的、虚的实的，混乱地交织在一起，眼底也漫起浓厚的雾气。在见到多吉后，虽能记起这是自己的未婚夫，却也同时记起了曾出现在枕边的耶尔腾，自是不安，害怕极了。

灵星儿安慰她："做错事的又不是你。"

"他们把我抓到了一个大房子里，整天给我讲故事，讲很多故事，墙上挂着画，画着部族和白衣圣姑。"月牙躲在床角，将头埋在膝盖里，"我不是故意要忘记多吉的。"

"我知道。"灵星儿握住她的手，"而且你并没有忘记多吉，更没有忘记自己的部族，你还同我说了许多关于他们的事情，快别自责了，先好好养病。"

月牙问："我还能被治好吗？"

"当然能呀！"灵星儿保证，"谭太医和梅前辈都是名医，还有平乐王，他最懂各种养颜香膏了！"

越是娇艳的佳人，越需要好好滋养，天生便喜欢欣赏各色美人的李珺，自是深谙此理。还没满十岁，就知道拿着母妃的香粉去赏赐漂亮宫女，四书五经背得磕磕绊绊，但说起王城里谁家的珍珠粉最细腻、谁家的桂花膏最养肤，那叫一个张口就来，滔滔不绝。

连云倚风也诧异道："原来平乐王还有这本事？"

"那是。"李珺摇头晃脑，"所以你尽管放心，我定能让那位月牙姑娘养得白白净净。不过说实话，她现在看上去也不差嘛。没了那寒凌碧瞳，反而温婉不少，双目迷离，楚楚惹人怜。"

云倚风笑："你还真是会夸赞美人。"

"天生的。"李珺被说得沾沾自喜，又问，"七弟呢？"

"在审问周九霄。"云倚风倒茶，"一早就出门了。"

李珺道："那我舅舅？"

"也在审，不过他看起来并非主谋，顶多吐一些当年的往事出来吧。"云倚风道，"你可要去看看？"

李珺头摇得像拨浪鼓。

云倚风已习惯了他这遇事先将自己撇清，六亲不认的胆小作风，便只笑了笑，继续烹茶："放心吧，不会牵连到你的。"

李珺答应一句，又仔细地看了他半天，方才继续问："我昨日见你像是又咳血了，没事吧？"

云倚风手下一顿，抬起头。

"我当时路过厨房，刚好看到你站在院中。"李珺举手，"我保证，绝对没有告诉过任何人。"

云倚风松了口气，拎起茶壶，斟出两杯，漫不经心地道："老毛病了，不碍事。"

"那……也对，耶尔腾不是说了吗？十天。"李珺安慰，"不算太久，不算太久。"

"我同你说句实话吧。"云倚风递给他一杯茶，"第三个条件，必然与他的野心有关，王爷不会也不可能答应，所以我压根儿就没指望能找到血灵芝。"

李珺一愣，那怎么办？

云倚风笑笑："听天由命。"

"听天由命哪儿行啊，还指望着灵芝救命呢！"李珺一拍大腿，踊跃献计，"我们把耶尔腾抓起来，翻来覆去严刑拷打，直到他说出血灵芝的下落为止！"

云倚风将点心盘子推过来，和蔼地道："好好吃饭。"

李珺却仍追问："行不通吗？"

"不是人人都能严刑拷打的。"云倚风只好耐心解释，"耶尔腾是一方枭雄，按照他的脾气，宁可被千刀万剐，也不会屈服求饶，这一条路未必行得通。更何况王爷与他的盟约，是在十余位部族首领的见证下共同签订的，现在对方依照约定，带着心爱的女人来到我们的地盘求医，王爷却趁机把人给绑了，还要严刑拷打。消息一旦传出去，大梁的颜面与信誉何存？到那时，怕是所有人，包括银珠首领，都会选择与葛藤部族站在同一边。"

李珺："……"

李珺："可七弟分明说，这人野心勃勃，留不得。"

"那也要在双方交战时，在日光下打败他。"云倚风道，"这道理不难懂，平乐王好好想想就能明白。"

明白倒是能明白，但他就是觉得放虎归山，实在可惜。

李珺挪着椅子坐到他身边："反正那血灵芝，是无论如何都要拿到的。实在不行，我们就先光明正大地和葛藤部族打一仗，然后再把耶尔腾绑来，严刑拷打！"反正无论如何，拷打就对了。

看他说得一派铿锵，云倚风便也笑道："行，来，喝茶。"

这晚，季燕然直到深夜才回来，云倚风尚未歇息，正靠在床头认真看书。

"往后不许再熬夜看了，好好睡觉。"

"我熬夜看它做什么？我是在等你。审问的结果如何？"

"两人像是事先对过口供，嘴咬得比铁板更紧。"季燕然道，"倒是七七八八说了不少诋毁先皇的事，半真半假，云山雾中。"

云倚风想了想："其实也算预料之中。你还记得周九霄在被戳穿时，压根儿就没有反抗的意思吗？当时我便怀疑，他们八成还留有后手，知道有人会来救自己，才会乖乖束手就擒。"

季燕然猜测："那天大漠中的雪衣人？"

"她的功夫很高，地位应当不低。"云倚风道，"不提杨博庆，周九霄好歹也算一员大将，对方不会甘心就这么白白折掉的。"

而要从将军府里带走这两个人，最省事的方法，就是利用耶尔腾。毕竟他是唯一明晃晃地与大梁为敌，并且握有季燕然的软肋的部族首领。

"别被任何人威胁。"云倚风叮嘱道，"一切以大梁为重，我没事的。"

季燕然并未接话，只拍拍他的脊背，像是应了，又像是没应。

交换

第四章

在两位大夫的精心照料下，月牙的身体康复得很快，情绪也逐渐稳定下来。多吉原本是想尽快带着人回逐月部族的，但又见灵星儿常过来，陪她一道说话，两人像是关系不错，便决定多留一阵，顺便看看有没有什么自己能帮上忙的地方。

没有等满十天，第七天的时候，耶尔腾已经差人送来一封信函，约定了与季燕然见面的地点，是在距离雁城几十里的一片戈壁。在和平时期，那里经常会被用来当成贸易集市，而现如今，至少在耶尔腾的野心收敛之前，在大梁的铁骑撤离之前，百姓们是不敢再来此处了。

云倚风道："我陪王爷一道去。"

"天气这么冷，留下等着我。别担心。"

"对方是一匹狡猾的恶狼，我如何能不担心？"云倚风微微皱眉。耶尔腾想要的是什么，在西北这片土地上，怕是连三岁的小娃娃都知道，哪里用得着谈判。击退夜狼巫族、救治月牙，这都是自己心甘情愿去做的事情，所以即便就此收手，停止与耶尔腾的合作，亦不会觉得有所遗憾。

"与血灵芝有关的所有可能我都想试一遍。"季燕然低声道，"为救你的命，我赴汤蹈火，亦无所惜，却也知道什么该做，什么不该做，他威胁不到我的。"

云倚风欲言又止，最后只闷闷地道："好，那我等你回来。"

与季燕然同行的是林影，两人离开将军府时，李珺从后头小跑追来，气喘吁吁地道："等一下，等一下！"

林影不解："平乐王这般急匆匆的，有事？"

"也没什么事，就是想再叮嘱一句。"李珺焦急地道，"一定要拿到血灵芝啊，不管用什么办法，哪怕骗一骗耶尔腾呢，先替云门主解毒要紧。"他一边说着，又将声音放轻，"我可讲实话了，这段日子以来，他经常偷偷咳血，身子眼看着要撑不住了，还不准我告诉七弟，梅前辈可以做证。"

林影闻言担忧，看了眼身旁的王爷，平日里看云门主的精神与脸色都尚可，还当那霁莲的药效仍在，原来竟已如此糟糕了吗？

"去陪着他吧。"季燕然道，"我会尽快回来。"

李珺答应一声，揣着袖子站在门口，目送二人远去，依旧忧心忡忡。

后院暖阁，云倚风坐在桌边，身上裹着一条厚软的大氅，单手撑住太阳穴，正在盯着前头发呆。墙上用糨糊贴了一幅年画，大红大绿的鲤鱼、胖娃娃，旁边再缀一圈吉祥纹路寿星老，怎么看怎么喜气洋洋，满屋皆是好兆头。

于是李珺便道："你放心，七弟定能拿回血灵芝的。"

"我不是在等血灵芝。"云倚风坐起来，"有时候想想，倒真不如照你所言，擒贼先擒王，将耶尔腾给绑了。"

李珺一拍大腿，那咱们就这么办，现在还来得及！

云倚风笑笑，问他："王爷与林副将已经走了吗？"

"是啊，若一切顺利的话，今晚就能回来。"李珺替他泡茶，"你呢？想出去走走，还是想回卧房歇着？"

"都不想。"云倚风依旧心不在焉。

李珺想了想，道："那不如听我讲一讲各地的名山大川吧，还有你一直想去的江南。"他出身皇家，又天性爱玩乐，此生自是赏过无数美景，见过无数美人，至今未曾婚娶，并非不爱佳人，而是佳人太多，实在爱不过来。

云倚风道："我最想去的江南城市，是苍翠城。"光是听听名字，就是一片远山近水，浓淡雾霭。说来也巧，李珺还真在那里待过几个月，此番正好细细地说给他：青石板铺成的小巷子，两边有白墙与黑瓦，一支粉白桃花伸出房檐，被漉漉风雨一打，便流淌出一地暗香。

李珺喜滋滋："将来你也要买一处这样的宅子。"

云倚风笑："好。"

"到那时，我就在苍翠城里开一间古玩铺子，或者锦缎铺子，再或者，索性开个歌舞坊。"李珺眉飞色舞，神仙般快活。

云倚风闭起眼睛，随口问他，既想开歌舞坊，为何不去金陵城？那里才是繁华喧闹，软玉生香。苍翠城太过寂寥，你这靡靡声色之地，开成怕是要亏本。

"那我不是想与你、七弟在一起吗？"李珺自己添茶，继续说着苍翠城的人与物，絮絮叨叨半天才发现，桌边的人不知何时睡着了。

轻絮般的梦啊，笼着烟花三月，风吹杨柳。

云倚风昏昏沉沉地想，如此，自己也算是亲眼见过了。

耶尔腾已率人先一步抵达，空荡荡的房间内，先前应当是个肉市吧，石桌上还留有干涸的血迹，墙角胡乱丢了几把生锈的砍骨刀。就在这么糟糕的一个环境里，数十支烛火跳动，连空气也变得压抑。

林影道："大首领还真会选地方。"

"这大漠荒凉贫瘠，也找不出像样的场地，只能在此凑合。"耶尔腾道，"但是王爷放心，这片土地不会永远是这副样子。"

季燕然抬眉："怎么，大首领想与大梁合作，防风治沙、修路安民？"

"不是合作，而是将这片土地彻底交给我。"耶尔腾声音低沉，黑色披风堆积在地，被风一卷，如一团浓厚不散的狰狞稠雾，他目光灼灼，"我要大梁的西北十城，这便是第三个条件。"

季燕然沉默着，与他对视，林影在旁说道："若我没记错，大首领曾亲口许诺，第三个条件与大梁、百姓、军队皆无关联，更不会主动挑起战争。"

"大梁坐拥南面千里沃土，丰饶肥沃，又何必要紧紧握着这苦寒贫穷的西北十城？不如交给我，反倒对百姓更有利。"耶尔腾道，"至于军队与战争，只要萧王殿下答应，那么所有的一切都会在阳光与和平下进行，不会有任何杀戮。"

季燕然冷冷道："给不给西北十城，怕不是我说了算。"

"自然，需得大梁的皇帝同意，但皇帝同意与否，全看王爷。"耶尔腾道，"毕竟天高皇帝远，而西北是王爷的地盘。"

林影站在一旁，心想，这谈判内容已经够无耻的了，偏偏外头还在不停地刮着妖风，像是要将脑袋上的破烂黄泥屋顶也一并掀翻了去。他出身王城高门，即便久混军营，平日里也是极少说脏话的，唯在此时，很想骂人。

季燕然波澜不惊："怎么，大首领有办法，让皇兄心甘情愿地割了西北十城？"

"需得王爷配合。"耶尔腾坐在长桌另一头，身体微微前倾，"我保证，从此以后，葛藤部族与大梁之间至少会迎来百年的和平。百姓们可以自由地展开贸易与交流，数不清的银钱与美酒将填满他们的房间与帐篷。我还会协助大梁，守住整片大漠与草原的安稳，让西北再无兵火，让王爷能解甲归田，隐居青山绿水中。"

和平与富裕，这是西北百姓一直渴求的，完全开放的贸易市集，听起来也充满了诱惑。耶尔腾继续道："而这一切的代价，无非是十座贫穷荒芜的城池而已。若王爷点头，我自有办法让大梁的皇帝颁下圣旨。

"更何况，哪怕不为百姓，你也要为云门主的性命着想。

"十日后，若王爷还未给我答复，那么生长在夜露中的血灵芝，将会被浇上火油，彻底焚为灰烬。"

一块门板被狂风吹落，砰的一声重重撞在墙上，摔了个四分五裂。

外头天色暗沉，黄沙弥漫，模糊了所有人的双眼。

耶尔腾在离开之前，又回头补了一句："对了，还有周九霄与杨博庆，也请王爷尽快将他们送回葛藤部族。"

屋外马蹄声纷乱远去，风也渐渐变弱了。

林影试探："王爷？"

季燕然一语不发，眼底却翻涌着暗色怒火与惊涛，过了许久，方才道："走吧，回去。"

云倚风已经歇下了，李珺正守在外屋打盹儿，听到二人回来，赶忙跑出去，想问问结果，却被林影用眼神制止，便识趣而又忐忑道："那……那我先睡觉了。对了，云门主他晚上没怎么吃东西，睡得也挺早，像是不舒服。"

季燕然将披风丢到一旁，大步回了卧房。

云倚风缩在被中，带着鼻音道："你休要听平乐王的，我只是一时犯懒，晚上厨娘煮的鸡汤面又很难吃。"

季燕然叹气："不问问我谈判结果吗？"

"能猜到。"云倚风将被子又裹紧了些，"他的喜好，无非就是西北十五城，还是二十城？"

"没你这么贪心。"季燕然哑声道，"他只要十座城池。"

"想得美，一座也不给他，半个村子也不给他。"

这一夜，两人谁都没有睡着，索性聚到一处，聊聊心中所想。

季燕然道："如你先前所料，他果然提出让周九霄与杨博庆回去。"

"这二人设下圈套欺他、瞒他，根据傀儡师的口供，甚至还想将他也一步一步变成傀儡。"云倚风道，"更用一个空壳美人，诱得他心醉神迷，怕是到现在还没缓过神。如此种种，按照耶尔腾的性格，不杀对方已算手下留情，哪里还有亲自救人的道理？"

除非他是受人所托，不得不救。

当日大漠中的雪衣"圣姑"，或者是站在周九霄身后的其他主谋。

从失窃的舍利到缥缈峰，到十八山庄，到孜川秘图背后的秘密，再到现如今的耶尔腾，虽说幕后之人一直未现身，但他所表现出来的意图，已经赤裸地摆在了桌面上。那是一伙对先皇有着滔天恨意的人，某些被朝廷刻意深埋于地下的往事，或许恰是他们心中最惨痛的疮疤，所以他们才会如此疯狂，才会不惜一切代价，想挑起李璟与季燕然之间的矛盾，想割裂国土，进而毁了李家的江山。

云倚风道："或许可以顺着耶尔腾，将这群人彻底揪出来。"

"我明日会去军中，与众副将商议。夜深了，你早点儿休息。"

"为何能同副将商议，却不能同我商议？"

"嗯？"季燕然想了想，回答，"因为军规就是这么写的。"

云倚风："……"

季燕然强调："是真的。"

的确是真的，军中要务事关重大，往往牵一发而动全身，绝不可与外人商议，这条军规，十分合理合情。

云倚风哭笑不得，还有些头昏脑涨，也不知是被此人活活气出来的，还是身子本来就虚，便索性闭起眼睛睡了。

季燕然替他合上床头的暗匣，将照明珠的光遮去九分，只余一片淡淡昏黄，也回自己房中去了。

窗外寒风萧萧，夜色寂寥。

翌日，天还没亮季燕然就去了军营。陪着云倚风一道吃早饭的，只有李珺与灵星儿。

"来，再尝尝这个。"李珺热情地替他盛了一小碗灰豆汤，"我特意叮嘱厨娘，没有煮得太甜。"

云倚风诚心回答："我已经要撑得走不动了，你还是有话直说吧。"

李珺："……"

李珺放下碗，老实交代："七弟出门前，让我好好看着你吃饭。"

灵星儿早上已经听说了谈判的事，心里正担忧呢，此时便趁机问道："那耶尔腾提出的条件，王爷打算如何处理？"

"不知道。"云倚风揉着肚子，"军规说了，不准我过问。"

李珺听得吃惊："居然还有这种军规？"

灵星儿着急："那……"

"耶尔腾不是要钱、要马、要粮食，是要西北十座城。"云倚风递给她一杯茶，"你觉得，王爷还能如何处理？"

"西北十城虽然不能给，可血灵芝也不能不要啊。"灵星儿道，"好不容易才找到线索。"

"王爷已经够头疼了，你，还有你，"云倚风看着李珺，"都不准再去烦他，可记住了？"

"这件事就没有再商量的余地了？"李珺问，"西北十城，是哪十座城？"

"天阔、长壁、纵横、云莽、宁沙、古树连、玉门、叶县、阴山，还有此时你脚下的雁城。"云倚风道，"自猿河起，至北山终。"

灵星儿听得咋舌——这么一大片？

李珺也觉得，这范围是广了些，耶尔腾未免太贪得无厌。但他又道："可对方只给了十日期限，转眼就过去了。哪里容得了我们慢慢商议对策？依我看，倒不如先答应他。"

云倚风与他对视："你身为大梁皇族，这态度是不是太爽快了些？"

李珺赶忙补充一句："拿到血灵芝，我们立刻就反悔！"他眉飞色舞地献计，"不是有一种战术，叫'兵不厌诈'吗？我们先假模假样与他签了这盟约，后再找个借口撕毁便是。西北有大梁八十万驻军，到时候定能打得对方屁滚尿流，逃回青阳草原，从此再也不敢生出别的心思。"

灵星儿不通国事，听他说得慷慨激昂，便也觉得很有几分道理，于是问道："门主，行吗？"

云倚风摇头："不行。"

一腔热血被否定，李珺沮丧地道："为何不行？我觉得这分明就是一条妙计！"

云倚风回答："因为耶尔腾不是三岁小孩儿，没这么好骗。"

哪怕大梁愿意割让，对方也必然不会因为薄薄一纸盟约，便爽快地说出血灵芝的下落。

李珺又问："那他还要等什么？"

"等黑蛟营悉数撤离，等西北十城的驻军全部换成葛藤部族的铁骑。"云倚风道，"一旦如此，那么就算王爷想撕毁盟约，也于事无补。若想重新夺回国土，就势必要面临一场浩大而又惨烈的战役。到那时，西北将燃起不灭的熊熊烈火，百姓亦将再无片刻安宁。"

李珺听得哑口无言。

云倚风道："比起血灵芝，我倒更希望王爷能把握住这次机会，彻底铲除边境隐患。"

李珺与灵星儿对视一眼，都不再说话了。这两人一个闲散享乐，一个天真娇憨，都想不出什么惊天动地的好主意，便只好将希望寄托在季燕然身上，心想，那么一个战无不胜的威风大将军，都快要变成大梁的神话传奇了，总是能找到办法吧？

云倚风却已经在盘算打败葛藤部族之后的事情了。

他太了解季燕然的脾气，这回耶尔腾频频伸手来掀逆鳞，季燕然不掀回去是不可能的。更何况耶尔腾本就野心勃勃，又与叛党相互勾连，对大梁而言，如同悬在头上的一把利剑。若不及时解决隐患，只怕将来会惹出大麻烦，所以双方这一战不可避免。

而他坚信，大梁是必胜的。

从西北雁城出发，前往江南苍翠城，沿途恰好能经过不少风景秀美的名山大川，还能顺便回春霖城一趟。云倚风摊开一张地图，看得仔仔细细，李珺与灵星儿不明就里，还以为他在想什么了不得的军务，便都退出前厅，坐在暖廊里继续聊天。

"平乐王，你说，万一将来真的别无他法，王爷会答应耶尔腾的要求吗？"

李珺唉声叹气："怕是不行，十座城呢，这可不是小事。除非能想出什么折中的法子，比如说双方各退一步。"

灵星儿没听明白，"双方各退一步"是什么意思，比如说耶尔腾只要五座城池？王爷就会同意了？

李珺被问得不知如何回答，便道："若换成我，我就答应了，给他五座城，先救人要紧。"

灵星儿："……"

李珺也挺稀里糊涂，只能笼统地安慰她："一定会有办法的。"

"一定会有办法的。"

军营里，林影也这么说。他端来一碗牛肉汤面，又道："忙了一早上，王爷先吃点儿东西吧。"

季燕然将地图推到一边："耶尔腾那边怎么样了？"

"击败夜狼巫族后，葛藤部族的大军就一直停在白杨戈壁。"林影道，"并且看对方补给车的数量，是打算长期驻扎的。在耶尔腾的帐篷里，也的确住着几名来历不明的人，包括一名气质高贵的中年妇人，应当就是那位'雪衣圣姑'。"

季燕然问："雪衣圣姑，是大梁人？"

"不是。"林影猜出他的意思，"根据打探来的消息，对方高颧深目，而且身高也与当年的谢含烟不符，要比她矮小许多。"

季燕然稍微松了口气。

"我们只有十天的时间。"林影又道，"可要想个主意，先拖延一阵子？"

"多拖十天或者二十天，对我们而言，意义并不大。"季燕然摇头，"周九霄与杨博庆呢？"

林影道："二人已经押过来了。"

"送封书信给耶尔腾。"季燕然道，"就说本王答应放人，顺便再问问他，所谓'能让皇兄同意割让西北十城的好办法'，究竟是什么。"

身为副将，林影其实有责任在这种时候提醒主帅当以国为重。但他同时又觉得，王爷那般深明大义，哪里用得着旁人多说这句徒增烦躁的废话？还是闭嘴为妙，便只低头领命，出去办事了。

营帐内总算安静下来。

季燕然揉了揉太阳穴，身体中那根紧绷了一整天的弦，此时更是将脑髓也扯出尖锐的疼痛感。碗中的牛肉面已经没有了热乎气，白白的油花凝固在一起，看得他胃里一阵刺痛抽搐。他向后靠在狼皮大椅上，皱眉闭起眼睛，足足过了半炷香的工夫，方才勉强缓过精神，起身回府。

夕阳西下时，雁城里的百姓也纷纷收工，说说笑笑、成群结伴地往家里走。街道两旁的茶饭铺子正生意红火，小商贩们也趁着人多时，摆出了各种小摊，有卖瓷器的、卖毯子的，还有卖花草的。当然，初春尚地冻天寒，西北原也没多少娇艳的鲜花，所以摊主卖的是枯枝，缀着干透的花苞，一大把攥在一起，也挺好看。

"王爷，这是燕云梅。"对方笑着介绍，"又叫长生花。"

只因这个名字，季燕然便买了一束，又绕道到糖饼铺子里，挑了两包酥皮点心，一起拎回家中。

云倚风正在同府里的小娃娃们玩，叽叽喳喳的，身旁像是围了一群热闹的小雀儿。见到季燕然回来，小娃娃们便呼啦啦各自散去了。

"平日里不爱吵闹，怎么现在倒喜欢了？"季燕然将他扶起来，"下回别坐在台阶上。"

"难得今日暖和，地上又垫着裘皮，外头比房间里畅快。"云倚风看着那枯枝，"咦，这是什么？"

"燕云梅，我顺手买了回来。"季燕然将枯枝递到他面前。

云倚风找出一个花瓶，将那束干梅插进去，细心地整理出好看的形状。

"下午的时候，我原本打算去厨房看看的，可玉婶一见到我就大惊失色，连门都不准我进，塞了一块点心就打发我赶紧走。"

季燕然道："嗯。"

"所以说啊，还是玉婶好，也不知她最近身体如何。"云倚风感慨一句，将花瓶摆在窗台上，"我去倒杯热茶给你。"

"不想喝。"

西沉的晚霞洒进窗棂，照在那束燕云梅上，映出一片斑驳的影子。

房间里很安静。

季燕然站在窗边，一动不动，像是要等到岁月的尽头。

云倚风看着远处蛋黄般的夕阳，看它只骨碌碌一滚，就消失在天边。

丫鬟们的说话声从外头传来，说要点夜间的灯烛，季燕然方才吩咐人换了一壶新的热茶。他眼底早已布满血丝，如一头困在笼中的猛兽，压抑、狼狈而又狂躁，这些情绪他原本是想掩盖的，事实上，在军营里，他也的确掩盖得很好，甚至连林影都未看出端倪，只当他依旧运筹帷幄，成竹在胸。

云倚风轻声哄："没事的。"

季燕然闭起眼睛，夜风吹过脸颊，一片湿冷冰凉。

"我会照顾好自己。"云倚风道，"王爷只管去做事，不必有所顾虑。"

季燕然嗓音干裂："若哪天我真的做错了事呢？"

"倘若真有这天，"云倚风叹气，"那我便赶在王爷做错事之前，先了结自己。"

季燕然的身体猛然一僵，心如堕入冰窟般寒凉，许久之后，方才哑声道："嗯。"

双方第二次见面，依旧定在那处破败的边境集市。耶尔腾笑道："我就知道，王爷定会如约前来，不会让我失望。"

"先说说看，你打算怎么拿走西北十城？"季燕然坐在他对面，"想让皇兄或者本王主动拱手送出，大首领怕是要等到下辈子。"

耶尔腾点头："这一点我自然明白，所以才想与王爷商议，好让整件事看起来更加理所当然。"

石桌上摊开着一张羊皮卷，是整个西北边境的地形图，上头用不同颜色的记号细细圈画，能看出来，耶尔腾为这次谈判做了极为周全的准备，几乎称得上是势在必得了。西北空旷开阔，不比江南精致小巧。一座城与另一座城之间，往往隔着大片戈壁、沙海。十座城池连起来，几乎要割去大梁边境的一半。这白日做梦一般的谈判要求，若放在平时，林影肯定会觉得耶尔腾脑子坏了，但这回……想起云倚风的身体状况，他看了眼身旁的季燕然，心不免就提了半分。

将军府里，云倚风正在教小娃娃们写字，一笔一画，横平竖直。说来也怪，这群小猴子一样的捣蛋鬼，天天把学堂的夫子气得半死，在他身边反而安静了，乖乖地写着天地方圆，小手与脸蛋都沾上了黑墨。

灵星儿端着茶与点心进来，笑道："这一个个花里胡哨的，不知道的，还当门主在教他们唱戏。快去将手洗干净，来吃东西。"

"青玉方糕？"云倚风奇道，"这个季节，雁城哪儿来的这稀罕货？"

灵星儿拧了一块热帕子给他："王爷知道门主喜欢，特意命人用冰块从碧裳城运了新鲜萌发的凝玉芽来，挤出青汁，蒸了这盘糕点。对啦，他担心家里的玉婶不会做，所以连厨子也是一道请过来了。"

云倚风："……"

"其实吧，我也觉得有些过分。"灵星儿压低声音。

"王爷还没回来？"

"没，最近军营里头像是忙得很。"灵星儿试探，"我还打算问门主呢，耶尔腾那头……到底打算怎么办？"

云倚风捏起一块点心："应当要开战吧，有血灵芝做引子，恰好能让耶尔腾放松警惕，是难得的好机会。"

灵星儿睁大眼睛，继续看着他——然后呢，这就没了？

"往后要是有时间，让平乐王多给你讲讲历代名将的故事，别总是听些乱七八糟的传言。"云倚风将盘子推到她面前，"拿两块回去吃吧。若嫌不甜，就浇些蜂蜜上去，槐花的最好，桂花的次之。"

灵星儿觉得很上火，门主怎么能这样呢？眼看着血灵芝就要溜走了，却一点儿都不上心！但看他坐在那里，开开心心地吃着东西，不问世事，恬淡自在，便又不忍心催促了，最后只好自己坐在台阶上生闷气，想着这事情一旦牵扯到国家与军队，真是烦啊！要是在江湖里就好了，才没有这么多的条条框框！王爷……王爷怎么就不能是武林盟主呢？若这样，旁人就算威胁，也不会拿西北十座城来威胁！

李珺恰巧路过，道："咦，大冷天的，你怎么坐在这儿？"

"门主像是已经完全放弃血灵芝了。"灵星儿沮丧，"你呢，有没有打听到什么消息，王爷到底打算怎么办呀？"

李珺坐在她旁边："我上哪儿打听军务去，只听林副将与人闲聊时提过几句，说最近事情不少，命令他们不可懈怠，估摸着就是因为耶尔腾。"

两个对军情一无所知的人，互相讨论半天，也没能论出一个具体结果，只好齐齐叹气，看着天上的白云发呆。

这一晚的月色，又透又凉，像落了一层轻柔发光的纱在院子里，每一根草叶都是珠光银白的。

云倚风靠在窗前，心里盘算着，季燕然差不多该回来了，便打算给他煮一壶清淡的甜奶酒，好用来安眠。他站起来要往桌边走，却觉得心口猛然传来刺痛，眼前一黑，险些跌倒在地。

偏偏在这种时候，外头还传来了要命的脚步声。

云倚风疼得有些蒙了，没分辨出来人是谁，先二话不说，反手甩上了门。

砰的一声巨响，管家吓了一大跳，赶忙上前急问："云门主，没事吧？"

"……"云倚风单手扶住桌子，听到是他的声音，稍微松了口气，咬牙压住痛楚，道："没事，不小心撞了一下，王爷呢？"

管家回答："王爷与多吉首领还在书房，梅先生也在，几人怕要聊到天亮，请云门主先休息。"

云倚风皱眉："怎么这么晚，月牙姑娘出了什么事？"

"这倒没有。"管家赶忙解释，"月牙姑娘没事，下午还去街上逛了一圈，看着精神不错。"

云倚风心里想着，既然与月牙无关，三个人都在，难不成与战事有关，或者……与自己有关？

管家又在门外站了一阵，听屋内的人像是已经歇了，这才恭恭敬敬地离开。

待院中重新安静下来后，云倚风勉强撑着，挪到床边，满身皆是冷汗。事情至此，他反倒希望季燕然能快些开战了，趁早将耶尔腾打退，还边疆以安稳和乐。这样两人才能无牵无挂地离开雁城，才能一路南下，去看满城芙蓉、青青茶山，去看八百里洞庭碧波荡漾，去看那只出现在梦中的江南小镇，笼着雨，散着烟。

从雁城到苍翠城，沿途若走走停停，遇到喜欢的地方再小住月余，前前后后加在一起，怕是要耗上一两年。

两年，七百多个日夜呢。

云倚风深深叹气，他从来就不是一个悲观的人，此时却难免想着，自己怕是连七十天都没有了。

也罢，姑且走一步，算一步吧。

待季燕然回来时，东方已经隐隐露出一线白。

云倚风在房内，背对门睡得正熟，单薄的身形被厚重的棉被一拥裹，几乎要陷得找不到。感觉到身边站了人，他也懒得睁开眼睛，只迷迷糊糊地问了句："回来了？"

"待会儿还要出去。"季燕然道，"你继续睡。"

云倚风便又继续安心地睡了。

季燕然也倚在桌边，轻轻闭上眼睛。

酸胀疲惫的身体，混乱绞痛的脑髓，也唯有此时，才能得以片刻放松。

他实在太累了。

黎明的日头还未升腾，一切依旧是暗沉沉的。

四野孤寂，几只小野猫欢快地跳过窗外，踩着湿漉漉的水洼，在石台上留下一串圆圆爪印。

再往后，季燕然一直早出晚归，或者有时太忙了，就干脆住在军营。云倚风没有再问过他任何事，只安安静静地待在后院里，每日看看花草，教教小娃娃写字，喂喂猫，再不然，便取出那把威风凛凛的破阵雷鸣琴，摆在一棵粗壮的枯树下，焚香泡茶，白衣广袖，自得其乐弹上一曲。

"太难听了呀！"小娃娃们纷纷捂住耳朵，很不给面子。

李珺赶忙冲出来打圆场："童言无忌，童言无忌，是他们胡说八道，我听着分明就很悦耳。"

云倚风摆摆手："我知道我弹得不好。"

李珺很是吃惊："原来你知道啊？"

结果就听云倚风又怒补一句："但也不至于连耳朵都要捂住吧？"

李珺："……"

李珺正色道："那是自然。"又昧着良心说，"穷乡僻壤的小娃娃，哪里听过这般雅致的高山流水、空谷幽兰，你说是不是这个理？听不懂是应该的，否则世间人人都能同你伯牙子期。对了，七弟他人呢？三四天没见到了。"

"没回来，许是军中很忙吧，"云倚风伸了个懒腰，继续研究琴谱。李珺用小拇指捅了捅嗡嗡叫的耳朵，刚打算接受新一轮的魔音荼毒，却见灵星儿正在外头使眼色，便找了个借口溜出去："怎么了？"

"我刚刚去看了月牙姐姐。"灵星儿犹豫半天，还是小声地道，"她说王爷好像答应了耶尔腾的要求，已经将周九霄和杨博庆送出了城，可反贼也能随随便便说放就放吗？"

李珺皱眉想了半天，勉强分析："是否就如我所言，双方在谈判时各退了一步？"

灵星儿不信："耶尔腾先前想要的是十座城，这得退多少步，才能变成只要两个人？会不会还有别的条件？"

李珺在原地转了几个圈，实在没想明白，又不忍辜负少女的信任，便直白地道："你管他呢，七弟既愿妥协，就说明他们已经达成了某项交易。这对得到血灵芝而言，应当是好事才对。"

"哎呀，你声音小一些！"灵星儿捂住他的嘴，又跺脚，"只放两个人就能换到血灵芝，当然很好啦，但我担心王爷答应的不仅是这两个人，或许还有别的什么条件。若他真的给出一座城、十座城，被门主知道了，怕是……怕是会闹出大事！"

"应当不会的。"李珺说道。不过为了安慰灵星儿，他还是牵过一匹马，骑着出了雁城，打算去军营那头问问究竟。

自己好歹也是大梁王爷，理应关心一下国事。

而越往城外走，他便越心惊，这车马辚辚、粮草绵延的，莫非双方当真要开战？

他心里这么想着，手上不由得一甩马缰，风风火火地向营地冲去。

"王爷。"林影掀开厚重的门帘，"刚刚收到线报，耶尔腾与白刹国——"话还没说完，外头就凑过一个贼眉鼠眼的人，将脑袋贴在缝隙处，影子那叫一个厚重壮实。

季燕然："……"

林影咳嗽两声："平乐王，门在这边。"

李珺嘿嘿讪笑两声，弯腰钻进营帐："我就过来看看，随便看两眼，看有什么能帮忙的。"

季燕然丢下手里的奏报："现在看完了？"

李珺咽了口唾沫："我还没看呢。"说完，见他七弟的脸色不大好，便赶忙补充一句，"不看了，我立刻就回去！"

他说完，转身就想溜，却被林影拦住。

季燕然靠在狼皮椅上，眼皮一抬："既然来了，就跟着我们一起上战场吧。"

"去找一套合适的盔甲，将肚子遮一遮。"季燕然吩咐，"还有，从今天开始，破虏一营便归你麾下了。"

李珺听得快要昏迷，他平日里虽纵情声色，却也知道这支破虏神兵，战无不胜、纪律严明，是大梁最为精锐的先锋部队之一，往常都是由林影亲自率领的，怎么突然就到自己手中了？！

"我不会啊！"他战战兢兢，膝盖直打晃。

"不会不打紧，我亲自教平乐王。"林影亲切和蔼，及时托住他的后腰，"走吧，我们先去军中看看。"

李珺泪流满面，抱着桌子不想走："七弟！"

自己这是在做梦吗？

想到这里，他二话不说，抬手就给了自己一个清脆的耳光。

是真的！

李珺一连几天没回府，云倚风挺纳闷儿，但季燕然最近都宿在军营，逐月部族的多吉首领亦不见踪影，也找不到人能问两句。倒是灵星儿提到城里风声正紧，说百姓都在猜测，怕是又要开战了，就在这几天。

云倚风仔细整理着燕云梅："趁早打完，趁早安心。我也想清月了，不知他有没有将风雨门发扬光大，发展出一个江湖第一大帮，正好趁着江家内乱，我们也来谋权篡个位……不过就是有些对不住江大哥。"

灵星儿听着他不着边际的唠叨，觉得门主可真气人啊！

他以为嘴里胡说几句，自己就能不担心了吗？

过了一阵，云倚风叹一口气，放下手中的剪刀："傻丫头，怎么说哭就哭，我这不还活得好好的？"

"好什么啊，饭都是勉强往下咽。"灵星儿索性一屁股坐在台阶上，将脸埋进膝盖，"早知道这样，当初还不如不出风雨门，专心养着身子，肯定比现在好。"

"是，是，是，你说的都对。"云倚风坐在她身边，伸手在她脊背上轻拍，"再哭可就不吉利了啊。"

牵扯到"吉利"这种大事情，灵星儿只好憋回眼泪。

"说点儿高兴的。"云倚风道，"我上回去皇宫私库，翻到了许多好看的首饰。将来你成亲时，我们多讹一些，讹它满满一大筐，用来当嫁妆。"

灵星儿又气又笑，拿这不着调的掌门没办法，便抬起衣袖，擦干净脸："不说了，我去看看药煎得怎么样。"

她起身往外走，还没出院子呢，迎面就哐当冲进来一个人，跟口大黑锅在滚似的，气势惊人。

灵星儿被吓了一大跳："平乐王，你穿着铠甲做什么？"

"不……不好了，城外正在打仗，我是偷偷跑回来的！"李珺气喘吁吁，跑得满脸涨红，嗓子都劈了。

"打葛藤部族吗？我们都知道啊，现在已经开战了？"灵星儿扶住他，"先别急，慢慢说。"

"是开战了，可那不是真打，是假打啊！"李珺一口气灌了三四杯水，方才继续道，"这些日子在军营，我算是摸明白了。看起来调兵遣将、声势浩大，可实际上八十万黑蛟营，动了五万不到，其余将士都被派往了别处。"

就这五万，还有一大半是新兵与老弱，武器也是最次的，老掉毛的战马都混在里头，如何会是葛藤部族的对手？

"怪不得，怪不得七弟硬说林影病了，要将先锋营交给我。"李珺拍着大腿，"我哪里会打仗啊？可不得一出去立刻输，七弟不会是与耶尔腾商议，要故意输掉这一战，只为了给皇兄那头一个交代吧？"

灵星儿惊出一身冷汗，还没反应过来呢，身边已掠过一道白影。"门主！"

"驾！"云倚风狠狠地一甩马鞭，骑着墨玉翠华，如一道黑色飓风卷出雁城。

风将他的长发吹散，心也彻底乱了。

双方的战场在北山，巨大的山体蜿蜒盘踞在高原上，光秃秃的，没有一棵树。

而在山脚下，双方军队正在对峙。位于黑蛟营最前方的，自然该是破虏先锋军，现在却到处找不到先锋官，今日压根儿就没人看见平乐王。队伍两侧，黑色的旗帜正猎猎扬起，金鼓擂得如同惊雷，但以五万人马来迎战数量如此庞大的敌军，几乎所有将士的第一个念头都是"中计了"。

萧王殿下必是中了耶尔腾的奸计，才会将主力大军派往别处，此番以少敌多，一场血战在所难免。想到这里，所有人都握紧了手中的长枪，暗自决定哪怕拼到最后一口气，也要护住身后的雁城与百姓。

另一方，葛藤部族的骑兵却气势雄浑，如山中恶狼，连眼珠子里都泛着贪婪的绿光。耶尔腾骑在马上，看着对面那几乎能称得上"弱小"的军队，微微扬起嘴角。在他身侧，则是当日那名雪衣妇人，她依旧用白纱覆面，衣服也不知用何材质制成，远看像水中的鱼鳞一般。

骤然响起的号角声划破了长空。

杀声震天！

双方的军队如潮水般交汇，季燕然调转马头，刚欲登上高岗，却见远处一匹黑色骏马正疾驰而来。

飞霜蛟长嘶一声，四蹄飞跃迎上前，季燕然伸手一揽，将马背上的人带到了自己身前。

云倚风顾不得多问，只脸色煞白地向战场望去，双方战力的悬殊显而易见，想起李珺那句"要故意输掉这一战，只为了给皇兄那头一个交代"，他就浑身冰凉，几乎连坐都坐不稳了。

季燕然扶着他，没说话。

云倚风抬起头，不可置信道："你……"

季燕然却掰着他的头，轻轻转向另一边。

北山之巅，一枚信号弹带着尖锐的哨响没入云端，黑压压的人马正在不断涌出，如来自深渊的滚烫岩浆，肆虐冲刷，自侧翼焚尽了葛藤部族的骑兵。领头之人是银珠，还有其余部族的首领，那些一同围剿过夜狼巫族的联盟军队，此时又如神兵天降，重新出现在了山里。

大梁的军队只有五万，可加上诸多部族的骑兵，人数便成了葛藤部族的两倍。

庞大的山体，是最好的天然屏障，而大梁军队毫无秩序的调派，也令耶尔腾的前哨陷入混乱，他们只知道四面都是行走的军队，却不知自己最后要前往何处。

一切都在悄无声息中进行着。

耶尔腾的野心，绝不仅仅在西北十城。根据线报，白刹国的军队已经在蠢蠢欲动了，只等与葛藤部族联手，压入大梁的国境线。

对方是瘟疫般的存在，必须趁早清除。

所以季燕然便与众副将订下计划，接受耶尔腾的提议。双方假意开战，而自己因为"判断失误"，导致了黑蛟营的全面溃败，不得不向南撤退，从而被迫放弃西北十城。

明面上，大梁军队的确不断被派往别处，而在暗中，乌恩、格根与逐月部族的多吉三人，却日夜兼程，游走于各个部族，共同订下了击溃葛藤部族的计划。

就如云倚风先前所预料的，这是一场必胜的战役。大梁的将士们高举手中的刀剑，奋勇冲锋，而葛藤部族的旗帜早已被烈火吞没，连耶尔腾也身陷包围中。

云倚风这才松了口气，整个人也放松下来。

"幸好。"他喃喃地说，想哭又想笑，"我还以为……"

季燕然却依旧紧锁着眉头，眼底写满愧疚与痛苦，嗓音干裂嘶哑："对不起。"

云倚风摇摇头："没事。"

他说："这才是大梁的将军。"

战场上空笼满厚重的乌云，云倚风骑在马背上，远远看着下方。

枯草被烈焰焚至焦黑，马蹄踏过时，溅起一片流萤般的火星。而就在这一片纷扬飘落的火星里，飞霜蛟腾跃而起，向着厮杀最激烈处冲去。

耶尔腾虽中计受困，自知此战必输，曾经雄踞一方的葛藤部族，或许会在今天，在此地，被呼啸的狂风吹散在沙尘中，却仍死守着，不肯投降，他像一条被逼入绝境的黑狼，疼痛与仇恨反而令血管中迸发出更多凶猛的力量。大梁将士被他逼得连连后退，胯下战马也在仓皇间绊到地上的草藤，重重地摔在了沙丘中。

眼见闪着寒光的长刀已经逼近，那名兵士本能地捂住头，却听到耳边传来当的一声，再睁眼时，只扫见了一片猩红的披风。

耶尔腾满身是血，形容已近狼狈，却依旧紧紧握住刀柄，咬牙看着面前的人：“你以为你赢了吗？”

他实在有太多的不甘，那在胸腔中蓬勃了多年的野心，才刚显露出一点儿萌芽，甚至还未来得及扎根于泥里，就被彻底掐灭。自己本应更警惕一些的，更警惕一些，这一切或许就不会发生。那株血灵芝，他原以为握住了季燕然唯一的软肋，却不料，最后竟成了对方用来麻痹自己的一剂毒药。

“原来你当真是没有心的。”耶尔腾狠狠地吐出血沫，“所谓愿意用命去换的血灵芝，不过只是随口一说罢了。”

季燕然用剑指着他，冷冷地道：“我自会撬开你的嘴。”

听到这句话，耶尔腾脸上露出了古怪的笑容。

“那你就试试吧。”言毕，他高高举着刀，再度杀了过来。

云倚风站在高处，能清楚地看清战局。耶尔腾虽是一等一的勇士，却也架不住潮水般的大梁将士。经过数十轮厮杀后，他此时早已伤痕累累，自不是季燕然的对手，很快便被击落在地，套上了镣铐与枷锁。

大首领被俘获，葛藤部族的军队也就成了一盘散沙，开始有人丢下手中的刀剑，主动举起双手投降。眼看这场激战已近尾声，战场另一方却又传来新的惊呼。

是那名白衣妇人，或者说是假冒的"雪衣圣姑"，她骑了一匹古怪而又暴躁的红色大马，横冲直撞如雷奔，也不知她有什么暗器，所到之处，皆是一片惨叫。

季燕然弯弓如满月，三支钢头白羽利箭裹挟着风，似流星飞逝穿过军队缝隙，直直没入大马后臀。

骤然吃痛，那红马惨嘶一声，高高扬起前蹄，将背上的人抖落下来。周围的士兵一拥而上，拿着绳索，想要将她捆住，对方却如鱼入水，身躯上裹着鳞般的布料，手中呼啦扬起一把刺目的迷烟，士兵们纷纷掩住口鼻后退。就听耳边轰的一声，再睁眼时，白衣妇人竟已消失得无影无踪了。

这……众人面面相觑，青天白日，活见鬼了不成？

季燕然策马过来，看着地上那片湿润的新鲜沙地，也皱起眉头。云倚风虽在高处，可被浓厚的迷烟遮掩了视线，一样未看清妖人究竟耍了什么古怪的把戏。倒是被押在一旁的耶尔腾，突然就放声大笑起来，像嘎嘎的黑乌鸦，听得人脑仁生疼，也不知他又是哪里出了毛病。

翠华一路轻快地小跑，穿过战场，停在了飞霜蛟旁边。

云倚风道："这钻地的本事，倒是能问问一个人。"

当初在缥缈峰时遇到的盗贼地蜈蚣，便号称能飞天遁地。不过他向来"神龙见首不见尾"，此时也不知要去何处才能寻得。

"这里怕是还要耗上一阵子。"季燕然道，"我差人先护你回去。"

云倚风点头："好。"

战局已定，大梁与联盟军队大获全胜，他也便放了心。骑着翠华回了雁城将军府。

而在这段时间里，李珺已经面如死灰、怆然涕下、绝望崩溃地瘫坐在地上，脑补出了一整场曲折大戏。七弟为救挚友，舍弃了十座城池不说，还准备将自己推出去顶罪，否则为什么要让自己当先锋官呢？一定是为了方便在回王城复命时，将这口战败的大锅扣来，不然还能是什么别的理由？

"我肯定又要死了。"他再度悲切地想着。

耳边嘈杂一片，身边掠过微凉白影，带着熟悉的寒冽花味。

是什么呢？还挺香，像茉莉。

算了，将死之人，没福气闻香赏花，还是多哭一阵子吧。

云倚风坐在椅子上，一边喝茶一边吩咐："快去将平乐王扶起来。"

"扶了三四回，一直瘫着，像是被吓傻了。"灵星儿问，"所以我们打赢了吗？"

"自然。"云倚风挑眉，"葛藤部族全线溃败，耶尔腾被生擒。于大梁而言，算是拔走了一颗大钉子，这下西北终于彻底安稳了。"

西北安稳自然是好事，可血灵芝呢？灵星儿犹豫了一下，还是没有问出来，只在心里盼望耶尔腾已被生擒，或许还能问出一些东西。

云倚风一连喝了三四盏热茶，方才觉得舒服了些。平白无故地骑马奔波这一来回，他实在脑袋晕，于是枕着手臂，趴在桌上就想睡，最后还是被灵星儿半抱半扶，硬是扛上了床。

没办法呀，遇到这么一个不省心的门主，再娇滴滴的漂亮丫头，都能被磨砺成勤快细心的粗使婢娘。

云倚风睡得很安心，或者说，是晕得很安心。他整个人飘飘忽忽的，眼前先是飘过一阵白，又飘过一阵红，最后是闪着星星的漆黑夜空，也不知到底躺了多久，总觉得还没做够梦呢，像是才刚躺下，被褥都没睡暖和，就被人摇醒了。

他不满地皱起眉头："什么时辰了？"

"太阳晒屁股的时辰。"灵星儿将他扶起来，"你已经昏迷了一天一夜，再继续睡下去，要饿……坏了。"她及时将"饿死"换了个说法，更吉利些。

云倚风眯着眼睛，迷迷糊糊地看着窗外的太阳。他心想，这就一天一夜了？

过了半天，又问："王爷呢？"

"已经回来了。"灵星儿拧了一块温热的帕子，递给他擦脸，"听说双方交战时，林副将率军堵了葛藤部族的老巢，将杨博庆与周九霄重新抓了回来。至于耶尔腾，此时正在后院里受审呢。前前后后加起来，都审好几个时辰了，好像还没吐出什么。"

所以除了那假冒的圣姑，其余人一个都没能跑？这倒是个好消息。云倚风听得神清气爽，当即推开厚重的棉被下床："我去看看王爷。"

灵星儿挡住他，娇蛮地道："不行，先吃饭！"

云倚风心中十分愁苦，这丫头到底是怎么养的，怎么越来越像她师兄，婆婆妈妈，絮絮叨叨，管得很宽，还吼自己。

灵星儿却固执得很，盯着他吃完两个包子、一碗粥，方才陪着去了后院。

林影正守在院中，见到两人后，赶忙迎上前："云门主。"

"闲着没事，便过来看一眼。"云倚风问，"怎么样了？"

林影还没来得及答话，就听到房间里，耶尔腾自己先开了口。

"我并不知道血灵芝在哪里，以前也从未见过。

"但我没有骗你，倘若王爷肯好好配合，是可以拿到它，替云门主解毒的。

"还记得战场上那名雪衣人吗？她知道血灵芝的下落，她是唯一知道的人，但她已经逃走了，在你眼皮底下彻底消失了。

"萧王殿下，你错过了两次拿到血灵芝的机会。

"既然你选择了西北十座城池，便要献祭出挚友的性命。

"他很快就要死了。

"是你亲手杀了他。"

屋内传来一声沉闷的钝响。

云倚风匆匆推开门，就看耶尔腾满头流血，蜷缩在墙角，身边是一把碎裂的椅子。

季燕然正站在桌边，见到他进来，眼底密布的阴云也散去大半："你怎么来了？"

"过来看看你。"云倚风牵过他的手，"这屋子里太闷，我们先出去。"

耶尔腾挣扎着坐起来，张嘴还想再说什么，却被灵星儿塞了一块臭烘烘的抹布。

云倚风拉着季燕然，一直回到了两人的住处，又取出菊花蜂蜜，冲泡了一壶清火静心的香茶。

"你听耶尔腾在那里胡说八道。先前也只是拿了根破烂的腐物来，看着像灵芝，便硬说是血灵芝。后来嘴里更是没一句实话，一阵说自己知道，一阵说逃脱的假圣姑知道。倘若杨博庆与周九霄漏网，此番也跟着一并逃了，他是不是就又该说这二人知道了？来来回回，无非是为了激怒王爷，好满足他那败军之将的窝囊气，你又何必放在心上？"

季燕然叹一口气，没说话。

"再说了。"云倚风继续道，"此番西征，我们可一点儿都没亏。"

何止没亏，简直能称得上是大赚了一笔。夜狼巫族、红鸦教、葛藤部族，大梁的宿敌皆被击退，还捎带着与其余十二部族首领签订了和平盟约，只待将来共同发展商路，防治风沙。这片土地正向着欣欣向荣的未来前进，消息随清风四处飘散，雁城的百姓，以及那如明珠般散落在大漠、戈壁与草原上的牧民们，已经迫不及待地开始载歌载舞庆祝了。

所有的事情都很顺利。

除了……

季燕然微微皱起眉头。

"现在西北已定，王爷陪我去江南吧。"

按照惯例，西北既已平定，又生擒了葛藤部族首领，季燕然差不多也就该收拾收拾，准备率军折返王城了。一来得向李璟奏报战况，商量一下将来的安抚之事，二来将士们出生入死，打了胜仗，那么天子的嘉奖与沿途百姓的夹道欢呼，还是需要享受一下的，至少能令士气更为高涨。

此外还有战俘的安置问题，耶尔腾留下的青阳草原归属权，周九霄与杨博庆的后续审讯，逃跑的雪衣妇人。许多或大或小的事情，其实仍在等着将军去处理。但云倚风却说，我们去江南吧。

季燕然如何会猜不出他心中所想。

他本想说，你再给我一点儿时间，或许就如耶尔腾所言，那名雪衣妇人当真知道血灵芝的下落，你让我去把她抓到。再或者，周、杨二人既与她是一伙，说不定也会知道些什么，还有耶尔腾，逼供之下未必一无所获。希望仍在，我们别放弃，先别放弃。

云倚风道："我不想再找了。"

倒也称不上放弃不放弃，绝望不绝望。但在虚无缥缈的所谓"希望"，与南下游历的切实好光景里，他还是更倾向于选择后者的。毕竟若当真只能再活半载一年，他当然想趁着这段时间，将先前一直想做的事情、一直想去的地方，都一一完成。

西北是好，雁城春日高爽，夏日清凉，瓜果甜似蜜糖，但他实在不愿再闷在这寂静的将军府中，看季燕然每日为血灵芝满心愁绪、奔波操劳了。

"我连路线都看好了。"云倚风抬起头，"你就答应我吧，王爷也该放下军务与政事，过几天逍遥快活的日子。"

季燕然的眼底密布通红的血丝，本想开口答应，嗓子却干涩到说不出一个字。生平第一次，他切切实实地感到慌乱而又不知该如何是好了。

"那就这么定下了。"云倚风笑道，"我给你十天，十天之后，我们便一道南下。"

"南下？"李珺是第一个知道此消息的人，心想，血灵芝莫非出现在了南边？

于是他便赶忙道："行，那我们尽快出发！"

"等一下！"云倚风捧着一盘盐津果子，从卧榻上坐起来，心平气和地解释，"是我与王爷，两个人南下。"

为什么啊？李珺一头雾水，找东西这种事，难道不是人越多越好？自己虽说是个草包，可力气还是有一些的，万一需要在野林子里一寸一寸地翻地呢？

云倚风虽说很感激他这一腔热血，但还是压低声音道："平乐王临阵脱逃，导致先锋队群龙无首，险些误了大事，王爷正生气呢。"

李珺将一张脸拉成苦瓜："这……我就算不逃，也不能真的率军作战啊，那不是开玩笑吗？而且我那时跑回来，是要向你报信的，若硬要说成救社稷有功，也不是不行。我哪知道七弟是做戏？"

提到这件事，李珺倒是想起来算账了，将他的果子没收，正色问："军中故意设下迷魂阵，你怎么连我也一起瞒了？难不成还在担心我会通敌，偷偷摸摸地向杨家报信？"

"那倒没有。"云倚风回答，"莫说是你，连我也是在赶到战场后，亲眼看见才知。"

李珺闻言挠头，也对，否则当日，他不会那般命也不要地冲出雁城。但新的问题又来了："七弟怎么连你也要一道骗？"

云倚风笑笑："许是不想让我烦心吧，天天只待在将军府里，吃吃喝喝就很好。"

李珺想了一会儿，凑在他耳边说："还有一个理由，七弟大概是对你心存愧疚。"毕竟只要他一个首肯，就能换得血灵芝。想要西北十座城池，固然是耶尔腾太过贪婪，但季燕然选择将计就计，一举攻陷葛藤部族，始终也逃不过一个"主动放弃血灵芝"的结局，又如何能忍心亲口告诉好兄弟，我要选择国家与百姓，而非你的命？

云倚风将盘子夺回手中："平乐王这般机智，在心里想明白便好，何必详细地说出来，我又不会因此嘉奖你。"

李珺嘿嘿赔笑："行，行，我不说了，那你看这江南——"

云倚风一口回绝："休想。"

李珺蔫蔫地道："哦。"

而灵星儿也被打发回了春霖城。

205

云倚风道："出来这么久，清月该想你了。"

"那门主呢？"

"我与王爷也会回风雨门看看，但路上要走得慢一些。"云倚风遐想，"这时节一路南下，正是旖旎好风光，自不必步履匆匆，疲于赶路。当然了，你不一样，你要着急回去看情郎。"

"什么嘛！"灵星儿被他说得脸通红，也不好好捏肩膀了，手下一使劲，将这嘴里没分寸的门主捏得眉毛鼻子皱成一团，险些落下泪来。

多吉也来向季燕然辞行。月牙被大夫照顾得很好，又有灵星儿天天陪着，还有李珺亲自挑选的脂粉香膏，脸上总算恢复了一些血色。与当初那倾国倾城的碧瞳妖姬比起来，虽容貌黯淡平凡，眼神却温柔生动了不少，偶尔一笑也是甜甜的。更重要的是，有深爱她的人一直陪在身旁。

季燕然道："我还有一事，想要与首领相商。"

多吉点头："萧王殿下请讲。"

"逐月部族虽隐世不出，却对世间万物都有着独到的看法，令人耳目一新。"季燕然道，"他日若有可能，我想请诸位前往大梁王都，与皇兄、与众才子一道把酒言欢，畅谈古今，如何？"

多吉笑道："重视文人与思想，萧王殿下当真与一般的武将不同。行，王爷既替我找回了月牙，逐月部族理应有所回报，那我们将来便在王城再聚首。"

至于耶尔腾、周九霄与杨博庆三人，在酷刑中几乎被去了一层皮，却依旧没供认出血灵芝的下落。

林影道："耶尔腾的骨头是真硬，又对王爷恨之入骨，看着宁死也不会说了。至于周、杨二人，应该的确不知道。都只剩了最后

206

一口气，再审下去怕是会出人命，不好向皇上交代。"

"罢了，押回王城，交给皇兄吧。"季燕然道，"这回由你亲自率军，回王城述职。"

林影又道："但杨博庆与周九霄，嘴里倒一直嚷嚷着，说有许多当年的内幕要告诉王爷，像是什么了不得的大秘密。"

"堵住他们的嘴，一个字也不必讲出来。"季燕然道，"还有，回去时带上老二。"

林影低头："是！"

平乐王就这么被打发了出去，悲悲切切，很是不情不愿。

他是真的很想去江南。

青阳草原则被交予乌恩与格根兄弟二人，由临近的云珠部族协助，应当能在半年之内，让那里恢复往日的平静。

"本王相信你们，"季燕然道，"将来定会是大梁很好的朋友。"

乌恩微微俯身："定不负王爷所托！"

属于西北的全新的时代已经来临了。

绵延的战火，终于被熊熊燃烧的篝火所取代，火堆上架着肥美的牛羊，醇香的美酒注入瓷碗，整片夜空都是醉人的。

梅竹松穿过人群："咦，云门主不在？"

"他不喜喝这烧刀子，方才已经回了将军府。"季燕然递给他一碗酒，"前辈呢，要随银珠首领一道回千伦草原吗？"

"我不回去，我啊，要南下。"梅竹松坐在沙丘上，活动着筋骨道，"大梁有许多好大夫、好药材，我想亲眼去看看。不过王爷不必担心，我可不会与你们同行，中间还是会隔一段路的。"但也不会隔得太远，需要时，随时随地都能找到的那种距离，就很好。

季燕然笑笑，感激道："多谢前辈。"

远处有人唱起了歌。

饮下一碗呛喉的酒，在胡琴的悠扬旋律中，人们高声谈天哄闹，嚷嚷着不醉不归。

这就是西北的夜。

风吹草低，空旷辽远。

三日后，林影与李珺率领大军，浩浩荡荡地回了王城。

灵星儿带着同门弟子折返风雨门。

其余部族也陆续离开了。

将军府里终于彻彻底底地安静了下来。

云倚风在床上摊开包袱皮，在衣柜里翻了翻，在柜子里翻了翻，觉得样样都想带，又样样都没必要带。忙活一整个早上，将到处都刨得像烂酸菜缸，行李也没收拾完多少。

季燕然哭笑不得："我们是去江南，不是去逃难，不必将所有细软都卷在身上。这只镏金的蛤蟆是怎么回事？"

"喜欢。"云倚风把它紧紧地攥在手里。

这理由，季燕然认输："好，喜欢就带。"

而好吃的肉干、酸奶干、果干，云倚风样样都要弄上三四包，雷鸣琴也万万不能忘。

萧王殿下来者不拒，通通答应，还下令专门备了辆马车，好装这种类繁多的花式行李。

"王爷。"下午时，管家在外头禀告，"有一封来自丹枫城的信。"

季燕然嘴里嚼了半块杏干，此时正酸得龇牙咧嘴，咽也不是，吐也不是，再一看信函的内容，更牙疼了。

"是什么？"云倚风问。

"江家要在五月推举新的掌门人，凌飞担心会有其他门派趁机捣乱，从而影响到整个丹枫城，所以想让我调拨两万驻军，帮忙护住城中百姓。"季燕然道，"倒也不是什么大事。"

"江家若真出乱子，丹枫城乃至整个江湖，的确会受到影响。"云倚风想了想，"不如这样吧，我们反正也会路过那里，到时候就顺便过去看看，若平安无事自然再好不过，若有事，也能多帮着照看一些。"

"好。"季燕然点头，"就听你的。"

雁城的百姓都舍不得王爷与云门主，所以两人选在了夜晚悄悄离开。

身后是越来越远的大漠与城门，云倚风骑在马背上，看四野浩瀚，星海低垂，心中生出万般感慨："可真好看。"

季燕然答："是挺好看。"

飞霜蛟一骑绝尘，向着远方奔去。

翠华紧随其后，四蹄踏碎星影，万古长风飒飒。

天幕深蓝，银河贯穿。

春末的北方小城，依旧透着丝丝凉意，长街古旧，两旁的槐花树刚孕育出细细的花苞，还只有米粒那么大。

做豆腐脑的婶子笑着说，再过上半月一月，这些花就都该开了。到那时，满街皆是槐花香，还能拿来烙饼、摊蛋，是一口时令好滋味。

"两位客人，是来这里探亲的吗？"她的动作很麻利，也不耽误聊天。

季燕然守在摊子前："我们只是路过此处，住两天就要走……

209

等一下，这碗多放些肉末、蛋丝。"

婶子笑问："给那位斯文公子的吧？他看着就像出自富贵人家，是吃惯了好东西的。"

季燕然答应一声，也笑着往身后看了一眼。

云倚风正坐在隔壁馒头铺前，专心致志地等着下一屉的豆沙包。

今日早起天寒，季燕然便让他多穿了两件，也不再是素白轻雪纱缎，而是鹅黄的云锦。对，就是萧王殿下深爱的鹅黄。又轻、又暖、又飘逸，发带也是同色，长长的两条垂下来，衬得整个人越发乖巧谦和，也难怪婶子会将他当成游山玩水的富家公子。连往来的行人路过时，也要忍不住多看他两眼，赞一句品貌不俗。

热腾腾的豆沙包出屉，云倚风双手捧着，咬了一口，立刻就决定要在这里多住两天。只是还未等他将这个决定告诉季燕然，城门方向却突然进来一伙人，极为眼熟。

打头的男子身骑棕黑大马，五十来岁，身形魁梧，面堂方正，叫人一看便心生敬畏，正是当今的武林盟主黎青海。

自打上回长缨峰一事后，他其实对风雨门颇怀几分愧疚，毕竟若当时自己下令搜查仔细了，也不至于忽略洞顶墓葬，让云倚风白白受了许多日的追杀。因此这晌一看到他正坐在路边吃包子，便勒紧马缰，主动过来打招呼，又行礼："萧王殿下。"

"黎盟主不必多礼。"季燕然随口问，"怎么，这是要回陇武城？"

"是啊。"黎青海道，"前些时日去探望了子阳真人，老人家年纪大了，身子骨也不如从前。"

他原只打算客套两句，说完就走，云倚风却已经叫老板多煮了十几碗细面，热情道："来，我请客。"

黎青海："……"

210

季燕然也在旁道："这里的豆沙包不错，本王再去替诸位买几屉来。"

"这如何使得。"黎青海赶忙道，"让小三子去就行了，王爷请坐。"

三言两语间，这顿饭就成了"非吃不可"，黎青海见惯了人情世故，自然知道自己与云倚风的交情，远未达到"能令萧王殿下纡尊降贵，亲自去买豆沙包"的份儿上，便主动道："门主是想问江家的事情吧？"

"只是好奇罢了。"云倚风并未否认，亲自替他将面拌好，"黎盟主去青云观探望子阳真人，怎么算都得路过丹枫城，江掌门到底出了什么事？"

黎青海道："据说是病了。"

据说是病了。

这话若从街头百姓嘴里说出来，倒还能说得过去，可堂堂武林盟主，面对江湖第一门派江家山庄的事情，能含糊其词到这种程度，显然敷衍得有些过分。

黎青海叹气："风雨门洞察江湖事，云门主理应能想明白，并非武林盟不管江家，而是实在难以插手。前阵子我的确路过了丹枫城，可就是那仅仅半日的'路过'，江家众人都如临大敌。整座城亦戒备森严，几乎要将逐客令贴到我脸上来，我又哪里还能登门去探望？"

落在云倚风耳朵里，这话就是半真半假。江家不欢迎黎青海是真，但即便没有这层理由，黎青海也断然不会主动想要探望江南斗。不过这也算人之常情，斗了大半辈子的一对宿敌，其中一方突然就躺在床上，生死未卜了，黎青海没有在家门口挂个横幅出来敲锣庆祝，已经算是十分克制。

毕竟，武林盟主也是凡人嘛，而黎青海更是凡人中的大凡人，七情六欲都明显得很，在旁人面前还能装一装刚正不阿，但在风雨

211

门门主面前，就连装都不必了。

吃完面后，这一行人便匆匆告辞，继续北上。季燕然摇头："江湖中前几年打来斗去，最后就推选出这么一个盟主？"

"他功夫够高，资历够深，年纪够长，威望与地位都数一数二，所在的汉阳帮亦是赫赫有名的正派名门，舍他其谁？"云倚风道，"唯一能争一争的，就是江南斗了。"

"凌飞不怎么喜欢他那位伯父，也很少提及江家的事。"季燕然道，"平时回家探亲，都是待两三日就走。这回却一住就是大半年，还要筹备五月的掌门推选，也不知是打算自己接手，还是在家中选了个勉强过得去的。"

江家兄弟众多，叔伯更多，按理来说，硬要找一个与江南斗差不多，好像也并非难事。云倚风想了片刻，道："不过我倒是听过一个传闻，在雁城时，也同江大哥提过几句。"

那是几年前的事情了，风雨门的弟子出去做事，顺便带回了一个消息——有人说黎青海与江家的四少爷江凌寺有私交，而且交情还不浅。不过无凭无据的，当时也只听完就散，云倚风并未放在心上。

江湖中，这种半明半暗的关系并不算稀奇。但怕就怕在，将来江凌寺会借武林盟的势力，与江凌飞为敌。而且黎青海好端端的，突然就跑去青云观探望那已经病了七八年的子阳真人，也挺奇怪。

云倚风难免担心："不如我们还是赶几天路吧，免得江大哥吃亏。"

"不必。"季燕然替他掰开芝麻糖包，吹凉后递过去，"凌飞的本事，可不单单在带着你吃喝玩乐上。哪怕江家已经烂成了一窝蛇虫，他也能重新捡起来，再收拾得整整齐齐。"

云倚风狐疑："当真？"

"放心吧。"季燕然看着他吃东西，"你既喜欢这小城，我们就多住几天。”

云倚风笑："那也成。"

如此，两人的话题便转向了别处。

江凌飞道："啊！"

江凌晨被吓得不轻，险些将手里的食盒扔在地上："你叫什么？"

江凌飞尽量心平气和地问："你到底打算将我关到什么时候？"

江凌晨道："等我成为江家新一任掌门。"

江凌飞实在百思不得其解，他这野心与自信到底是从哪里冒出来的。但骂是不能骂的，毕竟自己的手脚还被这崽子捆着，内力也被银针封去九成，便只好摆出兄长的慈祥面孔，谆谆地道："即便萧王殿下答应借兵，你还真能率领那几万人马，大张旗鼓地同大哥他们对着干？"

"我自有布局。"江凌晨冷冷地道，"你吃不吃？不吃我拿走了。"

"吃，吃，吃。"江凌飞吞下一大口饭，又含含糊糊地说，"什么布局？讲给三哥听听。"

江凌晨盯着他看了一会儿，可能觉得这五花大绑的铁粽子对自己毫无威胁，又抱有一丝丝少年都难以避免的膨胀心态，便道："江家人虽然多，可有能力争掌门之位的，用两只手就能数过来。再经过这么多年的明争暗斗，现如今便只剩下了三方势力，五叔算一个，大哥算一个。"

江凌飞点头："还有一方呢，我？"

江凌晨道："没有你。"

江凌飞："……"

江凌晨道："是四哥。"

听到这个回答，江凌飞心里倒是有些意外。毕竟江凌寺这些年来一直低调行事，在外人眼里，应当是最没有威胁的那一拨人，却没想到会被面前这看起来有些愣的少年发现端倪。

江凌晨嘴角一勾："怎么样，没想到吧？"

江凌飞奉承："确实没想到。你既然这么聪明，不如再说一说，伯父这回离奇地走火入魔，到底是何人所为？"

"是何人所为不重要。"江凌晨道，"重要的是，这于我而言，是千载难逢的好机会。"

江凌飞听得牙根直扯："不是吧？伯父当年可是亲手给你换过尿布的。现如今他受人暗害，你不想着报仇也就罢了，还说什么'是千载难逢的好机会'？"

江凌晨被他说得面上一僵，怒道："我自会留他性命，再派丫鬟好生伺候！"

他继续道："你既觉得我对掌门之位构不成威胁，不如解了这锁链，哥哥帮你夺权。"

江凌晨讥讽："你当我是三岁小孩子，这么好骗？"

江凌飞把脏话都咽回去，苦口婆心道："当上掌门，下一步是不是就要做盟主了？再下一步，是不是还想率领群雄，篡位、打王城啊？我就不明白了，到底是哪个在背后撺掇你？"

江凌晨将桌子一掀，怒气冲冲地走了。

饥肠辘辘的江三少痛定思痛，总结经验，下回再想骂弟弟，至少要先把饭吃完。

也不知西北那头怎么样了。

他虽然嘴上调侃，说季燕然断不可能借兵，内里却是真的担心对方会中计，将两万大军随随便便借给这个二愣子弟弟，闯下什么不可弥补的祸患来。

214

而就在江三少饥一顿饱一顿生不如死的时候，他心心念念、牵挂无比的"狐朋狗友"，却正在风景如画的小镇摘桃花，还文绉绉地扯了两句酸诗。

　　两人一道慢悠悠地往桃林深处走，直到看尽春景，听过春风，将那粉粉白白的花瓣盈了满满一袖，方才骑马回了客栈。

　　桃花谢了，枝头上就会结出毛茸茸的小果，偶尔掉落一两颗在地上，被马蹄踏碎后，连泥土里也飘出果香，弥漫着一股子夏初才有的青涩与清凉。

　　这一路风景烂漫，果真如云倚风先前所想的那样，青山隐隐，绿水潺潺，春花夏雨皆有滋味。越往南，天气便越暖和，临近丹枫城，厚厚的狐皮大氅已经用不上了，换成细薄绉雪纱，云倚风浑身轻便不少。

　　许是因为心情轻松，连毒发也不像在西北时那般频繁，偶尔偷偷摸摸地咳一两口血，倒不算什么大事。至少云倚风是这么认为的。

　　此时，他正在摊子前忙着尝果脯，打算买几大包带给江凌飞。要登门做客，总不能两手空空。俗话说得好，"隔城送果脯，礼轻情意重"。

　　季燕然道："我们是去帮忙的，即便要送礼，也该由他送给我们。"

　　"江府家大业大，人人各有心思。依我看，江大哥此时八成已经焦头烂额了。"云倚风擦擦手指，"其实我不懂，他常年待在王城，极少回丹枫城。王爷为何就笃定他能将一切都握于掌中？"

　　"谋权篡位这种事，也是要靠经验的。"季燕然道，"江府其余人，顶多在自家的一亩三分地上折腾，凌飞可是在王城里混了七八年。宫里宫外的明争暗斗，他见识过不少，亦参与过不少，光是眼界与手段便比其他人高出一截。"

云倚风皱眉："但江湖与朝廷毕竟不同，我还是觉得不放心。"

"你就算不放心他的脑子，也要放心他的武学修为。"季燕然将果脯接过来，"现如今的江家，可没人是他的对手。"

云倚风一想，这倒也是。武林世家比起皇宫来，就是有这个好处。即便不能以威望服人，也能以武力服人，先将对方一一打趴，至少确保自己不吃亏。

人间四月，小荷才露尖尖角。

江府后院，那栽种在大缸里的睡莲，也刚冒出一丝可爱的粉色。

江凌飞透过一线石窗，盯着那鼓鼓囊囊的花苞，硬是将自己盯出了几分矜持羞怯的大家闺秀感——大门不能出，二门不能迈，只能顾影自怜地倚靠窗前，感慨光阴易逝。

江凌晨依旧准时来给他送饭，菜式有油焖春豆、莴笋拌鸡丝，还有一道荷叶粉蒸肉。虽说简单，却都是精心烹饪的时令鲜菜。这算是江凌飞唯一的欣慰之处了，至少江凌晨不是用窝头、咸菜打发自己，在吃食方面依旧是富贵公子的待遇。

江凌飞问："你这样顿顿盯着我吃，就没盯出一丝丝兄友弟恭的美好感情？"

江凌晨一脸嫌恶。

江凌飞："……"

"家里局势如何了？"

这回江三少有了经验，是在吃饱喝足后问的，以免又遭掀桌。

江凌晨简明扼要地道："五叔与大哥正斗得你死我活。"

他话语里的"五叔"名叫江南震，算是江家的二号人物，老谋深算，交友甚广，在江湖中即便不能说一呼百应，但想找出二三十号与他交好的"大人物"，还是绰绰有余的。至于江家大少爷江凌旭，则是名正言顺的掌门接任者，在家族中威望甚高，一天到晚板着面孔。不听话的小娃娃被他瞪一眼，当场就能止住号哭，比如小九江凌晨，就是这么艰难地长大的。

江凌飞又道："那老四可有动静？"

"按兵不动，大概是要等鹬蚌相争，渔翁获利。"江凌晨道，"他背后的靠山可不一般，我向萧王借两万兵马，主要也是想震慑他。"

江凌飞继续盘问："震慑完之后呢？老四既如此深藏不露，理应不会被区区两万兵马吓得尿裤子。而你也压根儿不可能指挥得动大梁军队，去争什么掌门之位。所以到底是听信了谁的鬼话，突然就有了当天下第一的梦想？勇敢地讲出来，哥哥这就去打他。"

江凌晨被他说得愠怒，面上青紫，看架势又想掀桌，但一看桌上碗盘皆空，掀也是白掀，于是将主意打到了下一顿上，冷冷道："晚上你不必吃饭了。"

江凌飞："……"

下人及时在门外道："九少爷，家中来了客人。"

江凌晨没放在心上，随口问："是谁？"

"萧王殿下与风雨门门主。"

"……"

房中寂静，能听清院外风吹睡莲卷的声音。

江凌飞道："你看看，我说什么来着。"

江凌晨咬牙："你故意的！"

江凌飞快要冤出一口血来，这怎么可能？

江凌晨甩手出门，将暗门咣当一声锁了个严严实实。

四周重新黯淡下来，江凌飞靠在墙上，看着细缝中透进来的那束光，微微松了口气。季燕然与云倚风既然来了，至少能说明西北已定，而自己也总算有了出去的指望。

萧王殿下亲自登门，于江家而言，自然是件大事。江五叔恰好不在家，这接待贵客的差事便顺理成章地落在了大少爷江凌旭头上。

此时他正十分疑惑："三弟没回来啊？"

季燕然："……"

云倚风："……"

江凌旭继续说："我还以为三弟仍在西北征战，因此不敢写信将他召回，国事自然是更重要些的。"

他说得冠冕堂皇，也确实没见过江凌飞，便帮忙猜测："会不会是路上耽搁了？"

"或许吧。"季燕然笑笑，"既然凌飞还没回来，那我们也就不打扰了，告辞。"

江凌旭亲自将两人送出江府，看架势恨不得再雇一辆马车，好将这两位不速之客拉得越远越好。

厚重的大门在身后轰然关闭，震裂半天红彤彤的流云。

云倚风道："早知如此，就不该在路上耽搁，现在要怎么办？"

"凌飞的字写得极潦草，想模仿并非易事。"季燕然道，"两种可能，第一，他被人操控心神，写信问我借兵；第二，的确有人与他的字迹一模一样。"

先前送往西北的几封书信都在，回到客栈后，云倚风又从行李中摸出来一张纸，季燕然不明白："这是什么？"

"酿酒古方。"云倚风道，"王爷喜欢喝璃州醉春风，我就请江大哥写下了酿造之法，原打算亲手试试的。"但后来一顿羊肉汤将萧王殿下吃得上吐下泻，卧床三天，他便彻底打消了酿酒的念头。

将笔迹一个一个对比下来，果然就发现了几个常用字的区别，都在极细微的勾与点。若非心细如发，很难看出端倪。

云倚风道："借两万大军镇守丹枫城，若不是江大哥的意思，那这人的目的是什么？哪怕王爷答应借兵，军队也断然不可能帮他做事啊，只是受命维护城中秩序罢了。"

季燕然道："帮他做事虽不可能，不过若对方的目的是令丹枫城大乱。届时有两万驻军，又有许多来凑热闹的江湖门派，想要浑水摸鱼，在这两拨人中挑起矛盾，还是轻而易举就能做到的。"

云倚风皱起眉头："所以对方的目的，是想令朝廷与武林对立？"

"要是真出了乱子，我难辞其咎。"季燕然道，"兵是我调的，而天下人人皆知凌飞与我关系匪浅。"到那时，流言可不会仔细分析真相，更不会管你的初衷是不是守城安宁。只会说萧王殿下徇私，为帮江凌飞夺权，不惜调动数万大军，调得武林中人怨言四起，调得城中百姓不得安宁，在皇上面前亦难有所交代。

把城中搅个天翻地覆，无论是对江家，还是对整个武林而言，都无任何好处。唯一能从中获益的，目前看起来只有两类人。第一种，巴不得天下大乱的、大梁的仇人，第二种，季燕然的仇人。

云倚风道："所以最后还是冲着王爷来的？"

"先将人找到吧。"季燕然道，"我们去问问城中的驿馆，可有收到你给凌飞的回信。"

从军中送出的信函，有军队专用的通路与信使，所有记档都清清楚楚。丹枫城的驿官查阅后禀道,的确接过两封云门主的书信,并且早已按时交至江府管家江忠手中,回信也是由江忠亲自送过来的。

"江府家大业大,管家要比寻常人家多不少。江忠虽不是排名第一的大管家,地位却也不低了,出门都是坐轿的。"驿官道,"一般人怕是差遣不动他。"

子时,城外密林。

天空正飘着不大不小的雨,淅淅沥沥,淋得人心烦意乱,焦躁难安。

江凌晨问:"现如今要怎么办?"

隐藏在阴暗处的人,连声音也是阴暗的:"萧王亲自前来,我们先前的计划怕是要改一改。"

"改成什么?"

对方一步一步地从树林里走出来,像是要贴近细说,江凌晨登时便警惕地后退两步,盯着那团模模糊糊的黑影,右手握紧剑柄。

黑影呵呵笑了起来:"怎么,小少爷担心我会杀你?"

"你就站在那里!"江凌晨拔剑出鞘,警告对方,"再敢往前一步,休怪我不客气!"

黑影依他所言,停住脚步,又提醒:"我不杀小少爷,小少爷却应当尽快去杀了送信的那人。"

江凌晨面色一僵,忠伯?

黑影见他站定不动,便补一句:"怎么,还要我解释原因吗?"

江凌晨狠狠合剑回鞘,转身跑回了江家山庄。

黑影嘴里发出轻蔑的嗤笑声,脚下轻飘,似乎只是一眨眼的时间,便消失在了密林中。

鬼魂一般。

江府后院里，管家江忠正在打鼾，睡得相当沉。

窗口传来咔嗒一声，一道影子悄无声息地溜了进来，正是江凌晨。

他在床边站了半天，最后一狠心，咬牙刚要动手，胳膊却被人从身后一把钳住。腕间传来刺痛，穴位也被内力封死，还没反应过来是怎么回事，漆黑的麻袋就套上了头。

这一切实在发生得太快了，江凌晨心里骇然，觉得自己正被人扛在肩上，腹部硌得钝痛。晚上吃的饭、喝的茶，险些一并招呼出来。脑袋里与胃里皆是翻江倒海，就在他即将忍不住时，幸好，咚的一声，落地了。

有人问："没被发现吧？"

另一人答："没有，看着像个小娃娃。"

十五岁的江家小少爷，在自家地盘被歹徒绑架，还要被叫作"小娃娃"，无论是肉体还是精神，都遭遇了有史以来最大的打击，怒火自是滔天。直到被云倚风从麻袋里拽出来，他的两只眼睛都还是通红的。

云倚风惊讶："怎么会是九少爷？"

季燕然回忆："江凌——"什么来着？

云倚风接话："晨。"

名号如此不响亮，更受辱了。

江凌晨破口大骂："快放我回去！"

"凌飞人呢？"季燕然蹲在他面前，和颜悦色，"把他交出来，我便放了你。"

江凌晨道："已经杀了。"

季燕然的眼神陡然变暗。

江凌晨："……"

云倚风在旁插话："九少爷，王爷与三少爷的关系你应当清楚。倘若他当真已遇害，你怕也活不了。还有，若我是你，方才就会说一句'不知道'，这才是既不配合，又想自保的最好回答。而不是赌气应一句'杀了'，反倒主动承认与自己有关。"

这番话说得既像威胁又像逼供，还带有一丝丝嘲讽，于是江凌晨不光是眼睛红，连带着面色也一道红起来。整个人如正在炭火中翻滚的铁球，又烫又炸。

"同一个问题，我不想再问第二遍。"季燕然语调冰冷，站起来居高临下地看着他，"若你现在不想回答，往后也就不必再答了。"

若说江家大少爷的眼神能杀十个人，那萧王殿下至少能杀三百个，还是獠牙森森，满嘴是血，站在窗口露出半个头，能将小娃娃吓出一辈子的阴影的那种。

沙沙的雨停了。

暗室的门也悄无声息地打开了。

江凌飞打了个哈欠，看着眼前的少年，问："怎么，三更半夜一脸腾腾杀气，是要来灭你哥哥的口？"

江凌晨咬牙切齿，侧身让开入口。

季燕然从阴影处走了出来。

江凌飞如释重负："快，快，快，来给我解开。"

季燕然看着他这被铁链绑着的耻辱造型，发自内心地道："你可真有出息。"

极有出息的江门三少，在回到客栈后，先一头钻进浴房，将自己上上下下洗涮了两三回，方才觉得舒坦了些。他吩咐小二沏了壶碧螺春，坐在椅子上，地主老财一般审问江凌晨："老实交代，到底是谁指使你做这一切的？"

江凌晨只怒冲冲地瞪着他，自是不肯回答。

"现如今，九少爷只能选择与我们站在同一边了。"云倚风耐心地分析，"对于幕后那人而言，哪怕他先前当真想重用你，可现在也不得不衡量，究竟值不值得以身犯险。从王爷与三少爷手中抢人，恕我直言，他八成是不会的。"

江凌飞阴阴地威胁："再不配合，我就将你交给大哥。与外人勾结绑架我，觊觎掌门之位，甚至还嚷嚷着要做什么武林盟主，你觉得他会如何处置你？我猜就算命能留住，至少也要被关个三年五年，将浑身的锐气好好磨平，省得放出去闯祸。"

江凌晨双腿发软，全靠少年人的叛逆与死要面子强撑着，但也没能撑多久，因为江凌飞很快又补了一句："不交给大哥也行，那就进宫做太监。反正江家子嗣众多，不怕绝后，宫里好啊，漂亮姐姐个个如花似玉。"他一边说，一边还用眼神顺势往下扫。江凌晨被他盯得毛骨悚然，觉得某个地方正在隐隐生疼，最后终于招架不住，咬牙颤声佯装镇定："我不认识！"

江凌飞做了个咔嚓的手势。

"我真不知道！"江凌晨崩溃地道，"是那些人主动找上门的。"

依照他的供认，对方是一个极神秘的组织，行踪像鬼影子一样飘忽不定，回回出现时，都是隐在夜色中，雇佣暮成雪亦是他们的提议。

季燕然恍然："原来你是被暮成雪绑来的？"如此倒也不算太丢人，毕竟那是江湖第一的杀手。

江凌飞咬牙切齿："他并非我的对手！"

季燕然却不信："那你为何还中了招？"

江凌飞尚在犹豫，究竟是软肋重要，干脆承认技不如人就此敷衍过去，还是面子重要。一旁的江凌晨却已经看出他并不想说，于是嚷道："三哥儿时曾受过内伤，所以每到固定的日子，就要服用药丸疗伤，不可动用半分内力！"

江凌飞后槽牙痒痒，想把一壶碧螺春都浇到这倒霉弟弟的头上，这时候倒想起叫三哥了？

季燕然微微皱眉："当真？"

"是。"江凌飞叹气，"二十多年的老毛病，统共没几个人知道，也不知那伙人是从何处探到的消息，还告诉了这小鬼。"

"下回让梅前辈看看吧。"季燕然并未多加追问。他又将目光投向江凌晨："所以暮成雪是由你出面找的？那伙人从始至终都只接触过你一个人，还有别人见过他们吗？"

江凌晨道："没有，没别人。"

对方说话极具煽动性，不轻不重，恰好够在江家小少爷的心里戳上一把。自幼生活在高高在上的武林世家，周围全是青年才俊，无论走到何处，耳边都是一片赞誉之声，江凌晨难免也就跟着膨胀起来，觉得自己无非是年岁小了些，怎么就不能争掌门了？再长两年，连盟主之位也可出手一搏。

江凌飞听得直叹气——你会不会太好骗了一点儿？

江凌晨道："我只知道这些了。"

"天快亮了，我先送九少爷回去吧。"云倚风站起来，"王爷与江大哥慢慢聊。"

江凌晨意外："你们要放我回去？"

"不然呢？"江凌飞说完又道，"不过回去之后，你自己多小心，身边多带几个人，当心对方上门灭口。"

江凌晨："……"

季燕然不忘警告，小小年纪，往后休得滥杀无辜。

江凌晨如鲠在喉，原打算辩解两句，却又觉得这滥杀无辜、血雨腥风的冷酷形象不算坏，至少比"我想把忠叔打晕了再囚禁起来"要强，便冷漠地哼一声，拂袖气呼呼地去了。

云倚风紧跟在他身后。

两人走在空荡荡的长街上，偶尔遇到更夫与夜路客，往往是江凌晨还没来得及做出反应，人便已经被云倚风拉到了隐蔽处，脚下如同踩着风，飘移无息。

江凌晨先是惊奇："原来风雨门的轻功这般高妙。"说完后再一想，"也对，你们要经常挂上房顶，听人说话。"

云倚风："……"

虽然我确是做这行当，但"江湖大小事，皆入风雨门"，与一天到晚躲在暗处偷窥，听起来还是有很大区别的。一个是运筹帷幄，不动声色，威风凛凛干大事的人，另一个则是变态。

江凌晨对他的印象倒不算差，长相算一个原因，声音算另一个原因。不过这一点儿肤浅的喜欢，很快就被一粒甜到发腻的药丸冲得一干二净。他惊慌失措，使劲抠着嗓子想要吐出来，那鬼东西却已经化开在了舌尖。

"你喂我吃了什么！"江凌晨怒吼未遂，被一指封住哑穴，只留下一句弱如秋蝉，含糊不清的"呜呜哼哼"。

云倚风解释："风雨门的毒药，不过小少爷不必担心，只要你往后乖乖待在家中，别出来捣乱，我自会按时奉上解药。"

江凌晨胸口剧烈地起伏，恶狠狠地与他对视。

十五岁的骄纵少爷，还未来得及踏入江湖，便先被江湖结结实实地上了一课。

云倚风回到客栈时，天已蒙蒙发亮。江凌飞正在吃饭，桌上摆着猪蹄、排骨、盐水鸭，活活将早饭吃出了宫廷盛宴的架势。季燕然坐在一旁，端着一盏茶，目光半是嫌弃，半是同情。

被全武林奉为天之骄子的江家三少，自西北一路南下，原本是为了替家族收拾烂摊子，带着满肩责任与使命。结果万万没想到，人刚走到半路，连丹枫城的边都没摸到，就被家里十几岁的弟弟联合外人雇的杀手一棒子敲晕了，还被用手腕粗的铁链子锁在了暗室中，饱饭都没吃过一顿。

若传出去，非但"后起之秀"的名号保不住，怕是还要成为江湖笑柄。

季燕然替他夹了根鸭腿，感慨："萧王府的脸面都被你丢尽了。"

江凌飞道："有人小时候尿完床还想烧被子，险些点燃了半座甘武殿，倒是挺光宗耀祖。"

季燕然单手一拍桌，将酒杯从他面前震开："这顿饭的银子你自己结。"

"自己结就自己结。"江凌飞放下筷子，"云门主，我这里有笔生意，想请风雨门帮忙。"

云倚风笑着坐在他对面："什么生意？"

江凌飞道："帮我找到暮成雪，越快越好。"

季燕然在旁皱眉："他一个杀手，向来只收钱办事，你不找雇主，找他干什么？"

提起这茬，江凌飞怒不可遏："他牵走了我的小红！"

当初自己在暗室中苏醒，判断完局势，得知罪魁祸首是倒霉弟

226

弟后，很快便冷静下来，紧接着就是找"老相好"。

江凌晨不耐烦地道："送给暮成雪了。"

其实杀手还是很有职业素养的，将江凌飞连人带马带包袱，一起送到雇主手里。

结果江凌晨只收了人和包袱。这么大一匹马，要藏到哪里？赶紧牵走！

暮成雪面色清冷地应一句，牵过马，走了。

江凌飞咬牙切齿："那个小兔崽子！"

云倚风拍拍他的肩膀，想起自己那又胖又软又能吃的貂，相当感同身受。

"这笔生意，风雨门接了。"

"老相好"有人帮忙找，其余事情却还要亲力亲为。江凌飞长出一口气，刚打算说话，季燕然便开口打发："你吃完饭自己回家。"

江凌飞："……"

季燕然看他一眼："怎么，难不成现在你能分析出个四五六七？"

江三少一阵胸闷，不能。一直被关在那黑漆漆的暗室中，与外界唯一的联系，只有一个骄纵易怒、野心勃勃、受人摆布的弟弟，对方所说的话究竟是真是假，是虚是实，至少也该先去家中看看。

"凡事小心。"季燕然提醒，"现如今的江家，怕是没一个人欢迎你。"

江凌飞长叹一口气："也罢，那我晚上再来。"

待他离开客栈后，云倚风猜测："江大哥幼时曾受过伤，要定期服药，这秘密连你我都不知道，幕后那伙人为何会知悉，莫非与江家的长辈有勾连……江南震？"

"的确，江家长辈嫌疑最大。"季燕然替他盛粥，"先别说这些了，昨晚又辛苦一夜，先吃两口，再好好睡一觉。"

云倚风将手擦干净，随口说道："也不知江家目前到底是何局势。"

季燕然亦是皱眉，他原以为江凌飞有足够的能力应付这一切，并没打算留下帮忙，只想着路过时顺便看一眼，便带云倚风继续前行，去那烟雨蒙蒙的江南小城。可事实明晃晃地摆在台面上，倘若两人回了王城，或者绕过丹枫城选择另一条路，只怕江凌飞还要将院中睡莲盯上好几个月。

"江大哥若有需要，我们自然不能袖手旁观。没事的。"

季燕然点头："先听听他晚上回来怎么说。"

"等会儿我写封书信给清月，无论如何，至少先替他将小红寻回来。"

季燕然提出疑问："暮成雪会舍得给吗？"

毕竟已经有了"前貂之鉴"。

云倚风心想，那这杀手可就太过分了，正好趁机打一架。

江凌飞敲开了江家山庄的门。

大管家算是江凌旭的人，他原本信心满满，只等五月之后荣升新任"掌门心腹"。不料一直在外游荡不归家的三少爷，冷不丁就出现在了眼前。这个时间回来，目的简直是写在脸上的，连猜测都省了。

于是他便挤出一个比哭还要难看的笑："三少爷要回来，怎么也不提前打个招呼？快些进来。"

"伯父的身体怎么样了？"江凌飞问。

大管家叹气："可不大好，这几日连水米都不进了。"

虽说江凌飞与这个伯父并无多少感情，但也算从小受其庇护。站在晚辈的立场，江凌飞还是挺希望他能活上七八十岁的。主院已经被护卫围了个水泄不通，连只苍蝇都飞不进去，说是五爷与大少爷皆有命令，若无许可，谁都不许踏入一步。

江凌飞冷笑，这二人怕也只有在这种时候，才能达成一致了。

"闪开！"他半剑出鞘，剑柄处的骷髅雕刻透出狰狞的玄光，白天看起来也恐怖森然。

江家的人，都见识过这把鬼首剑的威力，更惧怕冷面冷血的三少爷。护卫们面面相觑，虽未让路，却也没人敢再阻拦了，只站在原地，目送他进去，又派人去向江凌旭报信。

江南斗正躺在那张巨大的红木床上，呼吸平稳。江凌飞故意将脚步声放得重了些，对方却依然没有一丝反应，依旧沉沉地睡着，面上是不正常的青黑。

江家掌门练功时走火入魔的传闻，看来不假。

他的脉象亦紊乱虚浮，伤得不轻。

昔日叱咤风云的家主，名震江湖的大侠，人人敬畏的伯父，突然间就成了孱弱垂危的白发老人，浑身浮肿僵硬，叫人不忍心看。江凌飞坐在他旁边，心里颇不是滋味。

院外传来脚步声，门帘被人掀开，透进一股夹杂着雨丝的凉风。

江凌飞站起来："大哥。"

"快坐。"江凌旭按住他的肩膀，"昨日萧王殿下来家中，我就猜到你这两天要回来。"

"伯父到底是怎么回事？"江凌飞往床上看了一眼。

"闭关时被人闯入，受了重伤。"江凌旭道，"被仆人发现时，身边的血迹都快干了，好不容易才救回一条命。"

江南斗闭关的地方是一处石洞，除有弟子驻守，更设有层层机关、暗哨，说成铜墙铁壁亦不为过，对方却大摇大摆地闯入，打伤人后，还能悄无声息地离开，听上去简直匪夷所思。

江凌旭主动道："家中出了叛徒。"

至于谁才是江家的叛徒，江凌旭道："几位叔父正在仔细排查，尚未得出结果。"

江凌飞没有接话。距离江南斗走火入魔，少说也已过去了大半年，至今仍一无所获，也不知究竟是查案的人太废物，还是压根儿就没想着要好好去查，只等着迎接新掌门。

江湖里门派众多，野心勃勃的人也不少，几乎每隔几月就会传开一个"争夺掌门之位"的故事，父子、兄弟、师徒，都能为那一点儿权力斗个你死我活。这种戏码上演多了，看客慢慢也就琢磨出了一个共性，倘若旧掌门离奇遇害，也不必费劲去找凶手，只消看看下一任掌门人是谁，十有八九跑不脱关系。

江凌旭显然也清楚这一点，见江凌飞似是面色不悦，便道："昨日我见到萧王殿下与云门主，听闻葛藤部族已被驱逐，西北长乐安宁，想来军中也不忙了。既如此，三弟不如在家中多住几天，正好也能帮忙查一查凶徒。"

江凌飞道："伯父重伤昏迷，一时片刻看来是不会好了。掌门之位虚悬，家中难免人心惶惶，其余门派也容易趁乱而入，不知大哥与几位叔父是如何打算的？"

没料到他会问得如此单刀直入，江凌旭短暂地犹豫一瞬，方才答道："先前已派人前去迷踪岛请鬼刺神医，伯父也未必就不能醒转。现如今家中的事情有我与五叔看顾，勉强也能撑下来，倒不着急推选新任掌门。"

江凌飞点点头："如此也行，那我便先回去歇着了。"

他所居的院落名叫"烟月纱"，位于江府宅院最西侧。原是后厨用来杀猪宰牛的地方，成日里血流成河，人人都嫌晦气，三少爷却偏偏相中了，在上头盖了新的宅院，挖了处小池，栽了杨柳，养好锦鲤。夜夜皆有月华笼轻纱，清静逍遥得很。

江凌飞一路往回走，一路不停"巧遇"各位叔伯婶娘、兄弟姐妹，众人都是在听到消息后，匆匆忙忙跑出来一探究竟的。虽说面上笑得热情亲切，但就如季燕然所言，偌大一座山庄，却无几人是发自内心地欢迎这位三少爷。相比而言，反倒是那用铁链子搞绑架的暴躁江小九，要更真诚讨喜一些。

以及，还有另一个比较讨喜的。

江凌飞刚回烟月纱，还没等坐稳，一个人就笑着走了进来："三少爷！"

对方是位丰腴可爱的姑娘，面庞圆润，鼻头更圆润，笑起来两条眼睛眯成弯月，名字便叫月圆圆。会烧饭，会弹琴，还会绣花、杀猪，打架也是一把好手，挺全能。

"我现在不做厨娘了。"她说，"改去雅乐居抚琴了。"

江凌飞示意她坐下："给我讲讲，家里现在到底是什么情况？"

对，这位月圆圆姑娘，还是三少爷在江府中的一双眼睛，负责搞一些小小的情报工作，也不必写信，全部记在心里，待下回见面时，说给他听便是。

"掌门走火入魔那日，守卫全是五爷的人。"月圆圆果然不含糊，张口就是重大事件，"所以大家都在猜，这一定是大少爷做的。为了栽赃嫁祸，也为了洗清嫌疑。"

江凌飞不解："伯父闭关是大事，向来是由心腹弟子看顾阵门，为何会突然变成五叔的人？"

"刚开始的时候，的确是由万木亲自率人把守的，但那天他们突然就都吃坏了肚子，不管是当值的还是没当值的，全部排着队往茅房跑。五爷听到消息后，就亲自带弟子过来守卫，还差人赶快去请大少爷，结果大少爷迟迟没到。掌门当晚就出事了。"

而江凌旭之所以"迟迟没到"，理由也很牵强，据说是出城去踏雪了。丹枫城能有什么雪，顶多山顶上挑一圈白，林子里又湿又冷，半分看头都没有，看街头卖大力丸的表演也比看雪有趣。

"除了大哥与五叔，还有别的嫌疑人吗？"江凌飞继续问。

月圆圆迟疑，除了五爷与大少爷，掌门的位置也轮不到其他人头上啊，干吗要费这般力气？

江凌飞叹气。

月圆圆觉得自己这情报工作做得不是很好，便补偿道："三少爷，我去给你蒸一碗珍珠圆子吧，再弄一碗芋头蹄髈。"

江凌飞对芋头蹄髈无甚兴趣，继续问："那关于端午节时的掌门选举呢，可有此事？"

"哦，这只是江湖传闻罢了，还没定下来。五爷与大少爷现在每人管一半家事，谁也吞不下谁，与其硬争掌门之位，倒不如先相安无事地处着。但他们一定不会想到三少爷会突然回家，这样一来，局面怕是又要变了。"

月圆圆把声音放低一些："少爷，您可千万要小心啊，或许他们两个人会联起手来，先对付我们也说不定。"

江凌飞点头："言之有理。"

他又道："行了，你去做蹄髈与珍珠圆子吧。稍晚一些派人去东来客栈，请萧王与云门主过来吃饭。"

一听到风雨门门主要来做客，月圆圆立刻就更高兴了一些。毕竟，风雨门是江湖第一情报楼，而自己在江家搞的也是情报工作，勉强能称上是同行。而晚宴时分，当她亲眼见到同行，发现对方还是一位俊俏的白衣公子后，一双弯弯如月的眼睛，就笑得越发可爱喜庆了。

酒是好酒，菜是好菜，就是四周太过空旷了些，于是云倚风自告奋勇："不如我来替诸位抚琴助兴。"

季燕然与江凌飞放下筷子，异口同声地道："大可不必！"

云倚风奇怪："为何不必？"

季燕然说："江掌门还在床上躺着，此时抚琴，不合适。"

这话也对，云倚风歉意地道："是我疏忽了。"

江凌飞将月圆圆与其他下人都屏退，只剩了一桌菜肴、几盏昏烛。伴着窗外的沙沙夜雨，三人围坐在桌旁，虽吃不出什么热闹的气氛，但幸好，酒不错。

云倚风替两人添满玉盏："江大哥有何打算？"

"至少要查出伯父是被谁所害。"江凌飞道，"我原是不想当什么掌门的，但这一家子的魑魅魍魉，也该有个人好好管一管。否则落在那两人手中，江家的百年基业怕是要毁于一旦。"

云倚风继续问："那可有什么事，需要我与王爷去做？"

"我就是为了说这个。"江凌飞道，"你们明日便离开丹枫城吧，江南此时风景正好，错过可惜。"

季燕然试探："当真不需要我们留下？"

江凌飞与他碰了碰酒杯："收拾这群人，我绰绰有余，不必担心。"

季燕然道："在昨夜之前，我也确实这么认为。但怎么说呢，铁链还是我亲手替你解的。"

江凌飞却颇为坚持，在吃完饭后，又叫来月圆圆，让她带着云倚风到处逛逛，再去雅乐居看看那几把好琴。

月圆圆对这份差事很喜欢，她带着云倚风在花园里慢慢走，又问："三少爷是故意将我们支开，他是有话要同王爷说吧？"

云倚风道："姑娘果真聪明，但我莫名其妙就被支开了，心情不是很好。"

"哎呀，或许是，是……你是风雨门门主嘛！"月圆圆想了个理由安慰他，"秘密在风雨门就是货物，货物人人都能买，所以三少爷不是要避开你，而是要避开风雨门门主。"

云倚风被她逗乐，便问："江家人人都怕三少爷，你却与他如此亲近，平日里不怕被人欺负？"

月圆圆纠正："就是因为与三少爷亲近，才没人敢欺负我。"

毕竟谁也不想好端端的突然就招惹上一尊鬼首煞神，况且月圆圆也的确只是个普通姑娘，对任何人都没威胁，也没本事探听到重要情报。万一将她杀了，江凌飞又安插一个更厉害的眼线呢？反倒不如这个丫头省心，平时收集一些鸡毛蒜皮的事情，能哄住三少爷就行。

她一边说着，一边带着云倚风去雅乐居玩了。

而在烟月纱中，江凌飞道："说实话，我这里的确棘手，也的确有一堆毫无头绪的事情。但云门主心心念念要去江南，眼看着江南就在不远处，你还是别在丹枫城中耽搁了，尽快出发吧。"

季燕然没说话，只仰头饮尽盏中酒。

江凌飞拍拍他的肩膀，也陪着喝了一盏。

没找到血灵芝，对所有人而言，都是压在心里的一块巨石。不提不代表没事发生，有心情说笑，也不代表当真就能这么轻轻松松地蒙混过关，那是渗进骨髓与筋脉里的毒，容不得任何疏忽。

"我将秦桑城的五千精兵留给你。"季燕然递给他半枚兵符，"另半枚在驻军统领秦威手中，他见到这个，自会听你差遣。"

江凌飞摇头，将兵符推回去："江湖事，朝廷还是别插手了。江家虽人人看我不顺眼，但他们之间也并非团结如钢板，反倒如一个漏水的筛子，戳一下，便能出个大窟窿。我知道该怎么做。"

况且自己也并非孤家寡人，硬要找帮手，还是能找到一个的。

江凌晨刚睡下没多久，就被丫鬟叫醒，说是三少爷有请，还派了一顶阔气的轿子来。

"……"

从九少爷的住处到烟月纱，距离虽说不算近，但也实在没远到需要坐轿的程度。江凌晨一边被下人伺候着穿衣服，一边恨得直咬牙，他当然能猜到对方的目的。这明晃晃的大轿子一坐，不用等到天明，江府上上下下、男女老幼，怕是都会将自己看成三哥的人了。

江凌飞放下酒杯，看着门口怒发冲冠的少年，淡淡地道："明日，我教你两招。"

江凌晨没说话，但很明显，方才快要顶出天灵盖的火气，现在已经落到了脖颈儿。

而当江凌飞从房中取出那把鼎鼎有名的白鹭剑，说是见面礼时，少年终于不甘不愿地开口："你想要我做什么？"

雅乐居中，月圆圆正在一把一把地给云倚风展示家中的好琴。江湖世家，除了有钱有势，也得有琴有诗，否则不就成了只会蛮力的武夫？还是需要风雅风流一些，所以琴还真不少。

云倚风听得糊涂了，道："姑娘不是厨娘吗？怎么说起琴来也头头是道。"

"我都会。"月圆圆自得，"煮饭和弹琴，还有缝衣服、绣花、比武、念书。"

云倚风发自内心地夸赞："那姑娘可比我厉害多了，我只懂习武、念书，煮饭、缝衣服、绣花皆不会，不过曲子倒是会弹几首。"

他一边说，一边将指尖压过琴弦，强压住要拨弄一把的兴致，又将目光投向别处："咦，那是什么？"

夺命

第五章

月圆圆顺着他的目光看过去，道："那些啊，那些都是淘汰的旧琴，还有一些别的东西，箫啊、笛子啊。准备过两天一起拉到后山烧掉的。"

好端端的笛箫，有些只是被虫蛀了雕花，或者漆面脱落，再或者只是年岁久了一些，受潮后，音不准了，便要被一把火点燃，未免太过可惜。云倚风用手指轻轻拨了拨面前的琴，声音如变了调的沙哑白鹊，便道："这是'鹊鸣'吧？当年也曾哄抬成天价，尤其是在秦淮河畔，想听美人抚鹊鸣，是要豪掷千金的，现如今只是弦松了，却要被当成柴火来烧。也不知当年那位视琴如命的金陵第一美人，倘若闻听此事，心里会是何滋味。"

月圆圆没有去过金陵，也想象不出秦淮两畔究竟有多繁华旖旎，但是可以问一问："第一美人是歌姬吗？她有多美呀？"说完又在心里想，我觉得云门主你就很好看呀！像神仙一样好看，不食人间烟火，眉眼皆如画，白衣似杨花。

云倚风笑着说："嗯，我也没见过她，但一定不如圆圆姑娘可爱、有趣。"

月圆圆被夸得不好意思起来，便红着脸转移话题："云门主若觉得这些琴烧了可惜，不如我去央三少爷，让他从库房拨一些银子来修吧。这都是小事，少爷们只用说一句话就成了，不会添麻烦。"

想着季燕然与江凌飞或许还要再聊上一阵子，云倚风便点头："好呀，那我们便一起来挑一挑，看哪些琴能留下，正好用来消磨时间。"

月圆圆替两人端来了小板凳，又取了笔和纸，挺像那么回事。

门外闪过一道黑影，速度极快。

云倚风手下一顿，眉头微微皱起。

月圆圆挽起袖子，一边搬琴一边道："哦，他们是府里的家丁，应当是来看看我们正在做什么，好回去向大少爷禀报，不用管。"

云倚风心里诧异："原来你功夫这么好？"

"也就勉勉强强啦。"月圆圆随便谦虚了一下，又得意地道，"我自幼就功夫好，三少爷也暗中教过我一些，打十几个男人还是没问题的。"

并且她力气也挺大，一把长三尺六寸五的桐木琴，不费吹灰之力就能从高处拿下。两个人一个搬一个选，配合得相当无间。

而先前屋外那黑影，果然是去了江凌旭的住处。家中来了不速之客，身为江家的掌事人，他自然得知道对方正在做什么。若一直待在烟月纱也就罢了，可借着夜色去雅乐居，一把一把翻捡旧琴，这……

江凌旭有些摸不着头脑，心里难免惶惶。他对丝竹管弦毫无兴趣，平日里是连雅乐居的门也不会进的，自然猜不到对方的目的。

难道是要去找什么东西？

月圆圆一口气搬了十七八把琴，擦了把额上的细汗，笑着对云倚风说："大少爷要是知道我们半夜三更来刨琴，肯定还以为我们是在找什么重要线索呢，要吓坏了。"

云倚风活动了一下筋骨，看着另一侧码放整齐的旧琴，觉得挺有几分修复古物、触摸往事的绵长岁月感。他继续拿起干净的抹布，用手指敲了敲琴头："咦，这一把倒是样子独特，先前从未见过。"

月圆圆闻言从高处跳下来，帮着把浮灰抹去，的确不是常见的样式。似乎是在古时桐木琴的基础上，又做了些许改进，改得有些稀奇古怪，不像是大梁的风格。云倚风将琴弦上紧，试着轻轻一拨，余韵旷远悠长。

月圆圆欣喜道："更好听了，也更厚重了些，像是……像是琴师正在思念着谁。"

云倚风称赞："姑娘好耳力，也好心思。"

两人都挺喜欢这把改制后的琴，便合力将它搬到明亮处，打算再仔细检查一遍，可这一检查，云倚风却愣了。

在琴面的一侧，刻着小小的几行字，并非一般的字，而与那封塞在自己襁褓中的书信一样，是卢广原独创的军中暗语。刀工娟秀，行云流水，写着："瞻彼日月，悠悠我思。道之云远，曷云能来？"

月圆圆推推他："云门主，云门主？你怎么不说话了？"

云倚风猛然回神，手心有些薄汗。他先前无论如何也不会想到，竟会在江家看到与卢广原有关的东西，便问："这把琴是从哪里来的，能查到吗？"

"应当不能了吧。"月圆圆检查了一下，"家中的琴，大多都是五爷先前买的，珍贵的、值钱的都要打上江家的标记，有标记的才会被记录在册。但这把琴上什么都没有，应当是某天被随随便便带回来的，又或者是旁人送的，不讨喜就放在柜里落灰了。江家的琴太多，这把看着又有了年岁，只能尽量问一问。"

两人正说着话，季燕然与江凌飞找了过来，说外头在落雨，怕他着凉。

"嚯，这满屋子的狼藉，雅乐居何时改成了杂货铺子？"江凌飞看着满脸灰的月圆圆，"你这丫头，该不会是带着我的朋友，在帮忙洒水扫地吧？"

"我们正翻找旧琴呢，云门主说烧了可惜。三少爷，您拨点银子给雅乐居吧！"月圆圆拍拍面前的改制琴，"喏，这一把的声音可好听了，修好之后，我天天给您弹。"

季燕然轻声问云倚风："怎么了？脸色这么白。"

"这把琴……像是有些问题。"云倚风指着那行雕刻，江凌飞也一道凑过来。他是学过这些符号文字的，也经常用这些符号文字同季燕然你来我往地传递军情，所以此时一眼就认了出来，难免跟着愣住："不是吧？"

雅乐居四面透风，不是一个密谈的好地方，所以琴被暂时搬到了烟月纱。月圆圆见他三人都对那稀奇古怪的雕刻有兴趣，意识到事关重大，便先告退，离开了。季燕然问："你家怎么会出现这种东西？"

江凌飞一头雾水："家中爱琴的只有五叔了，难不成他还同卢将军有交情？"

江家在江湖中屹立百年，江南震年轻时也算鲜衣怒马的世家公子，会与朝廷里威武大将军有来往，互相送些礼物，倒不算太稀奇。但这琴上刻的字实在不像，饱含思念与绵绵怨恨，卢将军若搞这么一把琴来当礼物，只怕年轻时的江五爷连眼珠子都要惊飞。

更何况，卢家的破败，是与黑沙城战败紧密相连的。在那之前的很长一段时间里，大梁人人都以能结识卢广原为荣，江南震又是个很爱面子的人。倘若两人真有几分交情，不敲锣打鼓挂牌匾已经算是克制内敛，无论如何也不该藏着、掖着。

云倚风道："'瞻彼日月，悠悠我思'。这把琴倒像是出自当年的谢家千金，丞相小姐谢含烟。"

家族没落、父兄皆亡，情人又远在天边征战，心中如何能不思、不怨、不恨、不悔？

"这琴的样式被改过。"江凌飞摩挲着琴面，"当初我们推测，谢小姐在被周九霄救出后，极有可能是去了西南，投奔野马部族，才会有后来蒲昌先锋的临终叮嘱，让罗氏母子南下寻亲。我对乐器知之甚少，这改制后的古琴里，有没有西南的影子？"

云倚风明白他的意思。若这琴与西南有关，那就极有可能是谢含烟在抵达野马部族后，仍与江家有联系，或许还曾经来做过客，才会将自己的琴落在山庄里，后又被收到了雅乐居。

"这可真是……"江凌飞拍拍脑门，"早知如此，当初就该嘴甜一些，多拉拢几个姑婆婶婶。现在倒好，想问一些当年事都无人可寻。"

江湖门派，突然就与朝廷有了关系，与云倚风的身世有了关系，显然出乎所有人的预料。

江凌飞及时警告："先说好，无论谢家是不是反贼，无论谢小姐来这里做过什么，在查明真相之前，你都不准告诉皇上。"

"皇兄也没想过要追究故人往事，还打算将卢将军所编的战谱装订成册，供所有武将研习。"季燕然道，"若我们的云门主不想继续查，我其实也没兴趣。就算你江家当年真的想反……"

江凌飞道："呸呸呸！"

季燕然笑："若你想保住江家，现在看来只有一条路可走。无论江南斗前辈能不能好转，你都要将掌门之位拿到手中，好让我安心。"

江凌飞与他击掌："成交。"

天色已晚，再回客栈未免太过折腾，两人便歇在了烟月纱。

改制琴被放在桌上，擦得干干净净，几处漆斑驳脱落，像在无声地叙述着一段岁月。

瞻彼日月，悠悠我思。道之云远，曷云能来？

云倚风散开长发，坐在桌边，看着琴出神。窗檐下几盏灯火微微摇曳着，透过纱绢窗棂铺洒在地，更添暗淡昏黄。

季燕然站在一旁："若你实在想知道往事，不如交给凌飞去查吧。"

云倚风道："也好，那我们呢？"

"我们继续南下，去你最喜欢的那座城。"季燕然握着他的肩膀，"江家的事情，你就不必再烦心操劳了。听说此时江南风景正如画，和风细雨沾银草，我们好好去将逍遥日子过个够。何时你腻了，若凌飞还没有处理好这里的事，我们再过来帮忙亦不迟。"

云倚风想了想："那江大哥怕是等不回我们了。"

季燕然闻言皱眉："不准胡说！"

"啊？"云倚风一愣，过了片刻才反应过来解释，"我是说，在江南小城是不会腻的。"如何会舍得离开，日日伴着朦胧烟雨，看远山、听琴音，自然就顾不上来江家帮忙了。

没料到他是这个意思，季燕然无言："我……"

"我懂。那我们明日就去江南。"

翌日清晨，季燕然与云倚风便离开了山庄。整座丹枫城都能算作江家地盘，自然有人及时向江凌旭汇报了两人的动向，说是回客栈休息片刻后，又吃过午饭，便出城了，是三少爷亲自送出去的。

"那凌飞呢？"江凌旭问，他昨晚一夜没睡，现在头昏脑涨得厉害。

下人答道，三少爷送完客人后，就独自回来了，此时正在烟月纱中小憩。

"大少爷，我们可要暗中盯着萧王？"

江凌旭闻言陷入犹豫，季燕然身份特殊，他不得不多留几分心，而身旁那个风雨门门主，也是个能通天晓地的主儿。盯这二人的梢，能不能成功是一回事。若被发现，岂不是白白惹来一身臊？

但在这种时候，任何一个小小的异常，都有可能引起掌门之位的变化，他又不得不防。

思酌片刻后，江凌旭叫过下属，在他耳边低语几句。

与此同时，云倚风正在问："你说我们这一进一出，会不会让那位江家大少爷坐立难安？"

季燕然道："有可能。"

先是跑去别人家中，翻旧琴翻到半夜三更，然后又匆匆出城，一路策马向南。不管怎么看，这没头没尾的举措，都很像是一场有预谋、有目的秘密行动。时间还安排得挺紧凑，与掌门之争的风声鹤唳颇为相配。

云倚风笑道："谁会想到，我们就真的只是想修修旧琴，赏赏

243

江南呢。"

纷争太多，人心便也跟着复杂了。再听不懂松沉悠远的琴，看不明日出江花的景，白白辜负这明媚盛夏、大好光景。

天高气爽，飞霜蛟的脚步亦轻快不少，再不似在西北时紧绷如弓弦，四蹄没入碧绿浅草中，留一路缤纷的花香。

苍翠城，苍翠城啊，这个时节，白墙黑瓦的小城已经被雨丝浸透了。小巷幽深曲折，青石板上生出细细的苔藓。若不小心踩到，便会滑一个趔趄，压断墙角一片黄白相间的野花，惊飞翩翩蝴蝶。

若是让酸兮兮的文人来写这一幕，便会说成"于夏意微醺时，跷腿独眠繁花丛中，醒时满袖红泥，满目落英"。至于摔倒时疼不疼，有没有啃一嘴泥，那是一定不会写的。广袖带风的大才子，怎么能承认自己摔了个大马趴呢？

但其实还挺疼的，即便是武功高强如云门主，也难免龇牙咧嘴，捂着膝盖坐在一堆飞红残花中，眼泪都要飙出来。

季燕然只去问了个路，回来就见他摔得一身狼狈，旁边还站了个娇滴滴的小姐，正在含羞带怯地命丫鬟去将公子扶起来。江南水土养人，漂亮姑娘自然多，眼睛大，皮肤又白。

季燕然靠在墙上，微微挑眉。

云倚风笑着说："我朋友来了。"

小姐与丫鬟一道看过来，心想，这个朋友也好生英武呀，像是戏文里的大将军。

季燕然扶着云倚风，道谢后一起离开。

小姐恋恋不舍地盯着两人背影，直到再也看不见了，方才收回目光。

丫鬟说："呀！这花上怎么有血？"

白色花瓣上猩红点点，被风吹得滑出一道道细痕，滴落在地，连泥土也是褐的。小姐也被吓了一跳，不敢多待了，匆匆忙忙跑回家中。

季燕然在苍翠城里买了处宅子。

选在最安静的巷道深处，院中一株繁茂的大树，蓬勃的绿冠上，落满了叽叽喳喳的鸟雀。日头被云雾一遮，被树一遮，被窗纱一遮，落在屋里时，就只剩下很淡的一层金色，冬天是肯定不会暖的，但夏天是真凉。四五月的天气，夜晚歇息时还要盖厚被。

云倚风睡得舒服极了，日上三竿仍不愿起床，最后还是邻居送来一锅喷香的粽子，方才将他骗出卧房。

季燕然道："原打算弄些粽叶糯米回来，与你一起包。"

云倚风吃惊地想，是谁给了你这种勇气？

"江大哥那头怎么样了？"他将手洗干净，帮着取出碗盘，"端午将至，按照江湖传闻，江家该推选新掌门了。"

"没问，不过我猜这掌门的推选八成要延后，否则凌飞多少也该送来一封书信。"季燕然手里忙活着，"赤霄有下落吗？"

"嗯，有。"云倚风捡了根排骨吃，"暮成雪本就有良驹'飞鹤'，比赤霄跑得还要快些。他又总是四处漂泊，牵着小红不方便，便将它寄养在了洛城羽家，我已经命清月去讹，不是，去讨要了。"

照此来说，只要貂再长大一点儿，吃胖一点儿，胖到影响杀手行动，不得不寄养时……嗯，挺好。

粽子有甜有咸，甜的加红枣，咸的是蛋黄腊肉。

隔壁婶子挺喜欢云倚风，所以肉也加得格外多，吃一口不够，吃一个腻得慌，各分一半刚刚好。

酒里也浸了青梅，酸酸涩涩。院中开着满架蔷薇，有诗云，"绿树浓阴夏日长"。

粗略一算，两人已在这座小城里住了十余天。

云倚风心想，够了。

曾无数次出现在梦里的江南水乡，这回终于被切实地握在了手中。有这半月的恬淡静谧，竹露荷香，此生也能勉强算得再无遗憾。

吃罢粽子，云倚风将碗盘收进厨房，而后便虚情假意地道："我洗，我洗。"

季燕然道："好。"

云倚风："……"

季燕然笑了："去屋里歇着吧，我收拾好便带你出去逛。"

这二人没有请丫鬟、仆役，像洗碗这种重大家事，理所当然就落在了萧王殿下头上。其实云门主也是洗过一回的，但他那天一共洗了八个盘子，八个都磕出了三角豁口，次日摆在桌上时，宛如丐帮设宴。

云倚风道："哎呀。"

季燕然道："你故意的。"

云倚风矢口否认："没有，没有。"

而现在，萧王殿下已经能很熟练地洗碗了。

云倚风在屋里泡好碧螺春，又取出了纸和笔，先随便抄了几首前人旧诗，堆放在桌上做遮掩，而后才叹一口气，盘算着要写些什么……叮嘱。

虽无遗憾，但他还是有许多牵挂的。比如说清月和灵星儿的婚事，按照自己目前的状况，怕也回不了春霖城了，便提笔唠叨嘱咐。

清月啊，你不能亏待星儿，她已经被我惯坏了，将来你也要继续惯着，让她一直这么骄纵可爱。有朝一日，你们生了孩子，千万记得告诉为师。至于风雨门呢，你想发扬光大也好，想继续低调隐于山间也好，都行。但若你想发扬光大，便需要同江家搞好关系，我琢磨着黎青海的武林盟主也做不久。他那个人，上位全靠年龄与资历，新一批的后起之秀一起来，就没那老头儿什么事了，所以你不必费心笼络。

又写，星儿啊，我实在想不出来，你将来为人妻、为人母，会是什么样子。若生个漂亮女儿呢，宠一些就宠一些了；倘若生了儿子，还是要严厉一点儿的，不然会变成混世魔王。

云倚风单手撑着腮帮子，继续冥思苦想。在风雨门时，他虽为掌门，但却是个散漫随性的掌门，说出的话经常将下属气个半死，连吃药都要靠大徒弟满山追。所以此时一旦慈祥深沉起来，就憋得很费劲了。

但费劲归费劲，要说的话还真不少，除了清月与灵星儿，还有王城里的老吴与老太妃，宫里的惠太妃、平乐王、江三少、梅前辈、李璟，连逍遥山庄的甘勇前辈与章台庄的章铭大哥，所有曾对自己好过的人，他都想一一道别。

而最不舍的，自然就是……云倚风手下一顿，拖出粗粗一团墨痕来。光是想一想，要亲笔写一封遗书给他，便觉得心中酸胀，如有一把泡了醋的小刀，正细细地割下一片又一片的肉来，疼得整个人都傻了。

季燕然刚将一筐黄杏洗干净，就见一道白影飘了出去。

"干什么去？"

"我去买点儿熏鱼！"

声音挺大，惹得街坊邻居都笑了，都说那位白衣公子看着不食烟火，可当真是爱吃鱼和肉，又一天到晚懒洋洋的，像只富贵人家养的雪白波斯猫。

云倚风一路出了城，跑得有些跌跌撞撞，最后几乎是撞开了面前的半扇木门。

梅竹松正在院中晒药草，被这轰的一声吓了一跳，又被满头细汗的云倚风吓了一跳。

"这是怎么了？"他赶紧将人扶到桌边坐下。

"心口疼。"云倚风唇色发白，强撑着问，"是毒入心脉了吗？"

梅竹松握住他的手腕，试了片刻后道："我先替你扎两针，你歇一阵会好许多。"

云倚风点点头，又问："我还有多久？"

梅竹松心下不忍，却也不能再瞒，便道："……月余。"

云倚风沉默许久，说："嗯。"

又说："多谢前辈。"

银针刺入穴位，浑身果真舒服了许多。云倚风趴在松软的榻上，昏昏沉沉地睡了一觉，醒来时，外头已是漫天夕阳，金的红的拧在一起，壮阔恢宏。

季燕然正守在床边，身形逆着光，看不清脸上是何表情。

云倚风："……"

"我饿了。"兵法怎么说来着，先发制人。

季燕然问："舒服些了吗？"

"好多了。"云倚风笑，扯住他的衣袖，"走，我们去吃小酒馆，不带梅前辈。"

小酒馆不小，是城里最大的一座酒楼，这里的熏鱼很好吃，鸭肉也不错。两串红灯笼挂在围栏外，被风吹得晃晃悠悠，温情脉脉。

云倚风翻看菜牌，时不时问小二几句："今日有没有新鲜的白虾，有没有新鲜的莼菜。哦，最后一筐河虾刚刚被王老爷点走了啊，那你去厨房看看上没上菜，若是还没送走，就偷偷给我端来。放心，王老爷没我有钱。"

小二被逗得直乐，也配合地压低声音："行，我这就去给公子瞧瞧。"

他说完转身，还没来得及下楼呢，旁边桌却已经有人站了起来，朗声笑道："云门主想吃虾，只消说一声便是，我这儿恰好有一盘，刚刚才端上来，若不嫌弃——"

云倚风打断他，诚心实意地道："还是有些嫌弃的。"

来人正是在江湖上赫赫有名的江五叔，江南震大侠。

既赫赫有名，那平日里自是听惯了吹捧与奉承，像这种"纡尊降贵主动攀附，却被对方当众拒绝"的尴尬经历，自是从未有过的。更别提云倚风于他而言，还只能算作晚辈中的晚辈，面子上更加挂不住。

"云门主同我胡闹惯了，口无遮掩，江五爷莫要见怪。"季燕然打圆场，"怎么，这是恰好路过苍翠城？"

江南震摇头："我是专程来找王爷与云门主的。"

也对，这苍翠城只是座朴素的小城，并非交通要道，更没有出名的江湖大门派，像江南震这种日理万机的大忙人，的确不该闲来无事"恰好路过"。

但专程来找，就更令人头疼了。

云倚风长吁短叹地想，怎么说呢，此生还真是没清静逍遥的命。

一群不速之客坐在对面，哪怕白虾和莼菜火腿汤再鲜美，这顿饭也没了乐趣。

云倚风一边吃虾，一边慢条斯理地道："王爷与我此番南下，只为游山玩水，不想过多惊扰旁人，所以沿途连官家驿站都避开了，尤其是从丹枫城到苍翠城的这段路，更加走得悄无声息。江五爷怎么会知道我们在这里？"

他这话原只为将对方一军，没承想却换来正大光明的一句："是凌旭派人前来传讯，说王爷与云门主正住在苍翠城。"

云倚风被噎了一噎，江凌旭与面前这位江南震，按理来说应当正为掌门之位争得你死我活，怎么还有互通消息这一说。不过转念一想又明白了，自己三更半夜跑到别人家里翻琴，估摸江凌旭此时正坐立难安呢，又碍于季燕然的身份，不好暗中派人盘查，便索性将这烫手山芋丢给了江南震。至于一向老奸巨猾的江五爷，这回为何会配合地寻来，怕也是遇到了什么棘手的大麻烦。

季燕然问："江五爷找我们，究竟所为何事？"

"为了我那四侄儿，凌寺。"江南震深深叹气，"家丑本不该外扬，但……唉。"

据他所言，此番江家掌门之争，最有可能上位的，不是自己，不是江凌旭，更不是江凌飞，而是闷不吭声，一直做出恭谦斯文姿态的江凌寺。

这倒与几年前，风雨门探听到的那则"江家四少爷江凌寺与武林盟主黎青海私下交好"的消息能对应上。云倚风不动声色，问道："江五爷何出此言？"

江南斗道："凌寺与武林盟主关系匪浅，两人已暗中来往多年。此番大哥重伤昏迷，推选新掌门一事已迫在眉睫，黎青海便私下联合了数十门派，打算向江家施压，扶凌寺上位，但此事万万不可！"

季燕然道："本王虽对中原武林不了解，却也知道掌门人的位置，向来是能者居之。江四少既有本事拉拢盟主，又能说服其余门派为他发声，也算是有能耐的，怎么就'万万不可'了？"

江南震摇头："若凌寺品行端正，能令江家发扬光大，那将这祖宗传下来的百年基业交予他手中，也无不可。但他德行有亏，为争权势，不择手段，我前些时日刚刚查明，大哥当初在盟主之争时意外落败，也是因为凌寺帮着黎青海，在大哥的饮食中动了手脚。"

事情说到这里，就有些严重了。武林盟主的位置何其重要，历年历代都是先排人品，再排资历，后排武功，输赢皆要坦坦荡荡，在全江湖的见证下决出。若黎青海当真是靠着下药与阴谋得了这个位置，那后果恐怕就不是人人喊打这么简单了。玄武湖下那终年不见天日的阴暗监牢，便是专门为这种江湖败类所备。

季燕然道："即便如此，那与本王又有何关系？江五爷就算需要帮手与你共同揭露这重大的阴谋，也该去找江大少，或是凌飞，再或者是江湖中其他德高望重之人，无论如何也不该求助朝廷。"

"倒也不单单是江湖中事。"江南震道，"若线报无误，那么在六月初三，各门派便要联合向武林盟上书，提议由凌寺接任江家掌门之位。"

季燕然这回是真没听明白，推举归推举，但具体选谁做下一任掌门，怎么看都是江家的私事。总不至于一群外人一推举，这件事就真的成了，未免太过草率。

云倚风在旁道："王爷没见过多少武林纷争，难免将事情想得太过简单，光推举自然是不行的，怕就怕到时候不单单是推举，还会有一些别的手段。"

比如说，江南震与江凌旭二人，近些年时常会在外走动，为了

251

拉拢人脉也好，为了壮大势力也好，成年人的江湖，为达目的，谁还没做过几件亏心事呢？想要找到人格上的污点，总是能翻出一些的。平时不打紧，可若被有心人煽风点火一夸大，加之各大门派掌门又皆摆出一副正气凛然的面孔，那估摸全江湖就都该跟着谴责一番了。

名声都已狼藉，还争什么掌门？到那时江家势必大乱，而江凌寺的优点也就分外明显起来。他素日里虽不起眼，却谦谦有礼，谁都不得罪，人缘极好。文采与武功皆不差，外祖家有权有势，又得到许多门派的支持，上位简直是轻而易举。

当然了，这一切都是在没有江凌飞的前提下。

季燕然对自己的"狐朋狗友"还是很放心的，他并不打算插手江家事，刚打算寻个借口将此人打发走，江南震却道："实不相瞒，我想让王爷助我一臂之力，博得江家掌门之位。"

云倚风放下酒杯，被呛得咳嗽了半天。

季燕然掌心在他背上轻抚，亦对江南震的无礼粗鲁颇为不悦。

"本王为何要帮江五爷？"

江南震答："王爷与云门主正在找的血灵芝，我知道在哪里。"

云倚风："……"

上一个这么说的人，已经死了。就算没死，下场也比锁在玄武湖下的水牢中好不了多少。

江南震继续道："我想要掌门的位置，是为了能长长久久地坐下去，自不敢欺瞒王爷。所谓'尸山血海'的传闻，丝毫不假，我也的确是在一处阴森可怖的人间地狱中，见到了大片血灵芝。"

据他所言，这已是许多年前的事情了，他当时并不知那是什么，只觉得红彤彤的一片伸展于白骨缝隙中，沾满了湿漉漉的月露，触手冰寒麻痹，令人毛骨悚然。而此番为了求证，他又悄悄去了一次旧地，发现那些鲜红灵芝生长得更加茁壮蓬勃。

江南震举起手："我愿对天发誓，若有一句虚言，甘愿被千刀万剐。"

季燕然自然不会因为一句誓言就相信血灵芝的存在，有了耶尔腾的前车之鉴，这回冒出来的江南震，无论是手段还是言辞，都与前者一模一样，简直像是直接拿过来套用。

但季燕然想起梅竹松告知他的最后期限，想起云倚风日渐苍白的脸色，哪怕是虚假的希望，至少也是希望。

"先将血灵芝交出来。"季燕然道，"本王答应你，云门主康复之后，便让你做江家的掌门。"

江南震笑道："王爷果真是爽快人。这里不是说话的地方，还请二位到房中一叙。"

云倚风微微皱眉，江南震有多老奸巨猾，他是知道的。空口说一句见过什么尸山血海的血灵芝，还不如上回那耶尔腾，后者多少曾派李珺拿了一根稀烂发霉的稀罕红蘑菇来，真假不说，至少先前从未有人见过。他自然不想死，可更不想因为血灵芝，便让季燕然成为江南震夺权的工具，万一对方人心不足，有更大的野心呢？万一又是假的呢？

想及此处，脑海中越发乱如麻，他几乎想主动放弃了，甚至还有些莫名其妙的，也不知是从哪里蹿出来的焦躁。

季燕然握住他的手，轻声安慰："没事，哪怕为了凌飞，先听听他的打算。"

江南震将整座客栈都包了下来，很清静。

久混于江湖的老狐狸，深谙说话之道。哪怕是在挟着云倚风的命讲条件，姿态也放得极低，并且一上来便道，其实这件事与朝廷亦有关联，趁早解决隐患，也是在为皇上分忧。

季燕然又重复了一遍："先将血灵芝交出来，本王答应你的事情，自会做到，否则一切免谈。"

江南震点头："我也不想让云门主受苦，所以王爷看看这样可否？"他命心腹取来一个包袱，打开后，里头竟是十几本厚重的账册，泛黄卷边，看着已经有了年份。

云倚风翻了两页，微微惊讶："金丰城，定河漕运……走私盐的账目？数量可真不少。"

"何止不少，简直是胆大包天，少说也有七八年了。"江南震道，"金丰城的地方官名叫徐煜，像这种食君俸禄，却中饱私囊的蛀虫，王爷可不能不管。"

他说得义愤填膺，胡子一翘一翘的，宛若为民请命的钦差大臣一般。

但这又与江家的掌门之位有何关系呢？

哪怕是洞察江湖事的云倚风，此时也有些摸不着头脑了。

江南震似是打定了主意，要扯上朝廷这面大旗，只道："定河漕运贪腐已久，日积月累，那群蛀虫不知将国库掏空了多少。皇上早年理应有所察觉，否则不会派钦差仗剑巡视，但巡来巡去，却没巡出什么结果，王爷可知原因为何？并非钦差无能，也不是那徐煜有通天彻地的手腕，而是有人在暗中帮他。"

金丰城里有江湖名门，千秋帮。弟子众多，势力甚广，城中百姓近十万，一半都能与千秋帮扯上关系。这么一个地头蛇般的存在，若消停倒也罢了，可偏偏又是个不消停的，与徐煜勾结在一起，黑白两道，恨不能只手挡去整片天。

而此番由黎青海出面牵头，准备联合推举江凌寺上位的众多江湖门派里，自然少不了这颇具分量的千秋帮。

江南震继续道："这些年，千秋帮帮主邛千与徐煜串通牟利，所有罪证皆被记录在这账本中。如此一来，王爷便不能再说朝廷不插手江湖事了吧？"

季燕然不动声色："你想让本王出手，替你除掉徐煜与邛千，以此震慑其余门派，好让他们不得不重新考虑，究竟要不要帮江凌寺？"

江南震纠正："这桩生意，我固然有赚头，但大头利润绝对是归王爷。"

此话倒不假，定河漕运出了问题，往外刮的都是民脂民膏。这厚厚一摞账本，算是替朝廷解决了一个大麻烦。

云倚风能明白江南震的想法。眼看江家掌门推举已迫在眉睫，再耽搁下去，怕是江凌寺当真会顺利上位，到那时再扳倒邛千，可就毫无意义了。而能在短时间内压住徐、邛二人，又权势滔天到足以令其余门派心存忌惮的，唯有季燕然。

江南震道："说来也巧，血灵芝距离金丰城并不算远，其实有了这个大范围，王爷想调兵一寸一寸去翻找，想必也是能找到的，我亦无计可施。但若王爷愿意卖我这个面子，不如先动身前往金丰城，将徐煜与邛千二人制住后，再与云门主同去灵芝田。若事情顺利，应当一共也用不了十日。"

他这话说得语调诚恳，像是全心全意站在季燕然的立场上考虑，但其中所含的胁迫亦是明晃晃的。一寸一寸翻找，说来简单，可这"距离金丰城不算远"究竟是多远，是在山中还是水洼里，抑或是哪户人家的地下暗室，再或者什么机关地宫，一切皆有可能，又岂是一两月所能寻得？

云倚风问："若不顺利呢？"

江南震举手发誓："如有耽搁，哪怕只是几日的拖延，我也定会先带着王爷前去取药，决计不会令门主受苦。"

对方的意思已经相当明显，一定要季燕然先出面，哪怕什么都不做，只是露一露脸，也要以此来打破黎青海在暗中拉拢的、想要支持江凌寺的势力。毕竟邝千一被敲打，其余掌门免不得要思量，这次是千秋帮，谁知道下一回会轮到哪个倒霉鬼头上？人在江湖走，总是会有把柄露在外头的。万一因为站错了队，而被朝廷一把握住，那可就真不值当了。

江南震道："不知王爷考虑得如何？"

季燕然却问："江五爷可曾听说，前些时日，云门主在你江家翻出了一把琴？"

江南震瞳孔微微一缩，那琴，他是知道的。江凌旭在来信中特意叮嘱，说云倚风三更半夜跑去雅乐居里找琴，还要遮遮掩掩，行为实在异常。他原打算待时机成熟后旁敲侧击，却没想到季燕然这么快就主动提起。

"一把琴？"

"一把有些年头的七弦琴。"季燕然道，"与许多故人旧事有关联，甚至还极有可能牵扯到通敌叛国。"

江南震神情果然一变："万不可能！"他自然清楚"通敌叛军"四个字的严重性，邝千只是勾结地方官，贪了一些银子，便极有可能要赔进去整个千秋帮，更何况是此等灭九族的大罪？

"可能与否，是要靠大理寺去查的，而非江五爷一句话就能撇清关系。"季燕然道，"若想保住江家，其实在本王看来，唯有凌飞一人够格。他当掌门，朝廷还能勉强放心。"

江南震暗自咬牙："王爷的意思，是不肯帮在下这个忙了？"

"本王能不能帮这个忙，全看江五爷自己如何选择。"季燕然冷冷地道，"江家搜出叛臣旧物，按理来说，朝廷现在就算调兵围了丹枫城，旁人亦挑不出一丝毛病。江五爷身为江家掌事人，恐怕免不了要到王城的监牢里蹲上几日。不过不必担心，过个三年五年，若查明江家与叛党确实无关，那皇上是会封赏一些银两，聊表歉意的。"

江南震："……"

江南震道："王爷无凭无据——"

"那把琴不是证据吗？"季燕然打断他，"凌飞本就无意当什么掌门，全为保住江家，才勉强答应接手。现如今有人愿意出面整肃家风，替他扛下这责任，倒也不是什么坏事。可你若一定要拿云门主的命来做要挟，本王眼下虽只有答应一条路可选，但往后还有漫漫几十年，江五爷最好考虑清楚。"

江南震的面色青红。

是了，他与耶尔腾终究还是有些区别的。葛藤部族地处西北，到底不归大梁管辖，可江家不同，所谓"朝廷与江湖互不干涉"，前提条件必须是"江湖"要规规矩矩。只要这江山还姓李，那么得罪了李家人，对江家山庄而言，没有半分好处。只是他先前一直以为，按照云倚风在季燕然心里的地位，加之自己又已如此低声下气，事事皆以朝廷为先，那对方无论如何也该顺水推舟才是，却没想到会碰到硬钉子。

季燕然问："江五爷考虑好了吗？"

江南震苦笑："若我说还没考虑好，怕是也不能离开这苍翠城了吧？"

云倚风坐在一旁，听他二人交谈，或许是因为太紧张，又或许是因为太焦虑，总之各种情绪杂糅在一起，额上冒出一层薄薄的细汗不说，连带着眼前景象也花了起来，全靠单手撑住桌子，才没有一头栽倒。而待他耳边的嗡鸣声退去时，恰好听到江南震说了一句："木槿镇。"

木槿镇，大梁是有这个地方的，不出名，就是千千万万个小村镇中的一个。云倚风苦于方才正头晕，没搞清前面的对话，又不好在这种时候表现出身体不适，便只能继续稀里糊涂地往下听。

季燕然继续问："血灵芝在木槿镇？什么方位？"

江南震答："就在镇子里，不分方位，整座木槿镇里都是血灵芝，长满了整条峡谷。"

季燕然眉头微皱，显然不大相信这番说辞。他虽极少来江南，却熟记大梁各州图志。木槿镇位于槐山脚下，因家家户户皆栽种满院木槿而得名，何来峡谷里到处都是血灵芝之说？

江南震解释："王爷年轻，怕是没听说过这件旧事。现如今那槐山脚下的木槿镇，并非真正的木槿镇，而是许多年前先帝下令新建的一个镇子，那时正好南方闹瘟疫，逃难的百姓不少，便都统一安置了过去，这才慢慢壮大。"

而真正的木槿镇，其实是一座有几百年历史的古镇，一直就名不见经传，安安稳稳地在岁月的长河中流淌着。后来因为土壤硬化的关系，居民也越来越少，到先帝一朝时，早已差不多成了空镇。

季燕然又问："那真正的木槿镇在何处，金丰城附近？"

"是。"江南震点头，"金丰城往南，前往勐腊州的方向，就在大面山下。那一带一直就有怨灵索命的传闻，是禁地中的禁地，听说曾失踪过不少百姓，所以后来官府干脆出面，将那整片山、整个镇都围了起来，外人再难踏足。"

云倚风心想，怪不得，怪不得朝廷接连派兵，满大梁地搜寻血灵芝，却始终一无所获，原来是长在这种诡异的地方。可是话说回来，一座空了近百年的古镇里，又从哪里冒出来那么多森森白骨？

江南震道："我是前些年遭人追杀，不慎滚入山谷中。血灵芝就在那里，王爷若不信，我愿亲自陪同前往。"

季燕然点头："江五爷请放心，掌门一事，本王说到做到。"

两人从客栈离开时，已近深夜。

云倚风犹豫："那个木槿镇，听起来似乎有些诡异。"

满地白骨诡异，先帝费尽心思，要建一座新的木槿镇更诡异。木槿花，开时如紫色云霞烂漫，美则美矣，每朵花却只开一天，向来是很不祥的征兆。

除非那满地白骨，与先帝有脱不开的关系。朝廷为了遮掩什么，才会另在别处又新建一座木槿镇，好将旧址与往事彻底从历史中抹去。

想到这里，云倚风难免有些毛骨悚然，隐隐约约觉得，这怕又是一件与皇家秘史有关的惊天阴谋，想诱导季燕然去挖掘些什么，找寻些什么。

"我不要了！"他果断地说。

"我不要了。"

说这话时，两人已经回到住处，季燕然正在将灯火仔细点燃。一盏一盏的微光跳动着，照亮桌上的杯盏、屋角的半扇屏风，还有墙上的画、柜中的花，都是先前逛集市时，云倚风精挑细选买回来的，不是值钱货，却是挺有滋有味的人间烟火。

一个连遗书都已经写好的人，突然就有了继续活下去的希望，若说心里毫无波澜，自然是不可能的。可一旦想到做交易的另一方是江南震，以及他背后还隐藏着未知的阴谋，云倚风就觉得头又开始隐隐作痛。

"你不能不要。"季燕然语气淡然。

云倚风："……"

"有阴谋也好，有别的什么都好，只要能有血灵芝，我总得去试试。"季燕然微微闭起眼睛，嗓音沙哑，"在西北时，我已为家国百姓放弃了你一次。当时我就在想，若哪一天你当真再也撑不下去，我却还要挑着那八十万大军，挑着大梁安稳，要照顾母亲，竟连戏文里常演的与老弟患难与共都做不到。"

云倚风眉头一皱："胡说。"

"我不胡说，你别胡思乱想。"季燕然一字一句道，"也未必就有阴谋，或许是老天爷额外多给了一次机会呢。"

云倚风想了想："那老天爷还挺有眼光。"

但有眼光归有眼光，有关木槿镇的往事也不能不考虑。云倚风琢磨了一会儿，光冲着先帝费尽心思重建新木槿一事，便足以说明那旧镇里的白骨与他脱不开关系，或许连所谓"冤魂索命""离奇失踪"的传闻都是官府有意为之，以此来驱散百姓，遮掩秘密。

大面山下，从地图上看，理应是个很荒凉的地方，土壤硬化，不宜居，还闹鬼，可不得轻而易举就成了禁地。

而就在云倚风盯着地图猛看的这段时间里，季燕然已经招来城中亲兵，令他们以最快的速度，送了封信前往丹枫城江家山庄，将这头发生的事情大致告知江凌飞。又就近抽调三万大军随时待命，另择精兵五千人，一路随行。

军队统领领命：“是！王爷可还有别的吩咐？”

季燕然道：“找两个人来，去厨房烧几桶热水。”

“……”

云倚风今天毒发了一回，匆匆忙忙跑出城，在梅竹松那里服了药，扎了针，本就已精疲力竭。醒来后，饭没吃几口，又遇见江南震，冷不丁听到血灵芝，还得知了木槿镇与先帝的遮掩。惊愕、希望、阴谋、忐忑、猜测、恐惧……各种情绪杂糅在一起，像一把巨大的锤子，将本就奄奄一息的病躯砸得越发缓不过神。偏偏脑海中那根紧绷的弦还放松不了，一动就扯得天灵盖刺痛，此时被热水一蒸熏，方才勉强轻松些许。

于是他连骨头都软了，趴在浴桶边沿，整个人昏昏欲睡。

或者干脆说就是昏。

云倚风本还想再说些什么，脑海里却像是被灌进了糨糊，一根棍子乱七八糟地搅和着，硬生生在一片黑暗中搅出了层出不穷的金光，晕得相当光怪陆离。

季燕然现在想想，当初于风雨门初见时，那一碰就要咳嗽的病秧子，竟是他最健康的模样。

翌日，待云倚风醒来时，梅竹松已经背着包袱，坐在屋外喝完了好几壶好茶。听到血灵芝有了下落，他心里十分欢喜，可不管什么大梁先皇的阴谋阳谋，只恨不能立马动身取药，并且也谆谆教云倚风，就算有阴谋又如何呢？先将病治好要紧，养好了身子，还怕不能帮着王爷破解小人的暗算？你可是堂堂的风雨门门主。

“道理我自然懂，但……皇家的事，复杂着呢。”云倚风没什么精神，头依旧很晕，更提不起气与他仔细分析、讲道理，便只胡乱道，

"我就是担心王爷，毕竟若没遇到我，他也不会有这许多糟心事。"

梅竹松盯着他看了一阵，觉得这浑浑噩噩的精气神不大妙，怕是撑不到木槿镇，便一拍桌子："若没有这些事，按王爷的年纪，此时怕是已经成亲了。"

云倚风心不在焉地倒茶："嗯。"可不，堂堂萧王殿下，总不会一辈子打光棍。

梅竹松继续说："那八成就是在王城里寻个门当户对的千金，由皇上指婚。千金小姐好啊，又娇又美，定是成日里穿金戴银，钻在王爷怀中，打个雷都要吓得哭起来，然后王爷就心疼啊，就哄啊，各种甜言蜜语。至于那满院子的茉莉与兰草，都太素净了，不如铲了喂猪，再移栽一些大红大绿的金边绣球，富贵气派！"

总之，他就滔滔不绝、绘声绘色地描述着"王爷与旁人是如何卿卿我我"，听得云门主一脸蒙。

二人钻进马车时，梅竹松叮嘱道："这一路可得抓紧时间。"

季燕然点头："我明白。"

马车一路粼粼，向着城外驶去。

云倚风靠在窗边，静静地看着外头的白墙黑瓦、浅草黄花，湿漉漉的雨雾浸透远处山岚，景还没赏够呢，人也没住够，就得匆匆忙忙地走了，连向左邻右舍道别的机会都没有，白吃了人家那么多的粽子与咸鱼鲜笋汤。

梅竹松看出他的不舍，便安慰："养好身子后，再回来也不迟。"

云倚风放下窗帘，问道："前辈先前去过木槿镇吗？"

"这还当真没有。"梅竹松摇头，"我喜欢大梁不假，年轻时也的确走南闯北，到过不少城镇村落，但大都是有些名气的，像木槿镇这种名不见经传的小地方，连听都没有听过，更别提去了。"

云倚风道："也对。"

其实若实在想查清，也不是没法子，派人去那新的木槿镇里问问，说不定会有一些线索。但这回时间紧迫，实在等不及派人一来一回，再摊开细细分析。

前路漫漫，众人一头雾水。

若换成平时，面对这种吉凶未卜，而且有极大可能为"凶"的行程，云倚风定是要仔细斟酌、思前想后的，但这回赶上毒发，勉强吊住性命已费尽全部力气，着实分不出空暇再去想其他，倒是能睡个昏昏沉沉的安稳觉。

江南震亦随众人同行，骑着高头大马，与季燕然并肩，心中三不五时便要懊悔一番。

早知会是这种结果，倒不如在刚开始时就做出一副诚恳的姿态，双手送上血灵芝，待云倚风养好伤之后，再徐徐图之，一步步提出自己的条件，到那时人情也卖了，姿态也做了，无论如何都该获得一些回报才是。现在倒好，虽也得了季燕然一句口头承诺，但到底是靠胁迫未遂换来的，总不是滋味。

丹枫城，江家山庄。

江凌飞看完朝廷驿馆昼夜兼程送来的信，问面前的少年："家中最近消停吗？"

"一点儿都不消停。"江凌晨道，"五叔迟迟不肯回家，大哥断定他是为了拉拢更多江湖门派，所以已经在谋划着，要拉下江家大少爷的面子，去亲自拜会武林盟主，好谋求支持了。"

他言语间多有不屑，不过也正常，江家上上下下能人不多，草包不少，勉强挑出来两个能看的，资质也就那样，算计外人不行，算计自己人一样不行，实在拿不出手。

至于江凌寺那头，倒是没什么大动静，斯文儒雅的四少爷，依旧日日都摆出一副亲和的面孔，听说前几天还亲自将砍柴伤到腿的下人背回了大杂院，引来众人一片赞誉奉承。

"四哥也挺厉害。"江凌晨膜拜道，"听说背完之后，连衣裳都没舍得换，穿着那身血淋淋的袍子又去给善堂的老人送米送油了，说什么因为最近家里出了事，引得城中人心惶惶，自己实在是愧疚极了，还拉着那群老头儿老太太的手，坐在院子里，一聊就是半个时辰。"

江凌飞揉揉太阳穴，嗤一句："乌合之众。"

"三哥，不如你受累，也去争一争掌门的位置吧。"江凌晨撺掇道。

江凌飞抬起眼皮子："争得掌门之位后，我再回王城时，便正好把江家交给你？"

江凌晨噎了一噎，不服强辩："可若不争，江家落到旁人手中，未来岂非更加危险？"

江凌飞看了他一会儿，点头："言之有理。"

江凌晨难得被肯定一次，受宠若惊。

"那就由你去散布消息，说我要争江家的掌门之位。"江凌飞拍拍他的肩膀，"闹得越沸沸扬扬越好。"

江凌晨不解："为什么？"这种事情，难道不该处心积虑，慢慢谋划，最后再出其不意，一招制胜？哪有事先广而告之，让对手有所提防的道理。

"照我说的去办吧。"江凌飞道，"就说秦桑城的五千精兵全在我手中，最好能一举镇住所有人，大哥也好、老四也好，还有整个武林盟，让他们都不敢再轻举妄动，直到五叔回来为止。"

江凌晨没怎么听明白，便只能自己猜测，难不成是要等五叔回家，让其余人鹬蚌相争，先搞个两败俱伤，然后再慢慢收拾残局？

如此，倒也算是一条妙计啊！江凌晨恍然大悟，拍拍屁股去干活儿了。

他在这方面还是颇有些天分的，没过去几个时辰呢，城里有关"三少爷手中握有数万精兵，这次是打定了主意要争夺掌门位置"的流言，就已经传得沸沸扬扬。对，就是"数万精兵"，江凌晨觉得五千不够阔气，便生生又塞了好几万，反正都是吹牛，萧王又不会来戳穿，自然是越威风越好。

丹枫城的百姓不约而同地想，这样就对了嘛，否则三少爷千里迢迢地跑回来干吗？

至于江凌旭与江凌寺二人，短期内怕是睡不成好觉了。

马车停靠在路边。

虽近酷暑，云倚风却半分也感觉不到热，反而还要裹着厚厚的狐皮，就差在那蒸笼般的车厢里再点个火盆。

梅竹松一早就被热得出去骑马了，季燕然安慰道："再坚持一阵，我们马上就要到了。"

"嗯。"云倚风缓了一阵，眼前都是重影，索性闭着眼，不再睁开，"继续赶路吧。"

"现在日头正烈，你再歇一阵。"

金丰城就在不远处了。

江南震识趣地没有再提千秋帮一事，云倚风的身体状况，比他想象得还要更糟糕一些，导致路上也频频耽搁。先前在苍翠城时，尚且看不出什么，可现在一颠簸、一辛苦，所有的病痛便一股脑儿涌了出来，如烈火席卷枯叶，焚尽了所有血气，脸上始终如雪般苍白。难得出一次马车，走路要靠人扶着，说话亦断断续续，不利索。

季燕然问："好些了吗？"

云倚风道："没好！"

他难得发一回脾气，焦躁地将手边的茶盏砸出窗外。实在是疼痛难忍，稍微挪上一挪，都觉得皮肉要被生生磨掉，再昏沉一些，甚至会做许多连绵噩梦，觉得自己正泡在血海里，惊醒时，还当真就满身湿漉漉的，里衣紧紧贴在身上，冰冷滑腻。

季燕然仔细替他沾去额上的细汗。

云倚风怔怔地看着他，突然又落下两行眼泪。他其实已经记不清事情了，更不明白自己这是要去哪里，只是觉得难受，不懂为什么要一天到晚憋在这小小的阴暗马车里，饱受着莫名其妙的痛苦与煎熬。像是重新回到了南海，回到了迷踪岛，每一寸骨头都是被剖开的，又被细细的火苗燎上一遍，疼得绝望惨烈，天旋地转。

"没事了，没事。"季燕然拍着他的背，脑中亦是尖锐刺痛，只连声哄道，"再睡会儿吧，睡醒就不疼了。"

云倚风执拗："我要去苍翠城，你带我回去。"

"好，我们回苍翠城。"季燕然用干净的布巾沾了药膏，替他擦拭渗血的唇角。

云倚风这阵倒清醒了，反手攥着他的衣袖，毫不留情地戳穿："你没有跟赶车的人说！"

季燕然拍拍他的手臂，对着窗外大声喊："车夫，我们回苍翠城！"

"好嘞！"梅竹松捏起嗓子，细声细气地应了一声，十分配合。

云倚风这才松开手，过了一会儿，又疑惑地问："是德盛在赶车吗？"

季燕然握住他的肩膀，将心头所有的酸涩都强压下去，笑着哄他："不是德盛，德盛在王城呢，怎么会来苍翠城？"

听到"王城"两个字，云倚风难免再度心动。王城啊，萧王府，那里有老太妃与老吴，还有泥瓦胡同里顶好吃的豆腐脑儿与油饼，皇宫里的点心也好吃。季燕然见他眼神闪烁，便轻声聊道："怎么了，又想去王城？"

"有一点儿想。"云倚风找了个舒服的姿势靠着，"但我们还是去苍翠城吧，那里没人打扰，要清静些。"

季燕然应一句，原以为他要继续睡，谁知云倚风却话题一拐，又扯向别处："星儿的嫁妆，你准备好了吗？"

"没呢。"季燕然随口答，"丫头还小，再养两年，舍不得这么快嫁了，白白便宜清月那根木头桩子。"

云倚风赞成："有道理。"

可又忧心忡忡地问一句："若我等不到两年呢？"

季燕然不由得握紧了拳头，过了好一阵，方才平复情绪，低低埋怨："胡说，你怎会等不了两年？"

云倚风奇怪地看着他："因为我中毒了呀，难道你忘了吗？"

季燕然被他问得哑口无言。幸好这时车里的人也折腾累了，没有再打破砂锅问到底，迷迷糊糊地头一歪，睡了。

季燕然满身都是汗，却也没出马车，伸手去探云倚风的脉，似乎要将每一下脉搏跳动都记住，方才能稍微安心。

梅竹松在外赶车，听着两人的对话，亦是酸涩。刚打算加快速度，以求早日抵达木槿镇，脑顶上却传来一声呼啸巨响，夹裹着风、夹裹着雷霆万钧的重量，轰隆隆急坠而来！

巨大的滚石，如夏日的雷霆暴雨一般倾泻而下。

这是一条狭长的山谷，行军作战时，若需路过这种地势，统帅便需要再三斟酌，以免遇到埋伏。只是萧王殿下或许命里犯煞，所以才会无论走到哪里，哪怕是为了私事，也要平白来上这么一遭。

江南震拔剑出鞘，大喊："小心！"

这支队伍里，无论是江门子弟或是皇家近军，皆是经验丰富的高手。他们手中寒剑铮铮，生生将巨石砍落至别处。

马车从中裂开，季燕然带着云倚风跃上马背，飞霜蛟长嘶一声，撒开四蹄闪躲，避开滚石，向着山谷处急速跑去。

铺天盖地的石雨，沿途带起漫漫灰尘，沙砾与断裂的树，巨大一朵冠叶扫下来，那遮天蔽日的架势，让人恍惚觉得，整条峡谷怕是都要被填平了。

"王爷！"梅竹松的马匹受伤，跌跌撞撞地跑到避险处，"云门主没事吧？"

"没受伤，被吓到了。"季燕然单手护住云倚风，抬头往山上看了一眼，咬牙道，"杀了他们！"

"是！"距离最近的一队兵士齐声领命，舍弃胯下的战马，如猿猱一般攀附上石壁，灵巧地向上攀去，一眨眼便消失在了茂盛的丛林间。

而巨石还在不断滚落着，估摸是沿途带起的灰尘太大，偷袭之人看不清下头，便想着越稳妥越好。

江南震吩咐弟子顾好受伤的同门，又拍了拍袖上灰尘，道："十有八九是千秋帮的人听到消息，所以想先一步杀人灭口。"

这地方距离金丰城极近，的确有这种可能，不过设伏暗杀萧王，这胆子还真不是一般人能有的。梅竹松此时也顾不上再听江南震分析谁是幕后主使了，只匆匆取出一瓶药丸，喂云倚风服下几粒，勉强止住了惊惧之症。

"没事。"季燕然用披风遮住他，轻声道，"下雨了，在打雷。"

云倚风惊魂未定，过了半天才问："打雷，是房子塌了吗？"

季燕然道："嗯。"

云倚风稀里糊涂地想，难不成是工匠偷工减料，那以后要住在哪里？还有，所有从集市上精挑细选来的好东西，锅碗瓢盆、梅子酒，岂不是全部被埋了？

于日常生活而言，房子塌了，显然算是一件了不得的大事。云倚风颇为愁眉苦脸，觉得自己怎么这么倒霉呢，刚打算说那不如我们先回春霖城，顺便看看清月与星儿，身后却又传来新的砰的一声！

"喀喀！"他被呛得直咳嗽，牵动心脉伤处，越发焦躁难受。

季燕然抬掌按住他的胸口，轻轻揉了两下，抬头冷冷地看向另一边。

闯祸的将士后背冒汗，小声地道："王爷恕罪，方才没抓牢，让他挣脱，掉下来了。"

砰一下砸出闷响的，是一个人，一个埋伏在山巅，原打算滚落全部巨石后就跑路的人。同伙五十有余，大部分被兵士所杀，余下的七八人，全部被带下山审问。

这一审便知，还当真是千秋帮的弟子，他们连带着将金丰城的地方官徐煜也交代了出来，说是掌门在昨日被徐大人急匆匆都叫进官府，两人在密谈半个时辰后，便有了这峡谷中的滚石阵。

江南震怒斥："当真是贼胆包天！"

季燕然问："除了这峡谷滚石，可还有别的陷阱？"

"这我确实不知。"那弟子连连磕头，"江掌门饶命。"

他并未提到季燕然，显然并不知晓面前男子的身份，连暗杀的主要目标是谁都没搞清楚。由此看来，甚至极有可能连邛千都被徐煜瞒着，否则一个江湖中人，出了事哪怕卷起银两跑路呢，总该比朝廷命官多些逃生的门路，犯不着冒险刺杀皇亲。

"王爷。"梅竹松道，"若徐、邛二人是昨日才接到消息，那我们及时换一条隐秘的小路，应当能避开些许。"

季燕然恨得牙根都痒，但此时也不是追究问责的时候，便招来兵士，命他以最快的速度去找一辆新的马车，又令亲信持半枚兵符，前往临近驻地调拨一万大军，暂且围住金丰城，所有与徐煜或是千秋帮有关的人，一律不得进出。

江南震心里暗喜，想着邛千那老东西，这回算是聪明反被聪明误。自己原本只想让季燕然去城中敲打敲打，没承想对方自己找死，居然演了这么一场戏，导致整座城都被大军团团围了起来。这消息一旦传出，还有谁敢站江凌寺的队？

这件事情一解决，江南震心里的大石头也就落下大半，倒开始真的关心起云倚风的身体来，一路差遣弟子顾前顾后，力求能在季燕然心中留个好印象。说到底，这天潢贵胄的大梁将军的光，总不能全让那吊儿郎当的侄儿沾了去，自己也该分得一杯羹。

马车是临时找来的，到底不如先前那一辆气派，又小又憋屈，云倚风盯着前头摇晃的帘子，半天没说话。季燕然问他："躺得不舒服？"

是挺不舒服，但并非不能忍。云倚风想，毕竟旧房子已经塌了，凑合住几天马车也是没有办法，于是违心道："还成。"说完又疑惑地道，"你怎么哭了？"

"有吗？"季燕然深呼吸了一口，将眼泪胡乱地擦掉，勉强笑道，

"嗯，房子都塌了，我伤心。"

云倚风皱眉："我还以为……喀，是因为我快死了，所以你才哭。"

他唇角有一丝鲜红，季燕然用布巾擦掉："你不会死的，不许乱想。"

过了好一会儿，云倚风方才继续道："可我梦见我娘了，她说要带我走。"

云山雾罩，没看清脸，就觉得对方一身雪白，感觉冷冰冰的，不像老太妃那么慈祥亲热，与他想象中的娘亲不大一样。他身畔又肆虐着狂风和大雪，眼睛都睁不开。

"别梦到她。"季燕然心里空落落的，不想听这不吉利的话。

"我也梦到了你。"云倚风赶忙道。

云倚风半是迷糊，半是清醒，想着自己余日无多，应当等不到苍翠城里新建的宅子，只能躺在这狭小的马车中，浑浑噩噩地走完最后一段路。但话说回来，旧宅住得好好的，却被一道雷给劈了，这要找谁去讲理？流年如此不顺，云倚风郁闷得难以自拔，红着眼眶怔怔地想，自己这般倒霉的人，怕是连排队喝孟婆汤时，都要被鬼差恶狠狠地盯着灌上七八碗，直到将前尘旧事忘得一干二净，方才能去投胎转世。

季燕然替他轻轻擦掉眼泪，看着这个木然苍白的人，心如刀绞。

金丰城已经被大梁驻军里三层外三层地围了个水泄不通，从千秋帮到金丰城府衙，皆有重兵把守，哪怕是大婶子出门买个菜，都要被细细盘查上三四回。

恰如季燕然先前所预料的，邝千其实并不知道要在峡谷中经过的人是季燕然。他以为那位萧王殿下还在别处待着呢，自己要除掉的只有那偷去账本多管闲事的江南震。而徐煜的状况也好不到哪里去，他在房中来回走动，如同被困入铁笼的耗子，狠狠地骂道："混账东西！"

这一句倒不是骂千秋帮与邝千，而是在骂前几日突然出现在房中的蒙面人。当时自己正因账本失窃一事而焦心，对方武功高强，口口声声说能有办法解决问题，而前提条件是要酬劳黄金千两。

徐煜将信将疑，莫说是黄金千两了，就算是万两，只要能解决问题，那他也定会感激涕零，双手奉上。蒙面人见他似乎不大相信，便丢过来几张纸，正是从那丢失的账本上撕下来的。

"账本是被江南震所窃，我自有办法取回。"对方接着道，"但需要徐大人替我做一件事。"

徐煜赶忙道："高人但说无妨！"

"明日午后，江南震会带人路过鱼儿峡谷。"蒙面人道，"我与他有深仇大恨，又碍于誓言，不好亲自动手。所以想请大人布下巨石阵，趁乱杀之。"

徐煜有些为难，杀江南震这事，他是很乐意去做的，毕竟对方已经知道了自己的大秘密，断然留不得。可在峡谷中布下巨石阵，这种大张旗鼓的事情，官府实在不方便做，思前想后，便将邝千找了来。

两人合作多年，相互知根知底，这回也是一拍即合，只是万万没料到，派出去的弟子没有回来，账本与蒙面人皆无影无踪，连老巢都被官兵给围了。大势已去，徐煜隐约听到传闻，说与江南震同行的竟还有季燕然，方才在一片绝望中，隐隐约约琢磨出了几分滋味来。那蒙面人只怕并非帮手，而是有意挑唆，惹自己去激怒萧王殿下，所谓"碍于誓言，不好亲自动手"，都是屁话。

但事已至此，懊悔又有何用呢？

"唉！"他重重地拍了一下自己的脑门儿。

清晨，马车停在了游侠山下。

游侠山，光听这名字，便是一派浪荡江湖大侠气，而现实中也的确陡峭险峻，非武功高强者不能入。众人为避埋伏，最终选择了这条路，梅竹松看着面前绵延的群山，担忧道："怕是要费些力气。"

"这是最近的一条路了。"季燕然背起云倚风，"走吧，两天之内，务必要抵达木槿镇。"

这座游侠山，平日里只有经验丰富的猎户与采药人才有胆子结伴进入。山中高林茂密，小路陡峭崎岖，遇到最险峻处，便只有依靠枯藤与独木，方能勉强通行，鸟雀扑啦啦被惊飞一片，远处隐隐传来野兽的低噪，青蟒不动声色地缠在树枝上，虎视眈眈地注视着这群不知死活的闯入者。

开路的近军手起刀落，将那吐着芯子的黑蛇砍至一旁，蓝色血液汩汩涌出，在星露笼罩下，像是某种诡异的巫术。梅竹松提醒："小心避开，有毒！"

众人答应一声，队伍中燃起更多的火把，将四周照得越发亮如白昼。云倚风也被这明晃晃的光给晃醒了，他疲惫地睁开眼睛，一时间辨不清身在何处，只在一团又一团跳动的火焰中，依稀看清了一个……骷髅？正站在林木间，直勾勾地瞪着自己。

他被吓了一大跳。

"王爷！"前方的军队也觉察出异常，将火把在林地间绕了一圈，只见到处都是森森白骨，横七竖八地散地落在树木下、草丛中。这一番阴森的景象比起修罗地府来，好不了许多。

梅竹松吃惊地道："这里曾经发生过屠杀？"

"不像。"有人粗略检查了一番，"尸骨虽说散乱，却没有刀剑砍过的痕迹，只有野兽留下的齿痕，更像是迷路受困。"再细看时，又在泥土中抠出了几把刀剑，用溪水冲去污渍后，露出来的铭徽竟是大梁的标记。

季燕然此番出行所带的军队，皆是二三十岁的年轻人，没人见过这种样式的刀枪，便纷纷推测应当是老一辈用过的武器。又随口问队伍中年龄最长的江南震："五爷认识吗？"

江南震摇头，季燕然却看出那锈迹斑斑的狼头图腾，正是卢广原麾下大军的标记，联系早年看过的兵书，以及旧木槿镇里累累的白骨，他隐约猜到了一些事情，却也无暇去深究，只命令众人加快速度，争取能在明日暮时，穿出游侠山。

月光下的露水，像雪一样冷。云倚风即便裹着厚厚的披风，也依旧彻骨寒凉。他趴在季燕然背上，迷迷糊糊地想，完了，我一定是死了，已经被方才那鬼差拘到了阴曹地府中，才会这般浑身僵硬。看来老一辈说话也做不得准，死后并不能病痛全失，浑身轻松，照旧疼痛难忍，再仔细一琢磨，自己在死之前，居然都没来得及好好向身边人道别，便更加委屈，眼泪一行一行地落下来。

其余人听着那偶尔的哽咽，心里都慌得很，暗道云门主怎么连气息都快断了，声音如同病恹恹的幼兽，没一丝鲜活气，像是随时都有可能……众将不敢再看王爷的脸色，纷纷将步伐迈得更快了些，手中挥舞着长刀砍除刺枝，为两人在这幽深的密林间砍出了一条通路。

星辰隐去后，东方依稀露出了一线浅白，鸟雀鸣叫婉转，在山间回荡。

前去探路的江门弟子回来禀报："再过一个弯，就能出山了！"出山之后再行半日，便是那旧的木槿镇，这一路勉强还算顺利，游侠山中也不像外界所传的那般凶险，所有人都松了口气。

梅竹松喂云倚风含了参茸片，刚打算将他扶回车上，却有一滴雨啪嗒落在掌心。

可朝阳正明晃晃地穿透树叶，忙着在地上洒满金色碎片，哪儿来的雨？

"小心！"江南震在对面看得清楚，神情猛然一变。与此同时，季燕然已拔剑出鞘，带着千钧之力向上挥去。

茂盛的树冠如同遭遇飓风狂扫，猛烈地左右摆动起来，哗哗飘落数千残叶，另有一赤色巨影自高处急速坠下，咚的一声，重重砸在地上，愤怒地昂起了头。

那是一条青红相间的巨蟒，嘴中尖锐的毒牙正愤怒地龇着。

梅竹松道："是尸斑蟒！"

这是传说中极为不祥的凶兽，只有在人将死时，才会引来此等秽物。

季燕然原本都打算走了，听到这晦气名字，心中顿时无名火起，反手一扫佩剑，九条金龙自剑身怒咆而出，霎时就将那凶神恶煞的尸斑蟒剁成碎片。

龙吟出鞘，连见多识广的江南震，也难免看得错愕。

上古时传下来的天子之剑，为何会落在萧王手中？

季燕然却已合剑回鞘，找出一条绑带，将云倚风牢牢地系在背上，驾马继续向前走去。云倚风整个人软绵绵的，已经连眼睛都不愿再睁了，叫也不应声，胳膊无力地垂在身侧，只在袖口露出一点

275

儿雪白的指尖，随着动作，来回轻晃。

一队人马先行赶出山，在临近的集市替众人备好了马匹，季燕然将云倚风轻柔地扶上马背，不敢再看那苍白的脸色，单手一震马缰，向着木槿镇的方向疾驰而去。

他已经彻底慌了。

这一次战役，没有千军万马，没有烈火绵延，甚至连对手的影子都看不到，唯一有的，只是他背上单薄的身体，还有那越来越微弱的呼吸声。如同拥着一捧冬日里脆弱的雪，他胆战心惊得不知该如何是好，怕捏碎、怕融化，怕稍微一不注意，对方就当真会飘散在这呼啸的风里。

季燕然的心如同被锋刃凌迟，连呼吸都带着痛意，他牢牢地握着云倚风的胳膊，手臂僵硬也不敢放下，世间万物仿佛都不存在了，只有眼前看似永无尽头的路。

不知过了多久，一朵木槿轻轻飘到马蹄下。

两朵、三朵、成百上千朵。

紫色云霞铺满山脚，在金红的夕阳里，堆积成一幅漂亮的画。

木槿镇，是木槿镇。

季燕然翻身下马，跌跌撞撞地背着云倚风向前走去。

"站住！"官府巡逻的兵士都是本地人，没见过萧王殿下，便上前阻拦，"此处是官府——"

话未说完，便被一掌拍飞，好不容易才挣扎着爬起来，惊慌失措地跑回县里报信了。

季燕然单手抓住藤蔓，纵身跃到深深的峡谷里。

饱经风雨的白骨被他踩得咔嗒断裂，而那朵鲜红的灵芝，原本正无忧无虑，长得好好的，也被捎带着一脚踩扁，流淌出淋淋漓漓的汁液来。

空气中飘散着很淡的香气，云倚风睫毛轻轻颤了颤。

最后一抹夕阳温柔地抚过满地白骨，在山的另一头隐去了。

露水悄无声息，在那些红色伞盖上凝结，像是一粒又一粒剔透的珍珠，随风颤抖着。

漫山遍野，月露星辉。

云倚风醒来时，是躺在一张床上，一张不怎么舒服的床上。

四周很安静，连鸡鸣狗吠也听不到一声。

他盯着床顶，用了挺长一段时间，来判断自己究竟是死是活。按道理讲，骷髅架子都站到眼前了，好像也没有继续活下去的道理，但偏偏这地方又实在不像阴曹地府，反而像个农庄。

梅竹松推门进来，笑道："云门主，你醒了？"

云倚风松了口气，看来是没死。

自己命还挺长。

"来，先将药吃了。"梅竹松扶着他坐起来，将一碗鲜红的……浆液递过来，说，"趁热。"

云倚风只闻了一下，鼻子眉毛都恨不得皱飞到天上去——不想喝。

梅竹松笑得越发高兴，盯着他猛看，简直像是中邪了一般。

云倚风后背发麻，往床里挪了挪，警觉地道："前辈，你没事吧？"

"我没事，你也没事了。"梅竹松依旧端着碗，喜不自胜，"你可知这是何物？"

云倚风答道："狗血。"他大病初醒，反应迟钝，也在情理之中。

277

梅竹松大笑道："是血灵芝啊！"

云倚风脑中轰隆一声，呆呆地看着他，半天没反应过来。

梅竹松又道："你且看看窗外，漫山遍野，到处都是。"

因血灵芝摘下之后，不出半个时辰便要腐坏，所以众人索性在峡谷中搭建了几个小屋，打算等云倚风彻底康复后再离开。

趁着对方还在发呆，梅竹松将那碗灵芝糊糊给他强灌了下去。

心心念念的药，要多难吃就有多难吃，再一想这玩意儿和骷髅待在一起，滋味就越发一言难尽，加上草原游医颇具地方特色的粗犷喂药法，云倚风趴在床边干咳半天，呛得眼眶一圈浅红，眼泪都要落下来。

季燕然及时扶住他："没事吧？"

梅竹松收了空碗，乐呵呵地走了。

"怎么了，身子还是不舒服？"

云倚风看了他一会儿，气定神闲："嗯。"

约战

第六章

云倚风刚服完血灵芝，唇齿间依旧残留着难以言说的药味。

床帐间挂着茉莉香包，上头绣满了吉祥纹路，云倚风扯过一个，看了半天，问："是王八和鹅吗？"

"是龟鹤齐龄。"季燕然笑，"不过你想当成鹅也行。"

龟鹤齐龄，听起来便顺耳极了，像是他能活上两百年。

云倚风试着活动了一下身子骨，依旧隐隐作痛，脑子反应也很慢，但就如梅竹松说的，风寒初愈还得有几天乏软无力，更何况是纠缠二十余年的剧毒，往后好好调养便是。

季燕然道："这些香包，都是湘楚城的官员送来的。"

湘楚城的地方官名叫元杰，是一位上了岁数的白胡子老头儿，辛辛苦苦地守了这座木槿空镇数十年，眼看着就能告老归田，过安稳日子，前几日却突然接到下属奏报，说有一伙武功高强的歹人闯入了禁地。

元杰一听，当时就慌了，那禁地里都有些什么，旁人不知道，

279

他可是一清二楚。于是当下便带了大军前往峡谷，刚好在那里撞到了萧王殿下的五千精兵。

云倚风问："这里究竟是什么地方？"

"元杰战战兢兢，避不敢言，只称是受皇命，还拿出了父皇亲笔所书的密函。我看他年岁大了，你又还在昏迷，便也没再追问。"季燕然道，"只在这几天里，大致猜了一些缘由。"

整条峡谷几乎都被白骨与铠甲覆盖了，生锈的刀剑、散落的头盔，无一不昭示着这里曾经发生过一场战争，一场惨烈的、结局极有可能是全军覆灭的战争，参战人数应当有数万之多。

云倚风猜测："是古时的军队吗？"

季燕然摇头："是卢将军。"

呈现在眼前的诡异事实令他倍感震惊，甚至生出了几分时空错乱的感觉。在所有的记载与传闻中，卢广原都是在数百里外的黑沙城战败，但大军的尸骸却离奇地出现在了木槿镇。若非亲眼验过那些残旧盔甲上的铭徽，季燕然无论如何也不会相信，自己，或者说是整个大梁，都被有心人精心构造出来的虚假战况，欺骗了这么多年。

云倚风也蒙了："所以卢家军当年压根儿就没抵达黑沙城，而是在此处，就已经……可谎言的意义是什么，在何地战败，有区别吗？"

"有。"季燕然道，"在现有的记载中，卢将军最后一场战役，是率大军自王城出发，一路途经宁保、阳城、轻吕、长乐、三马、木槿、定峡等地，打了大大小小十几场胜仗，最后方才抵达黑沙城，因中敌军圈套，所以不幸战亡。"

而如果记载中的木槿镇，并非木槿新镇，而是木槿旧镇，那么在大军行至长乐城时，就需改道往南走。这一改，沿途所经山川地貌便发生了巨大的变化，大梁军队在前期用十几场胜利所赢得的优势，也就失去了意义，唯一的好处只在节省时间，方便神兵天降，打对手一个措手不及。但若只为了这一点儿好处，便要放弃先前所取得的大好先手，说一句"鲁莽冒进"并不为过，甚至有些过分轻敌了，会全军溃败于这条峡谷中，不算意外。

云倚风回忆了一下，蒲昌在那封交给"姑娘"的书信里，虽通篇懊恼自己无用，懊恼未能搬到救兵，扭转黑沙城战况，但他却未必就一定抵达了黑沙城，也有可能是在大军受困木槿旧镇时，就已突围离开，回王城寻求援助无果，后又躲藏至北冥风城，在那偏僻苦寒、鲜有外人的地方一病多年，其间隐隐约约听到外界传闻，说大军是于黑沙城兵败，便以为当初卢广原曾突围成功，相信了军队是在一路打到黑沙城后，才因后援不及时而惜败。

那个年代，因为天灾，流寇丛生，兵荒马乱，各种小道消息更是如闹患的蝗虫一般，嗡鸣不断。想要从中筛出真相，其实并不容易。而先皇之所以能悄无声息、顺利地构建出一座新木槿镇，将大军的行进路线生生扭转，很大程度上也恰是因为这种"乱"。

云倚风不解："可先帝为什么要这么做？"

"不知道。"季燕然道，"最坏的一种可能性，父皇为求早日平乱、安抚民心，便不顾实际情况，强行颁下圣旨，命卢将军在一定期限内攻破黑沙城，谁知却引来全军覆没的后果。为掩盖过失，索性擦去了木槿镇之战，假称大军是在黑沙城落败。"

云倚风又想了一会儿："你们有没有这么一条规矩？五岁的小娃娃都会念，'将在外，君命有所不受'。"若当真遇到一个不清楚战况的皇帝，那任何一位负责爱兵的统帅，都应该"不受"这儿戏般的君命，先指挥大军赢了战争，再跪在朝堂前请罪，自己都能想明白，更何况是大名鼎鼎的卢将军。

"父皇的性子吧……"季燕然叹气，"不过我这也只是猜测，具体是何情况，或许皇兄比我更清楚，待你养好身体后，我会送一封信回宫。"

尸山血海都已经闯进来了，自己目前正躺在皇家竭力想隐瞒的真相上，再想假装无事发生显然不现实，问一问皇上也好。云倚风便点头："嗯。"

日暮时分，他裹着披风，被季燕然扶出房间透气。

二十余年的风吹日晒，那些裸露在泥土外的白骨旁边的缝隙中，有不少都开出了花，一丛一丛，姹紫嫣红，在金红色的晚霞笼罩下，若粗粗一观，只会让人觉得这是世外桃源，分外宁静祥和。可若再细看，便又会从心底生出恐惧来，恨不能长出八条腿，忙不迭地逃了。

一想到这些人都是大梁将士，云倚风便走得很小心，避开了尸骸，也避开了花与血灵芝。

"我们还要在这里待多久？"他问。

"一个月。"季燕然答，"梅前辈说你这身子骨急不得，得慢慢调养。"

云倚风寻了块干净的地方坐下："那外头不打紧吗？还有那位江五爷，他先前到苍翠城找我们的时候，可是火都烧到屁股上了，也愿意等一个月？"

"他求我们的事情，算起来已经解决了一半，自然不急。"季燕然道，"你当时病得厉害，所以不清楚发生了什么。那金丰城的徐煜与千秋帮的邝千二人，也不知是被谁唆使，竟然弄了一群人来暗杀我们，现在大军已将整座金丰城团团围住了。"

而千秋帮一出事，自然也就没人愿意再替江凌寺站边了，江家又有江凌飞镇场，一时片刻还选不得掌门。像江南震那种老奸巨猾的"油条"，在这种局势大好的时候，哪里还会出言催促，自己在旁边搭了个草屋住下，跟个地主老爷似的，日日催促弟子去帮忙挖最大、最肥厚的血灵芝，殷勤得很。

云倚风道："邝千与徐煜有这么好忽悠？"

"这回出去，要面对的问题不算少。你大病初愈，不如先回王城静养一阵子，我得处理完这些棘手的事情。"

云倚风一口拒绝，不去。

季燕然道："听话。"

"我不回去，半死不活地病了这么些年，好不容易解了毒，哪有再回家接着躺着的道理。王爷若执意不肯让我留下，那我便回风雨门，接着去满江湖乱窜。"

季燕然无奈："我是不放心你的身子。"

血灵芝的浆液，依旧每天三碗，一看到梅竹松端着碗进来，云门主就隐隐作呕，很想四肢并用往窗外翻，并且在心里翻来覆去将鬼刺碾成了渣渣。

"前辈要回千伦草原吗？"云倚风捏着鼻子，将碗里的玩意儿一口气灌下去，"我这头也差不多好了。"

"不回去。"梅竹松道，"我已经同王爷商议过了，会一直待到云门主康复为止，否则他不放心，我亦不放心。"

"前辈这样的，才算是好大夫。"云倚风从床头摸出一包糖，分给他一颗，"若换成鬼刺，现在定然已经迫不及待地跑回去继续抓人试蛊，然后再试着用血灵芝解毒了。"

"我也是听过这位神医的名号的。"梅竹松道,"先前还一直颇为仰慕,想着无论如何也要一见,却没想到会是这种龌龊小人。"

"所以,我们得想想要怎么对付他。"云倚风继续吃糖,"那种疯子,打一顿没用,杀了又可惜他一身医术,毕竟有许多都是在我身上试出来的,得让他都吐出来,交给其余大夫接着用。"

不过话说回来,迷踪岛上究竟出了多大的事,竟能让他连自己这个大宝贝疙瘩都顾不上了?

一株一株的血灵芝吃下去,云倚风的身体也一天一天地好了起来。他不再需要旁人搀扶,能自己拖着虚弱的步伐,漫山遍野地到处乱溜达,还知道要偷偷摸摸地避开大梁将士,以免被告状。每每是药熬好了,人却连影子都找不到一个,萧王殿下相当头疼,也总算从中琢磨出一个道理,放在自己身边看着,尚且如此不让人省心,若当真送回王城,送回风雨门,只怕一转眼就又不知溜去了哪里。

云倚风辩解:"我最近脑子不大好使,是真的。"所以摸出门后,要半天才能想起回来。

季燕然点头:"我知道,光记得吃饭,不记得吃药。"

云倚风说:"怎么能这么说呢?我是真的记不住事情。为此还特意问过几次梅前辈,生怕自己毒虽然解了,却将大家给忘了,往后便是熟人相见不相识,简直闻者落泪。"

梅竹松连劝十八回,不会的,又纳闷儿地问:"门主是从哪里听来的这种荒谬事?"

云倚风态度端正,答曰,小话本里都这么写。

梅竹松:"……"

梅竹松苦口婆心地道:"街头话本只图香艳猎奇,云门主的毒在心脉，又不在脑内，如何会失忆？最近不记事，只是先前病得太久了，身子尚未缓过来，往后慢慢就会好了，还是快些回去休息吧。"千万莫要再来烦我。

云倚风被大夫强行推出了门。

他原想装一装失忆，逗一下季燕然，但见他最近像是挺忙，便收起不该有的皮心思，问他："下午的时候，王爷在同江五爷聊些什么？"

"关于雅乐居那张古琴的事。"季燕然道，"江南震自称在这些年里，的确陆陆续续买过不少琴，但也只是一个打发时间的小爱好而已，往往是见到有稀罕的便付银子，再或者被琴行老板奉承忽悠几句，也会一口气搬上七八张回家，实在没精力逐一赏玩，逐一记住来历。至于卢将军，多年前倒的确去过一回江家。"

云倚风奇道："哦？"

"那个时候，卢将军率军由东峡出海，抗击贼寇，江南斗或许是为拉拢朝廷、或许他原本就胸怀肝侠肝义胆，总之曾捐助了许多粮草、伤药与棉服给众将士，更斥资打造战船五十条，所以在征战得胜后，卢将军便亲自去了一趟江家道谢，当时江南震也在。"

云倚风问："所以卢将军就与江家有了交情？他们后来还有来往吗？"

"江南震说自己不知情，怕是要问江南斗才知道。"季燕然道，"可江南斗现在的情况，也不知还能不能醒来。听说江家一早就派人去了迷踪岛请鬼刺，却不知为何，迟迟没有回信。"

"八成是迷踪岛上出大事了吧。"云倚风活动了一下筋骨，随口说，"我先前就想过，否则鬼刺不会连我都顾不得，说得再严重一些，被谁绑了、杀了也说不定。"

季燕然却不愿让鬼刺就这么死了，云倚风二十多年来所受的非人折磨，自己还没与那罪魁祸首好好算账，倘若被旁人一刀杀了，岂非白白便宜了他。

季燕然不想再说这些糟心事，只在傍晚时吩咐亲信，即刻派人前去迷踪岛，看看那里究竟发生了什么事情。

在峡谷中的日子，过得不快也不慢。不快是因为外头尚有一堆烂事，想起时难免烦心。不慢是因为云倚风体内的蛊毒已解，再也不必担忧毒发的痛楚，往后还有无数好时光，自然怎么想，怎么有滋味，连带着尸山血海也不再可怖。离开的前一天，云倚风看着峡谷上方的夕阳，问：“关于这旧木槿镇的秘密，元杰老大人还是什么都不愿说吗？”

“父皇命他守口如瓶，我亦不能逼问。”季燕然道，“不过他倒是提过，自己在这几十年间，从来只是派兵镇守，并未下过幽深峡谷，所以也不知里头藏有血灵芝，不是有意欺瞒。”而朝廷与风雨门的弟子，又或者是鬼刺派出寻药的人手，往往都只在湘楚城一带搜寻，地图上的旧木槿镇已被完全抹去，取而代之的是一片没有任何标注的茫茫荒山，被官府一锁就是几十年。即便是当地百姓，也已经快遗忘了这么个荒僻的地方，也难怪一直无所收获。

关于卢将军与旧木槿镇的往事，怕是得先回王城问过皇上，才好决定是否要继续往下查，倒不算着急。而目前首先要做的，便是去一趟金丰城，看看那倒霉的地方官徐煜与千秋帮帮主邘千到底是怎么一回事。

飞霜蛟与翠华一早就等在了峡谷口，一白一黑膘肥体壮，大梁将士们都感慨，看看，王爷与云门主的马都颇有其主人的气质。

正说着，翠华也不知是怎么蹭了飞霜蛟一下，那烈性白马便不满地打了个响鼻，做出一副凶相来，惊得墨玉大马撒开四蹄，跑到梅竹松身后，死活不肯再出来。

将士们：“……”

一行人行进的速度也相当缓慢，就差走两步休息半个时辰，飘一点儿雨丝就要找家店歇脚，太阳大了也不走，因为会热。

对于这种能踩死蚂蚁的“赶”路法，将士们自是没有意见的，而江南震也颇为体贴，唯一饱受煎熬的，怕只有徐煜与邝千二人。整座金丰城皆被大军围得水泄不通，至于官府与千秋帮，更是连半只蚊子都飞不进去，想求援亦无通路，一天到晚活在这种压迫氛围下，滋味可比死了都不如。

而等萧王殿下一行人终于抵达金丰城时，徐煜早已因过度担忧而一病不起，形容枯槁，疯疯癫癫，被人一路如拖死狗般拖到季燕然面前，连审问的过程都省了，只一看到那摞账本，便抖若筛糠地磕头认罪，一五一十地交代出与邝千多年来相互勾结、中饱私囊的行径，只求能留得全尸。

季燕然问：“当日派人刺杀本王一事，说说看，是谁给你的胆子？”

“是……是一个蒙面人，看不清楚模样，功夫极高。”徐煜将当日所发生的所有事情，从对方自称与江南震有血海深仇，到由账本上撕扯下的几页纸，皆一一交代干净，又哀道，“那蒙面人当时只说江南震会路过鱼儿峡谷，诱我联手邝千布下陷阱杀之，可从未提过王爷也会同行啊。”

那几页账目已被徐煜烧毁，不过他大概记得上头所书内容，因此很容易就从季燕然手中的账本中，找出了缺失部分，那上面的确有撕扯过的痕迹。

证据确凿，徐、邝二人当日便被押入大牢。地方事务暂时交由驻军统领接管，除此之外，千秋帮多年伙同徐煜，为他暗中提供诸多便利，所牵连进去的人也不少，仍需细细调查，余下便是新任官员的事情了，估摸至少也需半年时间。但不管怎么说，这个曾经在金丰城呼风唤雨的帮派，自此算是彻底伤了元气，绝难东山再起。

江南震喜不自胜："王爷果真雷厉风行，为民做主。"

季燕然对他的吹捧没有丝毫兴趣，只提壶斟茶："江五爷，坐。"

"王爷可是有事要问？"

季燕然道："那些账本，据徐煜供认，一直是藏在机关暗格中，可谓再隐秘不过，江五爷是如何拿到的？"

江南震倒也坦率："起先我并不愿碰官府，只是在查邝千时，顺藤摸瓜，扯出了徐煜。我便派人多方盯梢，费了颇大一番力气方才找到这些账本，摸清了他二人联手私吞国库的罪行，加之又恰好知道血灵芝的下落，自然会希望能与王爷合作。"

"所以账本是江家弟子找到的？"季燕然又问了一次。

江南震觉察出异常，试探："怎么，王爷有疑问？"

"账本被人撕掉了几页。"季燕然道，"有人拿着撕下来的几页账目，找到徐煜谈条件，说与江五爷有深仇大恨，诱骗他去找邝千，一道在鱼儿峡谷中设下滚石阵。本王的疑问便在于，若账本是江家弟子从暗室中找到的，那究竟是在什么时候，被人撕掉了这几页？"

江南震额上沁出细汗："这……"

"说起来，江五爷算是云门主的救命恩人，本王理应心存感激。"季燕然冷冷地道，"但当日鱼儿峡谷中的滚石阵，伤大梁将士数十人，云门主重病在身，亦被吓得不轻，险些没能撑过去。这笔账，本王

288

自然要同幕后主使慢慢算，江五爷若是与那蒙面人无关，还是趁早说清楚，以免日后受到牵连。"

江南震沉默片刻，长叹一声："王爷恕罪，我与那蒙面人……还当真有些关系，实不相瞒，那账本其实是他交给我的。"

根据江南震所言，对方是一名江湖隐士，两人因琴相识，对彼此都颇为欣赏，算是不远不近的知己。

"他知我想夺江家掌门之位，又知凌寺与黎掌门勾结密谋，是极大的威胁，便称自己有个法子，能令他们精心拉拢的联盟分崩离析，后又交给我那些账本。"江南震面露愧色，"许是担心我无法说服王爷，所以他才会事先撕下几页账目，去煽动徐煜与王爷为敌吧。幸好云门主没事，将士们的伤势也已无大碍，还请王爷看在我的面子上，放他一马。"

季燕然挑眉："这名隐士为帮五爷夺得掌门之位，还真是尽心尽力，谋害皇亲可是死罪，这份情义……他叫什么名字？"

江南震答："没有名字，自称琴痴，我便唤他琴兄。"

"琴痴，也罢，看在江五爷的面子上，本王便放了他这一回。"季燕然道，"恰好云门主也爱抚琴，将来若有机会，或许可以让他二人切磋一番。"

云倚风恰巧推门进来，好奇地道："切磋什么？"

季燕然答道："琴技。"

云门主心花怒放："和谁？我已经准备好了。"

江南震："……"

"最近怕是不行，你得好好养着身子。"季燕然递给他一杯温茶，看着他喝完之后，便带着人出去吃饭。临走前回头提醒一句，"滚石无眼。那位琴痴先生为帮夺掌门之位，都甘愿犯下死罪了，怎么反而对江五爷的性命不上心？也不怕砸伤自己人，下回见面，记得替本王劝他一句，可莫要再如此冒险了。"

江南震低声应道："王爷说得极是，我定会好好训斥他，绝不再犯。"

外头的天气很好。

云倚风手中摇着一把不知从哪里摸来的折扇，模样俊俏，风流倜傥，还在惦记方才提到的琴痴，追问，那是谁？

"你是风雨门门主，却问我那是谁。"

风雨门门主被问住了，讲道理，江湖中爱琴之人多如牛毛，皆能自称一句"琴痴"，我怎会知道你们说的是哪个。

季燕然笑笑，把方才江南震所言大致与他说了一遍。

云倚风听得皱眉："世间当真有这般疯魔的人，会如此不计后果，只为帮江南震争掌门之位？"

"或许是江湖之大，无奇不有呢？至少就面前的局面来看，抛去贪腐一事不言，江南震的确是最大的获益者。"季燕然说，"走，不说这些了，先带你去吃饭。"

云倚风趁机提要求："再去琴行看看。"

季燕然面不改色："不行，你现在还病着，抚琴会头疼。"

云倚风纳闷儿："真的？"

"真的。"

千真万确。

虽说江南震口中的那位"琴痴先生"，听起来尚有不少可疑之处，季燕然也未全信。但不管怎么说，能找到血灵芝的确算是他立大功。

江家弟子这一路对云倚风也颇为关怀照顾，且不论最终目的是什么，至少看着挺让人舒心。所以为表礼尚往来，云倚风也特意从临近城中招来一批风雨门的弟子，命他们将千秋帮的近况尽快散播出去，说得越惨越好，越可怜越好，能搅得其余门派人心惶惶、不敢站队最好。

顺便，还占了些朝廷的小便宜，选最快的皇家驿馆捎了封信回春霖城，其中特意夹带上了先前病重时，满怀慈爱与不舍写下的奇长遗书。

而在风雨门中，清月与灵星儿正牵挂着云倚风呢，整日提心吊胆，吃不好睡不香，生怕会从江南传来噩耗。这天好不容易等到来信，拆开一看，赫然是十七八页的临终遗言，灵星儿顿时哭得几欲昏厥，清月亦是红了眼眶，将拳头捏得死紧，结果好不容易看到最后一页，就见上头用龙飞凤舞的潦草笔触，得意扬扬地写着：

为师我已经找到血灵芝，治好病了，所以给你们报个平安，先勿将此事宣扬出去。对了，前头那封信是我在两月前写的，什么成亲、生孩子的事情，都不用细看，主要是看其中对于江湖局势的分析。清月啊，这字字句句皆是为师呕心沥血为你铺的路。我最近身上没什么力气，手酸，不想再重新誊抄一遍了，故随平安信一起寄来，你只挑重要的看。

灵星儿："……"

她将那最后一页薄薄的纸，翻来覆去地检查了好几遍，方才不可置信地说："找……找到了，当真找到了吗？"

清月道："看师父的笔锋都快高兴得飞出纸边去了，理应是找到了。"

灵星儿喜极而泣，简直要手足无措了，不知该说什么才好。过了一阵，又反应过来："师兄，你说门主是不是故意将那封遗书放在前头，吓唬我们的？"

清月诚实地回答：“据我对师父的了解，很有可能。"

想起方才的如雷轰顶，灵星儿擦了把花脸，气得不行，却又高兴得不行。最后坐在院子里，看着面前姹紫嫣红的夏花，闷闷地笑了半天。

终于找到血灵芝了啊。

可真好。

而在汉阳帮中，可就没人敢当着掌门的面笑了。

自从黎青海接任武林盟主之后，他所处的陇武城，自然也就成了武林盟的总坛。此时，汉阳帮弟子正道：“据说是萧王亲自下令，要彻查千秋帮与官府勾结贪腐一事，那徐煜已经将什么都招了，证据确凿，所有案犯不日便会被押至王城，估摸难逃一死。"

黎青海听得心烦，他面前桌上摆着七八封密函，皆是近几日各门派加急送来的。千秋帮一事已在江湖中闹得沸沸扬扬，虽说众人尚不明白为何一向与江三少交好的萧王殿下，会突然与江五爷变得关系密切，但不管怎么说，这回朝廷已是摆明了要插手江家的事。那可是手握八十万大军的实权王爷啊，谁会吃饱了撑的，为一点儿蝇头小利去与他作对？便都推托，说自己头疼、脚疼、心口疼，或者是爹娘病重，儿子出水痘，各种借口，五花八门，总之是决计不肯再帮江凌寺了。

弟子委婉地劝道：“这种时候，盟主还是离江家的事情远一些吧，咱们犯不着为了旁人的家事，给自己惹来一身骚。"

黎青海自然知道其中利害所在，也确实有些后悔，当初轻率地决定要替江凌寺夺掌门之位。可话说回来，先前谁又会猜到，先前一直吊儿郎当，看起来与江南斗关系甚是疏远的江凌飞，竟会因伯父受伤而连夜赶回江家，还将季燕然也一道引了过去？

在他夺得武林盟主之前，汉阳帮便一直被江家压着一头，颇有"一山不容二虎"之意。后来即便他得了盟主之位，江南斗也依然仗着家世与资历，屡屡当众出言不逊，甚是狂妄。黎青海面子上挂不住，恨不能将江家连根拔起，却又苦于对方根深叶茂，难以撼动，后只有退而求其次，想暗中扶持江凌寺上位，将对手变成自己人，最好是能乖乖听命、唯有汉阳帮可依靠的自己人。

见盟主迟迟不语，弟子又道："咱们先前虽说与各门派有所筹谋，但那时并不知道萧王要插手江家的事，现在趁早撇清关系，想来朝廷为保江湖安稳，也不会多加为难。"

黎青海所担心的却是另一件事，当初的盟主之争……他烦躁至极，眉头紧紧拧成一道"川"字。

窗外阴云沉沉，是夏末最沉闷的雷霆暴雨。

天空炸开一道滚雷。

路上行人纷纷加快脚步，各自寻着避雨处，唯有云倚风走得不紧不慢，依旧拿着一把折扇在四处闲晃。遇到被撞翻的摊子，还要帮忙将果子一个一个捡起来。他身子骨养好了，心情也捎带着飞上天去，看山看水皆顺眼，连面前横眉冷对，正恨不得从眼睛里飞出刀子的少年，他也觉得十分英气可爱，便从旁边的店铺里买了个糖人，递给他，热情地道："九少爷怎会出现在这里？"

不问还好，这一问，江凌晨便越发怒从心头起，将手中的"漂亮仙女"捏成一堆糖渣。

云倚风颇为遗憾，怎么如此不怜香惜玉呢？

江凌晨此行是要回丹枫城的。

那他在先前的一个多月里，去了何处呢？

答曰，去了洛城羽家，帮亲爱的三哥找小红。

这差事原本是归风雨门，云倚风也的确派了清月去讹……讨要，但羽家却死活不肯交，毕竟那第一杀手也不好轻易得罪。清月便写信将此事告诉了江凌飞，看要不要出手硬抢。就这么着，江小九临危受命，被他哥一脚踹出了门。

结果到羽家一看，马丢了，也不知是真丢还是假丢，总之整座宅子都兵荒马乱，被翻得如同烂酸菜。洛城大街小巷皆贴着寻马启事，上头画着的那通红威风大马，可不就是江家三少的"老相好"。

云倚风吃惊地道："小红丢了？"

江凌晨道："嗯。"

云倚风："……"

那可不大妙。

江凌晨自然知道不妙，事实上他已经提心吊胆了一路，恨不得找座仙山拜师，亲手变出一匹赤霄来。

云倚风替他叫了茶与点心，安慰："小红是名马，若跑到深山老林，应当过得挺逍遥自在，而若被人捡到了，定然也舍不得虐待，日子过得一样不错，我们多派些人手，再慢慢寻便是。"

江凌晨却想，要是被不识货的人捡到了呢？前些年丹枫城里还出现过一匹据说能日行千里的神驴，稀罕宝贵得很，后来也是没看好，跑了，再找到时，已经成了一锅"阿胶"。

少年越想越绝望，生出几分"乘船修仙下蓬莱，从此不问人间事"的念头。

"行了，先好好吃东西，风雨门替你去寻便是。"云倚风将盘子推到他面前，"放心吧，没事的。"

听到"风雨门"的名号，江凌晨总算缓过来一些："真的吗？"

"自然是真的。"云倚风又问，"在九少爷出发之前，江家的局面怎么样了？"

江凌晨答："表面像是一潭死水，暗里却绷满了弦。"

自从江凌飞放出消息，说自己要争江家掌门之后，家中所有人就都慌了神，加之还有风言风语，说萧王殿下最近与江五爷关系密切，就更加让人一头雾水，不明白眼下究竟算是怎么一回事。江凌旭也变得谨慎许多，处理任何一件事情时，都要再三斟酌，生怕会落下一点儿把柄。大少爷如此，底下的人更如此，于是整个江家的气氛，便十分压抑，令人快要喘不过气。

唯一逍遥快活的，只剩三少爷一人。

烟月纱的池塘又被扩大几分，里头养了一池子锦鲤，江凌飞每日都要去江南斗房中，陪着昏迷不醒的伯父聊一阵子。而在余下的时间里，便都待在那花木繁盛的院中，有茶有酒，听月圆圆抚琴。

圆脸姑娘问："三少爷不是说掌门昏迷，家中不宜奏乐吗？"

"那是忽悠云门主的，家中已如此风声鹤唳，死气沉沉，总得自己找些乐子。"江凌飞靠在软榻上，手中端着一盏美酒，"况且牵不牵挂，担不担心，原也不在这些表面功夫上，弹些欢快些的曲子吧。若随着风声飘到伯父耳中，说不定他心情一好，还能醒来得更快些。"

月圆圆答应一声，又好奇地说："三少爷当真打算当掌门？我听外头人人都这么说。"

江凌飞反问："你想让我当吗？"

"当然想啦，三少爷做了掌门，便能一直待在家里了。"月圆圆随手拨弄琴弦，喜滋滋地道，"我想天天都看见少爷。"

江凌飞笑笑，没说话，只听她继续抚琴。

其间有家丁经过烟月纱，回去不忿地向媳妇抱怨，说大少爷那头连每日菜式都缩减了，生怕会担个奢靡享乐的罪过，三少爷却还在醉生梦死、沉溺享乐。这都是要争掌门的人，凭什么三少爷就能如此逍遥快活？

媳妇一边替他更衣，一边小声地道："人家三少爷背后有萧王啊，有权有势谁敢惹？大少爷背后可什么都没有，我看你啊，还是再仔细想想要站到哪一边吧。"

月圆圆今日穿了一件水红的衫子，抚琴时双袖如流水般，看着不再像小丫鬟，倒像是家里娇羞的小姐。

江凌飞笑道："再配一根珍珠花簪，便能出去嫁人了。"

"什么呀，我才不嫁。"月圆圆按住琴弦，"这是刘婶早上送来的，她可势利眼了。先前三少爷不在家时，虽说也没亏待过我吧，却也从来没送过这么好的衣裳，还不是想巴结将来的掌门。"

"看这衣裳样式，她怕是误会了你我之间有什么私情。"江凌飞放下酒杯，提醒，"当心将来嫁不出去。"

月圆圆却不在意，误会就误会吧，反正自己一时半刻也不愿嫁人，还在等着将来三少爷当上掌门，提拔自己做江府大管家呢！

"家里像刘婶一样的人，可多了去。"月圆圆继续说，"现在大家都知道，萧王殿下同三少爷交好，同五爷也交好，独独不与大少爷交好，所以啊，许多先前站在鸿鹄楼那头的人，都开始动摇了。"

鸿鹄楼便是江凌旭所居的院落，素日里都是宾客盈门的，最近的确萧条了许多，反倒是先前万年不见一人影的烟月纱，逐渐变得热闹喧嚣起来，不断有人送来各种珍宝，说是供三少爷与圆圆姑娘解闷赏玩，挡都挡不住，白白污了恬淡清静。

江凌飞半闭起眼睛，接着想事情。

初秋的凉风吹落一地残花，树影婆娑摇曳，沙沙声伴着缥缈的琴声，暗香浮动，暗音亦浮动，越发催得人昏昏欲睡，只是这一把黄昏好时光，偏偏有不速之客要来扰。

院门被吱呀一声推开，琴音戛然而止，月圆圆起身行礼："大少爷。"

江凌飞也睁开眼睛，打着哈欠坐起来："大哥怎么来了？"

"我刚去探望过伯父，看时间还早，便过来看看你。"江凌旭示意其余人都退下，也并未拐弯抹角，"听说萧王与五叔去了一趟金丰城，现正一道赶回江家？"

江凌飞点头："估摸这两天就会到。"他睡眼惺忪，衣襟上还沾着残酒落花，一派常年混迹烟花地的浪荡形象，实在与"掌门人"三个字扯不上任何关系。

江凌旭看着这个弟弟，喉头滚动，实在很想问一句，为什么？

为什么要回来？为什么突然就与五叔有了密切的关系？萧王又为何要搅和进来？雅乐居的那张旧琴究竟是怎么回事？云倚风究竟带走了什么……他实在有太多太多疑问了，近几个月，各种事情桩桩件件纷至沓来，每一件都那么有悖常理，每一件都打得江家大少一头雾水、措手不及。原本势在必得的掌门之位，突然就变成水中月、风中沙，成为缥缈而又遥不可及的存在。

江凌旭已经彻底慌了。

虽然在下人眼中，大少爷依旧同往常一样，每日都有条不紊地处理着家中事务，但只有他自己知道，一旦江凌飞、江南震与季燕然三人联手，那将意味着什么。

江凌飞道："五叔本事通天，大哥也不是第一天知道。说实在的，连我也不知他是何时与王爷有了交情。"

他一边说着，又亲手斟了杯酒，漫不经心地道："其实当掌门又有什么好呢？劳心费力，还要遭人算计。倘若伯父不是掌门，现在怕也不会被搞得生不生、死不死，大哥说，是吗？"

江凌旭端着酒杯，手指微颤，苦心孤诣十余年，精心布局，步步为营，眼看就要达成目的，偏偏又……他如何能甘心，可却又不得不甘心。

江凌飞暗自摇头，将手中的梨花白一饮而尽，入口甘甜清爽，是顶好的酒。

只可惜，这好酒不能与好友共饮，反倒要看着大哥那张苦大仇深的脸，实在扫兴。

秋日里的丹枫城，果真满城满山都是金红色的枫林，被阳光一照，漂亮壮阔极了。

文人才子们结伴出城郊游，曲水流觞，纵情高歌，漫漫诗歌狂舞如雪片。云倚风看得好玩，也混进去喝了几盏别人的酒，吃了半只不要钱的烤鸡，方才心满意足地一抹嘴，抱拳告辞。

季燕然问："你就没写两句酸诗？"

"我若写诗，自然得第一个写给王爷，如何能让旁人先占去便宜。"云倚风说完，顺便将手中的鸡腿递给梅竹松，"前辈尝尝，那烤肉的厨子自称来自千伦草原，算是家乡味。"

梅竹松笑道："西北大捷后，大梁与各部皆签订了和平盟约，互相往来频繁。我的族人有不少都前往大梁学习与经商，这全是王爷的功劳。"

云倚风擦干净手，又恋恋不舍地往山上看了一眼。

富足安稳、文化繁盛，各族和乐融融，共醉于眼下的金秋美景中。这应当就是史书里最为人称道的清平盛世了吧。

只是清平盛世，也有清平盛世的烦恼。

比如说，若生逢流离乱世，连肚子都吃不饱，就肯定不会有人还有心思钩心斗角，争什么见鬼的掌门之位。

皇宫里，李璟正在批阅奏折。

下头另摆有一张桌子，李珺手捧一本厚书，看得昏昏欲睡，只恨不能就地躺上三百年。他原以为自己此番回到王城，因为多少也在西北立了一些小小的功劳，所以肯定能过上遛鸟养花、纸醉金迷的王爷生活，结果人算不如天算，恰是因为他在西北的表现看起来不那么草包，还颇有几分大局观念，所以李璟便命他熟读兵书策论、大国礼仪，好好学一学要如何当个合格的皇亲国戚，以备将来不时之需。反正现在杨家也倒了，不怕再生出别的乱子。

李珺心酸不已，鼓了七八回勇气，也没敢告诉皇兄，他将来当真只想开个裁缝铺子，或者花鸟鱼虫铺子，或者别的什么铺子。

德盛公公送来一封书信，低声禀道："是飞鹰加紧送来的。"

"飞鹰"不是一个人，而是一个负责探听各路消息的朝廷机构，算是只听命于天子一人的"风雨门"。

李璟挑开火漆，薄薄的一张纸，上头只写了几行字，却看得他眉头紧锁，许久未语。气氛太过压抑，压抑得连下头的李珺也不敢再打哈欠了，只胆战心惊地想着，这又是怎么了？

良久，李璟提笔写下一封密旨。

"八百里加急，用最快的速度，交到萧王手中！"

江家山庄，处处都栽种着奇花异草，云倚风四处逛了一圈，还是最喜欢烟月纱。

江凌飞道："喜欢就多住几天，正好架上的葡萄也熟了，摘一些下来，我教你酿酒。还有楚州送来的烟熏红肉，切片后用炭火细细烤熟，用来配甜酒最好。"

"也就在这烟月纱中，还有些人间乐趣了。"云倚风斟酒，"方才圆圆姑娘带着我去雅乐居，一路遇到不少人。不是战战兢兢，就是怒目而视，再不然便是防贼一样的眼光，后背都要起一层毛。"

江凌飞笑道："待五叔接任掌门，我们便回王城吧，这烟月纱虽好，可出了烟月纱，别的地方实在没意思，不如回去陪陪干娘。"

两人正在说话，梅竹松恰拎着药箱从院外进来，他这几日一直在替江南斗看诊，耗费了不少精力。

"前辈，快请坐。"云倚风替他搬过竹椅，又问，"江掌门怎么样？"

"恢复得还不错。"梅竹松道，"我用银针刺激他的穴位，已经有些知觉了。"

江凌飞一喜："当真？"

梅竹松点头："不过练功时走火入魔，到底伤了元气。将来就算能醒，只怕也会落下病根，须得好好调养，掌门之位，是万万不宜再担任了。"

"只要伯父能醒，倒也不必非做什么掌门。"江凌飞道，"实在不行，我便在王城替他买一栋宅子，让他好生安度晚年。"

至于江家的事情往后要交予谁……

江南震的掌门接任仪式，就定在十日后。

他气焰高涨，如日中天，连带着手下弟子也趾高气扬起来，像一只一只的螃蟹，只会横着走。

掌门位子已定，首当其冲的便是江凌旭的人。他们被冷嘲热讽不说，还不能回嘴，要多窝囊就有多窝囊。

至于江凌寺，因为先前并未露出锋芒，野心还没冒尖就被一把掐了，黎青海又写来书信，下令不可惹事，所以人人都还只把他当成斯文儒雅的四少爷，倒是没吃多少亏。

有嘴损的下人，暗地里都在笑话，说什么鸿鹄楼，大少爷现在啊，可连落架的阉鸡都不如。

日暮，江南震正在闭目运功。四周无风，桌上灯火却微微晃动。

一个人悄无声息地出现在了房中。

江南震睁开眼睛，冷冷地与对方对视，质问："那些账目究竟是怎么回事？"

根本就没有什么"琴痴"，所谓琴痴，只是他在情急下想起雅乐居中那张旧琴，随口编来敷衍季燕然的一个故事。

真正存在的，从始至终就只有面前这蒙面的黑衣人。

江南震语调中颇有几分怒意，那黑衣人却并没有什么大的反应，只将蒙面巾取下来，熟门熟路地给自己倒了杯茶，漫不经心地道："若不是我偷得账本，又撕了那几页去威胁徐煜，季燕然如何肯及时调兵包围金丰城？五爷可知道，当时听命于黎青海的掌门，少说也有十七八人，有的甚至已经暗中抵达丹枫城，就差武林盟一声令下了。"

江南震冷哼一声，想到自己此番能得掌门之位，对方的确占了头功，便也未再多言，只警告几句，以后万不可再如此冒险。

黑衣人又问："血灵芝当真那般好用？"

"是。"江南震也走到桌边，"第一回见到那些灵芝时，朵朵鲜红，生于尸山血海之中，腻香阵阵。我还当它有无药可解的剧毒，谁承想，竟会是救命良药。"

"卢家军一生忠勇，尸骨上又如何会生出害人的毒物。"黑衣人放下茶杯，像是又回忆起了从前，长叹道，"将军啊，哪怕含冤而死，竟也要帮那李家的人。可你且看看那群忘恩负义之徒，他们可曾有片刻想到过将军？倘若心中残有一丝愧疚，也该年年洒扫祭拜，又怎么可能找不到血灵芝？那么大一片，漫山遍野，举目皆是，就赤裸裸地晾在星辉月露下，却从没有一个人找到过。皇家、风雨门，都快将大梁的地皮刨遍了，唯独想不起此处，可笑，可笑。不过也是了，李家人处心积虑地想抹去血债，隐瞒真相，只恨不能将整座木槿镇都夷为平地，又如何能找到血灵芝呢？"

黑衣人嘴里说着，眼中又被霜雪覆满："这回要不是为了帮五爷，我宁可烧了整条峡谷，也不愿让那血灵芝被李家人拿去！"

江南震却不想得罪季燕然，便道："萧王殿下与云门主，理应是对当年之事毫不知情的，甚至连新木槿与旧木槿的过往都闻所未闻。也对，先帝有意隐瞒，他二人当年都未出生，又能知道什么呢？"

这话显然并未安慰到黑衣人，反而激得对方声音越发尖锐，不是高声叫嚷，却带着怨毒穿透人心："云倚风被蒙在鼓里倒也罢了，可季燕然号称大梁第一将军，战无不胜、神机妙算，竟也对二十余年前那场惨烈的战争一无所知。由此可见，他不过就是一朵被李家人精心栽培的花罢了，赶上太平盛世，在西北虚混了个名头，哪里配与安定天下的大将军齐名！"

"是。"江南震重新替对方斟了一杯茶，顺着劝道，"这天下，谁又能比得过卢将军呢？"

而在另一头，云倚风也正在问江凌晨："先前那伙黑衣人，可有再来找过九少爷？"

"没有。"江凌晨摇头。

因此番回家之后，全靠面前这位风雨门门主，三哥才没有多追究赤霄遗失的事，所以他的态度也软化不少，乖乖地答道："自从树林那夜之后，就再没出现过了。"或许就像先前说的一样，自己行动失败，早已成为被对方放弃的废棋。

云倚风又道："我这里还有一件事情，想请九少爷帮忙。"

先前从雅乐居中翻出的那张改制琴，始终是梗在他心里的一根刺，他总想查明它究竟是何时出现在了江府中。江凌飞在家里人缘不好，但江凌晨不同，年纪小，模样乖巧，即便骄纵任性、横行霸道，在上了年岁的婆婆婶婶眼中，依旧是讨人喜欢的俊俏少年郎，想套话自然更容易。

两人正说着，季燕然与江凌飞也回来了，两人方才去探望过江南斗，在梅竹松的精心诊治下，他的病况的确好转不少，手指与眼皮子都会动，看着醒过来也就是这一两月的事。

"那可得派人仔细看护，省得再被暗害一次。"江凌晨提醒，"这家中，多的是不想让伯父康复的人。"

江凌飞带他去了隔壁房中。待两人离开后，云倚风重新泡好一壶花茶，又问："我听小九说，江大少爷前日病倒了？"

"是，据说是染了风寒，一病不起。"季燕然道，"手中事务也移交了一部分给江南震，算是变相服软，已经放弃了掌门之争。"

"局势如此，也容不得他再继续争下去。"云倚风将茶盏递过来，"不过江家始终与当年的卢将军有牵连，旧琴一事尚未查清，还有那不清不楚的'琴痴'，王爷当真放心就这么把山庄交出去吗？"

"他找到血灵芝，救你性命，我自然不想多加为难。"季燕然道，

303

"且先看个一两年吧，将来倘若真有异心，那便是他自寻死路了。"

云倚风点头："也好。"

再过几日，风雨门弟子又探得消息，说有许多江湖门派，已经动身前往丹枫城，准备贺喜了，其中就包括先前黎青海拉拢的、准备扶持江凌寺上位那群掌门人。他们跑得一个比一个快，只恨不能早些抵达，早些与江南震搞好关系，好让那些糊涂往事都随风吹了干净。

季燕然问："黎青海会来吗？"

"自然不会。"云倚风继续在院中画画，随口道，"他一早就同江凌旭一样，称病了。他或许是命里与江家犯冲，早年一直被江南斗压着，好不容易等到机会，有望翻身压江家一头，却偏偏遇到王爷出手。嗯，也挺倒霉。"

纸上绘着兰草玉盏，笔锋稍显青涩稚嫩，兔子不像兔子，反而似个长毛的球，但萧王殿下依旧觉得甚是可爱，便道："画好之后送我，让宫廷匠人裱起来。"

云倚风赶紧谦虚："我这画也就一般，如何能挂在珍宝殿中？"

季燕然想：珍宝殿，那是皇家收藏历代名家名作的地方，你这画吧，确实不太行，我的意思是装裱好后，可以搬回王府。

云倚风又问："你说皇上会答应吗？"

季燕然看着他诚恳、又犹豫、又期盼、又雀跃的眼神，立场顿失，斩钉截铁地答道："能"。

云倚风颇有责任感，又重新提笔："那我再好好润色一番。"

季燕然劝他："外头天气热，别润了。"再润也润不出"驱山走海置眼前"，不如回房吃葡萄。硬要将你这两根小破草挂在名画旁边供子孙后世瞻仰，实在有些说不过去。

云倚风画得颇有兴致。他幼时受尽磨难，自不比皇家子弟，琴棋书画样样有人教，顶多只能学学写字、念书，所以什么抚琴啊，画画啊，都是他长大后自己琢磨出的乐趣。季燕然看他精神像是不错，便也没再催促，只拿起笔来，细细带着在纸上描一遍。这里画一丛花，那里画一尾鱼，生生将整张宣纸都填满。

云倚风笑着说："这是什么，乱七八糟的。"

"乱就乱了。"

江凌飞这时跨进院门："梅前辈正在给伯父扎针呢。"走过来一把扯过桌上宣纸，"给我看看，这画……嚯！"

季燕然冷冷一眼扫过来："这画，我将来准备挂到珍宝殿。"

江凌飞熟练地称赞："那珍宝殿可真是占了大便宜，此一幅能顶旁人十幅。"画面那叫一个满啊，名家绘孤山浅滩，云门主绘……什么都绘，又是山水，又是花鸟，还写了两首酸不溜秋的歪诗，恨不能将犄角旮旯都填满。

看来这字写得好看之人，画不一定好看。就像武功修为精绝的人，抚琴也不一定好听。

江凌飞清清嗓子，赶紧将此危险话题转移开，以免拍马屁的方向不对，又被"狐朋狗友"威胁、痛殴，便道："我方才顺便去了鸿鹄楼，见大门紧闭，家丁亦很少进出，连大哥的面都没见着，就被他院中管家打发走了。"

"原本势在必得要做掌门的人，一朝失势，面子上自然挂不住。"云倚风放下笔，"若是个生来就无耻的痞子倒也罢了，偏偏江大少爷还一板一眼都规矩得很，打小就不苟言笑，高高在上，现在成了落架的凤凰……看家中有谁和他关系亲近，不妨去试着劝一劝，日子总还是要继续过的。"

"这种时候，江家还有谁敢往鸿鹄楼跑？"江凌飞捏开一个石榴，挑了饱满的红籽给他，道，"怕是走路都要绕着走。"

石榴看着血红，却极酸。江三少转身想走，月圆圆却急急跑进门，高兴道："梅前辈让我来禀报少爷，掌门醒过来了！"

"凌旭……凌旭人呢？"

这是江南斗清醒之后，说的第一句话。

"大哥病了，已经好几天没见过人影。"江凌飞蹲在床边，"伯父找他有急事？"

"病，他病什么，他，咳咳，那日是他躲在暗处，突然出手伤我，逆子，逆子啊！"江南斗大伤未愈，身体尚且虚弱得很，说话也是断断续续。江凌飞将耳朵贴在他唇边，方才勉强听清此番痛诉，皱眉道："是大哥？"

"我看得清楚分明。"江南斗想坐起来，却手脚僵硬，浑身剧痛。他一生习武，自然知道这代表着什么，往后怕是连生活都不能自理，成了一个彻头彻尾的废人。想及此处，两行浑浊的老泪不由得滚落枕上，他强撑着拉住江凌飞的手，颤声道："我知道他想要什么，凌飞，江家万不能，万不能交到那逆子手中！"

"好，我会同五叔仔细商量。"江凌飞拍拍他的手，宽慰道，"伯父切莫动怒，先将身体养好要紧。"

江南斗张大嘴呼吸着，嘴唇干裂渗血。方才说完那些话，已然耗尽他九分力气，便瘫软着身体，又继续沉沉昏睡过去。

梅竹松在旁道："三少爷不必担忧，能醒就是好兆头，慢慢调养休息，将来想要下地走动，吃穿自理，都不是难事。"

"这回真是多亏了前辈。"江凌飞站起来，"只冲这一事，将来千伦草原若有任何需要，江家定会全力相助。"

季燕然与云倚风正等在院中，见他出来，便问："江掌门如何了？"

"能醒已是大幸。"江凌飞道，"伯父还说，偷袭他的人是大哥。"

云倚风听得一愣："当真？"

江凌旭为夺掌门之位，不惜对江南斗下毒手，这倒不算什么稀罕传闻，相反，在对凶手的种种猜测中，最盛行的就是这一种。毕竟在掌门遇袭当日，虽说守卫都是五爷的弟子，可人人都看见了，当时他少说也派了三四轮人急急去寻大少爷，想将这护卫的差事分担开来，就是怕出了事说不清楚。可大少爷呢，一整天不见人影，晚上回来一问，竟说是出城去赏雪了。那光秃秃的一座山，零星几蓬白色，如秃子头上的痢痢，有何景致可赏。

现在江南斗亲口一说，恰印证了此事，一切似乎都挺顺理成章。

但云倚风还是有些奇怪，若凶手当真是江凌旭，那他为何不肯寻个更好的借口，来解释自己的不在场，反而要用一听就奇怪的"出城赏雪"？还是说，对方是存心找了一个最拙劣的理由，好让整件事都看起来诡异生硬，从而反向洗清罪责？毕竟自己现在不就正在因为"赏雪"的荒谬性，而怀疑凶手不是他了吗？

想得太多，云倚风难免有些迷糊。毕竟他也是刚痊愈不久的病人，脑子不大够用，连吃药都常常会忘，更何况是分析最复杂的人心。

季燕然问："那你打算怎么做？"

"五叔即将接任掌门，按理来说，这件事该由掌门亲自处理。"江凌飞道，"但他与大哥向来不睦，我担心——"

话未说完，江南震已经从门外走了进来，他每天都会在此时前来探望，今天冷不丁看到满满一院子人，还有些诧异，急忙问道："可是大哥出了什么事？"

"是好事。"江凌飞只好道,"伯父方才醒了一会儿,梅前辈说将来若恢复得好,吃穿应当能自理。"

恢复得好,才是一个"吃穿能自理"。恢复得不好,怕就只有一辈子躺在床上了。江凌飞这么说,也是想让江南震放心,让他知道江南斗已绝无可能重回巅峰,让他莫要生出不该有的歹毒念头。毕竟在掌门之位的诱惑下,他是真不知这家中每个人都会做出什么事。

江南震一听,果然面露喜色,姑且当他是发自内心地为江南斗高兴吧,进屋看过之后,又对梅竹松连连道谢,当场便封了黄金一坛,权做谢礼。

许是屋内说话声有些大,江南斗眼皮子颤两下,又醒了过来。

江南震赶忙坐到床边:"大哥。"

云倚风站在窗边,屏住呼吸,往里看了一眼,又回到季燕然身边:"凌飞站在一旁,江南震也是面色严肃,八成江凌旭的事又被重复了一遍,这下那位江大少爷,怕要喝上一壶了。"

季燕然带着他走到院外:"凌飞担心江南震会借此刁难江凌旭,但在我看来,趁着他与我们还在江家,能将此事一举查明,反而是好事。"

云倚风点点头,问:"王爷迟迟不回王城,皇上那头不要紧吧?"

"西北已定,我乐得清闲。"季燕然道,"皇兄大兴科举,刚从各地选拔了一批人才,现如今天下大定,正是这批文臣能士大展拳脚、施展抱负之时,我这手握兵权的王爷吊儿郎当、不务正业一点儿,反倒算好事。"

喀喀,云门主用两声咳嗽提醒,江五爷出来了。

季燕然背着手站直,一派云淡风轻。

江南震神情匆匆，眉间愠怒，只向季燕然草草打了个招呼，便带领下属径直回往住处。江凌飞看着他的背影，叹气道："家中怕是又要乱上一乱了。"

只过半个时辰，鸿鹄楼已经被各门弟子围了个水泄不通，明晃晃一片刀枪棍棒。江凌旭站在门前，冷眼看着面前的众人，一语不发。

仅仅十几天前，这其中的许多面孔，还在削尖了脑袋往自己身边凑，恨不能将谄媚讨好刻在脑门儿上，现在却都变了一副模样。人人摆出一脸凛然正气，看架势，只要江南震一声令下，这群人就会奋起而攻之，将鸿鹄楼夷为平地。

"大哥。"江凌寺也混在其中。与黎青海的联手计划落空，他相当明白自己将来在家中的位置，哪怕只为权宜，也得先向五叔示好，于是一反平日里不问家事、斯文儒雅的高洁形象，主动道："伯父已醒，亲口说那日你出手偷袭，才会使他走火入魔，五叔已下令彻查，你可还有什么话说？"

"荒谬！"江凌旭闻言大怒，"我那日并不在家，如何会暗害伯父？"

"大哥自称出门赏雪，却连一个随从都没有带，现有伯父亲口指认，若想自证清白，至少得寻个人证出来吧？"江凌寺说得耐心，其余人听在耳中，也觉得的确是这个理。否则呢？空口白牙说上一句，难不成就能洗清嫌疑了？

江凌旭脸颊肌肉微微抖动，他太清楚江南震的目的了。原以为主动交出权力，再称病闭门不出，就能逃过一劫，现在看来，还是自己把事情想得太过简单。江凌寺见他久久不语，便使了个眼色，示意众弟子动手拿人，却被江凌旭甩袖扫至一旁，他厉声道："你们好大的胆子！"

"大哥，你这就没意思了。"江凌寺拔剑出鞘，直直指着他，"五叔只是想请大哥去洪堂问个话，何必如此心虚。"

洪堂，那是江家的刑堂，只有触犯门规、欺师灭祖的大罪才会往那处押送。那地方少说也已经被关闭五年了，此番重开，光是其中所含的羞辱意味，便等于将江凌旭当众踩在了脚下。他几乎已经要怒不可遏了，拂袖想要回到鸿鹄楼，身后却传来一阵破风声。

江凌寺招式凌厉，其余人亦冲了上来。江凌旭后退两步，反手拔起武器架上的长枪。还未出手，手臂却被震得一麻，当啷一声，枪头被打落在地，手中只剩了一根光秃秃的木头杆子。

"大哥。"江凌飞握住他的手腕，"切莫冲动。"

"连你也要来趁机踩我一脚吗？"江凌旭咬牙切齿。

江凌飞提醒："大哥若的确没做过亏心事，现在动手伤了自己人，将来可就越发洗不清了。"

江凌旭道："你少来花言巧语！"

"伯父的确亲口指认了大哥，五叔要查，也是情理之中的事，并非有意诬陷。"江凌飞道，"现在大哥能打退一百人，可家中还有数千弟子，或者你今日干脆单枪匹马，杀出江家，那便坐实了凶手的身份。况且鸿鹄楼中还有你的妻儿，你都抛下不管了吗？"

他松开手，继续道："大哥要是相信我，也相信自己的清白，现在就别冲动，忍下这一时委屈。嫂子与侄儿、侄女，我自会顾他们周全。"

江凌旭与他对视片刻，终是右手一松，让那半根长枪从掌心滑脱。

众弟子一拥而上，将人五花大绑，带去了洪堂。

人群散去，只在鸿鹄楼前留下一片狼藉，院中隐隐传来哭声，是胆小的丫鬟与孩子们。

江凌飞脑中作痛，转身道："我在江家并无心腹，怕是要劳烦王爷，先借我几百兵马护住此处了。"

几人暂时回了烟月纱，云倚风问："江大哥不去洪堂看看吗？"

"五叔押大哥过去，更多是为羞辱，还不至于一上来就严刑拷打。"江凌飞给三人泡茶，"大哥定然不会承认，但也无所谓了，有伯父的指证，已经足够将他关押在牢，这就是五叔最想要的结果。"

云倚风暗自想着，现在若想替江凌旭洗脱罪名，就必须得先弄清楚，在江南斗遇袭当日，这位大少爷到底独自一人偷偷摸摸去了何处，竟让他宁可担一个谋害掌门的嫌疑，都不愿如实供认，是有多见不得人？

"还记得当初在十八山庄时，许老太爷宁愿承认自己与红鸦教有染，也要遮掩住白河一事的举动吗？"

云倚风微微皱眉，明白了他的意思，所以江凌旭有可能是为了遮掩更大的罪行，才会不敢泄露当日的真实行踪？

他脑海中闪过一个念头，吃惊地道："该不会真的与卢将军有关吧？那天出门也是见昔日旧人，暗中谋划些什么？"

江凌飞："……"

季燕然拍拍他的肩膀："而且雅乐居还出现过一张来路不明的琴，云门主的分析并没错，老实交代，你家到底怎么回事？"

江凌飞哭笑不得："我能交代什么，不过话说回来，若实情当真如此，那我还真是小看了这位大哥。"说完又道，"这件事还是得尽快查明才好，若的确与卢将军有关，大家再商议下一步要怎么办吧。"

江凌旭并没有在洪堂里待多久，就像江凌飞所预料的，因他一直不肯承认与暗害掌门一事有关，江南震只草草审了两句，便下令将人押去牢中，任何人不得探视。当然了，这"任何人"里，肯定不包括多管闲事的萧王殿下、酷爱四处溜达的云门主，与家中人人惧怕的三少爷。

入夜，天上在飘细细的雨丝。

季燕然让云倚风换了一套厚实些的衣服，问："在想什么？"

"卢将军。"云倚风回神。因自己的身世，他对这方面的事情总会格外敏感一些，又想找到真相，又怕自己的父辈当真是叛国反贼。总之就是每每想起，每每矛盾，十分纠结。

"别怕。现如今这件事是你我在查，哪怕当真查出什么，也不必一五一十地上禀皇兄。"

云倚风道："那可是欺君之罪呢。"

"先前又不是没欺过。"季燕然笑，"比如说，你背地里说过他多少次坏话了？我可都好好瞒着，半分消息没泄出去。"

云倚风："……"

江府气派，可牢房却阴森得很，再加上江凌旭下午出言冷嘲热讽了江南震几句，所以被对方一怒之下关押到了条件最恶劣的水牢，阴雨霏霏的秋日夜晚，再泡在齐腰深的乌黑脏水里，那滋味难以想象。待江凌飞将他从牢中带出来时，江凌旭已是面色青白，浑身都在颤抖，一分为冷，九分为奇耻大辱。

江凌飞吩咐人取来干净的衣服，又送了热茶。这里是牢头平日里休息的地方，空间逼仄昏黄，只有两三根残烛挑出一小片微光。

季燕然与云倚风算外人，也算朝廷中人，因此并未露面，只在隐蔽处屏息听着。

江凌飞慢慢斟茶："我来时去探望过伯父，又细问了当日的情况，他的确看到了偷袭者的脸，认定那是大哥。但话说回来，也有可能是旁人易容。所以我想问问大哥，当天到底去了哪里？若不把这件事说清楚，那就算我想出手相助，只怕是亦有心而无力。"

江凌旭嗓音干裂："偷袭者当真是我的脸？"

江凌飞点头："千真万确，所以我猜伯父之所以能保住性命，并非侥幸，而是凶手有意留了一手，为的就是今时今日这局面。"

空气寂静，屋内久久无人语，像是江凌旭正在内心挣扎着什么。云倚风在外头颇为紧张，手心冒出薄汗来，又过了好一会儿，方才听到一句："那日，我确实在城外山中。"

"赏雪？"

"不是。"

云倚风与季燕然对视一眼，继续侧耳细听。

按照两人的猜测，接下来的供述，多少也该与卢将军、谢含烟，或者其余名声赫赫的大人物有些关联，结果就听江凌旭道："我那天进山，是为了见一个女人。"

江凌飞追问："谁？"

又是一阵沉默。

"于绵绵。"

于绵绵，这是哪位？

云倚风听得一头雾水，季燕然也摇头，闻所未闻。

江凌飞显然也没弄明白，江凌旭原本青白的脸，此时却因羞辱而涨红起来，咬紧牙关道："她是丹枫城中的一个……女人。"

云倚风："……"

季燕然："……"

江凌飞的眼神相当一言难尽。

根据江凌旭的供述，他是在数月前，偶然遇到一群痞子正在欺负卖绣品的姑娘，便出手相助，英雄救美。对方虽非绝世美人，仪态却风情万种，又有一把娇滴滴的嗓子，极会讨人欢心。接下来的事情，便是戏文里常演的有钱阔少的戏码，江凌旭原想着顶多收回家做个贴身丫鬟，并不算什么大事。谁料在几天后，对方却将他约至隆冬雪山，哭着说自己并非货郎的女儿，而是城里谢三新娶的填房。

谢三是谁，丹枫城最窝囊的男人，靠着在街口杂耍、卖假药与偷鸡摸狗度日，样貌丑陋不堪，头发上常年挂着污垢，乞丐都要比他体面几分。

江凌旭听得脸都白了，于绵绵却还在娇滴滴地往上凑，嘴里讲着一些谢三的龌龊浑事，说也要让他试上一试。

云倚风一把攥住季燕然的手，原本以为会听到一个大逆不道的故事，没承想啊，又刺激，又惊悚，又艳情。

事情的后来，于绵绵哭哭啼啼地跑了，江大少爷也惊魂未定，脚步虚软地回了家，结果一进门就听到消息，说是掌门遇袭，走火入魔，生死未卜。

"我那时其实已经隐约猜到了一些内情。"江凌旭道，"隔日我派人去打听，果然，于绵绵已经消失无踪了，只留下一封书信，说自己找了个更有钱的人跑了。气得谢三一人在路上打滚撒泼，哭骂了一下午的街。"

云倚风心情复杂，若江凌旭所言不虚，那这个局还真是……先让于绵绵去勾搭谢三，再去勾搭江凌旭，城中最尊贵显赫的富贵大少爷，竟与最窝囊肮脏的老骗子共拥一个女人，还是少爷去偷了人家的。传出去何止丢人现眼，怕是会被人戳着脊梁骨，耻笑一辈子。

退一步说，就算江凌旭一五一十地供认出实情，可于绵绵人呢？早就不知去了何处，同样无凭无证，和"进山赏雪"的理由一样，又有谁会相信？倒还不如后者，能更加体面一些。

江凌飞问："大哥去找过她吗？"

"找过，一无所获。"江凌旭目光颓然，"所以我早就猜到，自己会有今天了。"

若江凌旭的确是遭人陷害，那现如今最大的获益者，无疑该是江南震。

云倚风道："啧。"

江凌旭目光警觉，猛然站起来："是谁？"

季燕然目光无奈，风雨门门主就是这样探消息的？

云倚风摸摸鼻子，都说了，我最近脑子不好使。

既然行踪已经暴露，两人只好推门进去。

云倚风看着江凌旭，眼神十分无辜，怎么说呢，我来这里完全是为了了解谋反叛国、惊心动魄的大场面，不是故意要打听你的偷腥情史。

这种丢人现眼的事情，本该牢牢地藏着、掖着，半丝风声不漏才对，此番却骤然被两个不相干的外人听到了。

云倚风觉得，江凌旭内心定然惊怒交加，翻起惊涛骇浪，便带着十分诚恳的弥补心态，许诺道："大少爷放心，风雨门定会帮忙查清真相。"

"我先替大哥换一处干净的居所。"江凌飞道，"再过几日，就是五叔继任掌门的日子，有许多事情都在等着他去处理，理应顾不上这头了，大哥正好清静一段时间。"

江凌旭摇头："成王败寇，一切皆为我咎由自取，现在我也无话可说。只是你大嫂与几个孩子，往后怕要终日惶惶难安了。若我久困于此，还请三弟替我将他们送回岳城娘家，好生安置。"

江凌飞点头："好。"

一行人离开水牢时，已近子时。

云倚风试探："倘若当真是江五爷设计陷害，那过几日的掌门接任大典……"

"无凭无据，于绵绵又明显只是一枚棋子，完成任务后被人灭口都有可能，仅靠这个，怕是阻止不了五叔上位。"江凌飞道，"况且江家内部多年来钩心斗角，比这卑鄙阴险的手段多了去，大哥也不见得有多光明磊落，只是这次斗输了而已。选掌门向来是选有能力的人，并非要选一个品行高洁的道德楷模。说实话，江家也的确找不出道德楷模。"

云倚风问："那还要继续往下查吗？"

"查。"江凌飞道，"大哥与五叔谁输谁赢，我不感兴趣。但有人在光天化日之下行刺掌门，在场数百弟子竟无一人察觉，还能让对方得手后顺利离开，十有八九是有内鬼从中接应。不将此人揪出来，江家始终存在隐患。"

而这"内鬼"究竟是谁，结合目前的种种线索来看，江南震显然该排第一位。

云倚风点燃房中的小灯，琉璃罩侧透出芙蓉锦绣，铺散在屏风上，看着甚是喜庆。

季燕然道："江南震替你找到过血灵芝，我是真想卖他这个面子。"

"也未必就是他所为呢。"云倚风洗干净手，"谋害掌门，放在哪里可都是一等一的重罪，江五爷为人谨慎，应当不会轻易冒这份险。"

杂役送来沐浴用的热水，是月圆圆特意备下的，里头加了世家公子中正流行的洛絮花油，据说是蓬莱仙人传下的妙方，泡完之后，可使遍体生香。

云倚风懒洋洋地趴在浴桶边沿："一听就不是什么正经好仙。"

翌日清晨，云门主特意找到圆圆姑娘，叮嘱今晚的浴水里可莫要再加什么洛絮花油了。

"那加什么呀？"月圆圆问得天真无邪。因为大家都知道的，现在天下太平，所以无所事事的世家公子哥儿们，平时都喜欢捣鼓一些精致的小玩意儿，也养了一身富贵毛病，衣食住行皆有讲究，沐浴更是万万不能一桶清水了事。所以圆圆姑娘就觉得，比所有公子加起来都要好看飘逸的云门主，可能也挺讲究的，自己一定不能怠慢。

云倚风看她模样可爱，想起灵星儿，随口胡扯的毛病再度复发，一本正经回答，加点葱、姜、蒜。

月圆圆吃惊："啊？"

"你休要理他。"江凌飞从院外走进来，笑着骂了一句，打发月圆圆去做事，又问，"王爷呢？有宫里来的人找他。"

宫里来的人。

一听这五个字，云倚风心里就隐隐生出不祥的预感。毕竟按照当今皇上的性格，应当不会闲得没事，就写来一封信倾诉兄弟思念、关怀之情，可千万别是哪里又有新的军情。

来人只带了一封密旨，盖着李璟的私印。

季燕然挑开火漆，草草看过一遍，眉头半是舒展半是拧结。舒展是因信中所提之事与军情无关，百姓依旧陶陶安稳着；拧结是因为有人向李璟告密，说江南震与当年的卢广原，甚至与叛贼谢家皆关系匪浅，命季燕然无论如何也要将事情查明，在一切尘埃落定前，万不能让此人成为江家掌门。

江湖第一门派，于整个中原武林而言，地位举足轻重，而武林的安稳又与国家的安稳息息相关，李璟的担忧算是情理之中。

"告密，会是谁呢？"云倚风问。

"皇兄没有明说。"季燕然烧掉信函，"朝廷的眼线遍布天下，数量或许是十个风雨门弟子之多，会听到任何消息都不算意外。"

但无论告密者是谁，现在圣旨都已经送到了萧王殿下手中，事情便成了非管不可。

季燕然暗自叹气。云倚风懂他的难处，毕竟自己现在能如此活蹦乱跳，全靠江南震。李璟的密函里又吩咐要"暗中查明，不可闹个沸沸扬扬"，现在一无凭证，二欠人情，三来江南震的掌门之位还是季燕然亲口许下的。他要如何出手干预，的确是一桩令人头疼的麻烦事。

而唯一的解决办法，似乎就只剩下了……

江凌飞叹气："也罢，那就由我出面吧。"

云倚风松了口气："多谢。"

他又郑重许诺："待我将来学会了酿酒，定然亲手为江大哥制一壶璃州醉春风。"

江凌飞冷静地推辞："你我之间，何须如此客气。"

另一头，江南震刚见完三四名上门拜会的掌门，回住处的途中，已有弟子向他禀报了江凌飞夜探江凌旭，并且下令将人挪至翠杉园关押的事情。

翠杉园，那是江家一处破落的偏宅，蛛网密布，灰尘半尺厚，人人路过都要捏着鼻子走，但同水牢的环境比起来，显然已是天上地下。

"这些小事就随他吧。"江南震摆摆手，"我昨日也是被气昏了头。"

"还有件事。"弟子压低声音，"三少爷今晚要在烟月纱设宴，几乎把家中所有的堂主与少主都请了，独独避开了五爷的人。"

江南震猛然停住脚步："这是何意？"

"千真万确。"弟子担忧，"怕是来者不善啊。"

而家中其余人在接到江三少的请柬时，第一反应也是"来者不善"。

眼看江家马上就要选出新掌门，继续带领大伙儿安稳地过日子了，却偏偏又冒出新的幺蛾子，人群里确实有游手好闲、只图享乐的少爷公子，他们已经愁得快要哭出来。争权夺势有什么好呢？打个你死我活、灰头土脸，哪有喝酒、斗蛐蛐快活，大哥可直到现在仍在牢里蹲着呢，还没长记性？

烟月纱中，月圆圆正在带领丫鬟们忙着布置，从酒盏到菜式，还有席间所奏的曲子，皆与王城宫中一模一样，就差将八十万黑蛟营大军搬来，再在脸上涂满"有靠山"三个大字。

此等架势，足以震住江家绝大多数人。云倚风道："要是最后查明江五爷与叛军无关，那这回可真是我们对不住他。"毕竟大典流程都排练好了，一拨又一拨来道喜的武林同盟也亲切寒暄过了，临到继任的关键时刻，却出了这种乱子，估摸任谁都会一个头两个大。

"将来若证明是我们错了，再登门请罪，好好做一番补偿吧。"季燕然道，"现在有皇兄的旨意，也只能先如此。"

云倚风点头："嗯。"

两人回到了客栈暂居，烟月纱是不能再住了，否则未免食言食得太过明目张胆。但又实在不放心，毕竟江凌飞的靠山再大，也归朝廷，在江家算是孤立无援，便又悄悄折返，隐在暗处，探听着外头动静。

江家乃武林世家，堂主少爷们自然个个武功高强，所以云门主举手保证，这次一定不会再暴露行踪，不然就当场金盆洗手，回家吃喝玩乐。

季燕然笑道："无妨，暴露了也不要紧，反正他们都打不过我。"

华灯初上时，这场"欢宴"也拉开了帷幕。

酒菜都是时令佳肴，杯盘碗盏也精致华美，月圆圆带领雅乐居的诸多乐师，丝竹管弦如水潺潺倾泻，悦耳动听。总之，这是一场看起来相当体面阔气，理应宾主尽欢的豪门酒宴。

但实际情况就有些一言难尽了。在现场这许多宾客里，有人忐忑难安，有人疑神疑鬼，有人连声叹气，有人存心盼着演好戏，还有不学无术的纨绔阔少戏文看多了，生怕饭吃到一半，江凌飞一摔酒杯，从门外呼啦啦冲进来数十名刀斧手。宫廷戏里，不是常有这种事情吗？

总之，食不知味，食不知味。

圆圆姑娘也不是很满意这死气沉沉的气氛，于是手下琴弦一转，硬将软绵绵的雅乐小调换成了欢快跳跃的《迎新春》，就差叫个二胡、唢呐班子来现场吹弹。而就在这喜气洋洋的过年氛围里,江凌飞放下酒杯,漫不经心地问了一句:"诸位对五叔继任江家掌门一事,有何看法啊?"

"喀喀!"席间有人恰好喝了一口汤,猛然受此惊吓,全部灌进了气管里。

"二哥怎么如此不小心呢。"江凌飞温和地埋怨,又道,"那不如就由你先说说看。"

所有人都对这倒霉鬼报以万分同情的目光。

江家二少爷名叫江凌生,也就比二王爷李珺多了那么一点儿祖传的武学修为,其余方面两人还当真挺相似,都是一心享乐,生怕会担一点点责任的富贵纨绔。此番猛然被抽中回答此等惊天问题,眉毛都快拧成死结了,便只敷衍道:"大家怎么看,我就怎么看,都好,都好。"

"这'都好'是何意?"院外有人朗声问,门帘一动,是江南震率领众弟子,浩浩荡荡地走了进来。

也对,江凌飞这种"设宴"的路子,可是半分情面都未给他留,已经能算作明晃晃的挑衅了,若此时再缩头不出,那将来还能使谁信服?

江凌飞示意月圆圆停了奏乐。

现场死寂一片,气氛压抑沉闷,有身体差一些的长辈,已经颤巍巍的,快要昏过去了。

"这宴席家中人人有份,怎么就独独绕过了苍松堂?"江南震道,"什么时候同我如此见外了?"

"五叔说笑了。"江凌飞单边眉头一挑,"苍松堂最近迎来送往,热闹非凡,怎还会看得上我这小场面。况且也并非人人有份,鸿鹄楼的人不也没来吗？"

他这话说得夹枪带棒，火药味十足。席间众人皆暗暗叫苦，不懂这向来不喜回家，恨不能躲到天边去混逍遥日子的三少爷，为什么突然就有了争权夺势的想法，还争得如此猝不及防，没有一点儿铺垫。

"五叔年纪大了，就该回家颐养天年，侍弄花草享清福，何必劳心江家这许多琐碎事。"江凌飞站起来，吊儿郎当地走下主座，"凡事孝为先，这种操心费神的苦差事，还是侄儿替叔叔担了吧。"

云倚风隐在暗处，就见江南震脸上早已黑成一片，却仍强忍着没有发作，只问："萧王人呢，怎么不见他赴宴？"

"好端端的，五叔找王爷做什么？"江凌飞一笑，"况且朝廷又不会管江家的事。"

这话就说得有些厚颜无耻了，朝廷不管江湖事，那是因为朝廷不想管。什么时候朝廷若想管了，"普天之下，莫非王土"，江家还能飘到天上去？况且今晚这顿酒宴，可处处皆是朝廷的影子。

江南震压低声音，咬牙道："你休要闹事！"

"五叔想多了，我这回真不是闹事。"江凌飞与他针锋相对，冷冷地道，"而是想尽快平息事端，让江家重回天下第一。"

哗啦一声，苍松堂的弟子齐齐寒剑出鞘。

席间那位一直摇摇欲昏的老人，终于受不了这刺激的场面，真的昏了。身旁的家眷赶紧喊人相助，外头的家丁也急急忙忙地跑进来，现场一片嘈杂。有人总算壮着胆子，趁乱劝了一句，大家有话不妨好好说，都是自己人，千万别打打杀杀，伤了和气。

"放心，我自不会与五叔刀剑相向。"江凌飞道，"这样吧，从古至今无论哪个帮派，掌门人向来都是能者居之。不如三日后我与五叔比试一场，正大光明地决出胜负，如何？"

江南震与他对视片刻，冷哼一声，拂袖离去。

现场其余人心里都明白得很，一来两人年岁上存在差异，五十多岁的中年男子，如何能同二十多岁的年轻人比体力？更别说三少爷天生就是习武奇才，不到十岁便已打遍江家，现在估摸更是一骑绝尘，天下无敌，五爷如何能赢得过他？

由此可见，江家的掌门啊，怕是要换人了。

这顿饭吃得宾主都不怎么欢，待到众人散去后，江凌飞方才揉了揉酸痛的太阳穴，对月圆圆道："你也去歇着吧。"

"王爷与云门主还没吃饭呢，少爷也没动几下筷子，我去做几碗青菜牛肉面来。"月圆圆站起身，跑到门口又问，"少爷真的要当掌门了吗？这回总不是再骗我了吧？"

江凌飞笑笑，并未答话。

季燕然与云倚风也从暗室中出来："当真要比武？"

"五叔的厉害之处在做人，不在武学修为，他应该清楚自己绝非我的对手。"江凌飞示意两人坐下，"估摸今晚或明日，就会去客栈找王爷了，王爷还是先想想要怎么应付吧。"

Best Time

白 马 时 光

语笑阑珊 著

一剑霜寒

第二卷

〈下册〉

长江出版社
CHANGJIANGPRESS

目录

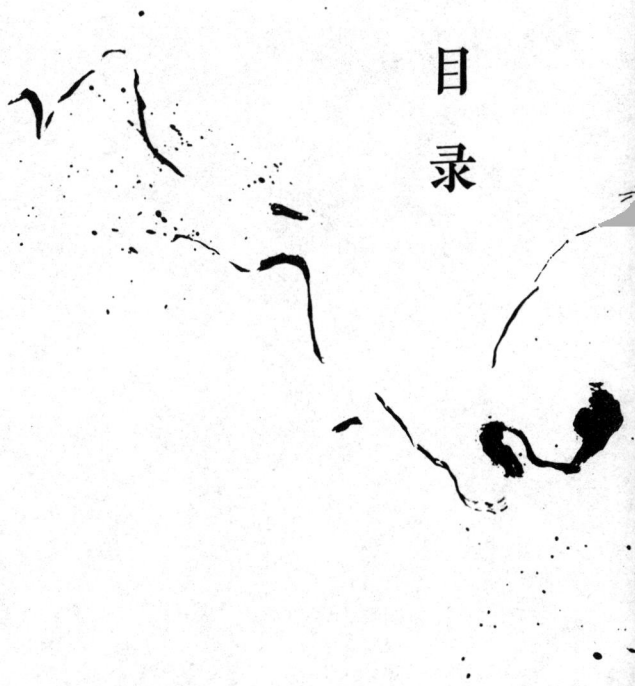

内奸

第七章

苍松堂中一片死寂，耳畔唯有枯叶在沙沙作响，守卫弟子皆沉默不敢言，连交接岗时亦屏息静气，与前几日的喧嚣形成鲜明对比。

桌上燃着一盏豆火，一名黑衣人正站在那里，慢条斯理地泡着茶："看来季燕然是打定主意，不会向着五爷了。"

"当初我便提醒过你，季燕然与凌飞关系匪浅，怕是不会帮我们这个忙。"江南震重重地放下茶杯，语调中多有不满。

"原是我错了，竟会觉得季燕然或许与旁人不同，想着云倚风命不久矣，先救他也无妨。"黑衣人嗤笑，自嘲般叹了一声，"可事实上，那宫里还真是没有一个守信重诺的君子，呵。"

江南震问："那现在要如何？"

"萧王背信弃义，现如今那云倚风也好了，我们没了把柄，五爷觉得还能如何？"黑衣人摇头，轻描淡写地道，"算了吧。"

江南震放在桌上的拳头一握："算了？"

"否则呢？八十万黑蛟营兵士坐镇，难不成还要去与季燕然坐下讲道理？"黑衣人与他对视，"对朝廷而言，让江凌飞做掌门，显然要比让五爷做掌门来得更放心，他们自会趋利避害。说不定你那宝贝侄儿根本就是受朝廷撺掇与利诱，才会突然就生出了当掌门的心思。"

江南震面色阴沉。他先前不是没有想过，季燕然或许会在拿到血灵芝后毁约，但却无论如何也没料到，居然是选在了这种时候，没有在刚找到血灵芝时翻脸，没有在刚抵达江家时翻脸，偏偏在自己即将接任掌门，在江湖各门派都已抵达丹枫城，准备登门道喜的时候突然发难。这便不仅仅是言而无信了，简直就像当众扇自己耳光，内心如何能忍得下这份屈辱。

"李家的人啊，啧。"黑衣人又劝，"不过五爷也莫动怒，这世上的事情，都是三十年河东，三十年河西。江凌飞上位对我们而言，也并非全是坏事，我们至少能先借他的手，除去江凌寺与黎青海。"

江南震冷冷地提醒："别忘了，还有大哥遇袭一事，也在等着新任掌门去查，你就不怕——"

"我怕什么？"黑衣人放下茶杯，故做纳闷状，"这件事不是四少爷做的吗？与你我又有什么关系呢？"

江南震："……"

"放心。"黑衣人轻轻一笑，"现在的江家啊，就是个处处漏水的破筛子。不如让那位三少爷先费心修补好了，五爷再接过来，也不算吃亏。"

季燕然在客栈里等了两日，也没能等来江南震。

直到第三天方才等来一个消息，说是江五爷顽疾复发，卧床不起，一时片刻估计没法接任掌门了。

城中顿时人人哗然，不知情的，暗自嘀咕这江家掌门的位置是不是被人下了诅咒，怎么谁靠近谁倒霉。一个走火入魔了，一个被关进水牢，现在又多了一个顽疾复发的。而消息灵通的，反应敏捷的，已经连贺礼都重新备好一份，准备捆上贺喜的红绸缎送往烟月纱了。

云倚风道："看来那位江五爷，已经认定了王爷与江大哥是一伙。"

"这次的确是我们不义在先。"季燕然叹气，"但皇命在上，也只有先查明往事，再做定夺了。"

当然，为了表示歉意，不管有没有用吧，云倚风还是精心挑选了许多礼物，亲自前往苍松堂"探病"。

江南震卧床不见客，连帐子都没掀起来，只有夫人不咸不淡地应了两句，连一杯隔夜的茶水都没奉上，就吩咐管家将人"请"出了大门。

身后是一片疯狂的狗叫声，云门主淡定地加快了脚步。

再往前走，就是梧桐苑，江凌晨的居所。

院中一片刀枪相撞之声，少年手持白鹭剑，正在与家中武师过招。他年纪虽小，出招时却已有了几分咄咄逼人的凌厉模样，于屋顶横手扫退数十人后，心中暗自得意，刚欲收招落地，余光却瞥见云倚风正站在门口，笑着看自己。

一群小丫鬟挤在屋檐下，方才还使劲挥舞着帕子给九少爷鼓掌呢，现在却都将目光投向了别处，脸红心跳，你推推我，我推推你。

江凌晨冷哼一声，手中寒光一闪，竟是直直向着云倚风的胸口刺去。

"啊！"院里一片惊呼。

"少爷万万不可！"武师也大惊失色。

云倚风脚下一闪，雪白的衣摆自他身侧堪堪擦过，顺势单手往少年肩头一敲，江凌晨只觉手臂一麻，不由自主便跟跄两步，剑也当啷掉落在地。

武师与小丫鬟们见势不妙，赶紧眼观鼻鼻观心，只当没看见少爷狼狈落败，各自溜走了。

院中寂静，云倚风弯腰将剑捡起来："九少爷若想学，方才那招叫'青云羡鸟'。"

"你是来找三哥的？"江凌晨合剑回鞘，一屁股坐在台阶上。

"我是来探望江五爷的。"云倚风和气地答道，"听说他病了。"

江凌晨与他对视，显然对风雨门的无耻程度又有了全新了解，五叔为什么病的，你与萧王心里不清楚吗，居然还大言不惭跑来"探望"？不过话说回来，鉴于自己与三哥是一条绳上的蚂蚱，与五叔又并没有什么深厚感情，所以他还是颇为感谢这份"无耻"的，连带着也原谅了方才那一敲，并且决定大发慈悲，接受对方的示好："青云羡鸟，是风雨门的轻功吗？"

"嗯。"云倚风笑笑，"不过先前我请三少爷帮忙去查的事情，怎么样了？"

"那把琴吗？"江凌晨道，"我已经问过了，家中没几位老人知道，只有雅乐居的管事嬷嬷，还能勉强记得一些事。"

据嬷嬷所言，那把琴不是从外头买来的，而是许多年前，有位客人遗落在客房中的。负责清扫的杂役便将其抬到了雅乐居暂放，没承想，一放就是十几二十年。

"哪一年，客人是谁，还能问到吗？"

"那当然，我是什么人。"江凌晨看着他，目光上下一扫，"你好像很关心这件事？"

云倚风眉头一挑："所以呢，你要趁机同我谈条件？"

江凌晨伸手："先将解药给我！"

"不行，现在江家正处在风口浪尖，出不得半分乱子，而你已经闯过一次祸。"云倚风摇头，"休想拿此事做交易。"

江凌晨强硬地道："那我就什么都不说。"

"不试着换个条件吗？"云倚风提醒他，"比如说，这天下有多少武功秘籍，一半都曾落入过风雨门手中，而我为防万一，在交出原本之前都会细细拓印一遍。"

江凌晨："……"

云倚风又说："当然了，若九少爷对武功秘籍没兴趣，那还有藏宝图，还有稀世名画。还有啊，将来待你长大了，有心上人了，风雨门还能帮忙去打听打听，漂亮姐姐最喜欢用哪家铺子的珍珠粉、胭脂膏，包你事半功倍，马到成功！"

江凌晨这回学聪明了："你先立个字据。"

云倚风笑容和蔼："立关于漂亮姐姐的？"

江凌晨怒道："武功秘籍！"

风雨门门主毫不吝啬，大笔一挥，写下，*今欠江门九少武林秘籍十余本*。又补一句，*胭脂水粉一整套*。

江凌晨命令："重写！"

"重写什么，等你长大之后，还不知要如何感谢我。"云倚风将欠条叠好塞入他的袖中，"说吧，那琴究竟是怎么回事？"

"嬷嬷记不清是哪一年了，也不知道是谁请来的客人，只依稀记得，应当是十几年前的一个秋天吧。"江凌晨不甘不愿，"琴的主人去过雅乐居一次，她不算年轻，却极有气质，终日以轻纱覆面。

哦对了，身边还带有一名婢女，两人年纪相仿，曾经发生过一次争吵。"

是一场声音很低的争吵，更像是在相互劝服对方，只有其中一人在激动时，稍稍拔高语调嚷了一句："我为何要对得起将军？"

我为何要对得起将军？

云倚风微微皱眉，有些不明白其中的含义。

"第二天，那主仆两人就走了。"江凌晨继续道，"至于以后有没有再来过，嬷嬷确实说不准，江家每天来来往往的客人实在太多了。嗯，不过的确倒是没人再去讨要过那把琴。"

所以才会在雅乐居中一摆就是许多年。慢慢地，被别的琴挤到了最偏僻的角落，又落了厚厚一层灰。

待云倚风回到客栈时，时间已近深夜，季燕然正准备去找江凌飞要人。

"我没去烟月纱。"云倚风自己倒茶，一口气喝了三四杯，"一直在九少爷的住处，教了他几招轻功。"

"身子还没养好，又跑去打打杀杀。"季燕然不悦地道，"出门前我是怎么叮嘱你的？"

"放下礼物就回来，顶多去烟月纱蹭一顿饭。"云倚风答完又解释，"但事出有因。"

季燕然点头："说，若理由编得不合理，看我怎么罚你。"

云门主心思活络，清清嗓子："送完礼物后，我原打算立刻回来，但天上突然就飘下了一群漂亮的仙女姐姐，在梧桐苑中载歌载舞。墙角陡然生出数千株蟠桃老树，玉帝王母脚踩祥云而来，言辞恳切，一定要让我留下喝两杯。"

"我说完了。"云倚风气定神闲,"王爷觉得还合理吗?"

因为已经同漂亮的仙女姐姐一道喝过了酒,所以晚饭便从鸡鸭鱼肉变成了苦瓜炒鸭蛋、野菜煨菌菇、凉拌萝卜皮,还有一碗清澈见底的青菜虾皮汤。

云门主在江府奔波一天,早已饥肠辘辘,回来却还要面对这一桌忆苦餐,心中自是惆怅万分,而小二迫于萧王殿下的淫威,只当没听见耳边那声细弱的"来碗肘子",将两碗糙米饭咚的一声放在桌上,转身撒丫子就溜,跑得比狗都快。

这日子没法过了,回风雨门吧。

季燕然替他夹菜:"在想什么?"

云倚风从他碗中捞走一筷子炒蛋:"九少爷打听到了那把琴的来源,的确与当年的谢小姐有关。"他将事情大致讲了一遍,又道,"雅乐居的管事嬷嬷记不清具体年月,我们也只能模糊推测出,那阵距离卢将军兵败,应当已经过去了至少十年。只是不知她们主仆二人为何到江家,因何起争执,那句'我为何要对得起将军',又究竟是什么意思……谢小姐做了什么对不起将军的事吗?"

"十几年前的事情,想要彻底查明,单靠江凌晨一人的确有些难度。"季燕然道,"八成要凌飞亲自出马,还得是他当上掌门之后。"否则江家那一群人精,在江凌飞与江南震彻底决出胜负之前,怕也不会特别亲近哪一个。

"江南震看起来已经完全放弃了掌门之争。"云倚风道,"苍松堂里来来往往,进出的全部是大夫,药味能散出五里地。下人们都在偷偷议论,说五爷病起来的架势,竟比当初掌门走火入魔时还要吓人。"

自然,江南斗也听到了这个消息。

他靠在床边，费力地想要听清窗外嘈杂，颤颤巍巍地问道："老五那头怎么样了？"

"病了，据说染了极厉害的风寒。"下人替他捏腿，"家里的大夫，还有丹枫城里最好的大夫，这两天都守在苍松堂里，药味儿熏得人眼睛都睁不开。"

"那凌飞呢？"

"三少爷也去探望过五爷，不过没能进门。"下人压低声音，"现在家中人人都在说，下一任掌门，怕就是……三少爷了。"

江南斗闭起眼睛，嗓音干哑。

"是他，也好。"

烟月纱中，月圆圆正在忙着清点贺礼。

江家掌门人选三天两头换风向，着实苦了城中前来道喜的各大门派。先前有给江凌旭送礼的，有给江南震送礼的，还有暗中勾搭过江凌寺的，这阵只好全部重新准备，将丹枫城大一些的古玩铺子、锦缎铺子、药材补品铺子买了个空，七七八八拼出许多大红盒子，敲锣打鼓送往江三少的住处，心里暗求可千万别再出什么蛾子了，实在受不了这种折腾法。

而江南震的梧桐苑也送来了一份贺礼，是江家诸多银号镖局的账目，月圆圆检查完后，吃惊地道："除了五爷自己的商铺，还有先前大少爷交给他的一批，林林总总加起来，足足占了江家每年收入的八成。"

"五叔费心了，好好收着吧。"江凌飞随手把账本丢回去，"其他事情准备得怎么样了？"

"一切妥当。"月圆圆高兴地道，"请柬已经送出去了，酒席也已备好，过了明日，少爷便是江家的新任掌门！"

而许多心思深沉，走一步看十步的门派，此时已经在考虑另一则江湖传闻了。若江凌飞当真做了江家山庄的掌门，那么这将来的武林盟主之位……难说。

但无论如何，事先讨好总是没错的，于是连带着云倚风也沾了些光。早上起床后他正在睡眼惺忪往楼下走，小二已经笑容满面拎来一个铁笼子，说是黄河谷的刘谷主亲自送来的。对方听闻云门主正在多方寻貂，故忍痛割爱，将自己的爱宠送来以供赏玩。

黑漆漆的一条，又瘦又凶，在笼子里哐当哐当上蹿下跳，利齿一龇，看起来像要吃人。

云门主冷静地后退半步，将刘谷主忍痛割下来的这份"爱"，又原封不动送了回去。

"小红还没找到吗？"季燕然想起来问。

云倚风叹气："不好找啊，最近暮成雪连影子都没一个，不接生意，人也不知去了何处，千万别说已经金盆洗手，携貂带马隐居田园了。"

季燕然拍了拍他，以示安慰。

江凌飞的接任大典举行得极为顺利。

顺利到什么程度呢？顺利到江家绝大多数人在宴席散去后，心里仍有一股强烈的不真实感，总觉得五爷与大少爷明争暗斗这么多年，怎么最后上位的居然会是三少爷？当真是鹬蚌相争，渔翁得利吗？

那这鹬与蚌相争的时候，渔翁究竟是站在一旁冷眼观看，还是……曾于暗中推波助澜呢？

越想越胆寒，也便没人敢再想了。

烟月纱内一片狼藉，花草皆被践踏歪斜，红红绿绿碾成泥，酒香淹没花香，连月光也被灯笼照淡了。

江凌飞站在窗前，看着昔日的心血被糟蹋至此，几不可闻地叹了口气。

而江家新掌门上任后的第一件事，便是调查那张古琴的来历。他寻了个别的借口，没提卢将军与谢小姐，只说与西南部族有关。

掌门亲自下令，与先前江小九偷偷摸摸的打听相比，影响力显然不可同日而语。仅仅过了三天，便又有一名杂役想起来，的确是有过这么两位客人，当时是住在二爷的院中。

江家二爷江南牧，已于五年前因病过世，膝下唯有一女，还早早地就远嫁到了滇南一带。院子里的仆役走的走散的散，只剩下一个耳不聪目不明的老人，问半天话，才能暴脾气地答一句"我吃了，吃过了"。

云倚风："……"

"二叔身体向来病弱，从未习武，极少出门。"江凌飞道，"不过文采过人，琴棋书画样样精通，性格也十分温和，算是江家的善心老好人。"

云倚风道："冒昧问一句，二爷他生前……红颜知己多吗？"若红颜知己遍天下，那么所谓的"对不起将军"，似乎就有了某种解释。

"不多，或者干脆说是没有。"江凌飞却摇头，"二叔只在十八岁时，受父母之命娶了门当户对的李家小姐，此后两人便相敬如宾，和和气气地过了一辈子。在二叔过世半年后，婶婶也因伤心过度，跟着一道去了。"

至于李家小姐，也是家世清白的豪绅老财主的独生女儿，世世代代皆居于丹枫城，与卢广原、谢含烟更是扯不上半分关系。

那这就更奇怪了。云倚风与季燕然对视一眼，江家的二爷与二婶，听起来都是深居简出的本分人，那怎么会认识谢含烟，还留她宿在院中？

"现在只是一人之言，尚且算不得准。"江凌飞道，"我再接着查一查吧，还有家中旧的书信账目，也先全部翻过一遍，或许会有新的线索。"

听起来是一项颇为浩大的工程，毕竟江家家大业大，宅子扯出几里地，人口数量能顶偏远西北一座城。

云倚风道："这回可真是辛苦江大哥了。"

"谁让他是江家的人，又舍不断江家的事，只能负责到底。"季燕然站在窗边，看着各门派陆续离开，"闹了这么久，丹枫城总算能消停片刻。"

"丹枫城是暂时消停了，可消息传回陇武城后，黎青海怕就要坐不住了。"云倚风慢慢地煮着茶，"不说别的，他一定会想，王爷既然能帮江大哥夺掌门之位，自然也就能继续出手，帮他争夺盟主之位。"更何况若江南震所言为真，黎青海曾与江凌寺勾结，靠着给江南斗下药赢了盟主之战，那此时只怕嘴上的燎泡更要急出一大串。

"依靠你对黎青海的了解，此人有没有可能狗急跳墙？"季燕然坐到他对面。

"狗急跳墙，与王爷、与朝廷对着干，是不可能的。"云倚风一边说一边将茶杯烫好，"但至于会不会做出别的事情，好令自己洗清嫌疑，不好说。还是先保护好那位四少爷吧。"

季燕然点头："我会令西北加强戒备，也会提醒凌飞。"

云倚风煮完一壶茶，又取银匙往里加了炒米与蜂蜜，叫他："尝尝看。"

"又是从哪里学来的吃法？"季燕然笑道，"像是小娃娃扮家家酒。"

"小二教我的。"云倚风兴致勃勃，"如何？"

茶加现成的炒米与蜂蜜，再难吃，那就当真没天理了。

萧王殿下很给面子，一口气吃下七八盏，夸了个天上有、地下无。

云门主深受鼓舞，打算再接再厉，开发一些新式吃法。甜的咸的，肉干榨菜，通通试上一遍。

季燕然听得眼前一黑："若是头不晕了，那从明日开始，你便带着风雨门弟子去江家给凌飞帮忙，如何？"

实在想煮饭，就煮给江凌飞吃。

云倚风其实还没过够这种吃吃喝喝、钻研厨艺，至少他自己坚定地认为是在"钻研"的闲散生活。曾经雷厉风行的风雨门门主，现在满心只想在江南、在王城，或者随便在什么风景秀美的地方弄一块地，专心致志当农夫。

但棘手的事情还没解决完，江家依旧滚着乱麻一大团，他也只好先放下种地大计，从临近几座城里招来数十名风雨门弟子，去帮忙翻翻捡捡找线索了。

"这些都是与二叔有关的东西。"江凌飞将众人领进一处藏书阁，"大多数是他生前的字画，还有书信与账目，以及其余一些琐碎杂物。原打算等三姐回娘家时，再交由她亲自处理，所以封存得很仔细。"

云倚风点头："江大哥放心，我们会小心翻阅，绝不弄坏。"

"那你忙吧，我手中还有些别的事情。"江凌飞拍拍他的肩膀，"把这里当成自己家，有事尽管吩咐管家去做。"

找线索这种事对风雨门弟子来说，显然轻车熟路。所以虽说江南牧生前闲着没事就写诗、作画，三不五时还要与天涯知音书信往来，留下了满满一屋子"墨宝"。但总体来说，因为保存得当归纳整齐，翻阅起来倒也不算一项艰巨任务，不知不觉就过去了一天。

黄昏时分，云倚风站在院里活动筋骨，看天边挂满秋日红霞，风起云涌波澜壮阔，倒有几分西北大漠的味道。别说，离开雁城的时间一长，还当真颇有几分想念，上回去时半死不活，也未能纵情策马于大漠黄沙之间，好好看看风景，将来若得了空闲……哎!

云倚风捂住肩膀，转身看着窗内那手执擀面杖的暴躁老人，哭笑不得地道："婆婆，你打我做什么?"

对方是江南牧院里剩下的唯一旧仆，据说年轻时是名绣娘，命苦嫁了个混账相公，一天到晚以泪洗面，二奶奶心地善良，便做主让她回了江府。从此一住数十年，再也没出去过。

老婆婆虎着脸骂他："别穿白色，跟鬼似的，去将衣裳换了，换了!"

"是，是，是。"云倚风躲过迎面而来的又一擀面杖，随口敷衍，"我明日就换，换一身大红如何? 吉祥喜庆。"

"现在就去换! 穿白衣服的都是鬼，鬼就要杀人。"老婆婆却没那么好糊弄，使劲在他胸口戳了戳，"就这儿，一刀扎下去，当场就穿透了。"

云倚风听得直龇牙，一个慈眉善目的老人家，说话怎如此血腥？眼看她还在孙猴子似的来回挥棒，云倚风便想哄着人先将"武器"放下，对方却自顾自接着絮叨："我亲眼看见的，那白衣服的，杀了绿衣服的，又将绿衣服的丢进了井里。你啊，快去将衣裳换了！"

云倚风试探地问道："哪口井？"

"后院那口，压了块大石板。"老婆婆神秘凑近他耳边，"不信你自己去瞧，我可没说谎。"

云倚风微微皱眉，后院的确是有一口井，上头也的确压了块石板，已经长满青苔了，像一根粗壮的、毛茸茸的绿色柱子，看着颇有一番年岁。正在想着，江凌飞与季燕然恰好从院外进来，见他一脸若有所思，便问："怎么了？"

"方才与这院里的老人闲聊，她像是亲眼见过一桩凶案。"云倚风道，"江大哥还是派人去枯井中看一看吧，说不定真能发现尸骸。"

好端端的，突然就冒出这么一档子事。

江凌飞叫来几名家丁，下井将淤泥掏挖干净。果然，一具白骨正森森地蜷在角落，指骨还抠挖在石壁缝隙间，像是痛苦挣扎了许久才毙命。

再问那老婆婆，却也问不出什么了，只是一遍又一遍重复着白衣服的杀了绿衣服的，再不然就是直直指向云倚风，说就是你这模样，看着像华贵菩萨，说话也和气温柔，怎么能杀人呢？说说，你怎么能杀人呢？

梅竹松验看过尸骸后，道："至少已是十年前的凶案了，死者是名妇人。腿骨与手臂、肋骨皆有旧伤，极有可能是在成年后遭受过重创，后又重新长好，而且看愈合的状态，当时替她看诊的八成是个庸医，才会导致骨骼如此歪曲。"

"身上有如此多的旧伤，应当是江湖客。"江凌飞道，"可二叔一向和善懦弱，怎会认识这般凶狠的朋友，还在别人家做客呢，竟迫不及待就要开始杀人了？"

云倚风心下一动："不会是……当年的谢小姐吧，她杀了婢女？"

模样是和气温柔的华贵菩萨，曾住在江二爷院中，武功高强，这些特征皆能一一吻合。而且她还与贴身侍女产生过争执，硬要分析，那句"我为何要对得起将军"，便极有可能是她杀人的动机。

自然，这一切都还只是无凭无据的猜测，也有可能是别的江湖暴躁人士下毒手，然后再抛尸逃逸，与谢含烟压根儿没关系。

院中三人相视无语，皆不知这十余年前的事情要从何查起。正在寂静时，风雨门弟子匆匆跑来后院，说是找到了一封书信。

一封十年前，由淮南第一风流才子孔衷写给江南牧的书信。前几页都在讨论诗词，只在最后几行潦草写下：前几日我托王公子的福，终于见到了远近闻名的岳城第一美人，的确生得容貌秀丽。但怎么说呢，美则美矣，腹内却空空，气质远不及上次我来你家做客时见到的那位雍容妇人，或者说得更直白一些吧，连那名寡言的婢女都比不过。她主仆二人最近可好啊，还是说，已经被五爷接回苍松堂，不在你那里住，或是干脆送回西南了？

送回西南，便越发有可能是谢含烟。看信中的意思，倒不一定就是江南牧的客人，更像是江南牧受江南震所托，帮忙照顾那两人。

江凌飞道："五婶性格刻薄，又善妒嘴毒，是个厉害角色。若说因为这个，五叔才会将客人安排到二叔院中暂住，倒也有可能。"

"不管怎么说，江五爷与谢小姐定然是相识的，而且关系看来还相当不错。"云倚风道，"但前几回我们提起卢将军、提起谢家、提起那张雅乐居旧琴时，他可都装作浑不知情，茫然得很。"

由此来看，还是皇上那头的线报要更准一些，及时送来密旨，扼断了江南震的掌门之路。

截至目前，能找到的线索就只有两条。

第一，江南震与谢含烟关系匪浅，在卢将军战败的至少十年后，谢含烟还曾带着婢女来江家做客，江南震却刻意隐瞒此事。

第二，谢含烟曾与婢女起过争执，其间提到了"我为何要对得起将军"，并且极有可能因此杀了婢女，将她抛尸井中。

江南牧院中已无旧人可问，只有从江南震那头下手。

仅靠一封提到了"西南雍容妇人"的信函，显然不能作为证据，硬说那就是谢含烟。季燕然便决定带着云倚风，亲自去一趟淮南。

江凌飞道："我刚刚接任掌门，五叔想来还在不忿，估计得装好几个月的病。你们且放心去吧，我来盯着苍松堂。"

从丹枫城到淮南万里城，也就是那位孔才子的老家，若昼夜不停赶路，只需短短十余日。

飞霜蛟与翠华一前一后，在官道上跑出惊雷幻影，风飒飒自耳边拂过，心情也畅快得很。

云倚风挥手扬鞭，令胯下墨影加快速度，飞霜蛟看得心痒，也想撒开四蹄追上去，却被主人微微一勒马缰。

"你让着些。"季燕然低笑，"否则再赢他们一次，晚上你没胡萝卜吃。"

飞霜蛟也不知听没听懂，倒是配合地放缓脚步。

就这么着，翠华一路跑得雄赳赳气昂昂，飞霜蛟嚼着胡萝卜跟在后头，终于在一日午后，共同抵达了淮南万里城。

万里城，名字听起来嚣张，实际上从城东走到城西，一共也用不了一个时辰。孔衷的家也很好找，门口一株歪脖子大柳树，院门半掩着，云倚风轻轻扣了两下，那木门便吱呀一声，自己打开了。

"孔先生在吗？"云倚风问。

良久，屋内才传来沙哑的询问声："是谁找我？进来说话吧。"

卧房的门也敞开着，一名头发花白的男子正躺在床上，脸色有些发白，声音也颤着："你们是谁？"

"我们是丹枫城江家的人。"云倚风将手里的点心、补品放在桌上，"路过万里城，所以来看看孔先生。"

"江家啊。"男子撑着坐起来，疑惑地道，"江家的人，已经快十年没见过面了，怎么现在突然跑来了？"

"喀。"云倚风道，"实不相瞒，我们是从江二爷江南牧的书房中，翻找出了一封旧信，所以有些事想请教孔先生。"

孔衷明白过来："原来如此，我说呢。你们问吧，但我近些年啊，记性也不大好了，可能说不清楚。"

"先生先看看这封信。"云倚风从袖中取出来，"可还记得？"

孔衷只瞄了一眼，便点头："这的确是我写的。"

云倚风又问："那信中提到的雍容妇人，先生可知道她的真实身份，她与江五爷又是什么关系？"

"看气派谈吐，应当是出自大族名门。"孔衷努力回忆着，"只是她相貌虽温婉，性格却刚烈，而且似乎对皇家……颇有一些微词。"

这里的"颇有微词"，算是委婉说法，因为在孔衷接下来的描述中，那位雍容妇人对皇家的怨恨，听起来可是咬牙切齿，只恨不能与李家人同归于尽。

云倚风吃惊地道："如此大逆不道的言论，她就当着先生的面，说得这般直白？"

"我当时也被吓得够呛，连连劝她要谨言慎行。"孔衷道，"江二爷听到之后，心里亦是没底，私下同我提过，要尽快将那主仆二人送回苍松堂，不能再让她们继续借宿。"

至于妇人的身份，就确实不知道了，只能根据字句猜测，她之所以对皇室有着滔天恨意，是因为父兄叔伯、此生挚爱，皆是死于朝廷之手。

这个……除去谢含烟，似乎也寻不出第二人了。

云倚风又问："关于那名婢女，先生可还记得什么？"

"她沉默寡言，有时候一整天都说不了一句话。"孔衷道，"不过我听江二爷说，那婢女似乎对江五爷有些意思，所以想要留在江府。"

风流才子探听到的事情，还当真挺风流。而且据说妇人对这段关系并不反对，称江五爷对父兄皆有大恩，往后还要仰仗江家报仇雪恨，将自己的贴身婢女送给他，也算是一种报答。只是那五夫人实在凶悍，一时不知该如何开口，就一直拖着，拖着，直拖到孔衷离开江府时，仍未言明。

"江五爷对她的父兄皆有大恩，将来还要报仇雪恨哪。"

云倚风摸摸下巴："多谢老先生，今日这番话，可算是帮我一个大忙。"

言罢，便与季燕然双双告辞。

两人离开孔宅，往出城的方向走了几步，见四下无人跟随，便默契地一拐弯，双双钻入一条小巷，又挑一棵繁茂大树，悄无声息地隐入了层层枝叶中。

恰好能看清楚整个孔宅的动向。

云倚风用胳膊肘儿顶了他一下："何时发现异常的？"

季燕然笑笑："你呢？先说说看。"

"说话的神情。"云倚风道，"我前阵子……其实直到现在，都经常会突然忘事，所以知道记性不好、努力回忆时是什么感觉。而那位孔老先生，要么答得斩钉截铁，没有任何思考的过程，要么就冥思苦想大半天，再来一句什么都不记得，未免太过奇怪。"任何一个正常人，都该有一些处于"清晰地记得"和"完全不记得"之间的模糊印象。若只有前两种，那只能说明对方早就有所准备，将该说的提前背个滚瓜烂熟，不该说的，一律推说不记得。

"还有，我见王爷全程未发一言，就更加断定有问题。"云倚风又问一回，"你呢？"

"我就简单了。"季燕然笑笑，"那封信并非孔衷原稿，是我后来誊抄的。"原字迹潦草狂放，像是醉后所书，抄时却刻意求个工整，前几句的问候也改了内容，而那躺在床上的老人只看了一眼开头，便爽快地承认是他亲笔所书。

云倚风："……"

你这法子，的确简单。

"从江家找出那封书信时，我已派人检查过了，的确是陈年旧物，也的确是孔衷本人的字迹。"季燕然道，"所以大致能排除今人伪造，有意误导你我的嫌疑。"

但找到那封信函时，现场有许多风雨门弟子，在风雨门弟子身后，还站着掌灯的江家侍女，说不定屋里还有奉茶的杂役，刚好就瞄到了什么。总之，消息并非是全然保密的。

云倚风警觉地道："你是在怀疑我风雨门的人？"

"我这不还说了江家的侍女杂役吗？"季燕然立刻解释。风雨门怎么会出错呢？风雨门一定是没错的。九成九是江府有鬼，我们回去再同江凌飞算账。

"算了，王爷的怀疑也没错。"云倚风靠在树杈上，"不管是谁吧，消息果然被泄露了，被对方抢先一步。"也不知孔衷是受了何人的威胁或利诱，才会说出方才那番话，或者现在躺在床上的究竟是不是孔衷，还都没个准儿。

晚阳穿过树叶间隙，洒在脸上有些烫意。

"孔宅有动静了吗？"季燕然问。

孔衷锁好大门后，颤颤巍巍地转过身。

夕阳西下，农夫归家，街上正当热闹时。各种小摊都支了起来，茶棚老板娘身着鲜艳红裙，笑得满面春风，今日开门飞横财，可赚了不少银子呢。

孔衷小心地避开这份热闹，弯腰钻进一条僻静小巷，七拐八拐，向着出城的方向走去。

脚步也由先前的蹒跚迟缓，变得越来越快、越来越快。

拐杖丢了，腰背也挺直了，脸上布满皱纹的面具被撕扯丢到一旁，再回首间，眉眼深邃，竟是当初在西北大漠中，假扮雪衣圣姑的那名妇人！

一匹马正在路边等她。

妇人面露喜色，匆匆小跑几步，伸手欲解马缰，手腕却骤然一痛，震得半边身体也麻痹瞬间。

身后传来飒飒破风声。

妇人心知不妙，便又想像当日在大漠中时，施展遁地绝学逃走。一条雪白蛇形软鞭却缠住了她的脚腕，她的整个身体亦被重重拖向后方，砰的一声摔在了树下。云门主还是很讲仁义的，念及对方是名中年婶婶，特意为她挑了处最厚实喷香的花丛，不至于摔得太过狼狈凄惨。

季燕然半剑出鞘，将龙吟抵在她颈处："阁下到底是谁？"

妇人闭起一双美目，不肯再发一言。

万里城，府衙。

马县令原本正在有滋有味地吃肉喝小酒呢，突然就接到通报，说是萧王殿下来了，惊得险些飞了胡子，一路连摔十八跤，连滚带爬进了前厅。

云倚风赶紧扶住他："这位大人慢着些。"

"下官——"

"不必行礼了。"季燕然摆摆手，开门见山问，"孔衷呢？"

马县令赶紧道："在家，在家，下官这就差人去叫。"

云倚风："……"

孔宅里头空空如也，莫说是人了，鬼影子都找不到一个。马县令大汗淋漓，连说孔衷这几年身体一直不好，所以大半时间都躺在家中，请了个仆役，靠着儿子从外头寄来的银钱度日，怎么突然就消失了呢？前几天坐在街上晒太阳时，自己还与他聊过几句，当时没听说要出远门啊。

左邻右舍也说，前日还见孔先生在街上散步，买了最爱吃的桂花酥，又逗了一阵善堂里的孩子，乐呵呵的。

看来失踪也就是这一两天的事。

牢狱中，云倚风看着面前妇人，叹气道："你该不会将他杀了吧？"

"我杀他做什么，一个无知文人。"妇人冷冷地道，"他去找儿子了。"

云倚风："找儿子？"

"他的独子在南洋经商，我便冒充商会的人，说要接他过去。"妇人道，"孔衷高兴极了，答应得也爽快。我就在昨日清晨，安排了车马随从接他南下。"

云倚风继续看着她。

"我只想让他腾出位置，自不会滥杀无辜。"妇人似乎被盯得不悦，皱眉道，"还请了大夫，给了他一大笔银钱。现在车马应当还没出漓州，你们若不信，只管派人去追。"

"我自会派人查问清楚。"云倚风点点头，又道，"若一切为真，那阁下听着也不像大奸大恶之徒，为何要设下这个圈套？字字句句皆在暗示王爷去查江南震，直指他与旧日谢家关系匪浅，你们之间究竟有何冤仇？还有，是谁通风报信，告诉你我们会来万里城，会去找孔先生？"

妇人道："你的问题有些多。"

"在大漠里设下迷魂阵，熏得我头昏脑涨好几天，还冒充我娘。现在多答几个问题做弥补，也是应该的。"云倚风理直气壮，喷道，"而且不止这些，你更曾与耶尔腾交好，光凭这条，便已是砍头的重罪。"

"你不必拿砍头来威胁我，我并不怕死。但在临死之前，我还有几句话要对萧王殿下说。"

"为何只能对萧王殿下说？对我说也是一样的。"

"同你说，你是李家人吗？"对方目光咄咄逼人，"这话，是小姐让我带给萧王的。"

云倚风微微一皱眉，小姐……谢含烟？

雪衣妇人道："我是野马部族的人，鹧鸪是我的丈夫。"

当年谢含烟在医好蝴蝶瘟后，便是被周九霄安排送往西南，投奔了野马部族的首领鹧鸪，从此便销声匿迹。而据雪衣妇人的供述，从王城至野马部族，迢迢路远，谢含烟走得提心吊胆、处处提防，生怕会遇到朝廷的人，又因小产时落下病根⋯⋯

"等等。"云倚风打断她，"小产？"

"是。"雪衣妇人道，"卢将军曾与谢小姐有过一个孩子，但在谢家出事后没多久，谢小姐便因惊惧过度，小产了。"

云倚风皱眉，真的假的？

根据对方的供述，谢含烟因经历过人生太多大悲之事，心神俱伤。待抵达西南时，她早已病得奄奄一息，乌云般的头发中也生出根根银丝，足足在床上躺了一年，方才能勉强下地走动。

"我们就是在那时成了朋友。"雪衣妇人道，"如亲生姐妹一般，互相扶持。"

季燕然问："鹧鸪首领与卢将军，有旧交情？"

"并非交情，而是恩情。"提及此事，雪衣妇人直直地与他对视，声音里染上恨意，"萧王殿下可知，当年的西南是何等混乱血腥？人们吃不饱肚子，地里的粮食还没有长出来，就被地方征作课税，连一粒空的谷壳都不会剩下，饿殍遍野。活着的人们，也是一副又一副嶙峋的骨架，那是真正的人间地府。而这一切，皆因官员贪得无厌，昏聩无能！"

季燕然承认："我听说过，那一段时间，西南频频更换大吏，却始终未能平定骚乱。"

"频频更换，未能平定。"雪衣妇人怒极，反而笑出声来，"先帝一朝，卖官鬻爵成风，西南所有空缺官位，皆为明码标价。上位者要么是考学无望，只能花钱光宗耀祖的草包；要么就是心怀不轨，想要捐个肥差，从此好一本万利的奸商。这些人就是百姓的父母官啊，哪怕换上十个、百个，西南又如何能平，如何能定？"

云倚风看了眼季燕然，见他似乎并没有反驳的意思，便暗想，先帝那时，当真腐败昏庸到了如此地步吗？

"结束这一切的，是卢将军。"雪衣妇人放缓语速，"玄翼军替我们剿平恶匪，带来了粮食、布料、银钱与全新的制度，还任命了清廉的官员。他几次三番孤身前来野马部族，苦口婆心劝说我的丈夫，不要再与大梁为敌，说西南再也不会回到从前的样子。而所有他承诺过的事情，在往后的几年里，都逐一实现了。那是一位真正的将军，也是一位顶天立地的大英雄。"

她瞪着季燕然，厉声控诉："而你的父亲，一个贪腐庸碌的无能帝王，却亲手杀了他！"

"卢将军最后一战的真相，我的确尚未查明。"季燕然道，"但那个年代，大梁之所以卖官鬻爵成风，并不是因为父皇贪得无厌，只顾享乐。"

当时天灾不断，百姓流离，人祸便也随之而起，处处杀声不绝，整座大梁都处于飘摇风雨中。先帝愁得夜夜不能安眠，尚未年老，便已顶了满头白发。蝗灾要治、河道要改、匪患要平、流民要安置……有太多事情等着他去做了，可钱呢？国库亏空，即便手里有百万大军，有卢广原那样的卓越将才，难不成都让他们饿着肚子去打仗？

"形势所迫，当时朝廷手中握着的、能用来变钱的，只有官位。"季燕然道，"父皇自然知道，卖官鬻爵之风一盛，会给百姓带来怎样的灾难，但他已经顾不得了。全国各地匪患频起，更有邻国虎视眈眈，这种情况下，第一要务便是保证军队补给，方能守住四境，方能争取到时间来慢慢收拾这满目疮痍。"

而事实证明，先帝也的确做到了。他带领文臣武将，用将近四十年的时间，平内乱、攘外敌、治水患、修赋税，积极发展，与外交流，待江山被交到李璟手中时，已经隐隐有了万国来贺的盛世雏形。

雪衣妇人却不为所动："你休要花言巧语！"

"我只是就事论事。"季燕然颇有耐心，"对特定的一些人来说，比如受西南昏官迫害的百姓，先帝的确不是一个好的君王，但对于整个大梁而言，他是称职的，并非你所想的那样，只为自己荒淫享乐。"

"你们李家的人，总有一万个借口！"雪衣妇人冷笑，"但对我来说，因为官员的残暴，我失去了儿子，失去了父亲，失去了许多族人。他不是庇护万民的皇帝吗？为何就独独牺牲了我们，来换取他的万世安稳？！"

"你若因为此事记恨父皇，我也无话可辩。"季燕然看着她，继续道，"所以这么多年间，谢小姐一直同你住在一起，佛珠舍利也是你们所盗，一直想要挑起我与皇兄之间的矛盾。周九霄、杨博庆、耶尔腾，现在又牵扯到了江家，你们究竟想要什么？"

"我们什么都不想要。"雪衣妇人咬牙，"只想为所有无辜死去的人报仇，只可恨，可恨啊，那老皇帝死得太早。"

云倚风道："中原有句俗话，叫人死债消，这位婶婶，不如——"

雪衣妇人啐了一口："凭什么？"

云倚风后退两步，敏捷躲开攻击："你们毁不了先帝，便想毁了大梁江山，令他在九泉下不得安稳？先挑拨皇权与军权之间的关系，再联手外敌要割西北十五城，后来见希望一一落空，就又找上了江家，难不成还想搅得武林不得安稳？"

若真如此，那可真是事无巨细，犄角旮旯儿皆不放过，将能捣的乱都通通来上一遍。

结果雪衣妇人道："自然不是。"

她道："杀江南震，是私仇。"

当年卢广原出兵东海，因受过江家一笔捐助，便于战后亲自登门致谢，当时江南震也在，席间自是对他百般奉承，两人因此有了交情，后来又通过这层关系，攀上了谢家。

谢金林出事时，谢家十四岁的少爷，也是谢含烟的弟弟谢勤，正在江府做客。

"当时只要江南震一个暗示，谢少爷便能逃过一死，但他非但没有出手相助，反而多次挽留，又是下棋又是饮酒，一直拖到了官府上门。"

云倚风没说话。于法理的层面来讲，江南震此举倒也挑不出错，但从人情的角度上看，就的确有些……那或许是谢家唯一有可能留下的男丁，年龄尚小，又远在丹枫城。若得人相助，隐姓埋名南下出海，想保住性命并非难事。

"而那江南震，明明做了猪狗不如的事，却名利双收，逍遥快活。"雪衣妇人道，"莫说是谢小姐，就连我这外人，也听得恨极了。"

"所以你便编造出江南震与谢家沆瀣一气、通敌卖国的故事，想借王爷的手除掉对方？"

"他原也不是什么好东西。"雪衣妇人默认，又道，"江南斗走火入魔，便是他一手所致。"

迎面又是一桩不知真假的"真相"，云倚风揉了揉太阳穴，诚心地道："你打听到的东西还真不少。那你知不知道，替江南震夺取账本，一心想要扶他登掌门之位的那人，究竟是谁？"

雪衣妇人却不愿再答了，而是问道："萧王殿下，你会放了我吗？"

"按律来说，是不能的。"季燕然没说话，云倚风替他回答，"而且婶婶方才还在说，自己不怕死，不必用死来威胁。怎么现在就又改了主意？"

"只是觉得不值罢了。"雪衣妇人道，"况且心愿尚未达成，又如何舍得死？"

"心愿？是说毁了大梁江山，令百姓流离失所，令先帝在九泉下无法安眠吗？"云倚风摇头，"西南的确深受昏官所害，你与族人要报仇，也算有理有据。但谢小姐跟着凑什么热闹，这江山不仅仅是先帝的，也是卢将军心心念念、要以命相护的，她身为将军的妻子，却偏要反其道而行之？退一万步说，哪怕卢将军当真是为先帝所害，冤有头债有主，百姓何辜？日子过得好好的，却要平白兜住这股子阴风？"

雪衣妇人道："你又不是将军！"

云倚风诚心地答道："你也不是。"

雪衣妇人道："滚！"

"这一时片刻，滚是滚不了了，王爷还有许多话要问。"云倚风看看天色，"也罢，先吃点儿东西，再审也不迟。"

太阳已经完全落山了。

昏沉沉的蜡烛照着面与小菜，没什么食欲。云倚风想了一会儿，道："王爷有没有觉得，她配合得过了头？"虽然态度恶劣，但也算有问必答，甚至在某些问题上，还能称得上是滔滔不绝。

"她像是并不讨厌王爷。"

"是。"季燕然笑笑，"当初在雪山时，可是要拥立我做皇帝的，自然不会讨厌。"

云倚风："……"

"滔滔不绝，有问必答，也未必就是不讨厌我。"季燕然替他倒了杯茶，"也有可能我们所问的事情，恰好就是人家想答的呢，自然要十分配合，知无不言。"

云倚风犹豫："你的意思……"

"我猜她话里有水分，但也有实情。"季燕然道，"至少那段西南往事，我先前曾听许多人说起过，的确是不见天日的黑暗十年。"

"十年之后呢？"

"十年之后，国家已经度过了最艰难的时期。东北初步安稳，江南风调雨顺，粮食大丰收。"季燕然道，"所以朝廷总算能腾出精力，去处理西南的遗留问题。"

卢广原带去了军队，也带去了大量的生活必需品，那片土地上的人民，终于得以重新找回笑容与希望。

"听闻父皇在弥留之际，曾再三叮嘱皇兄，万不可再开卖官之风。"季燕然道，"他对西南是心存愧疚的，事后也确实做过多番弥补，但对于死在那十年中的百姓而言……鹧鸪想要为族人报仇，我能理解。"

"当时还有更好的解决办法吗？"云倚风问，"如果是王爷，会怎么做？"

"借钱，但如果江山正处于动荡期，三天两头有人自立为王，风雨飘摇的，哪个巨贾还敢将银钱借给朝廷，硬抢就更不行了。对方手中握有巨资,若被逼急了造反,岂非给自己找麻烦?"季燕然道,"说实话,如果是我,得看当时的局面,还容不容得下朝廷徐徐图之,慢慢攒钱解决问题。"若火已经烧到了眉毛上,那……但想到无辜的百姓,心中总是不忍,所以说,自己当真不是治理天下的那块料。

"我却偏就喜欢王爷这一点。"云倚风笑笑,"不贪心,也不逞强。"

只专心做好自己的事情,将日子过得有条不紊,自在逍遥。

雪衣妇人正在闭目养神,听到有人进来,也未睁眼。

云倚风抬了张板凳,坐得离她八丈远,主动解释:"我怕婶婶再吐我口水。"

雪衣妇人怒道:"你!"

"鹧鸪首领的夫人,我记得应当是叫玉英吧?"云倚风称赞,"婶婶人是凶了点儿,但却有个温婉动人的好名字。"

雪衣妇人冷冷地看着他:"你来这里,就是想夸我的名字?"

"还想问江家的事。"云倚风道,"若谢家小少爷是被江南震所害,那为何十余年后,谢含烟还要带着婢女,再度前往江家做客?"

"她并非做客,而是去为弟弟报仇的。"

雪衣妇人说,在最初时,谢含烟并不知谢勤的死与江南震有关,所以只把对方当成父兄的昔日好友,因家族败了,关系也就淡了,人情冷暖自古如此,也怨不得什么。直到许多年后,才偶尔获悉真相,动了报仇的心思。

云倚风问:"如何报仇?"

"那时江南震正在各处高价征求绣娘,为他的老母亲绣一幅百寿图。"

谢含烟的绣活儿做得巧夺天工，她假称自己是西南绣坊的主人，很顺利就进入了江家。但江南震天性多疑，从不让外人住苍松堂，便安排主仆二人借宿在自己忠厚老实的二哥江南牧的院中，才会遇到孔衷，才会有后来那封书信。

"风雨门才刚刚翻出信函，你们就已得到消息，准备好了这出戏，究竟是谁在通风报信？"云倚风趁机又问了一回。

玉英却仍不肯回答，只继续道："当时谢小姐住在江二爷院中，日日都在谋划着报仇大计。谁知她的贴身婢女却像吃错药一般，竟相中了江南震，还做起了当妾的美梦。"

云倚风："……"

所以谢含烟就将婢女杀了，然后又抛进井中，自己逃之夭夭？

"那是她咎由自取，看上谁不好，却偏偏看上江南震，要去通风报信，卖主求荣。"玉英放缓语调，"谢小姐在杀死婢女之后，担心会被江南震察觉，便谎称自己身体不舒服，向江二爷匆匆告别，独自离开了江家。"

云倚风心想，如此仓皇急忙，遗失那把琴，倒也合情合理。

从那之后，谢含烟就一直盯着江家，却再也没能找到合适的下手机会。毕竟江南震亦非常人，而是一等一的高手，身旁又有护卫无数，堪称铜墙铁壁。但这样年复一年的盯梢，也并非全无收获，至少知道了江南震为夺掌门之位，先是暗中伤了江南斗，又嫁祸于江凌旭。还有江凌寺与黎青海私下勾结，于盟主之争时往江南斗杯中下药，诸如此类的龌龊事，是看了个一清二楚。

玉英不屑："江家外表光鲜，内里早已烂透了。上上下下，没有一个好人！"

云倚风纠正："我江大哥还是很不错的，江小九也还可以，就是傻了些。不过说起九少爷，就又有一个新问题，当初撺掇他去搞绑架的那伙黑衣人，是不是你们？"

玉英面露疑惑："绑架？"

不是吗？云倚风盯着她看了一会儿，道："说谎长皱纹。"

玉英闭上眼睛，不理会他这幼稚的诅咒："不知道你在说什么，你们若不信我的话，去仔细查一查江家的事情，便知真假。"

查是一定要查的，云倚风心想，哪怕只为帮江大哥，也要把江家的事情搞个清楚明白。

鉴于玉英只肯说这么多，季燕然便决定先将人带回丹枫城，在江家慢慢审。

云倚风另派一队人马，昼夜兼程追上了孔衷一行人，对方果真正准备出海去投奔儿子，玉英在这一点上倒是未曾说谎。再一细问信中事，孔衷笑道："那名妇人啊，我自是记得的。对方自称西南绣娘，手法出神入化，人也知书达理、雍容贵气，我自是仰慕极了，只是她性格高冷，鲜少说话，婢女也沉默寡言，我唯有远望美人，叹之羡之。"

当然，所谓的"对皇家的深仇大恨""神秘的身份"，都是玉英在假扮孔衷时，信口胡扯来误导季燕然的。事实上孔衷压根儿就没同谢含烟主仆说上几句话，顶多偷窥两眼，对往事自然一无所知。

"她还是什么都不肯说吗？"

众人此时已经回到了江家山庄，玉英被关在最戒备森严的牢房里，因担心她会再度遁地逃走，便用精钢锁链缚住手脚，由数十名弟子昼夜轮番看看守。

季燕然道："她执意要让我们先去查江南震与江凌寺。"

云倚风猜测："是想替谢小姐完成心愿？"

"也有可能是有意拖延时间，等着别人来救。"季燕然拍拍江凌飞的肩膀，"不管怎么说，这里是江家的地盘，人若丢了，我唯你是问。"

江凌飞："……"

"想开点儿，替江家抓奸细呢。"云倚风及时安慰江三少。

几个人正说着，月圆圆端着茶盘从外头进来，好奇地问："谁是奸细？"

"还没找到，往后姑娘也要更小心一些。"云倚风捏了块点心，"说说看，那位江五爷最近怎么样？"

月圆圆撇嘴："还病着呢，像是这辈子都不打算出门了，门下弟子也极少出现，走路时连头都不抬。"

看这架势，江南震是打算织一颗茧，将苍松堂严严实实包裹起来，彻底与世隔绝。

自保也好，心虚也好，江凌飞道："导致伯父走火入魔的罪魁祸首，我定会将他揪出来。"

入夜，云倚风泡在浴桶中，舒舒服服洗了个澡。这回的水就是清水，再也没有香气四溢的洛絮花油，云倚风十分欣慰："看来圆圆姑娘今晚不当值。"

洗完之后季燕然进了门，开口便道："还有一件事，白日里忘了同你说。"

云倚风转身："什么？"

季燕然道："与鬼刺有关。"

派去南海的人已经回来了，却没找到鬼刺，弟子皆说神医自从上次离岛，就再也没出现过，还当他仍在带着蛛儿四处游历。而迷踪岛上也一直风平浪静，并没有发生什么必须要由鬼刺亲自处理的大事。

那他去了何处？

云倚风想了片刻："若迷踪岛没出事，命根子花草没出事，他应当不至于丢下我不管。"毕竟那老疯子对血灵芝与解毒的痴迷程度，当初人人都看在眼里，没道理一下子就热情退去。唯一的解释，只能是……被人给绑了？

季燕然点头："有可能。"

"我还是让风雨门弟子去查查看吧。"云倚风苦恼，"否则总觉得心里不踏实，指不定下回再出现时，又会带来什么新的麻烦。"

月色低垂，几个小丫头端着食盒，叽叽喳喳到处串门，互相聊聊天，再分食一些点心、前阵子死气沉沉的江家，因为有了新掌门，现在总算多了几丝活泛气儿。

监牢里，玉英正在闭目打盹儿。

外头突然就传来了沉闷的咚的一声，像是守卫被打晕了。

来人蒙面黑衣，一大半脸都隐没在阴影中，手中握有一枚精巧的钥匙，恰能解开缠缚住玉英手脚的钢链。

"走！"

所有的守卫都被打晕了，直到一个多时辰后，方才被前来交接换岗的同门发现。

牢门大开着，人犯早已不知所终。

大弟子赶忙去向江凌飞报告，整座山庄都沸腾了，火把蜿蜒成一条巨龙，将漆黑的天幕也点燃了半边。

云倚风自梦中惊醒，直接冲出门道："出了什么事？"

正巧季燕然也赶来了："你好好歇着，我去看看。"

外头的人声都赶上山呼海啸了，哪里还能"好好歇着"，云倚风拖着酸痛的身体穿好衣服，暗暗叫了一声苦。大半夜还要爬起来帮忙抓贼，着实遭罪。

云倚风加快脚步走到江凌飞面前："江大哥，出了什么事？"

江凌飞无奈地道："玉英被人劫走了，正在全山庄搜查。"

"……"

幽深曲折的牢狱，戒备森严的守卫，还有以精钢铸成的枷锁，如此三样加起来，玉英还能被顺利劫走，若说没有内奸，那简直太说不过去了。

季燕然也是头疼，他自然不可能当真"唯江凌飞是问"，但当初之所以把人放在江家而非丹枫城府衙，就是看中此处更加安全，也更加方便。谁承想，还真就出了事。

江家已经被彻底封锁，但从夜半找到翌日傍晚，寸寸地皮都翻过了，也未能找到玉英的踪影。丹枫城四侧城门亦是紧闭，官府也开始挨家挨户搜查，更有十六支飞骑出城追逃，但究竟能不能找到，说实话，就连云倚风自己都觉得希望渺茫。

以上麻烦是归属朝廷的，而对江家来说，一等一的要事除了协助季燕然追逃，还有另外一桩，便是找出内奸，否则这样的事情还不知要上演多少回。谁能忍受脖子上天天悬着一把刀睡觉？于是诸位堂主纷纷聚于烟月纱中，你一言我一语，都在请江凌飞尽快找出此人，以正门风。

小丫鬟没见过这种大世面，进来奉茶时战战兢兢，险些打翻了茶壶。

江凌飞不悦地道："怎么是你，圆圆呢？"

"回掌门，月姐姐身子不舒服，一直没有出门。"小丫鬟道，"许是……许是昨晚染了风寒吧。"

在江家内部，人人皆道江凌飞与月圆圆关系匪浅，将来那小丫头怕是要一步登天的。因此此时一听丫鬟说她不舒服，便都识趣地道："那我等先回去了，掌门还是去看看月姑娘吧。最近天寒，估摸是染了风寒。"

江凌飞正嫌这帮人闹心呢，正好能有个借口寻清静，他独自去了月圆圆的住处，敲了半天门，方才有人来开。

"少爷……不是，掌门。"

"你喜欢叫我少爷，就继续叫少爷吧，我原也不怎么想当这个掌门。"江凌飞笑笑，用手背试了试她的额头温度，"怎么一整天都待在房中，身子不舒服，找大夫来看过了吗？"

他声音温和，眼里的光也温柔，月圆圆错开视线，道："我想休息了。"

说罢，也不顾江凌飞还要问话，反手就关上了门。

砰的一声，险些撞扁了江三少的鼻子。

另一头，季燕然与云倚风还在逐一询问昨夜守卫。这群弟子也是倒霉，中了劫囚者的毒针，个个口眼歪斜麻痹，说两句话就口水直喷。梅竹松检查过后，说至少得养上三个月，方能慢慢恢复，是西南那头的毒物。

"命能保住，已是万幸。"云倚风道，"按照玉英供述，她与谢含烟对江家诸事的了解程度，这眼线怕是养了不少时间。"

由于没有一个守卫看清劫囚者的脸，所以江凌飞索性下令，家中人人都要说出自己当晚在做什么，并且得有人做证。

这样一来，当值的、喝酒的，甚至偷偷摸摸聚集在一起赌钱的，便成了首先获得清白的人。再往后，生病的、怀孕的、年龄太幼太老的，也纷纷脱离了嫌疑，还有睡在通铺上的下人，也皆能找到人证。反而是一群有地位的管家，既不像堂主少爷们有人护院，也不像其余人都睡在一个杂院中，单独的院落一落锁，里头的人究竟有没有趁黑溜出去，这谁能说得清？

于是就是这么一群人，被拉到了江凌飞面前。

好端端地过着富贵日子呢，突然就成了"内奸"，众人都莫名其妙，也惊慌得很，七嘴八舌地替自己辩解，说一入夜就睡了，直到后半夜才被吵醒，什么都不知道。

"睡觉啊，有证据吗？"云倚风随口问。

人群中有个缺根筋的二愣子，嗓门儿大了几分："云门主不也在睡觉吗？还有王爷与掌门，谁家睡觉不是关着门自己睡，难不成还要开门供人欣赏？"

江凌飞纳闷儿："你是谁啊？"

"掌门，掌门勿怪。"说话的人是西院管家阿椎，他赶忙将儿子拉到身后，跪地道，"小三子儿时发烧，往后就时常犯迷糊，不是有意出言冒犯。"

阿椎的媳妇也慌忙道："是啊，掌门，小三子不是坏人，他也没那本事啊。不过……不过我昨晚的确见到过一个……有些可疑的人。"

"谁？"

"就是……月姑娘。"

此言一出，云倚风与季燕然都微微一愣。

江凌飞眉头紧锁："说清楚。"

阿椎媳妇说，昨晚自己一家三口的确是入夜就睡了，直到外头闹哄哄地开始搜人了，才被吵醒。因阿椎是西院大管家，自己便也出门去帮相公做事，结果就见月圆圆急匆匆穿过林子，跑回了住处。

"今早管家问话时，我特意打听了一下，月姑娘却说她身子不舒服，一整夜都躺着。"阿椎媳妇道，"但我确实看见她了，三更半夜，穿着水红的衫子，绝不会出错。"

她说得信誓旦旦，现场也安静一片。人人都在心里想，敢情这大张旗鼓地搜了半天，搞得家中人心惶惶、鸡飞狗跳，内奸却是掌门自己的人？

云倚风试探："江大哥。"

"去将人带来。"江凌飞揉了揉太阳穴，"态度好一些，别把她吓到。"

弟子答应一声，暗道这关系果然不一般啊，都这种时候了，还担心会把人吓到。

月圆圆很快就被带到厅中，依旧穿着那身红衫子，模样有些憔悴："掌门。"

"昨晚去哪儿了？"江凌飞看着她。

月圆圆答道："在房中，哪儿都没去。"

"掌门。"阿椎媳妇在旁急道，"我确实看到月姑娘了，不会出错的！"

月圆圆脸色一白，没再说话。

"我也看到月姐姐了。"又有一个小丫头，怯生生地道，"那阵天已经黑透了，月姐姐却要出门，在院中碰到后还聊了两句，说是要去给掌门送芙蓉糕。"然后没过多久，家中就出事了。

所有证据皆指向月圆圆，而她本人也未辩解，只一直低着头不肯说话。便有堂主提议，不如将这丫头送往洪堂，好好审问，不信撬不开她的嘴。

江凌飞冷冷一眼扫过去，震得对方不敢再言，又放软语调问道："到底是怎么回事？你只管说出实情，我不会怪你。"

云倚风也劝："圆圆姑娘，这只是按例问询，你只消说出昨晚为何要出门，便能自证清白，我们才好继续往下追查真凶。此事非同小可，关乎朝廷叛党，胡闹不得。"

月圆圆握着拳头，一双平日里总是笑盈盈的眼睛，此时却变得通红。她胸口剧烈起伏着，过了好一阵子，方才咬牙道："对，就是我！"

此言一出，众人皆哗然。

江凌飞手指狠狠一挫，将那白瓷茶盏捏得粉碎。

云倚风吃惊："真的是你？"

"我是有苦衷的。"月圆圆并未理他，只是看着江凌飞，低声问道，"掌门，你会杀了我吗？"

且不说叛党不叛党了，光是"内奸"这一条罪名，放在哪个门派都是重罪。已经有人开始怀疑，前任掌门之所以离奇遇袭，是不是也是月圆圆从中搞鬼。堂下乱哄哄的，声音越来越大，江凌飞听得烦躁，单手拍裂身侧木桌。

巨响之后，众人噤若寒蝉，一片寂静。

"将人带回住处，好生看押。"江凌飞拂袖出门，"我会亲自审问。"

包庇之意就差明晃晃地写在脸上。

众人自不敢反驳，却都免不了嘀咕，自古就有红颜祸水的说法，但那也得是倾国倾城的美人妖姬，这一个圆脸盘子的喜庆丫头，何时竟也有了迷惑人心的本事？

挂着浅粉帷帐的卧房里，窗台上摆着几盆小花。

月圆圆坐在床边，正在低头抹泪。

江凌飞看着她："为何要这么做？"

月圆圆却问："掌门会杀了我吗？"

"掌门会。"江凌飞叹气，"你的三少爷不会。"

他递过去一块帕子："告诉我理由。"

季燕然与云倚风在院外等了许久，江凌飞方才出来。

"怎么样？"

"只说自己有苦衷，才会带着对方前往监牢，别的一概不肯说，问急了便哭。"江凌飞道，"我相信她并非有意为之，也不想太过为难。"

云倚风提议："不如我去试试？"

"再过几天吧。"江凌飞道，"内情是肯定有的，但她现在已经被吓坏了，也问不出什么。不过据她的供述，对方怕是早就出了丹枫城。"

光线昏暗的山洞，有人正在仔细将生过火的痕迹掩埋。

玉英已换了身衣服，道："姐姐果真料事如神。"

在她对面坐着一名玄衣妇人，脸上贴着蜡黄的面具，身形佝偻，怎么看都只是一个寻常乡野病妇，断不会有人将她与名动王城的丞相千金谢含烟联系在一起。

但面容虽改，缜密的心思却不输当年，与卢广原朝夕相处时读过的那些兵书，全部融进了她的血液里。旁人是狡兔三窟，她便足足有三十窟。猜到季、云二人不会轻易被骗，便与玉英定下计谋，暗中派人在外守着。若季燕然与云倚风离开孔家后，并未出城，而是消失无踪，便有可能是事情败露。此二人仍在不远处盯梢，那么就会请孔家对面的茶棚老板娘换上红裙，以提醒玉英实行新的计划，不必再来与自己相见，而是径直出城，将计就计被季燕然抓获。

自然了，那些"一五一十"的供述，也是事先商议好的，至于其中哪些是真，哪些是假……

谢含烟道："就要看那位萧王殿下，究竟有没有本事能分辨清楚了。"

"那我们现在要回西南吗？"玉英又问。

"你且带人先回去吧。"谢含烟看着远处，轻轻说道，"我还有另一件事要做。"

江凌晨也听说了月圆圆一事，他有些不相信自己的耳朵，就那一天到晚笑眯眯的爱穿水红裙子的姐姐？

云倚风手中端着一盘果脯，提醒道："若被五爷听到，九少爷怕是要跪祠堂了。"

"五叔现在才顾不上我呢，他装病都快变真病了。"江凌晨拉着他坐在台阶上，"不过话说回来，我是真觉得他有问题。你看啊，伯父走火入魔时，门外的护卫可都是苍松堂的人，偏就是因为太明显了，结果反倒没人怀疑。"

"江大哥已经在查了。"云倚风道，"而且他最近心情很不好，你最好别去招惹。"

一群堂主坛主各种主，轮番求见掌门，要求彻查老掌门遇袭一事，并且人人都将矛头指向月圆圆，这其中有当真担心江家安危的，也有看不惯江凌飞色迷心窍的，而且那算哪门子的色？怎么还就是舍不得了。

"三哥说要亲自查，可也没查出什么，也难怪各位叔叔伯伯都不忿。"江凌晨被果干酸得直皱眉，"再这么下去，怕是掌门威信也会受损。你与王爷若有空，还是多劝劝他吧。"

十五岁少年都能明白的道理，江凌飞自然也懂。但想彻底堵住众人的嘴，仅靠掌门之位显然不够，得尽快找到谋害江南斗的真凶。于是整座江家山庄的气氛，便再度黑云压顶起来，像是又回到了老掌门刚刚遇害的那段日子。

而这其中最慌乱的，自然当属江南震与他的苍松堂。

江南斗为何会遇害，江凌旭又为何会偏偏选在那日进山去私会于绵绵，这中间的缘由，他可是再清楚不过。只是当初无论如何也不会想到，辛辛苦苦铺成的路，不仅没有通往掌门的位置，反而冷不丁就出现了一个深深的陷阱，将自己困入其中，爬也爬不起来。

子夜时分。

城外山林，风飒飒地吹过耳畔。

这回江南震等了许久，黑衣人才姗姗来迟。

"江五爷怎么今日找我？"

"凌飞正在查大哥遇害一事，估计很快就要来苍松堂了。"

"下药的人，五爷已经亲手处理干净了，而偷袭之人，他们可没本事抓到。江凌飞要查也是无凭无据，五爷慌什么？"

"话虽如此，但我总是担心。"江南震眉头紧锁，"按照凌飞的脾气，怕是一年三年，都要找出幕后真凶。"

黑衣人啧啧："看来此事一天不解决，五爷就一天不能安稳了。"

黑衣人又提议，既如此，那不如想个法子，彻底除去江凌寺，再制造出畏罪自杀的假象。反正他与黎青海素来交好，已经暗中害过一次江南斗，这锅交给他来背，也不算冤枉。

江南震却被他这番话噎得胸闷："都这种时候了，你竟还想着要继续杀人？"

"否则呢？"黑衣人反问，"江五爷若找不到活人顶罪，就只能寻个死人推在前头。现在有理由、有能力动手的，除了江凌寺，莫非还能再找出第二个人？"

这话听上去虽有几分道理，但江家四少爷不是街边的阿猫阿狗，现在又全无谋划，若轻易动手，只怕是自讨苦吃。

江南震心中烦乱，有些后悔自己当初的选择，却也为时已晚，只有长叹一声，转身回了江家。

黑衣人冷嗤一声，身形一闪，也隐没在了重重夜色中。

江家，苍松堂。

火把正熊熊燃烧着，院中像是站了很多人，却一点儿多余的声音都没有。只有跳动的影子，在地上不断变化拉伸。

江南震心中涌上不祥的预感，他放慢脚步，踟蹰着，几乎想要掉头走人了。

江凌飞坐在椅上，手中漫不经心地晃着茶盏："三更半夜的，五叔这是去哪儿了？"

"睡不着，出去走走。"江南震佯装镇定，"怎么，有事？"

"白天才看过三四轮大夫，说是床都起不来，晚上怎么就冒着秋风寒雨出去走路了？五叔也不怕婶婶担心。"江凌飞将茶盏随手丢在桌上，哐当溅起一片水花，沉声道，"带上来吧。"

江南震面上虽不动声色，手心却已沁出一层薄汗。

五名苍松堂的弟子被五花大绑拖了上来，皆是当日守卫，显然已经受过一轮刑，满身是血狼狈不堪，磕头号道："掌门恕罪，我们……我们确实不知老掌门遇害一事，只是那天下午，五爷曾派富森送来包子与卤肉，大家便去阴凉处吃了两口。别的什么都不知道啊。"

江南震强辩："苍松堂的弟子又不是铁人，吃喝拉撒也有错吗？"

"没错，但偏偏富森在送完吃食后没多久，就夜半突发心梗，走了。"江凌飞道，"五叔谋划得好啊，一个人证都没留下。这本该是一轮无头案，好巧不巧，富森却留下了一封书信。"他指间夹着薄薄一张纸，"详细写下了所有罪行，怕的就是将来有一天，自己无缘无故死了，白白成为他人的替罪羊。"

江南震厉声道："不可能！"

"富森身亡后，想来五叔已经派人，将他的房间仔细搜过一遍，却还是漏了这封书信。"江凌飞笑笑，"今日幸亏有云门主亲自出马，才在夹缝中找到书信。"

云倚风负手站在一旁，面色淡定，如一捧飘忽世外的悠闲大白云，谬赞了，谬赞了。

但其实并没有什么书信，是凭空捏造出来，讹人的。

现在看来似乎还挺好用。

"五叔。"江凌飞走到他身旁，微微俯身低语，"你知我向来不喜欢对自己人动手，要是不想尝尽洪堂酷刑的滋味，还是趁早招了吧。现在人证物证俱在，若五叔依旧咬死了不承认，那恐怕这苍松堂里的每一个人，除去老弱妇孺，往后都不会有轻松日子过。"

"你已如愿当上掌门，何必一定要赶尽杀绝！"江南震咬牙切齿。

"我从未想过要对谁赶尽杀绝，只是五叔未免嚣张过了头。"江凌飞冷声道，"谋害伯父，诬陷大哥，桩桩件件皆是本门大忌，本该废去武功，终身关押于水牢中，但念及五叔曾为王爷找到过血灵芝，我便从轻发落。从今日起，苍松堂事务交由七叔打理，我会另择住处，供五叔与婶婶二人安度晚年。"

江南震听得眼前发黑，血气上涌，原想出言辩驳，却觉得一股咸腥涌上喉头，竟是直直向后晕了过去。

周围一片惊呼嘈杂。

江五爷再醒来时，已是躺在一张破旧的床上，空气中有一股淡淡的腐败气味。

这是哪里，他辨不清，也不想辨，无非就是某处监牢。

"五爷，您醒了？"桌边有人站起来。江南震也是此时才发现，原来屋里还有两个人。

"你们来做什么？"他满怀敌意地问。

"来将整件事情审清楚。"云倚风替他倒了一盏茶，"江大哥还有其他事情要忙，便把五爷交给了风雨门。"

江南震闭目，语调漠然："我没什么好说的。"

"五爷最好想清楚。"云倚风并未在意他的坏态度，反而好心提醒，"倘若我与王爷审不出什么，那江大哥就有可能将五爷交给家中其余堂主。我听说近些年来，五爷一直忙于在各门派间游走，拉

044

拢外部势力，与家中亲朋的关系并不十分亲近吧？"

那么旁人会不会逮着这个机会，公报私仇，就难说了。

毕竟人心，还是有颇多阴暗角落的，尤其这种世家大族，表面光鲜、内里乌黑的人多了去。

江南震显然也深知这一点，他额上冒出豆大的汗珠来，片刻后，终是颤声承认："大哥遭人伏击，的确是我所为。"

云倚风心想，这就对了，我猜也是你。

据江南震供述，他是在约莫一年前，遇到那位黑衣人的。

当时苍松堂众人正在山中猎鸟，却见一人正昏迷于树下，腿上有毒蛇咬伤的痕迹。

夏日的丹枫山，毒蛇毒虫不算少，所以江家弟子出门都随身带药，自不会见死不救。黑衣人苏醒后，对江南震千恩万谢，自称是杜鹃城一家琴行的老板，此番是为了北上寻访名琴。江南震恰也是爱琴之人，便与他多聊了两句，谁知这一聊，竟然还聊出了几分莫逆之感，颇有高山流水遇知音的意思。

再后来，江南震逐渐觉察出对方不一般，便追问他的真实身份。那琴师这才承认，说自己是卢将军旧部，昔日的玄翼铁甲。

云倚风闻言微微惊讶，卢将军旧部？

当时江南震也被吓了一跳，对方继续道："在最后一战时，我因染了重病，不得不暂歇月牙城，一躺就是大半年，也是因此才保住性命。"

冷不丁冒出这一重身份，江南震当时便后悔了，卢家、谢家，他是断断不愿再沾染的，恨不能彻底割个干净，只是还未等他表明态度，对方却继续道："五爷对我有救命之恩，我这里有个法子，能助五爷夺得掌门之位。"

云倚风道："所以你们便暗中谋划，先以美色诱走大少爷，又出手重伤老掌门？"

江南震懊悔道："我那时鬼迷心窍，见对方武功高强，又精通易容术与洗髓术，便被他说动了。"

洗髓术是歪门邪术，专模仿他人的武功，内力虽不同，外形却能学个九成相似。曾经在江湖中盛行过一段时间，大多被用来栽赃嫁祸，将武林搅得鸡犬不宁。当时的盟主便下令封杀，谁若私下研习，与邪功同罪，这才销声匿迹。

往后的计划也的确进行得很顺利，江南斗走火入魔一病不起，家中人人都在怀疑江凌旭，眼看着大事将成，却又凭空冒出了一个与黎青海勾结的江凌寺。

云倚风问："四少爷这件事，也是那琴师探到的吗？"

江南震点头："是，除此之外，金丰城的账本也是他交给我的，还有血灵芝，亦为对方所寻得。"

云倚风单手支撑着腮帮子，暗自叹一口气，当初你还发誓，说是误打误撞跌入山中才找到的血灵芝，更说若有一句虚言，甘愿千刀万剐。现在却说变就变，可见这江湖中人赌咒发誓，当真半分也信不得。

江南震用了整整两个时辰，方才将那"卢将军旧部"的事情交代清楚，包括对方昨夜轻描淡写那一句，要自己杀了江凌寺，将所有罪责都推到死人头上。与前期每一步的精心谋划相比，简直草率得像是换了个人。

房子里太闷，云倚风坐在院中透气。

季燕然问："你怎么看？"

云倚风犹豫片刻，问："那琴师会不会就是乔装后的谢含烟？

或者说，至少也是和她一伙的人。"否则这一个又一个幕后主使，皆与卢将军有关，未免太巧合了些。

谢含烟的目的，一直很明确，要替心上人报仇，将李家的江山搅个天翻地覆。

而江南震背后那"黑衣琴师"，目的则像是要把江家搅个天翻地覆，至少就目前来看，江家稍微有些本事的江南斗、江南震、江凌旭，三人皆已如西山日暮，剩下一个江凌寺，也像惊弓之鸟一般。倘若将来查明他联手黎青海、暗害江南斗一事为真，那么在江家这许多人里，可就真的只剩下一个江凌飞了。

云倚风道："到那时，对方再设计除去江大哥，这偌大一个家，就真成了一盘散沙，也算达到了给弟弟报仇的目的。"

季燕然道："但江南震并不承认谢勤之事与自己有关。"

若他所言为真，当年谢勤只是路过丹枫城，连江家的门都没有进，就被朝廷派来的大军抓走了，这与自己有什么关系？至于什么西南绣娘，倒是的确有些印象，一主一仆开出天价来绣百寿图，绣到一半，却自称生了病，匆匆忙忙连夜离开了江家，与骗子有何区别？所以一直记到现在。

云倚风委婉地问："那名婢女，据说对江五爷……嗯？"

江南震没听明白，疑惑地与他对视，你这"嗯"是什么意思？

云倚风："……"

院中阳光暖暖的，云倚风问："还能查到当年是谁率军将谢勤带走的吗？"

"我问问看吧。"季燕然扶着他站起来，"这一摊烂事，真真假假虚虚实实，真是头都要炸。"

"其实圆圆姑娘若肯交代，事情便会容易许多，可惜江大哥一直不许我们插手。"云倚风道，"不如再去试试？"

"凌飞一直将她视为心腹，关系十分亲近，骤然闹出这种事，一时难以接受，也是人之常情。"季燕然与他往外走，"我也信月姑娘并非心思歹毒之人，凌飞既然想自己处理，你还是多给他一点儿时间吧。举个不恰当的例子，倘若清月出了事、星儿出了事，你也不想让外人插手，是不是？"

这……云倚风点头："行，我听你的。"

江凌飞还在忙着处理家事，两个人便出门去吃晚饭。

离开那乌烟瘴气的大山庄，心情也好了许多。云倚风在铺子里买了块热乎乎的红豆糕，捧在手中："怪不得江大哥死活都不愿意回来当掌门，这劳心劳力的，哪比得上王城逍遥快活。"

"他终究是江家人，总不能眼看家族败落，自己却还在外头游手好闲。"季燕然道，"也就辛苦这几年吧，待家风肃清了，小一辈也长大了，便能将肩上的担子卸下，继续过他纨绔大少的逍遥日子。"

两人正说着话呢，"小一辈"就从前面走过去了，江凌晨依旧一身白衣，头戴银冠，独有一份少年人的英姿勃发，身后带着数十名武师，倒也有几分模样，但其实内里还是个不知天高地厚的小娃娃，也不知何年何月才能长大。

云倚风叹一口气，看着少年背影，生生多出几分老父亲的愁思。

季燕然被他逗笑，也未去大酒楼，只寻了个僻静的河边小馆，点一份铜锅煮肉，二两小酒，与他在这秋末的最后一场细雨中，吃了顿有滋有味的家常饭菜。

雨丝沙沙打在篷布上，店主人去了内室，只留下两位客人，坐在屋檐下听雨，头顶两串红灯笼晃啊晃啊，晃出一片氤氲的影子。

过了一会儿，季燕然问："在想什么？"

"什么都没想。"云倚风懒洋洋地闭上眼睛，"吃撑了。"

季燕然笑："真想身后这处茅屋，就是家。"自己已经解甲归田，而他也不是风雨门门主，就是寻常人家的兄弟俩，过着普通的日子，听一会儿雨，就回去睡了。

"那不行。"夜风有些凉，云倚风皱眉，"这茅草房四处漏风，我不过苦日子。"

季燕然很配合："嗯。"

过了一会儿，云倚风突然又感慨道："此时风雨潇潇，若再有一壶酒，一张琴，就更好了。"

季燕然收回思绪："走吧。"

"回去弹琴吗？"

"江家正乱着呢，弹什么琴，不准弹。"

"……"

江南震对谋害江南斗一事供认不讳，江凌飞下令将其终生囚于西郊偏院，无命不得外出。

江凌旭终得洗清冤屈，回到了鸿鹄楼。掌门之位是不必再争了，经此一事，他也彻底被磨平了勃勃野心，只将旧时商号镖行重新捡起来，规规矩矩地做起了江家大少爷。

飘满药香的卧房中，江凌飞坐在床边："伯父今日觉得怎么样？"

江南斗靠在软被上，点头道："梅先生医术高超，将我照顾得很好。你初任掌门，应当有许多事情要忙，就不必日日都来此处了。"

江凌飞笑笑："伯父嫌我烦吗？"

"怎么会。"江南斗握住他的手，感慨道，"江家幸亏有你啊。"

丫鬟送进粥汤，江凌飞顺手接过来，慢慢喂给他吃。说来也怪，先前两人一个高高在上，一个吊儿郎当，不说互相看不顺眼吧，但也确实没什么感情。每年稀稀拉拉见那几次面，也全是因为姓氏中抹不掉的一个"江"字，但现在，江南斗武功尽失缠绵病榻，江凌飞被迫接过江家的担子，一老一少反倒生出了几分相依为命的亲情，如狂风暴雨的两条飘摇小舟，紧紧地系在一起。

江南斗叮嘱："过两天就是你爹的祭日，好好去拜一拜他吧。"

江凌飞的爹，也就是江南斗的三弟，江南舒。据传此人天生便是武学奇才，模样更是英俊风流，被老太爷视为掌上明珠。只是如此倜傥公子，却体弱多病，江凌飞刚出生没多久，他便因一场风寒撒手人寰。三夫人悲伤过度，从此久居佛堂，日夜诵经思念亡夫，像一朵失去养分的花，迅速枯萎衰败了下去，思绪恍惚。

江凌飞就是在这么一个环境下长大的，鲜少能见到面的母亲，安静的宅子，悠远的佛经，还有袅袅的青烟……差不多就是整个童年了。也难怪，长大之后一入王城，便繁华乱花迷人眼，赖在萧王府中死活不肯走，还硬将老太妃认作娘。

云倚风清清嗓子，敲门："江掌门。"

江凌飞笑道："江掌门刚打算去休息，有事？"

"我们买了油炸小鱼，送一包过来。"云倚风将手中热腾腾的油纸包递给他，自己挪了把椅子坐在对面，"本打算叫大哥一起出去吃饭，但王爷说江家事多，让我不要前来打扰。"

"是嫌我多事碍眼吧？"江凌飞擦干净手，自己捏了条小酥鱼吃，"家中事情已经处理得差不多了，这两天还真不算忙，不如我也跟着你们——"

话未说完，云倚风便不知从哪里抽出一封信："既然不忙，那这里刚好还有另一件事。"

　　江凌飞："……"

　　"风雨门刚刚截获。"云倚风撑住脑袋，"黎盟主送给江四少的。"

　　江凌飞抽出信函粗略一观，倒也没写什么了不得的大事，字里行间只命江凌寺要低调行事，安心本分地当好江家四少爷，好好辅佐新任掌门，将江家继续发扬光大，以维护整个武林的正义与安稳。总之，都是些冠冕堂皇、制成匾额也挑不出错的废话。

　　云倚风道："看来他是不打算再继续帮着四少爷了。"

　　"黎青海惯会观察风向，自不会选在这种时候与我、与王爷作对。"江凌飞向后靠上椅背，"但我确实还没想好，要如何去处理这件事。"

　　云倚风明白他的意思。按理来说，这种事是无论如何也要查个清楚的，但黎青海盟主当得好好的，汉阳帮又是仅次于江家山庄的大帮，多年苦心经营，早已在武林中扎下了盘根错节的老根，若想撼其根基，只怕有得头疼。

　　江凌飞叹一口气，手中酥脆的椒盐小鱼也没了滋味。云倚风见他一脸愁绪，便主动说道："不如我先派风雨门弟子去探探消息，无论大哥将来要怎么与黎青海算这笔账，能多握几天线索在手中总是好的。"

　　"如此，也好。"江凌飞笑，"那我就不同你客气了。"

　　"还有一件事，"云倚风观察了一下他的神情，"圆圆姑娘还是什么都不肯说？"

　　江凌飞将小鱼丢进纸包里："是。"

　　云倚风委婉地提醒："我在来的路上，听到许多人都在议论此事，再拖下去，怕是有损掌门威严。"

虽说江南斗遇袭一事已经查明，的确与月圆圆无关，但夜半私自放走朝廷要犯，却是她亲口认下的罪行。家中人人都在嘀咕，怎么同样是触犯门规，江五爷一夕之间就被削权关押，处理得干净利落，可换成那小丫头，反而就一直拖着，连问都不准旁人问一句？这不是明晃晃的包庇，又是什么？

"我会处理好的。"江凌飞站起来，"苍松堂那头还有些事情要处理，我先过去看看。"言罢，便拂袖出门，只留下大半包热乎乎的椒盐小鱼和一个唉声叹气的云门主。

季燕然正在院中擦剑，见到他又捧着鱼蔫蔫地回来了，便道："被赶出来了？"

"江大哥压根儿就不愿意听与月圆圆有关的事情。"云倚风一屁股坐在石凳上，"你是对的，下回我不去自讨没趣了。"

季燕然笑，吃了几条小鱼："武林盟主的事情呢？"

"风雨门先去探一探吧。"云倚风道，"我看江大哥的意思，应当也是想查明真相的，并不打算就这么放过黎青海。"

也对，中原武林的安危，就算不系于顶天立地的大君子头上，也不该由这么一个小人担着，给别人茶水中下药算什么下九流手段？

季燕然点头："武林中事，你与凌飞商议便好。"

江凌飞一路去了月圆圆的住处。

她依旧坐在床边，桌上摆着半壶茶、半碗面。窗台上的花也蔫了，以往脆嫩的杆子失去水分，有气无力地垂下头来，随着风轻轻摇曳。

江凌飞拿起那半壶冷水，细细浇进花盆里。他的动作很慢，月圆圆坐在床边，看着那沐浴在日光下的高大背影，突然就觉得鼻子一酸。

"我后悔了。"她说。

"现在后悔也迟了。"江凌飞放下空茶壶，从袖中取出一枚药丸，递到她面前，"吃了它。"

月圆圆眼底有些慌乱："少爷……"

"放心，不是毒药，我说过不会杀你。"江凌飞蹲在她面前，"这是我问梅前辈要来的假死药，服下后会昏睡半年。现在各路堂主纷纷拿你的事情做文章，唯有如此，才能堵住他们的嘴。"

"那半年之后呢？"

"半年之后，我会处理好所有的事。"江凌飞看着她，"吃不吃，全看你。"

月圆圆声音低哑："我吃。"

她将药丸捏在手中，又看了一眼窗外明媚的太阳，明晃晃的，照着碧绿的树与红色的花。

月圆圆的"遗体"被暂时安置在了江家的冰室中。

云倚风道："倒也算是个躲清静的好办法，但半年后要怎么办？"

"我也不知道。"季燕然握着笔，慢慢在纸上描画，"你知道的，凌飞在这件事上，可谓严防死守，从不肯对外透露半句。"

为什么呢？云倚风回头看他，疑惑地道："该不会真像外头说的，江大哥和圆圆姑娘……"

"不好说，但我总觉得事情没这么简单。"季燕然看着他，"话说回来，你才是风雨门门主，问我？"

"风雨门门主又如何？你又不准我去探江大哥的私事。"

"我是不准，你就饶了他吧。"季燕然放下笔，"好好带着风雨门弟子，去查野马部族与谢含烟一事，顺便再打听打听鬼刺的下落，这才是你现在该做的事情。"

云倚风伸手："付银子。"

萧王殿下财大气粗，曰，先欠着。

将来带你去挖金山。

像这种空口开出来的赊欠，早不知积攒了多少条，云倚风兴趣缺缺，一巴掌拍开他，自己去找江凌晨，打算继续教那少年"风熄"轻功，却在半途遇到了江凌寺。

江家四少爷，打扮依旧是儒雅斯文相，拱手道："云门主。"

云倚风询问："四少爷这是要回梅柳书院？"

"是。"江凌寺道，"方才去探望伯父，在他房中坐了一会儿。"

云倚风又问："不知江南斗前辈今日身体如何？"

江凌寺答，挺好。

他满心都想快些告辞，云倚风却很有几分热情攀谈的勃勃兴致，主动说道："早就听闻梅柳书院雅致清幽，藏书楼中更是浩如烟海，有不少珍稀孤本。不知我能否带着王爷，前去见识一番？"

"云门主说笑了，萧王殿下身份尊贵，天下珍宝尽在皇宫，怎会将我这小小书院放在眼中？"江凌寺随口敷衍，"改日——"

"也对。"云倚风打断他，"王爷见过大世面，那我们就不带他了。"

江凌寺："……"

我们？

云倚风往前走了两步，回头见他还站在原地，便一招手："四少爷，这边请。"

江凌寺暗自咬牙，紧走两步与他并肩而行。

"梅柳书院中有画吗？"云倚风问。

江凌寺道："都是些今人的拙劣之作。"

云倚风接着问："书法呢？"

江凌寺低声回答："也极少。"

"藏书？"云倚风表现得兴致很高。

"只有寥寥近百本。"

"挺好。"云门主心满意足。

"……"

江凌寺自然不会相信，云倚风此番前往梅柳书院，是为了看什么藏品。现如今的江家，五叔倒了，大哥也倒了，若论起秋后算账，似乎也该轮到自己头上。虽说当初与黎青海的一切谋划，皆是在暗中进行，理应不会被外人察觉，但对方可是风雨门门主。

再想起盟主之争时，自己曾做过的事情，江凌寺心中越发忐忑，在进屋时，还险些被门槛绊了一跤。

云倚风一把握住他的胳膊："四少爷，小心看路。"

心怀鬼胎时，最普通的一句关怀也能解读出别的意思，小心看路，小心看路，江凌寺后背已经濡湿，抬头再看时，云倚风却已经悠闲惬意地一幅一幅仔细欣赏画作了。

"……"

季燕然最近经常带着云倚风画画，教他何为立意取势，何为虚实疏密，如此再看前人山水时，果然就多了许多先前没有的乐趣。江凌寺见他在那《秋日丹枫图》前站了许久，似是喜欢得很，便道："若门主看中了这画，我明日便差人包好，送去风雨门。"

"我只是看看，君子不夺人所好。"云倚风赶忙摆手，又顺便一指画中人，感慨，"这方头阔脸的，还挺气派。"

江凌寺顺着看过去，几根细木棍样的人正站在山水中，莫说"方头阔脸"了，就连头在哪里都要找上半天。那为何要特意提上这么一句呢？因为当今武林盟主黎青海，就是这么一个气派的长相。

话说到这份儿上，在江凌寺看来，已经算是"明示"了。房间里静得吓人，他站在原地，只能听到窗外风拂落叶的沙沙声，饶是秋日的天气，也生出了一脑门子的虚汗，倒是云倚风，看着一派淡定从容，将每一幅画都要盯上半天，方才摇头晃脑地夸赞一句不错。

"是三哥让云门主来的吗？"许久之后，江凌寺终于受不了这诡异压抑，先开口询问。

"没有没有。"云倚风否认，"江大哥最近忙着处理家中琐事，哪里还能顾得上我赏花看画？"

"若三哥同意，"江凌寺横下心来，"我愿前往江家远在北域的商号——"

"怕是不行。"还未等他说话，便被云倚风打断。

江凌寺暗自握紧拳头。

"江湖险恶啊。"云倚风将手中花瓶放回架上，扭头一笑，"四少爷别多心，我这是为你好，毕竟江家树大招风，保不准就有谁在外头等着，嗯？"

江凌寺没有说话。

他与黎青海二人，当初纯是因利而聚，能同享好处自然好，但现在碗里的肉已然变成足下的刀。在这种局面下，对方会不会用自己来铺路，的确不好说。

云倚风足足赏了一个多时辰的画，方才心满意足，走了。

季燕然问："江凌寺是何反应？"

"没什么反应。"云倚风道，"主动说要去北域，替江家守住苦寒之地的几家商号。若他与黎青海有过命交情，我还能猜成是另有谋划，但两人的关系像也没多好，那便八成是江凌寺已经后悔了，所以主动放低姿态，想从江大哥手中换一条活路。"

但活路也不是那么好换的，倘若江凌寺手中当真握有黎青海上位的大秘密，那只怕一出江家山庄的大门，就会被对方灭口。

云倚风活动筋骨："他现在才是真正的骑虎难下，进退两难。"

若只是像江凌晨一样，犯了些熊孩子讨人嫌的过失，那诚心认错之后，关起门来打一顿也就过了。可偏偏江凌寺犯下的，又是传出去要撼动整片武林的大错，消息一旦泄露，江湖中人人喊打，哪里还会再有他的半分容身地？

季燕然道："估摸那位江家四少爷，现在既担心会被黎青海灭口，又担心会被凌飞用来对付黎青海，两头都是敌人，处处不得安稳。"

云倚风发自内心道："惨。"

而这种惶惶难安的惨日子，江凌寺一过就是两个月。待到秋叶落尽了，丹枫城里刮起了寒风，清月方才送来一封书信，说已将当初盟主之争时的厨子、丫鬟、杂役、护卫全部问过一遍，整理出了厚厚一摞口供，但鉴于没什么要紧线索，就不送来给师父了。

季燕然替他温着酒，打趣道："买卖做成这样，我可不付银子。"

"在比武前夜给人下毒，这种卑鄙伎俩，自会做得万分隐秘。"云倚风裹着厚厚的披风，正在兴致盎然地作画，"说不定现场压根儿就只有江凌寺与黎青海二人，找不到人证物证，也在情理之中。"

"那要怎么办？"

"风雨门这两月的动静,一半是为查明线索,另一半也是为了做给黎青海看。"云倚风放下笔,"他不是傻子,知道这代表什么。"

"你想逼他狗急跳墙,主动露出马脚?"季燕然递过来一杯酒。

"若江家背后没有王爷,那汉阳帮或许还能放手一搏。"云倚风道,"但你我如今长住江家山庄,就差在丹枫城里安宅置地,谁又敢同江大哥作对?黎青海老奸巨猾,自会理清其中利害,所以我猜他狗急跳墙的可能性不大,倒极有可能主动退让,甚至是交出盟主之位,以求自保。"

"说句私心话,我是想让凌飞做武林盟主的,中原江湖安稳,朝廷才能省心。"季燕然道,"但他志不在此,满心只想做个吊儿郎当的富贵闲人,我也不好强求。"

这不是巧了吗?云倚风心想,我也满心只想做个吊儿郎当的富贵闲人,每日抚琴作画,吃完饭便去国库溜达散心,逛一逛金山银山,再顺便搬几口粉彩大缸回家,快活似神仙。

千里之外的王城,李璟被惦记得连续打了七八个喷嚏。

李珺赶忙关怀:"皇兄可是染了风寒?"

"燕然送来书信,说今年要留在丹枫城过年,不回来了。"李璟递过来,"你也看看吧。"

李珺"哎"了一声,心中泛起一阵酸溜溜的羡慕嫉妒,留在江湖第一门派中过年,多气派!肯定处处都是萍踪侠影,一派豪侠英武气,我也想去。

"你对江凌飞这个人,有何看法?"李璟又问。

那看法可多了去,李珺眼底光芒闪烁,立刻便滔滔不绝夸了起来,恨不能用尽世间所有溢美之词。听到后来,李璟都被逗乐了,靠在龙椅上说道："燕然也说此人很不错，堪当盟主大任。"

"的确。"李珺一拍胸脯，"论武功，论人品，论家世，舍他其谁。"

颇有几分与有荣焉的自豪感，那可是我的江湖朋友。

"那你便写一封书信给燕然吧。"李璟吩咐道，"就说是朕的意思，中原武林，还是要交给一个能信得过的人。黎青海人品卑劣，当初能为盟主之位害人，将来便有可能为了更大的好处叛国，我不喜欢。"

这不是巧了吗？李珺附和："我也不喜欢。皇兄放心，我这就拟好书信，八百里加急送往丹枫城。"

皇家飞骑如光影奔雷，一路滚滚南下。

密旨恰在腊月二十八那天，被交到了季燕然手中。

江凌飞难得有空，正在陪云倚风下棋，见到后随口问他，又有什么事？

季燕然答道："皇兄让我劝你，接了盟主之位。"

江凌飞手下一抖，将棋子放错了地方。

云倚风在旁安慰他，只是"劝说"，并不算不可违抗的圣旨，若江大哥不愿意，我们再——

话还没说完，风雨门弟子便又带来一个消息，说是黎青海病了。

病得有多严重呢？又是同先前江南震一样，半死不活，起不来床，连吃饭都要靠人喂，颤颤巍巍的，看着也没几天好活。

云倚风感叹："这招还真是万能灵药。"小时候不想上学堂时，就能拿来用，长大后当了武林盟主，却还是同样的招数。

他又道："估摸再过不久，他就要送来书信，主动让出盟主之位了，江大哥打算怎么做？"

"五叔与四弟都是江家人，做错了事情，我自会替他们留一线余地。"江凌飞将棋子丢回棋盒，"但黎青海一个外人，先是下药暗害伯父，又试图在江家扶植傀儡。如此种种，岂是装病让位就能平息的？我不会这么轻易就放过他。"

"但现在尚没找到黎青海下药的证据，而且就算四少爷愿意一五一十地供述，他有江家人的身份在，也会被人怀疑是事先串通好，用来栽赃诬陷，好替江家谋取盟主之位。"云倚风提醒，"江大哥可有想好，要怎么与他细细算这笔账？"

"我有办法。"江凌飞道，"不过需要你与王爷帮忙。"

"帮忙可以。"季燕然拍拍他的肩膀，"先说好，帮完这个忙，武林盟主由谁做？"

江凌飞面不改色："你觉得云门主怎么样？"

季燕然开口："走，让他自己去处理这一堆棘手事。"

"回来！"江凌飞叹气，"若我做得不好呢？"

"不试试看怎么知道呢。"云倚风热情鼓励，谁还比不过黎青海了，那我们可就这么定下了！

含烟

第八章

黎青海之所以不好对付，是因为其在江湖中关系复杂，兔子逼急了尚会咬人，更何况是高高在上了大半辈子的武林盟主。若此人当真被困绝境，只怕拼死也要掀起一阵波浪，引发武林动荡。

云倚风道："我先前还在同王爷说，按照黎青海的性格，现在八成已经谋划好了，要如何以盟主之位来交换自己后半生的安稳富贵。"现在江凌寺被半禁足，风雨门又在满江湖地追查当年旧事，江家摆明了不会善罢甘休，就差将"秋后算账"四个大字制成牌匾，挂在门上。

"我却不想让他安稳富贵。"江凌飞道，"况且黎青海称病不出，不知要躲到何年何月去，我也没耐心再等他三年五年。"

"那江大哥想怎么做？"

"我要令各大门派齐聚江家。"江凌飞道，"四弟是江家人，无论他说什么，都有与我串通之嫌，所以只有让黎青海亲口承认罪行，方才能为伯父，为整个江家洗清耻辱。并非江家功夫不如汉阳帮，而是卑鄙小人在暗中使了龌龊伎俩。"

听着倒是合情合理，但现在黎青海已"病"得全武林皆知，摆明了不会出门，再加上他也不傻，如何肯当着天下群雄的面，亲口承认罪行？云倚风提醒："此事万不可大意。"别到时候，江湖各大门派都来了，黎青海却咬死不肯开口，那场面就很尴尬了。

"只要他来了江家，我便有办法让他认罪。"江凌飞道，"只是如何让他愿意来江家，就要靠王爷了。"

季燕然挑眉："你又想让我以权压人？"

"若黎青海被逼急了，在陇武城，甚至在全武林搅出一些幺蛾子，受累的不还是你与朝廷？"江凌飞揽过云倚风的肩膀，"不帮也行，你说是不是，云盟主？"

云倚风正色："江大哥放心，仗势欺人这种事，王爷他有的是经验。"

因为这句话，季燕然思考了整整一个下午，自己究竟哪里仗势欺人了。

紧接着，近百封镏金烫漆的"英雄帖"，被快马加鞭，送往江湖各处。

一场风暴正在隐隐酝酿着，或许会带来动荡波澜，又或许会带来一个全新的时代。

但对于绝大多数百姓而言，所谓"武林大事"，绝对没有即将到来的除夕重要。过年呢，得忙着杀猪备菜，贴春联穿新衣，至于武林盟主是谁，一点儿都不重要。

照例，云门主也获得了来自萧王殿下的十八套新衣，皇家审美，鹅黄柳绿，姹紫嫣红，生生挂出了满室春意闹，是闹心的那种闹。

云倚风冷静地关上门，先放着，舍不得穿。

"大过年不穿，还要等到何时？"江凌飞很不赞成，亲自替他挑了一套富贵气派的，袖口与领子上都镶着雪白毛边，腰带上还用金银丝嵌着宝石，重量堪比玄铁铠甲。

云倚风心脏一阵抽疼，脚底抹油正欲跑路，季燕然却恰从院外进来，看到江凌飞手中拎着的衣服，眼前一亮：“果然好看。”

王城里，平乐王正在带着下属闲逛，顺便替皇兄视察民情。路过绸缎铺子，看见柜内一套素纱浅樱暗纹袍，做工精细翩然若仙，如飘了一场渺渺细雪，便赞道："倘若云门主在王城，这衣裳便只有他能穿了。"

话说回来，数月未见，也不知七弟的眼光有没有变好一些，有没有再被裁缝铺子的老板忽悠，买一身丑到家的"紫气东来富贵袍"。

云倚风在千里之外打了个喷嚏。

"冷吗？"季燕然担忧，又随手取过一条狐皮围脖，让他细细裹好。

这下便更加看不得了。云倚风站在铜镜前，有气无力地想，算了，你开心就好。

季燕然和他出了门。

沿途遇到诸多少爷小姐、家丁丫鬟、砍柴的大叔煮饭的婶婶，人人都要多瞄两眼云门主的新衣，再热情夸上几句。倒也不是全看在萧王殿下的权势上，也有一部分是因为当真觉得还可以。这身宝石大袍，旁人穿，那叫"贫苦穷人一夕爆发喜不自禁，立刻将所有细软都缠于腰间，好向左邻右舍疯狂炫耀"，但换在云门主身上，就不叫细软缠腰间了，叫才子饰美玉，相得益彰天生富贵，连脖颈袖口的那几圈长毛，也格外显飘逸。

云倚风扯了扯围脖，热得慌："我们去哪里？"

"江家晚上有大宴，你我就不去凑热闹了。"季燕然道，"只在烟月纱的暖阁中喝几杯好酒，吃一顿团圆饭，如何？"

"什么好酒？"

"漓州醉春风。"

名字好听轻渺，却是烈酒，几杯就会上头。

梅竹松因诊治江南斗有功，自然被当成贵客，被请去了江家除夕大宴。暖阁中就只剩了季燕然与云倚风两人，丫鬟也被遣退了，只有华灯伴弯月，闭眼听远处丝竹袅袅，倒也清闲自在。

桌上杯盘狼藉，铜锅下的火也熄了。地上铺着厚厚的白色羊毛毯，云倚风饮尽一杯醉春风，此处恰好能看到窗外一片闪烁星辰，被云环丝丝绕着，又高远，又清爽。

回去时，两人本欲穿过花园小径回卧房，那小石子垫成的路却分外滑，又结了薄薄一层冰。若换成平时，自难不倒轻功超绝的风雨门门主，但今晚他喝醉了，于是，脑子一蒙腿一软，就踩空了。

季燕然被吓了一跳，飞身上前想要拉人，没拉住，眼睁睁看着他扑通一下滚进了湖里。

"喀喀！"云倚风胡乱扑腾了几下，身上那富贵的宝石大袍吸足水分，此时正沉甸甸缠缚住手脚，想动弹一下都困难。

季燕然站在岸边，哭笑不得："快把手给我！"

云倚风一手扣住湖壁，另一手拍开他："不急，我再多泡会儿。"

季燕然："……"

云门主顺利染上一场风寒，脑袋上搭着湿布巾，从大年初一躺到了大年初七，苦药喝下十几碗，平白错过了许多丹枫城的好热闹。

初八是个太阳天，江凌晨特意到糕点铺子里买了些吃食，打算去烟月纱中探望一下病号，顺便给三哥也买了一盒白玉糕。路过练武场时，恰好见江凌飞正在练功，手中长剑寒光铮铮，似云间鹰、风中刃。一招一式，皆是行云流水，利落潇洒。

江凌晨看得眼热，便将手中点心交给小厮，自己也从兵器架上顺手抽出一杆长枪，想要与三哥过上两招。这段时日，云倚风一直在教他"风熄"轻功，此时看来倒是颇有成效，因为就连武功盖世的江凌飞，也是直到最后一刻才觉察出有人偷袭，本能地侧身一闪，单手将对方打落在地。

江小九没有一点儿防备，惨叫声惊天动地。

就这么着，江府的病号又多了一个。

这日清晨，江凌晨胳膊上打着绷带，坐在台阶上晒太阳。

云倚风端过来一盘糕点："还在生你三哥的气？"

"没生气。"江凌晨回过神，"我是在想游历江湖的事。"

云倚风笑着问："怎么突然就有了这种念头？"

"我也想像三哥那样。"江凌晨认真地道，"那日他一掌劈来时，我根本就无半分招架之力。"而那如狂风暴雪席卷的玄妙招式，是江家武师终其一生也不可能悟出的，唯有到大千世界中走上一圈，方能开阔眼界，参透剑法。

他越说越激动，眼睛里闪着光："我想现在就出发！"

"胳膊还有伤，急什么？你先坐下。"云倚风将点心盘子塞进他手中，"听我慢慢同你说江湖事。"

江湖啊，不仅仅有如锦繁花，还有阴谋，有算计，有背叛，有利用，凶险得很，如一头张开了嘴的巨兽，随时都有可能将人吞得连骨头渣都不剩。况且再过一段日子，武林群雄皆会来这江家山庄，机会难得。哪怕往后当真要去闯荡江湖，现在也该先留在家中，见完世面再走。

江凌晨想了想，点头："有道理。"

安抚好了要离家出走的热血少年，云倚风这才回到烟月纱，季燕然刚从城外回来，正在同江凌飞商议正月十五过元宵的事。

"正月十五，除了花灯会，还有什么稀罕玩意儿吗？"云倚风问。

"稀罕玩意儿是没有，不过凌飞说你在床上躺了七八天，十五总该补偿一下，所以在陇星酒楼中定了宴席，你、我、他三人，再加一个梅前辈。"季燕然笑道，"权当补一场除夕团圆宴。"

陇星酒楼，虽不是城中最阔气的酒楼，却是云倚风喜欢的，有水有树有星月，距离闹市不算远也不算近，酒不错，菜也很好。宴罢之后，河心还有一场焰火，云倚风靠在围栏旁，仰头看着天幕上那朵朵奇幻浮花，一瞬间明亮得炫目，再一转眼，却又成了被风吹散的烟。

一条金龙飞天，小娃娃们鼓着掌欢呼出声，尖叫着，高兴极了。

梅竹松笑着说："倒像是王爷的龙吟出鞘，在大漠中头一回看到时，还真是吓了我一大跳。"

"那把剑，其实是皇上送给王爷的。"云倚风道，"人人皆道龙吟是上古帝王剑，以此来断言王爷狼子野心。可其实哪有那么多算计呢？无非是皇上用得不称手，便交由王爷上阵杀敌，只是一把剑而已，如何能比得过兄弟之情？"

江凌飞仰头饮尽杯中酒，天穹高远，忽有一朵焰火鲜红绚烂，如春日牡丹叠芍药。

待这场其乐融融的元宵家宴散去后，所有人便又继续忙碌起来。至于空口许下的、提前演练的喜宴，也就被渐渐抛到脑后，再没有被说起过。

　　江湖各门派此时也陆续收到信函，上头写明，邀武林群雄于三月齐聚江家山庄，共议大事。

　　这就是明面上的挑衅了。武林盟主又没死，汉阳帮也好好的，哪里轮得到江家与江凌飞挑头议大事？而且最近江湖中也没什么大事啊！但不去又不行，毕竟季燕然直到现在还住在丹枫城，就差与江凌飞穿同一条裤子，加上黎青海又"重病卧床"，下一任武林盟主是谁，这不是明摆着的吗？

　　于是各大门派就收拾好贺礼，带着弟子，浩浩荡荡地出发了。

　　有多事的，或是谨慎的门派，在动身之前，还要额外问一句，陇武城那头怎么样了？

　　"黎盟主原是不愿来的，但萧王殿下派出西北驻军统领肖恒上门相请，连担架都准备好了。"

　　饶是黎青海再武功高强，汉阳帮再根深蒂固，又哪里能与朝廷黑压压的铁骑相抗衡？

　　如此，黎青海便硬被抬出卧房，由军队护卫着，一路南下了。

　　迎春谢后桃花红，转眼已是三月春深。

　　丹枫城里再度变得热闹起来，那些客栈老板、酒楼老板，成日里笑得连嘴都合不拢。背后倚靠着江湖第一门派，就是好做生意，看看这两天来来往往的江湖客，人又多，出手又阔绰，一个月就能赚出半年的利润。

　　云倚风敲了敲书房的门："江大哥。"

"进来。"江凌飞回神，抬头见他正端着一碗糊糊，顿时喉咙一紧，"你又去做饭了？"

"嗯。"云倚风递给他，"是梨汤。"

梨汤……你是怎么煮出这种形状的？

江凌飞有苦难言，闭着气一口气喝完："不错，快去多盛一些给王爷，他定然爱吃极了。"

"王爷一早就出去了。"云倚风坐在桌边，"我方才去街上逛了一圈，到处都是人，闹得慌。"

"过两天，这烟月纱中也会闹成一片。"江凌飞笑道，"我已经在城外替你寻了处僻静的宅子，你们明日就搬过去吧，可以好好躲一躲清闲。"

"不要我们留下帮你吗？"云倚风问。

"我一人应付他们，已绰绰有余。"江凌飞道，"王爷总归身份特殊，公开场合，还是少与我在一起为妙。"

"也对。"云倚风想了想，"那就让王爷去城外，我留下吧。当初江大哥说有办法逼黎青海当众认罪，我想看看热闹。"

江凌飞摇头："现在你可不是风雨门门主了。"

云倚风听到这里，脸色有点儿不好看。

江凌飞举手投降："我这话欠妥。"一边说，一边叫管家去帮云倚风收拾东西，当晚就连人带行李，一股脑儿送往城外小宅中。

奉茶的丫鬟在旁捂嘴偷笑，掌门这哪里是替云门主寻清静，分明就是替他自己寻清静。别说，没了成日里到处乱溜达的萧王殿下与云门主，烟月纱中可真是消停了一大截。

群雄大会定在三月初八，黄道吉日。

江家山庄虽说富贵阔气，可烟月纱却只有小小一隅。为了防止各大门派摸错地方，管家特意安排了近百名小厮轮番带路，沿途一片荒僻，还要穿过一处黑漆漆的林子，有心直口快的丫头，实在忍不住心中好奇："为什么江掌门要住在这么荒凉的地方？都快绕出江家了。"

"我家掌门喜欢清静。"小厮这么解释，"就快到了，快到了。"

然后又走了足足一炷香的工夫，方才抵达烟月纱，一处小小的、精巧的院落。怎么看怎么不适合武林大会。

前厅里摆满了板凳，已经挤坐了不少门派，正在吵吵闹闹喝茶寒暄，谁若想去上个茅房，可谓要多费劲有多费劲，得在人群中挤上半天才能出门。

在场的每个人都在嘀咕，觉得整件事从头到尾，都叫人十分摸不着头脑，不懂江凌飞与萧王殿下究竟要做什么。但……怎么说呢，不管对方想做什么，要对付的定然都是武林盟主黎青海，与自己并无多少关系，便也放宽了心，有会就开，有瓜子就嗑，只管跟着看热闹便是。

午后，黎青海也坐着一顶软轿过来了。

众人皆起身相迎，虽说心里都清楚过了今日，盟主八成就要换人了，但面子上的功夫总还要做足，况且江凌飞现在又不在，也没必要这么快就同"前"盟主闹翻，便纷纷抱拳行礼，恭恭敬敬地将他请到了上座。

花落宫的人也在现场，都是些漂亮姑娘，挤在这群粗壮男人堆里，怎么待都不自在，便纷纷起身离开前厅，想出去透透气。

"诸位姑娘，"江家弟子正守在门口，"我家掌门马上就会过来，还请诸位及时入座，别到处乱走。"

宁微露听到动静，微微皱眉："休要生事，都回来吧。"

"是。"宫主都发话了，花落宫众人只好又挤回人群。

而江凌晨自打听云倚风说了几个江湖故事后，便满心都在期盼着家中这场群雄盛会。好不容易等到三月初八，各门派齐聚江家山庄了，自己却被家丁挡在半路，说是掌门有命，谁也不准靠近烟月纱。

江凌晨道："我去看看也不行吗？"

"九少爷恕罪，掌门的确是这么吩咐的。"家丁道，"您还是请回吧。"

眼看前头竖着一道铜墙铁壁，江凌晨也不敢公然违抗三哥的命令，只好气呼呼地出门，去城外找云倚风告状了。先前分明就说好，要让自己也长长见识的，做人不能这么言而无信！

他知道那处僻静小宅在哪里，便一路骑马穿过郊野，却敲了半天门也没人开，翻过院墙一看，空荡荡的，连人影子都没一个。

少年一屁股坐在台阶上，觉得全世界都是骗子。

"掌门。"弟子道，"所有门派都到了，黎盟主也来了。"

"告诉他们，我马上过去。"江凌飞道。

"是！"弟子抱拳领命，腕间一个瓷坠子上挂着七彩璎珞，看着分外不协调。见江凌飞盯着看，他便不好意思地解释："这是樱儿系的，她今年四岁，正是顽皮的时候。若我解下来，她回家见不着，是要哭闹的。"

"樱儿，你的女儿？"江凌飞笑笑，"去吧。"

弟子答应一声，转身去了前厅。

江凌飞脸上笑容隐去，又在书桌后独自坐了一阵，方才起身出了房门，却没有去见各大掌门，而是翻身上马，径直去了一处林地。

风飒飒地自耳畔拂过。

他像是又回到了先前在西北时，与云倚风同去破阵，也是这样呼啸的风，一闪而过的景。

又好像是与季燕然一同去围猎，两人比试谁先捕得猛兽，老太妃偶尔同行，便会煮好冰凉解渴的绿豆水，加上蜂蜜与桂花，等着满头大汗的两个儿子回家，再笑着骂上两句，催促着快去沐浴。

脸颊有些冰凉，掌心也是湿的，直到胯下骏马长嘶一声顿住脚步，他才猛然回过神，惊魂未定地松开了被粗糙缰绳磨破的鲜血淋漓的手。

此时已到一处林地边缘，有一灰衣男子正在那里等他，低头道："少爷。"

江凌飞并未下马，也未说话。

男子将手中火把递给他，地上有一处引线。

此时天已经快黑了，火舌在暮色中跳动着，像是不断变幻的某种巨兽的眼睛。

江凌飞右手微微颤抖，他看着地上那冒头的引线，不知怎的，就又想起了那名弟子腕上的璎珞彩绳，与正在等着他回家的四岁小女儿的身影。

而烟月纱中此时正圈禁着数百人。

数百江湖客，也是数百人的丈夫、妻子、儿女或是兄弟姐妹。

自己理应能想出更好的办法，也必须想出更好的办法。

许久之后，江凌飞手下发力，将那火把自风中狠狠一扫。火熄灭了，变成了轻飘飘的烟。

"告诉母亲，我另有安排。"江凌飞翻身上马，"派人去将炸药清空。"

"少爷未免太过优柔寡断。"灰衣男子提醒，"此时放弃，以后怕是再难找到机会。"

"我说了，另有安排。"江凌飞心中烦躁，掉转马头想要回到烟月纱，身后却传来一句："为何要这么做？"

不是灰衣男子的声音，而是他极熟悉的、熟悉到不用回头，甚至不用去想，就知道是谁的声音。

季燕然看着他的背影，又重复了一遍："为何要这么做？"

灰衣男子也撕下面具，是云倚风。

江凌飞没有转身。

"炸药已经被清空了，烟月纱下填埋的，只是一堆无用废土。"季燕然道，"但我知道，换不换其实都一样，你做不出屠杀百人的事。"

"你们早就怀疑我了。"江凌飞咬牙。

"我最不会怀疑的就是你。"季燕然一字一句，"这么多年，你要钱也好，要人也好，甚至要兵符也好，我从未犹豫过半分。"

偏偏除夕那晚，云倚风不小心跌进了水池里，仓皇之际随手一抓，却拉动了一处铁环，发现了藏于烟月纱下的暗室。

江凌飞宴罢归来时，西院卧房中仍旧亮着灯，是因为两人皆不在家，他们正顺着暗室秘道，一路走到了这处林子里。

烟月纱是江凌飞自己修建的，这处密室通道自然也该是他的手笔。但直到那时，季燕然都未猜测太多，只觉得江湖中人给自己修建一处秘道，也不是什么稀奇事。再加上云倚风又冻病了，就更加忙得没顾上问，直到初八当天，江凌晨意外受伤。

他当时使出"风熄"轻功，接近得悄无声息，所以江凌飞毫无防备，反击时并未想太多，直接扫出了一招寒凉掌法。

江凌晨说那并非江家招式，自己先前从未见过，如一场暴雪席卷眼前。说者无心，云倚风却想起了当初在王城时，那离奇毙命于小巷中的守卫，以及临死前写下的"雪"字。

"我查看了九少爷的伤口。"云倚风道，"与那两名守卫身上的伤极为相似，与盗取佛珠舍利的窃贼的掌法也相似。"

再回想起这段时间，那鬼魂一般无处不在，却始终不知藏于何处的眼线，哪怕再不想怀疑，也不得不怀疑了。

云倚风连夜从临近城镇中调拨来百余名风雨门弟子，命他们暗中盯着丹枫城中的动向，尤其是这处密林。而那些打包好的炸药，也一早就被偷偷换成了气味相近的废土，真正的灰衣男子已经被抓获了，此时正收押在牢中。

季燕然道："他说你并非江家人。"

"是，我是江家的养子。"江凌飞声音沙哑，狠狠地道，"我娘是谢含烟。"

云倚风一愣："不可能。"

江凌飞终于肯转身，一双眼睛被血染成赤红，右手握紧鬼首剑柄，冷冷地看着两个人。

"谢小姐的确曾经怀孕，但她在谢家出事后没多久，就因过分悲伤而小产了，再加上后来还有蝴蝶癔，怎么可能保得住孩子？"云倚风轻声解释，"我连当年的稳婆都找到了。"

"跟我回萧王府。"季燕然道，"我会替你查明整件事。"

"我的身世，如何需要你来查明？"江凌飞道，"闪开。"

"你要去哪儿？西南、野马部族？"季燕然道，"我不会放你走的。"

"江大哥。"云倚风急道，"你想想看，既然当年孩子并未保住，那谢——"

话未说完，江凌飞便已攻了上来。季燕然将云倚风推到一旁，半柄龙吟铮鸣出鞘。

当啷一声，火星飞溅，于林间掀起了一阵呼啸狂风。

两人先前已不知比试过多少次，只是这回，输赢不再是一枝花、一幅画、一壶酒的事儿了。

"拔剑！"江凌飞将他逼至树下。

"跟我回去。"季燕然看着他，"无论你做了什么，我都会留你性命。"

"先前还说我包庇亲信，现在看来，萧王殿下徇起私来，却也不遑多让。"江凌飞合剑回鞘，"去将那丫头放了吧。与她无关，一切都是我做的。"

言罢，他转身想走，却被季燕然一把握住肩膀。

江凌飞回身飞踢，迫使对方后退两步，鬼首剑再度扫出疾风，直逼季燕然面门而来。云倚风见状飞身上前，指间闪过几缕寒光，将他的剑锋堪堪打偏。

江凌飞虽武功盖世，却也难敌对面二人合力，况且他亦无心久战，眼看已渐落下风，耳畔却突然传来一声嘶鸣。

一道红色幻影自林间飞驰而出，似骄阳闪电，江凌飞心中一喜，单掌扫开云倚风，自己纵身跨上马背。小红腾空飞跃，只一瞬间，便带着他隐没在了重重深山密林中。

而在烟月纱中，诸路英雄好汉已经快要骂人了。

江凌飞一直未现身，只有下人一壶又一壶地来添茶，喝多了茶就要解手，要解手就要穿越人山人海。房间里又热，如此折腾个三五回，简直鬼火都要冒起。

"江掌门到底什么时候才会来？"

"对啊，还来不来了。"

"黎盟主，你倒是说句话啊。"

黎青海面色青黑，也不知江凌飞葫芦里到底卖的什么药，就在人群中几个老头快要热昏之时，终于有人姗姗来迟，说是请黎盟主前往书房一叙。

黎青海道："有什么话，不能在这里说？"

"盟主还是跟我走一趟吧。"弟子在他耳边低声道，"实不相瞒，是萧王殿下有请。"

萧王殿下，萧王殿下？黎青海已经快被江凌飞的这面虎皮大旗听出了癔症，起身去隔壁一看，却只有云倚风一人。

"云门主？"黎青海迟疑道，"你找我？"

"对，我找你。"云倚风问道，"黎盟主最近身体还好吗？"

黎青海叹气："云门主有话不妨直说。"

"若身体不好，就将盟主之位交出来吧。"果然很直。

"给江掌门吗？"

"给我。"

"……"

黎青海觉得或许是自己聋了。

云倚风却没有多少时间同他细细解释。

江凌飞，或者说是谢含烟的目的很明显，这数百位掌门若遭不测，江湖必将大乱，天下也要跟着乱。毕竟武林门派，向来就担负着剿灭邪教、降魔卫道的职责，也在一定程度上分担着官府的压力。二者相互依存，早已形成了天然的默契，更别提许多门派皆设有商号，与当地百姓的生活息息相关。一旦这种平衡被打翻，后果不堪设想。

江湖不能乱，但黎青海为人的确不怎么样，而且季燕然还有另一层顾虑，怕万一把他放回去，将来又被江凌飞给杀了。那时，光是虚悬的盟主之位，又不知会引来多少人眼馋。

所以绝对安全的人选，只有一个。

云倚风问："我不能做盟主吗？"

黎青海艰难地道："……能。"

意料之中地，烟月纱内各大掌门听到这个消息，也觉得自己聋了，或者是疯了。

黎青海行礼，颤声地道："恭喜云盟主。"

底下众人如梦初醒，也有没醒的，但不管醒没醒，总得跟着道一声贺。

宁微露与云倚风关系素来不错，此番却也震惊得说不出话，直到被对方唤了三四声，方才猛然反应过来："啊？"

"宁宫主，"云倚风道，"风雨门事务繁杂，我也腾不出多少时间来管武林盟的事，所以往后金陵一带，让我想想……自清辉城始，至云鬐城终，这一片所有江湖事，皆交由花落宫打理，如何？"

底下众人面面相觑，虽未言语，却有几个门派已羡慕得开始吞口水，早知如此，那先前就该同风雨门搞好关系，现在说不定也能混个盟主令。

宁微露惊疑："……是。"

"还有刘帮主，赵岛主，柳兄，清溪道长，诸葛先生。"云倚风哗啦铺开一卷地图，"自今日起，中原武林分为六块，由诸位各自负责，共同维护安稳，匡扶正义，可还有疑问？"

被点到名的，皆是江湖中德高望重、实力雄厚的前辈。

先前见黎青海将盟主之位交得如此莫名儿戏，心中还颇有几分不满，有脾气火暴的，已经快要出声斥责。即使有萧王殿下在，那也该是江凌飞江掌门上位，如何能轮得到云倚风头上？可没承想，这新盟主上任第一件事，便是将手中权力一分为六，给他自己倒什么都没留，心中火气便也消了大半，齐声领命："谢盟主！"

"如此，往后便辛苦诸位了。"云倚风微微叹气，真诚地道，"该道谢的人应该是我。"

任谁都没有想过，这场群雄会居然会以"中原武林一分为六"作为落幕。但比起先前众人所以为的"黎青海下台，江凌飞上位"，这种结果显然更加令人心喜。而对于季燕然与云倚风来说，此举还有另一个好处，那就是汉阳帮再也难掀风浪。如今掌管江湖事的六人中，有三人都是黎青海的盟友，本该共同进退，可现在自家碗里突然就有了肉，哪里还舍得再放回武林盟的大碗中？所以尽管汉阳帮在前十几年中苦心布局，到头来也只剩一场空。

闹哄哄了大半月的丹枫城，在各门派陆续离开后，终于重新恢复了平静，可江家山庄里却依旧紧绷着一张弓弦。人人心里皆有疑问，而且还是惊天的疑问，为何武林盟主突然就成了云倚风？还有，家里的掌门又去了何处？

这……

烟月纱内，江凌晨呆呆地看着云倚风，半天没反应过来。

"事情就是这样，你能接受也罢，不能接受也得接受。"云倚风扶着他的肩膀，"我与王爷会去找江大哥，但江家山庄不能再这么下去了，必须有人出面来收拾残局。"

江凌晨虚握了一下拳头："……我？"

"我会说服大少爷，让他暂时从旁协助。你若有其余中意的下属，也能先调至身旁。"云倚风道，"王爷会调拨一批驻军，用来维护城中秩序，但最多只能驻扎一年。在这一年的时间里，你必须学会所有事情，明白吗？"

江凌晨没说话。曾经不知天高地厚、费尽心机想要谋取的掌门之位，就这么突然被送到了面前，他心里有震惊，亦有无法掩盖的慌乱。过了好一阵子，方才喃喃问："那三哥呢？"

"在真相未明前，就说有事远行了吧。"云倚风从袖中取出一枚解药，递到他面前，"将整个家看好，嗯？"

江凌晨与他对视着，眼眶还挂有一圈红，手也不自觉地握紧了腰间的白鹭剑。他自幼锦衣玉食，做事亦是骄纵任性，从未尝过半分真正的"江湖滋味"，更不知何为酸苦，何为责任，但有一天，暴风雨突然就兜头打来了，打得他晕头转向。伴随着滚滚雷暴，将整个江家都罩在了密不透风的惨雾中。

少年声音微微颤，却终是紧咬住牙关："好。"

处理完掌门之事，还有月圆圆。

她服下梅竹松的药后，很快就苏醒过来，听云倚风说完事情始末，呆呆地坐在床边，只有两行眼泪滑过脸颊。

"那一晚，我的确是去给少爷送糕点的，我知道他向来睡得晚。"月圆圆道，"本来想顺道去林中收集些霜露，用来煮茶，却看到少爷正带着那名妇人……他还让她快些走，当时我不知道发生了什么，又害怕，觉得撞破了大秘密，就赶紧跑回去了。"

却没想到会被管家的媳妇看见，而先前无意同院中小姐妹说过的那句"去给少爷送点心",也成了撒谎的罪证。

季燕然问:"既不是你做的,为何要承认?"

"我不想承认的。"月圆圆辩解,"但当时云门主说放走朝廷要犯,事关重大,不管我说不说,都非得查出一个结果,少爷他就慌了。"那只是眼底一闪而过的微妙情绪,谁都没能捕捉到,除了唯一知道真相的月圆圆。

"我那时就想,既然所有证据都指向我,不说还要被送进洪堂受刑,倒不如帮少爷顶下罪行。"月圆圆道,"反正他在外面,不管发生了什么,都一定会想办法救我出去的。"

云倚风无声叹气。

"在江家,我只相信少爷一个人。"月圆圆放低声音,"他说什么我都信。"

"我们也信他有苦衷,所以才要去西南。"云倚风道,"你既是他最信赖的人,可愿去帮九少爷,也帮江大哥守住这个家?"

月圆圆抹了把眼泪:"嗯。"

清月也给云倚风送来了一封密函,与鬼刺有关。

季燕然问:"找到他的下落了?"

云倚风皱起眉头:"他与蛛儿像是被人绑到了西南。"

怪不得丢下自己不管,怪不得丢下迷踪岛不管,怪不得杳无音信这么久。信中虽未言明绑匪究竟是谁,但西南……要知道,鬼刺不仅是医,还擅制毒蛊。倘若真是那伙人带走了他,后果怕是不堪设想。

"谢含烟当初能用血灵芝同你我谈条件,现在也一样能同鬼刺谈条件。"季燕然道。

但那片灵芝田实在太过珍贵，将来或许还能救更多人的性命。若只为防鬼刺，就将其付之一炬，未免浪费可惜。季燕然便从临近州府调来军队，暂时守住了旧木槿镇。

临出发前，季燕然与云倚风还去探望了江南斗。

因那走火入魔的残余病症仍需再治疗一段时日，所以梅竹松暂时留在了江家，商议好四月中旬，再动身前往西南会合。

房间里依旧飘散着苦涩药味，江南斗靠在床上。前段时间好不容易才养回来了精气神，他又因这一夕之间的变故，而变得重新苍老憔悴起来。江南斗长叹道："凌飞的身世……当时三弟病弱，因嫌府中人多嘈杂，母亲便做主，让他夫妇二人搬去了清静水乡养病，两年间极少与家人联系。再回来时，怀中就多了个孩子。"

云倚风问："江三爷身体孱弱，那孩子……没人怀疑过吗？"

"三弟病逝后，弟妹对孩子不管不顾，丝毫不见疼爱，我当时的确有过一些猜测，却并没有证据。"江南斗道，"再后来，凌飞逐渐显露出了武学天分，家中老人们都说，说他与三弟幼年时一模一样，如此一来，就更无人怀疑了。"

"那他身上的旧伤呢？"

"弟妹说是因为难产，天生心脉受损，需以药物常年疗养。"江南斗道，"小时候有好几回，都险些因犯病丢了性命，熬过十岁后，方才渐渐好转。"

一直以来替江凌飞看诊配药的，都是江家的老大夫江敏，但据他所言，自打少爷十几岁时游历去了王城，就再没找自己配过药了，还当是重新寻了宫里的御医。

"我与母亲都不知道这件事。"季燕然道，"所以这么多年来……"

"谢含烟。"云倚风看着他，"她在卢将军战败十年后，曾以绣娘的身份到过一次江家。那时候江大哥差不多也是十岁，而江南斗所言的'十岁后逐渐好转'，或许就是因为有谢含烟暗中诊治。"

但不管怎么说，对于江凌飞与谢含烟的这段关系，云倚风始终就存有深深的疑虑。他那日并未撒谎，风雨门弟子的确在王城找到了一名稳婆，对方清楚地记得谢含烟小产时的情形。或者退一步说，就算稳婆说谎了，那还有蝴蝶瘾呢？经历过那般九死一生的病症，不知吃了多少稀奇古怪的药物，后又颠簸仓皇地逃往西南，怎么可能保得住腹中孩子，还莫名其妙出现在了江府中，直到十年后方才母子重逢？

云倚风道："还有一种可能，谢含烟抵达西南后，与别人又生了一个儿子。"

"凌飞的身世，卢广原最后一役的真相，还有那井中婢女究竟因何丧命，我都会查个一清二楚。"季燕然道，"江南舒夫妇当年住在清静水乡，你且派人去附近问问，看能否找到一些线索。"

云倚风点头："嗯。"

他坐回桌边，又道："现在已经能断定，与江南震暗中勾连之人就是谢含烟了。她先挑唆江五爷暗伤老掌门，又借机除去江凌旭，最后再放出老掌门遇害的真相，让江南震再难立足于江家。我甚至怀疑送信给皇上，说江南震与卢、谢两家关系匪浅的也是她。"所有的事情，看似纷杂，却都在暗中推着江凌飞往上爬。先是掌门，后是盟主，然后便是她筹谋多年，也是盼望了多年的报复，搅得李家江山天翻地覆，不得安稳。

以及那教唆江凌晨，雇佣暮成雪绑了江凌飞的神秘客，应当也是同一伙人，否则如何能知道他的陈年旧伤，还再三叮嘱，监禁即可，万不能伤及性命？

云倚风一时没想明白："可为什么要绑了江大哥？"

"我猜是怕他碍事。"季燕然坐在他身侧，"谢含烟一直是知道血灵芝在哪里的，当初玉英既在葛藤部族，那耶尔腾应该没说谎。我若乖乖交出西北十城，你的确能活下来。可万一我不答应……要是凌飞在，你猜他会不会见死不救，帮着母亲一起隐瞒，眼睁睁地看着你丧命？"

云倚风道："不会。"

"我猜他也不会，谢含烟更知道他不会，所以只有让凌飞远离西北，整个计划才能继续进行。"季燕然道，"我们明日便动身。"

西南也好，天涯也好，总得将人先找到。

烟月纱被暂时封锁，只留月圆圆一人进出，每日帮忙拂去薄尘。

江凌晨在掌门之位上坐得生涩忐忑，却到底还是在大哥与其余几位叔伯的帮助下，咬牙坚持了下来，加之丹枫城中尚有军队驻守，倒也无人敢生事端。

拥有百年基业的世家大族，就这么在沉浮浪潮中，晃晃悠悠地、艰难而又缓慢地前进着。

离去的那日，丹枫城里的春花开得绚烂，红红白白，漫山遍野。

飞霜蛟与翠华一前一后，如飞剑疾驰，直指西南。

越往南，天气也逐渐炎热起来。夜半一场急雨后，非但不见凉爽，反倒更添几分湿漉漉的燥意。云倚风的里衣也贴在身上，在床上翻了七八个身后，终于放弃睡觉的念头，半撑着坐起来。

季燕然正坐在屋顶，看着远处漆黑的天。这一晚没有星星，只有客栈檐下的两串灯笼，摇摇晃晃照着院中寂静花草。

身后传来脚步声，他没有回头。

"又喝酒了？"

"半坛朝雪。"季燕然道，"还要一阵子才会天亮。"

"房间里太闷。"云倚风坐在他身边，"傍晚时，风雨门送来了一封信函，我本打算让你好好睡一觉，明早再说的。"

季燕然眉间一动："凌飞的事？"

"有人在滇花城郊看到了赤霄。"云倚风看着他，"那条路是去腊木林的方向。"

野马部族销声匿迹已有数年，而在数年前，鹧鸪的老巢就建在深山腊木林中。那里古树高茂，瘴气重重，蛇虫鼠蚁蜿蜒而行，甚至连一朵花、一棵草，都极有可能是夺命剧毒。

"能探得他的行踪，就算好消息。"季燕然道，"腊木林，当年卢将军便是冒着瘴毒之险，多番深入此地，用了足足三个月的时间，方才终于说服鹧鸪，使他不再与大梁为敌。"

"这回，说不定我们也能说服江大哥呢。"云倚风笑笑，"别担心。"

季燕然拍了拍他的肩膀："我与凌飞十八岁时相识，一场秋日围猎会，参与的都是世家子弟。"

现在仔细想想，负责整个流程的官员，恰是那位王东王大人，所以围猎的顺序、酒宴的座次可能也都是有预谋的。但即便如此，他仍愿相信在青溪猎苑的那段初识时光，所有彻夜长谈的夜晚，笑是真的，少年意气是真的，一见如故是真的，千杯难醉也是真的。

"这么多年，江大哥若真心想杀你，想杀皇上，应当能找到不少机会。"云倚风道，"在面对那群江湖人时，他尚且不忍下手，又如何会帮着谢含烟将天下搅出一片腥风血雨来？"再是亲生母亲，再有救命之恩，也不足以将一个人变成魔，更何况，在王城还有老太妃，正在乐呵呵地等着干儿子回家。

季燕然胡乱抹了一把脸，眼底血丝通红："我就不该让他离开王城。"

云倚风没再讲道理，无声地拍了拍他的背。

夜风无声拂过面颊，草叶沙沙。

玉丽城外，便是深山茂林。边境地带向来鱼龙混杂，集市也不像中原那般秩序井然，而是闹哄哄挤成一团。

赌石客围作一圈，高声嚷嚷着，遇到好货时，更是嗓子扯破天，吵得临近几个小摊的老板头都大了，纷纷躲到一边阴凉处。

一刀切出绝世好水头，那瘌痢头的瘦猴儿高兴得摇头晃脑，险些喜癫过去，刚打算揣着宝贝回家，肩膀却被人拍了一下："卖给我。"

"买得起吗你？"瘦猴一双眼珠子滴溜溜直转，见对方打扮朴素，一张面具将脸遮去大半，模样都辨不清，刚打算嘲讽两句，几张金叶子却已被递到眼前："够吗？"

"……够，够够够。"瘦猴儿手直发颤，声音也抖，好不容易将金叶子塞进袖笼。再抬头时，那黑衣人却已经走远了。

"少爷。"一名蓝衣人正在前头等，"你去了哪里？"

"买东西。"江凌飞牵过马，"走吧。"

蓝衣人名叫猛豹，算是仅次于鹧鸪的二号人物，也是野马部族的管家。他见江凌飞似是心不在焉，便提醒道："此番行动失败，还暴露了身份，谢夫人听到消息后大发雷霆，少爷回家之后，怕是——"

"那便让她杀了我吧。"江凌飞不耐烦地打断，翻身上马，一路向南而去。

猛豹被噎了一噎，半晌后，也匆匆追了上去。

云倚风蹲在小摊前，也仔细挑拣了一堆玉料。

"喜欢这些？"季燕然有些意外。

"这是避虫石，磨成粉后制成膏，能使蛇虫鼠蚁不敢近身，比寻常草药更管用。"云倚风将那一把碎石收好，"我自幼尝尽百毒，自是不怕林间瘴气，但王爷不同，现在梅前辈又尚未赶来，一切还是小心为妙。"

因天色看着要落暴雨，两人便暂时歇在了城中客栈。

云倚风正好有空将那些碎石打成细粉，再加上花油调配驱虫药。

季燕然见他忙忙碌碌不愿分神，便请小二将晚饭送进房中，黑毛猪肉配上当地特产腊味，放在油锅中细细一煎，香味飘出窗户，袅袅向上散去。这味道就那么好巧不巧地，钻进了某间客房里。

小鼻头一动，小豆眼一颤。

跟着杀手吃了半个月素的胖貂，在被窝儿里睁开眼睛，瞬间就精神了！

云倚风还在嫌弃："又油又腻的，我想吃碗……"

一个"面"字还没来得及说出口，一道雪光白影便已踏上窗台，如闪电般蹿了过来！

季燕然出手如疾风，一把就扯住了那条蓬松的尾巴，倒着拎在手中。胖貂肉没吃到，反遭这场无妄之灾。一时间惊怒交加，四只爪子凌空胡乱狂扭，一身皮毛油亮，一身小肉乱抖。

云倚风颤声道："你把它放下。"

季燕然也没料到，自己随手一捞，居然就捞了这么一个玩意儿，一边将它送到云倚风怀中，一边道："暮成雪在附近？"

那还等什么？云倚风将貂往怀中一揣，卷起包袱就要跑路。结果一开门，杀手正抱剑靠在墙上。

云倚风广袖一遮，面不改色："幸会。"

暮成雪伸手："还我。"

云倚风后退两步："休想。"

貂费劲地将头伸出来，还在惦记桌上的烤肉，小爪子一通乱挠，挠得老父亲衣衫不整、气焰顿失，单手拎起裤子，忙不迭地回房系腰带去了。

胖貂蹲在桌上，风卷残云地吃着烤肉。

房间里陷入了一种诡异的平衡与安静，似乎只要那吧嗒吧嗒的咀嚼声一停止，立刻就会展开一场惊天动地的打斗。

最后还是萧王殿下先道："暮兄怎么会来这西南边关？"

"来买几块玉料。"暮成雪看着雪貂吃完最后一盘肉，"今日多有打扰，告辞。"

飞鸾铮鸣出鞘，云倚风道："坐下。"

暮成雪目光寒凉："你休要得寸进尺！"

"你哪里让我得寸了？"

"……"

"貂的事情暂且不谈。"云倚风拉开椅子，"既然有缘在此地相逢，我这里有笔好生意。"

暮成雪道："不接。"

云倚风惊奇地道："你金盆洗手了？"

"没有，"暮成雪答，"只是单纯看你不顺眼。"

云倚风流利地接话："你偷走别人的儿子，自然会看亲爹不顺眼。"这也是情理之中的事。

暮成雪："……"

云倚风倒了两杯茶："在腊木林中，藏着南域野马部族，首领名叫鹧鸪，你对此人可有了解？"

"你才是风雨门门主，却问我对他有没有了解？"暮成雪单手按住胖貂，修长的手指有一下没一下地挠刮着那毛绒脑顶。

"风雨门的消息，也是靠探听才能得来，并非能掐会算。"云倚风放软语调，"暮兄曾于三年前，受雇前往密林中解救人质，应当对腊木一带颇有了解。"

"那伙绑匪来自林缅国，与野马部族无关。将近一个月的时间，我为寻人质，几乎横穿了整片密林，除了寥寥几处树屋，一群长毛的野猿，再没见过其他人。"暮成雪道，"你确定鹧鸪与他的部族，仍旧住在深林中？"

云倚风摸了摸下巴，就是不确定，才要问你。但根据风雨门的线报，江凌飞去的又的确是腊木林的方向，莫非……整个部落都藏于地下？这样也能解释，为何野马部族会在一夕之间，就突然消失无踪。

但不管怎么说，杀手都是一定要留下来的，一则他已去过一次腊木林，熟悉地形，二则武功高强，三则有貂。

暮成雪微微皱眉："我说过，不接生意。"

"这不是生意，而是交换。"云倚风叩叩桌子，"野马部族一事解决后，我便再也不同你争这只貂了，如何？"

"好。"

"我先回房，等你们商议出下一步计划，再来找我。"暮成雪拿起长剑，转身离开。胖貂趴在他肩头，昏昏欲睡地看着老父亲，吃饱了就困。

云倚风依旧没反应过来："他这回也答应得太利索了吧？"

季燕然拍拍他的肩膀："就这几次来说，你若一直缠着，对他来说的确是个头疼的大麻烦，倒不如顺着你的意思，一劳永逸。"

云倚风心想，那这么来看，烦人一些还是有好处的。

只是不知江大哥现在怎么样了。

镶嵌着明珠的地宫里，江凌飞正跪在地上，面无表情，眼前是一排香火灵位。

一名妇人站在他身后，冷冷地道："你便对着你的父亲，对着卢家列祖列宗，好好反思一下自己的错处吧。"

地宫内极暗，也极静，风与时间似乎都凝固在了此处，只有那几根细细的线香，缓慢燃出白色的灰烬，一截一截，扑簌掉落。而直到最后一点儿暗红香头也熄灭，江凌飞方才站起来，一瘸一拐地回了住处。

在他身后，是一排排摆放整齐的灵位，被烛火照着，如一张张无声叹息的嘴，阴森压抑。

脑中隐隐胀痛，困意全无。江凌飞索性也不睡了，坐回桌边，拿出一把精巧锉刀，又细细打磨起先前在玉丽城中买的玉料来。

季燕然将整座客栈都包了下来。老板见到这种阔绰的贵客，自然是心花怒放的，顿顿饭都亲自下厨，恨不能一天翻出十种花样。酸鱼在鲜辣辣的剁椒中一裹，吃一口惊为天人，吃一条怒发冲冠，恨不能蓬头散发钻进水缸，再也不出来。而且除了正餐，还有点心，裹上厚厚一层面糊，油炸成金黄酥脆，云倚风好奇地尝了一块："这是什么呀？还挺香。"

老板笑容满面道："九尾毒蝎。"

云倚风："……"

云倚风长吁短叹，万万没想到，在离开迷踪岛后，自己竟还能有再吃毒虫的一天。

胖貂蹲在一旁，偷偷摸摸地吃了几只，倒是挺高兴。它最近日子过得相当滋润，白日里来"生父"这里混肉吃，晚上就回"养父"怀里睡，"朝云暮雪"，快活似"神貂"。

季燕然刚刚召来了西南驻军统领，两人正在议事，云倚风闲得无聊，索性抱着貂出门去溜达。

此时正是夕阳沉坠，城里热闹得很，处处都飘着辛辣饭菜香，呛得一人一貂忍不住打喷嚏，逗得旁边一群小姑娘直乐。有胆子大的，便上前用小指头来摸雪貂，又将手里的点心掰碎了喂它。

那是北方才有的玉蓉糕，清甜爽口，云倚风一边暗叹自己伙食不如貂，一边问："这是在哪儿买的？"

小姑娘们纷纷指给他看，就在前面，拐弯就是，芙蓉粥店，很好找的。

芙蓉粥店，听这名字，就更像是大梁的商人了。店招上画着一朵粗糙的芙蓉花，店面也又小又破，生意倒是很好。一对年轻夫妇忙着招呼客人，一个中年婶婶正坐在院中洗菜，背着一个背篓，里头睡着个迷迷糊糊的小娃娃。

云倚风惊喜："玉婶？"

中年婶婶闻言抬头，见到是他，也意外得很，赶忙擦干手笑着迎上前："云门主怎么来了西南，王爷呢？"

"王爷在府衙中，我一个人闲逛。"有了当初在缥缈峰的情分，此番也算"他乡遇故知"，云倚风帮她将那小婴儿抱起来，粉雕玉琢，可爱极了。玉婶一边替他泡茶，一边道："芙儿一年多前嫁来了玉丽城，我放心不下，便跟过来看看，临走前老太妃还赐了不少赏呢。"

"看这小店生意红火，一大半都是婶婶的功劳吧。"云倚风笑着说，"我可是闻着香过来的。"

"等着。"玉婶手脚麻利，先给他盛了一碗肉粥，"吃两口垫垫，饭菜这就好。"

她去了厨房忙活，云倚风左手抱着貂，右手抱着婴儿，又颠又抖，一派大好慈父形象。倒是将小娃娃的爹看笑了，赶忙上前接过孩子，道："这外头热，公子还是去树下坐着吧。"

他说话的口音很重，像是玉丽城还要再偏南一些，手臂上文着一些乱七八糟看不清楚的图案，像是某种部落图腾。他自称名叫雷三，平日里跟着城中大户走南闯北贩卖玉货，闲了就帮媳妇顾着这家小粥店，今年新添了个儿子，日子过得十分有滋味。

云倚风不无羡慕："挺好。"

"我先前就听岳母说起过，她在王城里有位贵人朋友，是王爷，阔气极了。"雷三又切了一盘瓜果过来，"看风华气度，应当就是公子您吧？"

云倚风笑道："我不是王爷，不过玉婶确实认识王爷，还同老太妃是好朋友，你以后可不准欺负芙儿。"

"那我哪敢啊。"雷三蹲在地上吃瓜，见媳妇不在后院，便压低声音道："你们中原的丫头，都泼辣着呢，连本地的巫师都敢骂，可把我给吓坏了。"

云倚风："巫师？"

雷三的声音更低了："邪门得很，旁人避之不及的瘴气林子，他倒隔三岔五就要进去吸一吸，出来也不见病灾，反而还能带出不少珍宝玉器，说是山神赏赐的，红红蓝蓝的宝石挂满一脖子。"

旁人看得眼馋，也想进去寻宝，结果进去十个失踪十个，估计连骨头渣子都被巨蟒吞干净了。

云倚风心下一动："哪片瘴气林子？"

"还能是哪片？过了芘河那片。"雷三道，"不仅有毒虫猛兽，据说还闹鬼闹僵尸。"

过了芘河那片瘴气林子，便是野马部族的老巢。

云倚风自然不相信什么山神赏赐红蓝宝石，但有一人能自由进出密林却不死，还能顺道缠一身宝贝回来。怎么想，都值得好好查一查。

两人正说着，玉婶的饭菜也煮好了。她在缥缈峰时就对云倚风多有照顾，自然了解他的口味。换到这小小玉丽城，虽说没有名贵食材了，玉婶仍煮出了一桌北方好滋味，笑呵呵地替他添汤加菜，又说明日再去买鸡买鱼添好菜，将王爷也请过来一起吃饭吧。

"婶婶不必麻烦了，让我混几顿家常饭便好，饭菜钱也务必得收下。"云倚风擦擦嘴，"我还有件事，想请雷兄帮忙。"

雷三正忙着扒菜呢，还是被媳妇踢了一脚，才反应过来"雷兄"就是自己，赶忙放下碗筷。芙儿在旁哭笑不得，道："云门主勿怪，这里都是粗人，我相公他平时被人叫三哥、雷三的，已经习惯了。你这么文绉绉唤他一声'雷兄'，反倒不知道在叫谁。"

雷三挠挠头，憨厚道："公子有什么需要帮忙的，只管说。"

云倚风挺喜欢这对质朴的夫妇，他道："我想问问城中那巫师，究竟是怎么回事？"

芙儿一听便拉下脸，玉婶也吃惊地道："云门主，你问那神汉做什么？他可不是什么好人。"

"就是。"芙儿道，"就是个老色鬼，一双眼珠子滴溜溜乱转，盯着邻居家的姐姐不放，被我骂了好几声才走，呸。"

"就因为不是好人，所以才更要问。"云倚风道，"若当真作奸

091

犯科，危害乡里，那正好王爷在，说不定就能顺道办了呢。"

玉婶眼前一亮："那敢情好啊！"

巫师名叫长右，生得脊背佝偻，面容黑瘦，无论春夏秋冬都裹着黑色宽衣，至少外貌看起来的确相当不正常。年龄的话……有人说他三十，也有人说他三百，更有传闻说他已满四万八千三百岁，与日月同寿。

云倚风惊道："还要不要脸了？"

"我不信，我娘也不信。"芙儿指着雷三，气不打一处来，"可他这不争气的，还有满城的人，都害怕那老骗子，看着就窝囊。"

雷三埋头苦吃，只当没听到。

云倚风拍拍他的肩膀："大兄弟别吃了，该撑坏了，说说看，为何你们都那般怕他？"

"他会制蛊，还会咒人。这么多年里，所有与他有过仇怨的，都被咒死了。"雷三叹气，"我有个兄弟，因为对着他家门口撒了泡尿，就……不中用了，到现在都没娶上媳妇，还有瞎眼的、瘸腿的，这谁不怕啊？"

云倚风听得皱眉，这哪里是巫师，分明就是个一等一的恶霸地头蛇，官府不管吗？

"管啊，怎么不管。"雷三道，"县老爷是从大梁西北调来的，刚上任时烧三把火，要将他捉拿下狱，结果老娘第二天就一命呜呼，独子也生了怪病，至今全靠着巫师的草药治病，也就不敢再多事了。"

官府都如此，底下的百姓还能说什么？也难怪那位黑袍子的长右巫师，如今都快变成了横着走的螃蟹。

芙儿强调："云门主，你可不能见死不救啊。"

云倚风点头："我先回去告诉王爷，看他有何打算。"

临走时，玉婶又替他准备了满满一罐鸡汤与卤肉，说是带回去当夜宵。听说暮成雪也在，又赶忙弄了些素馅点心。雷三实在抱不下，最后索性挑了个扁担，将这热乎乎的饭菜送往了客栈中。

季燕然被吓了一跳："你这是去打劫酒楼了？"

"你猜我遇到了谁？玉婶！"

季燕然意外："她？"

"她的小女儿嫁来了玉丽城。"云倚风洗干净手，替他盛饭盛汤，"对了，你今日与地方官员商谈，可曾听他说，这城里有个巫师恶霸？"

季燕然皱眉："巫师恶霸？"

"叫长右，吃完饭后，王爷随我一道去看看吧。"云倚风道，"一来为民除害，二来他曾多次出入瘴气密林，就是野马部族的老巢。旁人一入必死，他却回回安然无恙，还能顺道捞一笔珠宝，实在奇怪。我怀疑是同里面的人有某种交易。"

季燕然点头，又笑道："我同各路官员谈了一天，只将自己谈得头昏脑涨，却没找到多少有用的线索。倒是你，抱着貂游手好闲出去混一顿饭，便混出了一个邪门巫师，实在厉害。"

"过奖过奖。"云倚风虚伪地自谦两句，顺便自己也喝了一口汤，"甜吗？"

季燕然道："甜。"

巫术

第九章

吃罢饭，天也早就黑透了，整个客栈、整座城，都由喧嚣落入寂静，只有草中虫豸伴着月影嗡鸣。

长右的住处在城南，荒僻郊野，高深林木围住一栋屋宅，墙与顶皆是漆黑色的，门口还立了两只怪模怪样的狰狞石兽，张牙舞爪，眼珠子用漆料涂成血红。这建筑风格与思路，倒是与大年初一时，萧王殿下亲自选的那件宝石大袍有异曲同工之妙，后者是明晃晃将"富贵有钱"缠在腰间，前者是明晃晃将"诅咒吓人"刷在房上，怎么看都像是个江湖老骗子。

季燕然和云倚风悄无声息地落在隐蔽处。房中灯都是熄灭的，细听时，有男子偶尔的鼾声，与后院牲畜嚼草的动静。

云倚风道："是不是巫师先不说，地主倒是实打实的地主。"房屋一排扯出十几二十间，比玉丽城最阔气的财主还要有钱。牲口也养了不少，十几头大肥猪正在哼哼睡着，皮毛黝黑发亮，粗看并无异常。季燕然穿过这腥臊味弥漫的猪圈，打算一间一间房看过去，云倚风跟在他身后，雪白衣摆随着动作微微扬起，带出一股茉莉熏香，一头黑猪鼻子动了两下，半梦半醒地睁了睁眼睛，很快就又闭上了。

月光下，那瞳仁竟是血一般的红。

走廊里飘着一股子妖异怪香，应当是长右存储药材与干花的地方。再往前走，是一间摆了许多瓶瓶罐罐的药房，第三间房里有咝咝细响，云倚风自窗缝中看了一眼，一双绿幽幽的眸子，正鬼火般飘浮在半空中，地上还盘着满满一屋子粗细各异的蟒与毒蛇。

季燕然暗自摇头，刚打算继续往前走，却被按住手腕，云倚风将他按在窗户前："看右侧。"

右侧，有几根散乱的白色骨头。

"怪不得百姓人人都怕他，这么一个血腥残暴之徒，谁能不怕？"云倚风道，"光凭这几截新鲜的白骨，就足够将他捉拿归案了。"

这时院中恰好刮起一阵风，隔壁房的窗户没关好，晃荡两下，砰的一声撞开了。

一个人正站在那里，目光直勾勾的，笑得阴森瘆人，风将乱发吹得如黑蛇狂舞。

三更半夜这么来一遭，云倚风受惊不浅，几乎与季燕然同时拔剑出鞘，龙吟、飞鸢一左一右架上脖颈，那人却丝毫反应也无。

死人？

云倚风合剑回鞘，强忍着那股腻人甜味，凑近一观。

"别看了。"季燕然将窗户重新关好。再查下一处房间时，担心又冒出什么，便将云倚风挡在身后，自己凑近窗户。

"是什么？"

"许多桌子，还有许多瓷盅，桌上有一群鲜红色的大蜘蛛。"

"腹背生有黑纹？那叫秋娘，是一等一的毒蛛，先前吃过不少，口感挺脆，味道酸甜。"

寻常人形容毒虫，显然不会说出什么"味道酸甜"。想起他先前所受那些折磨，季燕然难免心酸，刚欲出言安慰，云倚风却又一笑，在他胸口拍了拍："骗你的，没吃过，不过鬼刺的确拿这玩意儿咬过我。秋娘原只有迷踪岛上才有，现在却凭空出现在了西南，看来鬼刺当真在野马部族的老巢里，没得跑。"

"先留着此人吧。"季燕然道，"放长线钓大鱼，既然频繁进出瘴气林，那估计用不了多久，就又会去碰头。"

云倚风点点头，随他一道进到蛊室，随手翻了两排瓷盅，里头还真有不少剧毒虫蚁。这么一看，方才倒是错怪了这栋古怪黑宅，它并非徒有其表，而是从里到外，都是一脉相承的诡异惊悚。

这巫师也算得上"家大业大"，不过并无仆役丫鬟，只有两三名小童，挤着住在最偏院。

天快亮时，两人方才回到客栈。

暮成雪已经起床，正坐在桌边喝茶："如何？"

"满宅子的秘密，满宅子的古怪。"云倚风道，"有毒有蛊有蛇虫，有骷髅。按照那巫师的行动习惯，半月之内，他估摸还要回一趟瘴气密林，所以我与王爷商议决定，由暮兄去跟踪他。"

暮成雪："……"

貂正在桌上，摇头晃脑，挑点心渣子里的肉末吃。

他又想起当日那句——

"野马部族一事解决后，我便再也不同你争这只貂了。"

杀手冷冷地道："好。"

王城里，李珺正在哈欠连天地往御书房赶。他今日实在犯懒，便装病告了个假，盼着能逃过一日上朝。谁知睡了还没多久，德盛公公身旁的小泉子就亲自上门，说是皇上有请，又补一句，皇上看起来像是心情不大好，平乐王可得事事留神。

"好端端的，怎么就又心情不好了？"李珺长吁短叹，心中悲伤得很，也不知何年何月才能等到当纨绔子弟的大好时光。进到御书房后，见李璟正坐在龙案后，便小心翼翼地赔笑："皇兄。"

李璟将密函丢给他："看看吧。"

李珺忙不迭地接住，一看是季燕然的火漆烫印，倒是放了几分心，至少不是哪个官员又闲得没事干参自己。七弟那头嘛，因为最近正在江家，八成是武林盟又出了事，不是什么大……大……

他震惊地盯着最后那几行字，脑子像是被人砰地砸了一闷棍，半天没反应过来，手和嘴皮子一起哆嗦："江……江……江三少？这怎么可能，这不可能啊，这是不是有人冒充七弟，故意来挑拨的？"

"朕先前问过你，江凌飞是什么样的人。"李璟道，"现在再答一遍。"

"这……臣……臣……臣弟与他，确实不……不是，他真不像坏人啊。在雁城作战时，与七弟配合无间，更是不顾自身安危，与云门主一道破了迷魂阵，怎么可能是叛党？"李珺说这一段话时，舌头被咬了七八回，牙齿狂抖，嘴皮子上血都硌出来了，但总算没有再像当初揭发亲舅舅那样，为求自保六亲不认，只磕头乱号"狼子野心，断不可留"，也算是为同挤过军营帐篷"江湖朋友"，鼓足了一回战战兢兢的勇气。

李璟暗自叹气，示意德盛扶他坐下。

其实莫说是李珺，就连自己，这么多年来少说也见过二三十回江凌飞，回回都只觉他意气风发、浪荡潇洒，甚至还动过招入朝中的心思。无论如何都不会猜到，对方竟会是藏得最深的那条线。

李珺还在结结巴巴地问："会不会是有什么误……误会？"

"燕然说他会追去野马部族，给朕一个交代。"李璟道，"你曾与江凌飞同吃同住数十日，回去好好想想，看能不能想起什么古怪异常之处。"

我能想得出什么古怪异常的地方啊？李珺又快要哭了，我真的就是个草包啊。

但这话又不能当着皇兄的面说，他便也只好跪地领命，拖着受惊过度的胖躯，脚步虚软地出去了。

小厮正在门外等他，见自家王爷面色惨白满头虚汗，神情还很恍惚，被吓了一跳，赶紧小跑扶住他，小声问："皇上又责骂王爷了？"

李珺哭丧着脸："我倒宁可皇兄责骂我。"

小厮不解："啊？"

"罢了，先去花园中走走吧。"李珺有气无力，"晒晒太阳，缓一缓。"

"哎！"小厮答应一声，扶着他去了御花园。这一去，好巧不巧，老太妃正在与惠太妃一道游园，打算剪几枝新鲜的朝露玫瑰回去做香囊。

李珺如同见到救星，赶紧小跑着扑过去："太妃！"

一嗓子号的，惊飞鸟雀无数。

李璟处理完几桩政务，想起江凌飞的事情，心中再度烦躁起来。虽说季燕然在信中并未隐瞒江家事，也已带着云倚风前往西南收拾烂摊子，但一想到自己翻遍皇宫都苦寻不得的眼线，居然会是……

便觉得头脑胀痛，太阳穴也生生拧出一股青筋来。

德盛从门外进来，惴惴道："皇上，老太妃求见。"

李璟一愣："老太妃来做什么？"

德盛道："平乐王也在，许是与江少爷有关吧。"

李璟对这添乱的草包，是恨得牙根都痒痒。自己只是一时疏忽，少叮嘱了一句"保密"，他便恨不能站在城墙上，吼得人人皆知了？

"皇上？"见他迟迟不语，德盛只好又提醒一句。

李璟无奈地道："宣。"

老太妃这一路走得匆忙，途中还险些跌了一跤，簪发散着，也顾不上检查仪容是否整齐了，脸色发白道："皇上，凌飞……凌飞之事，可是真的？"

李璟点头，将信函递给她："原不想惊扰太妃的。"

老太妃看完之后，连连跺脚："糊涂，糊涂啊！"

她撑着站起来，不顾德盛劝阻，跪地叩首："皇上，还请皇上恩准老身前往西南，去将那不懂事的逆子带回来。"

老太妃原名塔娜，少女时梳两条黝黑发辫，骑一匹高头骏马，靴筒里插着圆月弯刀，英姿飒爽极了。她十九岁时嫁给先帝，从此由草原上的明珠公主，变成了大梁帝的嫔妃，便再也未离开过王城。

先前未离开，是因为先帝尚在，所以无论心中有多思念万里草场，多思念家中亲人，也只能待在甘武殿中，孤独看着天空飞过的鸟雀，等待父母兄长进宫探亲。

先帝驾崩后，便更不能离开了。那段时日，关于皇位的猜测如看不见的鬼影，在王城里飘着，在人群里飘着，也在新帝耳边飘着。是老太妃狠下心，将季燕然从西北边关召了回来，陪他一道去觐见李璟，主动表明立场，又对着列祖列宗许下重誓，方才勉强消除了兄弟二人间的隔阂。

不离开王城，也是给皇帝一粒定心丸，就连最不学无术的李珺也深知这一点。所以此番，当老太妃突然跪求要前往西南，而李璟又陷入沉默时，平乐王立刻就觉得，自己有必要出来打个圆场了。

"这段时间天气正热，酷暑三伏天的，南边就更潮闷了。"他小心翼翼地观察着两人神色，强行挤出一张轻松笑脸，"区区一个野马部族，七弟理应能处理妥当，太妃不必太着急。"

李璟也示意德盛，先将人从地上挽了起来。

老太妃怎会不知这其中利害，但想起先前在王府时，江凌飞那段古怪又毫无头绪的话，却又难免牵肠挂肚，心急如焚。

冬日里的雪纷纷飘着，那时自己正坐在榻上烤火，小炉子上温着一盅甜汤，里头加了枣子与黑米，又香又甜软。

江凌飞盛出一碗："干娘，尝尝。"

"出去一趟，倒像是去跟谁家厨子偷了师。"老太妃笑着吃了一口，"不错，是我的口味。"

"那我去将菜谱写下来，交给刘婶。"江凌飞替她捏腿，"将来哪天，我若不在了——"

"胡言乱语。"老太妃在他头上敲了一下，埋怨，"溜出门去游山玩水，就说游山玩水，什么叫不在了。"

如果换成季燕然，此时就该老老实实地"呸"几句，将晦气吐出去。江凌飞却只笑了笑，自顾自地道："生死有命。若有朝一日，人人都看我不顺眼了，那活个七八百年也无乐趣。"

再后来，他还当真将那黑米红枣粥的熬法写了下来，再加上其余几道老太妃爱吃的江南小菜，全部交给了萧王府的厨子。当初没在意，可放在此时再看，他怕是心中一直就存着死志，如一片浮萍，

100

在惊雷与波涛中兀自漂着。

"凌飞自是犯了不可饶恕的大罪，可我视他如亲骨肉，又如何能眼睁睁看着不管？"老太妃道，"有些话，燕然与云儿都劝不得，只有我说了，他才肯听。还请皇上恩准，让我亲自将这逆子押回王城受审！"

李珺在旁偷偷擦汗，这老太妃，平日里小心谨慎极了，怎么偏现在却如此执拗，皇上他明摆着不愿意啊！

该劝的也劝了，实在不知道还能再说什么。平乐王整个人既惶恐又悲伤，心情相当复杂，回想起当初在西北的快活日子，还是死活都搞不明白，自己那"江湖朋友"浪荡公子当得好好的，怎么突然就成了反贼的儿子了呢？会不会是搞错了？

眼见气氛僵持，德盛躬身上前，小声道："皇上，柳大人还在外头候着呢。"

"宣。"李璟靠回龙椅，"先扶老太妃回去吧，西南之事，容朕再仔细想想。"

李珺这回反应挺快，还没等德盛使眼色，便上前搀住老太妃，与她一道出了御书房。

"也不急于这一时。"走到没人处，他低声劝道，"对方处心积虑，屡次挑拨皇兄与七弟的关系，倘若这回在太妃南下时，又趁机放出谣言，说这一切都是七弟谋划，只为让母亲离开王城，自己好专心造反，那皇兄会怎么想，怎么做？反倒害了七弟，不如先回家去，慢慢再想办法。"

这一番连哄带劝，听着倒也有几分道理，老太妃暗自叹气，满怀心事地与他一道出宫了。

玉丽城中，云倚风正坐在一张小板凳上，专心致志地扇风烧火。因客栈老板做的菜实在太过酸辣，三人一貂都受不了，所以玉婶便被暂时请来煮饭。此时她正端着一筐青菜，进门见灶膛里火光熊熊，一锅汤都要熬干了，便哭笑不得地道："云门主不是同王爷出去办事了吗？"

"王爷同驻军首领议事，我听得犯困。"云倚风擦了把汗，"天气炎热，真是辛苦婶婶了。"

"看这一张脸花的，快去洗洗。"玉婶将水瓢递给他，"这几天雷三与芙儿都去了滇花城，我一个人看顾粥店才叫辛苦，来这客栈里好吃好喝，还有银子赚，该是享福才对。"

"滇花城里的生意，好做吗？"云倚风一边洗脸一边问。

"小本买卖，没什么不好做的。只要不出意外，总能零散赚回一些银子。"玉婶将熬干的鸡肉捞出来，打算加些香料凉拌，"王爷召见驻军统领，是为巫师的事情吗？"

"是。"云倚风道，"那宅子古怪阴森，里头满是毒物。长右就更邪门了，将他自己关在暗室中，浑身赤裸地跳来跳去，也不知在念什么下流咒术。"

幸好，盯梢这件事给了杀手，自己只需要听一听，不用亲自看。

暮成雪隐在暗处，面无表情地看着长右。那巫师脱了黑袍，露出一身稀奇古怪的图腾，活像个凸肚蛤蟆，毒虫顺着他的小腿蜿蜒往上爬，长右非但不觉痛楚，反而满足地叹息一声，直挺挺向后躺在榻上，粗喘着不再动了。

以身饲蛊的传闻，暮成雪先前其实听过不少，不算什么稀罕事，但饲主大多表情狰狞痛苦万分，像这般饲出抽搐快感的，还真是独

102

一份。

怎么说呢？更变态了。

这个季节的西南，雨水很多，沙沙浸透泥土，让空气里也漫上草叶香。

眼看着已近深夜，云倚风撑起一把伞，打算去府衙中接季燕然回客栈。穿过正街时，余光却扫见屋顶上人影一闪，转眼就消失无踪了。

暮成雪紧紧跟着巫师。他先前还以为对方回房是要睡觉，谁知没过多久，这黑袍怪人却又重新出来了，将什么东西往背上一甩，匆匆离开了大宅。

是出城的方向。穿过田地，穿过树林，径直向着深山而去。

眼见长右的身影已经快要消失在风雨中，暮成雪刚欲紧追两步，却被人从身后拉住。云倚风悄声道："随我来。"

他另选了一条小路，登上去后，恰好能透过稀疏树木，看清下方的动静，邪门的动静。

因此时雨已经停歇，所以火把又重新燃烧起来，山道上有三十余人，看打扮像是大户人家的家丁。而被火把同时照亮的，还有一匹纸扎的大马……

长右将东西从肩上卸下来，装进了一口捆着红绸的棺材中。唢呐与锣鼓同时响起，喧闹的声音回荡在深山中，分明是喜庆的调调，但配上此等诡异画面，只叫人毛骨悚然。

配阴婚这种事，官府虽明令禁止，却始终未能彻底截断。

长右的两名小童也在，唱念一番后，便填坑埋土，算是完成了这桩"婚配大事"。人群里有一个穿着锦缎的中年男子，应当就是主人家，对长右千恩万谢，似是极为尊敬，连离开时，都躬身请他走在最前头。

山道湿滑，众人走得很慢。其中一名灰衣小童被挤到道边，也不知是踩到了什么，脚下一滑惊呼一声，竟是骨碌碌地滚下了山。

"啊呀！"中年男子被吓了一大跳，赶紧命家丁举着火把去寻，可那滚落之地山高林密，又陡峭得很，三更半夜哪里还能看到人影，便担心地道："这下头可是蟒河啊，倘若真跌进去，那还得了？阿福，快，快回府中多找几个人，回来仔细搜搜。"

长右看着那黑漆漆的深渊，面色如铁，骂了一句"废物"。

外头的声音闹哄哄远去了。

季燕然道："别想了，他们不可能找得到你。"

坠山的小童被缚住手脚，嘴也堵着，满眼惊恐。他身形瘦小，梳起发髻时，看着便分外像孩子，只有凑近才会发现，这哪里是小童，倒更像是成年后的侏儒，皮肤粗糙黝黑，腰里挂着一个透纱布袋，里头是两只乱爬的大秋娘。

季燕然问："吃过吗？"

侏儒连连摇头。

季燕然扯出他嘴里的碎布，将那红蜘蛛丢进去一只，下巴重重一磕："什么味道？"

侏儒双目圆睁，连叫嚷都顾不上了，拼命将那半只残骸吐出来，白着脸哆嗦道："甜……甜的，酸酸，好汉饶命，饶命啊！"

季燕然未发一言，重新堵住他的嘴，拖着出了山洞。

云倚风与暮成雪回到客栈时，胖貂还在被子里呼呼大睡，蜷成蓬松的一团，与被雨淋透的哆嗦老父亲形成鲜明对比。

暮成雪冷冷地道："你可以回去了。"

云倚风拂了两把衣袖，恋恋不舍地收回目光："王爷还没回来，我再去府衙看看，别是出了什么——"

话没说完，季燕然便在外头道："我回来了。"

云倚风打开门，见他也是一身雨水，便吃惊地道："你去哪儿了？"

"抓了个人。"季燕然用手背试了试他的额头温度，"这湿漉漉的，怎么也不擦一擦。"

"有正事要说。"云倚风道，"我与暮兄今晚跟着长右，一路去了城外荒山。"

"你先沐浴，再说什么长右长左。"

一桶热乎乎的浴水，足以洗去大半疲惫。

云倚风懒洋洋地道："王爷还没说，三更半夜是去哪里淋了雨，又去哪里抓了谁。"

"我也去了山里，那药童并非失足滑下山，而是我出手打落的。"

云倚风回身，惊讶地道："是吗？"

"白日里我同西南驻军统领黄武定、县令石东议事时，听到传闻，说这玉丽城中的富户周老爷，最近像是同那巫师多有来往，便想顺路去看看。"

结果恰好撞见周家管家鬼鬼祟祟地出门，数十名下人拉着板车，上头也不知码放了什么，用黑布罩得严严实实，一行人径直出城了。

季燕然并不打算打草惊蛇，只在众人离去时，见那灰衣小童被挤得落了单，便灵机一动，用石子将他打下山崖，恰好山下就是滔滔蟒河，就算寻不到尸首，也不算意外。

云倚风笑道："如此来看，还是王爷要更厉害一些。"

"抓来的人就在隔壁。"季燕然道，"你也辛苦一夜，先睡一觉吧，明早再审也不迟。"

云倚风答应一句，打了个哈欠。他舒舒服服地泡了个澡，床上被褥已换成了冰蚕丝，躺上去不再黏腻潮闷，清清爽爽裹着身体，窗户缝里还能偶尔溜进来几缕细风，挺舒服。

翌日清晨，又是明晃晃的大太阳。

一屋子人起得都早，云倚风随便裹了一件轻薄袍子，出门就见玉婵已经备好早饭。暮成雪的是粥与青绿小菜，胖貂正在啃着一盘肉干，另有一大罐子鸡汤米线加各色菜肉，配着小肉饼与爽口咸菜，琳琅满目地摆满一饭桌。

其实云门主也不算能吃，但与几乎要不食烟火的杀手比起来，就显得像饭桶，特别是玉婵见他太瘦，还要不断添肉加菜，生生将早饭吃出了皇家盛宴的架势。暮成雪表情平和，漫不经心地摸着胖貂，心想，亲生的。

而在楼上，季燕然正在审那侏儒。

对方自称术苗，原是西南一带的乡民，靠着杂耍为生，后来被长右买下后，就成了他的药仆。

"有许多虫穴都生于狭缝中，普通的成年男子无法进入。"术苗道，"这一行虽说危险，但比起先前那受同村耻笑鄙夷的日子，已算好了许多。"

按照他的供述，长右是没亲手杀过人的，只会从茈河对面的腊木林里带回死尸。

"大巫去密林时，从来不让我们跟随。"术苗道，"所以那里头都有些什么，我们一概不知，平时也只做些采药养虫的活儿，再不然就打打下手。"

"什么都不知道吗？"季燕然放下茶盏，提醒他，"藏在腊木林中的那一伙，就算不是叛党，也离砍头重罪不远。本王念你身有残疾身世可怜，本想从轻发落，但也要看你自己的表现。"

术苗脸色白了白："我当真什么都不知道啊。"过了半晌，又哆哆嗦嗦地道，"有……有一件，后院里的那些猪牛，还有蟒蛇，是会发疯的。"

季燕然皱眉："说清楚！"

"长右不知给那些牲畜喂了什么邪物，一天不吃，就会瞪着血红的眼珠子癫狂发疯。"术苗道，"有一回我手里事情多，就给忘了，结果两头黑猪拱开圈门，冲进房间里……"

说到此处，他像是又回想起那血腥画面，干咳着呕了起来。

季燕然看着他，脑中却在想另一件事，这药物一断，温驯的猪牛都能化身猛兽，那倘若换成腊木林中的巨猿与灰象呢？

"啊！"

街道上传来一阵惊呼喧闹！

云倚风吃饱米线，刚打算去找季燕然，耳边突然就被来了这么一嗓子，登时惊了一惊。推窗向下看去，百姓早已乱了套，正你推我挤向一个方向跑着，摊子被掀翻的、鞋掉了的，此时通通都顾不上收拾了。

一团巨大黑影自城楼一跃而下，发出吱吱的怪叫声，四肢咚的一声着地，溅起一片泥浆灰尘。

那是一只体形庞大的黑猿，浑身毛发干硬如刺，大张的嘴里流淌着黏液，血红眼珠暴凸，几乎要跌出眼眶。若说世间当真有地府恶魔，那八成就该是这种骇人模样了。

飞鸾剑锋穿透强韧肌肉，云倚风挑着黑色巨猿，将它狠狠抛向一处石桩。

云倚风看见越来越多的大猿正争先恐后，如滚石般砸下城楼。

数十只，不，上百只。

估摸着整片腊木林中的猿猴，此时都聚集到了玉丽城中。它们瞪着血染双眼，利爪自青石上一抓，便会留下一串刺啦啦的白色抓痕。

云倚风头皮都要炸裂了。

天地昏暗，腥风阵阵。

云倚风握紧飞鸾剑，目色寒凉，衣摆如飞雪狂舞。

猿群很快就注意到了他，叫声里立刻便多染了一层亢奋，为了能第一个扑上前，甚至不惜踩踏住同类的脑袋，利爪钩破皮肉，七八只狡猾猿猴蹿到最前方，腾跃直直扑来！

云倚风手腕翻转，还未来得及出手，身后金龙却已怒咆出鞘，似四野皆崩裂，带着千钧内力，将那群不知天高地厚的畜生震得肝胆发颤，吱吱怪叫着跌落在地，晕头转向，踟蹰着不敢再向前。

云倚风松了口气："王爷。"

季燕然将他护在身后，冷冷一眼扫向前方。剑身尚在嗡鸣，那细小声音穿透空气，像一根看不见的银针，刺痛了猿群的耳膜与双目。畜类对上古神龙的敬畏与恐惧，是天然融于骨血的，它们不约而同虚软地后退两步，连蹿带爬逃出了城。

这场变故来得快，去得更快，若不是满街混乱狼藉，那些躲在屋中的百姓，几乎要以为这一切都是幻觉。

衙役与官兵已经听到消息，陆续赶来了，街上有了熟悉的人声，百姓们战战兢兢地跨出残破的门槛，看着如被恶匪洗劫过的街道，面色灰白神情惶恐，有胆小的妇人与幼童，已经开始小声哭泣。

"王爷，云门主。"县令石东也受惊不浅，仓皇解释，"玉丽城虽靠近密林，却从未发生过这种——"

"先带人去清点受伤的百姓与受损的房屋，将大家安排好。"季燕然打断他，"一个时辰后，与黄武定一起来客栈找我。"

"是，是。"石东连连答应，带着师爷去忙了。

云倚风问："到底是怎么回事？"

"与长右有关。"季燕然道，"先回客栈吧。"

暮成雪回客栈后，胖貂一见他便扑上来，用那肉嘟嘟的爪子钩住衣摆，豆豆眼娇弱半睁，显然也被吓得不轻。

而云倚风此时已经没心情再去眼红"为什么刚才我回来时你不扑"。俗话说得好，貂大不中留，还是先想想要怎么救下全城百姓要紧。

"能令牲畜发狂的药，那是什么？"

"术苗也说不清，只知是长右精心炮制过的。"季燕然道，"今日的猿群虽说凶残，倒也不至于毁天灭地。但若换成白象与巨蟒，或是数千数万条毒蛇，只怕……"

此等画面，光是想一想，云倚风便已经起了一身鸡皮疙瘩。他问："那王爷还要继续养着长右，用他做饵，来钓出更多野马部族的人吗？"

"怕是养不住了。"季燕然道，"需得尽快弄清楚究竟是何物让猿群发狂，否则下一回再来巨兽，整座玉丽城八成都要被踏平。"

云倚风点头："嗯。"

城外漆黑大宅里，长右还在念念叨叨，专心炮制着瓷蛊里的毒虫。他并不知道城中发生了什么，就算知道了，也并不觉得会牵扯到自己。多年来的横行霸道，连地方官员都要退让三分，这处屋宅更是无人敢来，还有什么好担心的呢？唯一的意外，便是昨夜术苗的落崖，虽说有些可惜，但侏儒并不罕见，将来有合适的，再找一个便是。

他小心翼翼地夹起一只毒虫，甚至还哼了两句轻松小调。

云倚风道：“我去。”

季燕然微微皱眉。

“说不准他身上就藏着什么毒物，王爷还是率军守在外头吧。”云倚风道，“听话。”

萧王殿下自打过了八岁，就没再听过“听话”这两个字，一时间有些哭笑不得。原想多说两句，云倚风却抢先说道：“回回都是被王爷拦在身后，这回也让我试试当先锋吧。”

走廊里轰隆隆来回经过的那群人，大多是军营中的武夫，平日里看惯了五大三粗的糙汉，难得见一回白衣如雪的清雅公子。先前他们还在纳闷儿那般斯文的样貌脾气，如何能掌管整个风雨门，现在一见便有了答案。

此刻，众人眼里都是肃然崇拜。西南驻军统领黄武定亲自搬来一把雕花镂空的红木八仙椅，咚的一声放在地上，恭敬地道：“门主，这边坐！”

季燕然抬起一脚，将这唯恐天下不乱的小子蹼到旁边：“说正事。”

县令石东起先也跟着“嘿嘿”干笑了两声，后又及时觉察到不

110

合适，便赶忙摆出苦瓜脸，将城中现状一一向季燕然禀明。

那猿群虽说凶猛，但一进城门即被拦截，所以伤亡与财物损失尚在可控范围内，百姓的情绪也勉强稳定，算是不幸中的万幸。

说完之后，他又惴惴难安地补了一句："但这样的事情，发生一回还好，两回、三回，怕是……顶不住啊。"尤其这还是在白天，倘若换到三更半夜呢？倘若猿猴换成白象呢？石东越想越心惊，额头上也渗出一层薄汗。

云倚风问："听说石大人的儿子，一直在靠着长右的药物调养？"

提及此事，石东脑门儿上的汗就更多了，也不知该从何说起。倒是旁边的师爷解释，说大人初来玉丽城时，便想过要除去那为祸乡民的巫师，却反被对方设计，母亲与独子皆为巫术所害，所以……唉。

不算好官，也称不上昏官，就是个有着七情六欲的普通人，愿为百姓申冤做主，又放不下自己的家人，便一直这么稀里糊涂地拖着。

石东羞愧地道："还请王爷恕罪。"

云倚风道："大人也不必太过担忧，我会留长右活口。再不济，过一阵这玉丽城中还会来一位名医，也能替小公子看诊。"

石东连连道："是，是。"

那栋大宅里毒物不少，若长右在情急之下全部放出来，那玉丽城便要遭大殃。季燕然命黄武定率精兵两千围住大宅，若实在控制不住局势，便直接浇上火油来烧，总之断不能让那些红目毒蛊爬进城中。

行动时间定在子时。

这一晚恰好挂了满天的星光，罩得四野莹莹发亮。临出发前，季燕然又叮嘱了一回："小心。"

"放心吧。"云倚风笑笑。

言罢，他便闪身攀上房梁，如一片轻盈雪花那样，消失在了众人的视线里。

黄武定略微担心，小声问："云门主怎么也不换一身利落的夜行服？"

季燕然看他一眼："你还要管他穿什么？"

黄武定落下泪来："王爷恕罪，我这就闭嘴。"

据术苗供认，长右的功夫"高得出神入化"，很是吓人。但鉴于他只是个没见过什么世面的侏儒，所以话语间的水分还得再挤一挤。

云倚风倒是不担心对方功夫有多高，只在意要怎么悄无声息地下手，让对方全无机会放出毒虫。

房间里亮着灯光，窸窸窣窣的，长右正站在桌边忙碌，一群毒虫蝎子在墙上乱爬，倒是同先前的迷踪岛有些相似。

云倚风向来不是顾影自怜、伤春悲秋的性子，但此番看到熟悉场景，还是忍不住想，我这以前过的都是什么鬼日子？

他暗自摇头，指间悄悄滑落几枚银针，刚欲动手，却见内室门帘一闪，竟从里面走出了一个女人。这下就更像迷踪岛了，连蛛儿都是现成的。

多日不见，她照旧同以前一样，穿着红裙戴着花，却丝毫不见半分娇俏，面色蜡黄黝黑，细声细气地问道："蛊毒研制得如何了？"

"已经好了。"长右拿起手中琉璃盏，半透明折射出粼粼鲜红的光，"你且拿去交给神医，保管好用。"

蛛儿伸手欲接，长右却偏往后一闪："我要的东西呢？"

"都已经备好了。"蛛儿道，"往后几日会陆续送往老地方，你只管来取便是。"

长右笑了两声，将瓶子放在桌上，又上下打量她："我倒喜欢你这病态模样，不如留下来，同我一道过日子吧。"

蛛儿狠狠瞪了他一眼。

长右继续道："我知道，你喜欢那风雨门的门主，但他那样的神仙郎君，怎会看上你这阴沟里的丑妇？这世间只有我，只有我啊……"

啪，一个清脆的耳光。

蛛儿啐道："你最近胆子倒是越来越大了！"

"你能攀得上他吗？"长右继续凑近，双目亢奋颤抖，像是从这污秽言语里收获了不少快感，"你能让他看上你？"

蛛儿尖着嗓子叫嚷："你闭嘴！"她声音如刀，刺得长右耳膜微微一疼，伸出小指想要抠挖，却觉得指尖像是顶到了什么，耳中又是一阵剧痛，半边身体也麻痹了。

云倚风原也没指望几根毒蜂针，就能放倒这两个老毒物，他破窗而入，雪白的衣摆翩飞，单手拔剑出鞘，先将蛛儿一掌打晕在墙角。

长右此时已经恢复了八成，见云倚风来者不善，本想跟跄向外逃跑，却反被重重踢回桌上，丁零当啷打碎一堆药盅。先前那琉璃盏也碎了，红色的药液流淌出来，长右胸口剧烈起伏两下，也不知想到了什么，竟迅速将那药舔了个一干二净。

云倚风："……"

长右舔了舔嘴唇，嗓子里发出古怪的声音，浑身青筋暴凸，双眼也从先前的漆黑变成了暗红，直至鲜红。

他像巨猿一般拔地跃起，黑袍宽袖张开，又不知从里头爬出了多少密密麻麻的虫类。

　　云倚风看得心惊，反手持剑一挡，扑哧一声，也不知是刺破了什么臭玩意儿，一股恶腥登时弥漫开来，连墙角昏迷的蛛儿也被熏得咳嗽了两声。

　　云倚风只与他过了三四招，身上便已落了七八只湿漉漉的大虫，心里登时又冒出一万句粗鄙之言，后见那巫师还在大张着嘴乱咬，灵机一动，干脆不打了，只拖着蛛儿飘飘摇摇地向外跑去。果不其然，长右也跟了上来，三个人就这么掠过屋顶、树梢，一路轰轰隆隆地冲到了密林里。

　　数百精兵一拥而上，费了好一番力气，方才将"嗷嗷"咆哮的长右制服在地，用铁网兜了起来。

　　黄武定受惊不浅："他疯了？"

　　"先前王爷只担心这群人会将猿猴换成白象，现在看来，他们八成还想过要换成人。"云倚风道，"先将这两人带回去吧，也不知道药效退去后，他还能不能清醒。"

　　长右手下的另一名灰衣侏儒，也被从床上揪了起来。整座漆黑大宅都被官兵暂时封锁，等着季燕然与黄武定翌日再来查看。

　　而云倚风回到客栈的第一件事，就是先洗了个澡。他边洗边感慨，由奢入俭难，先前鬼窟一样的日子，还不是照样咬着牙挺过来了，现在却连衣袖上落几只臭虫都觉得浑身不自在。

　　季燕然在外敲门："你没事吧？"

　　"那边如何了？"云倚风擦着头发打开门。

　　"两人都被水泼醒了，蛛儿不肯说话，长右倒是一直在鬼叫喊冤，说他并未作恶。"

"他若不算作恶，这世间就没恶人了。"云倚风摇头，"不过话说回来，连鬼刺都要从他手中买药，此人还真是有些本事。"

"装神弄鬼，以蛊害人，这种本事倒不如没有。"季燕然道，"不过你既说他又贪财又好色，那照我的经验，这世间贪财好色之徒，大都是软骨头。落在黄武定手中，只怕连半天都撑不过去，他就哭爹喊娘要招供了。"

"蛛儿是鬼刺的心腹，这么多年来，一直形影不离地跟在他身边。"云倚风道，"现如今落在我们手中，也算老天帮忙，至少能弄清楚这一年里，腊木林中都发生过什么，还有……"他犹豫了一下，轻声道，"还有江大哥的下落，若他消息灵通，应当已经知道，我们就在玉丽城中吧？"

先前刚知道身世时，还曾开玩笑胡闹过，说假如罗入画当初抱着孩子顺利抵达西南，那自己说不定也已混成了野马部族的头目，正天天蹲在野林子里，挖空心思与季燕然作对。谁承想，兜兜转转大半圈，身边还真就冒出一个野林子里的头目来。

正所谓造化弄人。

见季燕然沉默不语，云倚风便也没再继续问，只笑着说："走吧，我们去看看蛛儿。"

蛛儿被关押在一处空房里，听到门响，或者更确切来说，是听到走廊的脚步声时，她便已经准确分辨出了那是谁，赶忙带着几分欣喜抬起头来，双目急切地向前盯着："……公子。"

季燕然推开门，见对方这副热烈盼求的模样，心里万分不悦，刚欲将身后的人挡回去，云倚风却道："王爷先出去吧。"

季燕然："……"

云倚风看他一眼，你当真不出去？

果不其然，还没等两人再开口，蛛儿便已经尖锐地叫嚷起来：
"公子！"又愤怨地看向季燕然，"你休要碰他，你这恶贼也配？"

云倚风拍拍季燕然，如今还指着她能供出二三线索，想想玉丽
城中的百姓，恶贼就恶贼吧。他一边往后一推，就这么着，萧王殿
下便被生生"请"出门，"安心"在走廊等候。

小二不明就里，路过时看到，还主动扛来一把八仙椅，笑容满
面地放下了。

听到外头的动静，蛛儿眼底越发狠毒，她看着云倚风："季燕
然有什么好？"

"鬼刺在哪儿？"云倚风坐在她对面。

"他有什么好？"

她又问了一遍，这回声音更刺耳了。

"鬼刺在何处？"云倚风微微俯身，提醒她，"这是你唯一能和
我说话的机会。"

两人的距离只近了不到两寸，蛛儿却因这小小的变化，浑身都
僵硬了，细声说道："神医……神医就在腊木林里。"

据她供认，当初鬼刺是接到消息，说南海布局有变，震天火炮
已经对准了迷踪岛，便急忙折返去看究竟，谁知却在船上被人打晕。
再苏醒时，便已到了西南玉丽城外的地宫，野马部族的老巢。

云倚风问："头目都有谁？"

"鹧鸪，玉英，还有一名姓谢的妇人。"

"江凌飞呢？"

"就露过一次面。"蛛儿回忆着，那时他应该刚回到家，然后就
再没出现过了，听说是犯了错在受责。

116

"受责？"

"跪在暗室中反省，他地位不低，无人敢用刑。"

季燕然靠在门外，听着屋内两个人的对话。若只是跪着反省，他倒宁愿谢含烟再多罚江凌飞一阵，最好三个月、半年别放出来，让对方双手再无机会沾到错处，直到自己攻破野马部族为止。

云倚风又问："鬼刺与鹧鸪在密谋什么？"

蛛儿却只顾着盯他，视线滑过那俊秀精致的眉眼、纤细的手指，连袖口暗纹刺绣也看了三四回，方才道："我不知道，不知道。"又急急地道，"公子，公子你回来吧，我们再去迷踪岛上，那样的日子不好吗？"

那样的日子可太不好了。

云倚风提壶倒了一盏茶："不知道鬼刺在密谋什么，总知道长右那些红色药水，要用来做什么吧？"

"是用来驯兽的。"蛛儿道，"我见过他们用药水饲象。"

"数量？"

"上百。"

至于白象之外还会不会有其他牲畜，甚至直接用来饲人。据蛛儿说，因长右执意不愿交出这"祖传"的药方，鬼刺亦没能研制出究竟是何种巫术，所以只能以重金购买成品，每次新购入的药物，鹧鸪都会第一时间喂给象群，现在长右被俘，野马部族中应当也没多少存货。

这算是个相对好的消息，至少那片瘴林中的猛兽，不会都变成红眼恶魔。但近百头巨象对玉丽城而言，一样是巨大的威胁，尤其现在长右与蛛儿皆被俘，药物供给已然中断，那对方手中的象群发疯，只是迟早的问题。

季燕然也意识到了这一点，招手叫过侍卫，命他尽快将黄武定与石东找来。

屋内，云倚风问完话后，转身欲离开，蛛儿却伸手来抓他，腰间缠的枷锁的叮咣声，与凄厉的喊声相杂糅："公子，公子留我在身边吧！"

云倚风反手砰地关上门，饶是知道此时的蛛儿对自己并无半分威胁，也依旧瘆出一身冷汗。

季燕然径直将人带回了卧房。

云倚风觉得自己有必要解释一下。

"我不是怕她。"

但在先前那段漫长岁月里，每一次蛛儿的出现，都要伴随着酷刑与折磨，实在烙下了太深的印象，再见时难免心悸。季燕然轻声问道："她待你，一直这般疯魔？"

"她向来就将我当成私有物，容不得旁人多看半眼。"云倚风道，"就像先前所说，在迷踪岛，每每我虚脱不能动时，她就迫不及待地拿来很多新衣，一套套地替我换上，再仔细地看好儿个时辰。"就好像自己是一个精致的布娃娃，可以被随心所欲地打扮成任何模样。

季燕然听得皱眉。

云倚风笑笑："因为这个，我原是最不喜欢换新衣的，但后来却遇见了王爷。"

即便是土黄配亮紫，也不是不能穿。当然，翠绿腰带是真的不能再加了。

"我已让人去找黄武定了。"季燕然道，"他正在审讯长右，若蛛儿所言为真，那必须尽快疏散玉丽城中的百姓，以免疯象横冲伤人。"

这是一项不小的工程，玉丽城为边境六城中最热闹繁华的一座，人口众多鱼龙混杂，若处理不善，很容易惹出乱子。目前城中精兵的数量显然不够，只有尽快从西南驻地再抽调一批。

云倚风又道："听起来江大哥与谢含烟的关系，像是并不亲近，至少也存在某种分歧。"否则不至于在这种时候，还要日日被罚跪。

季燕然咬牙："我倒盼着他被打得下不来床。"

江凌飞被这飞来横咒念得后背一凉，手中锉刀也歪了一歪，险些刻坏了那块青玉。床头明珠还在幽幽亮着，他小心吹去雕刻粉末，又用柔软布料重新包好，塞在了枕下。

玉英推门进来，手中端着一碗汤："我听下人说，你又没有吃饭？"

江凌飞道："没胃口。"

"这是姐姐亲手炖的。"玉英坐在床边，"她向来最关心你，如今这局面，也只是恨铁不成钢罢了。"

江凌飞接过碗，默不作声地一口气喝了："我娘呢？最近怎么总不见她。"

玉英却道："大梁的军队很快就要打来了。"

江凌飞将空碗重重地放回床头，不耐烦道："那又如何？"

玉英叹气："别让姐姐失望。"

江凌飞闭上眼睛，只淡淡应了一声。

黄武定也已审完了长右。就像先前季燕然所推测的，贪财好色之徒大多贪生怕死，没熬多久就哭号着供认了。他就是个手段阴毒的老痞子，沉迷制蛊，仗着会些功夫，便装神弄鬼，又因手中握有

119

能令巨兽发狂的祖传蛊方，所以与野马部族有了联系，从中谋得了不少钱财。

"前前后后加起来，对方应当已经饲喂了百头巨象。"他说。

石东听得膝盖发软，这上百头疯象若跑进城，百姓们哪里还有活路？

"安排百姓连夜撤离，挑最值钱的东西带在身上。"季燕然吩咐。长右说那蛊方无药可解，若象群当真冲出来，数万精兵即便能将其全部捕杀，玉丽城怕也会被踏为平地。现在一切皆未知，唯有按照最坏的后果来做打算。

暮色沉沉时，整座城都沸腾了，突然就要离开故土，这可不是一件小事啊！百姓个个惊慌，石东带着师爷，挨家挨户亲自劝说解释，连嗓子都快冒烟了，后头索性派了个大嗓门儿的官差，一路敲锣嚷嚷着巨象发疯一事，连骗带吓唬，总算让那拨最顽固的人，也一溜烟回房收拾行李去了。

翌日清晨，这支庞大的队伍便推着车，赶着马，浩浩荡荡地离开玉丽城，前往沿途各座城镇暂时避难。由县令石东带队，另有五千精兵相护跟随，以确保百姓安全。

昨天还热闹喧哗的城池，现在突然就空了，连客栈老板也举家迁徙，幸好还有一个玉婶在，让云门主不用亲自下厨做羹汤，荼毒自己，也荼毒萧王殿下。

"此事还要多谢雷三。"云倚风道，"幸亏他当日提了一句巫师，否则野马部族还不知要借长右之手，养出多少疯物来。"

"他也就随口一说，真正做大事的，还得是门主与王爷。"玉婶神情有些担忧，又问，"当真会有巨象吗？"

"会，不过婶婶不必惊慌。"云倚风安慰她，"王爷已抽调大军数万，定能护住玉丽城。"

萧王殿下的密函被快马加鞭送往各处，一夜之间，整个西南的布防都悄然发生了变化，分散驻守在各地的大军陆续整装，向着玉丽城的方向进发。沿途百姓虽不懂出了何事，却都惶惶地意识到，怕是又要打仗了。

上一次的厮杀战火，还是二十余年前卢将军率玄翼军清匪，可这一次，天下太平，一点儿土匪的影子都没有。那萧王殿下如此大张旗鼓地调兵遣将，又是要去打谁？

人们纷纷猜测，心里惴惴，连天上的云也凝固了，天气越发沉闷燥热起来。

瘟疫
第十章

　　根据蛛儿的供述，野马部族所居的地官很大，"像一座城池那么大"，里头不知道藏有多少人，墙上镶嵌着深海明珠，以暗格来控制昼夜交替。

　　云倚风道："鹧鸪先以血灵芝作为交换，与鬼刺达成了合作协议，后又提供了密林中的无数奇花异草。双方现在已是臭味相投，不分彼此了。"

　　卢广原与蒲昌的战谱中，只提到野马部族民风彪悍、擅制陷阱。寥寥几笔记录，怎么看都只是一群普通的彪悍山匪，实在与地官、明珠扯不上任何关系。那么哪儿来的这么雄厚的财力与人力？

　　"地官未必出自野马部族之手，也有可能是前人遗留，只是被鹧鸪发现了入口。"季燕然道，"这片土地上，曾建立过繁盛一时的雀氏古国，史书有载：雀族人以金缕为衣，擅采石，擅筑穴。听起来完全有能力挖建地官。"

　　云倚风叹气："倒叫他捡了个现成的便宜。"

"这几天城中闹哄哄的，你也跟着辛苦，累不累？"

"自然累。"云倚风道，"但我若不做，这些事便要落到王爷头上。"

季燕然笑笑，从袖中取出一枚黑色扳指，只比兵符小一圈的，递给他道："初见面时，总抢我的虎符，正好这西南玉料多，我便找人做了个差不多模样的。"

云倚风搓了搓手："风雨飘摇的，王爷还有这心思？"

"风雨再飘摇，也不至于不吃不喝，只成天唉声叹气。"

那兵符漆黑透翠带虎纹，玉料倒是好玉料，待季燕然走之后，云倚风将扳指放在太阳下细看，想起了两人初次见面时的情景，转身恰好看到暮成雪，便举起手问他："如何？"

暮成雪看了一眼："好。"

云倚风细问："好在何处？"

暮成雪答："好在我没有。"

云倚风面不改色，将扳指揣回袖中，暗自在"夺貂之恨"上，又怒加一条"嘲讽扳指"的新罪状："腊木林中如何？"

"风平浪静，看不出任何异常。"暮成雪道，"不过的确没见到成年野象，只有零星三四头小象，在河边饿得皮包骨头。"

"夺母弃子，此等行径可真是丧尽天良。"云倚风摇头，"那暮兄先休息吧，我再去军营看看。"

暮成雪答应一声，转身回了卧房，开关门时，一道雪白身影飞扑在他身上，亲昵万分。

"生父"余光瞥见，自是百感交集，酸溜溜地拿起飞鸾剑，走了。

昏黄日暮，军营里正在生火做饭，一片嘈杂喧闹声。

自各地调拨的驻军已经陆续到了，黑压压一片营地搭建起来，至少看着也能更安心。鉴于云门主在西北大战时冲锋破阵的功绩已经传遍全大梁，所以西南诸军对他也颇为尊敬，纷纷笑着打招呼，又道："王爷在壕沟里。"

　　那是为阻拦巨象准备的，已经挖得很深了，云倚风纵身跃下，反而将季燕然吓了一跳，赶紧伸手扶住他："这下头又湿又脏，你来做什么？"

　　"我来看看。"云倚风四下环顾后回答。

　　"下头湿滑积水，又难闻，我还是送你上去吧。"

　　季燕然一手刚攀住绳索，云倚风却突然道："等等！"

　　季燕然不解："什么？"

　　云倚风扬扬下巴："角落里有东西。"

　　那是一截被破布包着的棍子，被土埋了半截，众人合力刨出来："王爷，是把铲子。"

　　铲子不稀奇，但出现在幽深地下的铲子，可就稀奇了。云倚风接到手中一看铭刻，心下微微一动，当即便回到玉丽城中，招来几名风雨门弟子，命他们火速去找一个人，是铲子的主人，也是大梁数一数二的飞贼——地蜈蚣。

　　季燕然感慨："可当真是福星。"

　　"风雨门出来的，凡事自会比旁人多留几分心。"云倚风道，"不过王爷既觉得我能招福，是不是得弄些瓜果点心供着？"

　　"玉婶今天替你煮了四顿饭，不准再吃了。"季燕然拍拍他，"我还有件事要同你说。"

　　"嗯？"

　　季燕然道："今晨近军来报，没有在滇花城中找到雷三与芙儿。"

云倚风站直："所有商队都寻过了吗？"

"是。"季燕然替他倒茶，"他们夫妇二人是跟着周家商队去做买卖，可老周说在商队刚出发时没多久，雷三就称芙儿身体不舒服，要在村落里暂歇几天，往后就再没了消息。"

云倚风微微皱眉。前段时间玉丽城中百姓皆被疏散，他担心雷三与芙儿听到消息后会着急，季燕然便吩咐护卫军队在路过滇花城时，顺便说一声，让他们暂时安心地住在那里，等事情结束后再回来。可谁承想，竟会是这么一个结果。

有了江凌飞一事，哪怕再亲近依赖，也不得不再多留几分心。但光是想一想"玉婶一家人可能有问题"这件事，云倚风就已觉得头晕目眩，食欲顿失，很想趴在桌上唉声叹气。

"也未必是呢。"季燕然拉着他坐起来，"不管怎么说，得先把失踪的人找到。"

云倚风点头："你吩咐沿途官兵多加注意，我也会命风雨门弟子去寻。"

路过厨房时，玉婶还守在炉火边，正咕嘟咕嘟地给众人煮着夜宵，怀里抱着"咿咿呀呀"叫着的小孙子。怎么看，她都很慈祥。

云倚风在门外站了一阵，思前想后，脑子也糊涂了，只能暗叹一声，也没道理自己身边的人全都是别有用心之徒吧，总得有一两个正常人不是？

玉婶的身世，当初在初下雪山时，就已经粗粗查过，普通乡下大婶一个。至于雷三，云倚风在前阵子也派人去打听了，说是南边山林中的采石人，父母双亡家境贫苦，直到前几年改行经商，天南地北到处跑着，日子方才好了起来，还娶了王城里的白净媳妇，似乎……也挺正常。

晚上睡前，季燕然道："还有一种可能，要不要听？"

云倚风来了精神："是什么？"

季燕然道："野马部族的人知道你厚待玉婶，所以绑了雷三与芙儿，以做要挟。"

云倚风抬起胳膊挡住眼睛，有气无力地道："你还是别说话了。"种种分析都如此令人愁苦，今晚怕是再难入眠，便邀他，"喝酒吗？"

"大战在即，我若放纵饮酒，便要自领军棍了。"季燕然道，"不过可以看着你喝。"

云倚风撇嘴："不喝了，无趣。"

两人正说着话，门外却有人轻声来禀："门主，人已经找到了。"

云倚风一时没反应过来，找到谁了？

弟子道："地蜈蚣。"

云倚风："……"

中午刚差人去寻，晚上飞贼就被带到了卧房门口，饶是风雨门门主，也不由产生了一种"本门做事，何时变得如此高效利落"的迷惑，他披衣出门，迎面便是一张强挤出笑的大脸："云门主，别来无恙啊！"

弟子在旁解释，说最近有不少大盗都聚于西南，所以刚出城就碰到了。

这里的"大盗"，纯属看在地蜈蚣的面子，找了个相对好听的描述。事实上自打季燕然调动西南驻军开始，全大梁的偷儿们便都动了活络心思，一窝蜂地拥来西南了。一群以偷鸡摸狗为生的下九流，想着趁乱好下手，难不成还能指望他们心存正义，放过战火流离地，放过发国难财的机会？

地蜈蚣嘿嘿干笑："我先前也在西南一带，就四处瞎看看，瞎看看。"

"这把铲子，是你的吧。"云倚风丢给他一个布包，"别说不是，上头有你的火铭。"

地蜈蚣打开一看，爽快地点头："是我的，不过已经遗失了很久。"

"丢在哪儿？"

"就在这一带。"地蜈蚣道，"那阵子我初出茅庐，只有十三四岁，听说这里是古国旧址，地官里埋有金银，就带着家伙来挖宝贝了。"

结果宝贝没挖到，只挖到一处空荡荡的地下城，心里失望得很。

云倚风不动声色："说说看，那地下城是什么样子？"

"没什么样子。"地蜈蚣仔细回忆着几十年前的事，"除了大，纵横交错的，能装上万人。里头一无金银，二无珍宝，连壁画也揭不下来一幅。"

云倚风追问："墙上没有镶嵌明珠？"

"可拉倒吧。"地蜈蚣一脸嫌弃，斩钉截铁地道，"没有，什么值钱货色都没有。"

云倚风与季燕然对视一眼，按照两人先前的猜测，地官、明珠，以及野马部族这么多年来私下活动所需的银两，或许都是上古遗留，可现在看来，似乎只有地官是出自古人之手？

那鹧鸪是从哪儿弄来的银子？不说满墙明珠，单说整个部族、整支军队的吃穿用度，这么多年下来，也是一笔不小的数目。

地蜈蚣问："我能走了吗？"

云倚风道："来都来了，还走什么。"留下做事吧。

地蜈蚣孤身闯入腊木林，细算起来，已是三十余年前的事了。

当时他仅靠几个上古传说，一张不知真假、破破烂烂的《雀氏古国图》，便当真摸进了地宫，也算是天赋惊人。只是如今那古国地图早已不知遗至何处，地蜈蚣满脸假笑地道："那也……实在找不到啊，早都忘了，云门主不如放了我吧。"

"行啊。"云倚风轻飘飘一句，"既不愿留下帮忙，那便去官府投案自首，坐牢吧。"

地蜈蚣闻言怒道："我那都是盗窃江湖门派——"

"江湖门派也属大梁子民，官府自然能管。"云倚风瞥他一眼，"还是说你想拉着各大门派，北上造反？"

地蜈蚣看了一眼他身后的萧王殿下，眼泪都要落下来，哀号道："好，好，好，我留下，留下便是。"

云倚风很是满意，亲自将他带去隔壁："暮兄，我给你带来一个帮手。"

四目相接，四方寂静。

地蜈蚣也是万万没想到，居然还能再遇到缥缈峰上的老熟人。看着暮成雪那张毫无表情的脸，心中顿悟，对方八成也是和自己一样，被云门主强留下的。

江湖第一杀手尚且如此，那自己就更无脱身的可能了，还是老老实实地留在西南做事吧。

季燕然将一张地图铺开在桌上。

云倚风替他剪亮灯芯："西南地形图，王爷早已背得滚瓜烂熟，还要看什么？"

"我在想当年的事。"季燕然道，"三十余年前，正是西南卖官成风，四野动乱之时。野马部族也是因为不堪忍受贫苦与剥削，才会隐入深山沦为流匪。"

"我不懂西南局势。"云倚风坐在他身边，"鹧鸪一夜暴富，确实无法解释，王爷怎么想？"

季燕然眉头微蹙，犹豫片刻后，方才道："当初卢将军平定西南，朝廷曾拨下数十万白银，充作军费，以及用来安置百姓，或许……"

鹧鸪与卢广原私交甚笃，又骤然就拥有了巨额财富，这的确是最为合理，也最为不合理的一种解释。合理是指前后因果承接顺畅，不合理是指，卢广原为何要这么做？传闻中刚直不阿、爱兵如子的天生战神，当真会做出私吞军饷这种事吗？

往事的谜团正在一层一层揭开，可似乎又坠入了更深的云雾间。

云倚风想了片刻，道："应当不会吧，先帝为人谨慎细心，即便西南天高皇帝远，但这么一大笔银两凭空不见了，他如何能觉察不出？更何况后来还有割腕取血救那谢家小姐，明显仍是看重卢将军的。"

"我也就随口一说，你听听便是。"季燕然道，"天也快亮了，去睡一阵。"

"明日我便带人去官府，看看还能不能查到几十年前剿匪安民的相关记载。"云倚风合上地图，"王爷也休息吧，别将身子熬垮了。"

窗外吹进来几丝风，倒也凉快。

云倚风靠在床边，用指尖沾了安神膏，在太阳穴附近按揉，宽袖轻柔地垂下来，恰好挡住窗外半分光亮。

季燕然闭着眼睛，原只想眯一阵，不知不觉就睡着了。他劳心劳力多日，难得在这一地鸡毛里睡个安稳觉，睁眼竟已到了下午。

亲兵正在门外，说是云门主一早就去了官府，临走前特意叮嘱，谁都不准吵吵王爷休息，连院子里的打鸣鸡都被捏着嘴抱走了。

玉婶也端着吃食过来，笑道："还有这千层玉蓉饼，也是云门主吩咐要做的，说是王爷最近上火，饮食得清淡，再想吃酸辣也不准。"她穿一身粗布蓝衣，爽朗利索，与大梁数千数万农家大婶一样，实在看不出任何异常。但雷三与芙儿失踪已成事实，季燕然还是多留了几分心，问道："雷三夫妇二人，现在应当已经在滇花城中安顿下了，婶婶想不想与他们团聚？"

"当然想啊，但王爷与云门主待我不薄，现如今城里正乱，我留在这里打打杂，哪怕做几顿饭也是好的。"玉婶手脚麻利地收拾着桌子，"雷三对芙儿不错，我不担心他们，也不担心西南会真的打起来。"

季燕然问："为何不会打起来？军队可都来了。"

"军队越多，就越不会打。"玉婶笃定，"那野林子里拢共能藏多少人，看到朝廷的数万大军，不说主动投降，至少也该缩着头不出来才是。"

季燕然笑着说："婶婶倒是看得明白。"

"我虽不识字，不过平日里就爱听说书，三十六计都能背。"玉婶在围裙上擦擦手，"那我先回厨房了，炉子上还替暮公子炖着汤呢。"

这客栈里住的人不多，口味却各不相同，也着实辛苦她，一人要管一群人。季燕然暗想，当务之急便是要找到雷三，才能查明这一切。只是此时西南正动乱，如茫茫大海捞针，实在难寻。

饭菜虽验过无毒，但毕竟有了新疑点，所以两日后，季燕然还是找了个借口，安排兵士将玉婶与那小婴儿送去城外村镇暂住，同时派人密切监视着，一有任何异常，即刻来报。

厨子换成了军中伙夫，三餐也由精心烹制换成了只求粗饱，云倚风吃得腮帮子生疼，嘴里叼着半块果子，手中仍在翻看一摞发黄的账本。

卢广原安抚西南流民，毕竟已是几十年前的事情了，其间光是府衙就搬迁了两次，各种文书更是遗失无数，不过就找到的这寥寥几本来看，账目是没问题的。

"何止是没问题，简直就是……说成青天大老爷也不为过，我粗粗推算了一下，若每家每户都能拿到这个数目，那按照当时西南的人口，卢将军不仅没有藏私，甚至还要从军费中挤出一大部分，用来资助穷苦百姓。"云倚风道，"那个年代可不比如今，朝廷情况刚刚好转，各个部门都穷得叮当响，大将军能做到这种地步，着实令人钦佩。"

那么问题就又回到了原点，若野马部族的财富与雀氏古国、卢广原皆无关系，那究竟是从哪儿捞来的？

昏黄地宫内，谢含烟道："所有这些，是你的外祖遗留下的。"

江凌飞看着面前的字画，有许多都是珍贵孤本，只是那原应恬淡的山水兰花上，却被溅上了深浅不一的血点，有些已经成了暗褐色。

外祖，谢金林，那位臭名昭著的叛国丞相。

江凌飞问："为何要让我看这些？"

"谢家虽不像你的父亲那般忠良，却也为大梁尽忠职守，鞠躬尽瘁数十年。"谢含烟道，"只是后来位高权重，让先帝心生忌惮，再加上皇后母家趁机挑拨，他便寻了个通敌的借口，绞杀了谢氏满门。这些血迹斑斑的字画，便是你外祖通敌的证据。你信吗？信他只为这几幅字画，就投敌了？"

江凌飞道："不信。"

"是啊，谁都不会信，可偏偏大梁的皇帝就信了。"谢含烟转身，狠狠地看着他，"在那一年里，我哭干了所有的眼泪，明白了眼泪是最无用的东西。你的父亲，我的父亲，眼泪只会让他们的英灵更加难安。唯有仇人的鲜血，才能替枉死之人洗清冤屈。"

"毁了李家的江山，父亲与外祖就能安心吗？"江凌飞坐在台阶上，"战火绵延，民不聊生，应当是父亲最不愿看到的吧？"

"若你当年肯出手杀尽李家人，令江山改姓，现在早已是天下太平。"谢含烟道，"我最开始便提醒过你，优柔寡断，只会付出更大的代价。若将来真有战火绵延民不聊生，真有更多的鲜血与杀戮，那这一切也是你造成的。"

江凌飞没说话。

"我曾经是想过同萧王合作，只要皇位上不是那妒妇的儿子，只要不是姓李的人，我甚至连季燕然都能接受。"谢含烟微闭双目，"只是他不肯，白白错过机会，也怪不得旁人。"

江凌飞叹气："你有什么计划？"

谢含烟却问："大梁军队已至玉丽边境。你猜，若是你的父亲尚在世，会不会将这区区几万人放在眼里？"

云倚风站在高岗上，正在活动筋骨，他方才帮忙搬了几十捆防护软甲，有些筋骨酸痛。微风迎面吹拂，雪白衣袖与长发都翩然飘起，衬着身后壮阔夕阳云卷，伙夫一边烧火一边想，可不得了，云门主要飞升。

侍卫甲重重地拍了同伴一巴掌："看什么呢！"

侍卫乙委屈："都在看啊。"军营中难得见个神仙，还不能多看两眼了。

季燕然道："怎么又跑来军营？这里日头晒，下来。"

"客栈那头没什么事。"云倚风跳下高岗，却震得地皮一抖，顿时惊奇，难不成我什么时候练就了千钧神功？

季燕然眉头一皱，转身看向林地的方向。

树影正猛烈地摇晃着，而大地的颤动也越发明显起来。

是象群来了。

号角声响彻整片林地。

方才还炊烟袅袅的军营，霎时就变得肃穆紧张起来，将士们拿起刀与长枪，整齐列队而出。季燕然翻身上马，亲自前往前线督战。

云倚风重新登上那处高岗，再往远处看时，平日里悄然寂静、唯有清风徐徐的茂林，现在已如遭遇狂暴飓风一般，正在猛烈地晃动着。

一头巨象率先冲了出来！

那该是象群里的王者，浑身雪白，双眼鲜红，象鼻愤怒一甩，身侧合抱粗的树木便拦腰倾折，巨大的树冠倒了下来，震飞一地草木枯叶。

"点火！"

兵士们打开木桶，火油汩汩流出，似一条奔腾呛鼻的浑泉，填满了事先挖好的壕沟。一道火光冲天而起，若寻常畜类，见到这熊熊火海，怕是早已仓皇掉头逃亡，然而受了蛊惑的象群却仿佛感受不到强光与炽热，依旧在向前奔跑着。

最前方的大象跌入火坑，被烧出焦肉的气息，后继者便踏过同类的尸体，继续向着大梁军队冲去，更有甚者，裹了一身的火光在人群中一滚，便是一片惨呼。

虽说事先早有准备，但象群如此凶猛，军队仍挡得狼狈吃力。烈火、毒矛、陷阱、兽夹、捕网，所有以往用来对付野兽的手段，此时全部失了效用。相反，象群受到刺激，反而更加狂躁起来。一名兵士被逼至树下，胡乱举刀砍了两下，眼见那巨大的前掌已经踩了下来，本能地便抱住头，砰的一声，胸口受到重重一击，腥臊的血浆胡乱喷涌。小兵悲观地想，这回怕是真的要死了，只是怎么也不疼一疼？

半晌之后，他颤巍巍睁开眼睛，发现怀中抱着的，竟是一截白象前掌。

被飞鸾剑砍断双足的大象，仍在跌跌撞撞四处跑着，将铁网冲得七零八落。眼看畜生就要逃出包围，云倚风索性飞身掠上前，单手握住那伸出嘴的长牙狠狠一掰，将它生生拖入了烈焰火坑。

黄武定擦了一把脸上的血水，远远地惊叹道："王爷，云门主神力惊人啊！"

厉害厉害。

季燕然弯弓满月，五支箭羽带着火光划破暮色，直直穿透了巨象的脑袋。这场战争并没有开始多久，可大梁军队的狼狈程度，却如打了七天七夜的残兵一般，所有阵型与计谋在此时都失去了效用，唯有用最原始的砍杀来逼退象群。一拨将士疲累了，便有另一拨顶替上去。玉丽城虽已清空，可在它后方，还有着成百上千的村镇城池，所有人心里都在想，断不能让这群野兽越过玉丽城，哪怕战死沙场，也要用自己的尸体垒出一道墙。

上古神龙咆哮，腾空绞住一头庞大的灰象，带着雷霆之怒横扫巨尾，震得四野落叶萧萧，天地也寂了一瞬。趁此空当，云倚风飞身跃上一头象的脊背，双手握紧飞鸾剑柄，举高后狠狠向下一插。

灰象踉跄两步，轰然倒在地上。

季燕然赶忙上前："你怎么样？"

"我没事。"云倚风匆匆地道，"王爷去督战吧，这里交给我。"

另一头又传来新的骚动，是那雪白的领头巨象。它力大无穷，浑身皮肤似铁甲一般，刀枪不入，两只蒲扇大耳正一下一下扇动着，长牙上早已染满了鲜血，周围有数十名大梁将士，手持钢刀只团团围着，却也不敢草率上前。巨象昂首发出低沉的叫声，似是在招引同伴。果不其然，没过多久，便有更多白象从林地深处咚咚冲了出来，地皮震动，令人胆寒。

"都撤开！"云倚风高声下令。

周围将士尚未来得及反应，便觉一道白影掠过眼前。再细看时，只见云倚风已腾跃骑上象背，一手将飞鸾合回，另一手扬起一把短小匕首，扑哧一下插下，手腕顺势一扭，硬是带着胯下猛兽换了个方向，朝方才被召唤来的滚滚象群奔去。

黄武定大喊："云门主小心！"说罢一踢马腹，也率人上前支援。

云倚风半伏在象背上，左手紧紧握着刀柄，操控象王绕圈奔跑。其余象群紧随其后，都想将这不知天高地厚的人类挑落在地，却被云倚风灵巧躲过。反倒是象王，不断被同伴冲撞得踉跄，身上也多出许多染血的伤口来。

它似是被彻底激怒了，长长的象鼻扬高，从中喷洒出一股腥臊黏液，云倚风见势不妙，果断攀上身旁一棵大树，躲过了这能恶心三天的惊天暴击。

象王还欲再向前冲，反而触动机关，与同伴一起落入了陷阱深坑。

云倚风示意黄武定，杀！

数箭齐发，如夏日的雷霆火雨。因象群都被诱到了一处，所以火油燃起来时，烧得也分外痛快过瘾，即便那恶心的黏液喷溅得再多，也再难浇熄烈火，云倚风总算松了口气，跳到地上说："辛苦。"

黄武定气喘吁吁，又往身后看了一眼。

这是一场货真价实的"激战"，全靠将士们的血肉之躯挡着。整整一夜，硬是没让玉丽城损坏分毫。

火光熄灭后，第二天的太阳也升起了，露出半张橙黄的脸。

象群已被击退，四野又恢复了往日平静，疲惫的将士们坐在地上，无言地感受着清晨的微风穿过林地，吹拂草叶花香，也吹拂着血、尸体与腥臊的气味。

军医与后勤正在穿梭忙碌，云倚风登上高岗，道："长右的药物，只够养这百余头巨象，以后不会再有了，倒也不必太担心。"

"先前我到滇花城买玉料时，见过许多温驯的白象，被商人打扮得很漂亮。"季燕然眉头皱着，嗓音也嘶哑，"这一战，我的兵也好，不得不死的无辜象群也好……打得颇不是滋味。"

"别想了，先吃点儿东西吧。"云倚风轻声道，"王爷辛苦一夜，至少别站着了。"

黄武定站在不远处看着，殿下方才那表情，也只有云门主敢去同他说话了。

玉丽城中，地蜈蚣将碟子和碗摆上桌，因玉婶被送出了城，所以他暂时承接了做饭的活儿，又小心翼翼地问："暮兄不去帮忙吗？城外可整整杀了一夜了。"

暮成雪往胖貂面前放了一碟萝卜丝，自己拿馒头夹了些素炒笋，转身回房了。

地蜈蚣："……"

貂："……"

飞贼原还想套个近乎，问问杀手自己的厨艺比起玉婵如何，结果，连貂都不吃。

人生多艰难。

官道上，一队车马正在顶着烈日前行。

这个季节，出行的人们大多白日里睡觉，早晚凉快时赶路，鲜有大中午还要奔波的，可见当真是有很急的事。连茶棚里的老板看着这满头大汗的一群人，也对他们格外关照，多送了几盘米花糖点心，又劝道："这天气，再走可是要中暑的，还是多歇歇吧。"

带头那锦袍少爷也顾不上说话，一口气吃了半盘米花糖，又灌了三四壶凉茶，方才气喘吁吁地道："这南边可真热啊。"

"是，这个时节，哪儿不热啊？"老板又多端出来几把板凳，自己去后厨接着忙活了。

一随从道："二少爷，再走两天，便能到丹枫城了。"

这里的"二少爷"，正是平乐王李珺，他深深地叹了口气。

先前在西北时，朝思暮想要来"江湖朋友"的家中坐坐，也畅享一番潇洒不羁。结果没承想，现如今竟会是这么一个状况。

"看七弟的书信，梅前辈应当还在江家住着。"李珺道，"反正也要路过，不妨登门去看看。若那位江老前辈已经好得差不多了，我们便接上梅先生一道南下。"打仗呢，哪能没有神医？况且对方阵营中现在还有个鬼刺，不得不防。

随从赶忙竖起拇指夸赞："少爷果真有大局意识。"

"一边去，都什么时候了，还拍马屁呢？"李珺训斥两句，拍了拍自己日渐消瘦的大肚子，又想叹气。因皇上迟迟不肯就老太妃请命前往玉丽城一事做出答复，李珺便自告奋勇，带着太妃的口信，南下充当传话筒了。他其实想再等等的，但眼看皇上心中不定，七弟偏还在西南大肆调兵遣将，局面越发风雨飘摇，老太妃估摸是没希望离开王城了，自己只好先走一步。

平乐王吃着米花糖，心想，皇亲国戚不好做啊，人人都是劳碌命。前阵子路过春霖城，也没时间去赫赫有名的风雨门看看，都不知星儿姑娘的心上人是何模样。

清月看了看地图："就是这里了。"

灵星儿赞叹："原来这里就是清静水乡啊，可真是好地方，杨柳依依风景优美，怪不得当年江南舒夫妇要来此疗养。"

"清静归清静，可进出并不方便。周围既无良田可种，河中鱼虾也不多，普通百姓是没法活下去的，只有富户人家的少爷，才有本钱来这里游山玩水。"

"所以这里的人，都是前来隐世散心，住一阵就走的过客？那可就不好问了。"

"至少应该有个守村人吧？"清月翻身下马，"走吧，我们进去问问。"

这个季节，正是清静水乡最不清静的时候，因为外头热，所以那些富户人家的公子少爷，早早就赶着马车钻来避暑了，仆役成群，知己成群，嗯，妻妾也成群。

这些富贵闲人平日里也没事情做，所以就开发出了各种无聊的活动。有披头散发模仿贤者的，曲水流觞吟诗作对；也有弄一大片黄花，冒充隐士在东篱下采菊的；还有人腰间挂一把长剑，假装自己是江湖游侠，见到陌生人便要怒问一句："吠！来者何人？"

灵星儿沉默地想，这群米虫，还是吃得太饱。

清月不想惹事，便双手抱拳："在下姓秦，此番前来清静水乡，是想寻一故人，无意惊扰兄台。如有冒犯之处，还望多加包涵。"

对方听完，霎时间热泪盈眶，这充满江湖气概的潇洒谈吐，不正是自己思之如狂的快意恩仇吗？

于是不由分说拉着清月二人，强行邀到自己家中做客了。

然后还没等椅子坐热，左邻右舍，或者说是整个水乡的"乡民"们，就都赶来看"真正的江湖大侠"了。

没办法，大家有钱，吃得饱，又正闲得无聊。

"不知秦兄要寻的故人，是谁啊？"那假冒的游侠，大名胡鼎鼎的富户少爷，亲手奉上香茶，"恰好我对这一带很熟，年年都要来避暑，或许能帮上一些忙。"

清月道："我要找的人，曾在二十多年前来水乡住过一阵，名叫江南舒，是江家山庄已故的三爷。"

胡鼎鼎闻言，面色半是为难半是激动。为难是因为他今年刚满二十，对发生在"二十多年前"的事情，实在编不出个一二三来，激动则是因为江家山庄，那可是江家山庄啊！他便用力一拍桌子："秦兄尽管放心，我虽不知道，但我爹知道！你且等着，我这就去叫！"

说罢，他撒丫子就往外跑，清月想拦都没拦住。

半盏茶的工夫后，胡鼎鼎拖回来一个美髯中年男子，对方手持一把青龙偃月大刀，喝问："吠！是谁找老夫？"

灵星儿心想，敢情这还是祖传爱好。

美髯大叔名叫胡不归，是望归城里的一名大财主。一听这名字就知道，他年轻时也曾有过豪情万丈的大侠梦，因此对清月与灵星儿这种潇洒的江湖侠侣，是一见面就羡慕喜欢得很，甚至还主动提出要讨教两招。

胡鼎鼎小声道："我爹腰腿不好。"又埋怨，"爹，人家是来找人的，你就别再比画那大刀了。二十多年前，江家山庄的三爷，江南舒，你还有印象吗？"

胡不归不假思索："没有。"

灵星儿："……"

胡鼎鼎嘀咕："我觉得也没有。"

灵星儿不解："为何？那该是许多年前的事情了，前辈却答得如此爽快，可否再仔细想想？"

因为这声"前辈"，胡不归的面色越发红润得意了。

胡鼎鼎在旁解释："女侠不必怀疑，我爹他说没见过，就一定是没见过的，否则在这么多年里，不得将'曾与江家三爷同住一村，甚至还攀谈过几句'此等光辉事迹，翻来覆去吹它个八百遍？要知道当年有个花子来胡家讨饭，我爹都炫耀了整整三个月的'与丐帮八袋长老有私交'。"

胡不归猜测："会不会是换了个旁的身份？"

清月想着，倒也有可能，毕竟江南舒来此只为调养身体，自然是越少人打扰越好。于是便将云倚风所了解到的昔年旧事都细细讲了一遍，包括江氏夫妇的模样、体态、年龄，还有那新出生的孩子。

这一说，胡不归果然就有印象了。

那段时间里，的确是有这么一对夫妇曾长居此处。他们自称苏城人，风华气度皆不凡，却鲜少与乡民来往，至于孩子，好像是生了个孩子。

灵星儿吃惊："亲生的？"

胡不归答，说不好。

说不好，是因为那对夫妇平日里都关着门，极少出来与人聊天，冬日里厚厚的棉袄一裹，更看不出妇人身形有何变化。

而胡不归那阵正年轻呢，江湖大梦做得不亦乐乎，也没什么心思去窥探这同乡古怪的一家人，只在心里略微纳闷儿，怎么一夜之间就能生出个孩子？也不见请稳婆。

后来有碎嘴的妇人去打听，对方管家便推说是从外头接的稳婆，已经送走了。再过七八天，更是连宅子都落上大锁，那户人家不知搬去了何处，总之是再也没出现过。

胡不归惋惜道："原来那竟是江三爷吗？"

清月问："就算再离群索居，总是要出来置办生活用品的吧？可还能寻到柴夫、菜农与货郎之类的故人？"

"这个嘛……"胡不归思索良久，一拍大腿，"有一个，你们且随我来！"

清月原以为这人就在村子里，谁知胡府的管家却连马车都备好了，众人行了半天一夜，方才从几十里外的一处村落里，找到了一名老裁缝。

胡鼎鼎扬扬得意地道："我爹是觉得那些卖菜卖柴的，虽都同江家下人打过交道，可也未必听过什么。只有这裁缝，当年可是亲自给小娃娃做过衣裳的。"

灵星儿抱拳娇声："前辈果真考虑周全。"

胡不归将一将自己的长须："过奖，过奖。"又问那老妇人，"牛婶啊，你可还记得这件事吗？"

"记得。"老妇人刚收了胡鼎鼎一个大元宝，正高兴呢，赶紧道，"我记得那户人家，出手也阔绰极了，只让我做了十几套棉服与被褥，就赏了个金锭子。"

"牛婶见到那小婴儿了吗？"

"就看了一眼，被包得严严实实。"牛婶道，"说是刚出生，可做的衣裳都挺大，寻常娃娃半岁一岁的，也未必能穿着合适，是个壮实小子。"

清月与灵星儿暗想，当年与江氏夫妇同居水乡的，只有一名丫鬟、一名管家与一名厨子。其中两人已不在人世，另一人也一早就离开江府，不知去了何处投奔亲戚，想要找到她，无异于大海捞针。

牛婶在旁插话，道："还有一名男子。"

清月心里一动："是谁？"

"我哪里知道是谁。"牛婶在围裙上擦擦手，"一个男的，三十来岁吧，看着身材瘦小，贼眉鼠眼的，手上有一大片黑痣，那娃娃猫儿一样哭得停不下来，就是他从屋里出来哄的，一抱就乖。"

清月追问："胡前辈对此人可有印象？"

胡不归摇头，完全不记得啊，还有这么一号人吗？

"去江家问问吧。"灵星儿道。婴儿啼哭，连江夫人都哄不好，那瘦小男人却一抱就乖，显然是与孩子极熟悉的，八成就是由他从别处抱来，方才能混得如此亲近。

日暮时分，胡不归与胡鼎鼎站在村口，父子双双身背长剑，深情地目送这对年轻侠侣离去，都觉得自己参与了一桩了不得的大事。

甚是高兴，甚是高兴。

玉丽城里又落了一场雨。

到处都湿漉漉的，被晚阳一蒸腾，便如同身处一个巨大的蒸笼中，连胖貂都热得食欲减退，趴在桌上蔫蔫的，不愿多动一下。

云倚风挽高袖子，手中拿一把折扇摇了半天，一人一貂也丝毫不见凉快，倒是旁边的暮成雪，依旧坐得纹丝不动。也不知是不是心理作用，云倚风总觉得这内力至寒的杀手，挺像一块降温用的大冰坨，便不住往他跟前挪动，直至并肩挤在软榻上。

暮成雪："……"

云倚风一脸云淡风轻地说："我就歇会儿。"

暮成雪并未赶他走，只继续专心擦剑："方才路过厨房，军医正在煎药。"

云倚风皱眉，煎药？

客栈里只住了五六个人，地蜈蚣一早就去了腊木林中勘察，那生病的就只有……云门主匆匆去后厨一看，萧王殿下果真正端着一碗药汤，闭眼闭气往下灌呢。军医揣手站在一旁，用胳膊肘儿捣了一下："王爷，王爷！"

季燕然险些被呛到，放下空碗，有些狼狈地道："你先下去吧。"

军医答应一声，临走前又小声地在云倚风耳边说了一句："王爷没事，只不过连日疲累加上天气湿热，有些中暑发烧。"

"怎么也不告诉我？"云倚风上前，哭笑不得，"吃个药还要躲到这里来。"

"小毛病，睡一觉就好了，不愿让你担心。"季燕然解释，"军营那头还有一堆事，缺不得我。"

云倚风道："歇会儿吧，哪怕睡半个时辰也好。"

一条拧干的帕子搭在额上，沁凉带走些许燥热，季燕然睡得很快，他也的确是累了。

云倚风坐在踏凳上，双手抱住膝盖，像是重新回到了望星城的那个夜晚，连空气中飘散的淡淡茉莉味也是相同的，只是心境却大不一样。

这大梁有那么多人，为何偏偏是你，要来守这整片江山的安稳？

天气越发闷热，窗外连蝉鸣声都哑了。

晚些时候，季燕然又去了大营，云倚风帮他将案几收拾整齐，恰好几名风雨门弟子也回来了，说是在更南面的偏僻山林里，找到了几名部落族人，似是与雷三有些联系。

那几人的穿着都颇有特色，手臂的图腾刺青与雷三一模一样，说话口音也古怪得很，是极为少见的澶狸族人。

他们称在本族中，的确曾有一名男子，武功高强、头脑灵活，品德却低劣，所以早早就遭到族长驱逐，后来听说加入了野马部族，不知真假。

被逐男子的面容与身形，听起来皆与雷三有八成相似。

澶狸族人继续道："若他身上真有这些刺青，那就不会出错了。我族人口不多，一共就二十余户，近些年被驱逐的，只有他一人。"

云倚风微微皱眉，雷三是野马部族的人，目前看来已是不争的事实，那玉婶与芙儿呢？雷三处心积虑地接近她们母女，会不会早就知道她们与我相识？还是压根儿就是同一伙人？

若为后一种可能，倒还好说，只是心里难受些罢了。可若是前一种，那现在芙儿必已身陷险境，沦为人质，自己无论如何，都得先将她救出来。

风雨门弟子道："雷三与芙儿的下落，目前还未打听到。王爷

144

下令清空玉丽城，其余地方的百姓便以为会有一场浩劫，有许多也卷着包袱北上逃难了，所以现在整片南域都乱哄哄的，城门口日日排起长队，实在不好寻找线索。”

“也辛苦你们了。”云倚风道，“先回去休息吧，待我同王爷商议过后，再制订下一步计划。”

至于玉婶，这阵子一直被安排住在临近的村落中，据负责保护她的守卫说，只提过一次若王爷与门主不需要人照顾了，可否送她前往滇花城，投奔女儿女婿，其余时候便都是在家做饭洗衣带孙子，再做些绣活儿，看不出任何异常。

但再无异常，都必须要将她重新接回玉丽城中了，为了看守也好，为了保护也罢。

云倚风连夜出发，策马前往那处小村庄，他多留了几分心，并未率领兵马大张旗鼓，门口守卫见他后想打招呼，也被轻嘘制止。

“玉婶近日染了暑热，所以一早就睡了。”守卫压低声音。

云倚风点点头，看此时天光已经发亮，便敲门道：“婶婶。”

屋内的人并无反应，依旧躺在被子里，一动不动。

“婶婶？”云倚风又敲了两下，伸手推开门，“婶婶。”

他故意推得重了几分，门板砰的一声砸在墙上，床上的人果然便被惊醒了，撑着坐起来，惊愕地道：“云门主怎么来了？”

“恰好路过，所以来看看婶婶。”云倚风站在门口，“敲了两下门不见开，还当婶婶是病了。”

“染了暑热，喉咙都哑了。”玉婶咳嗽两声，“快来坐吧。”

“这几天确实热。”云倚风打开折扇，不动声色地道，“还想着能到婶婶这里混一碗冰翡玉蓉降火汤，在东北喝过一回，一直想到现在。”

玉婶含糊地笑道："欸。"

云倚风停下脚步。

玉婶颤颤巍巍地掀开被子，看似想要下床，一道赤色光影却从床帐中飞蹿而出，云倚风眉目骤厉，指间折扇一转，将那红蛇堪堪打落在地，迎面紧接着又是一道寒影。

玉婶手持长剑，招式狠毒，双目犹如蛇瞳，那掉落在地的红色毒蛇大张着嘴，想要再度咬上云倚风的小腿，却反被一剑划成两截。

"玉婶呢？"云倚风拔剑逼问。

"云门主倒是看得清楚。"那假冒的"玉婶"见偷袭失败，便冷笑一声，看似想要说话，却猛然回旋撞破窗框，在地上顺势一滚，想像先前玉英在西北时一样，遁地而逃。谁知反被云倚风一剑插到地下，险些捅了个肚腹对穿。

对方惨叫出声，鲜血汩汩涌出来，双目惊恐："你……"

"没错，我也学会了。"云倚风蹲在他面前，伸手撕掉那易容面具，"你可知遁地术是由何人所创？百余年前赫赫有名的飞天大盗，空空儿。"而现在大梁技艺最精湛的飞贼，空空儿不知第多少代的正统传人，正在大梁军营里，唉声叹气地给杀手和貂炒着素菜。

几名守卫迅速上前，替那男子止血，另有守卫惴惴不安，在旁道："我们确实寸步不离地守着玉婶，从未发现任何异常，这……"

男子已然昏迷，云倚风吩咐："先将他带回去吧。"

屋宅里一切如常，没有丝毫打斗痕迹，也找不到任何线索。应当是玉婶在出门买菜、洗衣或是散心的时候，被人调了包。

至于这冒牌货的目的，究竟是想像今日这样偷袭，还是想再度混进军营，找机会暗害更多人，得等他醒过来后再细细审问。

客栈中，云倚风撑着脑袋，看着那半截凄凄凉凉的惨淡弯月叹气。

季燕然安慰道："玉婶对他们而言并非全无价值，芙儿也是一样，所以这母女二人，暂时应当不会有生命危险。"

"我早就该将她们送回王城。"云倚风拍拍额头，长叹，"当真是脑子不够用。"

"你事先也不知雷三有问题，别自责了。"季燕然正色道，"还有一件事，军医在替那名男子检查时，发现他手臂上有一块红色胎记。"所以在十八山庄时，混在许家煽风点火的，假扮教书匠的，在城中大肆传播流言的，理应都是此人。

身负如此"重任"，在野马部族的地位不会太低，季燕然替他倒茶："能将他活着带回来，也算是有功于大梁，我该嘉奖你。"

"没心情。"云倚风站起来，"我还有一事想不明白。"

季燕然猜测："雷三的目的？"

云倚风点头："嗯。"

若对方是野马部族的人，那为何要主动供认出巫师长右一事？继续留着这枚棋子，让他制造出更多蛊毒，源源不绝地将整片腊木林中的猛兽与毒蛇都变成杀人武器，给大梁制造更多更大的麻烦，不好吗？

云倚风道："除非是为了更大的好处。"

季燕然若有所思，雷三此举，所造成的后果只有两个：一是南域动乱，大批百姓北上；第二，七成的西南诸军，都被召集到了玉丽城中，势必会造成其余地区布控单薄。

"来人！"季燕然道，"将黄武定找来！"

云倚风有些担心："王爷……"

"你去审问那名黑衣人，不管用什么办法，都要撬开他的嘴。"季燕然回头对云倚风道，"辛苦。"说罢，便出了卧房。

云倚风叹气，又打开那桌上那卷西南地形图。

虽说南域不比西北幅员辽阔，各地驻军的距离不算远，但架不住地势实在复杂，有时地图上短短一截路，便得足足走上半月一月。若此时某地突发战乱，那处于玉丽城中的大军究竟要如何迅速支援，的确是个棘手的问题，也难怪季燕然会如此担心。

他转身去了监牢，那名男子腰间缠着绷带，正半死不活地躺在床上，见到云倚风进来，干脆闭上了双眼，从鼻子里发出轻蔑的嗤声。

"还是什么都不肯说？"云倚风问。

男子道："你有种便杀了我。"

"我自不会杀你。"云倚风冷冷地提醒，"不过你也别以为自己身负重伤，便不会遭到严刑拷打。风雨门有的是药，能在吊住你这条命的同时，让你生不如死。"

男子道："那你便试试吧。"

在这个问题上，云门主相当配合，立刻就试了试。现如今局势危急，也实在无暇再细细审问，风雨门弟子一拥而上，男子还未来得及反应，便被灌了一肚子不知是什么的药。

"啊！"

"我一个时辰后会再过来。"云倚风道，"到那时你若仍不肯说，我还有新的法子。"

男子浑身瘫软，只有气无力地怒视着他。

但很快，便连这怒视的力气都没了。

如此整整一夜，天明时，他终于松了口，用轻飘飘的声音说道："滇花城。"

云倚风匆匆前往主帅营，还未进大帐，就见一名骑兵正飞驰而来，上气不接下气地滚落马背："报！滇花城……滇花城那头，有逆贼自立为王，反了！"

而且还不是一般的山贼二愣子，是悍匪，货真价实的悍匪，手下有一整支装备精良的军队。滇花城附近的驻军虽已前去剿灭，但对方人数不少，又擅长制作各种暗器，所以只用了不到一天一夜，就攻下了滇花城，还将那里定为王都，国号为……为……

骑兵鼓了半天勇气，方才大着胆子说："定国号为'吞梁'。"

说是国号，倒不如说是明晃晃的威胁与羞辱。

云倚风看了眼季燕然，道："据那名男子供述，野马部族多年来潜心经营，共招得兵马五万余人，地宫中只有不到五千，其余人皆隐匿在滇花城外的飞鸟山中。人数虽不多，却多以蛊养身，功夫邪门，不好对付。"

季燕然问："凌飞和玉婵呢？"

"江大哥像是一直关着禁闭，他没见过，只听过。玉婵则是在三天前，就被绑到了地宫中。"云倚风道，"滇花城局势危急，王爷只管调兵遣将，就不必再挂念玉婵了，我会想办法救她。"

季燕然点头："对方狡诈，你也多加小心。"

云倚风又回到了关押人犯的地方，他还有许多事情要问，比如说地宫的入口。那男子奄奄一息，摇头道："地宫是依上古阵法而建，现如今我既失踪，那他们定然已封死那扇门，永远不可能再找到了。"

地蜈蚣在旁插话："你只知道那一扇门？"

"是。"男子道，"地宫中的掌事者，共有十三人，每人进出都只能走属于自己的一扇门。"

可谓再谨慎不过了。

另一头，季燕然正在紧急调拨大军，由黄武定亲自率领，北上平叛。

这支军队中的绝大多数士兵，祖辈皆居于西南，因此对地形与天气都相当熟悉，连夜便整装完成，浩浩荡荡地出发了。

这是一个注定无法寂静的夜晚，军营里乱哄哄的，火把在山道上蜿蜒成巨龙，映亮整片天穹。

季燕然站在高处，夜幕中飞着的，也不知是雨丝还是细雾，让天地万物都变得朦胧起来。

也不知过了多久，身后传来窸窣脚步声："王爷怎么跑这儿来了？"

"嗯。"季燕然回神，"想出来吹吹风。"

云倚风道："腊木林中有数百头疯象，就算我们那时猜到对方有诈，王爷一样需要调兵来此。"

"但至少能更谨慎一些。"季燕然头疼，"不过事已至此，多说也无用。"

"多说无用，站在这里一样无用，回去吧。"

他哑声道："我累了。"

"我知道。"云倚风拍拍他的背，"睡一觉就好了。"

季燕然应一声："嗯。"

话毕，飞霜蛟踏着一路银白而来，带着二人跑向了大营的方向。

往后数日，腊木林中都是风平浪静，无论是滇花城的战事，还是蛛儿、长右，以及那名刺杀云倚风的名叫乌力的男子，似乎都没有对谢含烟造成任何影响。

地蜈蚣日日抱着一堆工具，在林地中四处推算寻找入口，暮成雪则是面无表情，寸步不离跟着这飞贼，以防他被人杀了。

幽深的地下，玉英道："那地蜈蚣像是有些本事的，若一直这么下去，只怕迟早会被他找到入口。"

"地官入口会随着阵法，时时变化。任他有天大的本事，一时片刻也破不了古阵，你不必担心。"谢含烟道，"不过留给那位萧王殿下的时间，倒是的确不多了。"

"是。"玉英附和，"你我先前的推测果真没错，看季燕然这番调兵遣将，全是被我们牵着鼻子走，哪里能及当年大将军半分？"

"只是个吹嘘出来的纨绔子弟罢了。"谢含烟坐在高处，"凌飞这两日怎么样？"

"照旧不肯说话，只日日摆弄着手中那块玉石。"玉英试探，"姐姐怕是要再劝劝。"

"不争气的东西。"谢含烟半闭着眼睛，含恨道，"当年他若肯早点儿动手，杀了李璟，杀了季燕然，这李家的天下早就乱了，哪里还用你我费心筹谋？"

玉英也惋惜："早知他既当不成武林盟主，也杀不了李家人，还不如早点儿接回来，由姐姐亲自养着。省得多出这些乱七八糟的心思，白白浪费一身功夫。"

这天下午，大营里的伙夫煮好一碗药茶，端给了季燕然，赔笑道："王爷，吃点儿东西吧，降暑气的。"

季燕然头昏脑涨，看着那一碗黑乎乎的玩意儿，食欲全无："先放着。"

伙夫灵机一动："云门主亲自煮的。"

季燕然闻言，果然放下手中战报，接过来一饮而尽。其味酸苦，还混着药渣，的确像是某人的手笔。

季燕然摇头："让他以后别再忙活了，下去吧。"

伙夫答应一声，刚准备收拾东西离开，抬头见季燕然脸色发白，便赶忙问："王爷可是身体不舒服？"

季燕然摆摆手，想撑着站起来，却膝盖一软，险些跌坐在地，眼前景象也左右摇晃起来。

"王爷！王爷！"伙夫魂都快吓没了，赶紧扶住他，扯起嗓子喊人。

军医与云倚风匆匆赶来，伙夫哭丧着脸，哆哆嗦嗦地道："我这……这就哄王爷喝了一碗药茶，结果便这样了，我……"

"什么药茶？"云倚风坐在床边，一边替季燕然试脉一边问。

"就是普通的清火茶，煮了十几大桶，人人都要喝的。"伙夫道，"王爷不肯喝，我便哄骗说是云门主亲手煮的，我当真没别的意思啊。"

"我知道，吴叔先别紧张，王爷并非中毒。"云倚风道，"应该是中暑。"

伙夫这才松了口气，连道："吓死我了，吓死我了。"

军医替季燕然看过，却面色一惊，道："云门主，王爷他像是……像是……"

"像是什么？"云倚风追问。

军医道："染了瘟疫。"

云倚风瞳孔陡然紧缩。

而与此同时，在外头的大营里，也陆续有兵士出现了相同的症状，都是头晕无力，腹痛呕吐。

湿热之地，本就为瘟疫高发区，往往一病就是一大片。数名军医深知此事非同小可，都脚不沾地地忙碌起来，在军中架起大锅煮药，云倚风则是与几名副将一道，将感染疫情的兵士分批安置到了玉丽城中。

"这好端端的，怎么会突然暴发瘟疫呢？"刘军医擦了把汗，担忧道，"饮食已经够小心了，防病的药汤更是日日按时发给大军，这玉丽城中也没外人出入，到底是从哪里来的病源？"

张军医猜测："会不会是鬼刺动的手脚，在水中下了毒？"

"流朱河是先过玉丽城，再入腊木林，河面宽广，河水又湍急汹涌，想下毒并不容易。说是老鼠或是虫蚁，可能性倒还更大一些。"云倚风问，"这病容易医治吗？"

"不好说。"李军医愁眉不展，"先前从未见过，没有现成的方子可用啊。"

"我已派人北上，去接名医梅前辈了。"云倚风道，"诸位都是经验丰富的老大夫，还请务必想个办法。至少得先将疫情控制住，万不能流向西南别处。"

众军医领命："是！"

云倚风一直忙到大半夜，方才回到玉丽城中，守卫小声禀道："王爷下午醒了一回，服药之后就又睡了，看着精神不大好，也没吃什么东西。"

屋门吱呀打开，季燕然也没被惊醒，只继续昏昏沉沉地睡着。

云倚风坐在床边，看着那病恹恹的睡容，心里不是滋味。怕就是前阵子太累了，总不肯好好休息，才会染上这凶险疫情。

季燕然睁开眼睛："我……"

"睡吧。"云倚风拍拍他的手,"外头有我呢,别担心。"

季燕然撑着坐起来,粗重喘息着,嗓音干裂:"让大军撤回来。"

云倚风一愣:"什么?"

"让大军……咳咳!"季燕然还想说话,却又猛烈地咳嗽起来。云倚风赶紧拿过床下铜盆,拍着他的脊背:"先别急,顺顺气。"

季燕然腹内绞痛,将先前吃下的稀粥吐了个一干二净,头昏脑涨地漱完口,却见云倚风正蹲在地上,仔细看着自己方才呕出来的那些秽物,于是皱眉:"去叫副将来。"

云倚风抬起头,喃喃道:"我明白了。"

季燕然单手撑着床,眼底布满血丝:"我们怕是上当了。"

前阵子自己总是头晕,八成就是感染瘟疫后的症状,只是拖到此时才发作而已。若的确如此,那月前出发,一路北上前往滇花城的大军,沿途要经过多少村镇城池,光是想一想便胆寒心惊。

"交给我,我会处理好的。"云倚风扶着他躺好,"王爷放心,我知道该怎么做。"

季燕然嘴唇苍白,将虎符取下塞进他掌心,忍着剧痛与晕眩道:"让西南大军撤回,或是原地驻守,将我的虎符送往汉阳城,交由统领周炯,命他从云泽城与中原调拨新的人马,尽快支援滇花城。"

"我懂。"云倚风点头,"我这就去。"

云倚风招来守卫,命他仔细照料季燕然,自己则是端起铜盆招来军医,道:"这是王爷方才吐出来的东西,里头有一部分,与野象袭来时,那象鼻中喷洒出的黄色黏液相同,估摸就是此次疫情的来源了。"

众人这才恍然大悟,赶忙道:"云门主放心,我们正在查阅古医书,会尽快配出方子。"

安排好军医，云倚风又转身去了监牢，将乌力从床上揪起来，怒火万丈道："说！"

"说什么？"乌力被牵动伤口，疼得满头冷汗，眼底却露出阴森的笑来，"怎么，瘟疫终于暴发了？"

"怪不得，"云倚风看着他，"怪不得雷三会主动供出长右，提前让我们知道巨象一事。"

那数百头巨象，或者是更多的疯兽，就算当真横冲直撞进了玉丽城，大梁也顶多只损失一座城池。可若季燕然事先知情，必然会从别处调军，到那时，鹧鸪再放出染病的疯象，遭殃的便是数万军队。

"野马部族的主力部队，皆隐于滇花城外，地官中根本就没几个人，王爷断不可能调来大军，所以你们只能用疯象。"云倚风咬牙，"剿灭象群之后，雷三再突然叛乱，只为引诱军队北上，好沿途散播疫情。万千百姓何辜，你们当真罪该万死！"

"怪只怪那位鼎鼎有名的萧王殿下，竟如此好骗，什么战无不胜，呸。"乌力道，"你可知当年的卢大将军，是何等谋略过人？那才是这天地间唯一的战神，李家的儿子，也配与他相提并论？"

"王爷只想守住天下安宁，从未想过要做什么战神。"云倚风扯住他的衣领，"那瘟疫是鬼刺弄出来的吧？解药是什么？"

"无药可解，等死吧。"乌力轻飘飘呸了一句，又猛然往前一凑，几乎与云倚风抵住额头，"若非卢将军，我早就死了。当年西南动乱，我被迫去给贵族当奴隶，吃过的苦，你怕是想都想不到，还会怕区区风雨门的酷刑？本来在将大军诱往滇花城后，我就该死了，可我不想死，我想等到这个时候再死。"

他说着话，嘴里便涌出一股血来，艰难道："李家人，都……

都该死。"

云倚风单手捏开他的下巴，乌力却已经咽气身亡，守卫检查过后，禀道："牙里藏有毒囊。"

"去叫几位副将，就说我有要事。"云倚风摇头，转身大步出了监牢。

玉丽城中共有副统领数十人，病倒了几个，现在还剩四人。听云倚风说完疯象一事后，自是个个吃惊万分，若黄武定带出去的大军当真染了瘟疫，那怕是要出大乱子啊！

"王爷的意思，无论大军有没有感染，都要让他们迅速撤回，或是就近找一处驻地待命，万不能再继续北上。"云倚风道，"至于滇花城的战事，便交由汉阳城周统领，从中原与云泽城调兵支援。"

一旁的李副将提醒："但调拨中原兵马，可不是一件小事，万一出了乱子，我们能否先见见王爷？"

"王爷病得凶险，一直昏沉沉的。"云倚风道，"所以我才会找诸位来商议对策。"

"若确定瘟疫是由疯象所致，那大军的确不宜继续北上。"李副将道，"从中原调兵是唯一的办法，只是我们也不知滇花城中究竟藏有多少兵力，若中原驻地再因此折了兵，那王爷怕是要担重责。"

"我明白。"云倚风道，"此事王爷也说唯有从中原调兵，我请各位深夜来此，只是想看看，是否还能有别的办法。若大家都同意只有这么一条路可走，那这份责任，王爷担下便是。还有，现如今正是军心不稳时，虽说腊木林中应该没剩几个人，对方不至于出兵突袭，但诸位还是得多留几分心，万不能让贼人钻了空子。"

副将齐声应下，各自去忙了。

云倚风亲笔写下一封书信，招来风雨门弟子，命他拿着虎符，火速去汉阳城找统领周炯。

弟子不解："为何有两枚虎符？"

"先给他小的那枚，能蒙混过去最好。"云倚风道，"要是那周炯心细如发，觉察出不对，再拿大的给他，随便找个借口，就说怕沿途遇到歹人，所以事先弄了个假的，结果不小心拿混了。"

弟子领命离去。暮成雪正靠在屋梁上，手指搔着雪貂："你怕万一战事生变，怕从中原调军这一步是个昏着，便想弄个假虎符，将责任揽到自己身上？"

"若周炯收了假虎符，那一切便都与王爷无关了。"云倚风慢慢整理笔墨，"可若实在骗不过他，这责任也只能丢给王爷，总不能丢下滇花城不管。"

暮成雪翻身落在地上："他当初送你扳指，可不是为了今日。"

"知道。"云倚风抱过胖貂，说得云淡风轻。

待云倚风处理完所有事物，来到季燕然的卧房时，天已经大亮了。

季燕然仍旧昏睡着，体温稍微降下来一些，只是眉头依旧紧锁，梦中也不安稳。

军医小声道："王爷有我们照顾，云门主这几天最好搬去隔壁歇息。瘟疫凶险，实在不宜离王爷太近。"

"我体质异于常人，是不怕这些的。"云倚风从他手中接过帕子，坐在床边，替季燕然擦了擦干裂的唇角。

窗户打开着，街上稍微有些喧闹，却不是平日里赶集吆喝你推我攘，烟火人间的闹法，而是神色匆匆的，或抬着担架，或端着药

157

桶，刻意想要压低交谈声，反而更添压抑气氛的沉重式喧闹。

云倚风草草洗漱一把，坐在床边全无困意。

季燕然此刻浑身滚烫，心间也焦虑万分，幸而身边飘来的茉莉花香依旧淡雅清凉，如同最好的安神药，让他的身体得以片刻放松，连呼吸都顺畅了许多。

季燕然脑海中混乱纷杂的斑斓色块，也终于化为一片一片纯白的浅雪，纷纷扬扬落满大地间。像是重新回到了许多年前，王城里也下过这么一场雪。

正月十五元宵节，季燕然在御花园里闲逛，无意中看见天边划过一尾长星，漂亮极了，便不由自主往前追了两步，谁知却不小心跌入了湖中，翌日就发了高热，躺在床上听母亲在外训斥太监，声音尖锐，吵得脑袋疼。

"母亲。"他拿下额上的帕子，坐起来道，"我没事，您不必责罚他们。"

母亲叹了口气，眼底却是深深的愁思。

再后来，就是司天监的频繁上书，朝廷里人人都在议论着天相异动与七皇子落水，连皇上早朝时咳嗽两声，都有人及时搬出那套玄而不明的星相学说，明里暗里皆指七皇子命带煞气着实不祥。若不及时送出宫，怕是要酿出大祸。

偏偏那时，蜀南地动，虽不严重，但不祥也是真的不祥。

一个混了外族血统的儿子，与千秋万代的江山基业，孰轻孰重，一目了然。

于是无忧无虑的王城繁华，就只停在了十岁那年的初夏。再往后，记忆中便只剩下了西北终年不停的呼啸长风、悲凉的羌笛，与夜晚熊熊不灭的篝火。

季燕然腰间佩着一个香囊，里头是母亲在临行前的叮嘱，只有八个字：*收敛锋芒，勿遭人妒。*

但初出茅庐的少年，哪里懂得什么锋芒不锋芒，第二天便跟着老将军，风风火火地去剿灭沙匪了，从此一发不可收拾，一路吊儿郎当，出生入死地长大成人，竟也混出个战无不胜的虚名，一路从西北传入王城。再后来，全国的百姓就都知道了，继卢将军后，大梁又有了新的战神。

边关终于得以安稳，而朝廷呢，却反而因为边关的安稳，好好乱了一乱。朝臣中有人开始摸着石头站队，季燕然的母妃也被争相拜访，最后不得不闭门称病。

太子李璟一派对西北虎视眈眈，甚至对整片草原都开始抱有敌意，而直到这时，年轻的萧王殿下才终于后知后觉地记起了八字要诀，但哪里还有机会再敛去锋芒？周身那明晃晃的光，已经快将朝中有心人的眼睛刺瞎了。

皇帝有意易储的风言风语啊，传得真如无边风雨一般，他也只能仓皇拾起尊贵王爷的身份，趁着边关安稳，在西北胡乱过了一阵花天酒地的生活，以证明自己确实不堪大任，经不起任何安稳富贵。

先帝驾崩后，季燕然被母亲召回王城，与李璟在御书房一谈就是一整夜。翌日上朝时，人人都能看到新帝脸上的轻松惬意，便都暗自松了口气，可不说呢？兵马王爷，那是能随便除去的吗？还是得好好拉拢。这江山与好日子，才能长久安稳啊。

有人事后曾好奇猜测过，皇上与萧王殿下那一夜究竟说了什么，是你来我往含沙射影，还是彼此把筹码铺平了讲条件，但据说连德盛公公都被打发了出去，想来也不会有人知道了。

但那一晚桌上摆着的，并非公务与兵符，而是酒和小菜，李璟只问了他几句西北军情，剩下的时间，便都在闲话儿时趣事。本来兄弟二人在这些年里，也并没有多生疏，还是常有书信往来，逢年过节避暑围猎，也总会聚到一处。

酒酣耳热之际，新帝拍拍他的肩膀，叹道："其实太妃在下午时，说得那般决绝，还对着天地许下重誓，当真不必，朕……朕信你。"

季燕然笑道："母亲总归是太担心我，还请皇兄勿要见怪。"

美酒醇香，三坛梨花白，顺利喝出了往后数年的"君臣佳话"。皇权与军权之间的矛盾，也在李璟与季燕然的谨慎把控下，一直处于一种微妙的平衡里。虽说偶尔也会有摇晃，有倾斜，但至少，天下是不用乱了。

往事沉重，季燕然又重新焦躁难安起来。

一切都会好的，他想。

时间一晃，便过去了一个半月。

在军医与几位统领的努力下，玉丽城的疫情总算暂时得以控制，虽说还未能找出治疗药方，但至少染病的人数没有再增加，从古书中找出的方子，也能短暂地降温止痛。季燕然被云倚风扶着，站在二楼围栏处透气，问："外头如何了？"

"叛军依旧占着滇花城，但周炯已经从云泽城调军，南下支援了。"云倚风道，"地蜈蚣已推算出上古阵法，说是随着日夜交替，地宫应有不断变换的入口四十九处。不过鹧鸪昨日倒是飞箭传来一封书信，以玉婶与芙儿的性命为要挟，命我们的人不得再出入腊木林。"

"地蜈蚣在腊木林中来来回回数十趟，他们倒是这阵才想起来阻拦。"季燕然咳嗽两声，"怕是前头一直没找对地方，现在终于离门越来越近，才慌了神。"

"那倒算是在帮我们。"云倚风道，"外头吹风了，王爷回屋歇着吧。"

"西南怎么样了？"季燕然又问。

"还行。"云倚风扶着他坐下，"黄统领派人送来书信，说已联合各地官员，暂时制住了疫情，百姓生活也未受大的影响，不必担心。"

季燕然叹气："骗我。"

"王爷现在也正病着，就稀里糊涂上我一回当吧。"

西南不是还行，是不好，当真不好，许多地方都暴发了疫情，更要命的是，这疫情是军队带去的。

黄武定在接到命令后，虽第一时间就率军改道，前往荒僻山郊安营，却为时已晚。瘟疫与流言一起暴发，搅得天地昏暗民心难安。而且还有另一桩大事，季燕然先前四处调兵遣将，有许多百姓因惧怕战争，所以一早就携家带口北上了。

那这场瘟疫究竟会不会蔓延至全国？谁也不敢细想。

季燕然额上青筋暴起，嗓音嘶哑："是我的错。"

"我不认为王爷有大错。"云倚风道，"但现在讨论这些已无意义。野马部族为替故人报仇，为证王爷不配成为与卢将军齐名的大梁战神，已是丧心病狂，甚至不惜以江山安稳、亿万百姓的性命为武器。王爷此番若倒了，那就真的输了。"

季燕然道："我懂。"

"所以，先将身体养好。西南遭此浩劫，百姓无辜受累，他们都在盼着王爷，盼着大梁战无不胜的将军，能横刀跨马、平定叛乱，重新还他们一片盛世清明。"

季燕然微微闭眼，心底被血烧成赤红。

他说："好。"

李珺道："嚯！"

梅竹松气喘吁吁："怎么了？"

城门口像是出了乱子，有不少大梁军队打扮的年轻人。

下属一溜烟地前去打探，回来后禀道："是驻守在鹊山县的军队，收了一批草药，想要送给黄统领。但却被百姓拦在了城门口，说官军身上都有瘟疫，不准他们进城，只能从山中绕行。"

李珺翻身下马："既然百姓害怕，绕就绕吧，也没有别的办法。"

"那可不好绕，西南山势险峻，林地里又湿热，指不定就有什么蛇虫鼠蚁，出不出得来都不一定。"下属道，"况且就算能自如出入密林，也得多花十几天时间，还不知道黄统领那头是什么情况呢，万一正盼着药物救命，那……"

"你说说这些人，怎么也不换身普通人的衣裳？"李珺连连叹气，这不是自己给自己找麻烦吗？

梅竹松在旁道："若是普通药贩子，那这些草药，怕是途中就会遭抢了。"

西南瘟疫蔓延，药是再珍贵不过的，就算没得病的百姓，也拼了命地想买一包熬上，喝了求安心。所以价钱一路飞涨，最常见的草药，也翻了十倍不止。地方官府虽明令禁止，可也架不住黑市，所以山贼都改行了，不单抢金银，还抢草药。

"这……唉！"李珺又问，"我的令牌呢？"

下属赶忙掏出九龙玉牌："王爷是要去帮忙？"

"西南不稳，本王理应——"李珺摇头晃脑，本想学着戏文里先豪情万丈说一番壮语，但一则城门口已经快扭打起来，二则腹中满是软语莺燕华丽辞藻，也实在扯不出几句家国天下，便将肚子使劲一吸，摆出尊贵的皇家气派来，迈着官步去给七弟的军马帮忙了。

这座小城名叫翠焉，虽因地势，千百年来都只有这么一丁点儿地方，却是前往边境诸城的必经之路。

其实守城官兵此时也是左右为难，现在局势危急，县老爷好不容易才将染了瘟疫的乡民统一安置到郊区，却又来了这么一拨兵，万一当真身上有病，那……

拥堵在城门口的百姓，还在大声嚷嚷叫骂着，李珺刚刚迈着四方步过来，脑门儿上就被人磕了个鸡蛋，臭汤流得到处都是。

旁边下属一看慌了神，一边用袖子帮他擦，一边怒声呵斥："大胆！谁敢对王爷无礼？"

这一嗓子喊得极嘹亮，跟敲着锣似的，现场霎时就安静了。

众人纷纷看向那穿着锦缎的富态少爷，第一反应都是，这骗子要冒充萧王殿下，怎么也不先将肚子收一收？

下属将九龙玉牌递过去，守官接到手中一细看，总算想起朝中除了萧王，还有这位平乐王，便赶紧跪地："卑职参见王爷！"

他这一跪，百姓也慌了，尤其是手中捧着臭鸡蛋的那位，只觉脖子一阵凉津津的，也跪地不敢说话了。

"都起来吧。"李珺经此当头一击，也没心情再摆威严派头，略带狼狈地问，"为何不让运送草药的队伍进城？"

"百姓害怕瘟疫。"守官小声地道，"卑职也正在劝说，但实在不好动武。"

"他们又不是要在城中长住，只想穿城而过，借一条道而已。"

李珺道，"这样，你且进去传话，让全城百姓进屋锁门。待大军将药草运出后，再以石灰粉铺撒他们走过的路，以防出现新的疫情。"

守官答应一声，匆匆进城通传，临走前一使眼色，那些呆愣着不动的闹事乡民也反应过来了，赶紧蹑手蹑脚地贴墙溜走，跑得连影子都没剩一个。

李珺闻了闻袖口，又擦了一把臭烘烘的脸，暗自叹了口气。

梅竹松只当他是在懊恼狼狈之相，便安慰道："王爷方才说那番话时，仪态高贵又不失亲和，想出来的法子也不错，的确有皇家人的派头。"

负责押运草药的小头领也抱拳："多谢平乐王！"

李珺站在阴凉处："你且说说，沿途百姓对大梁的军队，都是一样的态度吗？"

小头领点头："是。"

瘟疫是由军队带来的，百姓如何能不怨？况且这是南域，不比西北，萧王季燕然的名号在这片土地上，威望远不及当年的卢广原将军，甚至还因说书客经常将此二人相提并论，从而引发了百姓的那么一丝丝逆反心理。有此历史原因，再加上瘟疫，现在西南百姓与军队的关系，不说水火难容，也实在称不上融洽了。

李珺道："不怪百姓。"这是这几个月来，他被强迫看史书国策的心得，无论何时，百姓总是最向往平静安逸的，不会主动与朝廷为敌。

但也怪不到七弟头上，瘟疫这种倒霉事，谁能说得准，怎么还连带着迁怒上了？

他拍拍肚子，浑身又臭又黏，也无奈得很。片刻之后，守官带着县令上气不接下气跑来了，刚要跪拜，就被李珺一把兜住，和蔼地道："大人辛苦。"

县令挺年轻，本来听说王爷在自己的地盘被人砸了臭蛋，还挺害怕的，结果没承想，一见面就是如此深切关怀，自是温暖感动，忙道："城中已经清空了，现在就能运药。而且下官还备下了几大包干粮与水囊，供将士们取用。"

翠焉城的问题算是解决了，可再往南，沿途还要经过不少城镇。平乐王一琢磨，反正押送草药的这支军队也是在朝着玉丽城的方向进发，不如我就一直跟着吧，虽说得昼夜兼程吃点儿苦头，但谁让自己姓李呢！

在大原城时，他活得战战兢兢，生怕哪天正吃着饭，就听到舅舅谋反的消息，连累自己一起掉脑袋。而在西北时，虽说战乱不断，可到底有七弟与云门主在，也轮不到旁人操心，躲在大营里，照旧是个游手好闲的纨绔王爷。但现在却不同了，他不再是肃明侯的外甥，不再是萧王的兄长，而是完全独立的平乐王，没有任何人可依靠，甚至还要被旁人依靠的大梁王爷。

他心中陡然生出万丈豪情来，胡乱洗了一把脸，就带着梅竹松与下属，去追赶军队了。

"丹枫城中送来书信，说梅前辈一个月前已被平乐王接走，照此来算，估摸着再过十天半月就能抵达。"云倚风拿着文书说道。

"阿昆来了，我也能更安心些。"季燕然将文书还给他，"你处理得不错，多谢。"

"你我兄弟之间，还要说这些吗？"云倚风随即又道，"看来军医找出的古方还是有些用的，王爷这两日看着精神好多了。"

"去取纸笔过来。"季燕然撑着坐起来些，"周炯久居中原，擅长在开阔之地作战，西南山林险峻，滇花城不该是那么个打法，僵持于大梁无益，须得尽快破城。"

云倚风端来一张小案几："王爷说，我写。"

季燕然道："滇花城偏西北处，有蟒山九峰，内有一处虎儿坡，是旧时乡民炸山取玉的地方，下方深坑可容数千人，命他速调五千精兵暗中埋伏。另派三千人，趁夜色乘坐罂筏渡江，假意……喀喀。"

云倚风坐过来替他拍背，又问："王爷怎么记得这般清楚？"

"先前到滇花城给母亲买玉时，到山里看过，便记住了。"

云倚风想了一会儿："就是千挑万选，结果买了块石头的那回？"

季燕然："……"

云倚风笑道："若能一举攻破滇花城，那这石头买得倒也不亏。"

隔壁房中，地蜈蚣还在仔细推演地官入口。

虽说鹧鸪以玉婶性命为要挟，不准他再进出腊木林，但谁能挡得住江湖第一的飞贼？他只靠着往日记忆，也能将林中阵法绘出个七七八八。他此生破解机关无数，地官、古墓少说也钻了上百处，还从未遇到过如此复杂的，反而被激起了斗志，一头扎进这千百年前古人的智慧里，研究得不亦乐乎。

唯一的闲人，就只剩下了暮成雪。

他去了一趟监牢。

说是监牢，其实就是客栈后院一处偏房，蛛儿正坐在桌边出神，余光瞥见一抹雪白划过窗边，慌忙站起来，想要拖着锁链迎上前。没承想，路过的却非云倚风，而是暮成雪。她目光顿时恢复怨毒，狠狠地剜了对方一眼，恨不能将那身白色衣衫烧个干净，为什么，为什么这世间已有了公子，旁人竟还不长眼地敢穿白衣？

杀手心想，果真是疯子。

其实在刚开始的时候，众人是打算利用一下这个"疯子"的，假称云倚风也感染瘟疫，看她会不会情急说出解药与别的线索。结果却只换来惊慌失措的尖叫声，对方拼命挣扎着说要去公子身边，陪伴他走完这人世间最后一截路，还嚷嚷了半天"共下黄泉"，歇斯底里地哭着，吵得院子里鸡、鸭、猪、狗跟着一块儿叫。那叫一个晦气。

云倚风道："蛛儿是他们有意放出来的，自然不会让她知道更多内情。"

话虽如此，但暮成雪此时依旧敲了敲窗户，面无表情地道："喂。"

蛛儿恶毒地看着他："你怎配穿这身衣裳？"

暮成雪道："云姑娘也这么说。"

蛛儿果然上当："谁？"

"新来的神医。"暮成雪答，"正在替云门主看诊。"

"她是谁？你说清楚，哪里来的神医？"蛛儿受到刺激，如野兽般扑到窗边。

"江南水乡。"暮成雪抱起貂，"也喜欢穿红裙，肤白如雪，身姿妖娆。"说着，目光往脸上一扫，转身走了。

蛛儿涨红了脸："你回来！"

暮成雪停下脚步。

"我……我也能帮到公子，我也能！"蛛儿扒着窗框，有些慌乱地嚷着。

暮成雪漫不经心地道："那便等你想出办法，再来找我吧。"

丹枫城内，江凌晨刚送走平乐王与梅前辈没多久，家中就又来

167

了风雨门的人，说是要找一名手上有胎记的中年男子。

二十多年前，江小九还没出生，不过江南斗倒是有些印象，一听便道："应当是徐禄吧。"

清月追问："那是谁？"

"三弟的一个朋友，镖师，两人关系极好。"江南斗道，"三弟病逝后，徐禄夫妇经常会来探望弟媳，还在城东买了处宅子，方便往来，不过近几年倒是没再见过，我猜是回了容县老家。"

容县，距离丹枫城虽有些远，可若能找到这位徐镖师，距离当年的真相可就越来越近了。清月与灵星儿顾不上歇息，再度策马扬鞭，一路似疾风出城。

而李珺也终于快到玉丽城了。

他这一路走得辛苦，顶着骄阳烈日与毒蛇虫蚁，头昏脑涨，浑身都被叮咬出包，但总算没有掉队。而且每抵达一座城池时，大梁王爷的身份也能让当地百姓多一些安全感，甚至还有传言，说是皇上因不满季燕然在西南胡作非为，所以特命平乐王前来镇守。

李珺听得眼泪都要落下来，此等荒谬的风言风语，还有没有人能管管了。

梅竹松替黄武定检查过后，道："统领身体强健，不必担心。"

黄武定放下袖子，叹道："并非在下贪生怕死，只是现在这种局面……"

"我懂，统领万万不能出事。"梅竹松摆摆手，"我沿途也看了些病人，疫情实在是又凶险又诡异，先前从未见过。"

"梅先生是王爷的人，我也就不隐瞒了。"黄武定道，"这一回的瘟疫并非天灾，而是人祸，是鬼刺所为。王爷为免百姓恐慌、流言激荡，所以不曾对外宣扬，只有寥寥少数人知。"

"那就难怪了。"梅竹松皱眉，"可当真心肠歹毒。"

黄武定抱拳："王爷已病了许久，玉丽城的军医怕也无计可施，此番就仰仗梅先生了。"

马队在山间疾驰。

李珺单手握着马缰，想着再过四五日就能见到七弟，心中竟还生出几分先前从未有过的牵挂与迫不及待来，刚欲命众人加快速度，却听身后突然传来一声"梅先生小心"！

一支火流箭从山中急速射来！

负责护卫的梁军挥刀将其斩落，马匹受惊长嘶，却见几道黑影已逼至面前，手持银白长刀，招招皆是死手！

李珺生平第一次经历此等大场面，自是双腿发软，几乎要跌下马背，本能就扯起嗓子喊了声救命，结果倒给自己喊来迎面一刀，削得头发散乱，衣裳也破了，心里越发惊惧慌张。

李珺一踢马腹就想往远处逃，结果马却不配合，反而掉头向着混战处冲去。李珺叫得越发歇斯底里，连那伙杀手也不得不回头看了一眼，究竟是谁在高亢鬼喊。几名大梁将士趁此工夫，一左一右护着梅竹松，跃入涧底深渊，须臾便消失无踪了。

李珺跌下马背，也想往下滚，结果未遂，脑袋上还挨了一棍子，昏沉沉地被装进了麻袋。

我要死了，他想，为国捐躯。

地宫幽深。

江凌飞将手中玉料收好，起身敲敲门："来人。"

负责看押他的守卫不敢懈怠，恭敬地道："少爷有事？"

"外头怎么样了？"

"不知道。"

"地宫里呢？"

"……也不知道。"

江凌飞丢给他一片金叶子："我非人犯，将来或许还会是这里的主人。"

"是。"守卫低头，"地宫里的确没什么新鲜事，只听说抓来了一个王爷，却不是萧王，而是另一个，叫……叫什么平乐王的，关押在东角。"

江凌飞听得一愣："李珺？"

守卫连道："对，对，就是这个名字，鬼哭狼嚎的，听说路上还寻了两回死。"

江凌飞道："我去看看。"

守卫为难："可夫人有命——"

话音未落，他便被江凌飞一掌击晕，软绵绵地倒在了地上。

东角破牢中，李珺正万分悲切，觉得自己怎么这么倒霉呢，他坐着一捧枯草，看着碗里的馊饭，哽咽不已。

江凌飞还未走近，命令便先下了："打开。"

牢头不知他是私自出来的，还当是少爷已被解了禁闭，要亲自来审问犯人了，赶忙依言照做。

李珺听到屋外锁链响，险些又被活活吓晕，小心翼翼地一抬眼，幸好，进来的是熟人。

江凌飞还未来得及说话，便被这飞来的胖熊抱住，一把鼻涕一把泪，生生哭了好久。

李珺啜泣埋怨："江兄，你怎么才来啊？"

江凌飞现如今担着个"叛贼"的身份，早不再是先前那个潇洒随意的江湖少爷，原还有些尴尬，却没想对方一点儿都没生疏，便只叹了口气："我送你出去。"

"好，好，好。"李珺忙不迭地答应，又问，"那你呢？"

江凌飞："……"

"你也与我一道回去吧。"李珺往门外看了一眼，见无人偷听，便悄声说，"老太妃很担心你。"

江凌飞垂下双目："干娘还好吗？"

"不大好，自从知道了你的事情，便心急如焚，吃不下睡不着，一夜之间老了好几岁，还向皇上请命，要亲自来西南。"李珺道，"但你也知道，皇兄与七弟之间……而且她年纪大了，实在经不起折腾。"

说完他见江凌飞不吭声，便继续说："还有一件事，我一定得告诉你。当年谢小姐并非被周九霄所救，而是我父皇。"

江凌飞打开牢门："先帝曾割腕取血，为我娘医治蝴蝶癥，我知道。"

"不单单是蝴蝶癥啊。"李珺急忙说道，"周九霄这回被押至王城后，就没从大理寺出来过，在卫烈手里吐出不少东西。当年谢家败落，你娘饱受怪病煎熬，无人敢救，是我父皇主动找了周九霄，命他去暗中帮忙的。"

包括后来的割腕取血、悉心医治、送谢小姐出城远离是非地，桩桩件件，皆为先帝一手安排，周九霄只是单纯的执行者而已，换成王九霄、李九霄，也一样能做。而周九霄当时却并未向谢含烟言明是先帝在暗中相助，只把功劳揽到了自己头上。

李珺道："那阵的野马部族只是普通部落，而且离王城甚远，所以周九霄刚一提出，父皇就觉得这确实是个好地方，便爽快地答应了，还备下马车一架、护卫十余人、嬷嬷一名、银票五千两，供你娘日后所需。"

江凌飞问："理由呢，先帝为何要这么做？"

"大抵是为了卢将军吧。"李珺小心翼翼地道，"毕竟，你娘是他在世间最珍视之人。"

然后他又劝："当年谢家一案，其实周九霄也有参与，只是未被发现而已。他该是恨极了我父皇与皇兄的，这么多年跟在你娘身边，也不知煽了多少莫须有的阴风鬼火，你可千万要清醒一些啊！"

"走吧。"江凌飞转身，"我先送你出去。"

"你还要留在这鬼地方？"见对方一点儿都没被自己说动，李珺也有些急眼，江凌飞他是不怕的，便强硬道，"至少将治疗瘟疫的药给我！"

江凌飞停下脚步："什么瘟疫？"

"你还不知道吗？"李珺莫名其妙，"你娘联手鬼刺，用巨象攻城传播瘟疫，生病的百姓数以万计，整个西南都已经乱了。"

江凌飞一把扯住他的衣领："那王爷呢？"

"也病了。"李珺在心里"呸呸"两口，满脸沉重地道，"八成快死了。"

江凌飞道："你骗我。"

李珺艰难地吞咽了一下唾沫，继续壮起胆子："我骗你做什么？不信你随我一道回大营看看。现在滇花城已经被叛党占领，梁军久攻不下，若七弟身体没事，早就亲自去前线指挥作战了，如何还会躺在玉丽城中？"

江凌飞松开手："外面现如今是何状况，你一五一十地告诉我。"

李珺唉声叹气："惨啊，尸骸铺路，民不聊生。"

他难得机灵一回，将瘟疫与战乱的恶果足足夸大了十倍不止。滔滔不绝地说着，那可是鬼刺啊，当年云门主如何受尽折磨，你我都是看在眼中的，而现在这非人的酷刑，又转移到了西南百姓头上，瘟疫一经出现，就会迅速传遍整座村落、整片城池。还有那攻下滇花城的雷三，日日威胁要屠城，屠滇花城，大梁南域重镇，近万户百姓的性命，你说七弟听到这种战报，他上火不上火？是不是就病得更严重了？

江凌飞闭了闭眼睛，定神后说道："你先走吧。"

"你还不愿走？"李珺扯住他的袖子，"那位谢小姐的确小产过，而且过后没多久，卢将军就战亡了，你的身世，不如我们还是再查查吧，啊？"

江凌飞垂眸道："我会找到瘟疫的解药。"

李珺喜笑颜开："好，好，好。"又问，"梅先生没被抓来吧？当时我看护卫带他滚下了山。这里还有没有关押其他人质？不如你一起都给放了！"

"我不知道。"江凌飞带着他往外走，"自从回到地宫，我一直被囚于暗室。"

李珺小跑着跟上，煽风点火："换成老太妃，定不舍得如此对你。"

"往后若有机会见面，我自会向干娘请罪。"江凌飞打晕迎面而来的巡逻队，"上去！"

李珺艰难地攀上地面，看着外头暮色沉沉的野林子，心里也发虚，于是反手扯住江凌飞的衣袖，强硬地道："天快黑了，你再送送我吧！"

若换成旁人，这一句怎么想都有些下套诱敌的意思，但江凌飞知道，李珺不是，他是真的胆小。

两人一前一后地在林中走着。

李珺叮嘱道："七弟与云门主一直都在追查当年真相，在没有彻底搞清楚之前，你可千万莫要冲动行事。"

江凌飞道："是我对不起王爷。"

李珺拍拍他的肩膀，感慨一句："人在江湖，谁还能不做错事呢？江兄也别太过自责，想办法弥补便是。"

他又趁机道："那从今日起，你就算是王爷的内应了！"

江凌飞没理会这句话，单手钩过他的腰带，纵身一跃，脚尖踏过树梢与清风，扬臂将他丢到了林地边缘。

李珺还没从腾云驾雾的晕眩中反应过来，又被摔了个重重的屁股蹲儿，眼泪唰地就下来了，再抬头时，哪里还有江凌飞的影子。

"你可千万要回来啊！"他对着空荡荡的林子，又殷殷喊了一句，嗓子嘶哑，十分真诚。

江凌飞没有立即回地宫，而是趁着夜色，去了趟玉丽城。

昔日里的吵嚷喧嚣、炊烟袅袅，全部不见了。长街上稀稀落落地燃着火把，地上铺满白色的石灰，气味呛鼻，整座城都是死气沉沉的。最高的建筑是一处客栈，还亮着明晃晃的两串灯笼，他不自觉便向前走了两步，却最终还是停了下来。

雾蒙蒙的空气，在眼前隔出一层湿润朦胧。

灯火也模糊了，就像王城正月十五夜，酩酊大醉时，满目皆是晃晃锦绣。

白烟从客栈烟囱里冒了出来。

云倚风熬好一锅药，刚准备清出来，就听外头突然传来一阵骚乱，以及几声惊慌失措的"快，快抬王爷进去"，还当是季燕然又昏迷在了外头，顿时手腕一软，将砂锅摔了个粉碎。

几名守卫换起李珺，连拖带扛正往前厅走着，就见眼前飘过了一道雪白身影，凉风带着茉莉淡香，还有一双伸到半途就停下的手——哦，不是那个王爷。

李珺狼狈地哭道："云门主啊！"

这一路走得实在辛苦，但他此时也顾不上诉苦了，连浑身的擦伤都没让处理，先将梅竹松与地宫一事草草说了。他又道："江兄说他一直被囚于暗室，也不知梅前辈有没有落在鹧鸪手中，但答应了会帮忙去寻。"

万万没想到途中会闹出这种乱子，云倚风追问："梅前辈是在何处遇袭？"

李珺答："鬼跳峡，我亲眼看几名护卫飞檐走壁，用轻功将前辈带下去了，并非是慌乱跌落。"

"不管梅前辈在不在地宫，都要先去鬼跳峡附近找一找。"云倚风道，"不知暮兄可愿出手相助？"

杀手一如既往，面无表情地道："好。"

李珺偷偷问身旁的人，他是谁？

守卫道："回王爷，是暮成雪。"又将声音更压低三分，"江湖排名第一的杀手。"

李珺闻言肃然起敬，还想再多看两眼，对方却已经转身离开了，只来得及望一望背影，潇洒冷酷。

暮成雪连夜出发，策马前往鬼跳峡。当然了，依旧带着胖貂。

局势乱哄哄的，李珺也无暇再羡慕这种"一人、一剑、一貂、一马"的侠客生活，坐在卧房中，将王城与这一路所发生的事情，都一五一十地说了一遍。

季燕然问："凌飞怎么样？"

"憔悴了许多，看起来没什么精神，像是被那妖妇折磨得不轻。"李珺道，"但他还是顾念大家的，也答应会帮忙。"

季燕然叹气："你这一路也辛苦。"

"我不辛苦。"李珺赶忙道，"辛苦的是七弟，还有大梁军队。"他身上都是污渍血痕，走路也一瘸一拐的，头上顶一蓬乱草，如难民一般。但形象确实比先前高大伟岸了不少，颇有那么几分为国为民的意思。

云倚风将李珺送回隔壁休息，回来就见季燕然已经披衣下床，便赶忙上前扶住："王爷要做什么？"

"林影还没有书信送来吗？"季燕然问。

云倚风摇头："二十多年前的事情，西北又那么大，怕是不好找。"

林影要找寻的，是"兹决"的真相，什么是"兹决"呢？就是先前众人在攻打西北时，途中不小心触发的、深埋于沙地里的那副暗器，上头有卢广原军队的狼头烙印，该是当年留下的东西。但据记载，"兹决"是蒲昌在西南学到的暗器制造法，而卢将军攻打西北，又远在平定西南之前，所以这出现在西北的"兹决"，在时间上就说不通了。

季燕然起初其实并未将兹决放在心上，但眼看后来桩桩件件烦心事，皆与卢广原、黑沙城、木槿镇有关，便命驻守西北的林影去查查看，能否找到这暗器凭空出现在大漠中的原因，以及，还能不能找到往日故人。

云倚风道："'兹决'虽无音信，但幸好，江大哥听起来还是向着王爷的。"

"我知道凌飞天性不坏，并非十恶不赦之徒，但如今这局势，也不能全指着他幡然醒悟。"季燕然坐在桌边，"周炯按我的打法，十天内攻下滇花城应当没什么问题，但雷三极熟悉地形，八成会率领残部躲入霞光山中。你传令给云泽城的王瑞，命他调拨所有兵力，务必守好城门，莫要让这群流寇冲进城。"

云倚风问："王爷要将他们困在山中？"

"滇花城有周炯驻守，蜀中兵力更是雄厚，走这两处，无异于自投罗网。叛军若想撤回地宫，就只能走云泽城一条路。"季燕然道，"鹧鸪手里应该没有别的兵了，否则不会轻易放弃长右，所以只要我们能将雷三堵在百里外的深山中，要对付的，就只剩下了一个空壳地宫。"

云倚风点头："好，我明早便派人传令。"

"去隔壁歇会儿吧。"季燕然道，"我睡了一天，头昏脑涨的，坐着能舒服些。"

山间小道，几名侍卫正带着梅竹松，用长刀砍出一条路，费力地向前走着。

前头有一处小木屋，亮着昏暗的灯火，里头似有人影活动。

"看能否借宿一夜吧。"一名侍卫道，"梅先生腿受了伤，也需要休息了。"

那木屋搭建得极为简陋，窗户用几张明纸胡乱糊贴，早已被风刮得千疮百孔。屋内摆有一张木板床，上头用被褥裹了名白发老者，此时正昏昏沉沉地睡着。另外一名身着粗布灰衣的老人，则是坐在炉子前，小心翼翼地往那脏兮兮的罐子里添着粗糙无味的粥汤。

山风刮得更猛烈了。

灰衣老人放下勺子，刚欲叫床上的老伙计起来吃饭，却听到有人敲门，顿时被吓了一跳："谁？"

"我们是北边来的商队，不小心在山中迷了路。"侍卫道，"外头虫蚁实在太多，所以想在此求宿一晚。"

"不是我不愿收留你们。"灰衣老人为难，"这房中有人染了瘟疫，是被乡民抬过来等死的。你们啊，还是快些走吧。"

他正说着话，床上的老人也跟着呻吟起来，其声痛苦凄楚。

侍卫与梅竹松听在耳中，心里都不是滋味，想起先前配制的药丸还剩下一些，便道："我家先生就是大夫，西南闹瘟疫，他沿途也看过不少病人，琢磨出了几张方子。这里正好有两瓶药，老人家若不嫌弃，便留下试试吧。"

一听来人是医者，灰衣老人果然就打开了门。

侍卫将药丸递给他，温和地道："每日早晚各服一粒，身上能舒服许多。"

"这……"现如今的西南，药远比黄金更值钱，老人们又都过得穷苦，一旦染病，便只有来这荒郊等死。突然就有了两瓶药，且不说有没有用吧，老人心口先暖融融地酸胀了起来，感激地道："多谢大夫，多谢大夫。"

山中还在轰隆隆打雷，眼见又要迎来新一轮的夜半暴雨。灰衣老人看梅竹松被人搀着，右脚不能沾地，也实在难以继续赶路，便道："若诸位不嫌弃，不如就在屋檐下避一避，我去煮些热水，再燃个火盆送来。"

条件艰苦，也没有别的选择。梅竹松用布巾掩住口鼻，替床上的老人看诊后，见他脸色虽差，脉象却还是平稳的，便道："若能悉心调养，也未必就撑不过去。"

"老王的身子骨一向硬朗。"灰衣老人取来热水，"我们村子，原是再偏僻不过的，接触不到外人。老王是因为前阵子去城里购置米面，才会染上瘟疫。"

侍卫脱下外衣，替两名老人塞严门窗裂缝，好让屋里更舒服一些。见那窗棂雕得精细，上头还有百灵芙蓉缠枝闹春图，是数年前风靡王城的吉祥花纹，便好奇地问了句："老人家是王城人？"

"啊？不是。"灰衣老人一愣，连连摇头，"我们是大梁西北人，因为家乡闹旱灾，地里没收成，所以南下逃荒，已经在这里过了许多年。"

梅竹松用手摩挲了一下椅子扶手，也雕得极精细，花团锦簇的，是门富贵手艺，西北的农民怕是没有这精湛技巧。不过对方明显不愿提及往事，他便也没细追问，只讨了几盆热水，将伤处大致处理了一遍。

夜色沉沉，雨声渐渐小了，众人也各自打着盹儿睡着，实在疲惫，转眼已是天大亮。

大清早，众人耳边便传来叮叮当当的声音，灰衣老人——他姓宋，旁人都叫他老宋，这老宋被吵醒后迷迷糊糊一看，嚯，炉火边竟站着生病的老伙计，顿时又吃惊又高兴，赶紧扶住他："你这是好了？"

"我这是饿了。"老王用勺子挖了一下锅底，苦着脸问，"有馒头吗？"

"有饼，你等着。"老宋扶着他坐下，又激动地道，"可真得感谢门外的大夫，神医啊！只一粒药丸，你看你都能下地走动了！"

梅竹松一行人也被吵醒了，推门一看，昨晚还卧床不起的病人，此时已经在狼吞虎咽地吃饼喝粥了。老宋赶紧给众人也端来烤饼，说是屋子里没多少存粮，让神医在这里稍坐，自己这就回村去拿吃食与干净衣物。

侍卫也没多想，随口道："刚下过雨，山道怕不好走，我陪老人家一道回去吧。"

老宋却连说不必，捡起地上的背篓，走得飞快，像是生怕被人拦住。

侍卫暗自皱眉，他是大理寺出身，第一反应便是这村落有古怪，老人也有古怪，像是藏着什么不可示人的秘密。

不过梅竹松想的却是另一件事，昨晚那瓶药丸，虽说的确有清热镇痛解毒的疗效，但先前几名病人服下后，可都没好得如此利索。他心头一动，隐约意识到了一些什么，又详细询问了老王这几日的饮食，最后从筐里翻出一兜子干蘑菇来。

"我病得糊涂了，也不知道自己都吃过什么。"老王介绍，"不过这菌子汤，是村子里经常煮的，穷人风寒发烧时喝一碗，就当是药了。"

西南林地里菌类众多，这种淡青色的蘑菇连个名字都没有，一下雨满院子都是，不值什么钱。只是同老宋一样，一听到梅竹松说想去村里看看，老王也面露为难，犹豫着迟迟不肯答应。

"老哥。"梅竹松撑着站起来，拱手行礼，"现在西南正闹瘟疫，这菌子怕就是那能救命的药啊！"

"大夫快别这样。"老王赶忙拦住他，叹气道，"我实非铁石心肠之人，老宋也一样，大家只是不想惹来麻烦罢了。可这西南上万人的性命，谁又能见死不救？你们且随我来！"

180

他撑起一根拐杖，一瘸一瘸地带领众人进了密林小路中。

地宫中，谢含烟道："我还当你会留在玉丽城，不再回来了。"

江凌飞问："母亲为何要那么做？"

"因为当年的西南，就是这种流离乱象。"谢含烟一步一步地走下大殿台阶，"不，甚至比现在更痛苦，除了瘟疫，还有贫穷、战争与抢掠。是我的夫君，你的父亲，是他亲手终结了那个动乱的时代！"

谢含烟的声音里蕴含着滔天怒意："你的父亲，恨不能为大梁、为江山流尽最后一滴血。但他得到了什么？朝臣的排挤、皇帝的猜忌，还有那些忘恩负义的百姓，他才过世不到二十年，便已被天下人忘得一干二净。现如今再说起'战无不胜'这四个字，还有几人能想起卢广原？"

"所以母亲就要毁了这天下，是吗？"江凌飞看着她的眼睛，声音嘶哑，"你一直都在骗我，你恨的不仅仅是先帝，不仅仅是皇上，更不打算像当初说的那样，将天下交给王爷后便收手，你只想毁了所有人，所有事。"

"对！"谢含烟有些歇斯底里，"我就是要让这天下为将军殉葬！凭什么，凭什么李家人就能坐拥江山富贵，我的夫君却连尸骨都要暴于风雨之中？"

江凌飞道："将治疗瘟疫的药给我。"

"无药可解。"谢含烟冷嗤一声，"怎么，季燕然打发你回来取药？他也快撑不下去了吧。"

江凌飞解开袖扣，露出血淋淋的手臂："我方才去了趟北殿，在那里找到一头病象，应当是鬼刺用来炼药的吧？"

谢含烟目色一变，看着他伤口上的那些黄色脓液，惊愕道："你怎么敢！"

"将解药给我。"江凌飞道,"除非母亲想看着我死。"

谢含烟抬手,重重地给了他一个耳光:"混账东西!"

江凌飞擦掉嘴角的血丝,垂眸道:"我已混账了二十余年,也不在乎多一回或少一回了,但王爷待我恩重如山,若母亲执意要让他死,那便先杀了我吧。"

"我为何会有你这样的废物儿子!"谢含烟怒不可遏,"滚去暗室,好好跪着反省!"

江凌飞转身离开大殿。

身后依旧是愤怒的叫骂,还有花瓶被重重砸碎的刺耳声音。

"名动大梁的丞相千金谢含烟啊,知书达理,才思敏捷,品行端庄,温柔如水。"

暗室幽黑,江凌飞直直地跪在冰冷的地面上,又想起了先前在王城时,云倚风说过的这段话。

他当时就在想,那昔年里温柔如水的美人,现在早已换了另一副模样。时间或许真的能改变太多东西吧,善与恶、黑与白、对与错。他知道母亲在年轻时所遭受的所有苦难。那些惨痛的经历,早已被她讲了千回百回,而自己心中对先帝、对太后、对皇上的恨意,也大多因此而起。

为父报仇,听起来似乎是天经地义之事,只是他原以为母亲口中的"报仇雪恨",结局无非是帝位易主,杀了该杀的人,但现在看来,却似乎一切都是假的。

眼前的景象逐渐模糊起来,那两支跳动的白烛,变成了两只奇异的眼睛,闪烁不定。

江凌飞也不知道自己究竟跪了多久,只觉得头脑越来越昏沉,失去知觉的双腿再也支撑不住身体，软绵绵地向着一边歪去。

世界也被黑色的雾气缠满了。

这般不见天日的血腥梦境，江凌飞浑浑噩噩地想着，还是不要梦到干娘了吧，就让她好好待在王城里，赏花赏景，悠闲和气。

云倚风端来一碗药："我让军医多加了两把黄连，给王爷清清火。"

季燕然一饮而尽，皱眉："确实苦。"

云倚风仔细观察了他一阵，道："骗你的，今日黄连减了量，多添了两把山楂，味道该是酸甜才对。"

季燕然只好承认："嘴里还是尝不出味道，怕你担心，所以想瞒着。"又强调，"但我跟军医说实话了，真的。"

"下回不准再撒谎。"云倚风坐在他对面，"有个好消息。"

季燕然问："什么？"

"地蜈蚣已经推算出了地宫入口，共有两处。"云倚风打开地图，"这两处与其余四十七处皆不同，是不会随着阵法而改变的，更无法以机关彻底封死，便是书中常常提到的'生门'。"

季燕然道："换句话说，我们现在随时都能攻入地宫？"

"因这两处门无法封死，所以周围八成布满暗器与毒瘴，稍不留神，就会被穿成筛子。"云倚风想了想，"你说，江大哥会不会帮帮我们？"

"不好说。"季燕然摇头，"但我还是先前那句话，凌飞本性虽不坏，但不能全指望他。"

"嗯。指望不了江大哥，那我便指望王爷。你可得快点儿好起来。"

季燕然戎马征战十余年，还从没这么扎实地卧过床，再一想外头瘟疫肆虐，百姓流离，四野动荡，更是连吃饭的胃口都没有。

云倚风感慨："自打遇到王爷，像是没过上一天安生日子。"

萧王殿下仔细一琢磨，还真是，便安抚道："往后都给你补回来，先去皇兄那儿弄个珍珠翡翠红蓝宝石大床，再铺满锦缎，让你能舒舒服服地躺着，什么也不用想。"

李珺站在门外，心想，啊，审美果真还是一如既往。

看来七弟身体并无大碍，至少没被烧昏头。

不过在地宫中，江凌飞的头倒是真被烧昏了。他自连绵噩梦中惊醒，只觉嘴角干裂，吞咽时喉头如被插了一把尖刀，五脏六腑也是蜷缩痉挛的。他呼吸粗重地抬起头，却没见到母亲，床边坐着的只有玉英。

"何必这么折磨自己呢？"玉英叹了口气，伸手将他扶起来，"你想救季燕然，多求姐姐两句，也未必就拿不到解药。再不济，去偷也好，去威胁鬼刺也好，怎最后就偏偏选了这蠢法子？"

江凌飞只问："母亲呢？"

"姐姐被你气得头昏，正在床上躺着。"玉英从袖中取出白瓷瓶，"这里头的药，能救两个人。"

江凌飞拔下瓶塞，往嘴里倒了一半："多谢英姑姑。"

"要谢便谢姐姐吧，若无她默许，我也拿不到这解药。"玉英替他沾了沾额上薄汗，又耐下性子，"你应当清楚，姐姐对李家人，包括季燕然都恨之入骨，却到底还是遂了你的心愿，她心里是极疼你的，只是因卢将军一事，所以有些疯疯癫癫罢了。"

"我知道。"江凌飞看着手中瓷瓶："这药多久能起效？"

"半个时辰。"玉英道，"这解药珍贵难制，别的大夫就算拿到，也无法配出一样的方子，你且送去救季燕然吧，就算是还清萧王府

184

给你的恩情。往后切莫再如此冲动，让姐姐失望了。"

江凌飞攥紧瓷瓶，心不在焉地应了一句。

李珺正在桌边喝茶，突然就被人敲了一下脑袋，顿时惊得跳起来。

江凌飞一把捂住他的嘴："是我。"

看清来人是谁后，李珺立刻心花怒放，透过指缝艰难地问他，你想明白了？

江凌飞松开手："我是来给王爷送东西的，这是解药和书信，你替我转交给云门主。至于地宫里有没有更多人质，我暂时还没有查清楚。"

李珺高兴地道："好，好，好！"

他又关切地道："脸色怎么看着不大好？隔壁有云门主亲手炖的大补汤，你且等着，我这就去弄一碗来！"

云门主亲手炖的大补汤。

这十个字光是听一听，便很要老命。

江凌飞推开李珺，开门想要离开，却见大补汤的主人正站在门外，双手叉腰，气势十足。

云倚风挑眉："跑什么？"

江凌飞后退两步，纵身跃至窗外。

院中巡逻守卫受惊不浅，纷纷拔出长刀，正欲追上前去，眼前便又飘过一道雪白飞影，以及轻飘飘的一句："谁都不许跟来！"

李珺赶忙趴在窗户边，却已什么都看不见了，只剩黑漆漆一片天。

夜晚凉风自长街穿过，吹在身上泛起一层秋日寒意。

江凌飞一路飞掠出城，身后人却还在紧追不舍，大有一路跟进瘴林的意思，被逼无奈，他不得不半剑出鞘，接下了当头而来的呼啸飞鸢。

当啷一声，星点火光溅出，两人在林地边缘过了近百招，江凌飞看准时机将他打落在地，鬼首剑鞘架上脖颈儿，无奈地道："你非我对手！"

"我知道。"云倚风四仰八叉地坐在地上，抬着头，倒是淡定得很，"但我轻功好，跑得快。"

江凌飞看了眼自己手中的剑。

云倚风继续道："还有，江大哥必然不会伤我、杀我、绑架我，所以就算轻功好，也懒得费力跑。"

江凌飞摇摇头："回去吧。"

"难得你我都有空闲，"云倚风道，"不如坐下聊聊？"

两人寻了一处僻静之地，有河有树影，有花有弯月。

"可惜没带酒。"云倚风从腰间解下一个锦囊，从中倒出几粒糖，"吃吗？"

江凌飞拿过一粒，放进嘴里一抿，酸甜。

"王爷喝的药酸苦，我便备了这些糖，不过瘟疫来得凶猛，他最近也尝不出什么味道。"云倚风抱着膝盖，"你呢，过得还好吗？"

"我问母亲要来了治疗瘟疫的药物，应当是有效的，不过在王爷服用之前，还是多寻几个大夫看看吧。"江凌飞道，"至于其余人究竟在不在地官，我还得再仔细找找。"

云倚风道："没说过得好，那便是不好了。"

江凌飞看着远处，只回一句："人各有命。"

"那治疗瘟疫的药，应当不好偷吧？"云倚风试探。

186

"不是偷来的，鬼刺藏得隐秘，连我也不知他人在何处。"江凌飞道，"不过试药的巨象倒是还剩下一头，所以我便取了脓液，也一道染上瘟疫。毕竟母亲虽恨我不争气，却也不至于见死不救，算是目前最稳妥的办法。"

云倚风皱眉："江大哥。"他实在忍不住，又想重复一回谢含烟小产一事，的确是真的，所以这娘的身份吧……

江凌飞却道："那该是我的弟弟。"

云倚风："啊？"

"在谢家出事的前一年，我就已经出生了。因过分瘦弱，谢家又已隐隐出现颓败的苗头，母亲便将我秘密送出了王城。"江凌飞道。

"这样啊。"云倚风想了想，却又有了新的疑问，"那在江三爷夫妇离开清静水乡，回到丹枫城时，江大哥已近三四岁了吧？"如何还能再冒充襁褓婴儿？

"我天生不足，被西南部族的巫蛊术在庙里养了三年，一直封藏在白玉茧中。"江凌飞道，"月月都要吃药的老毛病，也是那时落下的。"

"怪不得。"云倚风又分他一粒糖，"那为何会到了江家？"

"我与你说这些，只是想证明自己的身世。"江凌飞道，"现如今西南动荡，还是先将瘟疫治好吧，我不重要。"

云倚风看着他说："可在王爷心里，江大哥也是很重要的那个人。"

"好好照顾王爷。"江凌飞撑着站起来，低声道，"西南与天下，都缺不得他。"

言罢，江凌飞便匆匆隐入密林，连多一刻都不敢再待，更不愿再回过头。他的唇齿间还残留着糖的酸甜，面颊上却是湿冷的，瘟疫初愈的酸痛还留在骨节中，连脚步也一道跟跄了。

云倚风回客栈时，季燕然还在昏睡，并不知道外头发生了什么。

李珺正在桌边研究那瓶药，问："不会是假的吧？"

"江大哥用命试出来的，按理来说不会假。"云倚风道，"但谢含烟心思狡诈，又是个十足的疯子，我不敢轻易让王爷服用。还是再等两天，看能不能有梅前辈的消息吧。"

李珺答应一声，又悄声道："我还当你能把他劝回来。"

"有个非常不幸的消息，听江大哥话里的意思，谢含烟与他的确是亲生母子。"云倚风单手撑着脑袋，"将来怕是剪不断了。"

李珺惊讶道："不是流产了吗？"

云倚风答："流产之前，还有一个。"

那确实有点儿麻烦。

"也不知梅前辈人在何处。"云倚风叹气，"暮成雪与江大哥两头在找，却谁也没有消息。"

李珺暗恨自己少时学武不精，导致遇袭当日只能仓皇逃窜，便再心虚地重复一遍："梅前辈一定不会有事的，我亲眼看见侍卫带着他跃入深谷，现在八成已经被杀手寻到了。"

云倚风拍拍他的肩膀："借你吉言。"

决战

第十一章

梅竹松已经带着侍卫，在林地中采摘了两天的淡青色菌子。

老王与老宋所居的这处村落，确实偏僻极了，一共只有十几户人家，稀稀拉拉地分布在密林中，也就只比野人部落强上那么一点儿。据称已在此隐居了十几年。

在老王刚刚将梅竹松一行人带回村落时，人人都如同见到恶鬼一般，露出惊愕恐惧的表情，取干粮的老宋也是急得直跺脚，将他拉到一旁，低声骂道："你是疯了吗？怎可带外人来我们这里？"

"神医并非恶人，说想摘一些村里的花青菇做药。"老王道，"躲了这么些年，那狗贼八成已经死了，哪里还能顾得上咱们？你且放心吧，治疗瘟疫要紧。"

老宋仍是连连叹气，但事已至此，将人赶出去也于事无补，便只恳求梅竹松，千万莫要将村落的位置泄露出去。

"诸位暂时就住在我家吧。"老宋又道，"正好门外就是一大片长满花青菇的野林子，做事也方便些。"

梅竹松自是连连道谢，又答应老宋与其余村民，绝不四处乱跑，更不会多嘴打探村落往事，这才住了下来。

午后，侍卫一边帮忙熬煮花青菇，一边悄声道："听村民的口音，像是大梁北方人。此处村落虽小，屋宅却都修得精巧，房檐木雕更是活灵活现，该是一群建房的泥瓦木匠，因为早年犯了事，或是得罪了人，才会躲来这里。"

"都是平头老百姓，看着不似大奸大恶之徒。"梅竹松叮嘱，"现如今治病要紧，还是莫管闲事了。"

侍卫答应一声，又问："这药汁当真能治瘟疫吗？"

"今日我替老王试了脉象，他的身体已经恢复得七七八八。"梅竹松道，"待做好这批药丸，便抓紧时间拿出去，给别处的病人试试。若一样能治好，西南便有救了。"

侍卫笑道："这回幸亏有梅先生。"

"也幸亏有你们。"梅竹松摆摆手，"否则我就算有十条命，也早已折在鹧鸪手中了。"

日头渐渐落下了山，天边流过几丝金灿灿的细云。

梅竹松将最后一批药丸收回瓷罐，这才松了口气，活动着筋骨想要回房，却听外头传来一声惨呼，是老宋的声音！

他心头一惊，刚欲出去看个究竟，就见迎面砍来一把银白大刀，三四名黑衣人如猛豹般冲入院中，正是当日于山中遇到的那批杀手！情急之下，梅竹松扬手洒出一片痒粉，转身想逃，却已被人重重打倒在地。侍卫与杀手缠斗在一起，大声道："先生快走！"

梅竹松将药罐抱在怀中，单手握紧一把匕首防身，踉跄地向外跑去。

又一道白影迎面飞来！

不是云门主那种轻盈白影，而是胖乎乎的一坨，砰的一下砸在怀中，能让大夫当场吐血那种白影。

梅竹松先前从未见过暮成雪，还当又是新的敌人，便将手中的活物胡乱一扔，继续跑了。

胖貂在空中划出一条优美弧线。

暮成雪眼光骤然一厉，手起剑落，衣摆似杨花飘雪。再定睛看时，那伙黑衣人已横七竖八地倒在地上，只留下一名活口，被挑断手筋脚筋，正哭爹喊娘，打滚儿号丧。

剩下的时间，刚好来得及将小貂接到怀中，再用指节轻轻敲了敲那毛乎乎的脑袋，以示安慰。

侍卫惊疑未定："不知公子尊姓大名？"

"王爷派我来的。"暮成雪丢过来一块令牌，"先去将那位大夫找回来吧。"

梅竹松这回着实受惊不浅。

和他同样受惊不浅的，还有被砍伤胳膊的老宋，以及全村男女老幼。有性子急的，已经指着老王的鼻子骂道："你且看看，将南飞那狗贼的杀手引来了吧？咱们以后可怎么办？"

南飞，这个名字一出来，现场除了暮成雪外的人，可就都有印象了。

侍卫有印象，是因为此人乃先帝手下重臣，兵部侍郎。

而梅竹松有印象，则是因为先前在西北时，杨博庆曾义愤填膺，说白河开闸一事虽为杨博广所为，却是因为受了南飞的唆使，而南飞幕后之人，恰是先帝李墟。换言之，是先帝为了削弱杨家势力，才会默许，甚至是推动了白河惨案的发生。是真是假暂且不论，至

191

少在听到"南飞"两个字时，还是能知道这是谁。

只有暮成雪皱眉："鹧鸪的阵营里，还有一人叫南飞？"

"此事说来话长，中间怕是有些误会。"梅竹松对村民拱手行礼，"这些杀手是冲我来的。他们不想让西南的瘟疫被治好，所以才会一路追来，痛下杀手，理应与诸位无关，这回真是对不住了。"

村民中一片静默，面面相觑皆不言语。过了好一阵子，方才有人抱着"反正秘密已经泄露"的心态，又说了一句："你们是从北方来的吧，那我且问一句，朝廷里的大官，南飞，南飞他死了吗？"

侍卫答："南大人已过世好几年了。"

"南大人已过世好几年了。"

如一滴清水入油锅，全村的人都因这一句话，而欢呼沸腾着笑了起来，可笑了没多久，却又换成了呜呜咽咽的叫骂与哭泣。老宋坐在地上捶着地，连胳膊上的伤也顾不得了，只喃喃说着："狗贼，狗贼，苍天有眼，苍天有眼啊！"

侍卫见状惊愕，南大人生性平和谦卑，为官时虽无大功绩，却也无大错失，这群乡民哪里来的这入骨仇恨？

梅竹松也蒙了，扶起老宋，惊疑未定地问他："老哥，你们这是与南大人有旧仇？"

"那个恶人，害了我们整整半辈子啊！"老宋抹了把眼泪，心中悲痛难抑，越发泣不成声。

天已经完全黑透了，屋子里点着昏黄的烛，惨淡的光芒，犹如多年前惨淡的往事。就像先前侍卫所猜测的，这座村落里的所有人，都曾是大梁数一数二的泥瓦木匠，因为手艺精湛，所以大多在王城接富贵活儿，还曾负责过修缮皇宫的工程，日子过得相当滋润。

"十七年前的一个冬天，我们又接到一笔生意，说是西南有一富户，要翻新大宅，酬劳极丰厚。"老宋道，"我们几十个人，便坐上他们的马车一道南下。因路途遥远，主人家的要求又高，估摸得做个两三年，所以有不少人还带上了妻儿。总之，队伍浩浩荡荡的。"

原以为会是一笔好生意，谁承想，最终抵达的目的地却不是滇花城，而是白蟒山谷，一个地势险之又险，周围皆是高山深谷的地方。

梅竹松问："要修什么？"

老宋答："要修庙，给卢将军修大庙。当时除了我们，山里还有许多西南部族的军队，都凶悍极了。大家伙儿不敢逃，也逃不掉，就在那里足足做了一年多的苦工，方才建成庙宇，塑完金身。"

"那南飞呢？"

"当时有个文文弱弱的男子，说话是王城口音，我们也是后来才知道，原来他就是朝中有名的大官，兵部的南大人。"老宋道，"此人心肠歹毒极了，在庙宇建好后的当天，便吩咐手下要杀了我们。幸好被老王偷偷听到，大家才得以齐心杀死看守，连夜逃出，躲进了这深山老林里。"

事情算是讲明白了，前因后果也算流畅，可动机呢？侍卫一头雾水，南大人与卢将军没听过有什么惊天动地的深厚交情，何至于疯了一般，要在西南给他偷偷摸摸修个大庙出来？还一改往日的敦厚，要杀人灭口？

暮成雪搔着胖貂，在旁边淡淡地问了句："南飞身边，有女人吗？"

"有，有一个极漂亮的女人。"老宋果然点头，回忆道，"应当是姓谢的，我曾听到他唤她'谢姑娘'。"

有了谢含烟的出现，整件事便合理了许多。

木匠们又回忆，那位南大人在西南待了挺长时间，少说也有大半年，经常陪在谢含烟身边，对她言听计从，谦卑恭敬极了，完全不像朝廷大官。

相反，谢含烟对南飞的态度，倒是冷淡得很，召之即来挥之即去，连那些西南部族的军队，私下里都在嘀咕，说他色迷心窍，简直窝囊得像条狗。

暮成雪心中已大概有了真相。谢含烟当初是王城第一美人，爱慕她的肯定不止卢广原一人。他虽没见过那位南大人，但听侍卫与老木匠们的描述，对方应当是个身材矮小、性格木讷、资质平庸、亦无出众样貌的普通人，放在一众达官显贵中，怕是找都找不到，所以心中即便再仰慕，也只能远远围观美人，没胆子，更没本事靠近分毫。而直到谢家倾塌，卢广原战亡，他或许才有了第一次接近谢含烟的机会。

多年夙愿，一朝得偿，那么之后南飞会对谢含烟言听计从，千依百顺，也在情理之中，不过甘愿为自己的情敌修庙，还不惜触犯大梁律法。这出人出钱出力的架势，未免也太过了头。

"现如今西南正乱，诸位还是继续在村里住着吧。"梅竹松劝慰，"待外头安全了，王爷应当会安排大家返回故土，倒也不急于这一时。"

众人连连称谢，想起往事，又是唏嘘一夜难眠。

翌日清晨，大家伙将梅竹松一行人送到村口，目送他们远去了。

从鬼跳峡到玉丽城，也就三五天的路途。因前头已派了名侍卫回去报信，所以这日清晨，云倚风亲自到城门外迎接，笑着说："前辈！"

李珺也一道跟来了，见梅竹松平安无恙，一直悬在嗓子眼的心才总算落回肚子。梅竹松行礼道："此番死里逃生，还得多谢平乐王将自己身边的侍卫都给了我。"

李珺嘿嘿干笑，其实事情原委是这样的。某夜众人露宿林中，说起西南瘟疫惨状，他心里实在不是滋味，便热血上头，学那江湖侠士吩咐一句，命众人无论如何也要保护好梅先生。因为保护梅先生，就是保护西南数万户百姓，自己虽为王爷，但与百姓比起来，又算得了什么呢？这番热血言语，当时博得侍卫一片喝彩，但谁承想，后来还真就出事了。

若有再选一次的机会，李珺不知道自己还能不能再"大义"一回，毕竟那明晃晃的长刀还是很吓人的。但幸好，目前大家都平安，而且还误打误撞，在山崖下找到了治疗瘟疫的神药。这可不就连老天都在帮忙？于是连脚步都更轻快了。

梅竹松替季燕然诊过脉后，道："王爷身体强健，症状不算严重。"

"可外头的将士们就没这么好命了。"季燕然撑着坐起来，"先前凌飞也送来半瓶药，说是能治瘟疫，云门主一直留着，也劳烦阿昆看看。"

云倚风将白瓷瓶递过来："江大哥以身试药，自己也吃了半瓶，可千万别有什么问题。"

梅竹松拔开瓶塞一闻，那淡淡的草木馨香，与花青菇的味道一模一样，心里略微一喜。这药有没有问题暂且不论，至少能说明以花青菇入药，还是可行的。他便道："看起来像是没问题，不过这药物配比复杂，我还得再仔细研究一阵。"

"我先送前辈回房休息。"云倚风道，"晚些时候，再去北营看看生病的将士吧，他们是症状最严重的那一批，军医已经束手无策了。"

"那还休息什么。"梅竹松摆手，"走吧，现在就去看看。"

李珺亲自抱着药箱，一溜小跑跟在两人身后。梅竹松亲自给将士们诊脉喂药，他没有药童，李珺便充当了这一角色，仔细记录着病情与药量。别说，还挺像那么一回事。

三日后，北营将士病情皆有好转，而南营那批症状稍微轻一些的病人，已痊愈了七八个。

玉丽城中欢声雷动，恨不能将这草原神医抛上天去。

云倚风看季燕然吃完药，笑道："梅前辈已经教会了军医，正在着手整理成册，而那花青菇虽不常见，到底也不像血灵芝那般世间难寻，瘟疫算是有救了。"

"凌飞带来的那瓶药呢？"季燕然又问。

"梅前辈还在查，里头的确有花青菇，可也有别的东西。"云倚风喂他吃了一粒糖，"江大哥一心想救王爷，或许以为以身试药已是最稳妥的法子，只是那娘亲可当真不怎么样。事已至此，也只能盼着前辈早日查明真相。"

"我仍觉得关于谢氏先后孕有两子之事，听着蹊跷。"季燕然道，"按当时谢金林的地位，独女未婚先孕，就算要留下孩子，也该秘密寻个借口，送往偏僻处待产才是。丞相府人多眼杂，生产坐月子的动静应当也不小，怎就这么轻松瞒住了？"

"也有道理。"云倚风想了想，"毕竟那位谢小姐，竟能哄着兵部侍郎替她的情郎杀人建庙。可见玩弄人心的功夫，该是一等一地娴熟。"

"南飞这个人吧……"季燕然靠在床头，"的确是平庸极了。"平庸到实在不该官运亨通。所以当初杨博庆指控白河一事实乃南飞与先帝暗中唆使时，就连季燕然自己，都觉得一切皆合情合理，否则要怎么解释那位南大人十几年的平步青云？

不过现在看来，或许南飞的唆使为真，却不是受了先帝唆使，而是为了谢含烟。甚至更进一步，白河泄洪的最终目的，除了屠黎民、废太子、乱天下，或许原本就包括了杀廖寒，杀了廖将军唯一的儿子。

云倚风问："谢含烟还和廖将军有仇？"

季燕然道："民间多有传闻，卢将军被困峡谷，廖将军手握重兵，却未曾出战相助。"

这其中自有军事上的考量，但在被仇恨淹没了心智，只想为情郎报仇的人眼中，是看不见的。

先帝此生对南飞唯一的称赞，便是"进献西南山地民俗志三十八卷，有大功于社稷"，当时朝臣大多是不相信的。西南，地势复杂险峻，南飞无非也就去了一年多一些，总共带了十几个人，怎么就能编纂出三十八卷地方志了？定是皇上为给他升官，随便找了个理由，拿现成的功劳充数。

季燕然道："我猜南飞因倾慕谢含烟，所以不惜绑架木匠，替卢将军修建庙宇。而谢含烟则以西南地方志为交换条件，那或许是卢将军所著，或许是鹧鸪的手笔，但都不重要了。重要的是，南飞因此得以平步青云，官居高位。这么多年来，怕也暗中给了她、给了野马部族提供了不少方便。"

云倚风暗想，照这个推论，那么杀害廖小少爷的最终凶手，其实应当是南飞与谢含烟？南飞已死，至于谢含烟，有个江凌飞夹在中间，不管怎么说，再十恶不赦也是亲娘，解决起来怕是有些棘手。

季燕然道："先将瘟疫治住吧。别的事情，往后再说。"

季燕然道："这段日子，辛苦你了。"

"也不辛苦。"云倚风笑，"王爷病得听话，不像我那时，泡个药浴都要满山跑。"

翌日天还没亮，梅竹松便在外头匆匆敲门，说是找到了那半瓶解药里的古怪。

"有什么？"云倚风一边套衣服一边问。

梅竹松道："有血虱卵。"

光听这名字，便知不是什么好玩意儿。

据说血虱成虫比发丝还要更细几分，能游走于宿主血脉，后逐渐聚集于心脏处。习武之人若运功发力，则极有可能会心脉受损，命绝身亡。

云倚风听得心悸，想起江凌飞也曾饮下半瓶，赶忙问道："可有解药？"

梅竹松摇头："难上加难。"

李珺听得火冒三丈，已经开始骂人了，那姓谢的，当真是江兄的亲娘吗？为诱七弟饮下毒药，竟连儿子的命也要利用。可恶，当真可恶极了！

季燕然面色亦是阴沉，云倚风轻声劝道："或许鬼刺有办法治血虱呢？两人以母子相称这么多年，总不至于如此心狠手辣吧？"

"想办法传信给凌飞，在查明真相前，让他切勿运功。"季燕然吩咐，"再传令黄武定，瘟疫控制住后，不必立刻折返玉丽城，率军前往定丰城，在那里围堵雷三叛军！"

云倚风点头："好。"

而在数百里外的容县，清月与灵星儿昼夜兼程，费了好一番工夫，终于找到了当年江南舒夫妇的故友，徐禄的遗孀。

"那个孩子啊。"忆起往事，妇人轻声叹气，"我家相公原是出于好心，想着江三爷身体孱弱，往后怕是难有子嗣，又恰好遇到一个婴儿，看着像是习武的好苗子，便带去了清静水乡，可现在看来，倒是让好心变成了大麻烦。"

往事说长不长，说短也不短。

妇人缓缓叙述着，被笼罩在云雾中的真相，终于得以露出一丝真面目。

清月与灵星儿手中捧着凉透了的茶，都听得错愕而又震惊，原来那段往事竟是这样的吗？

守卫在回廊急急刹住步伐，季燕然看门外人影晃动，便示意云倚风先勿开口，转头问："何事？"

"回王爷，是后院关押的人犯蛛儿，方才说是想起了一件重要的事情，要当面同云门主谈。"

季燕然闻言不悦，他的确是烦透了那个疯子。

云倚风擦了把眼泪："我去看看，她是鬼刺的贴身婢女，或许当真知道些什么。"

"离她远些。"季燕然吩咐，"诈出实情后，立刻回来。"

暮成雪恰好在院中，见云倚风过来，自是免不了多看两眼。

暮成雪道："这样很好。"

云倚风用手指搔了两下貂："什么？"

"你若想逼她说出更多事，这样很好。"暮成雪随手抽掉他的发带，抱着貂，走了。

云倚风："……"

而蛛儿已经快被那凭空冒出来的"云姑娘"折磨疯了，以至于云倚风刚一进门，她便拖着叮咣响的枷锁冲上前来，两手攀着窗栅，厉声质问："公子方才去做什么了？"

云倚风衣衫不整，一头墨发也不打理，琢磨了一下暮成雪的话，言简意赅地答道："睡觉。"

蛛儿又问："是一个人吗？"

云倚风拖来一把椅子坐在院中："你猜？"

"公子，你莫要被外头那些妖女骗了。"蛛儿看着他，苦口婆心地道，"我，只有我，才是真心对你好的。我在想了，真的已经在想了，定能找到治疗瘟疫的方子。"

"哦，这倒不必。"云倚风漫不经心地道，"云姑娘前几日已经制好数千瓶药丸，送往西南各部了。"

蛛儿如雷轰顶："所以公子这几天就是在陪她？"

云倚风默认。

"不行，不行！"蛛儿在屋内来回走着，狠狠地道，"我不准！"

"你不准也没办法，云姑娘能帮到我，我自然得多陪着些。"云倚风站起来，潦草一抱拳，"若无其他事，我要去陪她煮饭、洗衣、烹茶、绣花、看星星、看月亮了，告辞。"

"你回来！"蛛儿果然受到刺激，尖锐地叫嚷着，"我能告诉你一个秘密，是谁都不知道的！"

云倚风停下脚步："说说看。"

蛛儿死死地盯着他，胸口剧烈起伏着，像是在斟酌要不要说出这最后的筹码。就这么僵持了一会儿，云倚风突然问了一句："我的眼睛是不是红了？"

"有一些，公子是吃坏了东西吗？"蛛儿放软语调，又将身体往窗外攀了攀，好看得更真切些。

云倚风叹气："云姑娘这几日身体不好，我便只好不眠不休照顾着——"

"我知道公子的父母是谁！"

一声尖锐的刺喊，让云倚风耳朵嗡鸣，心也嗡鸣。

他错愕地问："你说什么？"

"我知道，我知道一些事情。"蛛儿气势减弱，只剩一丝气音，肩膀哆嗦着软在地上，像是怒极了，又像是在后悔。

云倚风却已没了演戏的心情，一把握住她的手腕，将人从地上拖起来："说！"

蛛儿看着他赤红的眼眶，也手足无措起来，嗫嗫哄着，又道："那一年，我九岁，跟随神医去北冥风城采药，结果在帐篷中捡到了公子。"

鬼刺向来就有收养幼童，长大后用作试药工具的习惯。对这体质奇佳，能在冰天雪地中生存的小婴儿，自是爱惜万分，恨不能再有十个、二十个一模一样的，通通带回迷踪岛。

蛛儿继续道："神医当时猜测，许是北冥风城一带终年酷寒，所以婴孩也要格外强健些。"

两人就这么一路去了极北，结果在风雪中遇到一队赤足诵经，要前往雪山之巅的修行客，大多身材高大容貌清丽，声音似空谷鸟鸣，悦耳极了。北冥风城虽多有神仙传闻，也多有修行僧侣，但像这群仙客一样翩然潇洒的，还真是不多。蛛儿那时年岁尚小，从未见过那么好看的人，便痴痴地跟在他们身后。走了很久很久，对方觉察到后，便邀这小姑娘一起吃了顿饭。

"他们抬着一口箱子，里头装有一名死婴，据说是其中一人的

201

妻子在路过北冥风城时早产诞下的。"蛛儿道,"而其余人都在安慰他,说那婴孩背上没有红痣,或许天生就不该是东流部族的人。"

云倚风微微皱眉。

蛛儿道:"而公子背后是有红痣的,且耐寒的体质,也同那些人一模一样,甚至在长大之后,连模样都差不多。"都是翩然不似凡人的,气质高华,如一片雪、一阵风。

东流部族……东流部族?

云倚风想着,罗家是北冥风城数一数二的富户,若罗入画想找一个孩子,用来代替她的亲生儿子被刺上机关图,那么与城中稳婆合谋,给人生地不熟的外乡客设个圈套,的确是最简单的办法。

蛛儿握住他的衣袖,哀道:"这些事情,我谁都没告诉过,只有公子,以后莫要再去见那些妖女了,好吗?"

云倚风心中纷乱,只敷衍着胡乱点头,匆匆转身向外跑去。刚出院门,便被人拦住。

"王爷都听到了?"

"我不放心,便跟来看看。"季燕然安慰道,"没事。"

过了一会儿,觉察到云倚风的情绪已经平复了些,方才继续道:"罗入画新为人母,许是不舍得用毒汁在自己儿子身上刺字,便从外头抱了一个,用来狸猫换太……太子换狸猫。"

云倚风笑了。

"南下逃难时,罗入画是将两个孩子一起带着的,所以机关图刺在谁身上,其实并没有那么重要。"季燕然道,"而在遇到王东威胁时,只抱着亲儿子逃命,却将你丢在帐篷中,也证明你的确是……喀。"

云倚风道:"捡来的。"

季燕然纠正："偷来的。"

当然了，具体到底是不是这么一回事，往后还要再细细查明证据。只是云倚风心里难免有了疙瘩，毕竟先前一直将罗入画当成娘，翻来覆去唏嘘思念，结果到头来，两人非但没有血缘关系，反倒还是对方一手造成了自己孤苦无依、饱受折磨的凄惨十八年的状况？

子夜时分，云倚风裹在被子里，辗转反侧，睡意全无。

季燕然推门进来："喝一杯？"

"喝闷酒没意思。"

季燕然笑道："那待西南的事情解决后，我便陪你回一趟北冥风城，说不定还能再见故人，那时再痛饮也不迟。而且你这仙侠后裔的身份，听起来可比罗老财主家的亲戚要厉害多了，旁人只有羡慕的份儿。"

云倚风想了一会儿，问："若见面之后，我爹娘执意要带我回去苦修呢？"

"那不行。"季燕然断然拒绝，"仙境哪有红尘快活？去王城，包你下半辈子吃香喝辣，绫罗绸缎穿不完。"

云倚风评价："这种日子太土了。"

季燕然道："不土，不然再多给你弄几幅字画挂着。"

云倚风只觉得头昏脑涨，最终还是睡着了，只是心绪依旧难宁，梦里也刮着风，飘着雪。

而季燕然还在思索蛛儿所说的话。

若云倚风的父母皆为北冥仙侣，与卢广原、与蒲昌、与所有的国仇家恨都没关系，其实反倒是件好事。又想起江凌飞，季燕然在心中暗叹一声，若他的身世也与这一切纷杂无关，便好了。

不过话说回来，即便当真与谢含烟有关，能拿着掺有血虬的解药给亲生儿子喝，这亲娘也实在蛇蝎过了头。季燕然眉宇间有些愁绪，虽说血虿入体后，须得过上月余方能长为成虫，而谢含烟手中有鬼刺，也理应不会让江凌飞有事，但总归是在心里压了块石头。想起当年于王城策马观花、饮酒比剑的恣意时光，更是彻夜难眠。

地宫中，鬼刺正在痴迷地看着面前的毒虫，漆黑如炭的、蓝莹莹的、红色的。西南，西南可真是个好地方啊。

鹧鸪不满地道："大梁军队已经研制出了治疗瘟疫的药，神医却还待在这里，成日里不知在捣鼓什么，先前你我可不是这么说的。"

"首领慌什么？"鬼刺笑得古怪，"现在我手里这些东西，那才是真的稀罕货。"

鹧鸪往瓷盅内看了一眼，咂舌道："这是？"

"这都是好东西。"鬼刺幽幽地道，"首领且放心吧，就算那位大梁的王爷能逃得过瘟疫，逃得过血虿，也断然逃不过这些宝贝。"

另一头，江凌飞在固定服下疗伤药物后，便浑浑噩噩地睡了一觉，醒来却发现手脚皆被缚，内力也化了七八成。谢含烟坐在床边守着他，依旧是那双饱含怨恨的眼睛，鬓发染上灰白。岁月如刀，仇恨亦如刀，生生将昔年名动天下的美人，雕刻成了现如今这副模样。

江凌飞脸色灰白："娘亲又想做什么？"

"你既不愿对季燕然下手，我也不勉强你。"谢含烟用丝帕轻轻沾去他额头的冷汗，"但我筹谋多年，也不会放任你破坏整个计划。那半瓶解药之后，萧王府予你的恩情便已还清，以后便安心在这里休养，不必再管外头的事情了。"

"娘亲！"江凌飞撑着坐起来，"放了梅前辈。"

"他本就在大梁军营里，不用你操心。"谢含烟冷冷地打断，拂袖离开了卧房。

江凌飞粗喘两声，又颓然疲惫地倒回床上。

他想，得想个办法出去了。

胖貂正蹲在桌上，怀抱一根青笋，啃得汁水四溢，摇头晃脑很是陶醉。

云倚风用指尖轻触它的光滑皮毛，正在出神想心事，就听外头有人道："王爷！"

"王爷刚服下药，正在运功平气。"云倚风打开门，"有事？"

"是。"守卫双手呈上，小声地道，"林副将从西北送来了一封信。"

一封与故人旧事有关的信。

这下，季燕然也顾不得梅竹松的医嘱了，披着衣服下床，拆开草草看过一遍。林影在信中提到，自己已在西北阿勒山一带，打探到了昔日玄翼军旧部的线索。说明先前众人的推论成立，当年的确曾有一小股军队，脱离大军私自西行，至于这西行究竟是为执行任务，还是临阵脱逃，得找到当事人后，方能有定论。

"我猜八成是临阵脱逃。"云倚风道，"因为在蒲先锋学会制造'兹决'后，玄翼军的作战地点一直偏向国境南域，没有一场需要到西北求取援军。"

季燕然笑道："记得这般清楚？"

"那是。将来王爷大胜，于军中设宴时，我也是要一道喝酒烤肉彻夜长谈的，自然得多背几场战役，免得被人瞧不起。"

季燕然点头："去喝几杯可以。"但一想到自己手下那群粗人，作战时自然一等一勇猛，战后可就都是嘻嘻哈哈没个正形了。烂醉如泥时，什么浑话都说得出口，可不能让他听了。

云倚风欣慰地点头，打发他继续回去运功，自己则是抱着貂去隔壁找杀手，诚恳地道："蛛儿能主动说出我的身世，还得多谢暮兄。"

暮成雪与他对视："那云门主觉得，自己的身世值多少银子？"

"大家都是朋友，谈钱多生疏。"云倚风将胖貂递过去，面不改色地道，"不如我亲手为暮兄煮一锅党参、天麻、黄芪、当归、红枣、枸杞炖……青菜，聊表心意。"原本是想说乌鸡的，但幸好及时想起，杀手吃素。

暮成雪胃里不自觉地翻涌起来。

他说："你给我出去。"

烹饪才艺得不到展示，云倚风内心很是遗憾，便道："既如此，那暮兄再帮我另一个忙吧。"

纵观全江湖，能如此厚颜淡定，对杀手进行全方位坑蒙拐骗的，估摸也就只有风雨门门主一人了。他殷殷地道："现如今西南流离动荡，男女老幼皆惶惶难安，急需一位既能代表朝廷，又可令百姓信服的贤士，前往各城安抚民心，稳定局面。"

杀手眼底微微一跳，如雪豹般警觉。虽说"能代表朝廷的贤士"这几个字，与自己八竿子打不到一起，但难保云倚风又会想出什么阴招，不得不防。

云倚风道："暮兄切莫误会，我说的这个人，是平乐王李珺。"

身份尊贵，稍微跑一跑就气喘吁吁、满头大汗，很容易就能令百姓产生"王爷为西南操劳不已"的感慨，而且笑起来也挺喜庆和气，又胖，捧着肚子往吱吱呀呀的小板凳上一坐，怎么看，怎么没架子，还很凸显诚意。

暮成雪冷冷地拒绝："不去。"

云倚风继续劝说："沿途保护平乐王，绝对是一等一的好差事，而且他家底丰厚，暮兄尽管开出天价。"

此外还有一点，跟着平乐王，伙食好。没有党参、天麻炖青菜，也没有花椒、蒜头煮银耳，更没有一锅散发出诡异气味的十全大补汤。怎么说呢？感觉整个厨房都被污染了。

云倚风卷起袖子，态度良好："暮兄若不答应，定是嫌我诚意不够，今晚想吃什么？"

暮成雪答："《浮烟十三卷》。"

江湖排名第一的武学秘籍，据称已失传百年。

当然，这里的"据称"，是"据风雨门称"，云倚风酸溜溜地道："暮兄倒是消息灵通。"

若在平常，这珍贵的《浮烟十三卷》，他定是连半张纸都舍不得拿出来的，但现如今局势危急，再惊世的秘籍也比不过百姓，便只好忍痛割爱，斥"巨资"与暮成雪达成交易，以护李珺周全。

是夜，平乐王换好一身明晃晃的蟒袍，站在镜子前看着自己。

此番出巡，是要代表朝廷安抚民心，自然越声势浩大越好。毕竟消息传开了，百姓才能知道西南此时有两位王爷，说明朝廷是在竭力解决问题的。但同时也有一个麻烦，野马部族的人若想再乱人心，最快捷的办法，同样是杀了朝廷的安抚大臣，所以这趟行程，还是颇有些危险的。

李珺有些腿抖。怕啊，如何能不怕？对方接连受挫，保不准过两天狗急跳墙，还会做出什么阴毒事，但不去又不行，谁让自己是李家的人呢？总不能只在吃喝享乐时当王爷，一遇到危险，便一味往后缩。再说了，有七弟与云门主顶着，自己实在也缩不回去啊！

只能牙关一咬，带着一支军队，与江湖第一杀手，与江湖杀手的貂，浩浩荡荡地出发了。

季燕然道："再过几年，他或许也能独自挑起一些担子。"

"当年白河之事，到底与杨家有脱不开的干系，所以平乐王一直惴惴难安，总怕王爷与他算账。"云倚风沏了杯安神茶，"现如今这般任劳任怨，多少也有些弥补往事的意思在里头。"

"我此生知交不多，阿寒算一个，凌飞算第二个。"季燕然苦笑，"现在看来，倒像是应了许多年前，朝中那沸沸扬扬的'命带煞气'的传闻。"

"王爷四处征战，护山河平安，有些煞气不算坏事。"云倚风道，"别难过，谋害廖小少爷的凶手，我们一定会找到，江大哥也会没事的。"

季燕然点头："好。"

"今日我听蒋副官说，从北边送来了一封军报。"云倚风又问，"内容是什么？"

季燕然道："周炯赢了，他已率军攻下滇花城，而雷三也如我们先前预料，带着残部仓皇南逃。唯有一点，没找到芙儿的踪迹。"

平心而论，玉婶母女之所以会被雷三盯上，完全是因为与云倚风、萧王府走得过近，所以不管出于何种立场，都该尽力相救才是。因目前野马部族还需要她们做人质，所以暂时还不至于有生命危险。

季燕然道："我打算亲自去一趟定风城。"

云倚风一时没反应过来："去救芙儿？"

"去指挥作战。黄武定所率的军队，刚刚经历过一场大瘟疫，现虽已痊愈，到底还是被挫了锐气。雷三为人狡诈阴险又熟悉地形，我实在不放心这一战。至于你，便随众副将一道留在玉丽城，一来盯着腊木林，二来也替我看着凌飞，好不好？"

"可王爷也是大病初愈。"云倚风皱眉，"药都没停，就又要昼夜不歇地赶路去打仗，熬得住吗？"

季燕然道："大家将我照顾得很好。"

"还不够。像春霖城的王老财主一样，每天吃饱山珍海味就睡觉，春天遛鸟、夏天斗蛐蛐儿，浑不知何为家国天下，一心只想买房买地收租子，那才叫好，无忧无虑、万事不愁的好。"

季燕然想了一下，觉得这老财主的日子的确很快活逍遥，便道："成，将来我也要天天穿着绸缎吃海参。"

但在吃海参之前，还是得先将西南的问题解决干净。

事关江山，云倚风也只能答应，他暗自想着，初秋的深山已经有些寒凉了，夜间御寒的披风要多带两条，还有换洗衣物、防护软甲、每日要吃的药，若非包袱里装不下，云倚风甚至想将章伙夫也一并捎上，让他日日炖一碗清淡滋补汤。

季燕然同众副将议完事，回房已近深夜，推门便见床上堆了三个大包袱，而云倚风正在埋头整理第四个，里头两个茶叶罐子咣当作响，不像去打仗，倒像是逃难，光是烙饼就装了厚厚一摞。

萧王殿下称赞："挺好，饿不着。"

云门主暗道，我也这么想。

翌日出发时，不得不多带四名亲兵，专门负责扛行李。

众副将异口同声感慨，云门主可真是思虑周全，这才七月的天气，就连棉袄都准备好了，包袱里还要塞口锅，生怕萧王殿下在山里冻着饿着。

其中有一位性格比较耿直的副将，直言："这天气哪里用得着棉袄？"

其余人纷纷接话："你当然不需要。"

云倚风也去军营里看了一圈。梅竹松依旧在忙着为病患看诊，他为人开朗健谈，又见过不少大世面，所以闲下来时，经常会被将士们围住，说一些草原上的事情，还有攻打葛藤部族时，梁军是如何勇猛，云门主又是如何以雷鸣琴破阵。听说那曲子奏响之时，似妖姬吟唱，与魔音重重撞在一起，搅得四方天地都混乱了。

"云门主的琴音，"梅前辈琢磨了一下，争取不昧良心，"的确非常人所能及，既似妖姬吟唱，又似咆哮银河落九天。"

众将士听得十分入迷，心想，果然是大名鼎鼎的江湖高手啊！也不知将来能不能有机会，近距离地见识一番云门主的高超琴技。

云倚风从帐篷后路过，听到将士们的谈天说笑，心情也跟着轻松些许。他仔细地想，现在虽还不能悠闲抚琴，但诸位且耐心等上一等，待王爷得胜归来，西南安宁稳定时，大家再彻夜长谈，古琴美酒烤肉，一样都缺不得。

客栈里比前几天冷清不少，除了几名还需休养的副将，就只剩下了云倚风一人，裹着棉被，于淅淅沥沥的秋雨中，浅浅地睡着了。

李珺小心翼翼地喂给胖貂一条肉干，抬眼一瞄，见杀手没往这边看，便又偷偷摸摸地喂了第二条。

喂第三条时，暮成雪道："够了。"

李珺手一哆嗦，剩下的大半包肉干都撒在了桌上，手忙脚乱收拾好后，嘿嘿笑道："就两根，两小根。"

暮成雪未再搭理他，只继续擦着剑。

这一路其实挺平静，也不知是因为自己的存在，令对方心生忌惮，不敢轻易动手，还是野马部族当真已经派不出人了。但不管怎么说，平静总是好的，杀手将貂拎回怀中，淡淡地道："平乐王休息吧，我去房顶上守着。"

"暮少侠不如去隔壁睡——"客气话还没说完，对方已经不见了，李珺只好尴尬地挠挠头，命侍从挑亮灯烛，继续与随行谋士商议起抵达下一座城池时，要说的话、要做的事来。

他反应不算敏捷，又生怕会给皇兄与七弟惹出麻烦，所以事事皆小心，哪怕昼夜不眠，也得将隔日要说的话全部背上一遍，方能放心。

去江南开个锦缎铺子的梦想，短期内怕是无法实现了，李珺拍了拍肚皮，感慨，我这么一个不学无术的纨绔草包，突然间就成了朝廷派来安抚民心的重臣，压力还真是大啊。

摇头晃脑，摇头晃脑。

而季燕然也已顺利抵达定风城。

围剿叛军的战役，即将到来了。

此时大梁的西南驻军，已经牢牢封锁住了草群山所有出口，山脚下的村落亦被清空。

黄武定禀道："末将在接到王爷密函后，便火速改道前来定风城，埋伏于山道两侧。前日午时，叛党果不其然冒了头，只可惜此处地势险峻，双方短暂交战后，我军只斩杀对方三百余人，另有俘虏二十名，其余残部则是跟着雷三，又躲回了山中。"

季燕然看着地图："数量。"

黄武定答："约八千。"

八千个熟悉山地作战、穷凶极恶的歹徒，擅制暗器，还擅制蛊，散落在茫茫崇山峻岭间，不算好对付。季燕然又问："芙儿的下落呢？"

　　"也在山中。据俘虏供认，雷三待她不薄，甚至还有个老妈子伺候着。"

　　"不到最后一刻，他应当不会动这张'保命符'。"季燕然吩咐，"去找一些熟悉草群山的本地乡民来，越快越好。"

　　这座大山背靠定风城，城中有许多靠山吃山的柴夫、猎户与郎中，都对地形极为熟悉。这十几人来到军营后，被黄武定分别安排至不同的帐篷中，看着一张大地图，仔细回忆一遍山中哪里有沟壑，哪里有溪流，哪里有悬崖，算是个费脑筋的烦心细致活儿，不过百姓倒都极为配合，一是因为酬劳丰厚，二则雷三残部在南下逃亡时，抢掠了不少沿途村落，更可恶的是，此等悍匪居然还敢自称是玄翼军旧人，实在该杀。

　　趁着众人还在绘制详细地图，季燕然又去了一趟操练场，其实就是草群山下一片相对平整的空地，将士们列着整齐方队，正在两两对垒。负责操练的小统领名叫黄庆，土生土长的西南人，这还是人生中第一次见到威名赫赫的萧王殿下，也是战无不胜的大梁将军，心中自是激动："末将参见王爷！"

　　"免礼吧。"季燕然看了他一眼，微微皱眉，"怎么脸色通红，是高热还没消退？"

　　旁边有个不怎么知道礼数的糙汉，闻言笑道："他这是见到王爷太激动了，不仅脸红，手心的汗也快滴到了地上。"

　　黄庆狠狠地瞪了一眼那兵痞，呵令他继续回去操练，又继续结结巴巴地道："末将久仰王爷威名，一直就以王爷为人生榜样。今

212

日得见，心中自是激动，末将没得瘟疫。"

季燕然笑笑，边走边问："都久仰了些什么威名，说来听听。"

"是。"提到这个话题，黄庆立刻便兴奋起来，从萧王殿下第一次出征，跟随老将军大破救儿营开始，到孤身冲锋破骢山，再到后来大大小小十几场战役，全部张口就来，说到激动时，更是声音嘶哑，看向季燕然的目光，情真意切得很。

周围其余几名边防兵，与黄庆关系不错的，此时也是哭笑不得，看不下去了，便在季燕然耳边小声说道："王爷莫怪，阿庆平日里说起王爷时，也是这副手舞足蹈的激动模样，他是真心实意仰慕王爷的，并非贪图好前程来拍马屁。"

黄庆继续道："我爹当年就是给玄翼军煮了几天饭，才知道原来男儿一入军营，便会脱胎换骨，整个人精气神都不一样了。他腿瘸当不了兵，便只好把希望都寄托在我身上。"

"看你年纪轻轻，便已当上副统领，也算没有辜负家人的期待。"季燕然又问，"当年卢将军在西南时，你父亲是厨子？"

"是。"黄庆道，"当时军中人手不够，所以征用了不少乡民，我爹烧得一手好菜，还给卢将军卤过野鸡。"

这句话说得颇为炫耀，周围人都听乐了，黄庆自己也笑，继续说着琐碎旧事。季燕然带着他，二人一道登上高处，看着远方山林深深，绵延不绝的绿意被金色霞光所笼，树影随风轻晃着，宁静平和。

季燕然突然问他："你怎么看待此番野马部族叛乱？"

黄庆微微一愣，像是有所犹豫，只是还未开口说话，季燕然便又加上一句："本王要听真话。"

"是。"黄庆低头，"刚开始，其实军中与民间多有传闻，说野马部族只是想为卢将军求一个真相，却遭到朝廷大肆追捕与屠杀，所以心中难免不平。"说完又赶忙补一句，"但现在大家都已经知道了，野马部族不是什么好东西，先有巨象之战，后又在滇花城作乱，逃亡时更抢掠了不少沿途村落，行径同当年玄翼军剿灭的那些悍匪一模一样，不知哪里来的颜面，自称是卢将军旧部？"

他继续道："而且我听黄统领说，瘟疫也是他们弄出来的。"

"是，不过为免百姓恐慌，为免他们在知道真相后，因惧怕再被下毒而不敢正常饮食，只能委屈西南驻军，暂时担了这'传播瘟疫'的罪名。"季燕然道，"也辛苦诸位了。"

"不辛苦！"黄庆赶忙回道，"而且现在瘟疫已被治住，再加上雷三旧部一路为非作歹，惹来民怨沸腾，百姓对我们的态度也好多了。"

季燕然点头："走吧，再随我到军营里看看。"

众将士此时已结束操练，正在三三两两结伴往回走。见到季燕然后，纷纷行礼，又笑着打趣两句黄庆，可见这位小统领的确是以崇拜萧王殿下而出名。

黄庆不好意思道："有时晚上睡不着，我便会讲王爷的勇猛事迹给他们听，连黄大统领也经常拿此事调侃，说要将我送到西北去，好加入黑蛟营。"

"西北黑蛟营也好，西南驻军也好，都是大梁的兵，并无区别。"季燕然笑笑，"先安心打完这一仗吧，为你的父母亲友，也为你的故乡。"

黄庆声音嘹亮："是！"

而黄武定还在忙着对比绘制地图，足足花了三天时间，方才将数名柴夫、猎户与采药人的描绘整合到一起，绘出了一张详细的草群山地形图。

大战就定在翌日清晨，朝阳升起时。

季燕然和衣躺在木板床上，身上搭一条轻薄的雪白蚕丝云霞被，这自然是云门主塞进包袱中的。这本是他平日里最喜欢的一条被子，又软和又轻便，于是靠在床上看书时裹着，躺在软榻上打盹儿时也裹着。

除了云霞被，还有从王城带来的舒服枕头，桌上摆着日常惯用的茶具，茶叶也用小陶罐细心封存好。至于药丸，每一包上都写着服用时间，换洗里衣叠得整整齐齐。随行几名糙汉亲兵在替季燕然收拾包袱时，看得眼泪都快落下来了，非常愧疚地想，我们照顾了这么多年王爷，本以为已经很细心周到了，可与同云门主这无微不至的架势一比，才知道原来王爷在我们手中，一直算是遭受了虐待。

就是自责，非常自责。

夜里的露水，于清晨时分被蒸腾成淡淡的薄雾，鸟鸣婉转。

大军被分为三队，由三个方向，分别向深山挺进。

季燕然亲率一万精兵，由中路出发，他身着轻便玄甲，腰佩龙吟长剑，一对剑眉斜飞入鬓，双目似寒夜辰星。身为大梁最年轻的大将军，季燕然身上属于皇室的那一部分气质，其实已经被冲得很淡了，更多则是常年浸淫沙场，由杀戮与鲜血浇灌出来的修罗煞气。这么一个人，哪怕只横刀跨马立于阵前，什么都不做，也足以令西北沙匪胆战心惊，而现在，西南深山中穷凶极恶的叛军与流寇，也很快就要遇到这位威名赫赫的萧王殿下了。

黄庆要比大军早一步出发，他绰号"山猴子"，擅长攀爬绝壁，所以此番便加入了探子营。按照地图来看，雷三叛军最有可能藏身的地方，应当是位于草群山偏北的白石坪，地势开阔，能打能退。为防止打草惊蛇，探子营并未走大路，而是攀着藤蔓自绝壁一路爬到最高处。往下一看，果不其然，林中人头攒动，看队伍与阵型，应当是已打探到了梁军的行动，正在为迎战做准备。

雷三将手中长刀擦得锃亮，目光沉沉。

按照他先前所想，黄武定所率的西南驻军被瘟疫阻隔，而新调来的中原援军，习惯了平原作战，对西南的天气与地势皆不适应，短期内理应攻不破滇花城，可人算不如天算，最后一战，对方也不知得了何人指点，如有神助，打得是势如破竹，行云流水，竟逼得自己只剩仓皇南逃一条路，实在可恶至极。

下属道："季燕然的确不好对付。"

"只是侥幸罢了。"雷三嗤一声，"哪怕是当年的卢广原，也足足花了三个月的时间，方才打下清泉山。而草群山比起清泉山来，只会更加险峻难攻，就算——"

一句话还没说完，一声尖锐的呼哨便已刺破长空，信号弹在空中拖出一条长长白影，下属惊呼一声："梁军打来了！"

雷三猛然站起来："峡谷埋伏的人呢？"

"回首领，梁军并未走南侧深峡，而是……而是，我们也不知道，他们究竟是从哪里冒出来的啊！"只知道前哨刚传回消息，说梁军从四面八方进了山，还没来得及整装完毕，夺命箭雨便已经倾盆而下了。

另一头，黄武定正喜道："王爷果真神机妙算，大军一路走来，竟没遇到一处陷阱机关。"

"多亏那几位乡民，先有他们的地图，我才能推出该走哪条路。"

季燕然道，"雷三虽擅制暗器，但也是刚刚逃窜进山，定没有充足的时间在每一处山口布防，所以对我们来说，这场战役打得越快，赢面才会越大。"

有萧王殿下亲自督战，大梁的将士们自然士气高涨。就算先前不高涨，在一路悄无声息，安然摸进叛军的老巢后，也不得不高涨了。

众人暗自佩服季燕然的准确判断，也不知这从未打过西南林地战，却能准确摸清一座荒山的犄角旮旯儿的本事，究竟是怎么练出来的。

而黄庆就更加得意了，一股热血冲上脑门儿，高高举起手中长矛，与面前叛军展开激战，颇有那么一丝丝受到榜样鼓舞，以一敌十的勇猛架势。

在梁军从天而降时，叛军其实已经有些慌了，但这群亡命徒毕竟久经风浪，又深知自己犯下的是谋逆重罪。若被俘虏，只有死路一条，便各个都瞪起一双猩红双目，额上青筋暴凸，如噬人凶兽一般扑了上来！

刀剑相撞声不绝于耳，在这本该空寂的深谷中，激荡出翻涌巨浪。碧绿的草地被鲜血染红了，带着火星的流箭引燃草木，惊得鸟雀腾飞跃起，黑压压一片扑棱着飞向远方。

定风城里的百姓纷纷仰起头，看着这万鸟齐飞的奇景，小娃娃们不懂事，都拍着手欢呼起来，却很快就被大人捂住嘴，抱着匆匆回家了。只剩街边晒太阳的老人，口中喃喃念着经文，惶惶为大梁军队祈福。他是亲身经历过几十年前，那动荡贫穷的艰苦年代的，何为民不聊生，何为尸横遍野，可千万别再重演一次啊。

黄武定剑指长天，怒吼道："杀！"

大梁将士们呼喊震天地，似滔滔洪水般，涌向那已被冲击得七零八落，一撮撮如荒野蓬草的流寇。战役打到这种程度，双方胜负其实已无悬念，黄庆单手扛着长矛，正欲再奋勇杀敌，身后却有一匹高头白马腾跃而过，以及一声熟悉的"跟我来"。

黄庆心头一喜，赶紧翻身上马，一溜烟地跟上了季燕然。

雷三正骑着黑马，一路向山巅冲去。行至途中，马臀被人一箭射穿，吃痛嘶叫着向前栽倒。雷三就地一滚，随手抓起地上的大布袋，往肩上一甩一扛，仅靠双腿竟也跑得如同疾风。黄庆收回弓箭，道："那是通往悬崖的路。"

"你从这条小路上山，在崖边找个地方埋伏好，配合我救人。"季燕然吩咐完后，便一甩马缰，继续追了上去。

草群山的山巅，终年雾气环绕，草莹绿花洁白，静谧时如瑰丽幻境，可现在却被淋淋滴滴的污血玷污了仙气。雷三手中拖着一名女子，自己退至悬崖边缘，粗喘着看着眼前人："你再敢前行一步，我便杀了她！"

"好，我不动。"季燕然示意他先冷静下来。芙儿像是被灌了药，垂着头昏昏沉沉，双足垂落在悬崖边，整个人摇摇欲坠。

雷三眼底写满仇恨与怨毒："只恨当初在玉丽城时，我未能下毒杀了你！"

季燕然道："可我与阁下无冤无仇。"

雷三"呸"了一声，道："李家人都该死！"

李家人都该死，几乎每一个野马部族的俘虏，都要喊上这么一句话。

云倚风曾经觉得，鹧鸪是不是弄了个匾额挂在殿上，否则这句话怎么跟个口号似的，如此深入人心？

季燕然不紧不慢地道："当年黑沙城一战，的确有许多真相未

218

曾查明。"他一边说，一边往左侧踱了两步，寻了块干净石头坐下，"但恕本王直言，按照阁下的年纪，应当从未见过卢将军吧？"

这话说得其实有些嘲讽，毕竟连面都没见过，仅听旁人描述，就头脑发热开始嚷嚷着该死与报仇雪恨，怎么听都有些二愣子。

雷三果然上钩，瞪圆了眼睛怒视季燕然，留下左侧一大片视线盲区。季燕然手指微微一动，埋伏在林中的黄庆得到指令，似一只灵猿蹿出，半分声音也没有。

一切本都是极顺利的，但好巧不巧，偏偏此时芙儿却睁开了眼睛，见一人正向自己扑来，本能地尖叫出声。雷三受到刺激，拖着她随手往后一掀，生生将人推下了悬崖！

黄庆事先已在腰里系好了绳子，防的就是这一步，他二话不说往悬崖边重重一蹬，跟着往下一跳，依靠重力急速坠往芙儿身旁，一手扯住她的衣裙，将人牢牢抱在怀中，右手攀紧麻绳，这才惊魂未定地往下看去，白云环绕，何止万丈深渊。

芙儿却还在抽搐挣扎，牵引粗绳在空中左右摇摆，黄庆的心快要蹦出嗓子眼儿，别无他法，只好抱着她的脑袋往悬崖上一撞，将人暂时击晕过去。

上头也传来当啷一声！

雷三手臂被震得发麻，深知自己绝非季燕然的对手，于是丢掉半柄长刀，退后两步就想跳崖，却被急速而至的飞镖打中腿弯，摔了个结结实实的狗吃屎。眼前恰好是黄庆护身用的麻绳，他目露凶光，铿地划出指间刃，拼死一铲，将粗绳自中间截断！

身体忽然开始急速下坠，黄庆大惊失色，第一反应便是，这回死定了！

而猛然收紧的腰间麻绳，更让他生生吐出一口血来，五脏六腑似乎都被绞到一起，身体如坐秋千般高高荡起，又失重地砸向地面，砰的一声！

——他撞上了萧王殿下结实的胸膛。

季燕然一手握着麻绳断处，硬是将这两人拉了上来，只是脚下还踩着雷三。为防这疯子再爬上悬崖寻死，只能站在原地，勉强伸手接了一把黄庆与芙儿，让两人不至于摔得太惨。

芙儿昏迷不醒，而黄庆也迷迷瞪瞪，好半天才反应过来，自己像是没死。

季燕然拍拍他的脸："喂，你没事吧？"

黄庆茫然道："啊？"

季燕然笑道："表现得不错，躺在这儿别动，我让军医上来抬你。"

黄庆答应一声，四仰八叉倒在草地上，看着上头湛蓝湛蓝的天，心想，原来我表现得不错啊。

他眼睛一闭，放心地晕了。

黄武定此时也已率军剿灭残匪，大梁将士们正在拧湿衣衫，拍打着草木上的火星与灰烬。只待来年一场春雨，这里便会重新萌出嫩芽，恢复往日生机。

季燕然留下三百将士，跟着俘虏一道拆除山中机关。这一拆才知道，雷三事先其实做了不少安排，好几处山口都藏有密密麻麻的弹射铁矛，甚至还有火油与炸药，但硬是被梁军全部避开了。除此之外，后山悬崖也被动过手脚，在云雾遮掩下藏着不少绳索藤蔓，可以直接荡到山腰洞穴。

黄武定道："原来他并非要寻死，而是想借道逃走。"

"这回还真得多谢那位小黄统领。"季燕然问，"他怎么样了？"

"手臂骨折，不算大事。"黄武定道，"刚一醒来，就迫不及待地向军医吹嘘自己白日里是如何英勇救人，活蹦乱跳着呢。"

季燕然笑道："有勇有谋，是个不错的苗子，一起带回玉丽城吧。"

黄武定也笑："行，王爷如此厚爱，这小子怕是要乐得蹦起来。"

梁军用了八天时间，将草群山整理得干干净净，直到确定再无任何机关残留，方才在第九天的深夜悄悄离开。

定风城的百姓第二天起来时，城外黑色连绵的帐篷已经消失了，只在城门口贴有一张告示，告诉大家叛军已除，风波已定，往后可以继续安心过日子。

大军在山道上蜿蜒前行着，午后刚打算安营煮饭，突然就听后头传来一声喧闹声。几名副将查看之后，回来笑着说，是定风城的百姓，弄了十几篮子包子、鸡蛋与腊肉，让最精壮的年轻人骑着马送来了。

"分给将士们吧。"季燕然道，"先前担着'传播瘟疫'的名头，大家都受了委屈，现在吃个百姓送来的热包子，心里能舒坦些。"

黄庆也狼吞虎咽吃了个卤蛋，嘴一擦，道："老张，老张你过来。"

不幸被他抽中的"老张"，脸扯成一张充满嫌弃的紫茄子："你又要再讲一遍自己是如何跳崖救人的？"

黄庆道："对！"

周围一片哀叹，纷纷贡献出半个包子，将此人的腮帮子塞成一只储食的硕鼠。

同僚不给面子，小黄统领只好改成向沿途百姓吹嘘，幸好老乡都很爱听，一传十十传百，倒是比大军先一步到了玉丽城，并且也不再是"跳下悬崖救人，再被萧王殿下拽回来"这种无聊版本了，经过沿途无数文人的再创作，萧王殿下目前已经初步掌握了腾云驾雾的技巧。

云倚风道："我听说王爷那日在千军万马之前，脚踩祥云，从悬崖下救上来一个男人？"

季燕然刚一进门，被问得有些发蒙。

云倚风笑道："我昨日都听前哨营的人讲过了，这一战打得极为漂亮，恭喜王爷。"

季燕然道："也是废了些周折。"

云倚风拍拍他的肩膀："走，我们去看看芙儿。"

梅竹松已经替她诊过脉象，说是因为被雷三灌了药物，又被黄庆抱着撞了一下头，还受惊过度，所以才会一直昏昏沉沉的，估摸得养上好一阵子了。

离开卧房后，云倚风叹了口气："对她们母女二人来说，遇到我与王爷，可真算得上是无妄之灾了。幸好这回顺利救下了她，否则将来真不知该如何面对婶婶。"又问，"雷三呢？"

"咬死了什么都不肯说，满嘴污言秽语。"季燕然道，"只嚷嚷着要替卢将军报仇。"

云倚风摇头："若说是鹡鸰与谢含烟要报仇，姑且还能信一信。雷三算什么，他连卢将军的面都没见过，怎么就如此忠心耿耿了？而且我听说此人在攻占滇花城后，所做的第一件事就是大摆酒宴，强掳妇女封为'妃嫔'，十足一个利欲熏心的乡野恶贼，也配说'报仇'二字。"

只是可怜卢将军，好端端一个忠勇刚烈的虎将，身亡后却要被这种龌龊小人拉来充大旗，白白污了名声。

季燕然问："腊木林中，一点儿动静都没有？"

"大军都在雷三手里，他们自然不敢冒头。不过从宁州调拨的火药已经快要运到了，若地蜈蚣推算出的阵门无误，随时都能炸开入口。"云倚风道，"江大哥应当已经被他们软禁，才会这么多天都没冒过头。"

"攻打地官一事，越快越好。"季燕然放下茶杯，"再拖下去，我真怕凌飞会出事。"

虽说陪在他身边的，是所谓的"娘亲"，但当真是半分好心都没有。

云倚风点头："明白。"

第二日，季燕然早早地去了军中。临走前吩咐厨房，炖好一碗清淡养生的菌菇鸡汤，在炉火上温着。

黄庆主动提出："我想去给云门主送饭。"

"你送什么饭？"伙夫也听说了他的事情，笑着说，"快回去歇着吧，怎么吊着胳膊就来厨房了？"

"我还从来没见过云门主。"黄庆端了个小板凳坐在灶前，帮忙添火，"听说生得好看极了，像神仙一样。"

像神仙一样。

云倚风裹着一件灰乎乎的大长袍，胡乱捆着墨发，打着哈欠刚走到厨房门口，就听到这么一句，于是不动声色地转过身，火速回到卧房。洗漱过后，换了身体面衣服，方才踩着轻飘飘的云，翩然来下凡了。

而黄庆的反应也很给面子，眼珠子瞪得圆溜溜的，看着眼前雪白雪白的大神仙，惊叹道："云门主可当真……当真……"

"当真"了七八回，也没能从贫瘠的大脑里找出几句有文采的句子，只好道："当真好看。"

"过奖。"云倚风上下打量他，"你就是那位飞下悬崖的小黄统领？"

"正是在下。"黄庆朗声道，"当日幸亏王爷出手相救，我才能保住性命。"

小黄的目光非常热切，云倚风被他盯得后背发麻，只好将鸡汤分出一半，与此人对坐一起吃。其间又聊了两句西北葛藤部族之战，结果黄庆立刻双眼发光道："王爷当年率军突袭鹿丘，也是天降奇兵，打得对方出其不意！"

云倚风："……"

鹿丘是哪里？

云门主淡定地打开折扇，吩咐小黄说来听听。

话匣子一打开，再想关上可就难了。小黄憋了一路，难得找到机会，说得那叫一个滔滔不绝，眉飞色舞！而且他默认自己知道的，云门主定然也知道，所以经常会省略一些自认为"不必细说"的情节，导致云倚风听得相当云里雾里，很不理解为何萧王殿下上一刻还深陷敌营，话锋一转却又出现在了王城中，但问是不能问的，只好继续云淡风轻地坐着，任风吹起雪白的衣摆，主要靠仙气取胜。

一个时辰后，闻讯而来的萧王殿下把小黄赶回了军营。

云倚风道："原来王爷还曾孤身杀过敌营数百人。"

季燕然答："五六年前的事情了。"

云门主越发心情复杂了，因为若对方回一句"话本上胡编乱造的"，好像还能找个借口。现在看来，却是真有此事，而自己竟对如此的骁勇战绩一无所知，连小黄都不如？

而此刻的黄庆百口莫辩，刚开始还试图解释，后来发现这群孙子压根儿就不给自己说话的机会，纯粹就是来起哄拱火的，便吊着一条胳膊，单手举刀去"杀人灭口"。

练武场上你追我赶，笑闹声几乎掀翻了天，总算冲淡了连日来的沉闷气氛。

黄庆被人架在空中，正在龇牙咧嘴地喊疼，突然就见一匹骏马正自远方疾驰而来，似一把流箭穿破空气，向着城门的方向冲去。

那是西北黑蛟营的人。

西北来人，还如此行色匆匆，八成是林影已查出了"兹决"的下落。

季燕然与云倚风到前厅一看，果不其然，除了林影手下的副官，还有另一名中年男子也来了，年纪四五十岁，穿一身普通的灰袍，身上有一股明显在军营中摸爬出来的兵戎气。

见到季燕然，中年男子正欲跪地行礼，却被阻止："阁下看起来似有腿疾，还是坐着吧，不必多礼。"

林影的副官名叫松涛，出了名的心细如发，这回也是靠着他在西北各处寻访，方才找到了那遗落在大漠中的"兹决"的主人，也就是面前这位中年男子，名叫黎福，是当年玄翼军的旧部，甚至还是卢广原的同乡。

在林影与松涛初寻上门时，黎福其实是不愿重提旧事的，最后之所以改变主意，全是因为听说了西南现状，听说了野马部族正在打着"替卢将军讨回公道"的旗号兴风作浪，意图搅出满大梁的血雨腥风，这才松了口，答应随松涛一起南下，将昔年旧事说个清楚。

"我在西北隐姓埋名多年，也时常听到黑蛟营的骁勇战绩，比起当年的玄翼军来，尤胜三分。"黎福钦佩道，"倘若大将军泉下有知，应当也能放心地将这河山与万民，交到王爷手中了。"

季燕然问："黎先生当年，究竟为何要带着'兹决'前往西北？"

黎福惭愧道："此事……实因我贪生怕死，才会在行至甘源城时临阵脱逃。"

甘源城，再往前走就是长有血灵芝，堆有森森白骨的旧木槿镇。季燕然心间一动，那段被谣言与风雨遮掩了千万层的真相，在二十年后，终于要露出它的庐山真面目了吗？

黎福道："我与大将军是同乡，自幼一起长大，虽比不上亲兄弟，到底也要比旁人更亲近些。"

后来卢广原当了将军，黎福也一直跟在他身侧。那时的大梁，尚被笼在一片萧瑟晦暗的风雨之中。中原闹蝗，南方闹水，国境四方皆动乱，国内也有流民山匪趁乱闹事，占一座山头，拉一支队伍就自立为王的事情并不少见，而为祸黑沙城的叛军，便是其中最有名气的"刘家军"。其头目名叫刘飞，此人天资聪颖心狠手辣，又极会煽动拉拢他人，所以很快就发展成了一股庞大的势力，并不好对付。

黎福道："那阵刚打完东海水战，军队与国库都还未缓过神来，所以便有朝臣向先帝进言，提议朝廷主动言和，派出大臣招安刘飞。"

此举听起来虽有些窝囊，但却能为国家争取到喘息的机会，李墟当时也倾向于暂时招安。朝中甚至有人传言，说皇上连圣旨都已经拟好了，结果卢广原却主动上奏，恳请亲率大军，迎战黑沙城叛军。

黎福道："我在听说这件事后，被吓了一跳，便问他是从哪里来的底气。毕竟那阵大梁人困马乏，国库里又没多少银两。相反，刘飞的叛军倒是兵强马壮，粮草充足。"

李墟也问了同样的问题，卢广原却只说自己定能攻下黑沙城。

"先帝便被大将军说动了。"

其实这"说动"也在情理之中。一则，让朝廷先对叛党低头，李墟哪怕再明白其中的利害关系，心中也难免憋屈，能打赢当然最好；二则，卢广原此前从无败绩，号称战神转世，他既说赢，就一定能赢。

就这样，卢广原率领玄翼军，整装自中原出发，踏上了剿灭叛党的征程。刘飞听到消息，自然不可能乖乖坐在家里，等着这位大将军打上门，于是在往后一年中，双方先后于子鱼州、费城、陵城等地打了数十场大大小小的战役，玄翼军虽略占上风，但优势并不明显，而且再往前走，还有一座易守难攻的木槿镇。

卢广原下令全军原地休整半月，黎福因腿脚受伤，所以被调了个整理文书的活儿。这天觉得困倦，黎福便在主帅房中的软榻上睡着了，而睡醒时，屏风外正有人在说话。

一人是卢广原，另一人是先帝派来的密使。两人所谈的内容，正与接下来的战事有关。

黎福道："因陵城一战打得辛苦，而木槿镇的叛军数量更胜陵城，先帝放心不下，所以特派人来提醒大将军，倘若大军受困于木槿镇，朝廷是断然没有余力增派援军的，让大将军务必考虑清楚，再做下一步计划。"

云倚风听得微微讶异，不自觉地扭头看了眼季燕然。这么多年以来，民间纷纷流言也好，谢含烟与野马部族也好，都有"先帝因猜忌而设下圈套，诱使卢将军率兵深入敌营，却又拒派援军"的说法，可照现在来看，原来在一开始时，先帝便没有派兵相助的意图？

黎福道："大将军那时候虽有犹豫，最后却还是决定按照原计划，继续攻打木槿镇。我心中实在忐忑，就在密使离开后问他为何如此有信心能攻下刘飞叛军。"

"卢将军是如何回答的？"

黎福道："大将军说，胜算只有六成。"

六成胜算，倒也不是一定不能打，但朝廷分明就有"暂时招安"这个更好的办法，实在没必要硬碰硬。

黎福道："我与大将军一起长大，也能揣摩出一点心思，于是便寻了个机会去试探，问他执意攻打黑沙城，是否与谢小姐有关。"

云倚风一愣："谢小姐还与刘飞叛党有关？"

"这倒没有。"黎福赶忙解释，"但当时谢小姐已是罪臣之女，按律要流放边塞，充为官奴。大将军将她视为掌上珍宝，如何能舍得，便想以剿灭刘飞的赫赫军功，去向先帝求娶谢小姐。"

季燕然暗自皱眉，如此惨烈的一场败仗，起因竟是儿女私情，实在是……但身为手握重兵的统帅，在面对大国与小家时，似乎很难有第二种选择。

但卢广原却偏偏选了谢含烟，或许他认为六成胜算，完全可以放手一搏，但黎福却有些慌了，劝了卢广原整整三天，连额头都几乎叩出血来，才换得对方一句："你带上几名同乡，连夜走吧。"

临阵脱逃，在玄翼军里一直是砍头重罪，这回却是由卢广原亲口提出。黎福道："那时的大将军，简直就像中了邪一般，完全换了个人。"

黎福不满他为一己私欲，便要带着数万将士共同冒险，加之家中还有老幼需要照顾，一急之下，当真就带着一伙同乡跑了。而用马车拖着'兹决'，是因为担心沿途会遇到刘飞叛军，后来行至西北，确定已经安全之后，便将那暗器遗弃了在大漠中。

再后来，众人把家人也秘密接往西北，就那么隐姓埋名地住下了。

云倚风又问："那卢将军与谢小姐可有孩子？"

黎福摇头："先帝一直不允准他们二人的婚事，拖到后来，两人年纪也大了。唉，那谢家小姐倒是有过一个孩子，但未足月就流产了，大将军估摸也是因为这个，心中有愧，才更想娶她回家。"

"确定流掉了吗？"云倚风追问，"并没有生下过任何孩子？"

"确定没有。"黎福笃定，"别的我不清楚，这件事还是能肯定的。"

所以那个谢含烟，嘴里当真是一句实话都没有。亲娘的身份既存疑，那江凌飞在地宫里的处境可就危险了。

季燕然扭头问："炸药还有多久能运至玉丽城？"

"七天。"云倚风道，"我已派人秘密去接应了，王爷少安毋躁。我们一步一步来。"

地宫里，鹛鸪、玉英、鬼刺与谢含烟四人，正在看着瓷盅里那只血红乱爬的赤虫。

"此物极难养成，我费了大力气，也只育出这么一只。"鬼刺道，"只消放入季燕然脑中，便能使他乖乖听命于首领，操控着数万大梁军队，直上王城！"

"的确是好东西。"鹛鸪啧啧，"不过想让它钻到季燕然脑子里，难于登天，只怕要白白浪费了。"

"倒也未必。"谢含烟用指尖叩着瓷盅，"留着吧，即便操控不了季燕然，此物于我们而言，依旧是个宝贝。"

玉英猜测："姐姐的意思……"

谢含烟声音轻哑："总也不能白白养着，嗯？"

玉英低头："是。"

山道上，一前一后两匹大马，还在秋阳下疾驰着。

是清月与灵星儿，两人已抵西南，再过几天，便能进到玉丽城中。

这一路走来，发现西南并不像先前想的那般动荡，瘟疫已经被控制住。各处城门虽还是紧闭着，但城内百姓的日常生活倒也没受太大影响，而且还有不少人都在盼着平乐王来。毕竟看看朝廷里的大官，心里也能更踏实些。

李珺这辈子还是头一回如此受百姓的爱戴与期待，自然受宠若惊，做事就更加细致了，连一座村落都不愿遗漏，也不必再苦心背诵那些辞藻华丽的演讲稿。因为他发现，百姓最关心的无非就那么几件事，只要衣食住行能得到保障，能安稳度日不用打仗，便已十分心满意足了。

真是淳朴啊。

平乐王手里捏着两个老乡给的野菜包子，心中感慨万千，蹲在路边狼吞虎咽。暮成雪抱剑靠在一旁树上，肩头趴着一只打盹儿胖貂。

这一路走得并不算顺利，野马部族少说也派了四轮杀手来除掉李珺，不过无一例外地，都是人还未来得及靠近，就已丧命于暮成雪手中，只因云门主在出发前再三叮嘱，平乐王殿下胆小又尿，所以杀人这种事，最好暗中进行，千万别让他知道。

李珺擦擦嘴，嘿嘿笑道："还挺太平。"

暮成雪搔搔肩膀上的胖貂，漫不经心地答："是。"

夕阳透过叶缝洒落下来，一个纨绔王爷，一个冷血杀手，在这动荡不安的地界里，突然就被某种使命奇异地勾连在了一起。其实不只是他二人，还有更多的百姓、更多的将士，心里都装着同一个念头，要让西南尽快恢复往日平静，要令瘟疫不再，令战火永熄。

灵星儿与清月抵达玉丽城时，大批火药也正好运到，整座城都戒备森严，被肃穆气氛所笼罩着。

季燕然与几名副将商议完攻打地官一事，回来时已过日暮，云倚风正坐在窗边，心神不宁地看着外头的漫天夕阳。

"清月与星儿去休息了？"

"尽快开战吧，"云倚风与他对视，难得心神不宁，"我们得尽快救江大哥出来。"

地官里，江凌飞觉得自己像是睡了很久。

梦境绵延不绝，最后停在了一片苦寒孤寂的风霜雪原中，他被明晃晃的光晃醒了。

谢含烟正站在床边："你醒了。"

江凌飞扭头与她对视，想坐起来，却发觉手脚皆被短链缠缚住，动弹不得分毫。

"你又想做什么？"他疲惫不堪，声音沙哑地问。

"你也别怪为娘。"谢含烟坐在他身旁，用手巾细细抚去他额上细汗，"这么多年，我心中所想的，唯有替夫君报仇这一件事，也顾不上其他人了。现在想想，着实亏欠你太多。"

"母亲，你收手吧。"江凌飞恳求，"放过天下，也放过自己。"

谢含烟却问："你想替父亲报仇吗？"

"我想，但黑沙城一战的真相，母亲与我皆不知晓。"江凌飞强撑着坐起半寸，"况且就算先帝当真陷害父亲，那又与百姓有何关

231

系？仅因为他们随着时间流逝，逐渐忘记了父亲，就都要死吗？"

"同样的对话，我们已经说过太多次了。"谢含烟从侍女手中接过瓷盅，淡淡地道，"你既视季燕然为知己，那这里有一样东西，原是鬼刺准备送给他的大礼，便由你受了吧。"

硬甲爬动的声音自罐中传来，江凌飞瞳孔紧缩："母亲！"

"雷三被俘，野马部族的军队死伤无数，元气大伤。"谢含烟慢慢地道，"最后一战，怕是马上就会来了。"

江凌飞看着银镊上那不断扭动的赤虫，意识到了什么，狠下心来将牙关上下一错，却被谢含烟一掌捏开，细细一丝鲜血自嘴角溢出，她恨得几乎咬碎银牙："父仇未报，你身为玄翼军的后人，竟想寻死？"

"你休想给我下蛊！"江凌飞狠狠地道。

"我若不下蛊，你会愿意去杀了季燕然吗？"谢含烟凑近他，"你不愿意，所以这条路，是你自己选的。"

"疯了。"江凌飞粗喘着，"你就是个彻头彻尾的疯子！"

"那你便随我一起疯吧。"谢含烟看着他，情绪又重新平复下来，方才的躁怒消失无踪，眼底甚至浮现出了诡异的平和与笑意，如在荒漠中艰难跋涉的孤苦旅人，终于能有机会坐下歇歇脚。她将那赤虫放入江凌飞的发间，轻轻道："事成之后，我们便一起去见我的夫君，你的父亲，还有玄翼军数万将士。他们都在等着我们。"

江凌飞嘶吼出声，双手奋力一扯，却未能挣脱禁锢，只将细细锁链勒进皮肉，留下一床新鲜血痕。

赤红色的硬虫渐渐消失了，而他的挣扎也逐渐减弱，直到陷入新的昏睡。

鬼刺站在门口，赞许："谢夫人好手段。"

谢含烟并未抬头："他多久能醒？"

"一天一夜之后。"鬼刺道，"蛊虫入脑，等江少侠醒来之后，便再也不会想起什么萧王与老太妃，只会乖乖地听从夫人一人差遣。"

谢含烟应了一声，替江凌飞将腕间伤处细细包扎好。

"不争气啊……"

大殿内，玉英一支一支地点燃蜡烛，道："姐姐已经将那条赤虫拿去炼制江凌飞了。"

"可惜了。"鹧鸪摇头，"若能换成季燕然，或是干脆放进皇帝脑子里，那么就算你我想坐上王城龙椅，也不算难事。"

玉英皱眉："这坐龙椅的话，不要让姐姐听见！"

"听到又如何？反正都是要杀了皇帝。"鹧鸪靠坐在椅上，单手摸着下巴，"只是现在雷三溃败，下一仗对我们而言，便有些难打了。"

"都说前段时间，季燕然虽卧病在床，却依旧能决胜于千里之外，仅靠两封书信，便教周炯带兵攻破了滇花城。"玉英道，"首领信吗？"

"吹牛罢了。"鹧鸪不屑，"我才不信。"

玉英吹熄火折，提醒道："但他毕竟是大梁兵马统帅，若说一点儿真本事都没有，也不可能，你我切不可大意轻敌。"

"若江凌飞能杀了他，也不算浪费赤虫。"鹧鸪道，"江家三少，传闻中的江湖第一，堪当盟主大任之人。这回可千万不要让你我失望啊。"

数百根蜡烛惶惶跳动，照着四周数百纱筐。

黑压压的毒虫正在疯狂爬动，声响如沙沙雨落。

而在数十里外的山道上，一队人马正护着一辆马车，烟尘滚滚地前进着。

天已经快要亮了。

大战开始前两日，军营中越发戒备森严起来。

主帅帐内，云倚风正在往香炉里添加花油，此等风声鹤唳的时刻，安神是不能再安了，但让空气中泛些清淡的春日花香，紧绷的大脑也能稍微松快些。

季燕然依旧在看墙上的地宫阵门图，云倚风道："地蜈蚣已推算多次，确定阵门方位无误，他钻了一辈子的地底与陵墓，理应不会出错。"

"我信他，也信你的判断。只是想起凌飞与玉婶，心中难免忐忑，芙儿的身体怎么样了？"

"昨日梅前辈去看过，头上撞伤已经好了许多，就是惊惧之症始终未减。"云倚风道，"他们绑架芙儿与玉婶，只为充作人质威胁王爷，所以一定会将她们的性命留到最后。相比而言，我倒是更担心江大哥，鬼刺手中的巫蛊之术何其多，现在又证明谢含烟与他并无半分血缘关系，就越发不可能手下留情了。总之王爷务必加倍小心。"

季燕然点头："我懂。"

"那我再去看看梅前辈那头，再过两天，怕是军医们又要忙起来了。"云倚风问，"可还有其他事需要我去做？"

季燕然摇了摇头。

云倚风郑重道："旗开得胜。"

"有你这句话，"季燕然笑道，"大梁定战无不胜！"

梅竹松也正在忙着做最后的准备，玉丽城中的空房已经收拾妥当，能同时容纳数百名受伤的将士。各种事情又多又杂乱，厨房里的婶子们将饭菜热了两三回，也不见众人来吃，便正好逮着云倚风告一状，这样怎么行啊？可别仗还没开始打，大夫们就先饿晕过去了。

"战时大家都忙，多做些方便存放的包子、馒头吧，伤员的伙食也要准备好。"云倚风叮嘱几句，又将托盘接到手中，亲自送往医馆。

梅竹松满身狼狈，正在擦拭衣衫上的汤汤水水，说是刚才给芙儿看诊时，她又发了惊惧症，歇斯底里地叫着，到处乱扔东西，险些伤了人。

"病情越来越严重了吗？"

"查不出什么，但就一直这么疯疯癫癫的。"梅竹松道，"也有可能是被灌了巫毒蛊药，不过王爷在审问雷三时，对方一直紧咬着牙关，是个硬骨头。"

"雷三心知肚明，自己犯下的是灭门大罪，将来唯有死路一条，自不会配合我们。"云倚风往屋内看了一眼，就见芙儿依旧坐在床边，嘴里念念叨叨的，头发散乱，模样实在可怜，便叮嘱下人要好生看顾，自己出去一趟。再回来时，云倚风怀中已多了个襁褓里的小婴儿，粉白可爱，正在吮着指头。

听到孩子"咿咿呀呀"的声音，芙儿果然抬起头，疾步走上前来，将儿子抢到了自己怀中，抱着不肯再松手了。

一旁的婶子小声感慨："这女人一旦当了娘，可就满心满眼都是孩子了，云门主不如就将小虎留在这里吧。说不定芙儿多抱抱孩子，就能清醒过来，想起在雷三身边的事情了。"

"也好。"云倚风用手指逗逗孩子，"两军一旦开战，城外势必一片混乱，那芙儿与小虎就拜托婶婶了。"

婶子答应下来，又将云倚风送出卧房，回屋就见芙儿还抱着孩子，双眼只痴痴地看着，嘴中哼着摇篮曲，像是完全沉浸在了自己的世界里，任由旁人再怎么叫，都不肯应声了。

地宫深处，江凌飞也缓缓睁开了眼睛，他看着上方那片斑斓变幻的琉璃床顶，表情木然。

谢含烟将他扶了起来："凌飞。"

江凌飞眼珠转了两下，僵硬地道："母亲。"

"马上就要开战了。"谢含烟看着他，"你知道自己该做什么吗？"

"知道。"江凌飞微微垂下双目，声音低沉嘶哑，"为父亲报仇，杀了季燕然，杀了所有人。"

"好孩子。"谢含烟将他抱进怀里，轻轻拍着、叹息着，"此战之后，你便能见到自己的父亲了。他是一位真正的英雄，还有玄翼军数万将士，所有人都在等着你。"

江凌飞微微握紧了拳头："是。"

墙上一排排明珠正幽幽发着亮，如一只只橙黄色的兽瞳，密密麻麻地嵌满四方。

世界仿佛被颠倒了，天与地、晨与昏、善与恶。

逃不脱的注视，令人生出满心焦躁，只想发狂冲出这地底魔窟，或是将自己牢牢裹进被子里，再也不见外界混沌万物。

但似乎还有许多事情没有做。

江凌飞眉头紧锁，究竟是什么呢？

夜幕悄悄地笼罩了整片玉丽城。

云倚风在厨房里煮了两碗鸡蛋打卤面，全程都是在厨娘的教导下完成，所以没糊锅、没烧房，咸淡也正好。在这深夜微寒时，伴着昏黄灯烛一起热腾腾地放在桌上。

营帐外有从西北带来的亲兵，是见识过羊肉汤的威力的，于是担心道："明日就要开战了，行不行啊，万一真把咱王爷吃出点儿毛病……哎哟！"

"闭嘴吧你，还不能允许云门主厨艺有点儿进步了？"

说话的声音有些大，传到帐篷里头，云倚风表情明显一僵，季燕然果断拿起筷子，飞快地将那碗面吃得干干净净，夸赞："厨艺越发精湛了。"

云倚风撇嘴："精湛在哪里？"

萧王殿下一本正经，答道："精湛在终于学会了打卤。"

云倚风被他逗得哭笑不得。

"明日我不能护着你了，谢含烟与野马部族皆不是好对付的主，心思阴险狡诈。即便你百毒不侵，也不能太过鲁莽轻敌。"

若换成其他人，叹气说自己不能护着风雨门门主，怕是会被当成笑谈，毕竟武林之中，谁不知云门主武功高强，难逢敌手呢？哪里还需要别人保护。但非常明显的，这个范围一定不包括萧王殿下。

杯盘撤下后，仆役换上了新的香茶。

云倚风捧着茶盏坐着，算是一天中难得的清闲时刻。他换了一身淡青薄衫，墨发披散，宽袖中露出一截细白如玉的手指，发呆出神时，长长的睫毛垂覆下来，脑中想着军营中那许多纷杂事，没多久便有困意袭来，打着盹儿睡着了。

外头又起了风，吹得一片树叶沙沙。

这时，外头有人急急来报，说是芙儿姑娘已经清醒过来，有要紧事要找云门主细说。

睡是不能再睡了，云倚风穿好外袍："我去看看。"

季燕然道："多加留意，速去速回。"

翠华一路风驰冲入玉丽城。

客栈里，芙儿正抱着孩子，满脸焦急地来回踱着步，一听到屋门响，便赶忙迎上前，先往外头张望一圈，又小声问道："云门主，就你一个人吧？"

"只有我。"云倚风反手关上门，"怎么，姑娘想起了什么？"

"是，我想起来了。"芙儿紧张地吞咽了一下，"梅竹松，云门主务必小心梅竹松。"

云倚风万分吃惊："梅前辈？"

"我受困滇花城时，曾偷听雷三说起过，要与此人联手。"芙儿急急地道，"西南多毒虫，防虫药里多一味少一味，都有可能变成断命的引虫药。普通大夫是分辨不出的。"

"这可就不好办了。"云倚风忧虑，"明日就要开战，防虫香囊与伤药早已送到诸将士手中，大家都铆足了劲要攻破敌军，正是同仇敌忾、万众一心之时，现在若突然下令又不打了，只怕有损士气啊。"

"我不懂这些，只能将自己知道的都告诉云门主。"芙儿眼眶通红，"我也盼着王爷与门主能早日开战，尽快攻破敌军，救出我娘。她先前就不同意我远嫁，是我相中了那恶贼，执意要来西南，才会连累了娘。"说着说着，眼泪又掉了下来。

云倚风叹了口气，安慰道："我会尽力救出玉婶，姑娘也要照

238

顾好自己的身体，还有孩子呢。”

芙儿点点头，将怀中孩子抱得更紧了些，不住地低声哭着。

云倚风叫来婶子，命她务必要将这母子二人照顾好，又哄着小虎睡下后，方才离开客栈。

路过医馆时，云倚风往里看了一眼，就见梅竹松还在与众军医商讨救治伤员的事，桌上摆了不少药草与瓶瓶罐罐，连窗外都飘着苦涩的药味。

他想了片刻，还是没有推门进屋，只匆匆翻身上马，一路回了城外军营。

季燕然并未下令将战事延后。

翌日清晨，待林间薄雾散尽后，进攻的号角也准时吹响了。

鸟雀虫豸皆被惊飞，振动羽翅时，扫落无数枯叶，它们在风中回旋飘着，似一只只斑斓的蝶。

大梁军队秩序井然，排出一字长蛇阵，手持寒光长刀铁剑，将腊木林围了个水泄不通，连半只野兽也无法蹿出。精锐先锋队一分为三，由云倚风与其余两名副将率领，各自推着炸药车，早已埋伏在地宫三处入口。

“云门主。”黄庆养好了胳膊，此番也随众人一起行动，小声问他，“那地宫里究竟藏着什么玩意儿？”

“蛇虫鼠蚁，瘴气毒雾，机关暗器，还有最险恶的人心与算计。”云倚风答道，“或许要比上回你在悬崖飞身救人时，还要凶险十倍，行动时务必小心。”

黄庆连连答应，握紧了火匣屏住呼吸，等着上头传来进攻指令。

时间一点儿一点儿流逝。辰时，三枚信号弹带着锐响钻入长空，说明三支先锋队皆已就位。

季燕然抬手下令，另一枚金色烟花登时于长空绽开，如湍急飞瀑九天纷扬，云倚风沉声命令："行动！"

黄庆答应一句，咔嗒一声擦亮火匣，点燃了地上的引线。小小的火花一路飞溅，在草丛中宛若快速游动的金色灵蛇，火药味已然弥漫开了。众人掉头撤离，各自寻了隐蔽处躲好。

云倚风眉峰紧皱，死死盯着前方，只求此战能一切顺利。因炸药数量不少，为免伤及自己人，引线特意留了很长，金色的火光早已消失在视线中，四野俱寂，静到黄庆心里都开始没底了，悄声问："该不会是中途熄了吧？不如我去看看。"

云倚风单手压住他的肩膀，喝令："蹲好！"

黄庆猝不及防，一屁股坐在地上，疼得龇牙道："那万一——"

话未说完，一声震耳欲聋的轰鸣便自前方传来，音浪夹杂着滚滚热浪，似无形巨手，打得周围一片百年老树连根飞起，沙砾与黑土裹满腐臭腥味，漫漫布了满天。那遮天蔽日的架势，比西北最猛烈的沙尘风暴还要来势汹汹，视线里霎时只剩下一片昏黄。混混沌沌中，一块巨大的石板先被冲到天上，又咚的一下，直直插到了黄庆面前。

云倚风道："是地宫入口的石板。"

黄庆心脏狂跳，惊魂未定地想，这可太吓人了。

与此同时，另两声轰隆也先后传来。

地宫的三处入口皆被炸开，硝烟散尽后，一股纯黑色的粘腻"岩浆"涌出地宫，向着四面八方奔腾冲刷，黄庆看得目瞪口呆："这是什么鬼东西？毒水？"

云倚风答："毒虫。"

黄庆闻言更受惊了，再定睛一看，这才发现那黑色的、不断扭曲的腥臊"水流"，竟是由一只只铜钱大小的甲虫组成的，看那源源不绝的架势，他甚至怀疑，或许整片地官都已经被这恶心玩意儿塞满了。

"含好防虫药丸！"云倚风下令，"先上树暂避！"

口中药丸芬芳甜腻，随身携带的药瓶打开后，所溢出的气味亦浓烈无比，且不说对付黑甲虫有没有用，至少蜷伏在树干上的爬虫在闻到之后，一只只逃得飞快，效果还是颇明显的。

众人隐在茂密树叶间，都在紧张地盯着那道暗黑色"洪水"，或者说成剧毒吞噬者也不为过。虫群所经之处，不仅地上草叶会被啃食一空，就连粗壮的古木也接连倒地。甲虫不断攀上那些横贯树干，远观起伏流淌，更似江水滔滔。

"云门主。"有人心里没底，"咱们撤不撤？"万一藏身的大树也被虫群咬断，所佩的药囊又无驱虫之效，只怕是当真会被啃成白骨。

云倚风道："我去试试。"

黄庆被吓了一跳："这要怎么试？"

云倚风却已飞掠下树，脚尖唰唰地踩过草叶，向着黑虫涌来的方向迎去。

黄庆看着那翩然踏风的神仙身影，下巴都快被惊飞了，即便武功再强，可这数以万计的虫子要怎么打？光是看着便头皮发麻，恨不得冲进河里洗上十七八回澡，更何况是云门主那般雪白干净的人。

他紧张地握紧了手。

而在腊木林外，季燕然的手心也沁出了薄薄一层冷汗。

林中方才传来三声巨响，说明火药已被顺利引燃，却迟迟没有等来下一枚进攻的信号弹，便说明情况有异，自己暂时还不能率军打入，可究竟是哪一种"异"呢？

是地宫入口判断失误，还是放置炸药时出了问题，抑或是从地宫里冲出来了军队、猛兽与毒虫？种种皆有可能，种种皆令他百般忧心，偏偏又只能驻守原地，几经挣扎与焦虑，他的心似被牵在细细一根丝线上，连后背都湿透了。

这时云倚风落在一棵树上，地上甲虫像是能嗅闻到鲜血气息，纷纷摞叠着爬上粗壮枝干，争先恐后向他蠕来。云倚风试着从袖中抖落一片药粉，白色细雪覆上硬壳，那些黑虫果然便停止了前行。片刻后，更是噼噼啪啪地落在地上，似见鬼般逃了。

这驱虫药是有效的。

云倚风心里一喜，原想就此撤离，却又怕判断不准确，影响到战事。他索性咬牙往下一跃，双手撑在地上，整个人都蹲在了无边虫海中。

黑色甲虫遇到此障碍物，第一反应便是攀登越过，只是带着倒刺的前爪刚钩住那雪白轻纱，还没爬上两步，便觉得迎面飘来一股甜腻之香，熏得浑身无力，稀里糊涂掉在地上，肚腹朝天，再也翻不过身了。

药的确是好东西，只可惜没多带一些。云倚风站起来，拂袖扫落身上零星几只黑虫，顺手点燃了信号弹。

而几乎是同一时间，在另两处地宫入口，先锋队也发现了这黑虫惧怕香囊，信号弹拖着长尾没入长空，号角与金鼓声再度响起。腊木林外，季燕然一颗心落回胸腔，龙吟出鞘，指挥道："杀！"

"杀！"大梁数万将士齐声怒吼，呼喊震天。

地宫内，玉英已换好战甲，回头见鹨鹕还站在原地，便不解地问："首领为何还不行动？"

鹨鹕道："此战我们必不能赢。"

玉英却不赞同他的说法："那要看如何才算'赢'了。若一路攻入王城，坐上龙椅算赢，那我们赢的机会的确微乎其微。但若杀了季燕然，杀光这支西南军队便算赢，我们也未必就会输。"

鹨鹕看着她："地宫修建时，便留有暗道，通往怀花镇。"

玉英闻言一愣，不可思议地道："首领想逃？"

"留得青山在，不怕没柴烧。"鹨鹕并未否认，"我一向就不赞成鱼死网破。"

"当初是卢将军救了我们！"玉英的声音拔高几分。

鹨鹕有些烦躁："当初你我占山为王，过得并不落魄，无须谁来拯救。"

玉英继续质问："那你这么多年来，为何还要帮着姐姐？"

鹨鹕哑然不答，只道："你到底跟不跟我走？！"

玉英想了片刻，道："我明白了。"

"你能明白什么？"鹨鹕无端就恼怒起来，抬手将她推到一边，拔腿想离开，却反被一把扯住手腕。

玉英语调尖锐："你只想借卢将军的名号，借姐姐在朝中的关系，霸占谢家多年来积攒的巨额财富，用来扩建地宫，用来招兵买马筹建军队，好替自己争夺皇位。真是打得一手好算盘！"

鹨鹕面色赤红，重重地给了她一个耳光："疯妇！"

玉英滚落台阶，捂着半边脸叫嚷："你对得起卢将军吗？"

"我只求能对得起自己。"鹨鹕冷冷地应一句，"当年谢家卖国谋得的金银，我并未全部取尽，仍留了数万黄金埋在旧地，也算对得起谢含烟了。她若脑子清醒，就该拿了钱财，隐姓埋名去过富贵日子，再也别做什么天下大乱、为夫报仇的春秋美梦。"

玉英听完这番贪生怕死的小人言语，轻蔑啐了一口："呸，我竟嫁了你这么个窝囊废！"

"少拿大帽子压我！"鹧鸪越发羞恼，蹲下狠狠地道，"别以为我不知道，你从一开始，心中便只有那威风凛凛的卢将军，怕是早就恨不得自己也嫁给他吧？"

玉英受此侮辱，气得抬手欲揎他，外头却有人来禀，说是大梁军队已经攻进腊木林了。

"下令迎战！"她从地上爬起来。

鹧鸪提醒她："你手里只有五千人。"

"拼尽最后一口气，哪怕死了，也总算不负将军昔年的恩情。"玉英挎上长刀，冷冷地看他一眼，"你便尽管跑吧，往北是大梁，往南诸国也都与大梁交好。我倒要看看你顶着这张乱臣贼子的面孔，能躲到哪里去！"

鹧鸪眼睁睁看着她离开，暗自咬牙骂了一句，匆匆地向着另一个方向逃去。

而在玉丽城中，蛛儿也不知从何处听说了今日开战的消息，一直在尖叫着要去公子身边伺候，嚷了半个时辰不见歇。看守实在被吵得头皮发麻，便拿了块手巾，进屋想将这疯妇的嘴堵上。谁料对方却早有准备，一头撞上看守肚腹，令他踉跄跌倒在地，又趁机将锁链钥匙一把扯到手中，待其余人听到动静赶来帮忙时，蛛儿已经像猿猴一般，蹿上房顶消失了。

正如先前季燕然的推测，在雷三叛军被攻破后，地宫中所剩人马，一共不足五千。如此可怜巴巴的数量，若正面迎战，必输无疑，所以玉英与谢含烟二人早早就做好安排，令大军分散隐藏于密林各处，似毒蛇一般，静静等待着庞然于自己数倍的猎物。

梁军的包围圈正在渐渐缩小。

飞霜蛟颇通灵性，又跟随季燕然征战沙场多年，早已练出了一身的戒备与警惕。初次来这幽深密林，它走得并不快，途经一片蓬乱草丛时，更是刻意放缓步伐，先用前蹄试着踩了踩。

砰砰两下钝音，声音不对，触感也不对。

季燕然勒紧马缰，示意众人暂时后撤，一旁的护卫搬来几块巨石，铆足了劲向着草丛砸去。

薄薄一层草皮应声塌陷，地上赫然出现了一处巨大的陷阱，里头挂满毒刺荆棘。与此同时，数百根铁锚更似一场倒下的雷雨，飞速自坑内同时弹出，夹裹着雷霆万钧之力，交错射向四面八方。众人虽已有准备，早早就举起了盾牌防御，可寒铁相撞的巨大声响，也震得手臂与心窝一起发麻了。

"王爷小心！"有人又在身后疾呼。

风被利刃层层破开，季燕然耳根一动，手中长剑已先一步出鞘，金龙长尾凌空一甩，将狰狞火流箭打落在地。

躲在树上的叛军见势不妙，扯住藤蔓想要学猿猴荡走，却哪里还能脱身。一排大梁弓箭手拉满弓弦，顷刻便射杀了这批偷袭者。

副将检查过后，禀道："不到一百人。"

"对方手中早已无兵可用，不会正面与大梁交手，只敢这样暗中偷袭。"季燕然道，"接下来的路途，怕是更加凶险。吩咐下去，令大军多加留意。"

地宫内，江凌飞正在仔细擦拭着鬼首剑。他的双目是暗红色的，几缕碎发垂下额头，挡住了直勾勾的视线。谢含烟已下令解除了他的禁锢，但他手腕上被银链勒出的伤口还未痊愈。一经活动，又淋淋滴滴滴下了许多鲜血，落满白色衣衫。

"少爷。"管家恭恭敬敬地道，"你该出发了。"

"被关在哪里？"江凌飞站起来。

管家被问得一愣，没明白过来他的意思："谁关在哪里？"

"……"江凌飞头脑混乱，像是有一把小锤正在细细砸过每一处，痛得整个人都木了，方才喃喃地憋出一句，"人质。"

他只记得自己要救人，却忘了具体要救谁，便一把扯住管家的领口，狂躁逼问："人质在哪里？"

管家心中骇然，不懂为何蛊虫已入脑，江凌飞却还是没将旧事忘完，便连声哄他："少爷先去杀了季燕然吧，人质……人质在他手中，喀。"

"杀了季燕然。"江凌飞跟着念了一句，"救人质。"

管家被勒得喘不过气，费力道："对，杀了季燕然。"

江凌飞松开手，大步向外走去。

管家跌坐在地，惊魂未定粗喘几口，刚想要撑着站起来，却觉得脖颈儿处兀地一凉，世界突然飞速旋转了起来。又或者说，是自己的脑袋飞速地旋转了起来。

江凌飞漠然地看着管家的尸首，单手合剑回鞘，许久，嘴里含含糊糊说了一句："我不喜欢你说的话。"

想不明原因，就是单纯地不喜欢。

鹧鸪此时已顺着地道，独自跑出了几里地。他当初之所以愿意收留落难的谢含烟，一是因为玉英从中相劝，二是为了财富与权势。

他贪慕大梁王都的繁华，不甘心一辈子住在瘴气山林中，也打探到谢家倾塌后，朝廷并未在谢府搜出什么值钱的珍宝，那失踪的大笔银子去了何处？唯一的知情人，怕是只有谢含烟。

而后来事情的发展，果然如他所料，谢含烟说出了藏宝地，野马部族的势力也在一步步扩张着。勾结朝臣，安插暗线，一步步瓦解李家的势力，双方看起来目的一致，但鹧鸪却清楚地知道，自己最想做，或者说是唯一想做的，绝不是替卢广原报仇，而是登基称帝。反正那两个疯妇也不愿要江山，自己便正好占了宝座，好好享一享万里繁华。

只是想法虽美，现实却不尽如人意。

大梁的天子并不昏庸，无论怎么挑拨，都未曾对远在西北的季燕然真正下手。而季燕然也一门心思忠君爱国，即便手握重兵，亦无半分谋逆篡位的想法。两人生生将"兄友弟恭"四个字诠释了个淋漓尽致，倒显得旁人像跳梁小丑一般。

鹧鸪骂了一句脏话，也不知是在骂朝廷，还是在骂那两个一心想要报仇的无知妇人。

事情发展到今天这个地步，当皇帝是没指望了。不过幸好，自己早已在外藏了钱财与人马，随时能乘船出海，去过逍遥日子。地道尽头是块机关石板，他先趴在上头听了许久，确定外头并无兵戈相交声，方才奋力一推，整个人钻了出去。

玄铁笼从天而降，砰的一声，将他严严实实罩在了里头。

鹧鸪大惊失色，看着周围一圈兵马："你们……"

地蜈蚣嘿嘿地笑着，围着他转了好几圈，得意地道："爷爷我钻了一辈子地宫，还算不出你这处门？就知道守在这里，定能逮到好货，来人，将他给我抬回去！"

正好拿来向萧王殿下与云门主邀功，或许还能换个朝廷御赐的"盗圣"名号，啧啧，光宗耀祖啊。

他想一想便浑身爽快。

美哉美哉。

　

玉英骑在马上，穿一件鲜红披风，似一条赤腹毒蛇，双手握紧利刃，向着季燕然杀去。梁军一路包抄围剿，野马部族五千骑兵早已被冲得七零八落，只剩不到几十人护在她身边，做着明知无用的垂死挣扎。

季燕然侧身一躲，以剑鞘将她击落在地，问道："谢含烟呢？"

"姐姐已经走了。"玉英擦去嘴角的鲜血，嘲讽地看着他，"此时怕早已乘船出了海，你休想带着她去向皇帝邀功！"

"凌飞与玉婶呢！"季燕然继续问。

听到这两个名字，玉英笑容越发古怪，轻飘飘地道："都死了，即便没死，也快死了。"

"你休想救任何人，也压根儿就没本事救任何人！"她怨毒地诅咒着，"所有与你亲近的人，都得死！"

季燕然皱眉："这无缘无故的恨意，也是卢将军教你的？"

玉英勃然大怒："你也配提卢将军？"

"有你们这群……所谓故人，为心中偏拗执念，不惜搅得天下大乱，也不知卢将军若泉下有知，心里会是何滋味。"季燕然暗自摇头，命下属将她套上枷锁，送往玉丽城中暂押，自己则是继续率军前行，赶去与云倚风会合。

　

地宫入口，黄庆心痒难耐："非得等到王爷率军前来，咱们才能打进去？"

"地官里八成藏着高手，中原武林第一。"云倚风道，"切不可轻举妄动。"

中原武林第一，那也差不多就是天下第一了。

黄庆又问："那能打得过吗？"

云倚风答："说不好。"

说不好，是因为江凌飞目前状态未知，若他尚且清醒，自是一切好说。可若已深中蛊毒，成了受谢含烟操纵的杀人傀儡，那只怕双方难免会有一场恶战。

除此之外，还有那"深入心脉，一运功便会危及性命"的血虫，也不知鬼刺有没有替江凌飞解除。种种不确定因素堆在一起，令这场对决变得越发不可捉摸。云倚风实在太了解季燕然的性格，只怕他在殊死决战时仍会百般小心，只求能将江凌飞救下来，可那是一等一的高手，稍有不慎，便……

云倚风心里暗自揪起，实在太紧张，连带着大脑也眩晕起来，刚想去人少处透透气，却被黄庆一把按住肩膀："有人！"

的确有人，还是个大熟人。鬼鬼祟祟的黑影从远处跑来，怀中抱了个大陶罐，裹一身黑袍，像是一只佝偻却灵活的老猩猩。

两枚莹白玉珠自树下急速飞出，当啷一声，将那大陶罐打了个稀碎。五颜六色的蛇、虫、鼠、蚁从里头钻出来，向着四面八方的草丛爬去了。鬼刺手忙脚乱地想要抓回，却显然只能徒劳，便带着滔天怒意抬头："谁！"

"久未见面，徒弟自然要送师父一份礼物。"云倚风靠在树上，上下打量他，"怎么，知道自己活不久了，打算带着细软跑路？"

鬼刺死死地盯着云倚风，见昔日那苍白憔悴的面庞已变得十分精神奕奕，便也顾不得其他了，张口便问："是血灵芝将你治好的吗？"

云倚风干脆利落地答道："不是。"

"不可能！"鬼刺尖锐地叫出声，讨人嫌的程度，与蛛儿倒是十成十地相似。

云倚风双手叉腰，眉梢一挑："生病的是我，我说不是就不是。"

鬼刺扑上前来，尖尖的指甲扯住他的衣领："你胡说！"

云倚风态度很好："我没有，当真不是血灵芝。"

长得好看的人，只要态度真诚些，那随便扯什么都有人信。风雨门门主更是深谙此道，他做出一副良善纯真的面孔来，倒是让鬼刺跟着糊涂了，急忙追问："那你是吃了什么药？"

云倚风耐心地回答他："木瓜削片加核桃、陈皮，制成蜜饯，口渴时便喝一碗，三个月便痊愈了。"

鬼刺一愣："就这些？"

云倚风点头："对，就这些。"

"木瓜、核桃、陈皮，"鬼刺在脑海中飞速地想着，"木瓜、核桃、陈皮……"

不可能，不可能啊。

他焦虑地想了许久，觉得心脏都被虫啃空了，难受得歇斯底里，直到余光瞥见云倚风的表情，方才明白过来，恼羞成怒道："你敢骗我！"

云倚风脚下一错，躲开了迎面蹿来的几条小蛇，单手拔剑出鞘，喷喷道："多日未见，迷踪岛的手段倒是一如既往，脏得让人恶心。"

鬼刺在迷踪岛上待了多年，早已用蛊毒将身体养成了半个怪物。

飞鸾剑锋没入胸口，非但没有见血，反而炸出一堆芝麻大小的荧绿飞虫来，在云倚风手上留下一串浅粉色的鼓包。

黄庆看得头皮炸裂，觉得这玩意儿可真是恶心，便提着刀赶过去帮忙，却被云倚风一袖拂回原地："都离远些！"

鬼刺哑声干笑着，道："你怕我会吃了他？"

黄庆觉得自己耳朵应当是出问题了，他还能吃人？

"这么多年来，你一直都是先害人，再救人，邪门歪道的手段用了个遍，哪里配得起半个'医'字？"云倚风将他逼至树下，"现又与叛党联手，散播瘟疫，坑害无辜百姓，当真罪该万死。"

鬼刺手指一弹，一股内力震得飞鸾剑身嗡鸣，云倚风亦被带得手腕发麻，长剑险些脱手。鬼刺一把握住他的肩膀，拧得那处骨节嘎嘣作响，阴森地笑道："你这一身武艺，皆是由我悉心教授，现在却想用来对付我？"

云倚风飞起一脚，先踹得鬼刺接连后退，雪白衣袖旋即扫出一片暗器，径直向着对方面门攻去。

鬼刺口中骂了一句"自不量力"，从腰间抽出一条蛇形长鞭。黄庆看得清楚，那鞭身幽蓝且布满倒刺，寻常人只挨一下，怕就会一命呜呼，心便越发揪紧，却也帮不上什么忙，只能眼睁睁看着那一白一黑两道身影，在密林中战成一团，引得周围树木像遭遇疾风一般，左右摇晃着，落叶如瀑。

数百招后，蛇形软鞭死死缠住飞鸾剑，几条赤红毒蛇自那漆黑袖口爬出，张开利齿扑上前来。

云倚风被迫松开左手，长剑当啷一声掉落在地，鬼刺趁机挟住云倚风，拖着他飞速往密林深处掠去。这一切发生得实在太快了，快得黄庆与先锋队其余人都没反应过来，总觉得还眼花缭乱呢，面

251

前的两个人就嗖的一声消失了。

黄庆受惊不浅，赶紧从地上捡起飞鸾剑，匆忙吩咐："你们几个，继续守着这处入口，剩下的人随我来！"

一群野猿被惊得四处逃窜，鬼刺将云倚风重重地顶在树上，哑笑道："功夫倒是有长进，不过想以迷踪岛的功夫赢我，怕是还欠点儿火候。"

云倚风被方才那一下撞得眼冒金星，艰难地问他："你想做什么？"

"自然是将你带回迷踪岛。"鬼刺拍拍他的侧脸，"好徒儿，你莫想骗为师，关于血灵芝与木槿镇的事，鹧鸪已经告诉我了。我还在他的地宫里翻出了不少好东西，回去之后，都一一让你试试。"

云倚风试着挣扎了两下，对方那枯瘦的手爪却如黏稠脓液一般，始终紧紧黏在他脖颈儿处。双方正僵持不下，从树林中又冲出一个惊慌失措的红衣女子，云倚风看清来人后，顺势头一偏，皱眉道："他要掐死我！"

"不要！"蛛儿果然受到刺激，尖叫着扑上前来，想要将云倚风抢回自己手中。

鬼刺被她扯得险些跌倒，心中恼怒至极，当胸一掌将蛛儿拍得筋骨断裂，凌空飞起，另一手却直直伸出，想再度去擒云倚风，却反被虚晃一招，被尖锐匕首削断腕骨。剧痛还未来得及扩散开，眼前便又闪过一道白色光影，似银蛟咆哮出海，带着无穷内力穿透胸膛，震得满身虫豸纷纷向外爬去，黝黑的皮肤皱出裂口，鬼刺喷出一口鲜血，如碎骨般瘫软在地，再也爬不起来了。

云倚风收招落地，雪白的广袖被风吹得扬起："迷踪岛的功夫，确实奈何不了你，所以方才那招叫'飞龙在天'。"

鬼刺满目愤恨："季燕然……是季燕然教你的？是我大意了。"

云倚风并未理会这句话，只道："你不是想知道，血灵芝是如何解蛊王剧毒的吗？那便好好留着这条命，待我回到王城后，自会细细说与你听。"

鬼刺眼底闪过一丝亮光："当真？"

"当真，不过我也有条件。"云倚风蹲在他面前，"江凌飞与玉婶人在何处？"

"旁的不知道，我只知道……只知道江凌飞。"鬼刺咳出一口黑血，"他啊……他被下了蛊，无药可解，无药可解。"

云倚风拳头猛地握紧。

黄庆此时也抱剑带人赶到了，见云倚风安然无恙，方才放了心，五花大绑地将鬼刺捆了起来。蛛儿奄奄一息地倒在树下，只剩了最后一口气，她瞪大双目，凄凄地道："我即便是死了……死了，也要跟在公子身旁，这世间没有谁……只有我能伺候公子，只有我。"

"我无须任何人伺候。"云倚风看着她，叹了口气，"若真有来生，你便放下心中执念，去做个普通人吧。"

"公子！"见他转身想要离开，蛛儿声音陡然拔高，拖着瘫软的身体往前爬了两步，伸直手臂欲扯住那如雪衣摆，却被额上流淌的血遮住视线，如垂死的鱼般挣扎两下，不甘地咽了最后一口气。

至此，鹧鸪、玉英与鬼刺皆被生擒，留在地宫中的叛军首领，只剩下谢含烟一人。

日头渐渐西沉，时间已近黄昏。

风拂动着苍翠树林，越发显得四周寂静。

云倚风提醒："据鬼刺供认，江大哥不但心脉血虱未解，还被谢含烟下了新的蛊毒，炼作杀人傀儡。此时怕早已失去理智，王爷

253

进到地宫后，务必万事小心。"

入口机关已被炸毁，先锋队鱼贯而入，但见墙上明珠镶嵌整齐，将整座大殿照得亮如白昼。条条回廊纵横交错，各处房屋连接极为巧妙。

一路搜寻过去，零星有一些躲藏在房中的残兵与仆役，也皆被大梁军队俘获。不过审问过后，众人却都不知谢含烟一行人的下落，只有一名杂役战战兢兢地招供，说江凌飞曾在今早闯入监牢，似乎要找什么人质，看着双瞳如野兽一般，狰狞得吓人。

季燕然听完之后却反而松了口气，还记得要找人质，至少能说明仍残有一丝理智，不至于完全疯魔。

这处地宫建得宽敞宏大，想搜一人并不容易，云倚风转过一条回廊，试着推了一把面前大门，厚厚石板应声而开，两个身影匆匆从不远处掠过，是江凌飞扛着昏迷的玉婵，像是要把她送出去。他奔跑的速度很快，一眨眼就消失了。

"凌飞！"季燕然也注意到了这边，也来不及多想，一路追着二人到了一处空殿。

前头再无路可走，江凌飞将玉婵放到一旁，拔出鬼首剑，目光寒凉地看着季燕然："你找死。"

季燕然举起双手，示意他先冷静下来，又试探："你还认识我吗？"

江凌飞血目混沌赤红，僵硬地道："我要杀了你。"

"先把剑放下。"季燕然耐心地劝他，"我们好好谈一谈。"

江凌飞拳头握得嘎巴作响，他一直盯着对面两人，像是要从脑海中那一片茫茫雪白里，拼出些许散碎片段。斑斓色块浮动在四周，诸多填塞于记忆缝隙间的往事，本该是极熟悉、极亲切的，却又始终云山雾罩，无法触及，狂躁再度袭上心头，手腕带着鬼首剑一起颤动，杀意弥漫在空空大殿中。

云倚风掌心滑下三枚玉珠，刚打算伺机行动，玉婶却在此时醒了过来，她从嗓子里挤出一丝细细的呻吟，江凌飞瞳孔一缩，登时转过身去，手若鹰爪卡住对方喉管，就地用力一拖。玉婶双腿胡乱蹬了两下，也不知触到了什么机关，地下突然就传来地狱般的闷响，石柱也在左右摇晃着，云倚风心知不妙，飞身欲去拉江凌飞，这座大殿却已轰然倾转过来，壁画中的日月星辰颠倒错乱，整个人亦失重往下坠去。

举目皆是漆黑，耳畔只剩下了风的声音！

砰砰几声，几人先后砸在厚厚皮毛堆中，都摔得不轻。

江凌飞最先爬了起来，他摇摇晃晃地看着众人，眼底依旧是错乱的。这里的灯烛比起上头大殿，还要更加黯淡几分，景象浮动在昏黄光影上，万物越发不真实起来。

云倚风扶起季燕然，又伸手将玉婶也拉了一把："没事吧？"

"没事，我没事。"玉婶脸色苍白，"这……咱们还能出去吗？"她一边说，一边战战兢兢，作势要往二人身边凑。不料却被一把捏住手腕，一枚鲜红暗器当啷掉落在地！

玉婶眼底骤然闪过一丝杀意，双臂一扬，自袖中飞出数百银针，再度单手握刀向云倚风攻去，又歇斯底里地喊了句："杀了季燕然！"

江凌飞双目一怔，如傀儡接到主人指令，拔剑便向季燕然攻去。他头脑昏沉，也不知对面站着的究竟是谁，只将毕生所学使出十成，寒冷的剑气划出层层霜雪，几乎冻结了整间暗室。

季燕然以龙吟挡住他的迎面一击，怒吼道："你给我清醒一点儿！"

江凌飞却已听不进去了，手腕翻转又是夺命一剑。

季燕然记得那心脉血虫，不敢逼他太急，只能且战且退，尽量拖延时间想办法。余光扫到另一头，见云倚风已将玉婶打落在地，从她脸上撕下了人皮面具，露出一张憔悴而又被仇恨浸染的面孔来，谢含烟。

"风雨门门主，果真狡诈多疑。"她啐出一口血沫，"是我小瞧了你。"

"我先前最不愿相信的，便是连婶婶都是叛贼。"云倚风用剑指着她的心口，"缥缈峰也好，王城也好，甚至是刚开始的玉丽城，我都将婶婶当成至亲长辈，从未疑过半分。"却不想，整件事从一开始就是骗局，甚至连赏雪阁内那传递消息用的雪貂，都是掩人耳目的幌子。真正的幕后主谋就在身边，正日复一日，冷眼旁观着所有事，哪里还用得着金焕送信？

玉婶，或者说是谢含烟问他："我在哪里露出了破绽？"

"没有。"云倚风摇头，"露出破绽的不是婶婶，而是你那'女儿'，你伪装得很好。"

身为厨娘，按照普通人的想法，实在有太多机会在饭菜中动手脚。但云倚风百毒不侵，季燕然的一食一饮又都要再三验毒，只怕饭菜还没送到桌上，就会被查出端倪，所以谢含烟便干脆放弃了这个计划，只求能在两人身边蛰伏更久，好寻求更多的机会。

谢含烟靠在墙上，将嘴角的血丝缓缓抹去："你既已猜到了我的身份，为何还要跟来救我？"

"没人要救你。"云倚风道，"王爷要救的，从始至终都只有江大哥。"

听他这么说，谢含烟反而"呵呵"笑了起来，双眸微抬，声音里染上一丝憎恶与恶毒："怕是再也救不出去了。"

江凌飞单臂一震，直直地刺向季燕然的左肩。身后已无路可退，季燕然唯恐自己一出招，便会激得对方越发气血上涌，只能咬牙接下这一剑，顺势抬起双手，牢牢钳住他的肩膀，将人往石壁上重重一推，撞了个七荤八素，又在耳边吼一句："娘还在王城里等着，你究竟要胡闹到何时！"

江凌飞打了个激灵，血红眼底终于划过一丝别的情绪，有些错愕地看着他。

"那姓谢的女人不是你娘！"季燕然与他对视，胸口剧烈起伏着，"你与卢广原、谢含烟没有半分关系，听明白了吗？"

"胡说！"谢含烟尖锐地骂着，"季燕然是你的杀父仇人，休要听他狡辩！"

"我没有胡说。"季燕然并未理会那疯妇，只一直握着江凌飞的肩膀，"你醒过来，我将所有事情都细细说给你听。"

他的肩头还在冒着血，将战甲染成鲜红，似一条灼热溪流冲过冬日原野，厚厚的积雪被融化了。那些深埋于底的回忆，也终于隐隐浮现在他脑海中。

春日的酒与花，萧王府的比武练剑，一家人团聚的和乐融融，过往岁月齐齐袭上心头，江凌飞如同被卸尽力气，眼中浑浊也退去了，他颓然跌坐在地，嘶哑地问了一句："干娘……还好吗？"

"娘还在等着你。"季燕然封住他两处大穴，问道，"出口在哪里？"

"这是死门，从里面是无法打开的。"江凌飞晃了晃昏沉的大脑，又想起一件事，"梅前辈呢，我救出他了吗？"

"阿昆一直待在玉丽城中，并未被绑架，鹧鸪那日只抓了李珺一人。"季燕然道,"不必担心。"

江凌飞松了口气:"那就好。"他心口有些闷痛,便闭着眼睛缓了一阵,才继续问,"王爷方才说,我与卢将军并无任何关系?"

"是。"季燕然看了眼另一头的谢含烟,"风雨门已找到当年江家故人,你的确是玄翼军的后代,却并非卢广原与谢含烟的儿子。你的亲生父母,该是蒲先锋与北冥风城的罗入画。"

江凌飞如遭雷击,不可置信地道:"你说什么?"

"我说,你是蒲先锋的儿子。"季燕然道,"当年罗小姐南下投奔野马部族,所带的两个婴儿,一个是云倚风,另一个便是你。"

罗入画那日为躲王东,抱着亲生儿子不慎跌落山崖,恰好被一队苦修僧侣所救,送到了城中尼姑庵暂居,而江凌飞需要按时服药的旧伤,也是因为在雪野中冻了太久,才会落下病根。尼姑庵里虽都是善人,却也没有多余的钱财去救助这对母子,眼看儿子的病情越来越严重,罗入画自是心急如焚,别无他法,只好日日抱着孩子跪在街头乞讨,期盼能得善心人相助。也就是在那里,遇到了江南舒的好友——徐禄夫妇。

"当时徐禄见你骨骼奇佳,命也硬,便提出要收为义子,带回江南抚养。"季燕然道,"罗入画虽说心里不舍,却更清楚只靠自己怕是医不好你,便答应了。"

母子二人就此分离。徐禄南下前往清静水乡,将婴儿交给了江南舒。那夫妇早就盼望着能得个孩子,却因身体原因迟迟无法如愿,此番正好能弥补心中遗憾。而罗入画在养好身体后,惦记着相公的叮嘱,便再度踏上前往西南的路,历经千辛万苦,找到了谢含烟。

那个时候,王东已经被派往王城。看在蒲昌的面子上,谢含烟依旧收留了罗入画,两人以姐妹相称,倒也过了几年安静日子。

江凌飞隐隐地意识到了什么："所以……"

"那一年，谢含烟与罗入画假扮主仆进入江家，原只为查明谢少爷遇害究竟与江南震有无关系。谁知罗入画竟在府中撞见了徐禄夫妇，又进一步猜到了你的身份。"

相隔十年的母子重逢，罗入画自是激动万分，也没多想，当下便将这件事告诉了谢含烟。

谁知就是这一举动，竟葬送了她的性命。

罗入画厌恶算计与争斗，当年连地图都不愿往儿子身上刺，自然更不愿他卷入旧日纷争，只想让他继续做个富家少爷，自己能远远看一眼就很好。可谢含烟却动了别的心思，江湖第一门派，将来有可能成为掌门，天资聪颖，这些条件实在太有诱惑力了，倘若培养得当，必能助自己成大事。两人因此产生了争执，罗入画是知道谢含烟执念有多深的。她这晚越想越害怕，脑子一热，竟跑去跪在江三夫人面前，将往事一一吐露，哀求她能放了自己的儿子。

季燕然道："她是想带着你，再度远走高飞，躲到无人认识的地方去。江三夫人却被吓坏了，那时江三爷已因病离世，她无人可依靠，只好去找徐禄夫妇，连夜商议对策，打算再同罗入画好好谈谈。只是等他们翌日再回江府时，那两名绣娘却已经离奇消失了，并且再也没出现过。"

徐禄夫妇与江三夫人担惊受怕了许久，一颗心悬在嗓子眼儿，就这么过了一年又一年，直到确定再无人会寻上门，方才渐渐忘了此事。江凌飞却听得脸色煞白，十岁，也恰是在自己十岁那年，所谓的"娘亲"暗中找上门，说了许多父辈旧事，包括自己身上的痣、自己的旧伤，她都一清二楚，看起来可信极了，又慈爱又温柔，如一盏暖融融的灯，照亮了整个冰冷孤独的童年。

江凌飞目光怔怔看向墙角，看向自己的"娘亲"，脑海中再度浮出了那口枯井，以及井中的森白骨架。他眼球布满血丝，多年来坚持的信念，与灵魂一起被利刃破为两半，世界亦轰然倾塌，他一字一句地道："是你杀了她。"

"我是在帮她！"谢含烟态度强硬，"你那废物一样的娘亲，竟想带着你就那么逃了，还敢质问我为何要对得起将军！她也不仔细想想，若没有将军，焉有她的相公与儿子，我为何不能杀？"

这番冠冕堂皇的荒谬言论，听得季燕然暗自摇头。他扶起江凌飞，低声说道："你体内有血虿，切勿动怒，将旧账留着慢慢算吧。"说罢，又看着谢含烟，"你可知当年出手救你的，并非周九霄，而是先帝？若无他暗中下旨，那位贪生怕死、贪慕荣华的周将军，只怕恨不能离你十万里远。"

谢含烟道："不可能！"

"你不相信，或者说是不愿相信的事情，还有许多。"季燕然看着她，"包括当年的黑沙城一役，先帝在战前已再三告知，玄翼军一旦受困，朝廷绝无余力派出援兵，卢将军却执意要开战，断不肯走招安之路，你可知是为何？"

谢含烟喃喃地问："为何？"

"因为他想要谋取军功，用来换取你余生自由。"季燕然道，"谢家犯的是滔天大罪，唯有最显赫的战绩，才有可能令先帝松口，应允这门亲事。"

谢含烟听得呆愣，一双垂下的眼眸里，先是写满了茫然与错乱，只是很快就又再度被仇恨覆满，她尖锐地嘲讽道："你想将这一切的罪责都推给我？你想说是因为我，大将军与玄翼军才会命丧木槿镇？"

"我不想将罪责推给任何人，只想说出真相。"季燕然道，"人人都要为自己的选择承担责任，卢将军也不例外。他当年因一己私念，一步走错，才会葬送整支玄翼军，你却因此记恨先帝二十年，后来更不惜利用南飞，暗中制造出白河惨案，还试图嫁祸给先帝与老丞相，当真心肠歹毒！"

江凌飞喉咙再度泛上腥甜，白河……他还记得与云倚风初次相遇，便是为了探寻白河一事的真相。那于弥留之际供出"邢丞相"的老人，自然是事先买通安排好的，此举也顺利将云倚风与季燕然带往错误的"真相"，当时并未思考太多，可如今再一细想，自己所利用的人，恰是此生最为弥足珍贵的知己。他心口刺痛如绞，只觉往昔岁月皆如一个笑话，便嘶哑地道："此生是我愧对王爷。若有来世，再好生弥补吧。"

季燕然并未理会他这胡言乱语，只示意云倚风去找机关，想尽快离开此处。谢含烟却再度笑了起来，如看好戏一般，不紧不慢地道："我费尽心机，扮成玉婶将你诱来此处，便是打定主意要同归于尽。命该如此，命该如此啊，你说你们都知道我居心叵测了，怎么就还是跟了进来呢？"她笑得像一只漆漆的黑鸦，"也罢，杀不了李璟，杀了你这沽名钓誉，妄图夺取大将军'战神'名号的鼠辈，也算没有白忙一场。"

她一边说着，身后墙壁也跟着发出细微声响，无数支闪着寒光的箭矢，密密麻麻冒出了头。季燕然看得心里一惊，一把拉住云倚风，将人挡在了自己身后。谢含烟见到之后，笑得越发诡异了。她抹去眼角的浊泪，疯疯癫癫地道："竟还是一对甘愿同生共死的小兄弟。"说罢，语调又狠厉几分，"只是可惜啊，再情深义重，往后也只能一起做鬼了。这暗器名曰'千钧'，耗尽我毕生所学，触发

261

时如骇浪惊涛，一重接着一重。即便萧王殿下武功高强，在这狭小暗室中，又能抵挡几回呢？"

云倚风相劝："谢夫人先勿动怒，大家有话好好说，何必闹得两败俱伤，白白伤了和气。"

谢含烟看着他："来不及了。"

云倚风态度颇好："来得及，来得及。"

谢含烟继续道："大殿一旦倾覆，'千钧'便会自动触发，非我所能掌控。"

云倚风握紧飞鸾剑，不动声色地道："谢夫人这般惊才绝艳的奇女子，制造机关时，无论如何也该替自己留一条后——"

话音未落，数百支利箭便已飞速射出，直直穿透了谢含烟的后背。

云倚风被这变故惊得头皮发麻，万万没料到她竟如此狠得下心，来不及多做考虑，只迅速退到季燕然身边，挥剑扫落了面前的箭雨。

第一轮攻击结束后，墙壁咔嗒一转，立刻又有更多利矢冒出头来，寒光刺目，锐响刺耳，空气亦被撕裂，当真不负"千钧"之名，一拨紧接着下一拨，像是永远都不会停止。饶是三人皆为高手，也挡得万分吃力。殿内无处可躲藏，云倚风错身一闪，想要避开左侧的弹弩，却不慎被射中小腿，踉跄地跌倒在地。

季燕然飞身护住他，以龙吟剑气扫落夺命利刃，后背亦受了轻伤。而墙壁里仍在咔嗒咔嗒地转着机关，数百利箭已迫在弦上，江凌飞扭头看了眼两人，哑声道："保重。"

"你要做什么！"季燕然心里涌上不祥的预感，上前想拦住他，却反被鬼首剑扫至墙角。江凌飞咬紧牙关，如一只黑色猎豹般，纵身冲向那扇布满机关的墙。手中玄剑横扫，带着十成内力轰向对面，震得整座大殿都发出巨响，深藏于墙内的机关被撞至凹陷，歪七扭八地弹射出无数残余弓弩，而后便摇摇晃晃地轰然倒地。

荡起一片烟尘。

"凌飞！"

"江大哥！"

季燕然冲上前，从断墙下将人挖了出来。江凌飞浑身是血，也不知被那残余弓弩伤了多少回，奄奄一息地道："你们没事……没事就好。"

"我带你去找梅前辈。"季燕然眼底布满血丝，"别说话！"

"我……坚持不了太久。"江凌飞费力地摇摇头，"只可惜，往后不能与你们并肩而行了。"

云倚风错手撕开江凌飞的衣襟，想要先替他止血，却被那密布的血窟窿刺得双目生疼，哽咽道："江大哥。"

"来生再一起喝酒吧，到那时，我定不会……不会再骗你了。"江凌飞视线模糊，想要攥住他的手，身上却没有丝毫力气，便疲倦地闭上眼睛，想着，不如就这样吧，只是……只是……

脑中纷杂一片，像是还有什么心愿未了，却无论如何都想不起来，浑浑噩噩间，只听远处传来一声熟悉的呼喊："凌飞我儿！"

他吃惊地睁开眼睛，用尽最后的力气撑起身体，透过模糊血泪，只见李珺正扶着老太妃，匆匆向这头走来。

"……干娘。"

"孩子。"老太妃挣脱李珺，将他抱进怀里，"娘来了，娘来了。"

"干娘。"江凌飞眼眶通红，"娘，对不起。"

"娘在这里。"老太妃胡乱地抚去他脸上的血与泪，"没事，不怪你。"

江凌飞总算记起心中未了之愿，他摸索着从怀里摸出一个布包，已被血浸满了："下个月……下个月是干娘的寿诞，这个玉镯……我怕不能再去王城了。"

"能，怎么不能？"老太妃心如刀割，攥紧那冰凉的手，"娘就是来接你回家的。"

"将我葬在河中吧。"江凌飞意识模糊，喃喃地道，"也不知能不能洗清这一身污秽。"他艰涩地转动着眼球，一个一个看过围在身边的人，有疼爱自己的娘亲，有出生入死的兄弟，有能坐在一起喝酒的朋友，此生也算……圆满。

耳畔隐隐传来惊雷声。

外头会下一场暴雨吧，他想，雨后天晴，万物便都干净了。

在这场战役中，大梁军队的伤亡少到可以忽略不计，众人只用极小的代价，便生擒了野马部族的首领，剿杀俘获叛军无数，赢得相当干净漂亮。

只是战事虽胜，玉丽城中的气氛却始终沉闷。所有兵士在经过客栈时都会刻意压低声音，加快步伐。

关于江家三少的传闻，一直就在各处细细飘着，有人说他是叛贼，也有人说他是王爷的眼线，五花八门莫衷一是，但唯有一点，众人心里都清楚明白得很，那就是江凌飞之死，似一片浓厚的黑云，早已将季燕然整个人都笼了个严实，平日里若无必要，还是躲远些好。

玉丽城外有一条河，夏日湍急，秋冬便会清澈平缓许多。

江凌飞静静地躺在一张竹筏上，换了身天蓝色的清爽衣衫，那是老太妃先前在王城时，一针一线亲手缝的，袖口绣了细细的云纹飞鸟，天高海阔，再无拘束。

他面容很平和，如睡着了一般。腰间香囊里装的是燕云梅，也叫长生花。云倚风不知这吉祥如意的征兆，是否真的能保他来生无病无灾，无忧无虑，却还是固执地填了满满一锦囊，晒干后的花瓣香气清冽，如西北长天，有夜风拂过草叶星辰。

李珺捧着鬼首剑，刚打算放至竹筏，却被季燕然制止："你留下吧。"

他吃惊道："我……我留下？"

"凌飞本不喜杀戮，往后也不必再有这把剑了。"季燕然声音低哑，"当初他曾答应过，要带你去江湖中走走，现如今这把剑，也算半个江湖。"

李珺默默应一句，又将鬼首剑握得更紧了些。

水流载着那悠悠竹筏，一路远去了。

西南的风景，其实是很美的，两岸绿树茂密，不知名的花朵艳艳盛开，渲出大片姹紫嫣红。数百粉蝶先是于林间翩然飞舞，后来像是嗅到了长生花的香气，便又纷纷落上竹筏，停在江凌飞的眉眼间，双翼轻颤。

河流尽头是一处幽深峡谷，郁郁葱葱白雾缭绕，似说书人口中，隐士所居的世外仙山。

竹筏漂荡滑入水湾，被树木层层遮掩，终是彻底消失在了夕阳余晖中。

而蝶群却像是看到了什么，突然就如受惊一般，四下飞散了。

云倚风扶着老太妃，一行人慢慢地往玉丽城中走去。

暮成雪抱剑靠在树上，也回头看了眼远方河流。同为江湖人，他心中自然会生出几分悲悯，只拍了拍怀中胖貂，叹一句："还是你最快活。"

雪貂继续呼呼大睡，浑不知外头发生了何事。

当真是，逍遥无忧。

鹧鸪、玉英、长右与鬼刺皆被押至王城，芙儿也不例外。在大战当日，她原想在城中伺机行动，却被灵星儿与清月擒获，便愤恨地道："原来你们早就怀疑我了。"

"也不算怀疑，只是听梅前辈说你脑中无伤，可又一直治不好，所以便顺手试了一试。"云倚风道，"母子情深倒是演得不错，口口声声思念儿子，却没发现我送回来的，是个明显要瘦弱许多的女婴。"

疯疯癫癫时发现不了，倒也情有可原，可后来都已清醒到能指认出"梅竹松是叛党同谋"，却还抱着别人家的女婴又亲又哭，着实是演过了头。再一细想，当日坠崖时那拼死挣扎，只怕也是存心想将黄庆拉下山，她自己好扯着藤蔓逃离，只是没料到小黄骁勇多谋，二话不说抱着她的脑袋，砰的一下就给撞晕了。

黄庆小心翼翼地问："王爷没事吧？"

"没事。"云倚风拍拍他的肩膀，"吩咐下去，三日之后，班师回朝！"

半年后，王城。

春花开遍大街小巷，举目皆是盎然生机。

天子在宫内设下家宴，丝竹管弦袅袅，舞姬水袖翻飞，满盘珍馐满目盛景。觥筹交错间，有几人早已喝得酩酊大醉，直挺挺地趴在红木案几上，打翻了一地杯盘碗盏，李璟也未怪罪，只笑着吩咐宫人将他们扶下去，好生照料。

宴罢，已近子夜。

老太妃在席间多吃了两盏甜酒，由云倚风送回甘武殿歇息。

李璟屏退一众宫人，与季燕然在御花园中慢慢散步，清风迎面拂来，晃着回廊两串橙黄灯笼，曳出一地脉脉微光。

"父皇在世时，曾有一日于酒后恸声，懊悔自己当年为防谢家，一直不肯答应卢将军与谢含烟的亲事。"李璟站在湖边，看着远处的粼粼微波，语调间颇有几分感叹，"当时朕不明白，不明白为何这听起来鸡毛蒜皮的小事，竟会令父皇那般耿耿于怀。现在想来，只怕是玄翼军兵败木槿镇后，父皇已猜到了卢将军执意要战的原因，才会哀呼痛惜不已。"

季燕然道："将旧木槿镇彻底从地图上抹去，应当也是父皇所做的补偿吧。"如此一来，在世人眼中，卢广原便还是那个英明神武的大将军，从未鲁莽地更改过行军路线，而玄翼军之所以落败，也纯是因为叛军数量太过庞大，才会寡不敌众，并无其他原因。

"无论当年发生过什么，时至今日，也算是彻底翻过去了。"李璟与他对视，又道，"这么多年，幸亏有你守着大梁，多谢。"

"皇兄言重。"季燕然低头，"我十岁离宫，在西北大漠中野惯了，不懂多少规矩，也只有皇兄心地仁厚，才能忍了我这一身臭毛病。"

李璟笑笑，与他继续往前走着，说一些家长里短的闲事。

德盛公公怀抱两条披风，跟在这兄弟二人身后，也觉得春日里的花园美极了。上有漫天星河，下有繁花似锦，空气也是沁甜的，当真令人心旷神怡。

一捧月光落到白玉河中，将整座皇宫都照得朦胧发亮。

翌日清晨，季燕然与云倚风一早就出了宫，说是要去哪条胡同里吃糖油饼。老太妃乐呵呵地叮嘱完两人早去早回后，便也由下人伺候着起床沐浴，却未回萧王府，而是径直去了御书房。李璟刚下早朝，正在那里批复折子。

德盛公公扶着她坐好，小声地道："老太妃，当日皇上赐下的并非毒药，只是普通的参茸补丸。"

老太妃有些吃惊："补丸？"

那时西南正乱，季燕然在千里之外大肆调兵遣将，将西南驻军全部归拢到自己手中不说，还把中原兵马也调走大半，像是铆足了劲要搅出一整片腥风血雨。朝臣议论纷纷，上奏的折子快将御书房淹没了，有说萧王殿下狼子野心的，有揪住江凌飞一事大做文章的，还有人干脆请命，要去西南将季燕然换回。总之，纷纷似雷霆骤雨，浇得李璟烦躁至极，一连许多天早朝时都阴着脸。朝臣中有机灵的，就又跳出来说，萧王殿下素来忠心耿耿，王城中又还有老太妃在，想来应当不会出什么问题，不必太过担忧。

但偏偏，因江凌飞的事情，老太妃牵挂忧心极了，所以虽明知不可为，却还是想亲自去一趟西南。在这种局面下，服下一枚需按时回宫领取解药的毒丸，似乎就成了最可行的折中方式。

李璟走下龙椅："当日不得已说了谎，还请太妃莫要见怪。"

老太妃深深行礼："皇上放心，燕然永远都不会知道这件事。"

至于为何毒丸会变成补丸，或许是出于兄弟间的天然信任，又或许是因为李璟依旧忌惮季燕然的兵权，担心他一旦知道生母曾被喂毒，会造成什么不可挽回的后果。其实都不重要了。

重要的是，人人皆有苦衷，能从中取得一份平衡，继续将安稳的日子过下去，便已很好。

五月的王城，骄阳似火。

这天，季燕然刚一回王府，便有仆役偷偷摸摸来报信，说是云门主又新得了个防暑降温饼的妙方，差人去买了两百斤绿豆，这阵儿正在厨房里忙活呢。

季燕然觉得自己有些耳鸣："多少？"

仆役重复一回，两百斤。

说罢，他又用十分同情的语调道："不如王爷先去宫中躲一躲吧，再或者，将平乐王请来帮帮忙呢？"否则只靠一个人，怕是要吃到明年去。

李珺待在街对面的新王府中，正在摇头晃脑地吟着诗，突然就觉得脊背一阵发凉。他神情凝重地想了想，虽不知道即将发生什么，但既然预感不太妙，还是趁早脚底抹油，溜了为妙，省得又像上回一样，莫名其妙就被"请"到七弟府中，不吃完十八个包子不准走。

萧王殿下孤立无援，只好一路踩着蚂蚁去厨房。幸好，云门主还在挽着袖子春豆，尚且没来得及将粉浆上锅蒸。季燕然被这派景象搞得哭笑不得，上前连哄带骗道："我带你去个好玩儿的地方。"

云倚风被他拖得趔趄，颇为惋惜地道："可是好不容易才生着了火。"

季燕然一听，生个火都这般珍惜，这饭是一定不能再由着他做了，便果断将人推出门，一个呼哨叫来飞霜蛟，风驰电掣地前往城南，皇家小别苑。

苑内有荷塘千顷，举目皆是无穷碧色，清爽宜人。

撑一条小舟荡至阴凉处，手旁还要摆一壶淡甜的果子酒。

云倚风享受着凉丝丝的风，觉得是比待在厨房里烟熏火燎，要舒服许多。

"前几日从皇兄处得了一斛红珠，看着颗粒饱满，圆润喜庆。"

季燕然道，"正好留给清月做聘礼，配那娇俏的小丫头，刚刚好。"

"再过两月就是武林大会，他二人定是要去参加的。"云倚风懒洋洋地道，"即便成亲，也得是后半年的事情了，不必着急。"

"武林大会，我先前怎么没听你说起过？"

"又不是什么大事，忘了。"云倚风挪了个舒服的姿势，"况且我又不去凑热闹。"

这怕是有史以来，最游手好闲的一任"武林盟主"，成日里不问门派事，只想钻在厨房里捣鼓绿豆。但偏偏中原江湖在他手中，还真就安稳消停得很，六大掌门齐心协力，共同维护着武林公义与和平。

丹枫城内的江家山庄，也在江凌晨与诸多江门少爷的努力下，稳稳占据着武林头把交椅。月圆圆如愿以偿地当上了江府管家，却一直未搬到阔气的大宅去住，只在烟月纱旁搭了间小木屋。偶尔闲时，便会焚香抚琴烹茶，看隔壁那空寂的院子里，银白烟月笼轻纱。

云倚风道："我昨晚梦到江大哥了。"

季燕然手下一顿："……嗯。"

"他说他过得很好。"

"有多好？"

云倚风想了想，该有多好才算好，最后道："自由自在，无拘无束，还叮嘱我要好好照顾王爷，多下厨。"

季燕然摇了摇头："下回他若再这么说，只管照着脸上打。"

几只蜻蜓落上尖尖嫩荷，也在这静谧午间一起睡了。

最近江山安稳，四海升平，两人原是打算去江南水乡散散心的，但可惜没走成，因为草原十三部族的首领将在下月初齐聚王城，共同商讨开辟新商路一事。

防治风沙的工程已经开始推行了，只待数年之后，那一株株幼苗能茁壮连绵成林。青阳草原在格根兄弟的管理下，安宁富足，风吹草低牛羊遍地，大家的生活都在慢慢变好，将来还会更好。

如此，西北在很长一段时间里，应当都不会再起战事了。

林影的军报也越来越鸡毛蒜皮，今天写，黑蛟营的二十个兄弟成亲了；明天写，边境集市上又出现了许多西洋小玩意儿，我买了一车，供云门主来雁城时赏玩；后天再写，西北一连下了三天的雨，那是属下与老吴思念王爷所流淌的泪。

季燕然大笔一挥，回复，那便每日多思念本王三个时辰。西北干旱，百姓都在盼着你降雨。

至于其他故人呢？

地蜈蚣在西南立了功，如愿得了一块御赐的"盗圣"令牌，上头缀着个大金铃，走到哪儿响到哪儿。

云倚风特意提醒道："私自损坏御赐之物，是砍头大罪。"

地蜈蚣内心愁苦："可有这铃铛，不好干活儿啊。"

"你也干了大半辈子，不如就此退隐，金盆洗手。"云倚风拍拍他的肩膀，"我已在云泽城替你置办好了大宅与田地，丫鬟仆役都不缺，又舒服又阔气。"

新晋"盗圣"连连叹气，总觉得自己这笔像亏了啊。

鬼刺被下旨终身囚于天牢，云倚风以血灵芝为条件，从他手中换取了近百种治病解毒的药方，悉数交给御医与梅竹松，打算等验证无误后，再刊印成册，发往大梁各处。

李璟颁下圣旨，在千伦草原与王城皆修建了崭新的医馆，供梅竹松治病救人，授课解惑。

暮成雪则是跟随商船南下出海，前往远洋各处游历，一连三年未归。有人说他是接了笔大生意，有人说他是为了躲避仇家，也有人干脆说他是为了躲云倚风。毕竟那只貂是越来越胖了，手感上佳，油光水滑，云门主摸了都说好。

　　小舟仍在湖心轻轻摇晃着，漾出圈圈涟漪。

　　云倚风睡得香甜，几缕墨发被风吹落脸颊，脖子上正搭着一根细绳，扯出来后，上头挂了一块红玉雕磨的血灵芝。

　　季燕然哑然失笑，又想起昔年初见，想起那双明亮的眼睛，与一句无辜至极的"按照王爷描述，雕了个血灵芝出来，保平安"。当时听得满心愧疚，现在再想起，却又只剩满心庆幸，庆幸自己能在大梁千万人中，找到这个知己兄弟。

　　缥缈峰的皑皑白雪，望星城的璀璨银河，王城寸寸皆锦绣，西北有长河落日，江南有三春盛景，即便在边陲玉丽，也有心灵手巧的姑娘将碎玉串成铃，在夏风中撞出一片清脆悦耳的响音。

白衣与红尘

番外

夏季，御花园内。

李珺撑着一条小船，正在莲湖碧波中往前划着，一边划一边还要扭过头说："这点儿小水塘实在没什么意思，要说莲叶遮天，得去江南看。我昨日听皇兄提起，七弟像要和你出门，可是去南边赏景？"

云倚风放下手中的莲蓬，疑惑地坐起来："出什么门？"

李珺也被问得一愣："你不知道？可是七弟连车辆马匹都已经备好了，许是……许是要给你一个惊喜吧。"

结果云倚风更疑惑了："那你为何要提前告诉我？"

李珺哭丧着脸说："那我不是不知道吗，就随口一说，这……过几天等七弟向你提起时，你可千万要表现得毫不知情、高兴万分啊，否则我怕是又要倒霉。"

云倚风枕着手臂躺回去，眯起眼睛看晴空飘白云，再含含糊糊地应一句："哎呀，看心情。"

李珺不得不替他剥了一下午莲子，用来守护这份颇为值钱的好心情。

这个时节的莲子不算饱满，也不香，嚼起来只有满嘴嫩生生的甜，云倚风咬着这满嘴的夏日滋味，本来想摇头晃脑吟两句诗，但没吟出来，身旁的李珺对诗文也是一窍不通，半天憋出一句"苦夏"，结果当场被云倚风打了回去："苦什么夏，我看这夏日好得很，又静谧又凉爽，甜得要命，你还是快点儿闭嘴吧。"

李珺灰溜溜地说："哦。"

两人在船上待到日暮时分，方才各自回家。

萧王府内，季燕然正在院中看新买的玉石，忽然就见墙上一道白影火急火燎地飘了过去，心中又气又笑，便跟去后院卧房，站在门口道："在外头待了一天，回来就跑得如同被狗追，说说看，又闯什么祸了？"

"闯什么祸，没闯祸。"云倚风苦着脸躺在贵妃榻上，双手将肚子一抱，"就是想睡会儿，莲子吃多了，想吐，平乐王一直给我剥。"

季燕然："……"

于是乎，虽然云门主在获悉"即将出门"这件事时遵守承诺，表现出了应有的惊喜，但平乐王该挨的打还是没少，理由是"你剥什么莲子"。

李珺望天落泪，心想怎么会有像我这么倒霉的人呢，不仅要留在王城处理公务，还要被打，还不能去江南。

"谁说我们要去江南了？"云倚风安慰他，"我们要去北境。"

"北境？"李珺不解，"那儿虽说凉快，可苦寒孤寂的，又没什么玩头。"

云倚风道："嗯，不去玩，去碰运气。"

碰什么运气？

碰寻亲归故里的运气。

当初听蛛儿说完东流部族的故事，知道了自己大致的身世之后，云倚风心里就多了个模模糊糊的念想。虽然他对认祖归宗这种事没有半文钱的执念，也压根儿就不想跟着族人去闭关修行，但……怎么说呢，不想走归不想走，但倘若真能找到人，看一眼，聊两句，总是更好的。

所以季燕然便趁着这段时间得闲，当真陪他离开王城，前往北境寻亲了。

这一路马蹄声声，越走天气越凉快，盛夏像是被远远地抛开了，再不闻那一片嘈杂吵闹的蛙叫蝉鸣，换成了风，呜呜咽咽的，带着与时节不相符的寒意。

云倚风站在山巅，伸手接住一片细雪，看着不远处那座暮霭沉沉的孤城，问："所有北冥风城里的百姓，都迁到虎口关一带去了吗？"

"大多数都搬走了，城中目前大概还剩了百余人。"季燕然勒紧马缰，"有驻守的官兵，也有舍不得离开故土的乡民，还有另一些旅人，则是因你而来。"

"因我？"

"你与东流部族的关系，早已在大梁境内传得四野皆知。现在天下太平，北冥风城又正凉快，所以便有不少百姓将避暑的目的地选在了此处，算是体验一把江湖传奇。据地方官员奏报，连客栈与酒肆都多开了三五家，可不得是你的功劳？这次回王城后，我们再去皇兄处讹点儿好东西。"

云倚风琢磨了一会儿："那我还想要个缸。"

季燕然说："没问题。"

275

就这么三言两句，把天子的私库安排得明明白白。

山道两侧还挂着落了霜的红果，云倚风摘了一串，丢进嘴里"咯吱咯吱"地咬着。季燕然初时没兴趣，听多了嘴里就开始冒酸水，也伸手去讨，却被一巴掌拍开："自己摘。"

季燕然被打乐了："不讲道理，这一路吃穿用度，哪样不是我在忙碌，怎么倒连一串果子都混不来？我还偏就要你手里的。"

你要，你要我就给吗？云倚风纵身一跃，丢下翠华不管，自己踏风掠雪地往远处跑。季燕然在后头紧追不舍，两人就这么一路追到厚雪窝子里，眼见无路可退，云倚风索性笑着往后一仰，由着自己如断线的风筝一般往山下坠，直到算算时间差不多了，方才腾身挪转，轻盈地落在一片平地。

季燕然跟上来，捏住他的后衣领："下回不准这么玩。"

"那你下回别追我。"云倚风拍拍身上的草叶，转身正想走，却被吓了一大跳，"啊！"

堂堂风雨门门主，一直都是宠辱不惊、云淡风轻，像这么没见过世面、一惊一乍的样子，极少见。但这回情况特殊，因为就在距离两人五步远处，竟然还站了个年轻人，正一身白衣一头白发，被风吹得狂野乱舞——讲道理，什么时候冒出来的？

季燕然也眉头微皱，如此近的距离，方才自己居然毫无察觉？

见对面两人都是一脸警惕，白发客反倒笑出声，他说："萧王殿下，云门主，二位不必惊慌，我并非歹人，就是个路过此地的外乡客，方才见有人从山上跌落，就赶过来想施救，却没料到是场误会。"

季燕然问："阁下先前见过我们？"

"在书商铺子里见过几回画像。"白发客拱手，"在下也姓云，云中客。"

"云中客，好名字。"云倚风道，"自云中来，往云中去，听着就像是无拘无束，潇洒行于天地间的逍遥客，令人好生羡慕。"

季燕然屈指，面不改色在他后脑勺儿不轻不重弹了一下，羡慕什么，不准羡慕。

云中客笑问："听这话里的意思，云门主也想无拘无束，天地逍遥？"

鉴于后脑勺儿还在嗡嗡地疼，云倚风只好说："不了吧，不太愿意，我就是随便说说，兄台似乎不是中原人？"

"祖籍也算中原，不过家族早早就迁去了北境以北。"

云倚风一听，来了精神："住在北境以北，那些传闻莫非是真的？在万丈雪山千重沟壑之中当真隐着一处世外秘境，住着……住着修仙族人？"

说到后头时，他稍微有些犹豫，口齿难得不利索。心中想着，这也太容易了，怎么随随便便出来一趟，就遇到了疑似老乡，还和我同姓，真的假的，该不会是哪个异邦派来的奸细吧？这么七想八想，思绪早已飞向天边，一对圆溜溜的眼珠子狐疑地盯着对方，再用胳膊肘儿一顶身旁的人。

季燕然开门见山，直爽得很："阁下来自北境以北，可曾听过东流部族？"

"喀喀！"云倚风毫无防备，被自己的口水呛得咳了半天，你这人，怎么也不迂回一下，我还没做好心理准备。

季燕然伸手替他拍背，云中客笑着看他二人，看了一会儿，摇摇头："没听过。"

云倚风泄气，怎么能没听过呢，你们既然都住在雪窝子里修仙，难道就不曾互通有无一下吗？聊聊天也好啊。

季燕然打开包袱，替云倚风找水囊，里头还有整整齐齐一摞干脆核桃薄饼。云中客眼睛倒是尖，问道："这像是西域草原上的吃食，老太妃亲手做的？"

云倚风上下打量他："你了解得这么清楚，更像奸细了。"

云中客大笑："我所说的，都是大梁百姓人人皆知的，话本里比这更详细的描述也不是没有，怎么就成了奸细？我只是肚子饿了，所以忍不住多问两句，盼着能套套近乎，讨一个吃吃罢了。"

云倚风嘴一撇，丢给他一个饼，自己也拿出一个，坐在路边慢慢啃。他穿得雪白，生得端正，吃得文雅，衣摆掉上一点儿饼渣，季燕然都会伸手帮忙拿掉，再拧开水囊随时备着，不忘叮嘱："这东西难消化，不准多吃。"

云倚风在这方面勉强配合，又使劲咬了一大口，便将剩下的往季燕然手中一塞，自己转身问云中客："北境以北，那里的日子是什么样的，好过吗？"

云中客摇头："不算好过，苦寒孤冷，无欲无求，只见天地，不念红尘。"

云倚风心想，那可真是没什么意思。

云中客跟着问他："王城的日子呢，我从未去过那里，是不是当真如书里写的，像花一样锦绣？"

"那可不只是花团锦簇。"云倚风啧啧，"简直比神仙还要快活。"

而具体的快活形式，就是春日雪融，碧草飞花，漂亮姑娘们换上同样漂亮的裙装，结伴出游时，衣摆似一捧一捧落满了彩霞的云，好看极了。到了夏日，整条街就随处可见卖酸梅汤的小摊子，碎冰叮当作响，喝一口，整个人都酥软半边，还有夜间，夜间更热闹，小摊子一支，小酒壶一装，食客们闹哄哄的，能笑到半夜去。而秋日到来的第一天，王府里总会煮上一大锅热气腾腾的羊肉，说是要贴膘，听着不怎么文雅，但肉是真好吃，配上老太妃亲手酿的酒，一口值千金。冬天就更好玩儿了，有腊月，有年味，除夕的饺子，十五的花灯，整片天穹都被烟花浸出金，随随便便一抖落，就是满城星河灿烂。

云倚风单手撑着脑袋，将盛景桩桩件件，细细说给眼前这没见过世面的大兄弟听。他心里是存了一点儿私念的，万一等云中客什么时候回了北境以北，万一他刚好碰到东流部族的人，又万一东流部族的人恰好也听过自己，那借着云中客的口，至少也能让远方那些从未见过的……亲戚们，知道自己过得很好。

云中客感慨："人间可真热闹。"

"这叫什么话。"云倚风指间绕着一根狗尾巴花，"兄台，你还在修仙，可并未成仙，我看你年纪轻轻的，想要学那些白胡子老头儿感悟人生，至少还要再过个三五十年。"

云中客含笑点头："此话有理。"他又话锋一转，"听说云门主早年受过伤，身体不太好，而我这里恰好有一枚寒天药玉。"

云倚风将手一揣："白送给我？哎呀，这怎么好意思，那我就却之不恭了。"

云中客却不上当："我不白送。"

云倚风讨价还价："买也不是不行，不过得让我先看看货。"

云中客从袖中取出一枚剔透寒玉："也不卖。我久在北境，听说云门主轻功高妙，举世无双，不知可否——"

话音未落，一阵清风已从面前掠过，由此可见风雨门的轻功确实不是吹出来的高妙，至少一门之主在抢人宝贝时，是跑得比贼还要快的。

云中客哪里肯让他这么跑了，自然纵身要追，腾挪转移间，只见两道白影双双飞入深谷，搅起雪雾重重。

季燕然看出云中客并无恶意，便也由着两人缠斗，只当是让云倚风舒展筋骨。

这一舒展就是数百招。

雪块扑簌从头顶落下，云倚风出招稍慢，眼睁睁手中寒玉又被夺走，正好人也打累了，便摆摆手道："不比了，算你赢。"

云中客却将玉抛过来："收好。"

云倚风伸手接住："这么大方？我风雨门可不占人便宜，说吧，你想用什么交换？"

云中客道："我此番前来中原，是想看看儿子。"

"我当你还没成亲，原来已经有儿子了。"云倚风走上前，"你年纪轻轻，儿子应该不大吧，他怎么会在中原，被人抱走了，还是丢了？"

"此事……说来话长，不提也罢。"云中客视线往下一扫，"我看云门主腰间这块玉佩不错，不如就拿来交换？"

"这玉佩？不成。"云倚风单手捂住，"这是王爷亲手雕的，络子是老太妃亲手打的，我宝贝得很。"

"这样啊，"云中客往山巅远远一看，"萧王殿下像是已经找来了。"

云倚风道："你我站在这里说了大半天的话，王爷自然是要找来的，万一来晚了，我被你绑了呢。"

他久在江湖混，混出了一身信口胡扯的本事，但扯得并不令人讨厌，相反，一本正经的，还挺招人喜欢，至少老太妃喜欢，王府里的丫鬟仆人喜欢，现在面前这位修仙客，看起来也是很喜欢的，他笑着摸了摸云倚风的头，也不再要玉佩了，只单手打了个呼哨，清脆的声音悠扬荡开，随后，便有马蹄声由远及近。

云倚风看着从高处一跃而下的银色骏马，脱口而出："飞雪银蟒！原来世间真有这古卷神马。"

"天下之大，万物缤纷，除了飞雪银蟒，还有不少你从未见过、从未听过的好东西。"云中客翻身上马，"去看吧，同萧王殿下一起，同那些高人侠客一起，看遍这世间所有的春夏秋冬，饮最好的酒，看最好的景，过最酣畅淋漓的人生，既然喜欢红尘，就莫要辜负红尘。"

云倚风看着他的背影："你要去哪儿？"

对方高声答道："回北境！"

随着话音落下，一人一马已然远去，只存在于古老卷宗中的神驹，跑起来果然比雪雁更轻灵，也比雷电更迅猛。

季燕然疾步上前："没听清楚，在说什么人生与红尘？"

"这可真是个怪胎。"云倚风道，"萍水相逢，给了我这么个价值连城的宝贝，丝毫不求回报，嘴上说是来中原看儿子，刚刚却嚷着要回北境，他不看儿子了吗？临走前还让我好好过日子，喝酒赏花的，别辜负红尘。这人，看着与你我同岁，讲起道理来倒跟我爹似的。"

季燕然眉头稍微一跳，扭头看着他："你爹？"

"什么我爹，我就是打个比……"话说到一半，就戛然而止，云倚风愣了半晌，震惊而又五雷轰顶地说，"他那么年轻，不会真是我爹吧？"

季燕然提醒道："东流部族，苦修之人，武功绝世，容颜不老。"

云倚风来不及多想，拉着季燕然跑上山巅，但举目唯见一片白茫茫的雪，哪里还有云中客的影子。

他就这么……走了吗？

云倚风掌心攥着药玉，半晌没说出一句话。

季燕然安慰道："只是猜测，也未必就是了。"

"那万一真的是呢？"云倚风撇嘴，"看他的一言一行，还有，方才吃饼的样子也很积极。"这不和我小时候一模一样吗，都被歹人抱走了，吃饭也还是很积极。

季燕然笑道："那你说怎么办？我派兵出征北境以北，将他给你带回来，这样可好？"

"……"倒也不必这么隆重。

云倚风叹了口气："算了，随缘吧，况且我要是真想找，哪里用得着大梁出兵，风雨门做的就是打探消息的营生……可他不把话说清楚，急着跑什么？我又不会吃人。"

"苦修之人，心里容不下太多红尘杂念。"季燕然道，"就算他真的是，知道你过得很好，知道你喜欢红尘，知道你不愿归根北境，这不就够了？况且再不快点儿跑，看着你这般招人喜欢的大儿子，万一他也被绑在了红尘呢，岂不是白白苦修了这么些年。"

云倚风答道："有道理。"

"将来或许还能再见到。"季燕然替他将寒玉收好，"那现在还要不要去北冥风城了？"

"去，散心，避暑，谁要管那一溜烟跑了的……"一切都只是猜测，云倚风到底叫不出口，但也不太好骂，最后折中了一下，"人。"

季燕然笑得开心。

"走吧，萧王殿下。"

语罢，二人一道去北冥风城里，看红尘。